蓝 星 球
BluePlanet

给 你 我 的 一 整 颗 星 球

李海波——

著

我愿意宽恕蜇人的蜜蜂,

因为它为此献祭了性命,

但我不能宽恕毒蛇,

否则无异于将它抛向下一位无辜的旅行者。

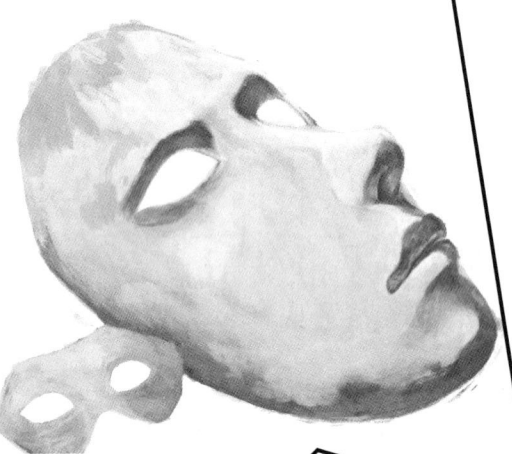

第一章	爱丽丝	1
第二章	赔偿金	25
第三章	肇事者	40
第四章	甩脸色	46
第五章	陈梓睿	50
第六章	协议书	56
第七章	和解款	60
第八章	找保姆	67
第九章	假结婚	75
第十章	案发地	85

第十一章	论朋友	89
第十二章	生意人	101
第十三章	纪念日	107
第十四章	外甥女	119
第十五章	战利品	122
第十六章	婚姻法	137
第十七章	占便宜	157
第十八章	唱双簧	161
第十九章	外来者	171
第二十章	扛把子	178

第二十一章	投名状	198
第二十二章	通缉令	204
第二十三章	陈昊轩	248
第二十四章	赚差价	257
第二十五章	做鉴定	264
第二十六章	生活费	274
第二十七章	释服礼	309
第二十八章	小精灵	372
出版番外	黑天使	375

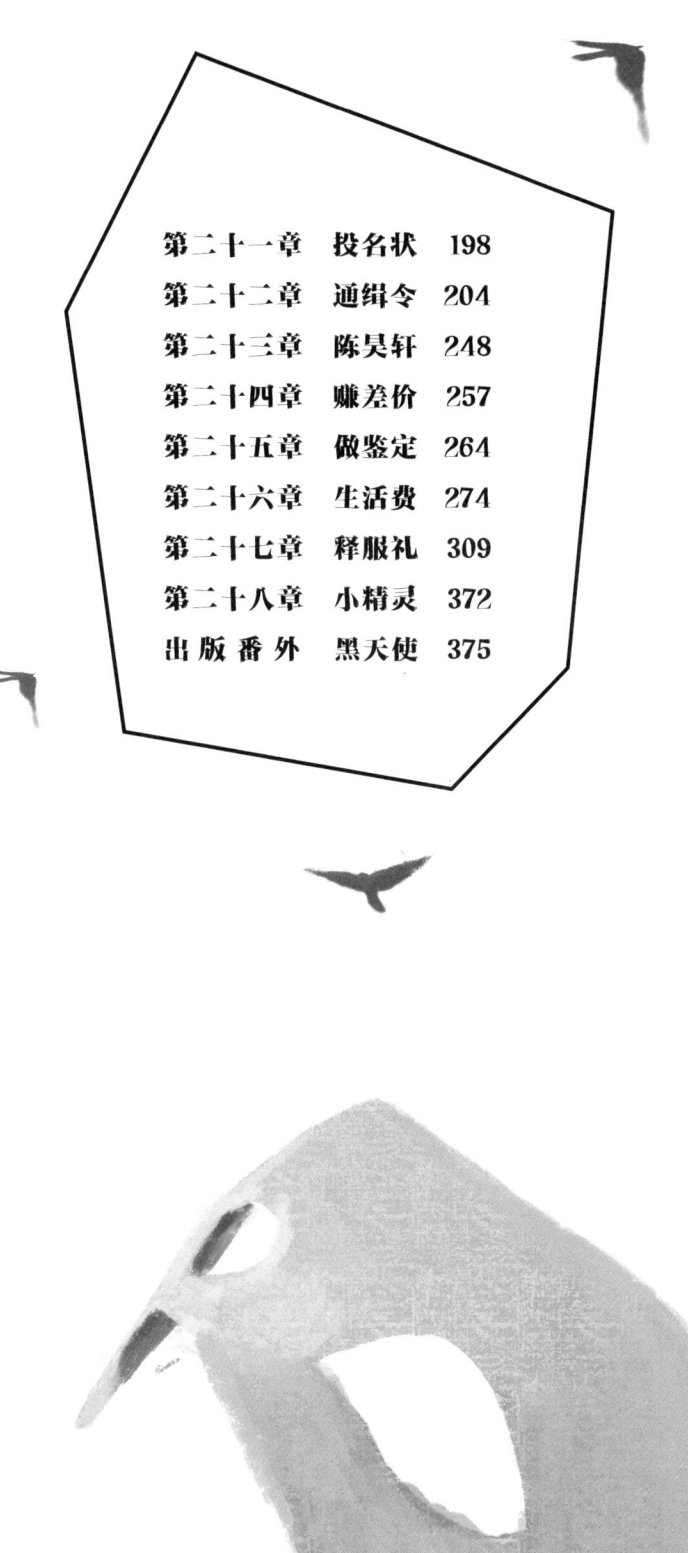

第一章
爱丽丝

爱丽丝最近迷上了羽毛球，虽然她才五岁，个头只比羽毛球拍高了一点，但挥舞球拍的时候有板有眼，甚至可以和她妈妈对上几个来回。今天这只羽毛球与以往的不一样，并非纯白色，爱丽丝用水彩笔画了两个小时，每一根羽毛的颜色都不一样。这只羽毛球如同一只小孔雀，据说是她送给何琳的母亲节礼物。

何琳看得满心欢喜，女儿打羽毛球的样子笨拙又可爱，就像动画片里扑蝴蝶的小猫咪，她恨不得自己的双眼就是一台摄像机，随时随地录下爱丽丝所有的美好瞬间。她最近筹划着要给爱丽丝报一个羽毛球培训班，请专业教练进行指导。听说附近一家培训学校的羽毛球教练是从省队退役的，课程价格略高一些，但教得很不错。万一爱丽丝具有这方面的天赋，悉心培养一下，她长大以后真的捧回一枚奥运奖牌也说不定。何琳又担心丈夫乔宇反对，不，他一定会反对的。今年乔宇经营的门市情况不太好，资金链出了问题，他整天盘算着如何开源节流，连爱丽丝的小提琴课都停掉了，理由是爱丽丝已经对小提琴失去兴趣了。可是，兴趣这东西不就是培养出来的嘛，就像哄孩子吃蔬菜一样，哄着喂着，孩子就喜欢了。她反对乔宇削减孩子教育方面的开支，并认为这是一种鼠目寸光的做法，翻一翻艺术界和体育界的明星大腕的履历，他们几乎都在三四岁时就开始接触自己的专长，现在爱丽丝五岁，已经乘上启蒙教育的末班车了。

一辆车停在院子外面，乔宇下车，走进来。爱丽丝立即扑上去，抱住他的大腿，奶声奶气地喊道："爸爸！"

乔宇心不在焉地摸了摸爱丽丝的头发，目光投向妻子，问："你今晚没什么事吧？"

"没事啊。怎么了？"

"朋友送我三张水晶宫的消费券，正常买的话要488元一张呢，咱们今晚一起去用了呗？"

何琳喜出望外，她脑子里已经开始盘算今晚的打扮了。但她思索片刻，又问："爱丽丝也要花一张券吗？"

乔宇掏出消费券，仔细地看着，将上面的说明念出来："未成年人在本店就餐，120厘米以下免费，120至140厘米半价，140厘米以上收取全价。爱丽丝现在多高了？"

"应该不到120厘米吧？上个月去动物园还不用买票呢。"

院子里有一个秋千架，立柱上有身高标尺，乔宇将爱丽丝抱过去，贴着立柱量了一下。爱丽丝不清楚量身高的目的，她和平日一样努力站直身体、伸长脖子，头顶齐平的刻度恰好是118厘米。

"嘿，还省下一张券呢！"乔宇颇为高兴地抚摸女儿的头发，但他看着手里的消费券，又嘀咕道，"如果爱丽丝用不着，那就多出一张，这些券后天就过期了，不用掉就太浪费了。"

"要不喊你堂弟过来？"

"你知道的，乔立平对海鲜过敏。"

"水晶宫又不是只有海鲜。"

"海鲜主题的自助餐厅哎！难道花将近500块去吃蔬菜、培根和炒饭吗？"

何琳想了想，说："要不我喊詹妮一起来？"

"詹妮？"乔宇思考片刻，很快点头道，"也行，上次她送咱们一箱进口樱桃，刚好还个礼。"

"对了，小叔公打电话过来，前天在网上给他挑的衣服已经寄到了，他说尺码有点大。"

"那退掉，重买一件呗。"

"退什么啊，他哪里懂怎么退货！我跟他说防风的衣服大一点无所谓，冬天还得在里面添衣服呢。"

"行，你看着办就行。"乔宇心中感到欣慰。小叔公是他爷爷最小的弟弟，叫乔国生，性格本就孤僻，中年丧妻失子之后，在远郊乡下鳏居多年，如今已经七十多岁了。乔宇的爷爷去世之前，曾嘱咐乔宇一家对他这个可怜的弟弟多加照应，但乔宇一直忙于经营生意，幸好妻子何琳心细如发，总能办好这些被他忽视的事。

何琳将球拍递给乔宇，自己进屋打电话。她倚在窗边，一边看着这对父女打羽毛球，一边拨打闺密詹妮的电话。

"嘿，姐们儿。"手机里传来詹妮爽朗的声音。

"今晚有空吗，姐们儿？"

詹妮是何琳最好的朋友，两人从大一那会儿就认识了，每天腻在一起玩闹。詹妮长得很漂亮，性格外向，脑子也很活泛，肥大的校服经她一改也变得服服帖帖，仿佛专门为她量身定做的。当时何琳还是一个普通且内向的小姑娘，詹妮这样的女孩对她而言具有不可抗拒的吸引力，于是她自然而然地成了詹妮的小跟班。詹妮虽然长得漂亮，情感生活却是一团糟，她与在大学相识的初恋男友结了婚，只维持了三年就离了，如今一个人单着，倒也逍遥自在。她时常流露出对何琳的羡慕："你看你，多幸福啊！老公努力、上进，孩子健康、可爱，什么都不缺。"

何琳说了一下来意，詹妮痛快地答应了。她喜欢玩，也喜欢吃，对这类邀请基本不会拒绝。她还给爱丽丝准备了一件小礼物，是她在香港旅行的时候买的。何琳不好意思地说："你不要再给她买东西了，家里的玩具都塞不下了。"

"谁叫我是她干妈呢！干妈也是妈，也是有母爱的，我自己又没孩子，这钱不花出去，心里憋得慌。"

何琳无奈地笑："行吧。"

此时，外面传来爱丽丝的哭声。何琳往窗外望去，只见父女俩都仰头望着上面，爱丽丝撇着嘴角，泪珠已经噙在眼眶里了。何琳匆忙挂了电话，走出屋子，问道："怎么了？"

乔宇用球拍指了指斜上方："刚才有一阵风，不小心把羽毛球吹到屋顶上去了。"

何琳走到院子里，往上看，发现羽毛球卡在了屋檐瓦片的缝隙里。乔宇扛来梯子，何琳也递来晾衣架。他爬上去试了试，还差一大截才能够到。乔宇只得无奈地问妻子："家里还有别的羽毛球吗？"

"这是最后一个了，早上刚拿的。"何琳一边回答，一边转身搂住爱丽丝："没事的，宝贝，晚上妈妈带你去买新的。"

爱丽丝不答应："我就要那个！那个是我送给妈妈的礼物！"

"我们买新的水彩笔，颜色更多，妈妈和你一起画新的，好不好？"

爱丽丝无法立刻刹住哭意，但还是哽咽着点头："好。"

何琳揉着女儿细软的长发，心中对她的爱意就像奶油一样渗出来，自己何其幸运，能够拥有这么漂亮又乖巧的孩子！

她要带爱丽丝去洗澡，便让乔宇帮忙去把洗烘一体机里的衣服拿出来挂好，免得褶皱太久，不好熨平。乔宇一边接电话，一边应着。然而，何琳给爱丽丝洗完澡，头发也吹干了，走到阳台上时，却发现洗烘一体机里依然塞得满满当当，而乔宇仍然在院子里打电话。

"乔宇！"何琳打开窗户，不悦地喊道。

乔宇捂住电话，问道："什么事？"

"我让你晾的衣服呢？"

"我忘了。"乔宇一边道歉，一边指了指电话。

何琳无可奈何，只能自己去把洗烘一体机里的衣服拿出来晾挂。自从怀孕以后，她便提交辞职信，成了全职主妇。日常生活里常有不顺，她只能一次又一次地尝试体谅在外打拼的丈夫。乔宇现在经营一个建材门市部，以前做得还算不错，但这两年行情普遍低迷，他去年破釜沉舟合作的一个精装楼盘还烂尾了，资金链也随之断开。而供应商们不管这些，收不到货款就停止发货，乔宇只得一边围追堵截地要账，一边到处找人借钱。

两个人搭伙过日子不就是这样嘛，像羽毛球的男女双打，一个人遗漏的，另一个人补缺，只要都在尽力就够了，不必计较谁触球更多。

"水晶宫"是一家高档的海鲜自助餐厅，坐落于城市水库的东岸。傍晚时分，夕阳余晖尚未退场，半暗半明的天空倒映在湖水里，沿岸的路灯恰好亮起来，于一天之中最美的时候将这片湖照亮。即使天完全黑了也不碍事，只要天气晴朗，到了八点整，湖心小岛就有一场烟火秀，许多年轻人选择在湖畔约会，等待这个浪漫的时刻。

乔宇提前打电话订了晚上七点的座位。他傍晚眯了半个多小时，再开车出来的时候，夜幕即将降临。何琳担心让詹妮久等，一直埋怨乔宇太拖拉，这让乔宇的情绪有些急躁。他们经过一条路灯明亮但人车稀少的马路时，对面的一辆车子一直开着远光灯，刺眼的亮光照得乔宇看不清路。他交替使用远近光提醒对方，但对方不为所动。他一怒之下将车子停到路边，打开顶棚的一排大灯。这些都是高功率的强光越野探照灯，乔宇在外跑工地用的，几束光照下去，整条马路都被照了个透亮。

何琳责怪道："你干什么啊？"

乔宇说："这人不守规矩！"

"他不守规矩他的，你守规矩就是了。"

"凭什么惯着他啊？"乔宇不服气地反驳，"要是不给他一点教训，他这俩远光灯能一直亮到他家车库！"

何琳本来还想说什么，但她再抬头望向前方时，对面那辆车子已经识相地关了远光灯，乔宇也立即关了探照灯。两辆车子都降低车速，就像深海里剑拔弩张几乎要互射鱼雷，又在最后时刻同时取消锁定的核潜艇，相安无事地擦肩而过。

乔宇颇为得意地说："你看吧，还是这样有用，他以后只要看到对面闪灯，就会想起今晚的这一排小太阳，很长时间都忘不掉。"

何琳心里不得不认同这样做的实际效果，但她还是不喜欢，她忍不住吐槽道："你不是学过交规嘛，这做法在任何题目里都是错误选项，万一哪天对面是一辆交警的车子，人家可就现场办公了。"

乔宇不屑地笑道："嗨，你驾照考了好几年，过了科目一就没了动静，倒有自信教我这个十三年驾龄的老司机了啊！"

这话戳中何琳的痛处了。在生孩子之前，无论是在学校念书还是进入社会参加工作，她从来不怵大大小小任何形式的考试，成绩名列前茅，证书手到擒来。但生下爱丽丝之后，她的精力就被分散得七零八落，别说报考公务员看不进书了，连考驾照也没时间去学科目二。她不止一次懊恼自己学习能力的退化，但又问心无愧，毕竟这个家就是她现在的"战场"，家务有条不紊，女儿健康活泼、聪明可爱，丈夫衣裳干净整洁有搭配，全无后顾之忧。但现在乔宇偶尔一句无心的贬低话语，多少会让曾经傲气的她感到受伤，仿佛自己所有的付出都没了意义。她将身体陷入后排座椅，扭头望向窗外。爱丽丝似乎看出她的不悦，安静地倚在她怀里，调皮地摸她的脸，她这才感到一丝慰藉，亲了亲女儿的小手以做回应。

詹妮前段时间去香港旅游，买了一件黑色羊绒外套，又在儿童区看到一件红色的，看着很可爱，于是买了下来当作礼物。何琳一上手就摸出来了，这是高级羊绒的，而且是大品牌，价格一定不菲。爱丽丝也很喜欢，迫不及待地穿上。这件外套的确很适合她。何琳也看着喜欢。

乔宇走在前面，詹妮牵着爱丽丝走在中间，何琳走在后面拍照，稍微慢了几步。当他们走进餐厅时，一名服务生热情地迎上来带位。另一名服务生将何琳拦住，问道："请问您有预约吗？"

何琳说："我和他们一起的。"

爱丽丝恰好扭头望过来，喊了一声："妈妈！"

服务生尴尬地鞠躬致歉，何琳大度地摆手，快步往里走。但她看着前面三人的背影，忽然感觉自己有点格格不入——她出发之前忙着给孩子洗澡、晾叠衣服，粗略梳洗就出来了，像是被雇来的驻家保姆；而詹妮和爱丽丝穿着款式相搭、颜色互补的羊绒外套，乔宇穿着一套合身的西服，更像和睦温馨的三口之家。

前面带位的服务生也意识到自己有所误解，特意放慢步伐，等何琳赶上来了才安排他们入座。

餐桌是圆形的，座位是一张弧形沙发，何琳和詹妮坐在爱丽丝的两边，乔宇则坐在詹妮身旁空着的那一侧。

詹妮落座之前脱下外套，让服务生帮忙挂起来。那外套几乎是从她身上滑下来的，里面是一件修身的高领无袖毛衣，令她凹凸有致的身材一览无余。乔宇扫了一眼，赶紧低头将目光避开。当服务生介绍用餐细则的时候，他又抬头望向服务生，视线再次从詹妮身上掠过。

何琳的余光敏锐地捕捉到这一点，她心里难免有些不悦，又不好说什么。此时，爱丽丝忽然喊道："妈妈，你快看呀，摩天轮！"她等不及脱鞋，立马爬上沙发，试图眺望水库对岸一家游乐场的摩天轮。

何琳呵斥道："爱丽丝！快下来！"

爱丽丝非常喜爱摩天轮，胜过喜爱糖果和芭比娃娃，即使看到印有摩天轮图片的广告纸，她也要保存下来，何况是在夕阳斜照湖面的美景里看到真正的摩天轮。她的耳朵暂时是失灵的，高兴得在沙发上蹦跳，引得不远处一桌小情侣注目。

何琳面子有点挂不住，一下子站起来，声音也变得更加严厉："你怎么回事？在家怎么教你的？"

爱丽丝这才被震慑住，乖乖地坐下来。但她遗传了何琳脸皮薄的特点，胸腔提着一口气，嘴巴也噘着，向全世界宣示她的倔强。

何琳又将语气缓和下来，解释道："宝宝，在外面吃饭，不可以大声说话，也不可以踩人家沙发哦！"

但爱丽丝还在气头上，扭头躲到詹妮身后。

詹妮搂住爱丽丝，打圆场道："我们爱丽丝只是太开心了，以为这里是充气城堡，对不对？"

爱丽丝委屈地点头。

何琳也适时地转移话题："詹妮，你最近是不是瘦了？"

"有吗？没有吧！"詹妮嘴角的笑难掩欢喜，"我最近开始练瑜伽，以为至少要半年才能看到效果呢。你要不要和我一起？"

"我还是算了吧，每天忙得团团转，哪里有时间，要不你把爱丽丝带回去养吧。"

"好啊！"詹妮再次将爱丽丝搂在怀里，亲昵地问："爱丽丝，你愿不愿意跟干妈回家，以后做我的女儿？"

爱丽丝曾经去过几次詹妮家，干妈不但拥有一大桌琳琅满目的化妆品，而且不对她做任何管束，炸鸡、汽水、冰激凌随意吃喝，更不会强迫她上五花八门的兴趣班。她当然愿意去的。但妈妈就坐在对面，爱丽丝欲言又止，只能害羞地躲在詹妮身后，模棱两可地笑。

何琳努力劝慰自己，孩子嘛，懂什么，再羡慕别人家的玩具，天黑了不还得哭着要妈妈抱？尽管如此，她依然难以抑制内心的失望，自己每天忙里忙外地辛劳似乎都变得毫无意义了。

他们轮流去取食物，乔宇拿来的都是牛肉、基围虾和生蚝之类的荤食，他的衡量标准是性价比，市场价格越贵越好。但詹妮最近在练形体，饮食方面也开始讲究，拿来的大多是水果和蔬菜，即使有荤食，也是鱼肉和鸡肉这类脂肪含量低且价格偏低的东西。如果何琳或者爱丽丝这样取餐，多半是要被乔宇唠叨几句的，但乔宇今天只是瞅了一眼，没有表露出丝毫的不悦。

乔宇平日是一个话不太多的人，但今天表现得特别积极，主动寻找话题。譬如詹妮这次的香港之行。他十年前曾经去香港出过一趟差，在那边待了一个多礼拜，当年的一些经历与见闻便成了谈资。当时何琳和乔宇还没有相识，她从来没有去过香港，更别提什么维多利亚港、皇后大道、太平山顶……

当他们说到迪士尼乐园时，爱丽丝兴奋起来，她热切地问道："爸爸，你有没有看到玲娜贝儿？"

乔宇并不知道玲娜贝儿，一脸迷茫。

詹妮则解释道："他去迪士尼的时候，玲娜贝儿没有出生，爱丽丝也没有出生呢。"

爱丽丝的眼睛立即亮了："玲娜贝儿也是宝宝吗？"

"是啊，不但是宝宝，而且比爱丽丝还小呢。"

爱丽丝开心地笑起来。

乔宇和詹妮又聊到香港作为亚洲金融中心的属性，然后跳转到最近关注的股票。詹妮说最近股市行情不稳定，她打算抛掉一些股票套现。乔宇立即追问道："那你接下来有什么投资计划呢？"

詹妮叹道："到处都是坑，哪里还敢投资哦，我打算找银行的朋友谈一个存单。"

"现在大额存单多少利息？"

"年化4%出头，少是少了点，好歹有个稳定收益。"

乔宇夹了两块刚烤好的牛肉放在詹妮面前，说："我最近中标了几个不错的项目，但资金方面还有缺口，打算做一些融资，月息1%，你要不要考虑一下？"

"月息1%，那就是年息12%？"

"是啊，当然比不上外面的一些高息，但胜在稳妥、安全，风险很低，而且按月支付。"

"要用多久呢？"

"一年吧。一年之后你提前打个招呼，随时可以提走，也可以继续留在这里。"

何琳这才意识到，这并非她以为的家庭聚餐，詹妮也不是她捎带的客人，而是这顿大餐的真正主角。甚至，詹妮虽然是她主动邀请来的，也极有可能是在乔宇的计划之内，他轻描淡写地诱导着，便让她做出了提议。

她扭头望向身边的丈夫，但他专心地翻烤着五花肉，有意或者无意地避开妻子狐疑的目光。何琳心里大概有了数，她借口去倒饮料，有意给他们腾出对话空间。乔宇虽是开门做生意的，却素来爱惜羽毛，尽量避免向亲朋好友借钱，今天大费周折约詹妮出来提这件事，想必最近的生意的确遇到难关了。

何琳心里还是有些气不过，无论如何，这种事乔宇也该跟自己通一下气，而不是假装临时起意，打她一个措手不及，说不定詹妮那边还以为她是同谋。为了避嫌，她去取餐区接了一杯橙汁，站在原地发呆。拐角处突然跑出来几个嬉闹的孩子，领头的那个男孩撞在何琳身上，橙汁洒了她一身。

何琳忍不住埋怨道："谁家孩子啊，不能慢点跑吗？"

不料撞人的那个男孩毫不客气地回应道："是你小爷爷！"

何琳愣住了，抬头望过去。对方看上去一脸稚气，只有十几岁，剃了时下比较流行的圆寸头，耳朵上方还特意刺了一道刀锋般的口子。何琳以为自己听错了，又问道："你说什么？"

那孩子不但不收敛，还昂头摆出浑不论的表情，往何琳面前逼近一步，一字一句地说："是、你、小、爷、爷！听清楚了吗？"

对方的身高有一米七，比她还高一点，而且身材敦实，对身材消瘦的何琳形成不小的压迫感。女大堂经理闻声走过来，用纸巾擦拭何琳的衣裳，说："对不起，女士。我先给您简单处理一下，回头赔偿您的干洗费用。"

何琳说："我不用你说对不起，你把这孩子的家长喊过来。"

一对衣着体面的中年男女从围观客人里挤了进来，把那个孩子拽到身边。女人问道："怎么回事呢？"

大堂经理生怕双方发生冲突，赶紧上前打圆场："没事，孩子不小心撞到别的客人了，我们正在处理。"

女人训斥道："叫你不要乱跑，你非不听，万一摔了、烫了，怎么办？"

那孩子却反咬一口："她刚才骂我！"

"骂你什么了？"原本置身事外的男人皱起了眉。

"她骂我'小杂种'！"

男人顿时怒发冲冠，伸手指着何琳："你是不是骂他了？"

何琳否认道："小朋友，你别说谎啊，这里很多人看着的，我可没有骂过你一句！"她望向四周。但客人们大多不愿意招惹是非，纷纷避开她的目光，转身去拿食物。

孩子的母亲见状，更加不依不饶："你看看！群众的眼睛是雪亮的，孩子不可能无缘无故诬陷你。你这么大一个人了，怎么一点教养都没有，居然和一个孩子计较！"

旁边一个穿着灰色夹克衫、六十岁开外的客人站出来做证："我一直在这里看着的，这位女士的确没有骂过你家孩子，倒是你家孩子闯了祸不道歉也就算了，问他一句是哪家的孩子，他还出言不逊，自称是小爷爷，没大没小的！"

孩子的母亲瞪起了眼睛："你谁啊你，碍着你什么事啊？"

老先生毫不示弱："我现在就是一个普普通通的市民，本着实事求是的原则，看到什么就说什么，你总没有权力拦着我说真话吧？"

"我看你就是和她一伙的，来这里碰瓷的吧？"

何琳说："你不要逮谁咬谁，人家老先生只是做个证，怎么就变成碰瓷的了？"

"你才咬人呢，骂我是狗，是吧？这次你赖不掉了吧？"孩子的母亲说着就要上前推搡，老先生挡在她们中间，说："在公共场合这样吵闹很不合适，动手更是法律不容许的，你们如果有异议，可以打电话报警，让派出所的同志过来解决，我就在这里配合。"

大堂经理指了指天花板一角，说："本店为了保障客人的用餐环境安全，在大厅里装了无死角监控，事情过程是怎么样的，都有记录。但据我个人了解，我的确没有听到这位女士有过任何辱骂别人的言论，也许是您孩子听岔了，闹了个误会。"

孩子的母亲还想再说什么，她丈夫赶紧拦住，态度也变得彬彬有礼："我俩刚才的确不了解情况，也不认识这位女士，只能先听孩子说的，孩子要是真做错了，我们就让他道歉。"

那孩子正要狡辩，却被父亲推了一下肩膀："快给人家道歉！"但那孩子咬着嘴唇，不肯开口。

何琳摆了摆手："算了，就这样吧，不用道歉了。"

但孩子的倔强可能激怒了这位暴躁的父亲，男人又抬起巴掌，高举轻放地拍在他的后脑勺上，严厉地命令道："没听到我说的话吗？"

这孩子低头小声道："对不起。"

"还有这位爷爷呢。"

"对不起。"

大堂经理见状，也顺坡下驴地招呼道："好啦，没事啦，大家继续用餐吧，需要什么服务，可以随时告诉我们的工作人员。"

何琳知道，让对方态度发生一百八十度转折的是这位老先生的出现。这位老先生穿着七点档新闻里出镜率很高的灰色夹克衫，面容颇有威严，措辞也是有板有眼，显然是一位刚退休不久的老干部。

围观的客人各自散去，那对夫妻也将孩子拖走，大堂经理对何琳说："实在不好意思啊，这是我们工作的失误。我现在让人把您的衣服送去干洗，一个小时内就能取回，怎么样？"

"算了，不是什么贵衣服，我回家自己搓一搓就行。"

恰好爱丽丝端着盘子过来，说："妈妈，我可以再拿一些菠萝吗？"

何琳摇头道："不行，你已经吃很多了，再吃嘴巴就要坏了。"

"那哈密瓜可以吗？"

大堂经理一看见爱丽丝，顿时喜欢得不行，她半蹲下来，弯着腰温柔地问道："小宝宝，告诉阿姨，这里的东西好不好吃呀？"

爱丽丝腼腆地点头。

大堂经理从兜里掏出一个蓝色的水晶海豚小玩偶，塞给爱丽丝："那阿姨送你一只小海豚，以后店里再来新的小动物，我还给你留着，好不好？"

爱丽丝没有立即接，抬头望向何琳。看到妈妈点头应允，她才小心而恭敬地接过来，奶声奶气地说了一声："谢谢阿姨。"

"不用谢，你太可爱了！"大堂经理夸赞道。

何琳重新接满两杯饮料，又往爱丽丝的盘子里夹了哈密瓜。爱丽丝还想再拿一些炒面，但何琳没办法拿，便说："先把手里的拿回去，下一趟再来拿炒面。"爱丽丝想早点来拿炒面，便走得很快。何琳端着两杯饮料，慢悠悠地走在后面。她们走到半道，水库对面一束烟花腾空而起，呼啸声片刻之后才抵达，餐厅里的人们闻声望去的时候，烟花刚好在夜空绽放，分裂为几十个五光十色的火球，这些火球往四处散开，光亮逐渐暗淡。在人们以为表演就此结束，心态松懈的时候，它们又冷不丁地再次炸开，在夜空中展示盛大的火树银花表演。而这样的画面被湖面完美复制，一个在夜空，一个在水面，对称且同步，真实又梦幻。火光尚未散尽，又有另外三束烟花同时升空，将刚才的美妙放大、放大，再放大，窗边的客人都不约而同地发出惊呼。

何琳驻足观看，片刻之后才继续往里走，回到自己的桌位。乔宇正和詹妮聊得认真，无暇顾及餐厅外面的烟花美景。他见妻子回来了，立即招呼她坐下，说:"刚才我们商量了一下,等詹妮的资金从股市里释放出来,就先放我这里,省得我到处求人,又是抵押又是送礼,还不如把利息留给自家人。你觉得怎么样?"

"你都想好了,还问我干什么?"何琳淡淡地回应。

"詹妮的意思呢,是她愿意加入,但希望这个借款合同通过你来签。"

何琳望向詹妮,对方也点头认同。她有些踌躇,因为从未参与过这种事情。粗略盘算一下,这种债务本来就是夫妻共同承担的,谁签都是一样的,只是詹妮和乔宇之间毕竟隔着她这一道,的确由她来签更合适。

"我跟你说好哦,詹妮是我最好的朋友,要是哪天她问你要,你可不能掉链子。"她特意强调。

"放心好了,我这边是银行贷款要到期了,借来做一下过渡,等下一次银行贷款到位了,我资金也充足了,随时可以还。"

"行,那就这样。"

乔宇不免喜形于色,这两个月困扰得他夜不能寐的难题终于有了眉目,他举起杯子提议碰杯。何琳坐了一会儿,忽然觉得不对劲,问道:"爱丽丝去拿炒面怎么还没回来?"

詹妮反问:"她不是去看烟花吗?"

乔宇也补充道:"她刚才放下水果盘子,说要回去找你,要和你一起去看烟花。我看你回来了,以为你让她自己去了呢。"

三个人陆续站起身来,目光沿着落地窗的方向扫了一遍,却不见爱丽丝的身影。

詹妮说:"会不会去外面了?"

何琳赶紧离桌,快步往外走去,乔宇和詹妮也紧随其后。他们分了三路,在餐厅各条走廊里张望,但一直找到餐厅门口,都没有发现爱丽丝的身影。

很多人在外面看烟花,其中也有一些孩子。何琳的思绪有些混乱,她先是在三三两两的人群里寻找浅黄色,但转念一想,爱丽丝换上了那件红色外套,于是又寻找红色以及红色在昏暗光线里可能呈现的颜色。爱丽丝向来乖巧,很少出去乱跑,今天也许是因为看到了烟花,一时忘形才脱离她的视线,应该出不了什么乱子。

何琳看见餐厅门口和停车场都有监控,旁边的马路也是交通管理的重点区域,几百米外还有警察在查酒驾,应该不会有人嚣张到在这里拐卖儿童。她暂时还能保持镇定,甚至有空闲提醒詹妮不要被夜风吹得着凉了。

詹妮也感受到凉意，搓了搓胳膊，说："我进去拿一下外套，顺便看一下她有没有回桌，说不定刚才走岔了。"

餐厅门口的空地上有两盏明亮的氙气灯，小孩子们大都在这片光亮里玩耍，但这里依然没有爱丽丝的影子。乔宇沿着灯光昏暗的湖畔寻找，何琳则去空地挨个询问那些小孩："你们有没有看到一个穿红色衣服的小女孩呀？"

他们全都摇头。

詹妮从里面出来了，乔宇也从湖边回来了，两人在餐厅门口简单交换一下信息，都没有找着爱丽丝，又远远地望向何琳。

何琳心存侥幸地问："洗手间去过了吗？会不会去上厕所了？"

詹妮说："没有。我进去看过了。"

何琳这才真正恐慌起来，只觉得四肢发麻，像打了一针兴奋剂，血液疯狂地流窜，一时间造成沉闷的耳鸣。她顾不上什么颜面，集中自己所有的气力，对着茫茫夜色高声呼唤："爱丽丝！"

湖边看烟花的人被吓了一跳，纷纷扭头观望，连乔宇都愣住了，但他很快缓过来，也跟着大喊："爱丽丝！"

保安闻声赶来询问状况，又用对讲机将大堂经理喊出来。大堂经理张罗着要带他们去办公室查看监控录像。此时，三个孩子突然从餐厅后面的绿化小花园里钻出来，步履匆忙地往餐厅里面走。大堂经理问道："你们有没有看到一个穿红衣服的小朋友？"

他们不说话，只是低头往里走。

何琳认出前面扣着连衣帽的那个正是刚才撞她的男孩子，她心里忽然一惊，鬼使神差地追上去抓住他的胳膊，语气凶狠地追问："你们去哪里了？有没有看到我们家爱丽丝？"

那孩子却不愿与何琳纠缠，只是奋力地挣扎，但何琳的手劲儿出奇地大，疼得那孩子几乎瘫在地上。乔宇不清楚状况，以为妻子乱了心智，赶紧上来劝阻。那孩子便趁机甩脱，头也不回地跑进餐厅。

何琳没有追进去，她愣了一会儿，扭头望向那片昏暗的小花园，而后步伐略带踉跄地径自跑进去。"爱丽丝！"她焦急地高声呼喊。

花园不大，种着一些半人高的矮灌木，秋冬依然枝繁叶茂，将周围的光线隔绝了，令花园显得特别昏暗，反而是浅色鹅卵石铺成的小路比较显眼，蜿蜒着通向里面一块弧形的休憩区。休憩区的中央是一口喷泉，喷泉中央有一座灰白色的景观石雕，一个半裸的女人抱着水罐保持倒水的姿势，但水罐已经干涸。

"爱丽丝？"何琳降低了声音，像平日与女儿捉迷藏一样。

但周围没有回应。

一束烟花又从湖心岛飞冲上天，在高空炸开，将这片黑暗照亮。大堂经理往前走了几步，发现喷泉水池里似乎有点异样。她隐约有不详的预感，却不敢声张，只是打开手机的补光灯照了过去。只见一团暗红色的东西沉在浊水之中，她不禁惊呼一声，往后退了两步。

乔宇跃入喷泉水池，水并不深，只齐他的膝盖，他的手指刚触碰到那团东西，便忍不住发出一声沉闷的哀号——的确是一个孩子。他想把爱丽丝拽上来，但他的力气此刻像被抽走了，加上孩子身上的衣服浸足了水，他非但没有成功，反而一屁股坐在池子里。

保安反应机敏，立即跳下去帮忙，将孩子抱了上来。何琳这才回过神来，她拨开孩子脸上湿漉漉的头发，看清那张熟悉的小脸，除了爱丽丝，还能是谁？一阵剧烈的疼痛直击心脏，令她瘫倒在地。

詹妮在结婚之前做过几年乘务员，她顾不上安抚何琳，一边吩咐大堂经理拨打120，一边准备给爱丽丝做急救。爱丽丝的身体冰凉、脸色发青，已经没有了呼吸和心跳。詹妮清理了她的口鼻，交替做了几组人工呼吸和心肺复苏，但没有效果。

"让我来。"何琳说。

"你可以吗？"

"我可以。"何琳变得异常平静。

她学着詹妮的手势，跪在鹅卵石地面上，继续按压爱丽丝的胸口。不见成效之后，她的力度越来越大，爱丽丝单薄弱小的身躯在这样的重压下发生物理性的形变。詹妮不得不出手阻止："不能这样按，太用力了！"

何琳坚持道："她好像动了。"

"被这样按当然会动！你会把她肋骨压断的！"

"我不在乎！"何琳爆发撕心裂肺的怒吼，穿透小花园里的每一片叶子。

医院离这里不算远，大概十分钟的路程，120急救车风驰电掣地抵达了。乔宇和詹妮将何琳拉开，让随车的医护人员接手。医护人员一边问明情况，一边检查体征，又做了十几分钟的急救，最终停了下来，对着乔宇摇了摇头。

何琳跪着哀求道："求你们带她去医院，医院有机器，可以给她做手术，只要能让她活过来，怎么救都可以。我们家有钱救的，绝对不会赖账，也不会医闹，求你们救她一下吧！"

"孩子的生命体征消失一段时间了，我们该做的都做了，现在是脑死亡状态，已经没可能了。"医生停顿一下，又说，"我建议你们打110报警，要带法医。"

警察的调查并没有费多少周折。毓秀镇派出所副所长周彬带人抵达现场，封锁现场，调取监控，在现场找到三个孩子里的一个。他说他们三个互相不认识，在饭店里临时结识，是带头的那个大孩子把爱丽丝弄下水的，并且威胁另外两个不许泄密。据那个孩子回忆，那个大孩子曾经透露，他在毓秀中学读书，马上要升初二。

恰好周彬所里有个同事的亲戚在毓秀中学教务处工作，他从餐厅监控视频里截取了几张嫌疑人的清晰图像，连夜请这个亲戚帮忙辨认这个孩子。那个老师只看了一眼，就说出这孩子的名字——"陈昊轩，初二（3）班的"。他又从手机翻出一张初二（3）班的合影，在一堆学生里圈出陈昊轩。周彬仔细一对比，二者果然是同一个人。

周彬多问了一句："这孩子平时表现怎么样？"

那位老师苦笑一声，模棱两可地说："家里条件很好，个性也强，要不然这么多孩子，我也不会记住他。"

嫌疑人住在本市房价最贵的一个小区。周彬带人上门传唤的时候，嫌疑人的母亲吴晓云打开家门看到警察，立即抢着说："你们等一会儿，好吗？我们正准备去公安局呢——现在也算主动自首的吧？"

问讯是在市公安局进行的，作为案发地辖区的派出所副所长，周彬全程参与。

周彬以前是武警边防部队的，退役之后转入公安系统，并且调动到原籍。他曾经对付过全副武装的越境者，参与抓捕过各类穷凶极恶的罪犯，但今天这一起案子是他审讯得最轻松的一个，也是让他感到最无力的一个。

嫌疑人叫陈昊轩，今年十四岁，正在念初二，问讯的时候必须有监护人在场。陈昊轩一直低着头，却没有胆怯或者惊慌的样子，就像平时在学校踢足球打破了一面窗户的玻璃，被叫到办公室批评一样。他嘟嘟囔囔地讲述事情经过。周彬时不时地停下来补充提问，只用了一个小时，事情的经过就大致清晰了。

那天他当众挨训出了丑，又看见大堂经理送给爱丽丝一个水晶小海豚，心里更加不服气。后来，他和刚认识的两个孩子在外面玩，恰好看见爱丽丝出来看烟花，便谎称小花园的喷泉水池里有发光的金鱼。爱丽丝信以为真，便跟着一起过去了。在花园里，他向爱丽丝索要小海豚玩具，爱丽丝不答应，他更觉得面子挂不住。当爱丽丝站在水池边沿往下看时，他便掏出电击棍抵在她裸露的后颈处，按下了按钮。爱丽丝没有来得及哼一声，一头栽倒在水池里，再也没了动静。

那电击棍是他从网上买的，购买理由是防欺负、防拐卖，他妈妈便答应了。他拿着电击棍去学校里炫耀，收获很多同学的羡慕。那电击棍原先只是被他用在一些昆虫身上，后来又用在一些流浪的猫狗身上。但不久，猫狗的惨叫也变得索然无味，他便想继续发掘这电击棍的威力——用在人身上。

于是，爱丽丝成了他报复兼试验的目标。

"和你一起玩的小孩儿说你抢走了那个水晶小海豚，有这回事吗？"

"没有！他们冤枉人，我没拿！"陈昊轩气鼓鼓地否认，仿佛他是因这个与事实有出入的细节而遭了天大的冤屈，只要否定了这个，就能得到清白。

周彬从证物袋里取出那根电击棍，放在桌上："你是用的这个吗？"

陈昊轩点头。

"你不知道这样有可能把人弄死吗？"周彬问。

吴晓云抢着回答："他哪里知道这个，他要是知道的话，肯定就不敢那样干了。"

"让他自己回答。"

陈昊轩嗫嚅着说："我不知道。"

"你没有想过要救她上来吗？"

"想过。"

"那你为什么不救？"

陈昊轩低头看着地面，在周彬再次催问之后，他才轻声地说："池子里有水。"

"你怕水？"

"我怕把鞋子弄湿了。"

在场所有人都下意识地望向陈昊轩的脚下。那是一双崭新的篮球鞋，但只有平日打篮球的周彬认得，那双鞋是在海外限量发售的，国内黄牛价炒到了七八千元一双。

"给孩子穿这么好的鞋啊！"他随口嘀咕道。

吴晓云解释道："孩子平时也很朴素，之前过生日说想要这个，我们才托人买的。"

"已经过生日了啊？"周彬一边说着，一边翻看嫌疑人的档案。他在心底暗暗地舒了一口气，目前我国刑法的刑事责任年龄是十四周岁，如果嫌疑人已经过了生日，就是有部分刑事责任能力的人，多少要接受一点惩戒，不至于对苦主毫无交代。

吴晓云也听出周彬的弦外之音，她矢口否认道："没有，我们家昊轩还不到十四周岁呢。"

"他不是上初二吗？现在规定六周岁入学，怎么算也不止十四周岁了吧？"

吴晓云说："他小时候特别聪明，还没上学就认识很多字，还会背唐诗三百首和乘法口诀，我们想让他早点上学，就托人给他往大虚报了一岁。"

"在我们这里改的？"

"在乡下的爷爷奶奶家，那边比较好办。"

"你们怎么可以随意修改年龄？这是违法行为，你们不知道吗？"

吴晓云说："这也是别人教的，我们现在知道错了，该怎么罚都认，但我们昊轩的确不满十四周岁。"

此时，一位警员突然推门进来，将一张纸放在桌上，在周彬耳边低语道："这小子他爹刚才送了这个东西，还带了律师。"

那是一张出生医学证明的复印件，按这个计算，陈昊轩的年龄的确比当前户籍资料的年龄小了一岁。周彬在心底懊恼地发出一声叹息。如果嫌疑人的年龄对案件审判存在影响，且有证据材料证明嫌疑人的实际年龄与档案年龄不符，那就应当以实际年龄为准。而非法修改年龄，无非是罚款，顶多拘留，与他们此时此刻面临的危机相比，根本微不足道。

该问的都问了，该签的也都签了，对方还算配合，压力又回到警方这边——眼下该如何处理陈昊轩？案件性质不适用行政拘留，嫌疑人年龄又不适用刑事拘留，传唤时间不得超过十二小时。周彬有些迷茫。

此时，毓秀所的一把手吴所长走了过来，将周彬喊了出去，交代道："既然不到十四岁，笔录做得差不多了，就把人放了。"

"他们一下子拿出两个出生时间，总不能他们说什么就是什么，我想再去摸查一下，至少查一下这两个出生时间到底哪个才是真的。"

吴所长拍了拍他的胳膊，低声说道："差不多得了，不要破坏营商环境。这是分局领导亲自打电话吩咐的。只要程序没问题，你就照办吧。"

陈昊轩当天就被他父母带回家了。周彬没有急着回所里复命，而是约刑侦大队的赵洪贤在市公安局食堂吃了晚饭。当初他刚从边防调回内地，被分到郊区一个镇上的派出所，赵洪贤就是负责他那个片区的交警，两人在查处一起走私案时结识，并且交了朋友。如今周彬只是一个副所长，赵洪贤却是刑警大队的指导员，眼看着要往大队长提拔，两人的差距有些大了。周彬这次遇着棘手的事，只得向经验更丰富的老师傅请教。

"今天来之前，我被死者家属堵在派出所了。我说很快就有结果，让他再等一等。人家很通情达理，遇着这么惨的事也不纠缠，还跟我说'拜托了，辛苦了'。可现在事情明朗，证据确凿，那小浑蛋转了一圈就给放走了，这他妈算什么事嘛。"

赵洪贤也叹道："这案子大概率是立不了案，别说你没办法，就算送去市里、省里，差别也不大。"

"我知道，我明白。"周彬一边点头，一边无奈地摊手，"可是人家盯着我们毓秀所要结果，我怎么办？"

赵洪贤想了想，说："你能避的话就避一避，实在避不了，那就尽量少说话、少表态。先把人稳住了，不要出乱子，等分局走完程序给出结果，你这边不就择出去了嘛。"

周彬认同这是行之有效的办法，但他还是闷着头不说话，仿佛哪怕点一下头，就会被罪恶感包围。赵洪贤看他不答话，又好心地提醒道："你们所的老吴身体不好，市公安局已经批准他的提前退休申请了。据说，这次没有外部空降领导，要在内部提拔。你在副职也好几年了，应该有机会补他的缺。这时候你就平稳一点，不要节外生枝，你理解我的意思吗？"

"可是被老百姓堵在派出所门口骂，也平稳不了啊……"

赵洪贤无奈地笑叹一声，道："老周啊，不至于到了现在还要我给你讲道理吧？国家创造了法定程序这个东西，对我们既是规范，也是保护。有些事情很复杂，法理与人情相悖时，我们没办法兼顾所有，怎么做都有问题，那就只能按程序办事。你不按程序办事，即使是出于良心和善心，也不免惹一身臊。我之前被下放到乡镇交警队，不就是这个教训吗？但你按程序办事，即使有所非议，那也是安全的，纪检委来了也挑不出你的错。"

周彬记得自己曾听说过，当年赵洪贤处理辖区一起家暴案——丈夫酗酒以后经常暴打妻子。赵洪贤上门处理多次，但每回都以双方和解告终。终于有一天，妻子被打至昏迷，门牙被打掉一个，上唇撕裂伤，肋骨断了两根，是孩子打电话报警的。妻子原本斩钉截铁地说要告丈夫，赵洪贤以故意伤害罪向检察院申请批捕。但这位妻子突然反悔，撤诉，声称这只是普通的家庭矛盾，门牙和肋骨是她自己不小心摔的，而昏迷是低血糖导致的。赵洪贤劝她不要继续隐忍。她丈夫又反咬一口，投诉赵洪贤滥用职权、勾引有夫之妇、破坏他人家庭。赵洪贤想请那个妻子出面做证澄清，但她选择避而不见，还在外面说赵洪贤为了立功故意小题大做。当时局里正在参加全省公安系统的文明单位评比，对这种投诉特别敏感，于是暂时让赵洪贤去做交警，半年之后才调回来。

周彬被赵洪贤这番话点醒。他吃完晚饭，驱车回到辖区派出所，打算拿了笔记本电脑就开溜，明天直接去市里办公。但他前脚刚进办公室，乔宇后脚便出现在派出所的办事大厅，询问案子的进展。接待的警员不知道如何回应，便去喊周彬出来应付。

周彬说："人已经抓到了，我们正在调查，你先不要着急。"

乔宇这两天几乎没有合眼，看上去明显有些憔悴甚至苍老。他掏出手机向众人展示爱丽丝的照片，恳求道："拜托你们了，我女儿太冤了，她才五岁，特别乖，特别懂事，为什么会遇到这种事啊？"

办事大厅里的警员们都不敢抬头，各忙各的。

周彬仍然安慰道："请你节哀，但现在先回去等消息吧，一有结果，我们就通知你。"

"我不敢回去，我怎么回去？"乔宇无助地蹲了下来，片刻之后又开始疯狂地砸自己的脑袋，"我真的该死！我为什么要带她们去那边！不去的话就什么事都没有了……"

周彬赶紧托住乔宇的胳膊，扶他去接待室，还递来一支烟。乔宇平时并不抽烟，这次却没有拒绝，他左手拿着烟，右手握着左手的手腕，但还是止不住地颤抖。一名警员进来送茶水，见此情景，拿来一件警用的大衣给他披上，他这才稍微镇定一点。

"我没法面对我老婆……她昨天至少还能哭出来，休克过去好几次，今天只要一醒过来，一想到孩子就这样没了，她就痛苦到撞墙。我也跟她说，不要着急，再等一等，至少要给爱丽丝讨个公道，不要让她走得不明不白，否则去了那边也是白去。"

"那你现在出来，她怎么办？"

"家里有人，我嫂子和她朋友陪着。"他说着，又痛苦地搓头发，"家里的老人都还不知道，他们都特别喜欢爱丽丝，我都不知道怎么开口……"

周彬抬手想拍乔宇的肩膀，他想了想，又放了下来，只能坐在他旁边，沉默不语地抽烟。周彬接待过不少受害者的家属，他们悲愤交加，在情绪的驱动下言行激烈。与那些人相比，面前这位年轻的父亲已经算是相对温和的了。他储备了很多劝慰的说辞，比如"我理解你们的心情""你们要相信法律""一定会有交代的"，以往这些话就像事先设定的程序一样，可以平滑自然地说出去，但这一次周彬怎么也张不开嘴。

这种案子已经不是派出所能独立处理的，必须上报市公安局，由市公安局、分局下达处理通知。明天或者后天就有结果，但结果只会是一个，必定是不予立案侦查。但周彬现在不能漏了口风，他不愿意沾惹这种麻烦，他只能等。

乔宇又问起案子的细节，譬如凶手的具体身份，以及是如何造成爱丽丝死亡的。但周彬说目前不方便透露。他这套官方说辞话音未落，乔宇猛地掀翻手边的纸杯，热水在桌上迅速铺开，又沿着桌沿往下流，一直流到周彬的裤子上。

"你去网上看一看，我们家住在哪个小区几号楼、是做什么工作的，甚至爱丽丝上哪家幼儿园，都被扒得清清楚楚。可杀人凶手呢？什么都没有！我听别人说，你们就是在帮他们拖延，让他们有时间去疏通关系。"

周彬起身避让，严厉警告道："我们都是依法办案，每一步都是合法合规的。你要是有质疑，可以申请行政复议，我们经得起监督，但不要在这里撒泼造谣，造成恶劣后果是要负责任的。"

"那你抓我吧！"乔宇合拢双手的手腕，做出束手就擒的姿态。

两人剑拔弩张之际，之前送茶的警员又敲门进来："周所，有个女的来找你，说是你朋友。"

"让她等一会儿，我这边有事。"

警员却说："她也是为他这事来的。"

周彬知道是詹妮来了。两人昨晚就在案发地见过面了，于是他让警员带她过来。去年周彬和詹妮在一次相亲联谊活动中认识，周彬对詹妮颇有好感，但詹妮去那里只是图个乐子，两人并没有往下发展，仅仅作为普通朋友保持联系。

詹妮看见他裤子湿答答的，问："咋回事哦？"

周彬掩饰道："没什么，一点小摩擦。你怎么来了？"

"不放心，过来看看。"詹妮说。

周彬问："你跟这家人是什么关系？"

"孩子妈妈和我是同学，很多年的朋友了，孩子管我叫……"说到这里，詹妮的情绪有些激动，深呼吸一口气才缓了下来，继续说，"孩子管我叫干妈。"

周彬顿觉这个案子的棘手程度又多了一分，有了这层熟人的关系，他不可能完全摆出公事公办的姿态，但他转念一想，也许因此多了一个沟通的渠道。

"你先带他回去，我们这边只要有了结果，会在第一时间通知你们。你也安抚一下他们，不要有什么过激举动。"

"那现在是什么情况，至少给我们一个说法吧？"

"再等一等，肯定会有说法的。"周彬信誓旦旦地说。

"彬哥，你将心比心想一想，人家不是保险柜被撬，是孩子被害死了！这都过去两天了，人也抓到了，却一点说法都没有，我拿什么安抚他们？"詹妮说到这里顿了顿，眼泪忍不住滚落下来，"她才五岁啊，又可爱又听话，平时走路磕一下我们都心疼,现在却说没就没了……"

周彬踌躇片刻,让同事进接待室照看一下乔宇,自己则带詹妮去走廊的尽头,说:"你来了也好,有些话我目前只能和你说,至于你要不要向他们透露,你自己拿主意。"

"什么话?"

"孩子现在已经没了,人死不能复生,我建议他们家尽快找一个好的律师,做好打民事诉讼的准备。"

"这个当然了,我们肯定要告他们的——"詹妮说到这里忽然愣住,"你什么意思?民事诉讼?那不是用来赔钱的吗?"

"是啊,提前做准备总是对的,无论是和解还是打官司,都需要一个律师,可以多争取一些赔偿。"

詹妮仿佛听到什么脏得不能再脏的东西,漂亮的脸以最大的幅度皱了起来,她反驳道:"周所长,你在说什么呢?这是钱的事吗?我不知道你是怎么说得出口的,反正我是没脸去跟人家说这些话。"

周彬被指责得面红耳赤,他有些后悔,自己要是不多此一举,就不至于招惹一身臊,尤其是在詹妮面前。"算了,你就当我放屁吧!"他懊恼地往回走。

詹妮不依不饶地拽住他:"你说清楚啊,和解是什么意思?我听说那家人挺有背景的,不会是托你来做和事佬吧?"

周彬猛地站定,严肃地反问:"詹妮,你觉得我是那种见利忘义的人吗?"

詹妮也自知失言。她和周彬认识也有一年左右,虽然算不上交情很深,但至少不算陌生。周彬是端公家饭碗的,靠工资肯定赚不了几个钱,但他父母有一些头脑和运气,早年攒了一些家底,买了两家临街商铺,打通以后自营一家超市,后来又碰上旧城改造,拿到一笔可观的拆迁补偿。这样的人在体制内并不少见,有家底作为依托,没什么不良嗜好,相对执着一点的追求就是寻求职级的稳步晋升,对搞灰色收入的欲望并不强烈。

"我只是心里着急,随口那么一说!"詹妮解释道。

"这种事是能随口一说的吗?"周彬虽然还在生气,但语气已经有所缓和,"你自己也说了,对方家里是有实力的,不可能在家里坐以待毙,这会儿说不定已经在找律师了。所以我才提醒你们早做准备。不管刑事这边什么结果,民事追偿总归是要做的。"

詹妮沉默片刻,而后盯着周彬的眼睛,郑重其事地说:"周所长,我不是孩子的母亲,我做不了任何决定,但我可以确定,孩子的父母不会为了钱接受和解的。我个人也不可能做这种和事佬,你另找高明吧。"

周彬欲言又止，他往接待室的方向望了一眼，最终还是摆手道："算了，我只能说到这份儿上，你们自己看着办吧。"

第三天，乔宇在社区工作人员的指导下去医院办理死亡证明，后面的殡葬事宜都需要这个文件。医院的工作人员原本吊儿郎当，一听说他是爱丽丝的家属，立即变得恭敬、谨慎，全程陪同办理，很快将文件递到乔宇手里。

一张A4纸，单薄又轻易拿到，宣告了爱丽丝的正式死亡。乔宇把这张纸托在手里，不忍折叠，就像五年前第一次在产妇病房里托起女儿如小猫般的身体。他还记得那一天的许多细节，包括阳光的柔与暖，包括病房里的欢声笑语，连空气里飘浮的渺小灰尘都显得慵懒和幸福，一切都在恭喜他初为人父。

他停在斑马线前等红灯，抬头看着眼前这个世界。今天依然晴朗，城市依然喧嚣、忙碌，没有因一个孩子的猝然离世而耽误一分一毫。乔宇漫无边际地想，要是现在有一颗小行星撞击地球就好了，把所有人连同这个世界一起毁灭，那爱丽丝的死也就没那么悲伤。或者他像有些电影里一样，突然被一辆泥头车撞死，再睁眼就回到事发那天的早晨，掀开窗帘就看见爱丽丝蹲在院子里玩虫子，这几天的遭遇只是一场冗长的噩梦。

一家工厂的销售经理打电话过来，问："乔总，你现在手头方便给我们结货款了吗？"

乔宇说："不好意思啊，最近都在处理家里的事，等忙完这阵子，再和你们结账吧。"

销售经理苦笑道："谁家没事呢？我们都有事，但这不是拖欠货款这么久的理由。我丑话说在前面，今年我们已经停了几家代理的货，也发了律师函，一旦走到这一步，就没有以后了。"

"兄弟，帮个忙，再通融一段时间。上个月我刚把银行的到期贷款还掉，银行信贷部的刘主任说新的贷款马上批下来，已经在走流程了。"

"一个星期，怎么样？到时候再没有，就归法务部门管了，我也爱莫能助。"

"可以。"

刚挂了这个电话，又一个陌生电话打进来，问道："是乔宇先生吗？"

"是，您是哪位？"

"我是公安局的，现在给你送一份报案回执，你在家吗？"

乔宇说："我在外面办事，晚一点到家，我爱人在家里。"

对面沉默片刻，又说："我们不赶时间，还是等你回来吧。"

乔宇尽快往回赶，十几分钟后回到自家门口。堂屋停着爱丽丝小小的灵柩，院子里堆着亲友和邻居们送来的花圈。乔宇回拨过去，问对方在哪里，电话还没撂下，一辆白底黑字牌照的越野车便从远处缓缓地驶过来。

两男一女三名警察下车。前面的一男一女是陌生面孔，从上到下都穿得很正式，另一个穿便衣走在最后的便是周彬。他们先向灵柩的方向鞠躬，向乔宇出示各自的证件，又从文件包里取出一张文件递给他。

乔宇原本以为只是走一下程序，但他接过文件看了一眼，震惊得瞳孔扩大。

控告人乔宇：

你于2019年10月19日提出控告的"女儿爱丽丝被人故意杀害"，我局经审查认为"嫌疑人不具备承担刑事责任的能力"，根据《中华人民共和国刑事诉讼法》第×××条之规定，决定不予立案。如不服本决定，可以在收到本通知之日起七日内向本局申请复议。

云海市公安局
2019年10月22日

乔宇以为自己看错了，使劲眨了一下眼睛，又反复看了两遍，但白纸黑字毫无变化。他脑子里一片混乱，只觉得眼前这个世界很不真实，一切逻辑和规则都变得混乱甚至颠倒。

"是不是哪里弄错了？"他梦呓般询问。

女警察说："请您节哀。"

乔宇醒悟过来，声音也抬高了："你们肯定是弄错了，这不是法制社会吗？我家姑娘被人害死了，出了人命啊，怎么可能不让立案？"

男警察解释道："您不要激动，这是局里经过审议，合法合规做出的决定，不是一两个人能够左右的。嫌疑人目前不满十四周岁，属于无刑事责任能力人，我们的确没有办法立案侦查。通知书上也说了，您如果有异议，可以申请行政复议。"

亲友和邻居闻声，陆续围了过来。他们听说公安局送来的是不予立案的通知书，顿时群情激愤。他们都是看着爱丽丝一天天长大的，对她就像自家的孩子一样，如今她的夭折已经让人伤心，却连讨个说法的门路都被堵住，天理何在？

众人七嘴八舌地责问两位警察，还有人掏出手机拍摄。周彬作为辖区负责人，与这里一些人相识，赶紧出面维持秩序。村委会主任也在场，他平时很配合公家的所有事务，今天也忍不住提出质疑："我听人说了，那个杀人犯一米七几的大个儿，站起来比我还高呢，怎么就不满十四周岁了？"

男警察说："现在的孩子普遍营养好、个子高，其实他目前才上初二。"

另一个邻居随即发现漏洞："那也不可能，我孙女今年也在念初二，卡着年龄门槛入学的，现在已经十五周岁了，他怎么可能还不满十四周岁呢？"

这两位警察都不知道其中的具体细节，周彬只得站出来解释："这孩子的父母当时为了让孩子提前入学，年龄虚报了一岁，现在他们拿来出生医学证明，他的实际年龄的确不满十四周岁，我是亲眼看到的。"

村主任冷笑道："他想提前入学就往大了改，犯事闯了祸就往小了改，政府是你们和他家合开的啊？"

周彬认得他，于是将他往身边拉了一下，说："你是村主任，怎么在这里拱火呢？"

不料村主任甩开他的手："我哪里拱火了？我凭良心说话。我这村主任是大家选出来的，不是谁任命的，要是觉得我用得不称手，你可以向上级反映，把我这个主任撤了！"

在场的村民鼓起掌来，在这一瞬间，周彬在无形之中被推到所有人的对立面。

乔宇想起来昨天詹妮告诉他，这位周所长一直暗示让她找律师打民事官司，他问道："周所长，你前几天就一直知道这事不会立案，是吧？"

周彬一时语塞，他这人不擅长说谎，沉默片刻之后还是点头道："我是知道，但那是基于我的个人判断——"

乔宇怒问道："你知道？你知道却不告诉我？"

"我哪有这个权力！"周彬努力辩解，但他一开口就被众人的哗然淹没了。

有人在镜头前起哄："这是我们派出所的大领导，我们这里的小孩子被人害死了，报案以后被他们按了几天，现在才说不给立案，还说我们没有这个权力！"

门口正乱成一团，何琳赤足散发地出现在廊厅底下，人们立即安静下来。她望着这几位警察，问道："害死爱丽丝的那个孩子，他现在在哪里？"

周彬说："已经释放了。"

何琳又问："他叫什么名字？"

周彬欲言又止，望向分局派来的两位同事，男警察站出来说："对不起，我们不可以泄露未成年人的个人信息。"

何琳苦笑一声，眼泪大颗地滚落下来："今年夏天我带爱丽丝去公园，她觉得花很漂亮，就摘了一朵送给我。我却把她凶了一顿，说坏孩子才会弄坏别人的东西。她哭得很伤心，跟我往外走的时候，每遇到一个做绿化的工人，都会跟人家鞠躬道歉，说'对不起，我弄坏你们的花了'。"

她目光愤怒，声音也越发凄厉："她从来没有伤害任何人，却被人害死了，你们说按规定不能给她立案，又说按规定不能泄露凶手的信息，难道按照你们的规定，我的爱丽丝才是该死的那个吗？！"

乔宇快步走过去，试图将何琳搂在怀里，却被她用力推开，他猝不及防地从台阶上摔倒在地。何琳扯掉廊柱上缠着的白布，掀翻旁边的供桌，碗盘碎裂，供品滚落一地。她面容狰狞地对所有人怒吼道："你们都不在乎，没有人在乎！但我在乎！从今天开始，谁动了我的爱丽丝，我就和谁拼命！"

邻居一位大妈也看得泪眼婆娑，她指着周彬的鼻子，直言道："周彬啊，你自己看看吧！都是一个地方长大的人，怎么当了大领导就变成冷血动物了？你爸是周建邦，你妈是王芳吧？你回去告诉他俩，以后上街买菜把墨镜口罩戴好，省得大半辈子的街坊邻居见了面不打招呼觉得尴尬！"

周彬无力反驳，他抬头无意中发现，詹妮正在二楼的落地窗边俯瞰楼下的一切。她一反平日风风火火的性格，神情冷漠，无动于衷，仿佛这一切与自己没有一点干系。

第二章
赔偿金

那段视频很快被发到网上,原本只在当地小范围内传播,然而经过几个颇有影响力的经过个人认证的微博用户转发并评论之后,立即掀起舆论的骚动。真真假假的消息不胫而走,其中有以讹传讹的谬传,也有居心叵测的造谣,甚至有人像煞有介事地声称自己知道一些内幕,说凶手早已年满十四周岁,他爸妈花了几百万块,连夜托关系给他改小了一岁。

宣传部门这才意识到问题大了,他们一方面在当地的官方账号发布消息,另一方面与网络平台交涉,要求删除虚假消息,封禁部分账号。不料这些操作弄巧成拙,前者官腔十足的公文遭到网民的嘲讽和辱骂,后者则激怒了不明真相的人们,连原本保持观望态度的人都认为这是官方心虚的表现。

没有一个具体的人敢站出来澄清事实。大家都知道,这个风口浪尖,谁站出来,谁就是靶子。只要该发的物料发出去了,上级追问起来有话应答,剩下来的事情就是交给时间,人们吵一段时间也就乏味了,很快就会追逐新的热点。至于挨骂,这是无所谓的,反正骂的是一个泛指的集体概念,又不是自己。

周彬那句被误听的"我哪有这个权力"经过网民的解构,甚至一度冲上热搜榜前排,成了人们互相揶揄的流行语。官方的宣传账号但凡发布什么资讯,哪怕是与这个案子无关的日常更新,底下都会清一色地被网民刷屏"我哪有这个权力"。官方账号轻车熟路地关闭评论区,或者开启评论审核,而无处宣泄的网民再次被激怒,顺理成章地改评论为转发,舆论更加一边倒。

周彬是整个体制内唯一被架在火上烤的人,视频里的他直接被人喊出了名字和职务,暴露在舆论视野里,也就成了众矢之的。短短几天里,他遭到市公安局纪检监察室的多次约谈,好在经过调查,的确没有发现他有任何违纪违规的行为。

"你要是听我的多好,尽量少说话、少表态,就不至于惹这麻烦。"赵洪贤恨其不争地埋怨道,"你现在的处境很不妙,上下两头堵,要是处理不好的话,后面你想要副职提正怕是有难度。"

周彬委屈地说:"可我是清白的啊!"

"你清不清白重要吗?别人不但也清白,而且麻烦少。"

周彬无言以对。

赵洪贤又说:"等事情过去几天,你再找机会和死者家属谈一谈,把道理和政策说通,争取得到正式的、公开的谅解,这样也许还有转机。"

周彬很不愿意面对那一家子,但他别无选择,只能迎难而上。他今年已经三十七岁了,另一位姓刘的副所长才三十二岁,现在提倡干部年轻化,提升所长的年龄限制通常是四十岁,倘若他这次不能把"副"字去掉,再被年轻的新领导卡几年的位,以后恐怕要在这个位置等退休了。

陈昊轩一家此时也是惶恐不安,虽然公安部门不能泄露未成年人的信息,但网络的人肉搜索没有这些顾忌。通过无数支离破碎的信息,人们拼凑起他家的全貌。陈昊轩的父亲名叫陈钊华,是本地一家大型医疗器械企业的高管,收入颇丰;他的母亲名叫吴晓云,是一家民营医院的护士长。

在儿子被公安局带走之前,陈钊华一整夜都在找人咨询,得知我国的最低刑事责任年龄设定为十四周岁。按照目前户籍信息的年龄,陈昊轩难逃制裁。他绝不可能眼睁睁地看着儿子被送入铁窗。

他灵光一闪,想到一个办法——以往曾有人来请吴晓云帮忙在出生证明上做改动,好让孩子提前一年上学,她办成了,现在只要如法炮制,不就能把儿子的年龄压到十四岁以下嘛。

于是陈钊华连夜行动起来,让吴晓云去突击办理一份假的出生证明,他再去疏通各路关系,统一口径。所以,陈昊轩实际出生时间是 2005 年 4 月 8 日,但从这件事之后,对外的年龄一致改为 2006 年。

得到不予立案的消息之后,在一位名叫刘凯洋的律师朋友指点下,吴晓云立即请了长假,在夜色掩护下驱车数百公里,带儿子前往上海。多年前他们斥巨资在那边买的一套房子,如今终于派上用场。

陈昊轩就这样从人间"消失"了。

现在需要面对的只有民事赔偿。陈钊华作为监护人留下来斡旋,他原本也离不开这个深耕多年的城市。几年前,城南的安置小区出了一个诱奸少女的家伙,业主们竟合力将这个家伙的家人驱逐出去了,连"公检法"来了都不管用。陈钊华原本以为自己也会举步维艰,但事实上并非如此。他家的房子在本市房价最高的小区,物业费每月每平方米高达 8 元,而他的邻居大都是这座城市有头有脸的人物,不会为这种事打破各自的体面。他们更愿意相信,这只是小孩子玩耍时偶然发生的一次意外，那些底层仇富的失败者裹挟公众舆论，将它炒作成如今的局面。

陈钊华在网络平台没有公开的个人账号，他对网民们而言只是一个虚无的个体，他所在的这家上市公司便成了最合适的攻击目标。网民们口诛笔伐、群情激愤，汹涌的舆情似乎要在一夜之间将这家公司冲垮，就像一头被激怒的大象对蚂蚁无从下手，转而撞击蚂蚁寄居的一棵枯树。头两天，公司的股价的确连续暴跌，按照各大媒体的算法，公司市值缩水十几亿元。但这并不意味着资本怀有侠义之心，在医药股大热的背景下，负面舆情导致的股价下滑意味着绝好的"上车"契机，更多人开始关注这只原本无名的股票，第三天股价便一路飙红地涨停了，第四天又涨了两个点。

财经频道的记者对此评价道："不公平，但很合理。"

陈钊华在公司内持股6%，属于大股东，他无法随意处理自己的股份，但他妻子吴晓云使用她弟弟的身份开户，持有一些股票。他双线操作，一边处理儿子这件事，一边遥控妻子进行短线交易，几次高抛低入的操作，资产凭空多出数百万元。

他去公司开会，走在明亮的办公大楼里，目光所及尽是友善的目光。陈钊华不禁由衷地感慨，这世上只有独立思考、言行理性的人才能取得成功，而那些底层的失败者只知道无脑仇富，活该他们一事无成。

但董事会还是对他施压了，因为公司接下来打算申请在港股上市，即将面临一系列苛刻的审核和评估，高层管理者希望尽早清除负面舆情。他们希望陈钊华主动辞去管理职务，暂时与公司撇清关系，等他正式解决完家里的事，再回来继续履职。

陈钊华不是初出茅庐的毛头小子，不会轻易被人画的饼糊弄，他深知自己这个级别的职位是一个萝卜一个坑，屁股稍微挪开一会儿，便会被人永久替代，想再入局可就难了。他打拼多年才有今天的成就，绝不可能在正当年之时拱手相让。他向董事会保证，只要一个月时间，他就可以让一切尘埃落定。

刑事责任已经免了，现在只剩民事责任了。所谓"民事责任"，翻译一下不就是"赔钱"嘛。天下有很多难办的事，但只要是花钱就能解决的事，都不能算是真正的难事。

他的钱也不是大风吹来的，于是他私下还是忐忑地去咨询律师刘凯洋："像我们家这事，一般要判赔多少？"

刘凯洋粗略算了算，又查阅了这几年同类案例的历史判决，说："这个要看对方的具体主张，多的多，少的少。但法院有一套通行的公式，最终估算下来应该就在 100 万到 120 万之间。"

陈钊华松了一口气，他原本的心理价位是在 300 万元以下。他又问："那我主动去私了？"

刘凯洋劝阻道："你千万别去，否则你就被动了。他们觉得可以拿捏你，到时候肯定狮子大开口，几百万上千万地要。"

陈钊华退缩了，两三百万元他拿得还算轻松，再多的话他也肉疼。但他还是说出自己的难处："老兄，我的想法是绕过法庭那一步，尽快搞定，降低影响。"

刘凯洋思索片刻，说："倒也不是不行，我可以作为你的代表去和他们谈。"

周彬正在踌躇如何登门，恰好刘凯洋靠着熟人的关系找了过来，说自己代表陈昊轩的监护人来商议赔偿问题。周彬喜出望外，这真是天热递扇子、困了垫枕头，要是他能促成这件事的和解，组织上没有理由绕过他去提拔一个资历和经验都不如他的人。但他还是很谨慎地问："你们的诚意如何？"

刘凯洋伸出一根手指。

周彬失望地摇头道："我个人觉得你们的诚意一般。"

刘凯洋说："这个数已经不错了。前年西北有个案子，死的也是一个差不多年纪的孩子，只赔了 85 万元。"

周彬说："这种事不好类比的，各个地区各个家庭的情况不一样，你们要是抱着这个态度，那还是自己去吧，我不跟你去踩这个雷。"

刘凯洋只得往回找补："最终金额也不是咬死的，委托人也想着预留一些浮动空间。"

周彬拿不准，他打算先通过詹妮去传达。

詹妮还是很冷漠，讥讽道："周所长对这件事还真是很热心啊？"

周彬说："詹妮，我向你发誓，我没有拿任何人的好处，也不赚任何人的人情。如果凶手是一个成年人，你朋友不愿和解，宁可分文不取也要让凶手吃枪子儿，那我不但举双手赞成，而且敬佩他是一条汉子。但现实摆在眼前，对方未满十四岁，不予立案也是刑法的规定，谁也没有办法，他们要是连民事追偿的权利都放弃，那对方就真的一点代价都没有了。"

不知道是因为觉得周彬说得有道理，还是被他的诚恳态度打动，詹妮答应帮他转达。于是，陈家寻求和解的信号转了几手，终于抵达乔宇面前。

詹妮将周彬的原话转述出来，但还没讲完就被乔宇打断，他说："詹妮，你没有生过孩子，不能完全理解为人父母的心情，我们无法接受和解，必须竭尽全力去为爱丽丝争取。"

"我知道你们现在很伤心很愤怒，但你要知道，结果很难被改变，我觉得周彬说的不是没有道理，你们应该考虑一下。"

"这不是钱多钱少的问题，法院怎么判，我们都可以认，哪怕最终只是徒劳无功，也要去争取。这是属于爱丽丝的尊严，也是我和何琳以后还能心安理得活下去的基础，否则就是对她的背叛。"

詹妮点了点头："我懂了，我尊重你的决定。我只是看你们每天生活在痛苦里，很希望你们能够尽早走出来，尤其是你，最近整个人都憔悴了，鬓角都有白头发了。"

乔宇不禁感到心头一暖。这些天他承受的压力太大了：飞来横祸，痛失爱女；资金断链，破产在即。人们的关注点都聚焦在何琳身上，而他被遗忘在角落里，没有得到只言片语的安慰。他苦苦支撑的心理防线在此刻崩塌，他用双手捂住脸，眼泪却从指缝里渗了出来。"太难了，真的太难了。"他沮丧地说道，"我感觉我们现在就像两只蚂蚁，有人拿着烟头烤着我们取乐……"

詹妮不知道该如何安慰，只得轻轻抚了抚乔宇的后背。这个身材高大的男人现在如此脆弱，全然没了往日的意气风发。此时，卧室方向传来何琳的一声撕心裂肺的尖叫。詹妮惊诧地缩回手，乔宇却十分平静，并不急于起身："没事，她这几天经常这样，梦里见到爱丽丝，醒了发现孩子没了，就会精神崩溃。"

"需要我进去吗？"

"不用，你先回家吧，她见到你了反而更加收不住。"他擦掉泪痕，稳住情绪，直到尖叫转为低沉的哭泣，这才起身走向卧室。

这些日子里，何琳陷入一种疯狂的状态，她昼夜不分地查阅资料，殚精竭虑地为枉死的爱女讨要说法。她向公安机关申请行政复议，向检察院投实名检举信，向法院递交诉状，但这些部门的反馈是一致的——驳回追究刑事责任的诉求。她又拨打市长热线电话，接线员的回应永远是答应"转达给相关部门"，然后又回到之前复读机般的回应。

这个案子像足球一样被各部门来回倒脚，而乔宇就像一名笨拙的球员一样来回奔波，却徒劳无功。除此之外，他还要面对项目资金即将断链的危机，家庭与事业的双重高压让他焦头烂额。但何琳就像站在台子上愤怒的主教练，使他不敢有所违逆，一丝不苟地执行着指令。

乔宇几乎翻遍自己所有的人脉，得到的反馈基本是一致的——立案基本是不可能的，唯一的解决办法就是谈判调解。

一天，殡仪馆发来了新的费用催缴单——遗体保管费。

乔宇看着上面的数字，不禁有些苦恼。何琳要求在最高档的单间寄存女儿的遗体，每天780元，从出事到现在，已将近一个月。社区派人来劝说几次，让他们尽早火化遗体。但何琳不肯签字，她想讨要一个公道，在此之前，她不同意火化。她也不允许乔宇签字，否则她不惜与他同归于尽，一家三口在九泉下相见。

雪上加霜的是，乔宇突然接到电话，原本即将进入放款流程的银行贷款突然被中止了，对于乔宇的生意而言，这几乎是致命的。他追问缘由，对方回复说银行这个季度的贷款额度已经超标了，于是对正在审批的项目重新做了风险评估，认为乔宇的贷款申请存在一些违规之处，所以驳回了。

乔宇承认，对方所谓的一些违规之处的确存在，但他以往都是这样操作的，从来没有出现问题，而且不光是他，市面上小微企业的贷款大多如此。他不甘心放弃，拿信封包了1万元现金，去银行找信贷部的刘主任。他近几年的贷款都是在刘主任手里办的，两人的交情还是有的。

乔宇下午一点半过去，刘主任一开始各种推托，说在开会、在做报表、在搞接待……但乔宇认识刘主任的那辆雷克萨斯，他守在停车场不走，最终在下班时间蹲到了刘主任。

刘主任见到乔宇，既诧异又紧张，环顾四周，见旁边没人，便招呼他进车子里谈话。乔宇刚说明来意，刘主任便诉起苦来："我说起来大小是个主任，实际上在夹缝里求生存，和部门里其他人一样背着KPI（关键绩效指标）。你得体谅我的难处，要不是万不得已，我怎么可能把客户往外推呢？"

乔宇恳求道："主任，这几年承蒙您照顾，我生意才转得起来。您是了解的，我一直很讲信誉的，本金和利息没少过一毛，也没迟过一天。拜托您帮个忙，再通融一下。"

刘主任还是摇头："这个不是我说了算。到了年底，内部和外部的金融监管都特别严格，谁都不敢在这个时候出乱子。不信的话，你可以去别家试试。"

"我不是不信……我的意思是，如果什么时候有放宽的空间，能不能优先考虑一下我。"乔宇一边说着，一边往车窗外扫了一眼，从口袋里取出信封递给刘主任，"主任，这个您收下……"

刘主任往信封里瞟了一眼，又推了回来："你这是在干什么？别搞这些。"

"只是一点小小的心意，希望您不要嫌弃。"

"我真的不要！"

乔宇以为对方是在客套，便不再往他手里塞，而是打开副驾的手套箱，将信封塞了进去。不料刘主任的反应更加激烈，他打开车门站到外面，指着乔宇严厉地呵斥道:"拿出来!"

"刘主任……"

"不要废话,我叫你把东西拿出来!"

乔宇惶恐地从手套箱里拿出那个信封,尴尬地钻出车子。

"行贿也是违法犯罪,你知道的吧?不要害我,也不要害了你自己。要办什么业务,规规矩矩走流程,只要合法合规,我能办的都会办,搞歪门邪道的就别来了。"

乔宇自知理亏,只得将信封揣进兜里,无地自容地离开。

他的身影尚未消失,刘主任便掏出手机拨了一通电话出去,他说:"那个姓乔的刚才来找我批贷款了,还塞了1万块钱,被我顶回去了。"

电话里传来陈钊华的声音:"谢谢啦,刘主任,这个人情我永远忘不了。"

"以后尽量别让我干这种事啦,我这季度的贷款任务还差一截呢,哪有往外赶人的,还是好几年的优质客户……"

"兄弟,您放心,我不会让您承担损失的。我有个表弟以前是市二建的,先前出来单干,做得很不错。最近他接了个总价4000多万元的分包,需要一部分垫资,您什么时候有时间可以考察他一下。"

刘主任问:"这项目有风险吗?"

"市政的,官网查得到的。"

"那行,要真能谈成,后面半年算是有交代了。"

"我这表弟有实力,也很懂事,到时候您不用跟他客气。等我这边忙完了,专门找时间约您小酌几杯,表达一下心意。"

刘主任心满意足地挂了电话,又从扶手处抽了一张消毒湿巾,将刚才乔宇坐过的地方仔细地擦了擦。

乔宇不敢停歇,又去找了其他几家银行,几乎都吃了闭门羹,理由都是额度已满,资质不全,仿佛他们在一夜之间约好了拒绝他。像他这种小微企业与银行打交道,关系需要长期的针对性的经营和维护,现在他被最常来往的银行拒之门外,再想在短时间内敲开其他银行的大门,可能性微乎其微。一边是银行突然断贷,另一边是厂商的步步紧逼,乔宇被压得喘不过气。

乔宇沮丧地回到家中,何琳又让他去法院催问进度,他心里烦得很,随口说道:"我前天去问过了,他们有了进展会通知的,我先处理一下项目的事,明天再去问。"

何琳问:"是女儿重要,还是赚钱重要?"

"这两件事能拿出来对比吗？"

"为什么不能？你不是一直在做对比吗？好不容易带孩子出去吃饭，却还是忙着搞钱！"

乔宇也恼火了："我不去搞钱，一家人喝西北风吗？打官司不要钱吗？你以前投资奶茶店，亏了几十万，我都没说过你一句，现在你连孩子都看不住！"

这话深深地刺痛了何琳，她抓起水杯砸了过去。乔宇下意识躲开，水杯砸在墙上，但锋利的玻璃碎片飞溅开来，划伤他的脸颊，鲜血当即流了出来。乔宇摸了满手的红，又惊又怒地瞪着妻子，还好在场的亲友反应过来，及时将两人隔开了。乔宇的大姐甚至在他的嘴上连扇两下，试图阻止他说出更不合时宜的话。乔宇不再多话，拿了车钥匙，负气地摔门离开。

乔宇在离家几百米的地方碰巧遇上詹妮的红色奔驰，这条路恰好是两辆车的宽度，没有更多避让的区域，他们只得小心谨慎地会车。双方驾驶座最靠近的时候，詹妮按了一下喇叭，两人都降下车窗。詹妮问道："你干什么去？"

乔宇没好气地回应道："搞钱。"

詹妮看到乔宇脸上的血迹，吓了一跳，惊愕地问："你怎么了？"

"你好姐妹砸了个玻璃杯！"

"你等一下。"詹妮转身去翻扶手箱，翻出一根棉签和一张创可贴。她穿高跟鞋的时候脚后跟经常磨伤，所以车里一直备有这些东西。

但两人都无法开门下车，于是詹妮解开安全带，从车窗里探出小半个上身，让乔宇也将脑袋伸出来，以这种别扭的姿态给他清理伤口。乔宇无意中瞥见她领口的春光。白皙修长的脖子下方是精致分明的锁骨，而再往下便是若隐若现、饱满诱人的两道弧线。乔宇赶紧撇开脸，说："要不算了吧，小伤口，很快就好了。"

"不要乱动。"詹妮却不以为然，"有的玻璃碴子细得跟粉末似的，万一留在愈合的伤口里，那可就麻烦了。"

她一边用棉签擦拭伤口，一边轻轻地吹气，呼吸中带着不知道是牙膏还是口香糖的淡淡薄荷味儿，像一阵温柔的春风，让刚刚还在愠怒之中的乔宇逐渐平静下来。

恰好有与乔宇相熟的邻居贴着墙根路过，故作寻常地与他打招呼，然后若无其事地离去，点头应答之间尽显尴尬。乔宇也无所谓了，继续顺从地配合着，直至詹妮在他伤口处贴好一张创可贴。乔宇打开遮阳板，从镜子里看脸上的创可贴，却无意中发现自己头顶的发根已经明显斑白了。他恍惚片刻才回过神来，没有声张，稍微理了理头发，盖住那些露白的地方。

"怎么样，还行吧？"詹妮问道。

"脸上贴这玩意儿像打了个补丁。"

"男人怕什么，电影里的硬汉也贴这个。"

乔宇再看一眼镜子，感觉这的确有点硬汉的意思，也觉得顺眼不少。他问道："你现在是去我家吗？"

"是啊，不放心。"

乔宇顺口接了一句："不放心谁？"

这句话一说出来，两人都尴尬地笑了笑，多少意识到有点暧昧的意味。詹妮却没有跳开这个话题，而是回答道："当然是不放心你老婆，你一个大男人坚强又皮实，用不着我担心。"

这才是詹妮，来而不往非礼也，你敢暧昧，我就敢挑逗。以往乔宇和詹妮算不上朋友，彼此交流都是以何琳作为媒介，对于詹妮来说，乔宇的身份只是闺密的老公而已。今天，她轻飘飘的一句"你老婆"，便让两人之间的关系实现了进阶质变。

"上次你跟我说的事，千万不要跟她提，"乔宇指了指脸上的伤，"她现在情绪特别不稳定，就跟炸药桶似的，一句话不称心就爆炸。"

"我知道，所以我才希望你们早点走出来，不要一直钻牛角尖。咱们都是成年人，不是第一天接触社会，趁现在舆论热度还在，对方着急解决问题，多争取一些民事赔偿，也算是对他们的惩罚。过不了多长时间，舆论会去追逐新的热点，对方心态也疲了，咱们可就被动了。"

"我知道了。"乔宇点头应承着，又问道，"你已经答复人家了吗？"

"还没有，我只说我已经转达了，还没收到你的答复。"

"我这几天给你回复。"

后面又来了一辆车，两人匆匆告别，各自离去。

经朋友介绍，今天乔宇要去见一家金融信贷公司的老板，他可以在二十四小时内快速放款，也不需要太多烦琐的手续。表面说是金融信贷公司，其实是高利贷，乔宇心里也是有数的，但厂商发来了律师函，他已经走投无路。

这不就是乔宇这种小老板的命运吗？明明稍微被拉一把就能起死回生，却总在关键时刻等不来救命的资金，而那些如同黑洞一般亏空几百万、几千万甚至上亿元的庞然巨兽被各家银行奉为贵宾，肆无忌惮地挥霍，购买一艘豪华奢侈的游艇、一件谁也看不懂的天价艺术品，或者什么都不买，而是给某所"常春藤"捐一座图书馆。

乔宇走进那家金融信贷公司的大门，迎面就是一座巨大的木雕，一只威武霸气的貔貅坐在高台上，脚下踩着一摞金元宝，俯瞰着进门的每一个人。前台工作人员带乔宇去会议室，给他泡了一杯茶。乔宇的父亲以前开过烟酒茶叶店，他也跟着对茶叶有一点了解，光看茶叶在热水中的表现便知道价格不菲。

老板看上去很斯文，穿着一身西服套装，戴着金丝眼镜，头发也打理得一丝不苟。他带着一个年轻漂亮的女孩子，即使裹着羽绒被一样的长款羽绒服，坐下来随手捋了一下衣服下摆，也看得出纤腰圆臀。今天乔宇的朋友没来，说是按规矩不宜在场。但来这里之前，朋友特意交代乔宇，不要着了这妖精的道。她的存在一是满足老板的虚荣，二是充当商谈的催化剂，关键时刻甜蜜妩媚地鼓动几句，不少男人招架不住她的煽风点火，稀里糊涂地就签了字。

老板问："乔总大概需要多少钱啊？"

乔宇说："80万。"

"周转多久呢？"

"快的话，三个月吧。"

老板说："现在市面上借贷的利息通常是一毛五分，咱们第一次打交道，又有朋友介绍，就给你一个折扣，一毛二，怎么样？"

"12%？"

"是啊。"

乔宇喜出望外，但他转念又冷静下来，问道："是月息还是年息？"

老板和美女相视一笑，像是听到什么滑稽的笑话，老板客气地恭维道："乔总以前肯定生意做得好，很少在外面借钱吧？"

乔宇说："以前只在银行贷款，或者朋友之间互相拆借。"

"怪不得呢。那我得跟乔总介绍一下哦，咱们这里和银行不一样，利息不是年息，而是月息。"

"月息12%……"乔宇倒吸一口凉气，心里也飞速地算起来，"那年息就是144%？这个利息不合法吧？"

老板顿时收起笑脸，大喇喇地往沙发上一靠，跷起了二郎腿："那你可以去找你觉得合法的借嘛！银行是有银行的好，但人家门槛高、规矩多、事难办啊！我们出款快，承担的风险也更高，多收一些利息呗！"

"但这个利息也太高了。"

此时，那个美女起身给乔宇的杯子里添水，娇声媚语地说："乔总，您又不是借一整年，只是周转三个月而已，算下来其实也还好。等您生意旺起来了，赚钱还不是轻轻松松的？"

她说得倒也没错，如果只是借三个月，利息就是36%，对于现在急于接上资金链的他而言，就像给突发心肌梗死的病人用上了一台AED（自动体外除颤器），额外续了一条命，收费昂贵也不是不能接受。

老板看乔宇面色稍有舒缓，便对那个美女挑了挑下巴，她心领神会地从包里取出一份合同，放在乔宇面前。乔宇拿起来仔细翻看，但密密麻麻的小号字让他看得十分吃力，只有阅读，没有理解。

"放心好啦，我们现在放出去的几千万元都是这个合同，固定的格式和内容，看不看都是一样的。"那个美女将黑色水笔放在他手边，却没有回自己的座位，而是贴着坐在乔宇身边。

她身上的气味幽幽地往乔宇的鼻子里钻，不只是化妆品的香气，还有难以名状的女性荷尔蒙，让乔宇感到不安。但这种不安并非来自对这个女人的邪念，而是对她的警惕甚至排斥，如果非要说邪念，他此时此刻反而莫名其妙地想起另一个女人——詹妮。

记忆里詹妮身上的香味儿如同一剂迷魂汤的解药，让乔宇迅速清醒过来。他想起以前认识的一个老板便是掉进高利贷的陷阱，如今已经不知所终。他努力将原本涣散的注意力集中起来，终于在非常不起眼的角落发现一些端倪：一是他们要提前扣除约定期限的利息，也就是说，借80万，到手只有44万；二是债务逾期则转入复利结算，也就是传说中的"利滚利"。他借口要上厕所，在卫生间里面用手机计算，如果三个月以后事情没有好转，他没有能力还上这笔钱，80万元本金转入复利结算，一年的本息竟然高于300万元。

乔宇不禁吓出一身冷汗，如果他今天头脑一热拿了这笔钱，这辈子算是完了，这些放贷的家伙会像吸血虫一样无法甩脱，直至榨干他这副身躯能够产出的最后一点价值。

他回到会议室，又装模作样地浏览合同片刻，刻意跳过隐形陷阱那一部分，着重询问放款时间之类的问题。在得到对方二十四小时内放款的承诺之后，他故作欣喜，谎称需要回去和家里人商量一下，这才得以全身而退。

乔宇现在无处可去，只能回自己的门市部待着。一名工人递来一封挂号信，说是今天早上送来的。他拆开一看，是法院送来的起诉状副本，让他准备应诉。他正在苦恼之时，门面房的房东打来电话，要他补足拖欠的几个月以及后面一年的预付房租，否则就要清场赶人。

乔宇不禁发出苦笑，去年的今天他还混得很好，家庭和睦、美好，事业风生水起，接了好几个不错的订单，摊子也铺大了。谁承想不到一年，家破人亡、债台高筑，他能想到的所有出路都被堵死了。

他从通讯录里翻出一个做律师的高中同学的联系方式，咨询如何应对厂家的起诉。律师同学比较悲观，认为这种案子没有太多回旋的余地。他也听说了爱丽丝的事情，顺便问了一下。乔宇便将目前的状况和盘托出，然后问道："像我女儿这样的案子，民事诉讼一般判赔多少？"

律师同学说："你女儿的户口是城镇的还是农村的？"

"农村户口，我家离城区很近，就没在城里买房。"

"儿童的死亡赔偿金是当地人均年收入的20倍，农村户口要低一些。我查了一下，去年本市农村人均年收入是31000元，20倍就是62万，再加上丧葬费、精神损害赔偿，应该很难超过100万。"律师同学又算了算，叹道，"如果是城镇户口就好了，去年城镇居民人均收入63000元，20倍就是126万，差距还是不小的。"

乔宇既对这种巨大的差距感到不公，又对自己赤裸裸地谈论赔偿金额感到羞耻，那个对他和何琳而言如同天使的女儿，如今的价值似乎只剩下这些数字。

"如果是你，你会怎么办？"乔宇问道。

律师同学说："我也是当爹的人，我能理解你们的心痛，但作为律师，我更加建议和解。如果非要对簿公堂，你还要考虑一个很大的隐患，万一法院认为你们存在监护不力的情况，要划一部分责任给你们，到时候判赔金额也要跟着打折扣。"

"给我们划责任？法院疯了吧？我们家是受害者！"

"受害者也要参与责任划分的，法官不一定愿意主动往这个方向想，但被告请的辩护律师肯定会提醒他的，花高价请有名律师的好处就在这里。"

乔宇陷入沉默，他不得不重新审视自己的选择。

"且不说判赔金额可能会比较低，这案子什么时候开庭、要扯皮多长时间、对方是否履行判决都是未知数。像我现在正在代理的案子，一个很简单的经济纠纷，已经排了三个月，还不知道什么时候开庭。"

律师同学的话彻底击碎乔宇最后一点期盼，他现在这个情况连半个月都不一定扛得住，更别提三个月甚至更久了。他在办公室里苦闷地抽光了一盒烟，最终打算接受和解。他努力安慰自己，这是一个正确的决定，能把这个家从破产的边缘拉回来，也能让爱丽丝的遗体入土为安，更能让妻子尽早脱离痛苦的深渊。

陈钊华很快得到了对方接受和解的好消息。他并不觉得意外，在刘凯洋过来报喜之前，他就已经知晓了。这些天，陈钊华一直让小舅子暗中监视乔宇的动向，尤其关注他每天都在接触什么人，以防他哪天突然七拐八绕攀上一个拥有强大权力的社会关系。但乔宇没有任何新的动向，他只是每天不停地想办法搞钱，在这场不对称的较量中，陈钊华不禁想到自己几年前第一次教儿子下五子棋的情景。

陈昊轩驱动着尚且稚嫩的智商和几乎空白的经验，努力尝试防御和进攻，但在陈钊华看来，儿子的所有预谋都是完全透明的，他可以泡着茶、刷着手机，时不时地回来看一眼，易如反掌地压制儿子的每一步棋。

乔宇如今的表现，比第一天接触五子棋的陈昊轩强一点，但不及第三天的。

刘凯洋说："这个谈判，你就不用去了，让我作为你的代理人出席，可以预留一个缓冲带，事情就好办很多。"

"我一直不露面？"

刘凯洋想了想，说："等具体细则都谈妥了，你再出面签字、付款，最好留一个合影，这件事就算是盖棺论定了。"

陈钊华认同这个套路，和刘凯洋签了委托代理协议。

双方的和解会谈还是约在派出所的会议室，以免一言不合，发生不愉快的事情。周彬不参与具体的讨论，只作为见证者出席，全程保持录音，同时也承诺，若非必要，绝不对外泄露。周彬对这次会谈的期待很高，选在派出所也有他的用意，他要让单位上下的人都看着他促成和解，这样下来，别人再拿这件事堵他的晋升路便没道理了。

作为施害者家属的代理人，刘凯洋一直保持谦逊的姿态，他主动给出一个数字——120万。说完，他看了一眼旁边的周彬，周彬没有任何表情变化，想来这个数字中规中矩，没有高出或者低出他的预判。

乔宇听了沉默良久。刘凯洋忍不住催促道："您如果不满意，可以提出您的想法。"

詹妮哼了一声，笑道："真当这是生意呢？既然还有往上的空间，为什么不直接给出你们的诚意上限呢？"

刘凯洋无奈地表示："我也只是一个代理律师，没办法慷他人之慨……"

乔宇开口道："赔偿金可以另说，但我有一个要求，他们家必须通过媒体平台公开向我家爱丽丝赔礼道歉。"

"那是当然，如果达成和解，委托人会当面向您道歉。"

"不，不是他们，"乔宇摇头道，"我是指凶手本人。"

"我理解您的心情，但我的当事人之所以给出较高的价位，就是希望这件事不要影响孩子的未来。"

"可我的孩子已经没有未来了!"乔宇愤怒地说。

刘凯洋依然很淡定:"我干这一行很多年,可以很确定地说,这事即使真的上了法庭,也不会公开审理,孩子更不会出庭,为什么非要较这个真呢?"

乔宇不再说话,脸色阴沉地陷在座位里。

刘凯洋觉得今天的谈判大概无果,收拾东西准备离开。乔宇突然说话了,他说:"200万。"

刘凯洋稍作迟疑便说:"您稍等,我去沟通一下。"

他出去打电话,其他人在会议室死一般的寂静里煎熬着。过了一会儿,周彬终于按捺不住,问道:"孩子妈妈今天没来吗?"

詹妮说:"她刚吃了药,在家休息。"

"不用问她的意见吗?"

乔宇说:"她现在是个半疯的人。"

周彬不再说话了,只是默默地抽烟。

过了大约十分钟,刘凯洋终于回来了。他环顾众人一圈,确认每个人都在听,这才点头道:"今天签字,今天打款。"

他打开公文包,从里面取出几份已经打印并装订好的文件,分发给在场的诸位。文件还带着打印机的热量,抬头用粗体字写着"和解协议书"。前两年詹妮因为离婚看合同看得比较多,率先发现一个问题:"今天只付50%,另外一半要在六个月以后付?"

"对,我的当事人也得考虑风险,万一你们签了字收了款,一转身又闹事,这200万不就打了水漂吗?"

詹妮反驳道:"万一这半年里我们遵守承诺,但你们看事情风平浪静了,又不肯支付另外100万,怎么办?"

刘凯洋指着文件说:"你看下一条嘛,另外50%打入第三方监管账户,也就是派出所的账户。如果你们遵守协议,这100万就在半年后由派出所转给你们,如果你们违反协议,就退回我的当事人的账户。"

詹妮又往后翻了翻,确实有这一条,琢磨下来倒也无可厚非。她扭头望向乔宇,乔宇将协议书反复看了几遍,点头道:"就这样办吧。"

他们在会议室又等了半小时左右,陈钊华进来了。事情已经发生近一个月了,双方的监护人才第一次正式会面。周彬特意安排了两位同事在外面的走廊里待命,万一出现突发状况,可以第一时间干预。陈钊华也不免紧张,他早就见过乔宇的相貌,却不敢直接与他打照面,进门以后只与周所长说话。

若是在以前，周彬倒是不介意多认识陈钊华这样的富贵朋友，毕竟多个朋友多条路，但他现在更希望展示中立甚至偏向于受害者的立场，所以态度显得特别冷漠。刘凯洋察觉其中的端倪，及时站出来向陈钊华介绍乔宇。陈钊华以为自己会心虚，乔宇以为自己会愤怒，但事实上两人都多虑了，他们只是互相点了一下头，便各自落座了。

刘凯洋将一份文件递给陈钊华，又复述了一遍协议的大概内容，确认无误便引导着双方进入签字环节。

詹妮忽然开口道："他还没有道歉。"

"刚才不是说好了吗？"

"刚才说的是他儿子不出面道歉，但没说父母也不用道歉，他们教出这样的儿子，难道不应该道歉吗？"

"那是说 120 万的价，现在是 200 万，诚意还不够吗？"

詹妮还想再反驳，乔宇却拦住了她，他神态疲惫地说："算了，不折腾表面文章了，就这样签吧。"

和解协议书一式四份，当事人乔宇和陈钊华、主持人刘凯洋以及见证人周彬在上面签字，而后陈钊华当场给乔宇的个人账户和派出所的对公账户里各转账 100 万元，乔宇和周彬则各返了陈钊华一张收条。刘凯洋找到一个绝佳的位置和角度，在三方递交收条的时候迅速按下手机的拍摄键，将这一瞬间定格。

确定资金到账之后，这场商谈就算结束了，乔宇和詹妮去停车场取车。他们在车里坐了一会儿，恰好看到陈钊华驾车离开。詹妮认得出来，那是加长行政款帕拉梅拉，她前夫的老板也有一辆，210 万元起售。

第三章
肇事者

何琳最近经常做一个噩梦，梦见一家三口去长白山旅游，住在森林里的民宿木屋里。她正搂着爱丽丝躺在火炉旁边睡觉，扭头望向窗外，却看见爱丽丝穿着一条单薄的睡裙，赤脚走入茫茫雪原，而她怀里的爱丽丝只是一具尸体。惊醒之后，何琳就再也无法入睡，反复地说这是女儿托梦了，要妈妈为她伸冤。

有人告诉她，隔壁县城有个特别灵的盲"半仙"，专门研究风水八卦之类的，算命特别准，本地不少大人物都受过他的指点。这位"半仙"在当地很有名，何琳小时候也听说过。她以前是唯物主义者，不信怪力乱神，连星座之说都不信，但现在的她把任何能够充当精神慰藉的东西都当作救命稻草。

"半仙"如今收费很高，接触的人也不再是市井小民，自然没那么好找。乔宇问了一些人，才得到地址。他带着何琳开车跑了一个多小时才找到"半仙"的宅院。他俩没有预约，"半仙"原本不打算接待的，只让妻子出来赶人，但何琳再三恳求，"半仙"的妻子才将他请了出来。

"半仙"在满是红木家具的客厅接待他俩，问："你们要算什么？"

乔宇说："算我女儿。"

"半仙"问了爱丽丝的生辰八字，掐指算了算，眉头皱了起来："孩子的八字不太好啊，福浅命薄，提防早夭。"

何琳顿时动容，她既伤心又欣喜，伤心的是自己没能够保护好女儿，欣喜的是这个"半仙"竟然说得这么准，她也许有机会通过这位"半仙"再与女儿取得某种联络。

"丙午月生，天干之丙为阳之火，地支之午也是阳之火，天生的火命，与水相克，平时要多注意啊，尽量离河流湖泊、池塘、水库远一点……"

何琳再也无法控制情绪，捂脸哭泣起来。

"半仙"听到哭声，侧耳聆听片刻，一下子醒悟过来，问道："孩子不在了吗？"

乔宇说："走了一个多月。"

"是遭水祸了吗？"

"嗯。"

"唉，请你节哀。我本来心里也担心这个。但孩子遭水祸的一般是在夏天，这个季节的很少，就没往那方面想。"

乔宇说："这段时间，她总是梦到孩子走进雪地里，老人都说这是孩子托梦，我们又不懂这些，所以跑来向大师请教。"

"半仙"合掌对天拜了拜，以示尊重，又拿出法器念念有词片刻，忽然困惑地倒吸一口气，问："咦，不对啊！血肉化为气，骨骼化为灰，七魂六魄也就往生了。可我算下来，你们家姑娘还在一个阴冷之所，她是火命，在这样的地方肯定度日如年，无法往生，所以才托梦给亲娘求救呢。"

听到这样的说法，何琳顿时心如刀绞，发出一声凄厉的哀号，又是捶打胸口，又是自扇耳光。乔宇在旁边悉心抚慰着，直到何琳稍微平静下来，才轻声劝说道："公安那边已经录完口供了，事情责任也都划清了，再留着遗体也没有意义，不如挑个好日子，送她去火化。她不是很喜欢在老家的苗圃里冒险嘛，咱们不送她去公墓，就在大伯的苗圃里面物色一个风水好的地方，让她入土为安。墓地修得好一些，周围种上她喜欢的花草，把她的秋千架也移过去，咱们随时可以过去看她，烧纸祭扫也方便。"

何琳只是抽泣，没有回答，但相对于她以往激烈的态度，这也算是一种默认。

"半仙"插话道："你们那里现在还允许自己修墓吗？"

乔宇说："政策也不允许，要把所有人都赶去公墓，但苗圃是我大伯从集体承包的，村里认识人，弄块墓地应该没问题。"

乔宇先把何琳送上车，又提出要请"半仙"帮忙看风水，便独自返回去。"半仙"原先还保持着高人的姿态，见何琳没有跟过来，才放松下来，郑重其事地说："要不是看朋友的面子，这种双簧戏我是绝对不会唱的，我这么多年的修行都要打折了。"

乔宇恭敬地赔礼，递过去一只鼓鼓囊囊的信封，说："大师愿意配合我，是为了让孩子入土为安，应该算是功德，修行怎么会打折呢？这点心意请您收下，回头还得劳您大驾帮忙看一下墓地的风水。"

"半仙"目测了一下信封的厚度，满意地微笑道："好说，分内之事。"

第二天，何琳去殡仪馆的太平间看了一眼爱丽丝。上一次探视是半个月前，当时爱丽丝的面容还很安详，就像睡着了似的，而这次大不如前，她的面部呈现蜡黄色，手指末梢也有点发紫。何琳心疼地抚摸着女儿冰冷的手，忽然神经质地惊叫道："你看，她指甲变长了，我记得我给她剪过的！"

乔宇也上前摸了一下，爱丽丝的指甲的确明显长了一点，他感觉头皮发麻，赶紧喊来工作人员。工作人员解释道："手指的肌肤组织脱水干瘪了，指甲就凸了出来。"

"早点送她走吧，不要再让她困在这里了。"乔宇说。

何琳点头答应。两人出了太平间就去签字同意火化。殡仪馆领导亲自接待，特意安排了明天凌晨的头炉，对于他来说，这也是了结一桩心事。这一个多月里，每天780元的遗体保存费用的确给殡仪馆增加不少收入，但上级民政部门隔三岔五来电施压，又不肯表达明确的指令，而他既担心得罪领导，又怕替人背黑锅，只能装傻充愣打太极。

何琳深夜在殡仪馆为女儿守灵，亲友们过来陪伴，詹妮也来了。何琳问她："你说，人这一辈子，是苦多还是甜多？"

詹妮想了想，说："大概和上班一样，有的五五开，有的六四开，有的全是苦了。"

何琳若有所思地点头："也好。"

詹妮劝慰道："你们为爱丽丝做的已经够多了，现在就不要太执着了，让她安心地走吧。"

何琳凝望着女儿的遗照，迷茫且沉默。

次日清晨，天蒙蒙亮，爱丽丝的遗体被送入焚化炉，再出来时已是一小堆破碎的白骨。在殡葬师的指点下，乔宇亲自上手，将仍然完整的部分都碾成粉末，再铲入红色布袋，装入骨灰盒。乔宇以前在这里送过家族几个去世的老人，骨灰刚好鼓鼓囊囊地装满这种布袋，但爱丽丝的骨灰只装了不到三分之一，布袋有点瘪，以至于装入盒子还得折叠一下。

上了年纪的女性长辈们哭成一片，何琳却异常平静，只是机械地依从别人的指导，将骨灰盒抱在怀里，登车返程。

上次因公安局传达不予立案通知书而中止的仪式继续进行，乔宇花了不少钱，找和尚念经，又找道士超度，都以民间最高的规格来操办。乔宇还特意让扎纸匠扎了一些孩子喜欢的东西——滑板车、芭比娃娃、平板电脑、小书包，以及一副羽毛球拍。

乔宇请人加班加点地修好墓地，以混凝土现浇，选用高档的石材，做了工程级的防水防潮，经过两天一夜的风干与养护，已经可以投入使用。风水也是请

"半仙"的徒弟相过的。他们挑了苗圃里面的一块空地，绿树环绕，日照充足，自家院子里的秋千架也被搬了过去。乔宇还预留了一些地方，准备等气温回暖的时候栽种一些女儿喜欢的花卉。这样的安排让亲戚们颇为满意，安慰何琳说爱丽丝长眠在这处宝地，来生必定有福。

何琳扭头望向远处的秋千。今天的风有点大，秋千被吹得晃荡起来，铁架与绳索的连接处发出吱呀吱呀的声响。

"来生怎么样，谁知道呢，还不如就在这里呢。"她喃喃自语道。

按照当地习俗，接下来要把逝者在世时的衣物连同葬礼上的花圈、纸扎之类的祭物一同烧了，一是让逝者带去那边穿用，二是避免生者睹物伤怀。乔宇整理了几百件，装了几只大纸箱，何琳坐在旁边安静地看着。她清楚地记得爱丽丝试穿每一件衣服的可爱场景，有日常的衣帽鞋袜，也有她学舞蹈的练功服，甚至有这几年万圣节扮成各种造型的道具服，往日这些幸福时光的见证都将付之一炬，不复存在。

直到乔宇翻出女儿出生时的红色裹被，何琳才有所触动，起身将裹被夺过来，埋在胸口不肯放手。

乔宇劝说道："一起烧了吧，不好留的。"

何琳说："她用不着这个了。"

乔宇无奈，只得任由她去了。

乔宇带人在院内一块空地上焚烧衣物。

此时，院外来了一辆车，从车里下来一男一女，男的扛着一台小型摄像机，女的则举着录音笔，揪着围观的邻居采访。邻居们有的避让、婉拒；有的则侃侃而谈，绘声绘色地讲述自己了解的情况，说到动情处也忍不住抹泪。

詹妮注意到这个情况，跑去提醒乔宇，乔宇赶紧出去驱赶记者。但对方听说他是孩子的父亲，又将采录设备对准他。

女记者问道："我们今天去采访了肇事者的家属，他说现在事情已经圆满解决，双方达成了赔偿和谅解的协议，您作为孩子的父亲签了字。请问，情况是否属实？孩子的葬礼搁置了快两个月，今天才办完，是不是也因为已经达成和解？"

乔宇说："今天我们家办事，不方便接受采访，你们可以留一张名片，明天我再打给你们，怎么样？"

有好事者起哄："你们拿采访要给钱的吧？"

女记者竟搭腔："如果约定独家专访的话，是可以付费的。"

何琳远远地看到这一幕，但隔着十几米的距离，她也听不清他们在争吵什么。她娘家一个堂妹跑过来，问道："姐，爱丽丝这事已经和解了吗？"

何琳迷茫地看着堂妹，否认道："没有啊，还在等法院的消息呢。"

"外面的记者说你们两家已经和解了，还签了字。"堂妹一边说着，一边展示手机上的一段短视频，里面是一个面部打了马赛克的男人正在接受记者采访，配文赫然写着"双方已经达成和解，赔偿金额高达200万"。

"他们胡说！"何琳再次愤怒地否认。片刻困惑之后，她望向远处的丈夫，恰好与他目光相接，仅是短短两三秒的对视，何琳似乎猜到了事情的大概。

"乔宇！"她高声呼喊道。

乔宇不敢回应，他态度凶狠地驱逐记者。但记者敏锐地预感到即将发生有价值的事情，她一边后退避让，一边嘱咐同事保持拍摄。

"乔宇！"何琳踉跄地走向丈夫。

不明所以的人们纷纷避让。随着妻子的靠近，乔宇的脸色越来越难看，如同被猫逼到墙角的一只老鼠。在两人相距五六米的时候，詹妮追上来拉住何琳，低声劝说："亲爱的，先冷静一下，今天已经是最后一天了，等人都走了再说。"

何琳此时的力气大得惊人，她不管不顾地往前冲，任谁都拽不住，很快就站在乔宇面前："乔宇，他们撒谎说我们和解了，你快跟他们说，我们没有和解，我们还没有为爱丽丝讨回公道！"

乔宇目光游离，不敢与何琳对视。他扭头看见摄影记者正将黑洞洞的镜头对着自己，赶紧将口罩戴上，伸手去阻挠拍摄："还拍什么拍？快滚啊！"

何琳却上前揪住女记者："你们不许走！把话说清楚！"

女记者此时更不愿意走了，她趁机诱导道："我们昨天通过其他渠道了解到，你们两家上周已经签了和解协议，我们还亲眼看到了原件。"

何琳望向丈夫："乔宇，你跟他们说，没有这回事，我们不可能和他们和解的！"

乔宇嗫嚅着，欲言又止，最终羞愧地低下头。何琳看着乔宇的脸，她的期待像篝火燃尽一样逐渐熄灭，取而代之的是迅速升腾的愤怒。她忽然抬手，力度有所保留地扇了乔宇一记耳光。但乔宇的表情毫无变化，似乎对此已有心理准备。

这一刻，何琳终于明白了，她心里的某根弦在这一瞬间绷到极限，终于毫无预兆地断了。她握紧拳头，狠狠地砸向乔宇的脑袋。乔宇的眼镜被打歪了，显得狼狈不堪。人们上前将她拉开，她又奋力地踢向乔宇，鞋子都被甩脱了。她的脚趾踢在坚硬的墙砖上，渗出的鲜血浸红了袜子，在场者无不头皮发麻。

"别戳在那儿，先走啊！"詹妮提醒乔宇。

乔宇打算离开，却发现自己的车子被堵在里面。詹妮则将自己的车钥匙塞到他手里。乔宇这才扶正眼镜，整理一下衣服，恢复平日谦谦君子的模样，开着詹妮的车子绝尘离去。

何琳拼命挣扎，人们一时拉不住，她踉跄着一头栽入陈列在院中的花圈堆里，花圈如多米诺骨牌般一排排倾倒。何琳精疲力竭地躺在女儿的花圈中间，像困在陷阱里哀鸣的野兽一样，再也爬不起来。詹妮试图上去搀扶她，却被她一把推开了，她无比厌恶往詹妮身上吐了一口唾沫。

"滚开！"她声色俱厉地骂道，"你们都是一路的！"

人们望而却步，连何琳的堂妹都不敢上前，只有记者趋之若鹜地挤在最前面，将镜头对准这个几近扭曲的女人。

"她疯掉了。"一位围观者抱着胳膊评价道。

第四章
甩脸色

乔宇连续两天两夜都没有回去，反正爱丽丝的后事差不多办完了，拜托几位信得过的亲友扫一下尾就行了。拿到那100万以后，他结清了拖欠和预付的店面房租，又给各家供货厂商打了三分之二的欠款，还有三分之一暂扣。供应商们大喜，不再纠结于是否结清货款，撤回了诉讼，重新恢复与他的合作关系，亲密更甚从前。

只不过车子丢在家里，出行不太方便，乔宇也不能一直开詹妮的车子，所以只得打电话让堂弟乔立平帮忙将家里的车子开过来。

但乔立平在电话那头沉默许久，态度冷漠地说："我没时间，你自己回来取吧。"

"你也耍什么性子？叫你去，你就去！"

乔立平心里也有气，但还是顺从地将车送了过来。

乔宇问："你嫂子怎么样了？"

乔立平说："不知道，家里没人。"

乔宇想请堂弟下顿馆子。乔立平一开始还推托说有事要走，但乔宇皱了皱眉头，乔立平便和往日一样顺从了。

乔宇挑了一家淮扬菜馆，点了两道凉菜加四道热菜，要了一瓶白酒。乔立平说："点太多了，吃不掉的。"

乔宇大方地说："慢慢吃，可以吃掉的。"

几盅酒下肚，乔立平问道："哥，你真的签了和解协议吗？"

乔宇点头承认，但也不忘给自己辩解："反正都是赔钱，多要一点不好吗？"

"可是这不公平，年龄在他们手里说改就改，不偿命、不坐牢也就算了，连一句道歉的话都没有。"

"道歉有用吗？就算闹上法庭，法官要他们道歉，他们的道歉就一定是真心的吗？还不如争取一点实际的。对于爱丽丝而言，多争取一些赔偿金，她的生命也更有分量。"

乔立平听得有些气愤，将筷子重重地拍到桌上："哥，生命是无价的。爱丽丝是你的女儿，你和嫂子把她养这么大，她的生命可以用钱来衡量吗？"

乔宇却趁着酒意发出一声嗤笑："老弟，生命真的无价吗？我前些天查死亡赔偿金的算法，看出一些门道。比如同样死了一个人，城里的比农村的价高，大城市的比小城市的价高，外国人的比本国人的价高，有钱人的比穷人的价高。连死亡赔偿金都不一样，哪有什么'无价'一说？"

乔立平比乔宇小四岁，他从小就跟在乔宇后面玩，多少对他有崇拜心理，甚至他的高考志愿填报都完全听从乔宇的建议。乔宇也习惯在堂弟面前侃侃而谈，就像此时此刻，乔立平觉得他的说法很荒谬，却不知道如何反驳。

"孩子没了，我比谁都难过。但生活总得继续。你嫂子是全职主妇，完全不了解我肩头的压力。别看我们房、车齐备，富足、美满，一副中产家庭的样子，但我每天一睁眼，银行贷款、家庭开销、店面租金、人员工资……铺天盖地涌过来，简直让人喘不过气。只要我哪天一松懈，把生意弄垮了，债务就像水库泄洪一样压过来，到时候去公园住帐篷还要被赶，那就真的没有希望了。但现在我们用长远的目光和理性的思维来面对这件事，争取理想的赔偿金，并且好好利用，不就相当于灾后重建？过个一两年，我跟你嫂子再生一个，生活不就回到正轨了嘛……"

乔宇成竹在胸地阐述自己的理念，全然没有注意堂弟越发难看的脸色。乔立平的眼眶甚至红了一圈，鼻孔也因情绪而微微张着。

此时，服务员来上菜，乔宇请她再添一套餐具，还有一个客人要来。

乔立平问："还有谁？"

"一个朋友，来拿车的。"他说。

过了一会儿，一辆出租车在饭店门口停下，詹妮从后座下来。她隔着落地窗看见了乔宇，两人远远地打了招呼。

乔立平这才恍然大悟，他终于按捺不住内心的不爽，起身道："我差点忘了，我两点约了个人，得先走了。"

"这还早呢，你吃完再去呗。"

"我还得打车去，迟到了不好。"

乔立平一边说着，一边往外走，不给乔宇挽留的机会。他在饭店门口与詹妮擦肩而过。詹妮主动与他打招呼，但他只是敷衍地点头，没有正眼看一下就匆匆离去。即便如此，无论是她身上散发的淡雅香味，还是余光里的姣好面容，都让乔立平无法否认她的魅力，同时也让他更加厌恶。

詹妮不明所以地在乔宇的对面落座，问道："刚才出去的是你堂弟吧？"

"是啊。"

"我跟他打招呼，他没搭理。"

"他有急事要办，可能没注意到你。"

乔宇明白堂弟这是在甩脸色，但他觉得对待这种事情姿态越低就越被动，所以他就无所谓了。他也注意到詹妮的衣着和妆容都很精致，才想起来她这段时间帮忙处理爱丽丝的事，已经很久没有打扮自己了，今天一拾掇，又恢复了往日的光彩。

"这段时间多亏有你在，否则我真不知道怎么熬过去。"他说。

"咱们之间干吗说这种见外的话，爱丽丝的事不就是我的事？"

乔宇故作失落："那我的事呢？"

詹妮瞟他一眼，回应道："你可轮不着我管。"

乔宇心领神会地微笑。成年人之间太多东西都是赤裸裸的，难得在这个年纪还能遇到一个有来有往、点到即止的对手，也算是一种幸运。此时，服务员刚好把餐具拿过来，又在小推车旁给一道菜底下点燃固态酒精。刚才两位客人的对话一字不落地被她听入耳中。

"请慢用。"服务员做完这些，彬彬有礼地退下了。

现在是下午一点半，店里客人已经很少了，服务员七拐八拐地走向后厨的洗碗池。几位五六十岁的大妈正在那里忙着洗碗、拖地。一见服务员进来，她们立刻放下手里的活儿，围上来问道："怎么样？听到什么了吗？"

服务员回头望了一眼，夸张地皱起脸作呕吐状，说："太恶心了！"

乔立平一直不喜欢小孩子，甚至是讨厌，他嫌小孩子邋遢、吵闹，有时比猫狗还说不通道理。五年前，他从大学放假回家，恰好堂嫂何琳带着几个月大的爱丽丝来做客。妈妈介绍说："这是你的小侄女，你人生里第一个晚辈。"乔立平学着长辈，客套地说："真可爱啊！"堂嫂便热情地将孩子塞入他怀里，让他也学着抱孩子。乔立平很想推托，但他面子上抹不开，于是战战兢兢地搂住。

爱丽丝当时已经睡着了，长长的睫毛像小毯子一样盖着眼睑，脸蛋白里透红，像水蜜桃味的果冻。乔立平忍不住伸出手指，戳了一下侄女的脸颊，终于感受到广告里说的如婴儿般有弹性的肌肤是什么触感，恰好爱丽丝醒了过来，睁眼看着他，他的脸清晰地映在她清澈的瞳孔里。乔立平有些慌张，下意识要把孩子还给堂嫂，但爱丽丝非但没有哭闹，反而像做了个好梦似的，惬意地长舒一口气，将脸埋在他的胸口再次入睡，嘴角还带着一丝微笑。那一瞬间，乔立平不但觉得喜爱，而且滋生一股莫名的得意，仿佛得到了某种非常了不起的认可，比他拿到保研资格还要骄傲。

从那一天起，乔立平对小孩子的抵触便消退了，每次从外面回来都要给小爱丽丝带礼物，从襁褓阶段的小布偶到牙牙学语阶段的发光仙女棒，再到长大后的滑板车、羽毛球拍。他最喜欢的是让爱丽丝坐在他的脚背上搂着他的小腿，然后他像携着一只树懒宝宝似的往前挪动。

每次他跟女朋友规划未来，谈到生小孩的时候，都会忍不住憧憬道："我们要是能生个我哥家那样的女儿，我巴不得今晚就开始播种。"

但今天，他神情沮丧地回到家里，倒头就躺在沙发上，脸朝着靠背睡了。他女朋友从房间里出来，闻见酒味儿，以为他喝醉了，想把他搀回房里。不料乔立平转过身来，已是一脸的泪水，女朋友惊讶地问："你怎么了？"

乔立平捂住脸，泣不成声："他怎么可以那样对待爱丽丝？"

女朋友明白他今天是跟谁喝酒了，忍不住埋怨道："他当亲爹的都不在乎，只管钞票落袋，你一个外人，有什么好伤心的？"

乔立平不服气地爬起来："是，我是外人，但好歹听她喊了几年的叔叔吧，就不能为她掉几滴不值钱的眼泪吗？"

女朋友意识到自己说错了，也不再多话，转身摔门回了房间，过了片刻，又丢了一条毛毯出来。乔立平盖着毛毯躺了一会儿，心里只觉得憋得难受，便从茶几上拿来手机，在网上翻看关于这件事的内容。出乎意料的是，前些日子一直很火热的话题，现在一下子隐入尘烟了，与此有关的图文与视频资料，还有对此发生过的争论、讨伐，几乎都被封禁和屏蔽，目光所及之处，满眼"404 not found"。

第五章
陈梓睿

周彬最近过了几天安生日子，上级领导不再派人调查问话，尤其在双方签了和解协议书后，这个案子在程序上算是收尾了。老所长把一些重要且抢眼的工作交给他做，私下里也让他调整好心态，不要有心理负担，明里暗里都对他寄予厚望。老所长更希望周彬接替他的位置，他自己仕途不顺，在这个位置干了多年，又在这个位置退休，提拔一个关系亲近且知恩图报的下属，相当于给自己添了一份"政治遗产"。

周彬当然也很懂事，老所长曾经提过退休以后要在老家修一座漂亮的小院落，周彬不但找人落实了他老家宅基地的审批，还介绍了园林设计专业的朋友来商讨方案。老所长也找另一位副所长谈过话了，让他以后积极配合周彬的工作，毕竟他还很年轻，以后晋升机会还多得很。

似乎一切都回到正轨了，只要不出什么差错，只需蛰伏和静待，将周彬提为所长的任命通知下达只是时间问题。但今天他正在外面出警，调解一起因酒后口角引发的纠纷时，却忽然接到老所长的电话，让他赶紧回所里。他有一种不好的预感，连哄带吓地将双方都驱逐了，火速回到所里。

老所长开门见山地告诉他，何琳去省里上访了，她不但往省里的公检法各部门提交了诉状，而且试图在人流最密集的闹市区拉横幅，幸好被巡逻的城管及时发现并制止，才没有酿成恶劣的后果。按照《信访条例》和《治安管理处罚法》，这种越级上访不但会被驳回，而且要拘留甚至判刑。但他们大略了解事情经过后，不免也产生了怜悯之情，只是予以警告和训诫，让户籍所在地的派出所派人接她回去。

听到这些，周彬觉得脑袋一下子大了，他顾不上休息，打电话给乔宇，责问道："你怎么不遵守协议呢？"

乔宇一头雾水地反问："我怎么了？"

"你不知道你老婆这会儿在哪里吗？"

乔宇说："我不知道啊！"

周彬忍不住骂了脏话，然后说："你老婆去省里上访，被人拦住了。你居然什么都不知道？你要是不想遵守协议就直说，我把另外 100 万退给人家！"

乔宇被捏住软肋，顿时变得低声下气："周所长，我是真的不知情，我已经两天没回去。我要是在家，绝对不可能让这种事发生！"

"别的事以后再说，你先跟我去省城接人。"

"我去不了，这会儿在福建和供应商签合同呢，而且我要是现在过去，她只会更加激动，反而不好收场。"乔宇停顿一下，又问道，"陈总知道这事吗？"

"我不确定，不过他早晚会知道的。"

"周所长，麻烦您替我向陈总解释一下，这件事我的的确确不知情，也绝对没有故意破坏协议的意思，我发誓以后不会再发生这样的事了。"

"要说你自己去说，我还得去省里给你擦屁股呢！"

周彬挂了电话，喊上另一位同事，马不停蹄地前往省城接人。他们一路风驰电掣，三百四十公里的路程，只花了三个小时就赶到了，也见到了蜷缩在拘留室角落里的何琳。周彬随行的同事有警校的同学在这个派出所工作，沟通也就方便许多。他约这个同学去外面抽烟的时候，这个警察啧啧叹道："这女的是真的疯，我们跟她好说歹说，她油盐不进，嘴巴还特别毒！"

"她说了什么？"周彬颇为关切地问。

"我们说硬一点的话吓唬她，她说自己连死都不怕，更不怕坐牢；我们又给她宣讲刑法和政策，她骂我们不伦不类，既进口了外国的洋糟粕，又继承了老衙门的杀威棒；所里请来的法律顾问都被她骂走了，说根本没法沟通。"

周彬的同事笑道："你没仔细看她的档案吗？人家是传媒大学毕业的硕士，结婚以后才做家庭主妇的。"

"怪不得呢……不过，现在压力回到你们这边了。依她的话说，她要是在我们这里讨不到说法，就要去北京上访，连我们省里的派出所一起告。要是真的到了那一步，可就不像今天这样轻松了。"

周彬被说得全身分布了四季，有的地方冒冷汗，有的地方出热汗。

"这女的是真的疯，"周彬同事的同学又重复一遍，"她还随身带了一样东西，你们知道是什么吗？"

周彬和同事都摇头。

"她女儿的骨灰盒……"

周彬的同事眨巴着眼睛，难以置信地问道："不对啊，她女儿的骨灰盒已经下葬了啊！怎么会带在身上？"

"所以我说这女的是真的疯，她自己交代的，她夜里把骨灰盒从墓地刨出来了。"

周彬和同事面面相觑，既迷茫又惊恐。

等办完移交手续，他们把何琳带上车，周彬的同事说要去和同学打一声招呼，车里只剩下周彬和何琳。周彬从后视镜里看着何琳。何琳怀里捧着骨灰盒，一脸冷漠地看着外面，安静得就像一座雕塑。周彬顺着她的目光望去，目光尽头是派出所的外墙，上面写着一些随处可见的宣传标语。

周彬打破沉默，说："算我求你了，你能不能不要闹了？"

何琳无动于衷。

"这个事情但凡有更好的解决办法，只要有用得着我的地方，我一定会帮你去争取。但现实就是这样，你来省里解决不了，去北京也解决不了，哪怕去联合国也解决不了。"

何琳却哼笑一声，显然十分不屑。

周彬想想也觉得正常，这里的法律顾问比他更专业，肯定把能说的都说了。他想了想，将行车记录仪关了，说："要不这样，我理解你想给孩子讨要说法的心情，但你能不能稍微缓一段时间？一两个月就行。"

"为什么？"何琳终于开口。

周彬说："北京这段时间要开大会，所以对这种事特别敏感。大家都是街坊邻居，低头不见抬头见，就不要为难我们了。"

何琳也从后视镜里看着周彬，将信将疑地问："是这样吗？"

周彬不擅长说谎，他被问得心虚，还是硬着头皮说："当然。"

"当然……"何琳重复着这两个字，又扭头望向窗外，恢复原先的姿态，仿佛被按了复位键的机器。

周彬的同事出来了，周彬发动引擎准备出发，同事却不急着上车，神秘兮兮地对他招手，将他喊到车外，说："有一个情况，我同学刚才在你面前没好意思说。"

"啥事？"

"他说这女的被问讯的时候提过你，说你故意瞒着她，怂恿她老公去接受和解，是为了接任所长……"

周彬的脑子嗡的一下陷入短暂的停摆，他从躯壳到内心都被瞬间抽空，他可以想象到，前些日子承受的煎熬非但没有甩脱，反而要以更汹涌之势袭来，而那些光明的、炙热的、向上的期待，头也不回地离他而去。

他望向车子后座的何琳，目光里满是难以置信。一方面，他没想到自己羞于启齿的企图暴露得如此赤裸；另一方面，他无法理解这个女人为什么如此冷血无情，轻描淡写地就毁了他的前程。

周彬没有心思开车，坐到副驾驶座上。同事发动引擎，正要起步离开，周彬却冷不丁地钻出车子，拉开后排车门，将何琳的右手铐在顶棚拉环上。这意味着，在三百多公里的回程途中，何琳必须保持右臂抬起的姿势。

周彬的同事听着手铐扇齿划过锁扣时发出的哒哒声，凭他的经验可以判断，这手铐几乎将何琳的手腕扣死了。他明白这多少有点公报私仇的意味，但换个角度看，遣返人员存在情绪极不稳定的可能，这样处理也不算违规，于是他选择视而不见。

何琳忽然说："我想上厕所。"

周彬觉得她在故意挑衅，想看他刚扣上手铐就不得不打开，于是没好气地驳回："憋着，尿车里了我自己出钱洗车。"

所谓"可怜天下父母心"，这话用在何琳身上合适，但用在陈钊华身上也合适。他这段时间几乎把自己所有的社会关系都动用了，用他自己的话讲，这是他空前绝后的一次个人大练兵。

他先托关系联络本地宣传部门的管事领导，希望用公对公的渠道知会各大平台，对这个话题进行限流和禁止。领导们当然没理由拒绝，反正无论他来或不来，这都是他们要着手去做的地方维稳工作，刚好做个顺水人情。

他又花钱找了专业的公关公司。公关公司处理这种事情得心应手，就像流水线作业一样轻松：全网删帖，水军控评；将话题引向乔家，打造不完美受害者的形象；把社会、学校、政府甚至围观的所有人都拉出来挨板子，稀释陈家的责任；花钱去助推其他社会热点，分散网络舆论的关注焦点。

与此同时，陈钊华老婆那边也传来好消息，宝贝儿子终于改名成功，现在叫陈梓睿，包括出生日期在内的户籍信息也一同改了。她还带陈梓睿去拜了名山名庙，洗去身上的晦气，从此以后他便脱胎换骨，拥抱新生，而过往的一切都与"陈昊轩"这个名字一起埋葬。

陈钊华去公司找领导，说自家的事情已经搞定了，希望领导在下次董事会上多加支持，消除这件事在公司内部对他的影响。领导耐心地听他说完，将桌上的电脑转过来给他看，屏幕上是一组照片：一个年轻女人披着白麻布，举着写着血书的硬纸板，在省政府门口上访。

"这是谁？"陈钊华迷惑地问。

领导也不免皱起眉头："你到现在都没见过对方家属吗？"

"见过孩子的爸爸。"

"老陈啊,你处理得也太马虎了吧?这是那孩子的妈妈,跑去省城告状了,还好有人替我们盯着,及时把火苗踩灭了。以前在地方闹,那就是局部的一点杂音,上面可以假装听不到。但她跑去省里上访,再放到网上炒热,上面不想管也得管了,至少得推个谁出去平一下民愤吧?"

陈钊华来的时候踌躇满志,却被冷不丁泼了这一盆冰水,整个人都傻了。他没有反驳,全盘检讨自己的错误,并保证会尽快做出补救方案。

陈钊华恼火地回到自己的家,努力调整情绪,打算打电话质问乔宇一番。但他翻出号码,迟迟没有拨出。犹豫片刻之后,他拨通周彬的号码。

周彬的声音在电话那头显得十分暴躁,不耐烦地问:"什么事?"

陈钊华赔着小心说:"周所长,不好意思啊,我听说那谁的老婆去省里闹事了,是真的吗?"

周彬说:"我们刚把她带回来。"

"周所长,能不能麻烦你问一下那个姓乔的,这到底怎么回事,上次不是已经谈好了吗,怎么可以出尔反尔呢?"

周彬却拒绝道:"上次你又不是没留他的号码,以后你们的事你们自己解决,公了也行,私了也行,就是别再找我了。"

陈钊华还想再说点什么,但电话里已经传来挂断后的忙音,他一时有些蒙,不知道现在到底是什么情况。莫非那个姓乔的欲壑难填,想要敲诈更多?或者这位周副所长没有捞够好处,所以撂挑子不当和事佬了?他忍不住拍了一下自己的脑袋,这些日子忙前忙后,到处打点,却把周彬这位"现管"落下了。

他正懊悔的时候,电话又响了,竟是乔宇打来的。他一时慌张,不知道如何在没有与周彬协调的情况下与对方沟通。电话一直响着,陈钊华飞速地打了腹稿,打算尽量放低姿态来斡旋,而后在铃声将断的最后一刻接听。

"陈总……您现在忙吗?"对面传来乔宇客气的声音。

"不忙的,怎么了?"

"您不知道吗?最近出了点状况,我老婆跑去省里搞事了,还好被及时发现,没造成太大的影响。我想通过周所长跟您汇报一下,但周所长太忙了,让我直接和您沟通。"

"是吗?我也是下午刚听说这件事。她现在怎么样了?人没事吧?"

"谢谢陈总关心,她人没事,已经被带回来了。我就是想跟你解释一下,前天我跟她吵了一架,就出来住了两天,没想到她一声不吭跑去省城了。"

陈钊华仔细揣度乔宇的语气,感觉对方姿态摆得奇低,于是尝试着挺直腰杆，语气强硬地问道："我怎么感觉你们夫妻俩是在唱双簧呢？人总不能什么都想要吧？"

"陈总，我对天发誓，我完全不知情！但我可以向您保证，这种事以后绝对不会再发生了。"

"你拿什么保证？腿长在她身上，她哪天再去外面闹事，你又说自己不知情，我还能拿你们怎么办？"

"您放心，我既然签了协议，就不可能出尔反尔。后面这段时间，我会一直守着她，她连房门都出不去，更别说去外面了。这不光是对您的承诺，也是市里领导的要求，我无论如何也要办到的。"

陈钊华这才稍微放松下来，一屁股坐在沙发上，跷起了二郎腿："我一直希望和平解决咱们两家的事，但你们要是出尔反尔，单方面毁约，那咱们就不折腾了，该公了就公了，法院判多少就是多少。"

"我知道了，我向您保证，以后绝对不会再发生这样的事了。"

结束与乔宇的通话，陈钊华顿感心头的压力减轻不少，前段时间他辗转腾挪，处处受制，现在终于松口气了。他在宽敞的客厅里来回踱步，兴奋地搓着手掌。片刻之后他想到一件事，清了清嗓子，又打了一个电话。

"喂，兄弟，这么晚有没有打扰你休息啊？我朋友开的那家海上明月会馆最近换了新的菜单，他听说你是一位美食家，托我请你明天晚上去试试菜，指导指导。"

第六章
协议书

这两天，乔宇家里很不太平，何琳被派出所的人送回来，她把孩子骨灰盒挖出来带去省城的事也传开了。亲戚们闻讯赶来，他们在旁边七嘴八舌地劝说或者指责，何琳却一声不吭地坐着，怀里抱着爱丽丝出生时的那条裹被，身体有节奏地左右摇摆，似乎在重温几年前哄女儿入睡时的温存。她右手的手腕上有一圈红褐色的印迹，那是手铐勒出来的痕迹，也是她此次省城之行唯一的收获。

承包苗圃的乔家大伯也来了，他好心好意地腾出一块地皮给侄孙女做墓地，不料闹出这样一件晦气的事情，让他颜面扫地。他闹着要把墓地铲了，重新种树，乔宇怎么赔礼道歉都不行，幸好他儿子乔立平过来了，帮着乔宇说了一些好话，他才稍微消了气，同意继续保留爱丽丝的墓地。

大伯临走前提醒乔宇道："你媳妇儿现在脑子不正常，你注意到了吗？"

"她就是受刺激了，休息一段时间就好了。"

"我是你大伯，胳膊肘得往里拐，所以要劝你一句，能过就过，不能过就离，这种事越往后越麻烦。"

乔宇诧异地问："为什么这么说？"

"镇上都传开了，你现在和那个教跳舞还是唱歌的女的关系走得很近。你要是有什么想法，就不要拖泥带水，趁现在年轻，还能再生一个。何琳要是哪天真的得了什么病，政府都不许协议离婚的。"

大伯说话一向直来直去，容易让人听着不舒服，却总是直切要害。但乔宇现在不能承认，一是爱丽丝尸骨未寒，他不能做这种事让人戳脊梁骨；二是他和詹妮的关系目前顶多是暧昧，还没有走到那一步。"你不要听别人嚼舌根，我现在哪有心思想这些东西。"他辩解道。

"我是为你好，你自己看着办。"乔家大伯丢下一句话就走了。

乔立平和乔宇在院子里抽烟，乔立平问道："嫂子家里没有来人吗？"

乔宇淡淡地苦笑一声："哪有人来啊，她家离这里一千多公里远。她读初中的时候，她爸出车祸死了，研二的时候，她妈生病死了，她和老家亲戚的关系又很疏远，办婚礼那会儿，满打满算只凑够一桌人……"

"这个家就是嫂子的一切。"乔立平透过落地窗望着客厅里的何琳，怜悯地感慨道。他的弦外之音很明显，立场和态度却与他父亲截然相反。

一支烟还没有抽完，房间里面突然传来一阵惊叫声，乔宇赶紧丢了烟头，快步走进屋内。只见诸位女眷惊恐地站在一边，何琳迷茫地坐在沙发上，而她的裤腿处湿答答地往下滴着水——她尿失禁了。

乔宇上前用毯子盖住何琳的下身，责问道："你怎么回事？为什么不去卫生间？"

何琳没有解释，只是低头抚摸着毯子，脸上却没有一丝羞赧之色。她从在省城那会儿就开始憋尿，时间久了，身体不知不觉就麻木了，即使回到家中也想不起来去卫生间，直到身体器官实在兜不住，才溢了出来。

这不是她第一次尿裤子，生下爱丽丝之后的第一年里，她的泌尿系统就出了严重的问题，总在她察觉不到的时候发生漏尿。即使后来通过药物治疗和物理锻炼得到康复，她也会时不时地产生仍在漏尿的错觉，隐约地闻到自己身上有尿臊味，但她并不后悔，因为身边爱丽丝的奶香味给予了她更多的心理慰藉。

"你们先回去吧，我带她进去洗澡。"乔宇说。

众人起身离开，乔宇带何琳进卫生间，打开取暖热风，一边往浴缸放热水，一边给她脱去尿湿的衣裤。他出来拿毛巾的时候，发现小姑在厨房里翻箱倒柜地忙着，他问道："小姑，你在干什么呢？"

"我帮你收拾一下就走。"小姑说。

乔宇注意到了，厨具架上的刀剪之类的锋利物品都被收了起来，他心领神会，但没有说破，拿着毛巾回到卫生间。

何琳抱着膝盖坐在浴缸里，目光盯着水面几只五颜六色的橡皮小动物——那是爱丽丝的陪浴伙伴。以前，只要它们在水面漂浮起来，卫生间里便充满欢声笑语，几乎每天都有跨越山海的奇幻冒险故事在这里诞生。但如今爱丽丝不在了，它们也像被抽走了灵魂，不再生动，何琳也是如此。

乔宇蹲在浴缸边，握住妻子的手，说："已经过去了，咱们不要再去闹了，咱俩好好过日子，好吗？"

何琳定定地看着乔宇，脸上露出一丝微笑，乔宇以为她听进去了，不料何琳突然往他脸上吐了一口唾沫，脸上的笑意丝毫未消，更添了嘲讽与蔑视。

乔宇终于被激怒了，一股怒气直冲天灵盖，他抬手将湿透的毛巾摔在何琳身上，失态地怒吼道："你到底想要我怎么样？我还能怎么样？"

小姑闻声跑过来，又不好意思进来，只能站在门口劝解："你们有话好好说，不要动手，被外人看到了要笑话……"

"我们家还怕被笑话吗？"乔宇问道。

与此同时，在城市另一侧的海上明月会馆，陈钊华正在豪华大包厢里宴请朋友，桌上不见酒瓶，只摆了一排矿泉水瓶子，但里面装的是陈年的白酒。他是东道主，自然坐在主陪位，右手的主宾位是公安局的一位副局长，左手的副宾位是银行信贷部的刘主任，其他客人也是这座城市各行各业的翘楚，以至于他那个包揽市政工程的表弟只能坐在传菜口的位置。

"这个酒好啊！你们看这酒浆，倒出来的时候隐约有一种黏稠感，陈了不下二十年吧？"副局长夸赞道。

陈钊华答道："您这双眼睛太厉害了，刚好二十年！这是1999年别人送我老岳父的一箱白酒，他没舍得喝，一直珍藏着，连我和我老婆办婚礼那会儿都没拿出来，说年份太短，不能见风。这次，他听说我请您吃饭，二话不说就让我拿了几瓶，还特意跟我说了，您是品酒的行家，只有得到您的认可，这二十年的陈酿才算是有了真正的价值。"

"谬赞了！我只是虚长了几十年的酒龄，论起对酒的造诣，还是比不上你老岳父。"

刘主任隔着一个座位恭维道："您二位那是酒神遇到酒仙，不分伯仲，像我这种不懂酒的，喝了以后只知道舌头麻。"

"你是美食家，舌头是用来品菜的，这家会所专门请来粤菜和川菜的名厨掌勺，等会儿老板和行政总厨都要来敬酒，还得请你打分呢！"

"打分？要是我打低了，怕是要现场打我哦。"

座上一片欢乐的笑声，宾客彼此赞美，互相谦让，洋溢着只有上层社会才有的温馨气氛，好一个"安天大会"在人间。

散席的时候，刘凯洋将陈钊华拉住，提醒道："对那个姓乔的，你还要提防一种情况哦。"

"什么情况哦？"

"我听说他老婆现在疯疯癫癫的，俩人关系也不好，是真的吧？"

"嗯，他现在和他老婆的朋友走得很近，就是上次在派出所陪他去的那个女的。"

"我说呢，当时就感觉他俩关系不一般。这家伙可以啊，屁股尖儿一转就勾搭上这么风骚的大妞儿……"一向好色的刘凯洋立即被吸引了注意力，但身为律师的职业素养又让他回到正题，"那我就更担心了，万一他们回去把婚离了，到时候女的继续出去闹事，男的摊不上半点责任，不但换了新的女人，还一分不少地把钱拿了，咱们也拿他没办法。"

陈钊华顿时愣住了，他的确没有预防这种操作，但还是心存侥幸地说："应该不至于吧，姓乔的应该没这么精。"

"你们打交道这么久，对他应该有一些了解。为了 200 万就跪下的人，能有什么原则，至少你我干不出来吧？他这种人，平时看着老实、本分，但背后稍微有人推一推，就什么事都干得出来。"

陈钊华仔细一琢磨，所谓穷生奸诈，的确是这么回事。"要不然我趁现在还有一半赔款没支付，让他再签一个补充协议，至少三年内不许离婚？"

"这种协议没有法律效力的，另外一半赔款六个月以后就要打过去，等他拿到全款，这种协议就约束不住他了。"

"那怎么办呢？"陈钊华也跨踌起来。

"你在民政局和法院那边也有关系吧？"

陈钊华点头。

"那你让人继续盯着，万一他俩要办离婚，就判感情没有破裂，把他们堵回去，能堵多久就堵多久，拖到这件事完全凉透了，也就翻不出浪花了。"

这只是一个权宜之计，但暂时也只能这样做了，陈钊华不免心生一些忧虑，而这些忧虑在酒精的酝酿下逐倍增加。他向来是一个追求完美的人，任何一点破绽对他而言都像气球周围某处存在的一根细刺，让他寝食难安。

第七章
和解款

毓秀镇派出所的吴所长终于迎来提前退休的日子了,所里给他举办了欢送会,送了鲜花和光荣退休纪念章,市里也派人来录像。吴所长在座谈会上讲了自己的从警经历。他入行的时候二十一岁,经过轮岗和裁并,一共在三个派出所工作过,四十九岁的时候来到这里担任所长,一直干到退休。他说起这些事的时候既骄傲又失落,平日里隐约可见的斑白鬓发显得扎眼,提醒众人他的确老了,或者说,在这一天陡然老了。

但他又是满足的,这么多年来,他获得两次二等功、四次三等功,没有背过任何处分,享受高配正科级待遇,以后每月也有丰厚的退休金,组织上还打算让他在身体允许的情况下去治安大队挂个闲职,继续发挥余热。

吴所长退居二线了,他的位置自然空了出来,接替者不姓周,也不姓刘,而是分局下派任命的新所长。何琳去省城上访的事虽然没有造成什么影响,但这场虚惊还是让毓秀所的上级领导大为光火,担心万一哪天没拦住何琳,她真的闹到省厅或者网上,这两年大力创建文明城市的成果怕是要泡汤了。

吴所长临走前特意找周彬谈话,说:"你不要有太大的心理负担,大家都知道你受了委屈,但上级也有压力。"

"我知道,都是我自己的问题,我当时就不该多嘴多事。以后我就知道了,多做多错,少做少错,不做不错。"

"你不要说这种气话,消极解决不了问题,人生在世,难免要吃一些哑巴亏。"说到这里,吴所长凑到周彬耳边,压低声音说,"吃亏是福,有的人想吃亏还赶不上呢,上级不会亏待'背黑锅'的同志。也许用不了多久,哪个地方的位置空了出来,就会调你过去当个所长或者教导员。到时候市局的领导问,上次毓秀所那个扛事的周彬最近怎么样,你希望别人说你意志消沉还是态度积极啊?"

周彬无言以对,他的确没有想到这一点。

"你对新来的所长更不要有任何敌意,人家是公安大学毕业的高才生,上头也有关系，以前只在机关工作过，这次下放只是镀一下金，说不定干一两年就升分局副局长了。你积极配合他的工作，把感情联络好了，以后的路能平顺一些。"

听到老领导这样一番劝导，周彬心里的沮丧暂时纾解不少，他心服口服地点头，表示自己一定会努力克服负面情绪，也会配合新领导的工作。老所长很欣慰，自己好歹攒了一点实打实的威望，退休了还能为所里再做最后一件事，没有像想象中那样人走茶凉。

新任的秦所长前来入职那天，所里给他办了欢迎座谈会，是周彬亲自规划的，搞得非常成功。秦所长初来乍到，待人接物很客气，也充分展示了他相当渊博的理论知识，用教导员的话说，颇有儒将之风。

到了周末，辖区里难得无事，所里便组织了聚餐，周彬当天不值班，便喝了几口酒，量并没有比平时多，却稀里糊涂地醉了，止不住地唠叨了很多话。当他忽然意识到自己口无遮拦时，打了一个激灵就惊醒过来，但声音和光亮一下子销声匿迹——他正在躺在冷清的休息室，四周光线昏暗，墙上的电子钟显示是凌晨两点半。

值班的同事刚好进来，笑道："周所这么快就醒啦？"

周彬摸着酒后胀痛的脑袋，缓了一会儿，问："你扶我到这里的吗？"

"不是哦，你自己走过来的。"

"我一点印象都没有……我没说什么醉话吧？"

"说了啊，说得可好了。"同事一边说着，一边递来一杯温水，脸上笑意盈盈，让周彬一时分不清这是友善的夸奖还是幸灾乐祸。

"我说了什么？"

"就是一些很正能量的话，鼓励大家一起配合所长的工作，团结拼搏，共创辉煌，争取荣誉室里多挂几张锦旗，多摆几只奖杯。"

"只有这些？"

同事仔细想了想，摇头道："反正每次站起来说的就是这些，还有一些是你坐下来和所长单独说的悄悄话，我就不知道了。"

"所长态度怎么样？有没有什么异常？"

"我也不知道，第一次见到他，不知道他怎样算正常、怎样算异常。"

周彬陷入迷茫之中。人在模糊的记忆中面临两个选择的时候，大多会偏向自己不愿意发生的那一个。这种感觉，就像在树下酣畅淋漓地撒了一泡尿，膀胱逐渐排空的时候，脑子突然闪现一个天问——此时此刻，我是真的站在树下还是躺在床上？他脑子里依稀存在一段记忆，周围喧哗吵闹，光线刺眼，而他凑在秦所长耳边，闭着眼睛说着掏心窝的话，其中有不少怨言。

周彬再也睡不着了，他不停地想，使劲地想，那些狂悖的醉话到底是在梦里发泄出来的，还是真实地在新领导耳边说出来的。他去外面抽烟，恰好遇到教导员带队夜巡回来，两人打了照面，教导员随口说了一句："老周，酒醒了啊？"

周彬立即敏感地问道："怎么了？"

教导员愣了一下："没怎么啊，紧张什么？"

周彬想问自己有没有说错什么话，但话到嘴边还是咽了下去。倘若自己当时没说，却到处找人确认，便是宣告自己心里闹鬼；倘若自己当时说了，旁人更愿意集体遗忘酒后胡话，问了反而尴尬。"我以为误了什么事呢。"他掩饰道。

"昨天周末，又不是你值班，能误什么事？再说了，秦所昨天也醉了，只喝了一杯就趴了。"

"真的趴了？"

"这还有假？脸红得像关公。"

听他这么说，周彬的心里轻松了一些，如果秦所长趴得也很早，那应该没机会听他发牢骚，即使自己不慎蹦出几句醉话，也不会在醉汉的耳朵里过夜。他抽完烟，又回到休息室躺下，再回想自己那段肆意宣泄的记忆，顿时变得没那么真实了，或许那只是日有所思、夜有所梦的一个残念爆发罢了。

周一上午，周彬去分局汇报上次从省城接回越级上访人员的事，顺路去赵洪贤的办公室抽了根烟。他把那位秦所长一杯倒的事当作谈资说出来，赵洪贤却皱起了眉头，说："不可能吧，你们喝的什么酒？"

"45度的白酒。"

"那更不可能了，我跟他一起吃过几次饭，52度的白酒，八两以内都是漱口。"

"确定是同一个人吗？"

"不会错的，秦骏嘛，分局没有重名的，他是不是一喝酒就脸红？"

周彬哑口无言。

"别看他年轻啊，却是一个狠人，他刚工作那会儿的确是一杯倒，硬是自己在家喝酒练出来的。"

周彬不得不重新审视自己的记忆，秦所长为什么要假装一杯倒？只是到了新的工作环境，不想当众喝太多，还是当时有什么情况让他想提早离场？他脑子里一片空白，感觉自己又站到了梦里的那棵树下，在一泻千里时发出了天问，只不过这次他无法欺骗自己——他大概率是尿在床上了。

"你和他相处得怎么样？"赵洪贤问。

周彬叹道："要是没有发生过内部提拔那事，倒是应该挺好……"

赵洪贤也是经历过此类事情的人，他一听就明白了，但也无奈地安慰："没事，隐忍蛰伏，厚积薄发，哪天别的地方腾出空了，你也要空降的。"

周彬只能苦笑，且不说这个机会何时来，万一被发配去哪个偏远乡镇，像吴所长那样一待就是半辈子，那更是哑巴吃黄连。

于是，周彬对那个何琳的怨恨又多了几分。在那个案子上，他一直自认为问心无愧，尽心尽力地办事，只是于心不忍才给了她一点暗示，却被反咬一口，扣上百口莫辩的污名。若不是那个女人去省城闹事，他现在应该已经平稳地接班毓秀所一把手的位置，自然无须尴尬地与空降领导共处一个屋檐下，闹出这些糟事。

回去的路上，周彬接到了陈钊华的电话。陈钊华问道："周所，您这两天有空吗？想请您赏脸一起吃顿便饭。"

"吃饭就免了，有什么事吗？"

"我想咨询一下哦，上次那人的老婆跑去省里上访，这算不算单方面破坏协议啊？"

周彬正在气头上，不假思索地说："算啊，怎么不算？"

"既然他们破坏协议了，那依照和解协议，我们应不应该有什么反制手段？"

"什么反制手段？"周彬反问。

"比如那笔钱……"

周彬稍微冷静下来，又把态度往回拉了拉："他们是破坏和解协议了，但字是孩子爸爸签的，事是孩子妈妈做的，你们那会儿也没和她谈啊。"

陈钊华一时语塞，刘凯洋在旁边接话："可他们夫妻俩在法律关系上是一体的啊。"

"你们知道他们是一体的，那当时就应该和夫妻俩一起签，而不是瞒着他老婆。现在人已经追回来了，也没对你们造成什么严重影响，要是以这个为由拒付，怕是说不过去。"

刘凯洋赔着笑："周所说得对，我们当时只想着尽快达成和解，有的地方没有考虑周全。只不过现在既然发现问题了，就要解决问题，我们希望增加一些约束，以免他们以后滥用这个漏洞。"

"怎么约束？"

"我是这样想的,他们这次破坏协议,没有造成太严重的影响,那我们也不会拒付,但另一半款的支付时间需要在六个月的基础上延后两个月。如果再发生这种情况,也以此类推,继续顺延两个月。"

"要是他们不同意呢?"

"如果他们不同意,我们只能认为他们有故意破坏协议的意图,并且主张这件事已经造成了一定的负面影响,有权拒付另外一半。200万的真金白银已经充分证明了我们的诚意,现在即使拿出去评理,我们也是不怕的。"

周彬琢磨片刻,觉得对方的要求似乎不过分,何琳去省城闹了一下,他便丢了大好的晋升机会,陈钊华说自己有损失也能理解。"你们双方可以直接沟通,派出所不方便转达这种要求,我这边只能保证,没有三方共同签字,这笔钱既不能退给你,更不会打给他。"

"有您这个保证就行了!您放心,我们自己去说,只是向您报备一下。"

挂了这通电话,周彬心中的愤懑暂时得到一丝纾解,他目前还握着另外100万和解款的签付权,谁故意让他不自在,他也可以让谁难受。

周彬回到毓秀派出所,刚在办公室坐下喝了一口凉水,便有人来敲门。"请进。"他大声地回应。门开了,乔宇的脸出现在门口,周彬差点呛着,连咳两声才平复下来。

"周所长,您忙吗?"

"还好,什么事啊?"

"有件事想请您主持公道。今天那个陈钊华的律师打电话给我,说要把另外100万的支付时间延后,本来六个月的时间就挺长了,现在变成八个月了,这也太过分了吧?"

"他没说为什么要延后吗?"周彬明知故问道。

乔宇有些难为情:"就是上次我老婆跑去省里那件事,明明就什么影响都没有,他们非要追究责任,我觉得他们就是借题发挥,故意刁难。"

周彬一听这话就气不打一处来,但他还是强行压住情绪:"你怎么知道没有影响呢?"

"就是没有啊,我没有感觉造成任何影响啊!"

"这是凭你个人感觉的吗?"周彬看着对方那张斯文的脸,既鄙夷其品行,又厌恶其愚蠢,若不是考虑到自己警察的身份,真想扇他一个耳光。

乔宇察言观色,立即换为低声下气的姿态,恳求道:"周所长,行个方便,前段时间因为孩子的事,我的生意荒了不少,很需要这笔钱救急,禁不起拖太久。"

"你不是刚拿了100万吗？"

"做生意嘛，现金流很缺。"乔宇忽然想到什么，转身把办公室的门关上，从兜里掏出一摞面额1000元的加油卡塞到周彬办公桌上摊开的文件底下。

"你这是干什么？"周彬问。

"也是这次出去签合同的时候别人送的，我用不着——"

"那我更用不着了！"周彬将加油卡塞回乔宇手里，又快步走过去打开办公室的门，抱臂倚在门边，"兑付那笔钱需要三方签字，不是我说了算。六个月、八个月，差别也不是很大，你真想早点拿到，就回去把你老婆安抚好，不要再授人以柄。"

这不是乔宇第一次行贿遭拒了，他将加油卡揣回兜里，尴尬地苦笑。他当然不希望生活在需要送礼才能求人办事的社会，但真实情况是，他身处这个脆弱可欺的阶层，有时连参与这种潜规则的资格都没有。

乔宇垂头丧气地离开了。他下楼的时候看到一面警务公开墙，毓秀派出所每个人的照片、姓名、职务都在上面，他敏锐地发现这里的一把手不再是那个无为而治的老吴了。他在楼下踌躇许久，连抽了三支烟，最终下定决心，上楼去敲所长办公室的门。

"进来。"

乔宇推门进去，却看见周彬正与那位年轻的秦所长隔桌而坐，秦所长正在浏览手里的一份文件——那份和解协议。乔宇顿时愣住了，电光石火的一刹那，他的脑子像被挂空挡踩油门的发动机一样飞快且无效地运转，然后在两位所长扭头望过来之前，他凭着趋利避害的生物本能"砰"的一声关上门，兔子似的拔腿逃了。

秦所长困惑地问："谁啊？"

"可能走错门了吧。"周彬答道。

秦所长拿起保温杯喝水，杯子都放平了也没喝到一口，只得抿了一点茶叶渣，放下杯子继续看文件。周彬立即起身上前，伸手去拿秦所长的保温杯，秦所长客气地拦住他："哪能劳烦你，等会儿我自己倒。"

"没事，我闲着也是闲着。"

"行，辛苦老周啦。"

周彬去墙边的饮水机旁添水，经过窗口时望向楼下，恰好看见乔宇神色慌张地蹿下台阶，跑向停车场。周彬放缓饮水机的出水速度，站在原地等着，直到看见乔宇的车子驶离派出所大门，才不露声色地折返。

"我看完了。"秦所长放下文件，"这事我在分局的时候也了解过一些，当时没给立案，是吧？"

"对，嫌疑人不满十四周岁，立不了案，但家属不理解，闹了很长时间，我们做了很多工作，才促成双方和解。"

"现在就还剩这一半和解款没有结清？"

"对的。"

"那就尽量早点结清，不要让这个陈钊华一直拖着，咱们又不是给他看家护院的。"

周彬叹道："我经常会很迷茫，感觉总是夹在中间，两头受堵。"

"哪两头？"秦所长冷不丁地追问。

周彬对这一发问始料未及，但他现在也无所谓了，便坦然答道："有的时候是案子的双方，有的时候是上级领导和底下的群众。"

秦所长沉吟片刻，说："这个案子情况特殊，比较讲究影响。上级的态度、群众的态度、市场的态度、舆论的态度、学术的态度……这些都是影响，你应该深有体会。我们不可能做到面面俱到，只能做好平衡，其中难免有所偏颇，那就得有人站出来用肉身顶住失衡的地方。不可能让厅长、局长或省长、市长来扛吧，那不就得靠我们这些基层执法者？"

这个说法听着不太公平，但周彬接受，至少他被承认是一个"背锅"的。他认真地听着秦所长继续讲下去。

"这个案子，涉及刑事责任年龄，我们国家采用的法律属于大陆法系，认为未成年人犯罪只是认知不成熟，所以要最大力度地挽救和感化。谁与这个原则对抗，就是在否定大陆法系，否定'人之初，性本善'的传统哲学，这是很严肃的政治问题，不要随便触碰。"

这个解释有点超出周彬的理解范围，他不懂大陆法系，也不懂传统哲学，但明白"严肃的政治问题"是诸多罪行之中最致命的一个。他突然有点释然了，虽然他没能成功晋升是有些冤枉，但给这位年轻的秦所长做副手也算不上屈居人下。

离开所长办公室之前，周彬忽然想到一个问题，又驻足问道："你们上的是法学课，说的是却都是政治、影响、关系，难道不讲法律了吗？"

秦所长笑道："当然讲，法律是最忙的，要给它们做注解。"

第八章
找保姆

乔宇带着一肚子火往回走，他原本算得清清楚楚，自己目前手里的资金刚好能维持生意运转，六个月以后能衔接上，现在赔偿金陡然延后两个月才能全部拿到，完全打乱了他的计划。两个月对于朝九晚五的上班族来说也许不算什么，但对于生意人而言，足够让全国无数的店铺和工厂关张易主一个轮回。

生意的事很糟心，但家里的事更憋屈，何琳虽然暂时不闹腾了，但每天像行尸走肉一样躺在床上，手里永远搂着那条小裹被。乔宇雇了一个全天驻家的保姆，一来，帮忙打扫煮饭；二来，帮忙看住何琳。乔宇还把何琳的身份证、户口本、护照之类的证件全收起来了，手机、银行卡和现金也全收了，院子里还装了连接手机的实时监控，以此确保她没有任何出逃的可能。他把这些举措一五一十地告诉陈钊华，向对方展示自己亡羊补牢的决心，但陈钊华只回复了一句"乔总有心了"，便再无表示。

当乔宇的车子在院子外面停稳，保姆便一脸不悦地迎了上来，说："乔老板，你把我的工资结了，另外找人吧。"

"怎么突然不干了？"

"我跟你打一声招呼，不是我不想干，是实在没有能力。我在资产几十亿的大老板家干过，也在市长级别的大领导家里干过，个个都夸我干得好。结果你爱人对我鼻子不是鼻子，眼睛不是眼睛，我好心好意帮她洗了衣服，她把我骂得要多难听有多难听。"

乔宇安慰道："她脑子受过刺激，情绪不太稳定，你多包容。"

"那不能太过分吧？我一把年纪，孙子、孙女都有了，完全不被她当人看。"

"她以前真的不是这样的。"乔宇想了想，又说，"之前不是给你开的5500块嘛，我再涨一点，凑到6000块，怎么样？"

保姆明显心动了，但嘴里还在念叨："我真的不是冲你开的工资来的哦，我有退休金，儿女每个月也给我塞钱，我不缺钱的哦。我就是看你乔老板实诚，家里暂时有难处，才来帮忙的。"

"是的，我当然知道。"

"这样吧，你给我 6500 块，我儿子和姑娘说了，低于这个工资，还不如去他们家帮忙带孩子呢。"

乔宇愣了一下，随即脸色大变，瞪起眼睛怒骂道："你开什么玩笑？俩嘴皮子一张一合就多要 1000 块，我他妈挣钱都没你快！既然你儿子和姑娘要你去，那你赶紧去，别耽误了带孩子！"

乔宇掏出钱包，数出一沓钞票塞给她："你干了八天，本来应该给 1500 块，我给你 2000 块。"

"其实 6000 块也可以的。"保姆赶紧往回找补。

"不用，你收拾东西。"

保姆只得负气回屋收拾东西，不消一会儿便拎着包走了。这保姆是乔宇的邻居娘家那一片的人，经过乔宇邻居家门口的时候故意大声打招呼，抹着眼泪控诉道："人家大老板嫌我做得不好，让我卷铺盖走人。"

乔宇的邻居刚才在自己院子里除草，也听到了他俩的对话，又多问了保姆几句，了解了大概的状况，便劝保姆暂且在附近转一会儿，她试着去打圆场。

乔宇此时已经回了自己家，一进门便看见何琳披头散发地坐在阳台的地板上，一边哭泣，一边骂骂咧咧。乔宇没有着急过去，而是不紧不慢地换了拖鞋，又喝了一杯水，才走到阳台查看妻子的状况。何琳怀里依然搂着那条小裹被，但小裹被已经浸饱了水，从洗衣机到她身下的地板上也都是水渍。显然是保姆擅作主张将小裹被丢进了洗衣机，才导致何琳的激烈反应。

乔宇不耐烦地说："洗就洗了，有什么可号的？"

何琳痛苦地拍着地板："没有她的气味了！"

"本来就没有了，再不洗都要馊了！"

他夺过小裹被，塞进洗衣机。何琳又爬起来，将小裹被"连汤带水"地抓了出来，紧紧地搂在怀里。乔宇懒得再理她，点了一支烟，任由她寒冬腊月坐在一摊冰冷的水里，一抬头却看见邻居正站在客厅门口尴尬地看着这一幕。

"你们这是何苦呢？"她一边埋怨一边走进来，使劲将何琳从地上扶起来，"已经泡了水就洗吧，否则会烂的，洗得香香的，你闺女也喜欢。"

只是简单的一句话，便让何琳放下了对小裹被的执念。邻居顺势将小裹被放回洗衣机，倒入洗衣液："你们家的洗衣液这些年从来没有换过，晒干以后气味和以前肯定是一样的。"

这位邻居性格挺和善，以前乔宇和何琳都不会照顾婴儿，她帮衬得不少，传授给他们各种育婴技巧，爱丽丝对她也很喜爱，把她家当作第二食堂。邻居送何琳回房间，翻出干净的睡衣帮她换了，又回到客厅与乔宇谈话。

"你把保姆辞了啊？"邻居问道。

"是啊，才来一礼拜，挑三拣四的，一不顺心就要涨工资，这哪里是请保姆，这是请了个祖宗啊！"

"她就这个毛病不好，但你干吗跟她计较？她要涨工资，你顶回去就是了，没必要翻脸的。年底的人工可不好找哦，家里这情况还是需要有人照应。"

乔宇没好气地回答："翻脸不就要翻透了，留她在家往锅里吐痰吗？"

邻居立即感觉被冒犯了，质问道："你怎么说这种话？我们那里的人可不会做这种缺德事！"

"她还没走远，要不你带回去，请老乡说不定有折扣。"

邻居被气得一句话都说不出来，转身就离开了。爱丽丝出事以后，乔宇的脾气不似以前温和，总是戾气缠身，邻居体谅他近期经历的种种打击，不与他计较，不料他现在变本加厉，动不动就说出这种伤人的话。邻居在百十米外的巷子里找到那位保姆，气愤地描述了刚才的经过，表示自己已经尽力了，让她回去另找生计。

保姆原本心存一丝希望，听老乡这样说，只能无奈地放弃了。但她心里还是很怨恨，忍不住发泄道："这夫妻俩神经兮兮的，都不是什么好东西，难怪没了孩子，说不定就是报应。"

邻居听后不乐意了："你这张嘴得注意点，关人家孩子什么事？你以前一直做得挺好的，跟谁都和和气气的，今年干了几家就吵了几家，在更年期啊？"

保姆不敢跟这位老乡顶嘴，嘟囔几句便走了。

以前何琳把家务打理得太好了，以至于乔宇已经忘记如何下厨了，他用微波炉随便热了一点剩饭剩菜，端到卧室的床头柜上。何琳颓废地侧躺着，身体消瘦得让人看不出被子底下还有一个人，她没有回头，乔宇也没有催，认为她现在不吃饭说明还不够饿罢了。

他打电话给詹妮，问她能不能帮忙找一个全天驻家的保姆。詹妮想了想，说："我有个大姨是做过这个的。"

"靠谱吗？"

詹妮说："当然靠谱，她以前专门在医院当护工，什么人没服侍过？就是做饭水平比较一般。"

"无所谓，会就行！"乔宇喜出望外。

第二天下午，詹妮便开车将她的大姨带过来了，行李也一并载着。

大姨名叫施小芳，名字听着还挺婉约，真人却是典型的豪放派，显然在职业生涯中经历过千锤百炼。她个子大概一米六，但虎背熊腰，身材魁梧，声音也洪亮得仿佛自带喇叭。

乔宇客气地去帮忙拎行李箱，不料这个箱子的重量完全出乎他的意料，他的力气仿佛用在水泥墩子上了。施小芳赶紧上前夺过行李箱，说："我自己拿就好了。"

她不但用单手把行李箱轻松地拎上了台阶，胳膊甚至打了弯。

"大姨力气真大。"乔宇忍不住赞叹道。

"当然，我外公在世的时候瘫痪好几年——体重七十多公斤——都是我大姨一个人服侍的。"詹妮凑到乔宇耳边，低声道，"我大姨夫没有更年期，我表姐也没有叛逆期。"

乔宇心领神会地笑了起来，他不经意地抬头，恰好看见隔壁邻居站在自家二楼的窗帘后面望向这里。两人打了照面，邻居露出鄙夷的表情，身影消隐在窗帘后面。乔宇并不在乎，世态炎凉，人情冷暖，他在这几个月里见得太多了。他家里但凡发生一点事，不消一天，外面就传得满城风雨，未必没有这位"好邻居"的功劳。

詹妮陪同大姨熟悉乔宇家的环境，也一起去主卧见了何琳。何琳见詹妮来了，勉强打起精神坐起来。詹妮坐在床沿，拉住何琳的手，说："你不要一直在家里躺着了，会憋出病来的，要不下周我们出去自驾游？"

何琳露出冷清的微笑："我还能走出这栋房子吗？"

房间里的气氛有些尴尬，自从上次从省城回来，何琳的确没有再走出这栋房子，更没有晒过太阳。她脸色苍白，不见血色，头发也变得油腻、打结，詹妮将施小芳拉过来，说："这是我大姨，以后家里打扫收拾的事都交给她，你就好好休息，别的什么都不用想。"

何琳依然浅浅地笑着，但目光游离、涣散，从头至尾都没有看一眼施小芳。

詹妮在乔宇家里转了一圈，从储物间提出一把折叠躺椅，放在走廊底下，对乔宇说："她身上都有酸味儿了，回头你给她洗一下澡，天气好的时候拉她出来晒晒太阳。再不出来的话，别人还以为你把她给拴起来了呢。"

"你希望我给她洗啊？"乔宇问道。

"大姨会帮人洗澡的。"詹妮听出他话里的挑逗之意，故意白了他一眼，又望向他的头发。她伸手捋了捋他的头发，言辞间满是嗔怪："你才多大啊，白头发都快遮不住了。"

"没事的，前段时间压力太大，现在好多了。"

两人正打情骂俏，施小芳在门里故意咳了一声，两人便如触电般赶紧分开。三人简单地谈了一下雇用的具体细则，省去签合同的步骤，每月工资8000元，施小芳负责日常家务和照看何琳。

施小芳将詹妮送到门口，偷偷地问："他老婆是不是脑子有问题？"

詹妮说："没有啊，只是精神状态不太好。"

施小芳撇了撇嘴："你别忘了，我以前在五院干过七年，她看人的眼神就不太对。那会儿别人跟我说过，精神有问题的人听我们正常人说话，就像在听电视里的人说话一样，是交流不起来的。"

詹妮不以为然："不要听人胡说，现在谁没一点精神问题啊！我闹离婚那会儿还查出重度抑郁症呢，那也算是精神出问题了，难道我也交流不了吗？"

"你那会儿也好不到哪里去。"

"大姨，你大不了当她是那段时间的我，不就行了。"

就这样，乔宇家里迎来新的保姆，他可以腾出时间和精力在外面做生意。施小芳的确十分能干，也很有眼力见儿，把家里打扫得干干净净，与孩子有关的东西一概不碰。她比一般的保姆强势，甚至显得有些独断专行，何琳在她的软硬兼施之下也有了转变，定时洗漱、吃饭，天气好的时候还在走廊里晃荡片刻。只是一有人从外面经过，她就像受到惊吓的兔子似的往屋里走，许久都不再出去。

施小芳问："你大大方方的，躲什么呀？"

何琳说："没脸见人。"

施小芳恨其不争地说："哪能这样想呢？干坏事的都活得理直气壮的，受害的为什么没脸见人？我要是你，我就把身体养得壮壮的，天天去骂那狗×的！我也不说我骂的是谁，听得懂的自然明白。"

何琳安静地听着，直到施小芳自顾自地说完，她才淡笑道："我又不是没骂过。"

吃晚饭的时候，何琳忽然问道："我要是想出去，你愿意帮我吗？"

"怎么帮？"

何琳说："你只要把手机借我就好，我想给娘家的表弟打电话。他小时候是我带过的，应该会帮我的。"

施小芳这才想起来，自己任务的重中之重便是看住何琳，不让她走出这个院子。她很同情眼前这个女人，但也不好多做评价，毕竟詹妮是她亲外甥女，乔宇是给她开工资的。帮着骂几句坏人，她是很乐于效劳的，但真的要具体做些什么，她就要权衡一下利弊。若是何琳跑了，乔宇和詹妮都会拿她问罪，她很珍惜这个事少钱多的工作，比在别的地方被一家老小使唤或者在医院跑腿、搬重、端屎盆强得多。

"你现在不能乱跑，不如静养一段时间，等身体好了，再让你老公带你一起去。总归是一家人，什么事都应该商量着来。"她这样规劝道。

何琳只是笑了笑，说："我开玩笑的。"

施小芳也跟着笑，起身去盛汤的时候顺手将手机揣进兜里，整个晚上都没有再拿出来。晚上十一点多，何琳早已躺下了，乔宇大概又不回来了，施小芳打算在浴缸里洗一洗这几天的疲惫。她刚来的第一天就盯上这个浴缸了，自带按摩和恒温功能，她以前在一个大户人家里见过，但当时没有机会体验。她浸泡在满缸的热水里，身体感受着前所未有的温暖和轻盈，再打开按摩功能，一阵酥麻感从脊骨直冲天灵盖，愉悦感不亚于年少时的每一个春宵夜。

施小芳正闭目养神的时候，浴室的门突然开了，她惊叫一声，一时不知道该站起来还是缩入水中。待她看清闯入者是何琳，尴尬少了几分，但惊恐瞬间涌入心中。她现在才想起来，对方不只是一个病恹恹的女人，还是一个把骨灰盒从墓地里刨出来的疯子，而自己扮演着狱卒的角色，站在对方的对立面。她扶着浴缸的边沿试图站起身来，但她在浴缸里泡得太久了，满缸的水像沼泽的淤泥一样吸住她壮硕的身体，她挣扎了两下还是没能站起来。她平日的确有一把蛮力，即使对付一个青壮年男性也不落下风，但此时此刻她脆弱得毫无反抗之力。

"你怎么醒了？"施小芳强颜欢笑，想以此稳住她，"你要上厕所吗？"

何琳如同梦游般不答话，站在浴缸边，俯瞰着她，形成强大的压迫感。片刻之后，何琳缓缓弯腰，伸手拿走她放在浴缸边沿的手机，打开看了一眼，轻声问道："密码？"

"1122。"施小芳积极地回答。

何琳点点头，转身翩然离去，顺手把浴室的门关上了。

施小芳再也没有心思泡澡了，等她缓过神来，立即擦干身体，裹上衣服，连浴缸都来不及清理就跑出去了。她多了一点防备，从架子上拿了一只卷发棒作为武器，以防意外状况。她先去主卧看，里面没有人，再跑出去看，大门也是反锁的，她又跑回屋内，挨个儿检查每个房间，最终发现何琳藏在女儿的卧室里。

廉价老年机在房间里发出刺耳的按键提示音，屏幕的光亮照着何琳苍白消瘦的脸，她的脸埋在长发里，一边念叨着数字，一边重复地拨号，但手机里只传出冷冰冰的机器回复："您拨打的号码是空号。"施小芳没有立即夺走手机，而是站在她面前，仿佛刚才浴室里的双方调换了位置，直到第三次提示空号，施小芳才开口问道："记错号码了吧？"

"我没有记错，我不可能记错的。"何琳一边说着，一边再次拨出号码。这次没有立即出现机器声回复，短暂的两秒空白之后，手机里传出"嘟——"的等待音。

那一瞬间，施小芳顿时变了脸，她立即俯身抢夺手机。何琳有所防备，两人缠斗在一起，手机滑落在旁边。片刻之后，手机里面传出一个男人的声音："喂，哪位？"

男人在电话那头问了两遍，却只听到这边断断续续、语意不明的争执，他以为是谁喝醉了乱打电话，骂了一句便挂了电话。

何琳终究不是施小芳的对手，不消半分钟，她就被牢牢地按住，施小芳喘着粗气道："不是我不想帮你，是实在没法帮。你听话，我们都有好日子过……"

何琳绝望地蜷缩在角落里，像一个破损失修的玩具。

"我们就当这件事没有发生过，等你老公回来，都不说，怎么样？"

何琳点头，施小芳这才松手，将她扶起来，送回房间。

凌晨两点，乔宇回来了，身上满是酒气。施小芳给他开的门，乔宇环顾家里一圈，问道："今天家里都好的吧？"

施小芳说："好的啊。"

乔宇指了指主卧，说："她也好的吧？"

"也好的。"

乔宇走进卧室，开灯看了一眼，又神情严肃地走出来，责问道："我老婆脖子上怎么有几道血印子，胳膊上也是青的？"

施小芳这才想起来，自己的善后工作有纰漏，这种程度的打斗造成的瘀伤通常不会立即呈现，而是会有一小段时间的延迟。眼看事情瞒不住了，她只得忐忑不安地交代："她趁我洗澡的时候拿我手机，说要打电话回老家，让她一个表弟帮忙告状。我怕误了你的事，心里着急，就多使了一点劲儿。但我只是要拿回手机，没有故意弄伤她。"

听到这些话，乔宇血液里的酒精助燃怒火，他气急败坏地在客厅里来回踱步，大声地斥责："你怎么可以这样？"

施小芳开始害怕，毕竟她的确在别人家里动了手，且何琳的身上明显有伤痕，万一乔宇坚持以报警解决问题，她轻则赔偿医药费，重则拘留"坐号子"。

"我也是怕误了你的事……"她重复用这个理由给自己辩解。

乔宇猛然站定，责问道："你怎么可以让她拿到手机？"

施小芳完全没有料到乔宇生气的重点在这里，愣了片刻才回过神来，顺着解释道："她这些天一直挺配合的，我也就没在意。"

她见乔宇还是不表态，脑子灵光一闪，又说："我保证以后不会再发生这样的事了，你要是还不放心，那我明天一早就打电话让詹妮过来接我走。"

果不其然，一提到詹妮，乔宇的怒气跟着醉意一起消了一半，他花了一点时间冷静下来，说："那倒不至于，以后多注意点就是了。你这几天做得挺好，给我减轻不少压力。咱俩接触得少，但詹妮了解我这人，我脾气来得快去得更快，情绪从来不隔夜，所以你也不要放在心上。"

施小芳笑着点头，事情就算过去了，这份不错的工作也保住了。

第九章
假结婚

集团发布了最新的人事调整，有人被光荣提升，也有人被降职架空。陈钊华惴惴不安地浏览了一遍通告，上面完全没有提到与他有关的内容，他不禁长舒一口气——这段时间里里外外地疏通总算没有白费。领导与他沟通年终奖的时候，透露了一个漂亮的数字，同时也告诉他，这个数字是不允许对外公布的。

领导说："集团Q4（第四季度）的财富报表特别亮眼，从上到下都过了一个肥年，这里面有你不小的功劳，但这种事不适宜公开说，所以你自己心里清楚就行了。"

"我懂的，感恩公司，感恩领导。"陈钊华递去一个小巧的盒子，"我听说咱外甥女马上要读博了，我也不知道她喜欢什么，就让我爱人帮忙挑了一个小礼物。"

"你干吗呀，这么客气做什么？"领导一边说着，一边打开盒子望了一眼。里面是一块精致的卡地亚腕表，表冠镶着一粒气球状的深蓝色宝石，于是他推了回去："这个应该不便宜吧？我也不懂这东西，手表不就是看时间的嘛，孩子用不着太好的。"

陈钊华又推了回来，诚恳地说："这是我送我外甥女的纪念品，她读上去了，也能给我们家昊轩立个劝学榜样。昊轩要是以后也能考个好大学，免不了也问您要红包呢。"

"行吧，我先收下。"领导将盒子放入抽屉，又翻了翻手边的台历，"最近集团在上海开了一门管理培训课，美国的著名教授来讲课，我上周去听了一节课，后面没时间去了，你方不方便帮我去听一听？"

"这么好的机会？"陈钊华喜出望外。

"你们年轻人学一学，用处更大。课程只有半天，不过你不用着急往返，可以在那边多待两天。"

陈钊华欣然接受任务。等他离开以后，领导又拿出腕表盒子，查看盒底折叠着的发票，脸上露出一丝满意的微笑。

陈钊华的高兴并非逢场作戏，他已经几个月没有见到老婆孩子了。虽然以前他巴不得他俩外出旅游，给他留一个清静、自由的空间，但现在出了这么大的事，家庭几乎处于分崩离析的边缘，他才意识到家庭圆满的重要。

陈钊华在公司的内网系统做了出差手续，当晚就开车前往上海。他从未去过上海的那栋房子，当初房子的验收和交付都由吴晓云经手，买完就闲置在那里，若非妻子发来导航链接，他连路怎么走都不知道。晚上十一点多，他终于风尘仆仆地抵达目的地，为了庆祝一家团聚，妻子特意提前在进口食品超市买了很多菜，三人深夜在家吃火锅。

陈钊华对这个房子本身还算满意，但对小区物业和周边环境很不喜欢，刚才进小区的时候，保安对他爱搭不理的，服务质量与这里每平方米 9 万元的房价完全不相配。而在老家那边房价每平方米不到 3 万元的小区，保安要对每一位出入的业主敬礼，曾经有一个新来的保安对他喊了一声"喂"，他只打了一个电话，那保安便在对讲机里听到自己的"卷铺盖"通知。

吴晓云安慰道："这里的人都是这样的，很不守规矩，他们每个月就拿几千块钱，犯不着跟他们怄气。"

陈钊华却另有想法："现在车子好不好都是其次，关键要弄个漂亮的车牌，最好是连号的沪 A 蓝牌。"

"现在沪 A 不好弄的。"

"贵点就贵点嘛，我 200 多万的车配个三四十万的牌照也是应该的。"

"不光是钱的事，现在规则和以前不一样了，要摇号竞拍很麻烦的。"吴晓云这几个月都在上海，自认为搜集了很多有价值的信息，说话也比以往更有底气。

但陈钊华还是不以为然："只要找对路子，什么事情不好弄？规则这东西，就跟围墙一样，不可能完全封死的，不留门也会留洞。"

陈梓睿在旁边嘀咕道："那我什么时候可以回学校？"

吴晓云说："你先在这里跟着家教学，不要把功课落下，等我在上海找好学校，你再去上学。"

"我不想在上海上学，我想回老家，我所有的朋友都不在这里！"

陈钊华猛地一拍桌子，怒斥道："陈昊轩，我今天忍了又忍，没找你的麻烦，你别不识好歹啊！为了你的事，我前前后后花了 200 多万，你妈也把工作停了，你还有什么不满意的？"

吴晓云在旁边着急地掐丈夫的胳膊，说："我跟你说过多少遍了，不要叫他这个名字，咱们家没有叫这个名字的孩子，以后都要叫他陈梓睿！"

陈钊华立即顺滑地接着训斥："陈梓睿，我把丑话说在前面，你以后要是再闯祸，就自己去扛，该坐牢就坐牢，该枪毙就枪毙，大不了我们重新生一个。"

陈梓睿不服气地反驳："不就200多万吗，有什么了不起的！就当是我向你借的，等我大学毕业挣钱了，加倍还给你！"

陈钊华和吴晓云互看一眼，默契地笑了起来，原本剑拔弩张的气氛顿时消除了。

"口气不小啊，我出个数学题，你给我算一下。"陈钊华清了清嗓子，说，"我部门有一个大学生，工作三年了，现在每个月的工资是1万，假设他不吃不喝不花一分钱，所有的工资都攒起来，要攒多久能攒够200万？"

陈梓睿掏出手机的计算器，摁了片刻之后肯定地回答："16.666666年。"

"那如果他扣掉房租和生活开销，每个月存5000块钱，要攒多久呢？"

陈梓睿又开始按计算器，但千和万之间的换算让他有些困惑，他摁了好一会儿也没算出答案。吴晓云在旁边提醒道："这还要摁计算器啊？5000是1万的一半，不就要攒双倍时间嘛！"

陈梓睿恍然大悟，用16.666乘以2，立即得到答案："33.33333年！"

"答对了！那个大学生要攒33年才能攒到200万。"吴晓云温和地循循善诱，"你再算一下，你要是二十二岁大学毕业，33年以后是几岁？"

"五十五岁……"陈梓睿低下头，似乎认识到了自己的错误。

"所以，爸爸妈妈的付出是很多的，你以后一定要听话，不可以再闯祸了。"吴晓云说完，夫妻俩暗中交换一下眼色，对这次富有教育意义的家庭数学课颇感满意。

但陈梓睿用筷子戳了一会儿碟子里的菜，又灵机一动，问道："那是不是只要花200万，就可以买一个人专门给我们家干活了？"

陈钊华随口笑道："别说干活了，买他的命都够了。"

话音刚落，吴晓云在桌子底下踢了他一脚。陈钊华也意识到自己口无遮拦了，立即闭上嘴巴，从锅里捞出几片牛肉放在儿子碗里，借此转移他的注意力。

夫妻俩听人说过，孩子的记忆是有屏蔽功能的，只要时间够久，糟糕的记忆就会慢慢被遗忘。所以，他俩前段时间已经约定，今后在陈梓睿面前再也不提过去的事，也许那件事会像沙漠里的石刻一样，逐渐被时间侵蚀，最终融入沙海。

陈钊华发现蒜泥已经用光了，只是说了一句，陈梓睿便自告奋勇地跑进厨房，亲自动手剥了一颗蒜，用机器打碎了端上来。虽然弄得不太好，但足以让这对夫妻万分惊喜，要知道这孩子几乎从未干过家务，连开饭之前帮着拿筷子之类的事都没干过。古人常说，"塞翁失马，焉知非福"，现在看来是真的有道理。吴晓云依稀看到一些希望，自己也许不必再羡慕别人家乖巧懂事的孩子了。

"有进步，继续保持啊。"陈钊华褒奖道。

陈梓睿趁机提出条件："我想去上海的迪士尼玩。"

"没问题，等爸爸开完会，我们一起去。"陈钊华揉了揉儿子的头发，心里无比欣慰，不禁想，儿子果然是自己亲生的，脑子特别活泛，以后无论书念得好不好，混社会是不会吃亏的。

深夜，夫妻俩在卧室关起门来讨论以后的安排。吴晓云打算让儿子在上海的国际学校读书，等读完高中，到了十八九岁的年纪，再送去国外念大学。但陈钊华另有想法，他觉得去国际学校读书太危险了，这个圈子很小，万一哪天儿子被人认出来，他们现在所有的努力都将付诸东流，且再无回旋的余地。

"那你说怎么办？总不能一直躲在这里吧？"

"我是这样想的，咱们分几步走，"陈钊华开始掰手指，这只手就是他自带的思维导图模板，"第一步，先让昊轩去学英语——"

吴晓云立即粗暴地打断："呸呸呸！是梓睿！"

"噢……对，第一步，先让梓睿去学英语，请家教上门或者报培训班；第二步，让梓睿申请留学，去国外读预科班，你也申请陪读签证，一起过去；第三步，你一边陪读，一边了解一下情况，比如那边的移民政策。你好歹做过护士长，看能不能办职业移民，不行的话再想别的办法。"

吴晓云差点笑出声来："我连梓睿的英语功课都辅导不了，还想办职业移民呢？"

"为了孩子，你学嘛！"

"我倒是想学，可我在学校里那么多年都没学好，现在更难学了。"

"你先试试，反正你现在闲着也是闲着，实在学不会，再试试另一个办法，比较简单，但也不简单……"

"什么啊？"吴晓云听着丈夫吞吞吐吐的语气，也很好奇。

"也是一个朋友教我的，说那边有中介专门帮人办移民，先找一个有绿卡的人，给他几万块钱，你和他领证结婚，这样就能拿到绿卡了……"

"陈钊华，你他妈说什么东西呢，你让你老婆跟别人领证结婚？"

"这不是假结婚嘛，又不是真的，等你拿到绿卡就办离婚。这种事又不奇怪的，上海不也有不少人为了落户找人假结婚。"

"那也不行。我以前在科室听人说过，有人在美国和老外假结婚，被家暴甚至还有被强奸的……"说到这里，吴晓云皱起眉头，露出一副难以启齿的样子，"反正我到时候不敢去医院，又不敢报警，还得倒贴别人钱，我才不干这种事！"

"我们不找老外啊，找中国人就好了呀！找家里人还在国内的那种，我轻松拿捏他的软肋，他不敢耍什么花样。"

吴晓云沉默片刻，又问："那我们咋办？"

"咱俩先办离婚，等这事成功了，我们再复婚，到时候你和梓睿都有绿卡了，我哪天不想干了，也可以随时过去。"

"那咱们一家人不能一起过去吗？咱们把上海、苏州和老家的房子都卖掉，手里的钱应该够我们办全家移民的了。"

"这些钱的确够办全家移民，可是达不到财富自由，离我想要的财富绝对自由更远。我2010年的一个领导，攒够2000万移民出去了，买了别墅，还买了船在海上钓鱼，过得很逍遥，但现在每天在中餐馆刷盘子，我不想步他的后尘。"

"他那是太挥霍了，又不工作，当然不够花！咱们不学他就是了，到了那边继续工作赚钱，凭我们的能力，说不定比现在赚得还多呢！"

"唉……"陈钊华无奈地叹一口气，"我积攒的所有资源都在云海市，所有的财富也是在那一亩三分地创造的，要是现在连根拔起，咱们就什么都不是了。"

吴晓云想到原本好好的一个家要面临破碎的境地，不禁感到命运弄人，眼泪也止不住地滚落下来。陈钊华拿纸给她擦眼泪，安慰道："有什么好哭的嘛，你换一个角度，应该高兴才对。其实我一直很欣赏一种家庭结构，叫'裸商'，你听说过吗？你和梓睿移民出去，拿着国外的绿卡，我在国内就没有任何后顾之忧，可以放开手脚去拼一把。资产也可以往外转移，万一哪天风向不对，我们也不用担心鸡蛋放在一个篮子里。等梓睿长大了，你们不喜欢国外的生活，随时可以回来，到时候你们的身份可就不一样了。海外华侨，比一般人可高贵多了，连北京人、上海人都要敬你几分。"

听到陈钊华侃侃而谈，刚才还在哭泣的吴晓云顿时破涕为笑。这几个月她接触了一些本地人，多少遭受过一些冷言冷语，甚至因为用方言打电话稍微大声点被人说"乡毋宁"，而她生怕暴露儿子的行踪，连一句反驳的话都不敢说。但她想了想，又提出疑问："我们出去又回来，万一被人认出来，不是又白忙活了吗？"

陈钊华笑道："那是多少年以后的事了，那时候咱儿子已经是二十来岁的大小伙子，模样完全长开了，中国名字别说'陈昊轩'了，连'陈梓睿'这个名字都要换。再起个洋气的外国名字，Arthur、Peter、Anthony……不就相当于脱胎换骨了，谁还认得出来？"

吴晓云听着心里欢喜。她平日喜欢看东亚偶像剧，最喜欢里面那种一看就是ABC（美国出生的中国人）模样的男主角，英俊高大，衣着讲究，一口流利的英文夹着生疏的汉语，时不时地停下来问别人："Sorry，我忘记这个词用中文怎么说。"她年轻的时候曾经梦想拥有这样的恋人，却和大多数女孩子一样，止步于怀春之梦，以后有这样的儿子也不错。偶像剧里男主角的母亲都是气质不凡的财阀太太，在儿子面前说话极有分量，让那些打他主意的女孩心怀敬畏，也不失为弥补当年遗憾的一种方式。

她洗完澡出来，特意换了一条新买的性感睡裙，从后面搂住陈钊华，但丈夫放下手机，打了一个哈欠，说："好困啊，睡觉！"然后翻身侧躺，很快鼾声大作。

吴晓云的心顿时坠入冰窖，她原本期待久别胜新婚的激情，把这个月因两地分居而逐渐冷却的感情重新加热，但丈夫似乎并无此意。她不得不开始担心一个问题：不少男人到了这个年纪，事业有成，孩子也长大了，便要甩脱生活中最大的累赘——糟糠之妻，然后换一个年轻漂亮，或者有助于他突破事业瓶颈、更上一层楼的女人。这种事情在她的圈子里并不少见，她曾经统计过陈钊华经常往来的朋友，发家以后还留着发妻的，一只手数得过来。但她没有把这层担忧说出来，只是背对丈夫安静地躺着，毕竟这盘棋的对手就是自己的枕边人。

陈钊华替领导去上海的一所大学听课，吴晓云则趁机约自己的姐姐出来，讨论昨晚夫妻俩说的事。她姐姐立即摇头道："你可别听他的，这帮男人在谈生意的时候还有可能替对手考虑，搞些互惠互利什么的，但到了婚姻里，一个比一个自私。你跟他提责任，他跟你提感情；你跟他提财政，他跟你提信任。就像你姐夫，以前多老实的一个人，升迁了，出去不到三个月，就有狐狸精找我头上了。要不是咱爸压着，你姐夫不敢胡来，说不定这会儿那狐狸精已经住进我装修的房子里了。"

吴晓云摇摆不定，又开始辩解起来："姐夫那是平时太老实了，一下子接触外面的花花世界，才把持不住的。陈钊华不一样，他这些年见过各种各样的女人，平时也只是为了满足自己的虚荣心故作风流，免疫力还是不错的，我觉得他有这个自律能力。"

"那是你管得严。这些年你们一直朝夕相处，别人找不到机会，陈钊华的贼心也没肥，你要是也分开试试呢？"姐姐看了一下吴晓云放在手边的名牌包，"就像你这个包，你丢在米其林一星以上的高档餐厅，会有服务员给你保管，客人也不屑于占为己有，但你丢在一条普通的步行街，或者再好一点，是奥特莱斯之类的折扣商场，你觉得还有可能找回来吗？"

吴晓云下意识要反驳，却无言以对，因为她以前遇到过这种事。

"这只是一个十几万的包而已，还要冒着被抓的风险。再想想陈钊华，年富力强，资产几千万，老婆还在国外，只要把他钓到手，这种包算个屁。小三上位不道德，但不违法、难度低、风险小、收益巨大，有几个买卖比这个强啊？"

"可是我是陪儿子一起出去的啊！"说到儿子，吴晓云又多了几分底气，"他要是敢胡来，儿子以后肯定不认他！"

吴晓云的姐姐又恨其不争地叹道："难道他跟你生完孩子以后就不是男人了吗？他和别人不能再生一个？以前孩子年纪小，需要你照顾，现在孩子长大了，就算以后离了你，身体里还有他的血，也是跟他姓，以后他随便给孩子买套房、买辆车，不又是一个好爸爸了吗？你姐夫单位有一个男的，在外面找了一个小姑娘，净身出户，而且放弃抚养权，但一直拖到孩子上小学才离婚。你知道为什么吗？"

吴晓云单纯地答道："法院不让吗？"

"那男的亲口跟你姐夫说的，他在等孩子对他的感情和记忆根深蒂固，这样一来，孩子走到哪里都是他的孩子，至于以后是谁抚养，他无所谓的。"

虽然是别人家的事，吴晓云听着依然觉得心头一冷，嘀咕道："人有这么坏的吗？"

"这就叫坏吗？"姐姐哼笑道，"他们单位另一个男的，也是掐着点儿离婚，但他要争取抚养权，你知道他在掐什么点儿吗？"

吴晓云摇头。

"他在等……"姐姐话刚出口就忍不住笑了出来，笑得前俯后仰，吴晓云催促道："什么啊？"

姐姐好不容易才止住大笑，低声道："他在等孩子学会自己擦屁股！"

这次不只是一个人笑，姊妹俩都大笑起来，引得咖啡馆里的客人都扭头望过来。吴晓云下意识地用点菜单捂住半张脸——她这几个月的每一天都过得小心翼翼，尽量保持低调，几乎形成条件反射了。

但笑罢，她也陷入巨大的忧虑之中。诚如姐姐所言，如今梓睿已经十四岁了，不需要人专门抚育了，她作为家庭主妇的作用已经越来越小，随时可能卷铺盖走人。就像几个月前的陈钊华一样，他也深知自己一旦卸职一段时间，权力就会被架空，职位就会被取代，所以不惜一切代价去平息那件事对自己的影响。

"那我怎么办呢……"她苦恼地揉着太阳穴。

姐姐说："如果你要带孩子出国，就得把家里的财政捏在手里，还要签一个婚内协议，万一他哪天提出离婚，就必须净身出户。这种事，该谈的就得谈，千万不能脸皮薄，否则以后吃亏的时候再后悔就来不及了。"

吴晓云叹了一口气，说："姐，不瞒你说，其实前面几年我和他关系也挺紧张，三天一大吵，两天一小吵。出了那事以后，两个人一致对外，虽然分居两地，但几乎每天都有电话和视频联系，讨论怎么解决事情，关系反而比以前改善很多。现在这个时候，让我怎么说得出口嘛。"

姐姐不再说话了，只是浅浅地哼笑一声，端起咖啡抿了一口，扭头望向窗外的大街。吴晓云也自知自己瞻前顾后的态度很讨人厌，她尴尬地搓了搓手指，片刻之后表态道："我这几天找机会跟他提一下。"

吴晓云原本以为自己很难有机会开这个口，不料第二天陈钊华就把机会送到面前——他去大学听管理培训课的时候加了一个女孩的微信，对方大晚上发信息问他有没有兴趣去逛外滩，陈钊华回复说"下次有空一定"。

陈钊华一再解释，是对方主动加他的，自己碍于同班听课的情面，不好意思当场拒绝，但吴晓云不依不饶地追问："你说下次有空的时候去，这一次是我和孩子碍你事了吗？等我们都走了，你是不是就去赴约了？"

"我那是敷衍，她这种人就是专门在这些场合广撒网，看谁开的车好就加谁，我见得多了，不可能上当的。"

以前，陈钊华的身边出现过一些所谓的红颜知己，他也是用类似的理由搪塞，吴晓云都选择相信。倒不是因为相信陈钊华对她忠诚，而是她深知他的性格和喜好，他对主动投怀送抱的女人向来怀有警惕，不喜欢自己成为别人的猎物。但这次吴晓云坚决不让步，哪怕自己都觉得自己胡搅蛮缠了，她也不肯松口。

"如果她是你看得上的类型呢，你还能保证你把持得住吗？"

陈钊华无奈地摊手："吴晓云，你凭良心讲，我陈钊华这些年即使不算什么模范丈夫，至少做得还凑合，没有闹出乱七八糟的花边新闻吧？"

吴晓云不依不饶地说："以前是以前，不代表以后。就算暂时把持得住，也只是因为诱惑不够大。就像那个姓乔的，一开始不也道貌岸然的，现在又是什么东西？"

"他是什么层次,我是什么层次,你拿他和我比?"陈钊华气得直跳脚,感受到前所未有的侮辱。

吴晓云风轻云淡地甩出一句万能公式:"你们男人都一个样儿。"

陈钊华无言以对,吴晓云一旦进入这种莫须有的状态,两人的沟通便进入死胡同,他只能点一支烟,默默地熬时间。

"你现在这样,让我怎么放心带孩子出去?万一哪天你把持不住,身边换了别的女人,把我和孩子的生活费掐了,我在国外打黑工养孩子吗?"

"那你想怎么办?"

吴晓云内心不禁一喜,她今天如此借题发挥就是在等丈夫问这个问题。她暗自深呼一口气,说:"我带孩子出去的话,咱们名下的财产都要过户给我。咱们还要签婚内协议,万一哪天你主动提出离婚,必须净身出户,放弃抚养权。"

听闻妻子这番话,陈钊华愣住了,半晌才缓过来,意识到她背后一定有人支招,十有八九是她那个喜欢搬弄是非的姐姐。他第一时间考虑的并非这个要求是否合理,而是自己作为一家之主的权威将遭到前所未有的挑衅。家里的所有资产都是他一个人在无数个酒席和谈判桌上拼来的,他应该得到最高规格的敬重,而不是居心叵测的算计。

"协议?又是协议!外人和我签协议,家里人也跟我签协议,都想咬我一口,你们当我是摇钱树还是年猪呢?要是财产过户给你,你一脚把我蹬了,在国外另找一个老外,我又能拿你怎么办?"

吴晓云惊诧道:"怎么可能呢?"

"不可能吗?"陈钊华无缝衔接地反问。

吴晓云很快想起来,几年前他们共同认识的一个人的确发生过这种事。那是建设局的一个局长,他把老婆孩子送到澳大利亚,自己留在国内当裸官。后来,他被查出贪污1.2亿元,且赃款大多已被转移到海外。组织上让他退还赃款,可以争取宽大处理。但他老婆置若罔闻,不愿将赃款吐出来。最后,那位局长被判了死刑缓期两年执行。他弟弟帮忙退缴3000多万元赃款,他才被改成无期徒刑,好歹保住了一条命。如今他还在牢里蹲着,他老婆却在南太平洋的海滩上享受人生。

"那过户给梓睿呢,这你总应该放心吧?"她又问。

"你是真蠢还是假蠢?我们本来就要隐藏梓睿现在的身份和所在地,过户到他名下,不就等于把他暴露了吗?而且万一哪天市场或者政策发生大的变动,需要转手变现,那时候该怎么办?再说,我在集团持有的股权是不能随意转让的,必须经过董事会批准,还要向外公示。"

吴晓云无力反驳了，只得沮丧地陷在沙发里。一方面，她想不出更稳妥的解决方案；另一方面，她担心这次失败的图穷匕见会让自己的婚姻状况恶化。

正在两人僵持不下的时候，吴晓云忽然发现儿子捧着平板电脑站在房间门口，静静地听着他们说话，也没觉察他是什么时候出现的。她立即换上一张笑脸，问道："梓睿怎么还没睡啊？"

陈梓睿说："你们吵得太凶了。"

吴晓云回头，不满地瞪丈夫一眼，解释道："我们没有吵，就是说话声音大了一点。"

"明天爸爸带我们去迪士尼乐园吗？"

陈钊华说："让你妈带你去吧，我有事要早点回去。"

"可是，你答应带我去的。"

"你妈带你去，不是一样的吗？"

陈梓睿皱起眉头，失望地说："那我也不想去了。"

"你怎么不懂事呢？"陈钊华责怪道。

"我希望我们三个人一起去。"

陈钊华不禁心头一热，这些年他虽然混得风生水起，是家里的顶梁柱，有求必应地满足妻儿的物质需求，但更多时候，他感觉自己像一个工具人，这个家很少回馈他积极的情绪价值。尤其是儿子步入青春期之后，对吴晓云的依赖多了一些，留给他的则是冷漠、叛逆、自大、排斥，以及三天两头闯祸，仿佛自己养育了一个仇人。而现在，儿子仿佛脱胎换骨了一样，不仅对他怀有感恩之心，甚至开始为这个家庭修补裂隙，他这些年的所有委屈都烟消云散，所有努力都有了价值。

"行，我再请一天假，陪你们去。"他欣慰地说。

陈钊华与吴晓云结婚十几年了，时常会相看两生厌，对他而言，在这个年龄换一个小娇妻当然是美事一桩，但他承受不起离婚的成本。且不说辛苦多年积攒的财富要被划走大半，以后的事业也将失去岳父的荫蔽，他平步青云的人生只能到此为止，一夜之间被打回"小镇做题家"的身份。

第十章
案发地

今天原本是周彬调休的日子，他提前约了几个朋友，准备一起去郊区的一个农场玩，那边可以钓鱼，也可以露天烧烤。但临出发的时候，秦所长给他打电话，让他抽空出一趟警，辖区有人报案，说是非法拘禁。周彬立即掉头回到所里，换上制服随车出发。到了地方他才明白，秦所长为什么特意点他的名——案发地正是让他头疼的乔家。

报案人是乔宇的堂弟乔立平。他从外地出差回来，给堂哥家里捎了一点土特产，上门发现堂嫂何琳被一条链子拴在房间里。他对堂嫂向来心怀敬重，见此情形顿时火冒三丈，认为这是保姆的虐待行为，直接打电话报警。

周彬听完乔立平的讲述，把施小芳拉到旁边问讯。施小芳表现得很委屈，她说："刚才我去阳台晾衣服，怕她乱跑才临时拴住的，恰好被她小叔子撞见了。我既没有打她，也没有骂她，一天三顿饭好好供着，连洗澡都是我伺候，怎么可以说我虐待她呢？"

周彬正要把人带去派出所，詹妮风风火火地开车赶来，一进门就问他："周所长，这是怎么回事啊？"

"你怎么来了？"

"她是我大姨，来这里帮忙，乔宇去外地出差了，两边都打电话让我过来。"

施小芳见到两人认识，立即假模假样地哭诉道："这活儿干不下去了，我当牛做马服侍别人，却落不到一句好，还要被抓去派出所……"

詹妮安慰大姨几句，又对乔立平说："这事经过你哥同意，我大姨才这样做的，你不信可以打电话问他，但凡有半句假话，我陪我大姨一起去吃牢饭。"

乔立平刚才私下已经发微信问过乔宇，乔宇也亲口承认了。但他心里还是气不过，指着詹妮说："没有你在背后撺掇，我哥绝对不会让人干这种事。我知道你和我哥现在关系不一般，但你好歹是我嫂子的朋友，我嫂子不是跟人跑了，更没有过世，你不至于这么没脸没皮、没羞没臊吧？"

"你没凭没据不要信口开河啊！"詹妮毫不示弱。

周彬站出来打圆场，他指了指自己身上的执法记录仪："你有事说事，不要搞人身攻击。我们的设备一直拍着的，人家要是告你诽谤，这些可都是证据。"

他又转向施小芳："你也是，别人怎么说，你就怎么做啊？把人锁住是限制公民的人身自由，是犯法的。"

詹妮在旁边不以为然地说："那你说应该怎么办？万一她偷偷溜出去，再劳驾周所长去北京接她回来吗？"

周彬这下算是看明白了，刚才那个年轻人说得没错，现在詹妮和乔宇已经拴在同一条船上了，她的一言一行都是一副护夫的架势。作为詹妮曾经的追求者，周彬回想自己过往的卑微表现，再想想詹妮宁可给别人当小三都不青睐于他，不禁感到羞耻。尤其当詹妮提及当初他去省里接回何琳的事，更让他心生一股无名之火，他已经错失升职的机会，没什么需要忌惮的，说话便不再客气了。

他说："我是为人民服务的，如果派我去接人，我自然会去，别说去北京，去联合国都可以。但如果我的辖区里有任何违法犯罪的行为，我绝不会坐视不管。"

詹妮听出其中的态度变化，便不再多话了。施小芳则表态道："我就是一个本本分分的老百姓，赚一点辛苦钱，哪敢违法犯罪！只是没什么文化，不太懂法律，既然领导说不可以这样，那我以后不这样干就是了。"

周彬又进去看了一眼何琳，只见她神情呆滞，一言不发，腰上缠着一条链子锁，床头还挂着另一条解开的链子锁。随行的女警员介绍，何琳腰上这条是像腰带一样常态锁着的，床头那条是用来扣住何琳约束她的行动范围的。

"身上有伤吗？"周彬问。

女警员说："胳膊上有一些瘀青，但不确定是怎么造成的，问了也不说。干净倒是挺干净的，里外的衣裳都是新换的，还有香味儿呢。"

周彬又问施小芳："她老公也睡这里吗？"

施小芳说："他睡在楼上的房间。"

"她老公打过她吗？"

施小芳迟疑片刻，说："也不算打吧，只是偶尔有点小摩擦，哪家夫妻都这样，我在旁边劝几句也就没事了。"

周彬在屋子里走了一圈，发现房间和客厅都有监控摄像头，便问道："这个是开着的吗？"

施小芳答道："一直开着呢，连着书房的电脑，她老公在外面也可以用手机看。"

周彬带女警员去书房里调取监控录像，因为有可能涉及何琳的身体隐私，他找到监控录像文件所在的位置后，便让女警员独自浏览，统计何琳被锁住的时长，以及确认她是否有被虐待的行为。他自己则在外面等候。大约过了二十分钟，女警员出来了，说："上锁的时间的确比较长，只有吃饭、洗澡、上厕所的时候才给解开，但没有什么虐待举动，胳膊上的瘀青应该是自己弄出来的。"

"她自己怎么弄？"

女警员带他去电脑屏幕前，回放昨天下午的一段录像。只见原本安睡着的何琳突然变得暴躁不安起来，一边语无伦次地哭骂，一边摔手边的东西，胳膊上的瘀青便是这个时候被链子锁剐蹭出来的。保姆闻声跑进来，时而呵斥，时而抚慰，软硬兼施之下，才让何琳逐渐平静下来。

"这也算正常。"周彬说。

女警员抬头越过屏幕往外看了一眼，说："还有一段。"

她打开另一段客厅视角的录像，将时间调拨到昨夜一点左右。先是乔宇和詹妮一起从外面走入客厅，乔宇推门进入妻子所在的主卧，詹妮则在客厅里悠闲地等候。片刻之后，乔宇从房间里出来，他与詹妮说了几句话，两人便亲昵地嬉笑在一起。保姆穿着睡衣从客房出来，两人毫不避讳，保姆更是熟视无睹，态度自然地询问："你们吃晚饭了吗？厨房里还有菜，我去热一下。"

詹妮说："不用啦，我们吃过晚饭了。"

乔宇问："今天做了什么？"

"莴苣炒肉丝，冬瓜排骨汤，还有一个炒鸡毛菜。"

"不错啊，那就热一下，我再吃点。"

"不许吃，你说过要开始减肥的！"詹妮立即阻止道，语气又娇又嗔，宛如恋爱中故意展示主导权的女孩子。

乔宇讪笑道："又不差这一顿。"

"你吃吧，以后也别减肥了。"

乔宇无奈投降："我不吃就是了嘛。"

看到这里，周彬实在忍无可忍，亲自动手关了视频。女警员询问如何处理这些视频，周彬想了想，说："一码归一码，这种事顶多关乎道德，不是我们能管辖的事情。"

周彬离开书房，将乔立平喊到旁边，大概地分析利害关系，说："我们调查过了，拴锁是经过你哥同意的。你嫂子精神状态不太好，此举是防止她走失，只不过这种做法不太妥当，我们对保姆进行口头的治安警告，以后不许用任何工具限制你嫂子的人身自由。"

乔立平点头接受。

"那请你帮个忙,再打110撤一下警,可以吧?"

乔立平一一照办,签了字,也打了电话,周彬便带队撤离了。他在院子里再次见到了詹妮,还是那张漂亮的脸,还是那副曼妙的身材,却让他陡然心生厌恶,往日的好感全部消散。他甚至开始怀疑,两人初识聊天的时候,她对前夫的控诉有几分真实,兴许无论她的前夫、乔宇还是他自己,都只是被她玩弄于股掌之间的蠢男人罢了。

詹妮问道:"周所长,这事对我们没有什么影响吧?"

"能有什么影响?"周彬没好气地反问。

"记录档案之类的,万一家里孩子以后参军、考公呢?"

"不搭咯(没关系)的。"周彬一边说着,一边往外走。但他心里还是有些气不过,又停住脚步,吩咐道:"等乔先生出差回来,让他先去一趟派出所。"

"去做什么?"

"做什么?治安处罚!用链子锁把自己老婆拴在屋里,我们来一趟就当没看见啊?"

以往出警,越是遇到奇葩的状况,回去的路上就越是热闹,警察私下八卦起来不输于居委会大妈。但今天车内一片沉寂,只有发动机的声音。半晌之后,女警员才幽幽地蹦出一句:"现在咋什么人都有……"

第十一章
论朋友

乔宇这些天颇为忙碌，云海市传出小道消息，一家名叫富源的房地产开发公司要倒闭了，即将进入破产清算程序，乔宇还有一笔 80 万的货款陷在那里。依照法律规定，破产清算的清偿是有一定顺序的，依次是职工工资、劳动保险费用、拖欠税款和外部债务。

于是，与这家富源公司有关的人全都躁动起来，内部的抓紧机会监守自盗，大到资质牌照，小到办公用品，像老鼠偷灯油一样往外顺东西；外部的到处疏通关系，希望提高自己债权的清偿优先级，不愿意成为最后被迫自认倒霉的那一拨人。

80 万，这不是一个小数目，相当于乔宇做生意两三年的纯利润。乔宇去找过自己在富源地产认识的王经理，当初他每一批货入场，货款都是打白条赊账的，回扣却是真金白银现结的。然而，王经理已经离职一个月了，电话号码注销了，微信也一直不回复，仿佛凭空消失了。

乔宇找了几天都无果，正准备放弃，不料王经理忽然在朋友圈里发了一段鸡汤文："最近我很喜欢一句话：'善良是一种选择，是一种力量，更是一种信仰。'愿我们都成为更善良的人，不惧风雨，坚强前行。哪怕被误解、被伤害，也要保持正能量，努力成为这个世界的一道光。加油！"

乔宇喜出望外，第一时间给对方点赞，又殷勤地发微信过去问候，但对方再一次回到静默状态，打语音电话过去也没动静了。乔宇终于明白了，对方就是故意晾着他。他一气之下，在那条朋友圈的底下留言："你好，最近我也很喜欢一句话——我×！"

一波未平，一波又起，乔宇在电话里被詹妮告知家里发生的事情，还让他到家以后先去一趟派出所。他硬着头皮去了，周彬在办公室接待了他，没有说多余的话，只丢给他一张治安处罚的单子，说："非法限制人身自由，罚款 500 块。"

"凭什么罚我款？"乔宇不服气地问。

"凭什么？凭《中华人民共和国治安管理处罚法》第四十条！你用链子锁拴着你老婆，这是非法限制他人的人身自由。你不交罚款也行，去拘留所蹲五天，五天不过瘾的话就蹲十天。"

"我老婆脑子有问题，我把她拴住，是防止她乱跑，这有问题吗？"

"你说她脑子有问题就有问题啊？我现在说你脑子有问题，把你也铐在这里，你愿意吗？"周彬将圆珠笔往桌上一丢，"你自己看着办，身上要是没钱，可以从公账上的那笔和解款里扣。"

提到那笔钱，乔宇陡然意识到双方的身份不对等，他自己不但是对方辖区里的一个平头小百姓，而且有一笔巨款被对方捏在手中。他立即变得恭敬起来，掏出香烟递过去，说："周所长，我这不是不懂嘛，问一问而已。我本意是不给你们添麻烦，没想到好心办坏事，刚好手头又紧，心里就有点着急了。"

"那也不差这500块，赶紧缴了，下次就不只是罚款了。"

乔宇只得拿上单子，下楼去缴罚款。门刚关上，周彬便将桌上那支烟攒成一团，嫌弃地丢入垃圾桶。乔宇在楼下交罚款的时候，明显感觉到民警对他的态度不太友善，面露冷漠甚至鄙夷，但凡他提出任何疑问，都会被呛回去。

乔宇办完事情，上车准备离开，他的手机收到缴罚款的短信回执。这时，朋友圈消息又跳出一个提醒。他顺手点开看了一眼，发现是陈钊华在王经理发的那条朋友圈底下点了赞。他回过神来，将那条破口大骂的评论删除了，又坐着琢磨了一会儿，决定给陈钊华打电话。

"陈总，这么巧，你也认识王经理啊？"

陈钊华反问道："哪个王经理？"

"就是富源的王经理，你今天给他朋友圈点赞了。"

"噢，小王啊！的确认识。"

"你们关系熟吗？"

"我们是在市里开会的时候认识的，只见过两三次，不算太熟。不过我和他们母公司诚创集团的老总关系还不错，经常约着打高尔夫，他上周还送我一箱威士忌呢！"

乔宇喜出望外，把自己与富源地产的事情和盘托出，而后满怀期待地问道："陈总，您能不能帮兄弟一把，让他们清偿债务的时候把我往前提一提？"

陈钊华为难地叹一口气，说："这个不太好办啊。据我所知，他们的情况不太好，发完工资再缴完税，还有没有的剩都难说。即使还有剩，债务的第三梯队也要论资排辈的，比如银行和大企业，肯定紧着他们先动筷子，等他们吃饱了，怕是连骨头渣都不剩了。"

"我知道，我也是听人分析过，所以心里才着急。要是这笔账真的烂掉了，对我的影响可就太大了，天大的一个窟窿。"

陈钊华沉吟片刻，一咬牙应承下来："行吧，我和刘总本来是君子之交，没有利益往来，为了兄弟你，我去试一试吧。不过我有言在先啊，他买不买我的面子，我不能打包票。"

"陈总，您应该对我有一点了解，我这人是很讲道理的。您帮我运作，好过我自己干着急，无论结果如何，我都会记您的大恩。"乔宇话锋一转，又说，"如果有困难，这笔货款不一定非得拿全，能把本钱拿回来，我也很知足了。"

作为老江湖，陈钊华当然听得懂乔宇的言外之意。挂断电话之后，陈钊华又从微信通讯录里翻出诚创集团老总刘强的名字，发了一条约他喝茶的信息。刘强爽快地答应下来，两人约了明天见面。陈钊华带老婆和儿子逛了一趟迪士尼乐园，回去睡了三四个小时，便马不停蹄地踏上了返程。

陈钊华是做医疗的，刘强是做地产的，两人没有业务上的来往，但人脉这种资源是可以互通的。刘强当初发起对一块地皮的围标，其他几家同行都谈妥了，唯独一家不愿配合陪标，刚好那家公司的老板娘和吴晓云经常混同一张麻将桌，陈钊华以为是契机，帮着牵线斡旋，促成了那次围标。刘强的岳父去上海做心脏搭桥手术，主治医生和高干病房也是陈钊华帮忙安排的，他岳父至今还对那一趟梦幻之旅津津乐道。

两人喝茶的地点不是茶楼，而是一家豪华洗浴中心，那是本市最不可能被突击检查的地方，刘强就好这一口。他们搓了澡、蒸了桑拿、泡了温泉，各自去单间做了一个小时的高端男士保健按摩，再回到包厢喝茶聊天。陈钊华这时候才问道："你们那个子公司现在要是真的破产清偿，债务能还清吗？"

"老兄，你开玩笑呢？要是能还清，我们申请破产干什么？"刘强苦笑道，他又试探地问道，"你有账在富源？"

陈钊华说："不是我，是一个朋友的货款。"

刘强倒吸一口气，为难地说："现在难弄啊，各方面都盯着呢。你朋友是干什么的，有多少钱在这里？"

"一个卖建材的，80万。"

刘强忍不住笑出声来："就80万啊！我以为几百上千万呢！这点忙我还是有能力为兄弟效劳的。趁现在还没开始走程序，先把你朋友的这点货款结掉，要是拖到后面排队，怕是连汤渣都喝不着。"

"难办吗？"陈钊华问。

"还行吧，大钱肯定不好办，个别熟人的小钱还是有机会偷摸跑掉的。"

陈钊华一边给刘强倒茶，一边意味深长地说："这个朋友吧，关系也没有很好，只是开口了不好推，你懂我的意思吧？"

刘强思索片刻，还是一头雾水。

陈钊华干脆把话挑明："就是前段时间跟我家搞事的那个。"

"你他妈早说啊，我还真以为是什么朋友呢。"刘强不屑地说，"你干吗替他操心这事？"

陈钊华说："没办法啊，我现在只能捧着他，否则他老婆又要闹上访。我替他办了这件事，也许能控制住他。"

"你说该怎么办？"

"他的心理预期是拿回本钱就行，没指望全拿回，要不先给他批20万，看他的表现再说？"陈钊华将茶盏推到刘强的手边说，"要论朋友，咱们俩才是。"

刘强心领神会地端起茶盏，一饮而尽。

乔宇收到那笔货款短信的时候正在刷牙，20万元到账通知的短信冷不丁地跃入手机，他眼角还糊着眼屎，嘴里满是泡沫，然后被这条短信惊得目瞪口呆。两年讨不回一毛钱的货款，几乎把他拖得破产的一笔钱，就这样轻易地有了眉目。

他快速漱了口，打电话给陈钊华，告诉他这20万到账的事，又问道："这钱是全部的，还是一部分？"

陈钊华说："这不好说，现在不少人盯着财务，一次性批80万太招摇了，刘总说先批20万，剩下的他再想办法。"

"陈总，您真的太仗义了！要不您看一下时间，这两天什么时候有空，我请您和刘总吃顿饭，稍微表示一下。"

"力所能及帮个忙而已，不用的。"

乔宇赔着笑："陈总体谅我，但我不能让外面的人说陈总介绍的朋友不懂事。"

"行吧，但我们自己人在就行了，不用喊别人作陪。"

乔宇满口答应，又问了陈钊华和刘强的饮食喜好，定了本市最贵的一家日料店。人均餐标逾千，对于乔宇而言算是奢侈消费了，好在人数少，也花不了几个钱。

晚上七点多，三人在约定的包厢碰头，陈钊华自带了两瓶白酒，以免喝不惯这里的清酒。这家店有一个特色，提供更衣服务。三个人穿上宽松的日式浴衣，在榻榻米上落座。刘强看着乔宇仿佛染了霜的头顶，疑惑地问道："请问乔总贵庚啊？"

乔宇说："不敢称总，我今年三十二。"

"属虎？"

"对。"乔宇意识到对方好奇的是他早白的头发，于是解释道，"我这身体的抗压能力不过关，心理压力大一些，头上就会冒出白头发，从高三那会儿就这样了。后来读大学，过得轻松了，白头发就不见了。今年生意做得不好，就又这样了，也不知道上了年纪还能不能再黑回来。"

刘强安慰道："做生意嘛，起起伏伏很正常，心宽才能招来福运。岳飞那个词怎么说的？'白了少年头，空悲切'，你们听听，都是空的。"

三人都笑了起来。

陈钊华掏出手机关机，放在桌角，说："今天朋友小聚，就不要接工作电话了。"

乔宇也掏出手机："我开飞行模式吧。"

"还是关了吧。"陈钊华笑着说。

刘强也当面把手机关机了，乔宇这才反应过来，也跟着关机。

刘强说："乔总，富源虽然是诚创的子公司，却是独立的法人单位，我不该干预。申请破产前半年内突击偿还的债务，可能被怀疑是转移资产，我也要被调查的。但有什么办法呢，陈总亲自开口，说无论如何要帮他办了。"

乔宇起身给两位斟茶，谦卑地道谢："感谢陈总，感谢刘总。我这次真的是幸运，有贵人相助，否则这笔账肯定要烂掉了。"

"这20万先落袋为安，拿到手里才是自己的，剩下的那些呢，我再去想办法，但能不能成得另说。"

"我理解，无论结果如何，这个人情我都铭记于心。"乔宇一边说着，一边将身后的一只购物袋拿过来，放在刘强和陈钊华之间。

购物袋里面有一张超市大促销的广告传单，陈钊华掀开传单，底下赫然是一捆捆崭新的百元钞票。他粗略地扫了一眼，那20万估计都在这里了。"你这是做什么？"他明知故问道。

"我昨天说了，我能拿回本钱就很满足了，利润这一块儿就算了，只希望以后有什么发财的机会，两位能带我一起玩。"

刘强讪笑道："富源都干趴下了，能发什么财啊……"

"刘总和我不一样,我是守着一家店做小买卖,店倒了我就难再爬起来了。刘总是得道的高僧,无论换哪一座山头、哪一家道场,一样佛光普照。"

这句马屁让刘强很受用,他原本打算在现场表个态,扭头与陈钊华交换眼色,却发现陈钊华只是笑而不语地抿着茶,他便暂且收住。"共同进步!"他客套地说道。

身穿和服的年轻女服务员进来了,一边上菜,一边介绍,羽立海胆、澳洲鲍鱼、法国松露、俄罗斯鱼子酱……乔宇以前没有吃过这些,一直认真地听着,若不是手机关了,还想拍几张照片。刘强本性不改,目不转睛地盯着女服务员,还时不时地挑逗对方几句,问她会不会说日语。这里的服务员经过专业的礼仪训练,应付这种客人也有些经验,始终有礼有节地打着太极。刘强嘴上占不到什么便宜,像在羊圈外面打转的狼一样自讨没趣,一向自信的他有些下不来台。

此时,乔宇突然没头没脑地问了一句:"你们店有没有'女体盛'哦?我听说高档日料店会有这种服务。"

服务员的脸顿时沉了下来,但还是微笑着说:"对不起,先生,我们所有的餐品和服务都在菜单里了。"

乔宇又翻了翻菜单,扫兴地说:"加钱也没有吗?还想见识一下呢。"

"乔总,人家还是小姑娘,问这个可不太合适。再说了,那是资本主义社会的东西,我们国家可不让弄。"刘强又转向服务员,像日本人那样点头致歉:"不好意思哦,我朋友比较有好奇心,无意冒犯。"

服务员此时再看刘强,多出几分好感,反而主动打开话匣:"您说得对,以前有些地方引进过,后来被禁止了。我们店在食材服务和环境上精益求精,不搞那些噱头的。"

"你们听听,这就是格局。"

乔宇也学着刘强的样子道歉:"对不起啊。"

"这里收开瓶费吗?"刘强又问。

"是的,先生,单瓶80元。"

"我们自带了几瓶酒,等会儿你进来帮忙开一下。"

这次服务生的笑意是真的了,对刘强的好感又多了几分,再进来服务的时候,听刘强说很喜欢这里的芥末章鱼小食,便多端了两碟进来——这是她仅有的一点权力。这点东西并不值几个钱,但对于刘强来说,这种在花间自由行走的感觉使他很享受。由此,他对主动"抬轿子"的乔宇既有鄙夷,又有欣赏。

他们都不太喝得惯日式清酒,便让服务生开了他们自带的白酒,一杯接一杯,不知不觉喝了两瓶多。席间,乔宇提出自己的想法,他想扩大门市部的规模，请陈钊华和刘强参一点股，不必真的出钱，分享人脉资源即可。只要签到优质的单子，付款也有保障，他便能摆脱这日复一日在底层刨食，禁不起任何风浪的困苦人生。

陈钊华和刘强哪里看得上这点芝麻烂谷的小钱，但也不好当面拒绝，便在口头上敷衍说可以考虑一下。乔宇则像提前得到肯定似的，激动得满饮致谢。

此时，刘强也喝多了，脑子里管嘴的那根弦松了，他突然开口问道："你们两家孩子的事情怎么办？"

这冷不丁的一提，包厢里的气氛顿时僵住了，陈钊华的醉意也消了大半，身上一阵燥热，额头却渗出一层冷汗。乔宇放下筷子，双手放在桌子底下，不安地搓了片刻，继而恳切地说道："还能怎么办呢？谁都不愿意发生这样的意外，我不愿意，陈总也不愿意，是吧？"

陈钊华叹息着点头。

"我姑娘已经不在了，但活着的人还得继续生活下去，后面还有好几十年呢。我老婆想不通，但我必须想通。更何况，陈总已经做得够多了，我也不能不识好歹。刘总，您说，是这个道理吧？"

刘强也赞赏地点头，再次举杯，三人同时一饮而尽。

乔宇酒量相对差一些，他对另外两人打了声招呼，起身去洗手间。等他的身影从门口消失，里面的两人立即从醉态中清醒过来，陈钊华问道："你听着是什么感觉？"

刘强说："还行，目的挺直接的。"

陈钊华却不说话。

"你还是不放心啊？"

"这人太想往上蹿了，就怕以后翅膀硬了，不会再像现在这样听话。"

"那你更应该帮他把摊子铺大一点，越是这种有可能往上蹿的对手，越要想办法拉拢，这样才可以控制他，人家大公司收购小公司的思路也是这样。"

陈钊华不太理解："不怕养虎为患吗？"

"他算哪门子的虎，顶多是只猴子。你听说过非洲部落的猎人怎么抓猴子吗？他们在地上掏一个口小肚子大的洞，往里塞一些坚果，猴子把手伸进去掏食物，握满坚果的拳头再也抽不出来，猎人走过去往它脖子上拴条绳子，就这么逮着了。"说到这里，刘强凑近陈钊华，像是要泄露什么天机似的，"其实所谓的中产阶级就是这种猴子，它要是手里空空的，也就跟人拼命了，但它手里握着东西，舍又舍不得，跑又跑不了，只能乖乖听话。"

陈钊华深受启发，若是他真能驯服乔宇这只"蹿天猴"，不但儿子的事再无翻案的担忧，而且能免去他与老婆互相猜疑的麻烦。

他们等了十分钟，乔宇还没有回来。刘强喊来服务员，问道："刚才坐这里的客人去洗手间很久了，你让人去看看怎么回事。"

服务员答应，又过了一会儿，她和另一个男服务员架着乔宇回来了。乔宇满脸通红，走路趔趄，衣服也湿了一片，但他的意识还算清醒。陈钊华惊讶地问道："怎么回事呢？"

女服务员说："客人醉倒在洗手间里了。"

乔宇也很纳闷儿："妈的，尿得好好的，裤子还没提起来，脑门一凉，眼前一黑，就他妈的躺下了，还好没栽进马桶里。"

陈钊华是做医疗器械的，老婆又是护士长，他平时耳濡目染地知道一些医学常识，一听就明白是怎么回事。他说："没事，很正常的现象，就是憋尿太久了，膀胱突然排空以后大脑供血不足。"

刘强也埋怨道："嗐，乔总，你没事憋尿干啥呀？"

乔宇拍着大腿，懊恼地叹道："两位见笑了，今天难得酒逢知己，就想多听多聊多学，不舍得打断，没想到出了这个洋相。"

"没事，这算什么洋相，我要告诉你一件陈总的糗事。"

陈钊华赶紧阻止："别说别说，太丢人了！"

"怕什么，乔总又不是外人。"刘强往乔宇这边挪了挪身体，低声道，"前年陈总和我在外面吃饭。吃完饭去 KTV 续摊，又喝了不少啤的。陈总看上去清醒，脑子其实已经醉得发糊了，他跑进厕所隔壁的一间空包厢，对着点歌台撒了一大泡尿。KTV 一个女的跟过去，想拦他，又不敢靠近，怕被滋一身尿，就问他怎么在这里小便。陈总指着点歌台说，为什么不可以，这里有小便池，你们女厕所有吗？"

乔宇笑着问道："KTV 那边怎么办的？"

"还能怎么办？老板也是我们一个朋友，马上喊人来打扫。但那天我们吃的是全羊宴，那泡尿都是膻的，味儿好几天都散不掉，只能封了包厢。过了半个月，包厢重新开放，老板还主动约我们去唱歌，特意安排了那一间。跟着去的另一个朋友不知道这回事，推门一进去就扯着嗓门儿问：'谁他妈在这里吃羊肉了？'"

三人笑得前俯后仰，乔宇更是直抹眼泪，刚才在厕所隔间里晕厥带来的尴尬也跟着烟消云散，反而添了一丝趣味。气氛到了这份儿上，陈钊华又让服务员进来，将自带的最后一瓶酒开了。

乔宇看一眼关了机的手机，问道："现在几点了？"

刘强抬腕看一眼自己的江诗丹顿手表："九点四十五了。怎么，乔总晚上还有事？"

乔宇说："那倒没有。今天要喝酒，就没有开车，约了朋友九点半来接我。"

"那刚好啊，喊来一起喝点。"

"她不喝酒的，让她在车里等一会儿就是了。"

刘强笑着打趣道："不用猜，肯定是乔总的红颜知己。"

"不能乱说，就是朋友……"乔宇摆手否认，但脸上的笑意欲盖弥彰。

陈钊华问："是上次我俩见面的时候，和你一起的那个吗？"

乔宇瞒不住，只得点头。

"我的第六感还是很准的，当时就觉得你俩交情不一般，她太护着你了。果不其然！"陈钊华又望向刘强："刘总信得过我的审美吧？我不轻易给女人打 6 分以上，但乔总的这位知己至少打 8 分。"

刘强的好奇心一下子被勾起来，他指着乔宇的手机催促道："乔总不要金屋藏娇了，也让兄弟见识一下。"

架不住酒精的驱使和两人的怂恿，乔宇打开手机，手机刚有信号，一连串的未接电话和微信消息跳到通知界面。他点开微信里的未读语音，詹妮的声音传了出来。

"我已经到日料店门外了，你应酬结束了吗？"

"手机怎么还关机了？还是没信号了？"

"你出来了跟我说一下，我停在马路对面。"

"喂，你不会是打车回家了吧？"

乔宇赶紧回复语音："刚才手机没信号，你上来坐一会儿嘛，二楼的'秋叶原'包厢。"

过了几分钟，詹妮在服务员的带引下上来了，她落落大方地与在座两位打招呼，然后在乔宇身旁的空位坐下。她一如既往地画着精致的妆容，穿着一套合身的旗袍，再加上高挑的身材，在这座相对保守的小城市里的确亮眼。

刘强看得眼睛都直了，他问道："美女是做什么的啊？"

詹妮说："我以前是和朋友合伙做艺术培训的，教孩子唱歌、舞蹈、乐器、书法之类的。这两年行情和政策不好，就只能先歇业了，平时在朋友圈做点珠宝玉石的小买卖。"

刘强恍然大悟地恭维道："原来是搞艺术的，怪不得气质这么好呢！"

"嘻，刘总，您可不要取笑我了，我只是小时候练过几年跳舞，大学被调剂去了舞台编导专业，毕业以后找不着对口的工作，只能教教小孩子，混一口饭吃，跟搞艺术可沾不上边。"

"越漂亮的美女越谦虚啊，"刘强穷追不舍地套近乎，"我最近也想搞一件玉器戴着玩，但我不太懂这东西，你能帮我参谋一下吗？"

"刘总听说过'男戴观音，女戴佛'吗？一来，观音是'官印'的谐音，图个好彩头；二来，可以平衡阴阳，身心自在。如果刘总需要，我可以帮您物色一块上等的美玉，找最好的师傅手工雕琢，把观音菩萨请到您府上。"

"行，那就拜托美女了！"

詹妮不喝酒，但也以玄米茶作陪。当刘强开始吹嘘的时候，她便双手捧着木头杯子认真地聆听着，积极地附和着，目光里满是钦佩与崇拜。当话题又扯回乔宇落在富源的那笔货款时，刘强突然拍起胸脯，豪气冲云天地说："放心，这件事包在我身上，排除万难也要解决。"

酒足饭饱，乔宇去前台结账，其他三人在门口边抽烟边聊天。在这个相对保守的小城市，女人抽烟本来就很少见，即便有，也很少有像詹妮这样抽男士烟的。

刘强随口问道："你怎么不抽女士细烟？现在电子烟也很时髦，还有各种味儿。"

"那些烟没劲儿，就跟你们男人在酒桌上喝起泡酒一样。"她稍作停顿，又问，"您知道为什么男士烟的直径是十毫米，女士烟却只有五毫米吗？"

刘强想了想，答道："女士烟更优雅？"

詹妮摇头。

陈钊华说："比较好携带吧，女孩子的衣服口袋很小。"

"女孩子都拎包的，谁揣口袋里啊？"詹妮见两人猜不出来，伸出食指戳了一下刘强的胸口，低声道，"女士烟的直径是参考男人乳头的大小。"

"那男士烟呢？"刘强追问道。

詹妮却皱着鼻尖说："刘总，您明知故问！"

她一边说笑着，一边俏皮地吐出一个烟圈，那烟圈晃晃悠悠地往上飞升，在昏暗的门廊灯下扩散开来。且不说刘强心中跟着泛起与这烟圈一样的涟漪，连置身事外的陈钊华都忍不住感到心痒。刘强忍不住掏出手机，说："咱们加个微信吧？"

恰好乔宇结完账出来，詹妮扭头望向他，乔宇则大方地说："当然要加，你把这一单做漂亮了，刘总以后帮着打广告，你的客户圈子的层次可就要升级了！"

"行，我扫您。"詹妮扫完刘强的微信，又转向陈钊华："还有陈总，以后也请您多多关照。"

陈钊华从门口招来一个代驾，拉上刘强一起走了，他把那只购物袋也拎走了。乔宇也上了詹妮的车，詹妮揉了揉笑得僵硬的脸，嘟囔道："他们也真是伸得出手，我还以为他们会客气一下，把这20万留下来，结果还是拿走了。"

"他只是好色，又不是傻，他俩今天就是来拿钱的，怎么可能留下？"他扭头望着詹妮，笑道，"你不会是气自己没能迷晕他吧？"

"放屁吧你，我需要在他身上找存在感吗？我是怕他拿了钱不办事，连这好不容易抠出来的20万也打了水漂。"

"放心，有人替我们督促着呢，如果办不成，陈钊华不会让他伸手的。"

詹妮这才稍微宽了心。她发动引擎，车子在路中间掉头，往东驶去。他们完全没有注意到，路边停着一辆帕拉梅拉，车里的人正盯着他们的去向，陈钊华说："姓乔的住在城西郊区，今天果然不回去住了。"

刘强忍不住叹息："好女配赖汉，潘金莲嫁了武大郎，真让人不服气啊……"

陈钊华笑道："那没关系啊，你刚好补个西门庆的缺。"

刘强顿时来了精神："你觉得有戏？"

"我表弟调查过，这女的以前结过婚，前年又离了，和好几个男的关系暧昧。我表弟还扒出她的短视频账号了。"陈钊华一边说着，一边打开短视频界面，搜索到詹妮的账号，点开最近的一条视频，只见她配合着音乐节奏，扭动凹凸有致的身体，尤其末尾奔向镜头结束拍摄的那一弯腰，领口里面一道深不见底的沟壑更是摄人心魄。

刘强立即登录自己的账号，关注了詹妮的账号。回去的路上，他将她所有的作品都浏览过了，下车之前下决心道："弄！"

陈钊华见到刘强这副志在必得的样子，反而变得忧虑起来，他说："她长得的确不错，但也没有很特别，你要是喜欢这个类型的，回头我给你介绍几个。"

"这种事讲缘分的，遇上的和介绍的，完全不一样的，"刘强忽然意识到陈钊华的态度有些微妙，又问道，"怎么？你有什么顾虑吗？"

陈钊华如实相告道："我和姓乔的有一个协议，这几年不允许他离婚，否则他老婆没人看着，再撒腿跑去上访，我麻烦又大了。"

"姓乔的怎么说？"

"他答应了。他现在兜里有了钱，又和这骚货搅在一起，完全乐不思蜀。你要是撬了他的相好，把这个稳定的局面破坏了，对我而言，是不太有利的。"

刘强摇头道："你这想法有一个漏洞。"

"什么漏洞？"

"这种男男女女的破事儿你也见了不少，应该知道男的大多巴不得保持现状，家里一个正的，外面一个野的，该享受的都享受了，还省去离了再结的麻烦。但这女的可说不准，哪天她如果闹着要扶正，可就由不得姓乔的了。所以啊，不能让他俩绑得太死，否则女人一钻牛角尖就想结婚。我要是能和这妞儿玩到一起，也是给他俩的关系解绑，降低她逼婚扶正的概率。"

陈钊华思忖片刻，好像是有几分道理。

刘强问道："兄弟啊，我一直在思考一个问题，你说，要是这个世界没有男男女女的这些事，人们还会争权夺利吗？"

陈钊华想了想，说："不一定吧，那些上了年纪的人，不是争得比谁都狠嘛。"

刘强笑道："就是说嘛，我这些年和上层社会的大佬们打交道，一个很大的心得就是，一个男人如果只图征服女人的快感，这点追求是低级的、有限的。"

陈钊华不禁有些诧异，这家伙一向色得冒泡儿，竟然不知何时悄然提升了境界。但刘强话锋一转，又继续笃定地说道："强者还要有驯化和驾驭其他男人的野心，这样才能突破自我的欲望，提高上升的空间。"

刘强笃信成功学的理论，他除了时常引用曾国藩的语录，还喜欢复述在各类场合听来的大领导和大老板的发言。陈钊华心里纵然有些不以为然，也不方便调侃，只能讪笑着回应："那你悠着点，别把这小子搞翻脸了。"

刘强自信地笑道："那么容易翻脸还叫驯化吗？"

第十二章
生意人

果真是瘦死的骆驼比马大，即便富源地产破产的消息闹得沸沸扬扬，它的母公司诚创集团也丝毫不受影响，刘强这个层次的人依然四平八稳。高管们的财产该转移的早就转移了，他们或是已在海外置业，或是托付给亲友，或是做了信托。真正着急上火的，只有烂尾楼的业主和被拖欠货款的生意人，他们几乎没有任何申诉渠道。

而乔宇，成功脱离了这个可悲的群体。

不知道是看在那 20 万的面子还是新朋友詹妮的面子上，刘强在几天之内就从富源的账户里抠出剩下的 60 万，打到乔宇的卡里。尽管只拿回了本钱，乔宇依然欣喜若狂，对于他而言，这是天方夜谭般的特权，堪比在世界末日来临的时候拿到一张挪亚方舟的船票。大灾将至，他的双脚已经落在甲板上，而那些在洪水中扑腾哭号的人只是方舟乘客们披着毛毯、捧着热茶欣赏的一道景观。

刘强最近与詹妮在微信上保持着密切的联系，虽然两人才认识不到一个礼拜，但聊天记录已经多得翻不动了。他们原先只是沟通制作玉器的细节，后来不知不觉地聊开了，挖掘出不少缘分。刘强和詹妮是同一所高中毕业的，甚至被同一个班主任教过，只是两人相差了十几届。于是两人顺理成章地以"师哥"和"师妹"相称，如此一来，便将乔宇踢到一边了。

詹妮挑了一块和田籽玉，与刘强讨论款式设计，又请苏州一位师傅亲自执刀。詹妮告诉刘强："给菩萨开脸是很重要的，开得好，价值翻倍，开得不好就毁了。不过，我请的这位是有名的玉雕大师，他手里出次活儿的概率小一些，但也不能完全打包票。"

刘强大度地说："放心吧，师妹，开得不好算我的，开得好我另外有红包。"

"不用了，师哥。乔宇已经说过了，这次由他来买单。"

刘强却不肯接受："这是咱俩之间的事，和他没有什么关系。再说了，这种请菩萨的事情让别人掏钱，也是对菩萨的不敬。"

"师哥可要想好了，这块玉 38000 元打底的哦。"

"请一尊神仙伴身，还能支持师妹的事业，别说 38000 元了，58000 元、88000 元都是值的。只是平时不忙的时候，多联络一下同门感情，师哥给你介绍一些高端客户。"

"那太好了，我当然求之不得。"

刘强试探地问道："那你不怕乔总吃醋啊？"

詹妮哼了一声："他可从来没问过我吃不吃醋。"

"那你打算和他结婚吗？"

"不瞒师哥讲，我以前结过婚的，实在不愿意伺候才散了。现在我过得如闲云野鹤，海阔天空，好不容易获得自由，才不高兴再去当别人的老妈子。"

刘强内心更是一阵狂喜，以他花间行走的阅历来看，这样的女人是最理想的婚外情人，年轻貌美，身材出众，又有江湖经验，而且对名分没有什么要求。再看她与乔宇目前的关系，似乎不是特别稳固，也许浇浇水、松松土，以后自己就能躺在床上叼着烟看她跳舞了。

"你这样想就好，省得我劝你了……"他说。

"什么意思？"

"你在哪里？我们见面说。"

詹妮把自己工作室的地址发给刘强，两人约在写字楼底下的一家清吧见面。

詹妮点了一杯果汁，刘强点了一杯威士忌。刘强说："做师哥的跟你透个底，你自己心里知道就好，不要声张。陈总前段时间约乔总见面，他们有一个口头协议，这几年不许乔总和他老婆离婚。"

詹妮愣住了，问道："你听谁说的？"

"我还用听谁说吗？陈总的律师给出的主意，万一他俩离了婚，乔总对他老婆失去控制，他老婆又跑去上访闹事，可就麻烦了。乔总想都不想就答应了，还说他本来就没有离婚的打算。"刘强停顿片刻，故作疑惑地问，"他没有跟你提过这事吗？"

詹妮沉默半响，故作豁达却又难掩失落地说："其实提不提都一样，我本来就没期待过什么，只是他不应该瞒着我。"

"是啊，这个乔总也真是的，说破无毒嘛……"刘强虽然嘴上埋怨着，心里却高兴得很，这是他拉近与詹妮关系的绝佳机会。

詹妮喝了几口果汁，又向服务员要了一杯酒，只喝了半杯，脸就红了。她说话也比之前放开不少，聊到自己上次失败的婚姻，聊到自己将来的规划。当刘强问到她为什么看得上乔宇时，她想了一会儿，苦笑道："师哥，你知道吗？女人很难逃脱自身性别的禁锢，对方其实不一定有多好，但只要唤醒她的母性，她就陷进去了。看到顽劣的浪子，就想驯服他；看到受伤的男人，就想治愈他。以前乔宇过得好的时候，我对他没什么感觉，顶多觉得他是一个老实男人，可是他过得不好的时候，那种随时要垮掉的破碎感反而让我很上头。我可太容易被这种男人吸引了，以前读书的时候喜欢张国荣、基努·里维斯、约翰尼·德普，都是这种让人看上去心疼的男人。"

"那他以后要是过得好了，你还会喜欢他吗？"

詹妮思索片刻，模棱两可地说："不一定，难说。"

刘强此行怀有各种幻想，最完美的便是今天就能拥得美人眠，再不济也能捞着一个友谊的抱抱。但詹妮两杯酒下肚，脸红归脸红，却没有喝醉，十点左右自己打车回去了。刘强连她的手都没牵到，期待落空，只感觉全身不自在。他开车在大街上转了两圈，最终走入上次那家洗浴中心。

他提前吃了半粒蓝色小药丸，挑了一个身材相貌与詹妮有几分相似的年轻女孩，几近疯狂地在她身上发泄欲望。那女孩一开始还故作娇弱地迎合，却逐渐发现他的暴虐，她试图挣扎、反抗，却被凶狠地抓住长发，于是只能忍气吞声地熬着。

事毕，刘强身心俱空地躺着抽烟。妻子王韵芳突然打视频过来查岗，他不敢接听，赶紧穿上衣服，结账离开。他把车子开到路边，坐到副驾驶座上，给老婆回拨过去。视频一接通，王韵芳便劈头盖脑地责问："你在哪里呢？怎么不接视频？"

刘强故作醉态地抚着脸："哎，刚应酬结束。刚才陪开发区的领导吃饭呢，喝了一斤多，手机放在包里，没听到。"

王韵芳顿时紧张起来："你喝了酒可别开车！"

刘强将镜头翻转，对着旁边的驾驶座，笑道："放心吧，老婆，我坐在车里等代驾过来呢。"

王韵芳这才放心，又开始絮叨自己的生活："今天我在奥克兰这边的超市认识一个女的，聊得挺好的，但我问她老家哪里的、老公是干啥的，她支支吾吾，前后矛盾。我估计她八成在国内也有啥事，不想被人知道。"

"你不要瞎猜，人家国外注重隐私，你别管别人的事，也不要提咱家的事。"

王韵芳笑道："我又不傻，别人问起来，我就说咱家是做服装生意的，跟孩子也都交代了。倒是你自己，现在可得多长个心眼，不该签的字别签，不必喝的酒也别喝，把自己的身体照顾好了。"

刘强躺在放平的座椅上，疲惫又欣慰地感慨道："哎，谢谢老婆，这不就是男人的责任嘛。为了你，为了孩子，再苦再累都是值得的。"

后面一段时间，詹妮没有再主动找乔宇，微信上也是爱搭不理。乔宇去她的工作室找她，同样吃了闭门羹，再打电话才得知，刘强给她发了38000元的大红包，她便去苏州的玉雕师傅那里现场督工了。两天以后，她在朋友圈晒出一张玉观音的脸，目光低垂，法相庄严，雕工相当讲究，连发丝都栩栩如生，配文"南无观自在菩萨"。

刘强在底下评论："从此我不敢看观音。"

这是最近网上比较火的一句黄梅戏词，讲梁山伯见女扮男装的祝英台有一对耳洞，便好奇追问。祝英台掩饰说，自己自小在家乡庙会负责扮观音，才打了这对耳洞。梁山伯便作如是说。刘强突然蹦出这么一句，挑逗意味已经很明显了，詹妮非但没有避嫌，反而回复道："观音在心里就好，不必在眼里。"模棱两可，似是而非，好像回应了暧昧，却不露任何痕迹，一句话就让两个男人同时抓心挠肺。

詹妮一回来，乔宇便跑去詹妮的工作室，不料还没有进门，就听见了男人和女人的欢笑声，再推门而入，看见了刘强的背影。

乔宇与詹妮目光相接的一刹那，周围的空气都凝结了。但这种尴尬只维持了两秒，当刘强扭头望过来时，乔宇的脸上已经迅速堆积了一层微笑。

"哟，刘总！您亲自来了啊！"他笑意盈盈地说。

"乔老弟，我经过这里，向师妹讨一杯咖啡。"

"那我得叫您'强哥'了！"

两个男人皮笑肉不笑地寒暄着，詹妮坐在里面有些局促。她试图岔开话题，拿起面前的玉观音，说："你来看这个，连大师自己都说，这是他近十年来开脸开得最完美的一尊，要不是签了合同，他都不舍得给我了。"

乔宇没有伸手去接，只是凑近了端详，似乎真诚又没那么真诚地说："嗯，的确是臻品，水平很高。"

他将手里的一只保温袋放在桌上，刚拉开拉链，里面立即冒出一阵熏人的臭味儿。刘强忍不住后退半步，但詹妮笑着起身道："螺蛳粉哦！你还特意去买的啊？"

"昨天你不是说想吃吗，我就顺路带来了。"乔宇又望向刘强，无奈地笑道："真是奇怪哦，好像漂亮的女孩子都喜欢吃这种奇怪的东西，榴莲、臭豆腐、螺蛳粉……"

刘强赔着笑，冷不丁地问："弟妹也喜欢吃吗？"

"她还好，一般般。那嫂子呢？"

刘强毫不避讳地说："这我哪里记得，她出国两年多没回来了。"

还没等乔宇再说话，刘强就将保温袋旁边的一个二维码收款牌拿了过来，拿手机扫了码。几秒之后，后台的音响里传出响亮的电子女声："支付宝到账，18888元。"

"师哥，你这是干什么？"詹妮一边说着，一边拿起自己的手机，"上次不是已经付过了嘛，我给你退回去。"

刘强将她的手机按下去："这种事可不能讨价还价的，开脸之前我跟你说过，开得不好算我的，开得好我另有红包。"

"但这也太大了……"詹妮受宠若惊地说。

"我小时候听老人说过一句话，'人不请神，神不过问，请神不诚，发烧头疼'，红包大一点还是没错的。"他又凑近詹妮，故作神秘地耳语道，"一部分是给你的，一部分是给菩萨的，你是代菩萨收的。"

乔宇听得真真切切，但他只能充耳不闻，在旁边把玩工作室里的一些摆件。詹妮将玉观音装入精致的匣盒，双手捧给刘强。刘强同样双手相迎，郑重其事得如同交接传国玉玺。詹妮还特意问道："可以合影吗？这么完美的一单，我要发朋友圈！"

"当然可以。"

于是拍照的重任落在乔宇头上，詹妮和刘强各腾出一只手托着匣盒，另一只手对着镜头，一会儿竖着大拇指，一会儿单手比心，让乔宇连续拍了五六张。

拍完照片，刘强便起身告辞。乔宇虚情假意地挽留，提议一起吃午饭。刘强看了一眼桌上的螺蛳粉，笑道："下次吧，我中午还有应酬，先走了。"

"师哥慢走！"詹妮又甜又嗲地挥别。

刘强走出工作室，却没有立即离开，而是在拐角处驻足片刻，假装在兜里摸烟。只是这一会儿工夫，里面的声音便尽数入耳，先是乔宇阴阳怪气地说："你对这位师哥很上心哦，还特意跑去苏州。"

"这不是应该的嘛，上次你同学那个一万出头的玉佛，我不也去苏州盯着了。"

"你那次是当天往返，这次去盯了三天。"

"观音和佛不一样的。"

"是人不一样吧？我就不信你看不出来他对你有想法。"

"他有没有想法是他的事，我又控制不了！我是开门做生意的，人家给的

105

价高，我当然要尽心尽力。你要是对他有意见，可以自己当面跟他提，不要跟我撒野。"

乔宇一时语塞。

刘强叼着烟在楼道里踌躇片刻，一个小小的恶念突然涌入心中，于是转身又折返回去。

詹妮见他进门，诧异之余又换上笑脸起身迎接，问道："师哥，落东西了吗？"

刘强说："嘻，走到楼下想抽支烟，没找着火儿，乔总身上带了吗？"

乔宇殷勤地掏出打火机，正要打火，刘强却主动将打火机拿过去，自己点着了烟。他晃了晃夹在指间的烟，又望向詹妮，意味深长地说："师妹上次说喜欢抽男士烟，那尝试过雪茄吗？"

詹妮摇头："没有呢。"

"你想尝试的话，我下次给你带几支。"说罢，他便转身离去。

詹妮拆开保温袋，取出螺蛳粉。乔宇在一旁郁闷地坐着，估摸着刘强已经走远，这才怨愤地嘀咕一句："他凭什么把我打火机揣兜里？"

詹妮没好气地讥笑道："刚才你怎么不拦着他问他要？你还说我呢，自己不也乖得跟个鹌鹑似的。"

拐角处窃听的刘强露出得意的笑容，他心满意足地往楼下走。经过一个垃圾桶时，他顺手将那只打火机丢了进去。他相当享受这种感觉，将他人把玩在股掌之间，击破他们脆弱的伦理底线——无论女人还是男人——最好是女人加男人。毫不避讳地讲，即便詹妮和乔宇是夫妻，对他而言也没什么关系，甚至更添几分趣味。

第十三章
纪念日

毓秀派出所最近闹了一个笑话。

云海市去年获得"全省平安城市"的称号，本地的一家官方媒体对此要做一个专题采访，其中一个环节是去基层派出所采风。宣传科领导仔细斟酌，决定让毓秀派出所负责这次媒体接待任务，一方面是因为毓秀派出所是重点建设单位，写出来比较好看；另一方面为秦所长增加一些媒体曝光。

出发之前，宣传科领导特意叮嘱记者："毓秀所的一把手是最近从市局主动申请去基层工作的，学历高、觉悟高、能力强，是我们重点培养的人才，希望你们做一些深度报道。"

记者心领神会——这位所长才是采访的重点，于是带上摄影师开车过去了。

秦所长提前接到通知，配合记者的采访。他担心自己履职时间短，对辖区了解不够，于是让周彬作陪，必要时提供一些补充。然而记者在接待室与他俩一见面，看见周彬年纪较大，肩上一杠三星，而秦所长明显年轻，肩上是一杠两星，自然而然地认为周彬才是毓秀派出所的一把手。

记者以前是做新媒体的，东拼西凑一些公众号文章，现场采访经验并不多，一直将谈话对象锁定在周彬身上。周彬更没有接受采访的经验，稀里糊涂地跟着回答，秦所长则被晾在旁边。

记者询问周彬的从警经历，他如实回答："我在边防武警部队服役了几年，改制以后进入公安队伍——"

记者只听了前两句，忽然觉察到不对劲，犹豫片刻之后打断道："您不是公安大学毕业，从市公安局主动申请来派出所的吗？"

周彬这才明白对方为什么一直揪着他提问，赶紧欠了欠身，指着秦所长说："记者同志，可能资料搞错了，您刚才说的是秦所长——我们的领导。"

记者笑着道歉，秦所长笑着原谅，其他人也笑着打圆场，在看似轻松愉悦的气氛中，所有的尴尬像茶话会结束以后满地的瓜子壳一样，全都堆积到周彬的心里了。为了弥补刚才的失误,记者对待秦所长的态度更加热情,无数赞誉之词堆了上去,角度以年轻有为和高学历为主,恰好都是周彬无处发力的短板。

周彬在旁边陪坐了十分钟,只觉得自己多余。恰好看见工作群里有同事在找一个他参与收纳的文件,他便与在场几位打了招呼,给同事拿了文件,之后又坐了回去。

直到采访快结束的时候,记者才将录音笔对向周彬,问道:"请问您与秦所长共事的这些日子有什么感受呢?"

周彬说:"学到很多,收益很多,帮助很多。"

这原本是一件小事,成年人的世界嘛,再难咽下的气也要咽下去,然后深更半夜蜷在被窝里当个屁放了。周彬也不例外,反正在这些日子里,他吃了不少哑巴亏,再添一个也无所谓。但好死不死,这件原本只是小插曲的糗事很快不胫而走,在系统内部迅速传播开来,甚至多了一些添油加醋的虚构细节。

在毓秀派出所里,这些闲言闲语当然围绕着周彬,他自己没察觉到什么。那篇报道很快见诸本市官媒的公众号,周彬只粗略地扫了一眼,标题是《春风熏人醉,毓秀暖民心》,配图是秦所长和周彬一同接受采访的合照。

一天,周彬去分局办事,照例去赵洪贤的办公室喝茶。不料赵洪贤一开口就批评道:"老周啊,你这格局一定要打开啊!"

"我怎么了?"

"听说记者去采访的时候出了点差错,你就甩脸色不配合了?"

周彬听得一头雾水:"我哪里不配合了?"

"外面传得有鼻子有眼的,说你中途离场,回来以后就不说话。"

周彬又是皱眉又是倒吸凉气,委屈地说:"可后来她没有问我,我怎么回答?人家秦所长和记者聊得好好的,我总不能硬凑上去搭话吧。"

"你以前在上一任老所长的手底下干也是这个态度吗,还不是竖着耳朵,随时帮着查漏补缺,绝对不会让他一个人在那边废脑子?"

"老所长干了一辈子,也没记者来采访啊。"周彬依然振振有词,"反正我身正不怕影子斜,别人爱怎么说就怎么说。"

他嘴上是这么说,但随即另一个他俩都熟识的同事推门进来,迎面看见周彬,随口蹦出一句:"哟,周三多同志!"

"什么意思?"周彬迷茫地问。

赵洪贤赶紧站出来转移话题:"别听他胡扯,他这张嘴没个正形。"

"我夸他呢。"

周彬不太喜欢这个同事，虽然两人也没有什么过节，只是时常感觉话不投机。以前两人是平级，还能体面地对顶几句，但现在对方晋升为正科，自己还在原地踏步，交流起来就更加别扭了。于是他随便编了一个理由，先行告辞了。

他一边下楼一边浏览那篇报道，看到文末写到他回答记者的问题——"学到很多，收益很多，帮助很多"，顿时明白那位同事进门时戏称的"周三多"是怎么回事了。一股无名之火在胸口翻腾，嗓子眼儿里也卡着一句国骂，但他在楼道里戳了半晌，却没有回去找那位同事理论。

显而易见，这个绰号并非那个同事一人编造的，赵洪贤也早已知道，公安系统里不知道多少人在看他的笑话。他更没有理由去驳斥这个褒贬未定的绰号，倘若表现出任何不满，就是主动暴露了负面情绪，就是否定自己当时发言的真诚。

自己为什么会沦落到这个境地？他心里一直是有答案的。倘若他当时顺利晋升，就不会发生现在这些窝囊事。他甚至有些后悔，那天他去乔家出警，就不该心慈手软，只罚了对方几百块钱。家暴、出轨、非法拘禁，无论从法律还是道德角度，都足以让他在职权范围内顶格处理。

周彬在车里坐了一会儿，心中恨意未消，于是打电话给自己的下属，问道："小刘啊，上次你们在辖区做消防隐患排查的情况怎么样了？"

小刘说："最近人手不够，我们刚排查了一半。"

"城西建材批发市场排查过了吗？"

"那边已经排查过了，大部分商家多少有一些问题，不过问题不是很大，警告整改一下就行了。"

"你这两天把建材市场的排查结果做一个文档，要有商铺编号、经营者姓名、详细问题，弄好了就发给我。"

"全部吗？"

"有难度吗？"

小刘有些迟疑，但还是咬牙接受任务："没有，我尽快交给您。"

他迟疑是有原因的。城西的建材批发市场太大了，查出存在消防隐患的商家有四五百户，他哼哧哼哧赶了两天才弄完。

周彬拿到文档，目标明确地搜索"乔宇"二字，果然在里面找到想要的信息——"店铺角落堆积易燃品，电路存在违规改造，门口的消防平台停了几辆电动自行车"。

乔宇怎么也想不通，自己开店开得好好的，突然闯进来一帮人，有城管的，有消防站的，有市场管理办公室的，吹毛求疵地揪出几个问题，然后罚款3000

元,责令停业整顿一周。乔宇有点蒙了,他不过是在店里攒了一些包装硬纸板等人来回收,拉了一条接线板给设备供电。至于占用消防通道,更是无稽之谈,这个消防平台虽在他门口,却不是他的租赁范围,来往的客人将车子停在他门口,他也无权驱赶。

乔宇向众人求饶,承诺立即解决问题,但他们油盐不进,停业整顿成了板上钉钉的事。事后,乔宇私下去市场管理办公室找熟人。这位熟人却劝他说:"认了吧,被停业整顿的也不止你这一家。"

乔宇只得无奈地接受。

但对方话锋一转,又说:"不过像你家这样小题大做的,倒是没有。"

乔宇再仔细了解详情,才得知这次并非上次的普查,而是抽查。抽查路线是预设的,一共抽查了四十户,停业整顿了五家,另外四家都是经营油漆和窗帘布艺之类易燃商品的店铺,他们在店里搭建明火厨房,被停业整顿倒是正常,而乔宇的门市被停业整顿则有些牵强。

乔宇的熟人说:"你怕不是得罪什么人了吧?"

这句话点醒了乔宇,他不再多问,一言不发地往回走。他仔细筛查了一下最近接触的人、最近发生的事,好像没和什么人结过梁子。非要找一个的话,恐怕只有与詹妮暧昧不清的刘强,但他俩这点争风吃醋的事终究摆不上台面,不至于让刘强劳师动众搞这么一出。

他打印了一张"歇业一周"的告示,把门市部关了,垂头丧气地回到家里。詹妮恰好开车过来给施小芳送治腰疼的膏药贴,乔宇便将这件事说了出来。詹妮稍加思索,问道:"最近你和派出所的周彬有接触吗?"

乔宇说:"还是上次罚款的时候见了一下,但我当时很客气啊。"

"派出所也兼管辖区的消防检查,上周就有人来我店里查过。我估计还是周彬想搞你。我了解他这个人,不贪财、不好色,只是在升职上有点执念,好不容易熬资历熬到机会了,却毁在你们手里,心里记仇很正常。"

"他记我的仇?"乔宇气不打一处来,"我们家是受害者哎,他要记仇也应该记在陈钊华家。"

"陈钊华至少一直在压事儿,可没有影响周彬的仕途。"

乔宇懊恼地挠头:"我上次给他塞红包,他不肯收,还把我损了一通,现在又反过来搞我,到底要我怎么办嘛。"

"这次你什么都别做,不就是关门一周嘛,反正你仓库在别的地方,还能继续进出货。我最近也找人问一问。如果真是他搞的,那就不要点破,让他出了这口气。要是他后面还得寸进尺,我再去找他当面理论。"

乔宇只能忍气吞声。事实上他也只能如此，即便真的是周彬捣鬼，他也没有办法。一来，他没有实质证据；二来，他的店的确在复查中存在违规现象。对方既然干了这件事，且得到其他人的策应，肯定已经有了周全的应对策略。

停业的这几天，乔宇有些无所事事，打算约詹妮一起去苏州或者南京玩。一向喜欢游玩的詹妮却推托说有事走不开。乔宇感觉有些不对劲，忍不住追问道："你有什么事？"

詹妮说："明天晚上有一个工作应酬。"

"你这工作能有什么应酬？"

詹妮气愤地反驳："你是瞧不起我吗？难道我就不用拓展新客户了？"

乔宇恍然大悟："我知道了，是刘强约你，是吧？"

"那天不是你自己跟我说，和刘强交朋友，可以升级客户圈子的层次吗？"

"我当时只能那样说，让你加他，不是让你和他走那么近！"

两人在书房里大声吵着，施小芳听到动静，上楼去劝解。但他们此时见到施小芳出现，反而吵得更下不来台，直到詹妮对施小芳喊道："你去收拾东西，咱们今天就走，不伺候他们家了！"

乔宇目前需要施小芳帮忙，他顿时冷静下来，郁闷地坐在写字桌后面抽烟。施小芳也舍不得这份工作，她趁机打圆场道："斗嘴吵架很正常，不要把话说得太绝了，话说开了还是好朋友嘛。"

詹妮委屈地抹眼泪："哪个好朋友像我对他这样尽心尽力？"

气氛趋于缓和的时候，詹妮突然惊叫一声。乔宇和施小芳闻声望过去，只见何琳一声不吭地站在书房门口。她披着长发，身上只裹了一条薄毯，在这几近零下的夜里，如同鬼魅一样，连乔宇看着都觉得瘆人。他问道："你上来干什么？"

何琳说："明天是我们的结婚纪念日。"

詹妮怒目望向乔宇，乔宇赶紧撇清关系，问："结婚纪念日怎么了？"

何琳说："我们的结婚一周年纪念日，一起去厦门过的。"

"不就去过那一次吗，现在矫情什么？"

何琳沉默片刻，说："你忘了吗？我们在厦门待了一个礼拜，我就是在那里怀上爱丽丝的。"

乔宇一下子想起来了，他点了点头，问道："那又怎么样？"

何琳松开手，披在身上的毯子滑落在地上，她赤身裸体地逼近乔宇，殷切甚至狂热地说："我们一起去厦门吧！还是我们俩，同样的日子，同样的地方，说不定我们能再把爱丽丝生出来,好不好?"

三个人都被她这副疯癫的样子吓着了,像鹌鹑似的一动不动。等乔宇反应过来,赶紧把毯子捡起来裹在她身上,骂道:"你发什么神经!赶紧回房间睡觉去!"

何琳却搂着他的脖子,拼命地亲吻他,哀求道:"我求你了,你×我吧,随便你怎么×!只要让我怀孕,我就答应离婚,你可以和詹妮一起过。我什么都不要,房子和钱都不要,我只要爱丽丝。"

听到她主动提出净身出户,乔宇面露一丝心动之意,但他还是扭头望向詹妮,试图征求她的意见。只见詹妮抱着胳膊站在一边,冷冷地说:"你们俩的事别把我扯进去,我只提醒一下,陈钊华不会同意你俩离婚的。"

乔宇猛然惊醒,他和陈钊华还有口头协议,在事情没有妥善解决之前,他必须维持这个名存实亡的婚姻来控制住这个疯女人,否则那100万尾款很难拿到。

施小芳在旁边小声地问:"这和那个陈钊华有什么关系?"

"你不要管。"詹妮说。

乔宇很快发现问题,他又问詹妮:"你怎么知道这事的?又是那个刘强说的?"

詹妮轻轻地甩了甩头发,没有答话,等同于默认。这让乔宇更加生气,自己作为男人的尊严完全被践踏,但碍于两人不清不楚的关系,他也无从指责,只得将矛头指向刘强,说:"他老婆在国外,以前是开夜总会的,很有手段,你晓得吗?"

但詹妮耸了耸肩,毫不在意地说:"也就是说,他不用每天陪着他老婆。"

乔宇被呛得哑口无言,稍微分神,何琳就挣脱了他的手,薄毯再次从她的身上滑落。乔宇的情绪终于爆发了,他再次用毯子粗暴地裹住何琳,先往她身上狠捶了两拳,一边将她往外推搡,一边骂道:"你不想过就找个地方死去,能不能别在我面前发疯了?"

施小芳实在看不下去,赶紧上前劝阻。她将何琳护在自己怀里,对着乔宇嚷嚷道:"你和詹妮怎么处是你们的事,我一个当保姆的管不着,但人心都是肉长的,她再怎么疯也是为孩子疯的。你可以关她、晾她,但你不能动手打她!"

乔宇不能拿她怎么办,只能无奈地辩解:"大姨,你以为我愿意这样吗?要不是她一直给我使绊子,我现在不至于到处受气!"

"那是你的事。反正只要我在这里干,你就不能对她动手,否则外面的人以为是我怎么她了,以后谁还敢请我?"施小芳一边说着,一边搂着何琳往外走。但何琳不太配合,走到门口时抓住了门框。或许是正在气头上,施小芳也不再那么客气，稍微拽了两下，便将何琳的手硬生生地扯开。

书房里只剩乔宇和詹妮，周围的空气依然是化不开的凝重，两人各自站在书房的一端，许久都没有说话。最终詹妮无法忍受这种沉默，拿起包往外走，经过乔宇身边的时候，他没有挽留，只是说了一句："你跟大姨讲一下，这事千万不要往外说。"

"知道了。"詹妮冷冷地回应，快步离去。

乔宇的门市部关了门，又与詹妮发生一些口角，他无处可去，暂且宅在家里。他不愿意和何琳见面，一直在楼上待着，到了饭点也不下来，施小芳只得把饭菜端上去给他。施小芳已经来了一段时间，乔宇也不像原先那样对她尊重有加，开始对饭菜的咸淡挑三拣四，甚至会只因衣服上有一点霉味儿而大发雷霆。

施小芳解释道："不是霉味儿，这两天一直没出太阳，阴干的衣服就是有这味儿。"

乔宇说："那你用烘干机啊！"

"那东西坏掉了，我上次告诉你，你说找人来修。"

乔宇想起来，的确有这么一回事，可他当时喝多了，睡醒就忘了，但他不愿折了面子，硬着头皮抬杠道："家里不是有电吹风吗？"

施小芳无言以对。

晚上，施小芳只把中午的饭菜热了一下。乔宇看着没胃口，便打电话约了几个朋友去外面喝酒、吃烧烤。

中年人的聚餐总是无趣的，没喝酒的时候唉声叹气，抱怨单位和家庭，喝了一点酒就开始指点江山，锐评古今与中外。等所有人都喝高了，话题的深度便开始疾速滑坡，直奔人类的下三路而去。

一个朋友问："你那个卖翡翠的美女朋友呢？"

乔宇说："她今天有事要忙。"

朋友又打趣道："哎，人生赢家还得是乔总，家里红旗不倒，外面彩旗飘飘，一般人可没办法同时搞定两头。"

另一个朋友补充道："这就叫齐人之福。"

乔宇摆手辩解道："别胡说啊，重婚可是犯法的。我和我老婆的婚姻已经名存实亡了，按理来说早该离了，只不过她目前的状况不太好，我只能先带着她过着。那个朋友呢，也是相处起来的缘分，我们发乎情，止乎礼。"

他喝得满脸通红，尽管极力摆出谦虚诚恳的姿态，但此情此境，别人看到的只有溢于言表的得意。朋友不以为然地反驳道："骗谁呢？她肯定让你睡过了，上次咱们一起吃饭的时候，我就看出来了。"

"说话可得讲证据啊！"

"我当然有证据，就看你敢不敢让我说了。"朋友胸有成竹地坏笑。

"说！"其他人起哄。

在这种气氛的推动下，乔宇一咬牙也点头了："有本事你就说来听听。"

朋友抬手示意众人安静，然后像说书先生一样说道："上次喝酒喝到一半，乔总说空调太热了，想把羊绒衫脱了。那个美女朋友就在旁边说，不许脱，只穿一件短袖会感冒的。且不说普通朋友会不会这样嘘寒问暖，就问她怎么知道你的羊毛衫里面穿的是一件短袖呢？后来，我找机会抓了一下他胳膊。嘿！里面果然穿着短袖！"

乔宇又气又笑地骂道："你这人是不是有病啊，随口一句话你都能听出一篇论文来！"

"我就问你，我这推理准不准？"

乔宇反驳道："这也叫推理吗？说不定我白天脱过衣服，被她看到了。"

"你们听听，什么叫'说不定'？刚才我还只是猜测，现在我敢断定，一个人开始诡辩的时候，说明他实在找不到真实存在的解释了。"

面对这猛烈的攻击，乔宇有些招架不住，干脆不说话了，埋头撸串、喝酒。这种态度更坐实了对方的推理，聚餐的气氛被推上顶点。对于这种可遇不可求的艳福，众人钦佩且艳羡，开始旁敲侧击地打听一些细节，就像路过红灯区的时候，用余光瞥见一点让人忐忑又亢奋的春色，然后将自己代入进去大肆憧憬。

最终，乔宇有些不悦了，他把酒杯重重地放下，严肃地说："你们适可而止，好吧？我承认，我和她现在是很谈得来，你们这些'老司机'开点玩笑，我也不计较，但要是哪天我俩的关系再进一步，咱们还处不处了？"

听闻此话，刚才那位朋友感受到乔宇的怒气，赶紧起身敬酒赔礼道："乔哥，我喝多了，嘴上没个把门儿的，你今天就当我是提前闹洞房，以后你和新嫂子摆喜酒不能忘了我。"

其他人赶紧打圆场："必须包一个大红包。"

"对，得用尺子量，厚度少于五公分可不行。"

乔宇也不再深究，与他碰了杯，讪牙闲嗑引发的一点纠纷便在欢笑中化解了。他们一共五个人，喝了三箱啤酒，结账出来还意犹未尽，张罗着要找个地方续摊。有人提议打牌，但有人正在戒赌；有人提议洗澡，但洗素的没意思，洗荤的怕被抓；最后有人提出去唱歌，附近有一家KTV，可以找几个小妹作陪，又快乐又安全。众人眼神一交换，没有一只眼睛是犹豫的，于是五个人一身酒气地步行前往。

　　他们进了包厢，服务员拿来果盘和酒水，两位"麦霸"点了一首歌先开嗓了，刚唱了几句，领班带着十几个高矮胖瘦的女服务员鱼贯而入，在五人面前一字排开，一起鞠躬并齐声问候道："老板晚上好。"
　　深情的歌声戛然而止，灯光也全部打开，照着一排浓妆艳抹的女孩子。男人们像选秀节目的评委一样，来回扫视着她们，看脸、看胸、看腰、看臀、看腿……各自心有所属，嘴上却互相谦让着。
　　"你先来。"
　　"你先来！"
　　对于生意人而言，这种场面是司空见惯的，以应酬之名，招待客户也满足自己。但乔宇以前一直是做老实生意的，商业招待仅限吃喝之类，从未喝过这种花酒，此时此刻难免有些扭捏。他的朋友看出端倪，主动指了一个高挑的，问道："乔总觉得这个怎么样？"
　　乔宇说："挺好。"
　　乔宇的朋友没有选她，又指了另一个丰腴型的："这个呢？"
　　乔宇没有说话，但嘴角露出一丝笑意。他的朋友立即心领神会，将这个女孩子塞到乔宇身旁。其他几个人也选好各自的酒伴，领班将没有被选上的带走，顺手关了照明灯，包厢再次变得昏暗，只有屏幕上闪烁跳动的光亮将气氛映得暧昧。
　　女孩一把搂住乔宇的胳膊，热情地问："帅哥，我们玩骰子不？"
　　乔宇说："不会。"
　　"真巧，我也是最近才学会的，我教你呀。"
　　包厢里的声音太嘈杂，女孩必须贴在乔宇的耳边说话，她的嘴里散发薄荷口香糖的气味，但也没有完全掩盖住长期作息颠倒导致的污浊口气。她手把手地教乔宇玩骰子。乔宇学得很快，女孩讲解规则之后示范了两把，他便大概知道怎么玩了。
　　"那我们正式开始哦，输的喝酒。"她提议道。
　　他俩玩得有来有回，无论谁输谁赢，都有酒喝下去。别人三首歌还没唱完，这边的啤酒已经空了半打。不知不觉，乔宇喝了很多，脑袋和膀胱都很胀，刚好有一个朋友说要去厕所，乔宇也提出暂停游戏，和他同去。
　　两人并排站在小便池前撒尿。朋友好心提醒："你悠着点喝，这帮小姐就是骗着你喝酒，那玩意儿就跟掺水的猫尿似的，一瓶20块，你们喝一瓶，她们就抽一瓶的提成。"

乔宇不以为然："我当然知道。"

朋友恍然大悟，又颇有感悟地叹道："我担心你太老实，被她带节奏了，才多了这一嘴，没想到你现在也滑头啊！"

乔宇哼笑一声："我这半辈子就他妈吃了老实的亏。"

方便完，他们往回走，却在复杂的过道里迷了路，稀里糊涂地转了好几圈都没找着包厢。每条过道都一样，每扇房门也都一样，只有里面传出的歌声不一样，这边在唱"我的好兄弟，心里有苦你对我说"，那边在唱"你身上有她的香水味，是我鼻子犯的罪"，人间的七情六欲基本在这里汇集了。

幸好他们遇上一个送果盘的服务员。乔宇的朋友拦住询问，服务员便在前面带路。但乔宇突然停住脚步，如同木头人一般一动不动，朋友问道："怎么了？"

乔宇丝毫不理会，仔细地侧耳聆听着。在各显神通的嘈杂声音里，他听到一对男女正在对唱《好心分手》，男的唱国语部分，女的唱粤语部分。男的不但跟不上节拍，而且走调，可女的不但唱得好，而且粤语比较标准，在这个小城市十分少见。循着这歌声，他打开两扇门往里看，又一无所获地退出来。直到推开一间豪华大包厢的房门，里面的空间是他们那间的两三倍大，他迎面撞见正捧着麦克风深情献唱的詹妮，另一个男人正牵着她的手——分明是刘强。视线再往后移，偌大的环形沙发上坐着十来个男男女女，或是搂抱说笑，或是摇骰喝酒，女的都是年轻靓丽的夜场服务员，男的则是三十到五十多岁各个年龄段，个个红光满面，春风得意。

詹妮看清乔宇的脸，吓得惊叫起来，她的声音通过麦克风被放大，整个包厢的人都被镇住了。刘强扭头看见乔宇，也恍惚片刻，但随即换上笑脸："哟，这么巧，乔老弟也来了？"

乔宇果真是喝醉了，刚才他只想着找到这个熟悉的声音，却没想到找到以后该如何面对，此时此刻他竟有些不知所措。这一瞬间，他的脸上竟然同时出现慌乱与恼怒的表情，显得扭曲且滑稽。

詹妮赶紧放下话筒，将乔宇带出去，顺手将门带上，责问道："你特意找来的？"

"我和朋友一起过来玩的。"

詹妮闻着乔宇一身的酒气，又望向乔宇身后的朋友，相信了他的话。她又解释道："我跟你说了，我今晚有工作应酬。"

"和他牵着手唱歌，这就是你的工作应酬？"

"这有什么大惊小怪的，电视里双人对唱不都要牵一下手吗？"

"那他找陪酒小姐了吗？"

詹妮摇头："当然没有，只有他没有找。"

乔宇指着包厢的方向："这就对了，其他人找陪酒小姐，他却带着你，你不就相当于他自带的陪酒小姐吗？"

詹妮也沉下脸来："你说话别这么难听啊！"

"现在知道难听了啊？我以为你这点道德廉耻都没有呢。"

旁边除了乔宇的朋友、KTV的服务员，还有出来透气的其他客人，大家饶有兴趣地围观着这种风月场所发生的桃色纷争。詹妮的面子完全挂不住了，她反唇相讥："你这人真是不可理喻，我是单身的，你家里有老婆，你来撩我的时候，可是没有任何顾虑，现在我和别人交个朋友，你倒开始关心我的道德廉耻了？"

围观者也大概理清头绪了，更多人闻声出来看热闹，甚至有人拿出手机拍摄。在气氛与酒精的共同驱使下，乔宇羞恼得面红耳赤，他努力压制住情绪，抓住詹妮的胳膊往外拽，说："我们出去说。"

詹妮试图挣脱他的手："有什么话不能在这里说？"

此时，刘强从包厢走出来了。看着剑拔弩张的两个人，他没有急着英雄救美，而是展示出更成熟稳重的一面。他对乔宇威胁道："现在是法制社会，你不要在这里耍无赖啊，否则我包你拘留所蹲满半年。"

乔宇退缩了，不得不松手。刘强将詹妮护到身后，说："师妹，你先进去，我和乔总说几句。"

詹妮顺从地进去了，临走前还特意吩咐："不要吵架哦。"

这句话是对刘强说的，语气听着很平淡，却有一种融入日常的亲昵。乔宇听着很不舒服，拳头都捏了起来，感受到比刚才互撕脸皮更强的羞辱，但他此时也无可奈何。

"散了吧，没什么好看的。"刘强挥手驱散围观的众人。他的话在这里还是有用的，服务员便跟着疏导的客人们回到各自的包厢。刘强揽着乔宇的肩膀，将他带到旁边一个空闲的小包厢，问道："你知道今天里面有哪些人吗？"

乔宇摇头道："不知道，和我没关系。"

"有开发区的领导、银行的领导，还有城投公司的老总，可以说半座城市的财富都在这个包厢里了。"刘强颇为语重心长的样子说道，"老弟啊，这里可都是坐庄的大佬，和他们搭上关系才算是坐到桌上，他们允许谁发财，谁才有资格发财。"

不料，乔宇毫不客气地讥讽道："那你们旗下的富源怎么走到这一步了？"

刘强没有料到乔宇说话这么冲，明显愣了一下，却没有生气，只是低头点了一支烟，不以为然地笑道："天下没有不散的宴席，反正我已经吃饱了，至于宴席散了，谁买单、谁洗碗关我什么事？等这张桌子翻台，开启下一场宴席，依然有我的位置。"

乔宇无言以对，他心里清楚，如果不是刘强出手，他便是给富源这桌宴席买单的冤大头之一。

"今天我师妹认了一位干哥哥，是我们的老大哥，她一只脚已经踏进这个圈子了，以后资源应有尽有。师妹上次跟我提过，以前她落魄时受过你的一些照顾，但这些日子她不也帮你不少嘛。人在不同阶段要做不同的事，她以后混出名堂，对你也有好处。"刘强拍了拍乔宇的肩膀，又重重地捏了捏，"早点回去，洗个澡，睡一觉，等明天酒醒了，跟你媳妇儿好好过。"

不容乔宇再说什么，刘强将他带离小包厢，往走廊里顺手一推，乔宇便像刚被教导主任训斥过的学生一样，迷茫地往前走。经过那间豪华大包厢，里面依然传出男女对唱曲目《美丽的神话》，唱得专业的女声是詹妮，而男声不但苍老而且走调。尽管如此，当男声一句唱罢时，包厢里爆发恭维的掌声。

"万世沧桑，唯有爱是永远的神话，潮起潮落，始终不悔真爱的相约，几番苦痛的纠缠，多少黑夜挣扎，紧握双手让我再也不离分……"

乔宇回到自己的包厢，里面没人唱歌，灯也打开了，男男女女都在专注地聆听刚才与他一同出去的朋友说话。这位朋友一见他进来，立即停止说话，其他人也如梦初醒般坐正，他们的话题显而易见。

乔宇怀着成年以后最大的羞耻，一句话也没有说，拿上手机和钥匙，灰溜溜地离开了。没有人询问，也没有人挽留。

第十四章
外甥女

第二天早上，施小芳便主动提出辞职，不用想也知道，詹妮已经跟她说过乔宇与她决裂的事。施小芳的态度并不坚决，更像是一种试探，不料乔宇丝毫不做挽留，直接答应了。在结算工资的时候，两人发生了一些不愉快。施小芳认为自己这个月干了十天，按照行规至少要按半个月支付薪水，但乔宇的算法是干了十天就只有十天的薪水，别拿所谓的行规在这里忽悠人。

施小芳当即打电话给詹妮去说理。但詹妮不愿意掺和，让大姨就拿十天的薪水，还有五天她来补。施小芳只能这样办。她收拾了行李，去和何琳告别，眼泪汪汪地说："你不要怪我，我拿人的工钱，就得听人吩咐，但我已经尽量护着你了。咱们做女人的就是这个命，你能忍则忍，千万不要吃眼前亏……"

詹妮说要开车过来接她，她便拖着行李去路口等，恰好隔壁邻居从超市买菜回来，看见她这副沮丧的样子，便停下来询问缘由。施小芳眼窝浅，一被人询问便开始哭诉，倾诉自己这些日子所受的委屈。邻居如今与乔宇的关系交恶，巴不得听到他家的事，于是借着安慰的名义，像情感访谈节目主持人一样将乔家的大事小事都套了出来。听到施小芳讲那晚何琳赤身裸体去书房找丈夫求欢的事，邻居不免惊着了，直呼道："她脑子坏了吧？"

邻居问到詹妮与乔宇的关系，施小芳更是成竹在胸，因为没人比她更懂。她是这样说的："我外甥女和他老婆是多年的朋友，关系很好，念书的时候就认识了。孩子出事之后，我外甥女经常过来帮忙，没想到被这男的惦记上了。他今天死缠烂打，明天软磨硬泡，我外甥女心肠软，一时鬼迷心窍，也就依他了。我外甥女的想法是，他们俩在一起，对他老婆也有个照应。"

邻居顺着她的话附和："是的哦，知根知底好一些。"

"但我外甥女后来想清楚了，这男的只是嘴上说得漂亮，其实什么好处都要占。他骗我外甥女说，只要他老婆脑子恢复正常了，他就会离婚，和她在一起。但别人和他私下有一个协议，说这几年只要他不离婚，把他老婆关住了，不但赔他100万，还带他做大生意。"

邻居恍然大悟地点头,但她思索片刻,还是提出自己的想法:"其实不管协不协议,他应该都不舍得离。"

"为什么?"施小芳诧异地问。

"他俩结婚那会儿穷得叮当响,办酒席都要借钱,所以现在的财产全是夫妻共有的,要是真离了,起码得分一半出去。他老婆可是很会过日子的,心思全扑在老公孩子身上,什么都不舍得给自己买。您别怪我说话直,这一点您那个花枝招展的外甥女可做不到。"

施小芳听出邻居对詹妮有意见,但她也不得不承认,詹妮并不适合做持家型的妻子,她赚得不少,但花得更多——口红几百块,衣服几千块,包都是上万块的。乔宇要不是拿了那笔赔偿,以他做生意的那点收入根本养不起她。

两人聊了很长时间,都开始闲扯保姆行业的待遇了,说好最多十分钟就到的詹妮却还没露面。施小芳无所谓的,哪怕聊到天黑,她都聊不够,在乔家的这些日子轻松归轻松,无聊也是真无聊。但邻居不愿意再聊了,家里还有一堆家务等着,最重要的是,她感兴趣的内容都已经听到了。

邻居骑着电动车回去了,施小芳意犹未尽,又给一个朋友打电话,询问后面有没有靠谱的雇主。朋友说人民医院有一个病人需要护理工,工资挺高,就是有点辛苦。施小芳又问工资挺高是有多高,朋友说,6800块。施小芳隔着电话皱起了眉,她知道6800块相对于行价确实高了几百,但她现在有点看不上,更希望能再碰到自己刚结束的这种工作。

两人正说着话,詹妮终于开车停靠过来。她看上去有些困乏,显然昨夜没有休息好。等施小芳放好行李,坐到后排座位,詹妮从后视镜里看着她,问道:"等很久了吧?"

施小芳说:"还行,和别人聊会儿天,不觉得很久。"

詹妮立即警惕地问:"和谁?聊什么了?"

施小芳话到嘴边又咽了回去,改口道:"以前认识的一个熟人,随便聊了几句。"

"没聊乔宇家的事吧?"

"当然没有,和我又没有关系,我管他们家闲事干什么?"施小芳矢口否认,她生怕被看出破绽,又立即转移话题,随手拿起后座一个未拆的快递盒,"哎呀,这是在网上买的吧?跟你说哦,你表妹在网上给我买了一盒裤衩,质量差得不行,才洗了两次就烂掉了。"

"那是一次性的!穿一次就得丢掉,不是给你洗了换的!"

"哦哟,什么了不起的家世啊!裤衩穿一次就扔掉,皇太后也没这么铺张浪费！"

"人家皇太后都用丝绸擦屁股的。"詹妮笑着回应，她又问道，"你后面还想找活儿吗？我有个朋友想找保姆照顾他爸，老头子有基本的自理能力，洗澡和上厕所不用你帮忙，你只要端茶倒水，洗衣做饭，陪着他去逛逛公园，按时给药吃，防止他摔倒就行了。"

"去家里吗？"

"是啊。"

施小芳有些犯难："你知道的，我不喜欢服侍老头儿。"

"那你帮我打听一下有没有人愿意去，人家一个月开9000块，逢年过节还有红包。"

施小芳顿时心动了，又拐弯抹角地问："老头儿正派不？"

"他都快八十岁了，中过两次风，想不正派也有心无力啊。而且人家退休之前当过乡里的书记呢，他儿子现在还是房地产公司的老板。"

"那我自己去就行，钱不钱的是其次，我就不愿意服侍人老心不老的色老头儿。"

詹妮把施小芳送到家门口，约定过两天再接她去新的雇主家里，然后开车走了。施小芳回家放好行李，这才想起来詹妮答应补给她的五天工资还没有兑现，算下来也有1000多块。但她转念一想，外甥女毕竟又给她介绍了一个更好的东家，这千把块钱也不算什么，于是暂且将之抛诸脑后。

她推开女儿卧室的门，看见女儿还在床上玩手机，气不打一处来，骂道："这都几点了还躺着，怎么不把枕头缝在你后脑勺上！你看你表姐一大早就出去忙了。"

女儿不屑地反驳道："你这么喜欢她就跟她过呗！你要是把我生那么漂亮，我也像她一样到处吃男人的饭。"

第十五章
战利品

———⚖———

　　刘强这两天陷在恋爱的甜蜜之中，他和詹妮相约一起回到母校二中，在两人都很熟悉却又从未相遇的地方重温少年时期的单纯。詹妮今天画的是清爽的裸妆，头发也拉直并扎成马尾辫，再穿一身运动装，颇有当年校花的风范。刘强早已阅人无数，算得上百花丛中过，片叶不沾身，但这次他有了前所未有的体验，就像初恋。

　　二十年过去了，这里从老师到校长都换了几茬，只有少数几个老员工还在这里工作。两人在校园里逛了一圈，坐在体育场的露天看台上看少男少女们玩闹。詹妮不由得感慨道："他们多年轻啊，真让人羡慕，我好想抛下现在的一切，回到这个年龄。"

　　刘强附和道："是啊，当时只知道读书辛苦，却不知道这是人生最后一段单纯的时光。"

　　"师哥，你高中的时候谈过恋爱吗？"

　　刘强摇头："没有。我小学和初中都是在乡镇学校念的，比较晚熟，高二才喜欢上同班的一个女生。"

　　"暗恋？"

　　"是啊。当时我长得一般，个子也不高，家境嘛，也普普通通，没什么存在感。"

　　"那女生漂亮吗？"

　　"当然漂亮，她高一入校就是全校关注的焦点，是我以前从未遇到的那种漂亮，但又很像电视电影里的美女，有一些距离感，所以最初我没什么感觉。直到高二文理分班，她和我同一个班，而且就坐在我右前方，隔着两三个人的地方。"说到这里，刘强嘴角浮现一丝笑意，还抬手向自己的右前方虚指一下，仿佛回到当年的教室，"虽然我和她同一个班了，但还是不同世界的人，几乎没有任何交集，只是空间距离近了一点而已。"

　　詹妮好奇地追问："那你怎么会喜欢她的，总该有个起点吧？"

"当然有，我记得特别清楚。有一次全市统考的数学题特别难，我灵光乍现，拿了全市唯一的满分，连一中的加强班都没有满分。数学老师把我大夸特夸，说我给他长了脸，也给二中争了光，让全班同学为我鼓掌。我第一时间抬头看她，正好看见她也回头看我，嘴角带着笑，眼睛亮亮的，轻轻地鼓着掌。那是我们第一次对视，从那一瞬间起，她在我心里就不一样了。"

詹妮听得特别认真。这一刻他俩都摆脱了社会赋予的种种身份，一个是情窦初开的自卑敏感的少年，一个是沉迷于纯爱故事的少女。詹妮托着腮笑道："就像画龙点睛似的。"

"咦，师妹说得真准，还真有点这个意思。她一下子变得鲜活了。我那时候什么都不懂，把她对我的笑理解为一种好感，所以全身心地对她产生了爱慕。有一次我听说，她们寝室夜聊的时候讨论喜欢什么样的男孩子，她说很喜欢有上进心的，于是我拼命念书，想等自己变得优秀了再去向她表白。"

"那后来呢？"

刘强的脸上浮现一丝惆怅，摆手道："后来就没成嘛，没什么好说的。"

詹妮却不依不饶地耍赖，抱臂转向旁边，故作生气的样子："我才不信，你不肯说，就是心里藏着白月光呢！"

刘强见推托不过去，只得无奈地投降，又特意吩咐道："你要答应替师哥保密哦，这事我几乎没跟任何人提过，连陈钊华都不知道。"

詹妮忙不迭地点头，又继续托腮保持倾听的状态。

"后来，我们都去了南京，我念的是985院校，她念的是民办学校，但两所学校只隔十公里。我买了一辆自行车，经常骑车去找她。我的生活费还有兼职打工的钱，都拿去请她吃饭和送她礼物了，连傻子都看得出来我是很喜欢她的。但她总说感情的事不能草率，一定要慎重，我觉得也有道理。"

"看不出来哦，师哥还是长情种呢。"

刘强冷冷地哼笑一声，点了一支烟，说："直到有一天，我做完家教回来。孩子家长送了我一盒车厘子，我满心欢喜想顺路给她一个惊喜，却看见她和一个中年男人走出宾馆，又一个人走进斜对面的一家药店……"

詹妮的笑容顿时僵住了："不会吧？"

"我也以为我看错了，所以跟了一会儿，确认那就是她。当时夏天还没有结束，南京又闷又热，可我竟然在街头一直打冷战。那天我没有回学校，在幕府山脚下的江边坐了一整夜，抽烟抽到干呕，脑子里总是忍不住想象她被压在那个男人身下的画面。后来我才知道，那个男人是她系里的一个老师，手里有一点权力，承诺帮她搞定本校的专升本，还能调剂专业。"

詹妮皱着眉头不屑地说:"这种事,她自己考就是了,何必这样呢?"

"我当时也是这样想的,但后来我进入社会才逐渐明白,那时候的她和我一样,不过十九岁,被盯上以后就没有别的选择。就像开店被人收保护费一样,如果拒绝,那么砸门泼油漆的又会是谁呢?权力不是讨价还价的商人,没有买卖不成仁义在的说法,要么做它的朋友,要么做它的敌人。"

"师哥受了这么大的伤害,难得还愿意站在她的角度着想,换作别人,肯定是又怨恨又鄙视,我还蛮佩服你的。"

刘强闻言笑道:"客观上我应该感恩才对。从那件事之后,我就不在这种小情小爱的事情上花心思了,一心一意搞事业。我组织同乡会,竞选学生会主席,进了社会也不敢松懈,结交这个城市最有权势的人,终于有了如今的事业。要不是早早地得到这样的思想启蒙,我不可能成长得这么快,现在也许只是一个老实本分的上班族。"

詹妮沉默良久才喃喃道:"我觉得老实本分的上班族也挺好……"

刘强愣了一下,他掏心挖肺地说了这么多,却得到这种回应,心里不免有一些不爽。如果面前站着的是某位下属,他早就该火冒三丈,让对方立即卷铺盖走人了。他还没来得及消解心中的愠怒,但詹妮话锋一转,说道:"如果我能回到以前,就先去找那时候的师哥,好吗?"

"找我做什么?"

"不做什么,只是想抱抱师哥。"詹妮扭头看着刘强,认真地说,"抱抱以前那个伤心的少年。"

刘强在这片刻的工夫,情绪遭遇一波三折,一时间有点蒙。等他醒悟过来,多年荒凉的内心已经被一阵热风拂过。走出校园的这些年,他一直拼命往上爬,不仅得到了自己梦寐以求的财富和权力,也组建了自己的家庭。但夜深人静的时候,他依然会感到沮丧、感到愤怒、感到无处宣泄的痛苦,仿佛自己从未走出南京那个闷热的夜晚。

"看来你是不喜欢现在的我了?"他故作怅然地叹道。

话音刚落,詹妮的双手已经挽住他的胳膊,身体的重心也随之靠了过来。詹妮嗲里嗲气地撒娇道:"师哥也真搞笑嘞,怎么像小孩子一样,还吃自己的醋呀?"

挽过刘强胳膊的女人不计其数,有风月场所的年轻女孩,有偶尔邂逅的露水情缘,还有为了签合同而投怀送抱的乙方公关,刘强都潇洒自如地享受着,仿佛统治者在自己的猎场里驰骋。但此时此刻,他引以为豪的辉煌成就似乎都不重要了,他甘愿卸下身外的一切,再次回到那个一无所有的时候。詹妮与他同为二中毕业，容貌和身材甚至胜于当年的初恋，刘强甚至有点开始相信宿命论，认为詹妮是命运对他的补偿。

当晚，两人在市中心一家高档的西餐厅吃饭，一共消费4000多元。刘强准备起身买单的时候，詹妮却将账单夺了过去，眨眼道："今天师哥也做一回少年，让姐姐请你。"

詹妮并非假意逢迎，而是利索地对着账单扫码。

刘强没有像平时的应酬场那样推来抢去，而是笑意盈盈地坐观眼前的画面。在他看来，女孩子主动买单的行为并不能与高尚或者独立之类的品格挂钩，而是对方打算长线交往的信号。

刘强开车送詹妮回去。

到了小区门口，詹妮问道："师哥，你要上来喝杯茶吗？"

这几乎是成年人世界里最直白的潜台词之一，刘强当然明白其中的意思，他停好车子，和詹妮一起往里走。经过门口的一家24小时便利店，他特意问道："家里有喝的吗？要不要买点？"

詹妮说："不用，家里东西都齐的。"

詹妮的房子是她父母留下来的，一套九十多平方米的三室一厅。父母过世之后，詹妮将房子重新装修了一遍，与所在老小区的风格完全区分开。詹妮带刘强参观房子，先是玄关，再是厨房、客厅、阳台、卫生间、书房、客卧，最后一站才是她的主卧。她的卧室不但干净整洁，而且布置得特别温馨，暖色系的灯光照着一幅半遮半裸的女子肖像油画。

"这是你？"刘强好奇地问。

"嗯。不像吗？"

"我以为是哪幅世界名画的复制品。"

"是我结婚之前交往的一个男朋友画的，他是美术学院的，现在升任副教授了。"

刘强诧异地问道："你前夫不介意吗？"

詹妮咯咯地笑了起来，她凑到刘强的耳边，说："他说，这算是他的战利品。"

这句话一下子点燃了刘强内心的欲火，他一把搂住了詹妮的纤纤细腰。詹妮也不避让，像黏人的母猫似的挂在他的脖子上，与他亲吻着。刘强的手肆意地抚摸她的身体，从后背到腰窝再到翘臀，恨不得将这个万般妩媚的女人揉入自己的身体。当他打算再进一步的时候，詹妮又将他推开，说："你先坐一会儿，我去冲个澡。"

刘强的胃口被吊在半空，有些急不可耐，但詹妮亲了他一下，说："你等会儿也要洗，不洗澡的脏宝宝不可以上我的床。"

"那我和你一起洗。"

"不行，保持神秘感才会产生美。"

詹妮去卫生间洗澡，刘强独自在屋子里闲逛。他想起一件重要的事，趁此时从内衬兜里掏出一粒粉色小药丸，就着保温杯里的一点水服下。今天是他第一次与詹妮共度良宵，一定要保证发挥水准，所以他特意准备了药。这东西是陈钊华推荐给他的，药劲儿霸道，但生效时间有点延迟，需要提前使用。

他发现床头柜旁边有一只超市的塑料袋，里面有两罐啤酒和一张购物小票。他拿起小票查看，出票时间是二十天前，购买商品除了啤酒、香烟和零食，还有一盒避孕套。

他的好奇心一下子被勾起来。听着卫生间里的水声哗哗的，他便拉开床头柜，果然在最下面一层找到已经拆开的避孕套包装盒。包装盒上写着"24只装"，他再打开数一数，仅剩10只了。这一瞬间，他心里猛然咯噔一下。若是换作以往的别的女人，这种事对于刘强而言不但增添几分野趣，而且卸去事后的不少压力。但这次，刘强只觉得醋意如同江潮般汹涌袭来。

他很多年没对女人患得患失的感觉了，一时间有些措手不及。他忍不住猜想，也许乔宇和詹妮并没有真的断开，而是为了套取一些资源，联袂在他面前上演一出瞒天过海。他其实并不介意分享所谓的资源，他更在意的是，自己的尊严有没有被践踏，智商有没有被侮辱，权威有没有被挑衅。他原本享受的就是夺人所爱的快感，倘若猜想是对的，他便从猎人一下子沦为猎物。

他黑着脸在房间里坐了一会儿，心中的各种揣测搅得他心神不宁，恰好詹妮遗落在电视柜上的手机不时地跳出微信群消息的提示，顿时让他心生一个念头。一天的相处让他无意中记住"Z"字形的解锁密码，于是他再次确认詹妮短时间内不会出来，拿起手机解锁翻看。

他先翻手机相册。和很多年轻女人一样，詹妮的相册里除了一些珠宝玉石的图样，就是铺天盖地的自拍。一直翻到十几天前，他才敏锐地发现一个男人上身赤裸、下身只穿一条裤衩在洗手间刷牙的背影。那人正是乔宇，大概是詹妮偷偷拍摄的。刘强不爽地咬了咬后槽牙，继续往前翻，再也没有这类照片了。

他又打开微信，找到她与乔宇的对话框，快速浏览他们的聊天记录。他直接拉到二十天前——购物小票上的日期那天——的对话。果不其然，乔宇那天是在这里过夜的。原先两人还在讨论如何追回烂在诚创的那笔尾款，讨论如何让施小芳看住何琳，到了十点左右，聊天性质便发生了变化。

乔宇："幸好这段时间有你在，否则我真不知道怎么应付这些乱七八糟的事。"

詹妮："我没有帮上什么忙啊，你又不是没给大姨开工资。"

乔宇："要不是看你的面子，大姨怎么可能尽心尽力？而且有你陪着，我觉得自己没那么孤立无援。"

詹妮："朋友嘛，互相帮忙是应该的。"

乔宇："是作为我的朋友，还是她的朋友？"

詹妮："有区别吗？"

乔宇："行吧，没区别。我回去睡了。"

詹妮："和她睡吗？"

乔宇："哪种睡？"

詹妮："你自己意会。"

乔宇："只是睡觉的话，出了那事以后，我们就开始分房睡了。做爱的话，我们已经一年没有做了。"

詹妮："我不信你能忍一年多，你肯定在外面开了小灶。"

乔宇："绝对没有！"

詹妮："我知道了，是你不行……"

乔宇："这是严重的诽谤，你说话要承担责任的。"

詹妮："你想让我怎么承担？"

乔宇："我怕你承担不起。"

然后詹妮给乔宇发去一张性感自拍，是她裹着浴巾在穿衣镜前面的自拍，头发湿漉，酥胸半露，一双玉腿又直又长。

詹妮："这样能承担吗？"

乔宇："你在家吗？我去找你。"

詹妮："找我喝酒吗？"

乔宇："是啊。"

詹妮："那你走南门进来，去门口的便利店买一下，我家什么都没有。"

刘强抬头看了一眼卫生间，确认安全之后继续往下翻。他俩捅破这层窗户纸，后面便是一段甜蜜期，宛如情侣般如胶似漆。只是乔宇有所顾忌，总是瞻前顾后，生怕被人发现，詹妮对此颇有微词，两人因此发生一些口角。但正所谓"男人的嘴，骗人的鬼"，乔宇几番甜言蜜语，许诺发誓，将她哄得团团转。

两人关系转向冷淡的拐点是刘强向詹妮泄露陈、乔二人口头协议那一天，詹妮有意无意地询问乔宇："你打算什么时候和她离婚？"

乔宇："目前不合适，要被人说闲话。"

詹妮："我没说现在就要，我就问什么时候。"

乔宇："时机合适就提。"

詹妮："明年？"

乔宇："嗯。"

詹妮意味深长地回复他一个微笑的表情，但乔宇显然没有意识到对方已经知晓内情，还自作聪明地问："别人送我两瓶法国进口的葡萄酒，你家有开瓶器吧？"

詹妮说："我家也没有。"

刘强继续往下翻。他迫切地想知道，在他和詹妮关系升温之后，乔宇有没有再爬上她的床。但之后的聊天记录里，两人再也没有亲昵的互动，只是正常地商讨门市部被关门整改之类的琐事。乔宇曾经在对话里怀疑刘强是否有可能是幕后指使的人，詹妮则旗帜鲜明地维护道："你不要乱扣帽子，我师哥做那么大的生意，还帮了你的忙，怎么可能搞这种小动作？"

刘强听过许多女人当面的奉承，几成真几成假，他心里是有数的，今天有幸亲眼见到有人在背后为自己说好话，他竟然感到一种前所未有的欣慰。

此时，一个电话突然打了进来，显示来电者是"表姐"，把刘强吓了一跳。他再次望向卫生间方向，踌躇片刻之后，退出微信界面，敲门问道："师妹，你表姐给你打电话了，你要接吗？"

詹妮隔着门板回应道："没事，你放着吧，我等会儿再打过去。"

刘强照她的话办，将手机放回原来的地方，没有再去翻里面的东西。几分钟后，詹妮裹着浴巾出来了，带着一身沐浴露和洗发水的气味，吹得半干的头发和温润的肌肤显得十分性感。刘强被眼前的香躯美人吸引，但也注意到她身上的浴巾正是她给乔宇发的那张照片里裹的那条，醋意与欲望同时翻涌着，让他迫不及待地想占有这个风情万种的女人。

詹妮拿起手机查看刚才的来电。刘强有些紧张，担心自己偷窥手机不慎留下什么蛛丝马迹，但詹妮径自回拨电话，他才放心下来。刘强从后面搂住詹妮，热情地亲吻着，双手也从她的小腹一直往上移到胸口。詹妮并不排斥，她特意将长发捋到一边，妩媚地露出自己的耳朵和颈部。但电话一接通，她便起身推开刘强，并做手势示意他不要出声。

"表姐，我刚才有事在忙，你有啥事啊？"

"我给你发消息，你没回，你看微信了吗？"表姐说话的声音很大，连刘强都能听得清清楚楚。

"还没呢。你发什么了?"

"你自己看一下。"

詹妮切换到微信界面。表姐刚才发来一条时长四分钟的视频,她点开看了片刻,惊讶地发现这竟是那天她和乔宇在 KTV 走廊里吵架的过程。视频里还特意配了文字,介绍两位当事人的身份——"这个男人几个月前孩子被人弄死了,他老婆气傻了,但他自己拿了几百万赔偿,在外面包小三。今天他和情人在 KTV 吵架……"

詹妮问道:"这是谁拍的,你在哪里看到的?"

"微信群里的人发出来的,说是在短视频里看到的,你搜一个叫'空谷幽兰'的账号,现在都已经好几万的赞了。"

詹妮挂掉电话,又打开短视频软件,打算搜索表姐说的账号,但界面刚加载出来,迎面便是 800 多条未读信息。她点开一看,很多陌生人在她过往的视频作品底下的评论区肆意谩骂,甚至有人在私信里向她发送恶毒的诅咒和下流的羞辱。她又顺着别人的"@"点开另一个人发布的视频,正是刚才表姐所说的"空谷幽兰"发布的,点赞数已有 60000,评论数也高达 3000 多。其中置顶热评的第一条便是对她的人肉搜索,点赞数 2189,内容如下:

"这个女的叫詹妮,以前是做少儿艺术培训的,现在做微商,卖翡翠珠宝之类的。她只结交有钱人,有一次我在她朋友圈看到一块玉坠,问她多少钱,她直接回复一句'你买不起',还把我拉黑了。她本来和这个男的老婆是闺密,看人家拿了几百万赔偿,连一点脸都不要了,就去当了小三。"

詹妮气得面红耳赤,直到在评论者的主页看到对方孩子露脸的视频,才大声地向旁边的刘强辩解道:"这人是我以前一个学生的家长,他胡说八道。他那天说想给朋友的孩子送满月礼,问了一块几万块的翡翠。我说这个太贵了,推荐他另一款性价比高的。我什么时候说他买不起了?我拉黑他是因为他根本没打算买东西,却老是找我聊骚,还问我穿过的丝袜卖不卖。我拉黑他,怎么了?"

刘强安慰道:"你把他账号发给我,只要你一句话,我替你找人弄他!"

"弄他有什么用,微信号都删了,我又拿不出证据。你找人弄他,他再跑网上撒泼打滚,我更加说不清了。"

詹妮继续往下翻,评论更加不堪入目。

"她以前的老公家里很有钱,但有钱人又不傻,据说她是想办法把自己弄怀孕了,再向富二代逼婚的。后来人家发现孩子不是他的,才提了离婚,所以她一分钱都没有分到。"

詹妮骂道："他放屁！是我主动提的离婚，是我自己放弃分割财产的！"

她点开回复栏，愤怒地打出两行字，却又删掉了。以她现在的状态，无论做什么辩解和回击，都会让她陷入更糟糕的处境。人们并不在乎真相是什么，更愿意看到劲爆的八卦、刺激的情节，以及需要一个可以肆无忌惮地宣泄恶意的靶子。

詹妮有些惊慌失措，双手颤抖着，身体也蜷缩起来。但刘强并没有真的急她之所急，脑子还在思量着上床的事，甚至主观地认为此时女人的脆弱对他更有帮助。他再次贴上前去，试图搂住詹妮，但詹妮处于高度应激的状态，立即奋力挣脱了。

"你干什么？"她问道。

刘强说："我想抱抱你。"

詹妮忍不住苦笑起来："师哥，是不是连你也觉得我人尽可夫，这时候也能叉得开腿？"

"没有，我真的只是想安慰一下你。"刘强尴尬地解释。

此时，乔宇打电话过来。刚一接通，他便劈头盖脸地问道："你看到网上的视频了吗？"

"看了。"

"你打算怎么办？"

"不怎么办，等着被唾沫星子淹死算了！"她负气地说。

"你师哥说过，他还有陈钊华，和那家KTV的老板是朋友，我想托他们去查一下监控，让那个人把视频删了。"

刘强在旁边打算接话，却被詹妮一个眼神制止了，于是他闭口不言。她回应道："那你去找他们说啊。"

"你能出面提一下吗？"

"为什么？"

乔宇沉默片刻，说："我在他们面前说不上话，你可以。"

詹妮同样许久没有说话。她不置可否，就这样猝然挂了电话。她故意刁难乔宇，似乎就是在引导对方低声下气说出这样的话，但对方如她所愿这样说了，她的脸上又写满了不悦。但刘强在一旁有些暗爽，一方面，詹妮毫不避讳地让他旁听了这次通话，显然是把他当自己人了；另一方面，他与詹妮的亲密关系得到乔宇的亲口认可，这几乎是一次正式的受降。

刘强表态道："乔总说的也是一个办法，KTV老板是我朋友，公安系统那边我也认识人，这件事包在我身上。能协商就协商，大不了花点钱嘛，要是那人头铁还嘴硬，我也有别的办法治他，你师哥在云海市说话还是有点分量的。"

刘强的担忧并不只是为了詹妮，那天在 KTV 走廊里，他是在詹妮和乔宇争吵之后出来打圆场的，倘若也被那人拍到正脸并扒出身份，那舆论危机也会落在他的头上，他想从诚创集团这艘"泰坦尼克号"上全身而退的风险便增添几分。

詹妮的情绪还很沮丧，刘强眼看今天在这里占不到什么便宜，于是起身告辞。詹妮把他送到门口，又拉住他的手，愧疚地说："对不起啊，师哥，我也是做了很久的心理建设才决定敞开心扉的，没想到今天出了这事。"

刘强大度地说："没事的，来日方长。你也不要太担心，这事很快就会过去。"

他又凑上前索吻，詹妮没有拒绝，主动迎上去亲了一下，刘强这才恋恋不舍地离开了。临时出了这件事，刘强心里的欲火几乎消退了，但药物已经开始发挥作用，他只感到全身燥热，裤裆里那玩意儿也不合时宜地顶了起来，幸好他一直将外套挂在胳膊上，才遮住这羞耻的一幕。

那条视频的传播速度出乎所有人的意料，不到两天时间，这件事便成了全城人茶余饭后的谈资。人们用最耳熟能详的贬义词语评价乔宇和詹妮，譬如"奸夫淫妇""狗男女""渣男贱女"，乔宇和詹妮就像被困在猪笼里的两个罪犯，被他们站在道德的高处肆意地丢着石块。

陈钊华本来有些紧张，生怕这次舆论风波会让他儿子的事沉渣泛起，但他在风声鹤唳中静候一段时间后发现自己多虑了。大家的注意力几乎全落在桃色事件本身上，即使有人提及那件事，也不会有人愿意为私德如此败坏的人站队。

对于陈钊华而言，这件事算是预期之外的一次脱敏实验，如果这都不能对他家造成负面的影响，那就说明让人不安的阶段已经过去了。他在电话里告诉吴晓云这件事，吴晓云的关注点却在詹妮身上，她问道："听说刘强和这个女的搞在一起，有这回事吗？"

陈钊华不否认但也不承认，模棱两可地说："刘强嘛，风流惯了，见着漂亮女人都会勾搭几下，这个也没什么特别的。"

吴晓云却笑道："嘀，你也觉得她漂亮？"

"长得还行啦，但名声臭得很，现在没人敢和她走得太近，都怕惹一身臊。"

"那刘强怎么敢的？"

"他也不可能动真格的，顶多睡几回，玩腻了就甩掉。"

"你们男人果真是下半身动物！"吴晓云骂道。

"你骂他就好了，别把我带上啊！"

吴晓云严肃地警告道："我听说你俩现在好得像穿同一条裤子，我可把丑话说在前面，你要是学他在外面乱搞，我可不像他媳妇儿那么好糊弄，我一定搅得天翻地覆。"

"你听谁乱嚼舌根的？我一直反对他去撩那个女的，可这人发起情来管不住啊，所以那天他们约着去KTV唱歌，都没有告诉我的。"

听他这样讲，吴晓云这才稍微放心，她又说："还有咱儿子的事，你也多用点心，他都休学快半个学期了，什么时候出国，你得早点拿主意。"

陈钊华说："再等等看，我感觉目前事情基本平稳了，不是非得现在就出国，咱们先在上海找一个国际学校，等他念完高中再出去也可以。"

"那样当然更好，但这事不能只是凭感觉，一定要百分百确认。"

"我心里有数的。"

陈钊华此时极力与刘强划清界限，但搁下电话没多久，刘强打电话喊他吃饭，他还是十分爽快地赴约了。他们混迹在这个圈子向来如此，如何看待彼此是一回事，如何相处是另一回事，几乎所有男人都宣称自己不齿于刘强的中年浪荡，但从来没有人因此对他避而远之，甚至不少人会暗自艳羡。

除了陈钊华，刘强还约了那家KTV的胖总，他打算通过监控找到拍视频的那个人。但很遗憾，那天围观的客人实在太多，不少人还戴着口罩，监控视频还有一些卡顿和盲区，根本没办法判断哪一位是拍摄者。但陈钊华对此淡然一笑，说："自媒体时代都多少年了，哪里用得着这样，直接去宣传口找人，从源头把视频掐掉就是了。"

"你认识人？"

"之前我处理家里那事，在市里的网络信息科认识了几个管事的，他们可以对接这些平台，专门处理这种东西。你要是需要，我来出面解决，事成以后请他们玩一圈就行了，这种清水衙门的人很容易满足的，花不了几个钱。"

刘强喜出望外："那你帮我安排一下。"

陈钊华办事是很讲效率的，他当场打了一通电话过去。对方打包票表示能办。三人继续喝茶，陈钊华话锋一转，又说："等这事过去了，你最好还是考虑一下。这个詹妮是非太多，连我老婆都听说她了，现在网络这么发达，新西兰和上海也没什么区别。"

刘强明白，陈钊华一直不希望他和詹妮交往，但他没有表态，只是将话题岔开，询问胖总新开酒吧的经营状况。

他们又坐了一会儿，刘凯洋应约过来了。凑齐了四个人，他们便移步楼上的房间，麻将桌早已就绪了。他们噼里啪啦打到凌晨两点多，陈钊华的电话突然响了。是他那位朋友打来的，对方云淡风轻地说："你看一下那条视频还在不在。"

　　陈钊华让刘强打开短视频界面，那条十几万点赞、8000多评论的视频果然凭空消失了，甚至连发布视频的那个账号都被封禁了。

　　"这么快的吗？"刘强不禁惊叹。他在房地产行业混迹多年，遇到的舆论危机事件大多事关拆迁矛盾、工程款纠纷，最近两年多了一些烂尾楼业主的抗议。他们的解决办法无非是对具体的人进行围追堵截、威逼利诱。不料现在大数据时代可以跨过那些烦琐的流程，直接把火源掐灭。

　　"老兄，与时俱进嘛。"陈钊华笑道。

　　刘强喜上眉梢，他顾不上摸牌，第一时间给詹妮发微信："事情已经办妥了。"

　　詹妮大概已经睡着了，没有回复，但消息时间戳盖在凌晨两点多，刘强邀功请赏的目的也就达到了。

　　陈钊华也对那位帮忙的朋友再三感谢。挂了电话，他对胖总说："明天你帮我在酒吧留个贵宾包间，挑几个品质好的小妹过来，要放得开的。"

　　胖总笑道："放都是放得开的，至于能放得有多开，那就得看你们各显神通了。"

　　刘强主动包揽道："明天记我的账。"

　　"不用，你人到场就行了。"陈钊华停顿片刻，又说，"我打算喊那个姓乔的一起，你不介意吧？"

　　"喊他做什么？"

　　"今天你要办的这件事，更是他想办的，顺水人情不赚白不赚。你俩因为那个詹妮搞得有些不愉快，我夹在中间也难做人。明晚到了胖总的场子，大家怀里各搂一个小妹，还有什么心结解不开？"

　　刘强听着也不好反驳，他倒无所谓乔宇的态度如何，但陈钊华的面子还是要给的。

　　他们打到凌晨五点才散，陈钊华通赢三家，入账3万多，他按规矩主动付了茶水费。刘凯洋和胖总先行离开了，刘强和陈钊华两个老爷们儿站在街头抽烟。如今他俩都是把妻儿送走的留守丈夫，回家也只能面对冷床冷灶。

　　"回去睡觉？"陈钊华问。

刘强说："睡不着。"

"做个大保健去？我请你。"

刘强摆手道："算了，年纪大了，好钢要用在刀刃上。"

陈钊华心领神会："那刀刃是詹妮吧？"

刘强也不置可否地坏笑。

陈钊华抽完了烟，伸了个懒腰，打算回去睡觉。但刘强从后面喊住他，说："哥们儿，无论什么情况，咱俩都是一家的吧？"

陈钊华听得一头雾水，半晌才反应过来，答道："这不废话嘛，我肯定不可能向着姓乔那小子。"

刘强点点头："那就好。"

刘强这句话倒引起了陈钊华的极大兴趣，他又折返回来，问道："你是不是有什么话想说？"

刘强想了想，还是觉得得把话说出来："你把老婆孩子安排在上海了？"

陈钊华原本有些瞌睡，现在一下子惊醒了。在这一瞬间，他在脑子里火速检索自己最近的所有行动，似乎都没有明显的泄露。他试探地问道："你听谁说的？"

"听你说的。"刘强直言不讳。

"什么时候？"

"你说，现在网络发达，新西兰和上海没有什么区别。"

陈钊华终于想起来了，他先是恍然大悟，而后又有些慌乱。这半年里，陈钊华自认为呕心沥血。一方面，他要控制住乔宇的动向，不让那件事的影响死灰复燃；另一方面，他要稳住吴晓云的情绪，尽量避免后院起火。且不说那位自己身陷牢狱之灾、妻子却隔岸观火的领导，光是刘强此时此刻的处境也不见得好到哪里，但凡他老婆在新西兰动一动心思，他前半辈子的心血就可以在一夜间化作梦幻泡影。

陈钊华刚给陈梓睿联系了上海的一所私立学校，正在办理入学手续，几乎与过去做了手术刀式的切割，吴晓云也认同目前的决定。一切都向着好的方向发展，不料保密工作做得如此谨慎，却因一句无心之言就被听出端倪，这着实让他有些难以接受，仿佛自己拼命往袋子里装东西，拎起来却发现底部有一个大洞。

"你放心，我只是对你提个醒，不会往外说的。"

陈钊华点头："我知道的，兄弟。但胖子就难说了，他混的圈子太杂，身边要么是各个场子乱窜的小姐，要么是三教九流的客人，他嘴巴又不带把儿的，随便喝点'马尿'，就把肚子里的事全挖出来讲了。"

刘强却不以为然："他当时忙着和别人撩骚呢，嘴角都咧到耳朵根儿了，应该没有听到你说的话。"

"你确定？"

"确定。你当时没在意，但我第一时间瞅胖子了，他注意力不在咱们这边。再说了，他也就是嘴大，脑子可没那么活泛。"

陈钊华不敢大意，他努力在脑子里重新架构当时的情景。当时两人聊得你来我往，胖总的确一直捧着手机，并没有积极参与对话，甚至主动拉他佐证一些事的时候，他也一副心不在焉的样子，陈钊华在那一刻萌生过以后没事尽量不约这家伙出来的念头。

刘强又在旁边补充道："本来我可以当作没听到的，但咱们之间还是互相打个照应，你也不必有心理压力，以后注意一下就是了。"

但陈钊华想了想，又说："你不能跟詹妮说漏了吧？"

刘强指了指自己的左耳，又扯了一下右耳，说："这事在我这里不会逗留，睡一觉我就全忘了，不会跟任何人提的。再说了，詹妮和那家人现在基本闹翻了，她也从来不关注你们这件事。"

"闹翻了？"

"是啊，詹妮的大姨本来在乔家当保姆，帮忙守着那个疯女人，前几天被辞掉了，据说闹得很不愉快。"

陈钊华最近有些繁忙，没有特别关注乔家的动向，只知道詹妮和乔家的关系疏远了，却不知道具体发生了什么。

"我家老头儿刚好没人照料，我打算让詹妮她大姨过来帮忙，你觉得怎么样？"

这是刘强和詹妮之间的事，本就不必告知陈钊华，但刘强既然说出来了，也算是一种态度。陈钊华也认真地思忖片刻，说："我本来还担心他俩纠缠下去，姓乔的迟早要闹离婚，以前的协议就成了废纸。现在他们快刀斩乱麻做了深度切割，倒也是一件好事。"

"对你不会有什么影响吧？"

"影响是有，问题不大。"陈钊华分析道，"这个姓乔的就是一个极度利己的小市民，不大可能为了一个女人掀桌子。他还有一笔钱没拿到，生意又做得一团糟，正是求人的时候，我想拿捏他还是有办法的。"

刘强忽然想起一件事，说："他那家门市部最近被封了，说是几个部门联合执法，但挑的都是不疼不痒的毛病，很明显是被人针对了。姓乔的还以为是我在搞他呢，还让詹妮来问我。"

陈钊华追问道:"派出所去人了吗?"

刘强摇头:"好像就是城管、消防和市监的。"

陈钊华心里顿时有了数。他对建材市场那一片的社会生态有一些了解,虽然各部门在那里都有管辖权,但派出所才是真正的核心部门。论动机,论能力,背后使绊子的除了那位未能如愿晋升所长的周彬副所长,恐怕难再找到第二个了,尤其这次派出所没有出面,反而欲盖弥彰。只可怜那位乔老板,得罪了不该得罪的人,本以为敬茶一盏就过去了,如今稀里糊涂被人打了一闷棍,竟不知棍子来自何处。

"那就更好办了。"陈钊华更加自信了。

此时,东方露白,街头的路灯开始熄灭,垃圾转运车出现在街头,清洁工们像坦克掩护下的步兵似的上街打扫。陈钊华与刘强告了别,打着哈欠开车回家睡觉。他想着这个时间行人应该不多,于是突发奇想抄了近路,借道一条狭窄的巷子。不料住在这儿附近的都是起得早的,一个个睡眼惺忪地骑着电动车,陈钊华的这辆车占据了巷子的绝大部分横向空间,他们不得不被迫下车,像鹌鹑似的贴着墙脚让车子先行。

陈钊华原本还有些尴尬,生怕被哪位起床气重的大爷拦住骂几句,特意降下半个车窗,准备随时打招呼。但事实上,路人都对这辆目测便知价格不菲的车子保持着高度的恭敬,没有一个人表达不满。他也就逐渐坐直身子,升上车窗,理直气壮地穿巷而过。

第十六章
婚姻法

说到这座城市最近谁最有名，乔宇怕是独一位。他曾经因痛失爱女而得到广泛的同情，而后又因背弃妻女获得巨额赔偿而招来非议，如今又因桃色绯闻而遭到所有人的鄙夷，名声几乎臭不可闻。在社区里，街坊邻居对他唯恐避之不及，连最圆滑、最世故的人都不掩饰对乔宇的不屑，碰面了连招呼都懒得打。

詹妮的大姨被辞了，现在家里没人照应，乔宇只得暂时自己看着何琳。他多少也想挽回一点声誉，于是趁着天气晴朗，将何琳带到院子里晒太阳，自己则在旁边修花、剪草、晒衣服，向邻居们展示回归家庭的姿态。

也许是看到乔宇不再与詹妮搅在一起，安插在身边的保姆也走了，何琳的状态比以前松弛了一些。东边的王大妈从门口经过，看到她在院子里，便隔着栅栏与她打招呼，她也平和地予以回应。

"你身体好了吗？"王大妈好奇地问。

没人不知道，何琳出问题的并不是身体。

"好些了。"何琳自己答道。

"脸色还是不太好，应该多出来坐坐。人就和花草一样，要见风，要沾土。"

乔宇站出来替她回应："是啊，我也是这样劝她的。多晒一晒太阳，身体好，心情也会好。"

王大妈嘴上敷衍地附和，心里却是一阵鄙夷，谁都明白何琳这几个月从不露面是因为被关在家里了，只有乔宇掩耳盗铃地以为别人不知道。

"过去的事就过去了，心要放宽，要往前看，知道吗？"王大妈一字一句地对何琳说，就像到病房里探望一位病入膏肓的患者。

何琳还是微笑着点头，单纯得像一个初涉人世的孩子。

家里做饭的事也落在乔宇身上，在他做饭的时候，何琳独自待在院子里，透过窗户可以观察她的一举一动。何琳并没有什么出格的举动，只是在院子里坐着或者徘徊，有邻居搭话也回应两句，看上去一切如常。

乔宇心里松了一口气，虽然眼下的事错综复杂，但至少有一部分在往好的方向发展。倘若何琳真的愿意接受现实，不再与往事缠斗，他俩顺利拿到另一半赔偿，趁着年轻再生一个孩子，生活便可以回到正常的轨道了。

午饭之后，两点左右，陈钊华突然打来电话，说："网上那个视频我已经替你找人删了，你注意到了没有？"

"我注意到了！原来是陈总出手了！"虽然只是语音通话，但乔宇下意识地站起来接听，以示内心的感激。

"不要只谢我，我也是受刘总之托，才办成这件事。"

提到刘强，乔宇又有些尴尬，他无须多想就能猜到其中的关系脉络——他们并非特意为他解围而去办成这件事，自己只是无意中搭了詹妮的便车，却单独欠了她一份人情。

"兄弟，听我一句劝，你和詹妮的事情闹成这样，就不要再勉强了。你把刘总这边的关系维系好了，以后的路好走许多，到时候什么女人搞不到？他手指缝稍微松一松，掉下来的芝麻就够你捡几年了，完全没必要为了一个女人搞得不愉快。"

"我知道……"乔宇欲言又止。

"过两天我组个饭局，喊刘总和几个朋友聚一聚，你也一起来呗。"

"我就算了吧，不太合适。"

"哪里不合适了？我可是特意给你们创造冰释前嫌的契机，刘总手里有一个新项目快要上马了，金属建材的采购总价2000万起步，你要是错过机会，可别说我们不带你玩儿。"

听到有参与大项目的机会，乔宇这才来了兴趣，不再退缩，半推半就地应了下来。这个机会对乔宇的吸引力太大了，普通人做生意嘛，不就是在神仙的餐桌边徘徊、张望，随便捡到几颗米粒就能实现鸡犬升天。

"你家里还好吧？"陈钊华突然话锋一转，漫不经心地问道。

乔宇说："挺好的。"

陈钊华问得更明确一些："你爱人最近有没有找你的碴儿？"

"没有，这两天情绪都挺正常的。上午一直在院子里晒太阳，现在吃了药睡着了，估计要到晚上才能醒了。"

"有没有找人照顾她？"

"我小姑最近在厂里没活儿干，打算让她来家里帮忙，她俩的关系一直不错，应该比詹妮她大姨更好相处。"

陈钊华却有些担忧地说："这不是相处得好不好的问题，万一你小姑睁一只眼闭一只眼,你爱人再跑出去搞出什么纰漏,有些责任可就说不清了。"

"陈总,您放心,婆家人、娘家人,各家只帮自家人,我小姑还是搞得清自己的立场的。她也跟我打过招呼,明年小儿子结婚买房,要我支援一些,她不可能不尽心尽力。"

听他这样表态,陈钊华也放心一些,他又补充道:"对了,你去市场管理处那边缴点罚款,千把块钱意思一下就行了,明天门市部就能恢复营业了。"

乔宇察觉到一丝异样,追问道:"您知道这次停业整顿是怎么回事?"

"我心里大概有数,不过这事已经过去了,你不用深究,钻这个牛角尖没有什么意义,以后多注意就是了。那句话怎么说来着——但行好事,莫问前程。"

话是这样说,但乔宇还是在心底飞速复盘这件事,与他和陈钊华都有交集的人也就那几个,用排除法筛了一遍,他很快想到一个可能的施绊者。"是派出所那边吗?"他试探着询问。

"你不要多问。"陈钊华不置可否。

有时不予回应也是一种回应,这几天一直困扰乔宇的疑云终于消散了,虽然他多少感到窝囊,但心里还是踏实一些了。"行,我不问了。"乔宇甚至有点如释重负。

乔宇下午就回建材市场了。临出门之前,他把家里的监控设备全部打开,从卧室到院门也都反锁了。他依陈钊华说的,直接去了市场管理处,缴纳1000元的罚款。

市场管理处的负责人漫不经心地问道:"找了人吧?"

"找了。"

负责人没有再多说什么,乔宇也没有再多问,双方心照不宣地办了手续,这场莫名其妙的停业整顿就以最平淡的方式宣告结束了。

门市部还贴着停业整顿的通知,门口二十几米的路面已经沦为停车场,被各种货车、面包车和电动车堵住了。再走近一点,乔宇看见卷帘门上被人用油漆喷了"垃圾""渣男"之类的污辱性字眼,下方还有几道清晰的尿渍,在午后阳光的照射下,散发着令人作呕的臊臭。

他环顾四周,试图找到一点蛛丝马迹,但他安装的摄像头已被人敲烂了,连线路都裸露着挂在屋檐上。他又望向相邻的商户们,但目光所及,只有一束束幸灾乐祸的目光。他问离自己最近的一位姓刘的商户老板:"刘总,能让我看一下你家门口的监控吗?"

刘老板讪笑着婉拒:"不好意思,暂时看不了,我这两天在找人修宽带,就把电脑的线全拔了。"

乔宇听得出来,对方是故意不配合,等着看他的笑话。此时此刻,乔宇知道自己更应该约束住自己的脾气,尽量与邻为善,但他在这一瞬间怒火攻心,想着干脆破罐子破摔算了,于是皮笑肉不笑地说:"刘总,这可不行啊!你们一家五口都住在二楼,哪能没有监控呢?万一哪天有人失心疯,夜里趁你们睡着,从外面挂上链子锁,浇上汽油,那可就灭门绝户了啊!"

"你说什么呢?"刘老板立即被激怒了。

几乎与对方抬高声音的同时,乔宇立即从驾驶座抽出一根甩棍,干脆利索地甩开,似乎对矛盾爆发的这一刻蓄谋多时。他双目瞪得通红,如同做好厮杀准备的鬣狗,冬季的寒风吹动他的头发,大片斑白的发根一览无遗,与他而立之年的容貌形成鲜明反差。

老板娘闻声跑出来,拉住丈夫的胳膊,劝道:"回去!不要闹事!"

"你没听他说什么混账话吗?"刘老板紧握着一只用来拉卷帘门的铁钩,一副也要拼命的架势。

"你脑子想清楚点,你孙女和外孙都有了,跟他置什么气啊,有好日子不过啊?"

听到妻子这样说,刘老板一下子冷静下来,情绪降温也有了台阶。他稍微松一下手指,那只铁钩就被妻子夺走了。他指着乔宇说:"人在做,天在看,今天我不跟你计较,以后早晚有人收拾你。"

刘老板撂完狠话就回自己的店里了。乔宇也不再纠缠,他用甩棍敲着一辆货车的拖厢,发出刺耳的哐哐声。"一刻钟!一刻钟之内这些车不移走,我就喊拖车过来!到时候磕了、碰了、烧了,自己负责!"

此时,店里的两个工人接到复工通知赶过来了,乔宇让他们把卷帘门清洗干净,自己则在楼上的办公室接打电话,处理这几天搁置的业务。幸好生意伙伴们并不在意他这些桃色八卦,只是趁机在价格上压了一手,乔宇也不过多扯皮,而是在不亏本的前提下尽量满足对方的要求,用利润空间换取合作空间。

接电话的时候,他在办公室里踱步,不知不觉来到窗口。他往楼下望了一眼,只见门口干净得像被水洗过似的,原本停得横七竖八的各式车辆消失得无影无踪。在这一刻,他感慨良多——过去的他一直与人为善,处处忍让,不但没有获得半点收益,反倒在这建材市场成了软弱可欺的对象;而他如今恶名缠身,破罐子破摔,说出来的话却有了分量。

施小芳在家赋闲多日,牢骚话也说了不少。一开始她想着詹妮会从中斡旋,自己也许还要回乔家干活，所以当别人问起，她都尽量管住嘴巴，只说自己是放假休息。但等了两天，她的心越来越凉，终于意识到自己是真的被辞了，于是再也没有义务给乔家遮丑，她一大早便拎着篮子去了村口，畅快淋漓地跟老姐妹们说了个够。

要说乔宇的闲话，必然绕不开詹妮，但施小芳对这个外甥女也有颇多怨言，其中最突出的一条就是说话不算数。那天詹妮承诺会把乔宇克扣的工资补发给她，还会给她介绍更好的工作，但一个礼拜过去了，詹妮连电话都没有打来一个，更别提兑现承诺了。

在讲述乔家秘事的时候，施小芳尽量将乔宇和詹妮的关系描述成乔宇单方面的纠缠，这是她作为詹妮的大姨能做到的极限了。她是一个非常出色的演说者，在没有任何底稿甚至腹稿的状况下，还可以尽情地讲述每一个细节，中间没有丝毫的卡壳，纵使相声大师们来了也难以匹敌。

而她的听众——村里的老姐妹们，同样是优秀的聆听者。她们混迹地区情报市场多年，可以一边择菜或者织毛衣，一边记住施小芳的每一句话。等座谈会结束，她们各自散去，又将这些内容转述给更多的人，其中不乏她们添油加醋的二次创作。

于是，在乔宇看不到的地方，他的名声臭不可闻。

施小芳把这些事情抖搂出去，不满的情绪得到宣泄，整个人舒坦不少。但没过两天，外甥女詹妮就打电话上门兴师问罪了。她问道："大姨，你在外面跟人说什么了？"

施小芳矢口否认："我说什么了？"

"我今天听人说到乔宇家的一些事，说得有鼻子有眼的，但很多事当时只有我们几个在场，外人不可能知道。"

"那也不一定是我说的啊，他家经常有亲戚过来，也许是他老婆讲出来的呢。再说了，世上没有不透风的墙，他自己做的事，还怕别人说啊？"

詹妮叹了一口气："可是说他就得带上我啊，我现在和他一刀两断了，不想再和他一起被人挂在嘴边了。"

施小芳愣了一下，问道："真的断了啊！"

"都闹成这样了，不断还能怎么样？"詹妮说话的语气很冲，不过她与大姨的关系比较亲近，这几年日子好过的时候又经常施以恩惠，算是大姨半个女儿，倒也有发脾气的资格。

施小芳有些失望，她原本怀有一丝侥幸心理，期望詹妮和乔宇只是闹一闹别扭，等两人重归于好了，她还能拿回那份钱多事少的工作，但现在看来是没戏了。但很快她又振奋起来。詹妮接着说道:"你找下家了没?"

"没有,你不是说等你电话嘛。"

"那就好,你收拾一下东西,明天跟我去一个朋友家里,他家想请住家保姆。"

"上次说的那个房地产老板?"

"嗯。"

"具体条件谈了吗?"

"上次不说了嘛,每个月9000块,包吃住,负责打扫和做饭,天气好的时候推老头儿去公园或者小区里散步,洗澡什么的每周有人上门弄,用不着你。"

施小芳顿时在电话这头眉开眼笑,月薪9000块,陪护一个老头子吃饭、散步,这活儿放眼全城都是一等一的好,甚至比在乔家更好。

"行!行!行!"

"你以后在外面别提乔家的事了,那个人看着斯文,其实心比一般人都狠,我不想再和他有什么关联了。"

施小芳信誓旦旦地保证:"你放心好了,我肯定不提的,和我又没啥关系的。"

挂了电话,施小芳便心情愉悦地去收拾东西。有些衣裳收纳在她女儿的房间里,她推门进去时看见女儿正在打游戏,看上去好几天没有洗漱了,头发乱如乞丐。她也懒得再唠叨什么了,从柜子里拿了衣裳,嘱咐道:"你表姐给我介绍了一个住家的活儿,明天就要过去,你在家自己弄饭吃。"

女儿撇撇嘴说:"你前天还说要退休,不想干了呢。"

施小芳叹了一口气:"我服侍人大半辈子,早就服侍够了,等干完这一家,我也差不多干不动了,到时候就彻底退休。你能赡养嘛,就赡养,不能的话,我就去养老院等死。"

女儿早就习惯这种夹枪带棒的话了,往常她都是充耳不闻,但一向彪悍的母亲今天陡然发出这样的感慨,她不禁有些心软,嘴上却不客气地说:"干吗非要干完这一家?还不如趁现在身体好,直接退休,去外面旅游。"

"你说得轻松,天上下票子啊?你表姐介绍的这一家,每个月开9000块,要是能稳定干下去,把这老头儿送走,至少能多攒点钱,以后给你留些家当。"

"我×!9000块!"女儿忍不住爆了粗口。她妈以前在保姆行业摸爬滚打多年,月薪通常在5000元上下徘徊,最近被表姐詹妮介绍了两个活儿,一个8000元,一个9000元,涨幅高得离谱。对于这位表姐,她的态度是很复杂的,羡慕其自由,妒忌其美貌,又憎恶其表现。通常这种情况,母亲总是要拿她和表姐对比的，于是她先发制人道："她不会是又找了新的相好吧？"

施小芳迟疑半秒，但还是辩解道："你不要乱猜，你表姐是卖珠宝的，认识一些有钱人也很正常。"

女儿却不屑地嗤笑道："妈，你想得也太简单了，人家只是有钱，又不是傻子。市场行情就5000块，出6000块就能轻松招到人，出7000块已经很给面子了，凭什么出9000块？我敢打包票，她和这家出钱的人绝对关系不一般。"

施小芳心里明白这个道理，即便她此时因得到好的工作而有些亢奋，也对自己几斤几两有着清醒的认识，若不是与詹妮关系特殊，谁会多花超出行情一半的工钱请自己做保姆呢？上一个家便是现成的答案。

但那又怎么样呢，世上的男男女女有几个不是如此？

"那也是她的本事。"施小芳说。

女儿不再说什么，只是做了一个恶心呕吐的动作。

次日早上八点多，詹妮开车来接大姨。她看见大姨头上的白发多了一些，发质也很干枯，便要大姨去美容院拾掇一下。

施小芳从未去过美容院，不免有些抗拒："不至于吧，又不是相亲，去美容院干什么？"

詹妮说："老头儿不喜欢看上去年纪大的，说一个老年人服侍另一个老年人，心里不自在。虽然钱是他儿子出的，但老头儿要是不满意，别说我没办法，连他儿子都留不住。"

听她这么一说，施小芳也理解了，很多老头儿就是这样挑三拣四，更青睐年轻一点的女保姆，只要不遂心意，就会兴风作浪，将不称心的保姆赶走，儿女本事再大也对此束手无策。

詹妮带施小芳去了一家自己常去的美容院，里面装潢得就像一家豪华会所。施小芳看了一眼墙上的价目表，惊得双腿打战，直想往外走。但詹妮已经把她按在椅子上了，并与一个全身花里胡哨的年轻理发师沟通需求："把头发染黑，做个显年轻的发型，再做个面部护理套餐，别的你就别开口推荐了。"

"好嘞，姐！"

施小芳像初入学堂的小孩子一样，木讷地任由这些人摆布着，每一个步骤几乎都与她平时在理发店的经验完全不同，尤其是染发的药膏气味和罩在头顶的玻璃罩子让她忐忑不安，生怕出什么故障，自己的脑袋就成了爆米花。

折腾到快十一点，总算解脱了，施小芳望着镜子里既熟悉又陌生的自己，皱纹浅了，头发黑了，还做出一点小波浪，一下子回到四十岁出头的光景。她有些难为情地说："哎呀，都一把年纪了，这样不太合适吧？会被人说老来俏的。"

"怕什么？老来俏就老来俏，总比那些想俏又不敢俏的人强。要是有人嚼舌根，你就跟我讲，我把他那口条连根拔出来。"

施小芳这才笑起来，心满意足地反复端详镜子里的自己。然而过了片刻，詹妮去收银台结账，音响里传出电子音播报"支付宝到账，1360 元"，施小芳顿时心头一惊——什么玩意儿收 1300 多，这钱花了要升仙啊！她没有当场表现出来，尽量保持镇定，不让自己在这里显得没见过世面。

回到车里，施小芳从包里掏出一些钱塞给詹妮："刚才的钱给你。"

詹妮当然不会要，又给推了回来："这是干什么呀？这家美容院的老板和我是朋友，经常在我这里买东西，我赚了她不少钱，也让她赚一赚我的，也算是有来有往。"

既然如此，施小芳也不客套了，手腕往里一扣，再翻转过来，便自然而然地将钞票放回包里了。但她感到有些不对劲——之前詹妮说要把乔宇欠发的 1000 块补给她，但一直没有动静，她原计划今天找机会提醒一下，但就目前这状况看，她是没办法开口了。

一旦从这个角度想，施小芳原先鼎沸的快乐像被泼了一瓢冷水，顿时冷却下来。她冥思苦想好一会儿，终于整理清楚整件事的逻辑了：詹妮带她来这里消费，一下子花了 1000 多，不再兑现承诺补给她钱，这一来一去算下来，敢情这一趟花的是她自己的钱，而詹妮从美容院老板那里白捞了一个人情。虽然钱是花在自己头上，可是她本来就没打算来这，同样理发和染发，她在镇上的理发店花不了 100 块。她心里极不舒坦，不管这丫头是有意还是无意，自己总归少了 1000 块钱。

詹妮只顾着开车，并没有察觉到施小芳的情绪。她径自开车去了一家粤菜馆，刘强准备中午在这里宴请她和大姨。刘强把老父亲也带过来了，显然这顿饭是有面试性质的。当施小芳走进包厢，双方的晚辈介绍各自的长辈时，老头子趁机上下打量施小芳一眼，从他因中风而面瘫的老脸上看不出是什么态度。

施小芳倒是很快进入角色，她拍了一下手，夸张又认真地说："哎呀，老大哥！老领导！终于见到您啦！"

老刘愣了一下，即便腿脚不方便，他也努力抬了一下屁股以示尊重，嘴里含混不清地问道："你认得我啊？"

施小芳说："您以前不是石磨乡的书记嘛，我娘家就是石磨乡的，那会儿我还在娘家当姑娘。有一次您来大队视察，还和我父握过手哩！我父高兴了一个星期，您是他见过的最大的领导了。"

老刘顿时眉开眼笑，仿佛多年的面瘫顿时被治愈了一般，他亲切地问："你是几大队的啊？"

"十三大队的。不过前些年搞撤乡并镇，没有石磨乡，也没有十三大队了，现在都归清泉镇管了。"

"我晓得，我晓得，我晓得……"老头子重复地喃喃自语。

施小芳见状立即补充道："也就是换了个名字，我们平时还是说石磨乡，很多老人还念老书记您的好呢。"

老刘的脸又舒展开了，他谦虚地摆了摆手："老喽。"

詹妮将椅子拉到老刘旁边，对施小芳说："你坐这里，老书记想吃什么，你就给他夹。"

刘强说："不用，让他自己来就行了。今天还没上岗呢，大姨是客人。"

但施小芳径自坐了下来，说："不管是保姆还是客人，敬重老领导总是应该的。我父要是还在世，知道我有这样的机会，肯定特别高兴。"

老刘听得心里欢喜，他这辈子只干到乡长的位置便退居二线，如今退休多年，早已无人问津，逢年过节偶尔有人登门慰问也是看他儿子刘强的面子。他只能在苦闷中日趋衰老，在英雄迟暮中嗟叹人心不古，而这位新保姆的话无论是真心也好，奉承也罢，至少让他心里感受到许久没有的如沐春风。

老刘抬了抬手，吩咐儿子："拿菜单过来，看她们喜欢吃什么，再加点菜。"

施小芳说："不用，不够吃再说，点多了还得打包，又浪费钱又要吃剩菜，还不如晚上我给您做点新鲜的。"

刘强暗自松了一口气。这段时间他被老头子折腾得够呛，前后请了好几个保姆，这些保姆虽然谈不上专业水平有多高，至少也算尽职尽责，却总是被老头子挑刺找碴儿，保姆们干不了几天就被迫请辞。这次请来詹妮的大姨，原本只是出于私心，想和詹妮多一些交集，不料这大姨很会来事儿，初次见面就把老头子哄住了。

刘强往老刘这边靠了靠，低声问道："爸，晚上中介还约了一个保姆过来面试，你看要不要见面？"

老刘用正常音量直言不讳："不用了，只要小施愿意，那就留下，我对她有信心。"

施小芳合掌作揖道："谢谢您了。"

刘强望向詹妮，詹妮也恰好望了过来，两人交换一下眼色，詹妮单手托腮，掩饰嘴角的窃笑。这份默契让刘强感受到些许的甜蜜，这顿饭在他的想象中也有点双方见家长的意思，而面试保姆的意图反而成了掩护，增加了一种顶风作案的快感。

服务员开始上菜，四人一边吃一边聊。施小芳给老刘夹菜的同时，也顺便询问他的生活习惯：日常作息规律如何，饮食有什么偏好和忌口，平时要吃哪些药，有什么兴趣爱好。老刘逐个作答，施小芳掏出小本子，快速地做着笔记。她干了这么多年保姆，多少攒了一些专业素养，今天算是厚积薄发了。

刘强忽然问道："上一家那个乔总是请你去照顾他老婆的吧？"

施小芳愣了一下，望向詹妮，见她没什么特别示意，便点头道："是啊。"

"怎么样，他老婆好相处吗？"

"还行，毕竟是病人嘛，也可以理解。"

"病得严重吗？"

詹妮插话道："也没有很严重，脑子受了一点刺激，难免有些影响，大部分时间还是挺正常的，只是比较爱睡觉。"

"每天喂那么多药，不想睡才怪呢……"施小芳习惯性地接话，但詹妮只是淡淡地扫了一眼，她便立即想起两人在电话里的约定，于是掐断话茬，低头喝汤。

"都喂些什么药啊？"刘强又追问。

"我也不知道具体是什么药，那些字我都不认得。反正他让我怎么喂，我就怎么喂。我以前服侍过有痴呆症的老年人，医院给这些人开的药都差不多，吃了以后就整天昏昏沉沉的。"

詹妮也帮着往回找补："这很正常的啊，感冒药不也是这样，吃两粒就瞌睡得不行。人家广告明确说了，'晚上吃睡得香'，连失眠一起免费治了。"

众人会心地笑了起来，这个话题便过去了。

午饭过后，四人一同回了老刘的住处。这是很早以前单位分的福利房，也是全市少有的只有五层却装有电梯的老小区，不但离市场、公园、医院都很近，还在本市从幼儿园到初中最好的学区。楼从外面看的时候有些破旧，施小芳心里不免泛起嘀咕，但进了家门再看，里面是清一色的红木家具，墙上还挂着不少精心装裱的字画。

刘强说："我爸退休以后加入了市里的书法协会，还拿过几个奖，和很多老书法家都有业务上的交流，这些字画都是他收藏的。"

有一幅"上善若水"的草书摆在最显眼的尊位，不但专门用玻璃橱窗保护着，还特意装了两盏展示用的射灯。詹妮以前是做艺术培训的，多少也了解一些，这四个字写得虽说也不错，但相比于其他收藏作品，还不至于有如此排场。

她靠近一些仔细端详，落款处写着"三石居士"，她好奇地问道："这是哪位名家吗？"

刘强颇为得意地介绍道："上上任的省委副书记——沈磊，沈书记！已经退休好几年了，现在是省书法协会的荣誉会长，前年来这里采风，陈钊华引荐我们认识的，相谈甚欢，所以他特意赐了这幅墨宝。"

詹妮刚才看这幅字还有些业余，听他这样讲，再去品鉴它，又隐约感受到一种别样的境界。人家当年居庙堂之高，经历无数疾风巨浪，阅历不是一般人可比的；如今告老还乡，处江湖之远，讲究的是繁华落尽，返璞归真，便不必拘泥于那些无趣的笔锋技巧了。

刘强带施小芳熟悉了情况，也安排了住处，便与詹妮一同离开了。

两人走在小区里，詹妮说道："这个陈总的能耐挺大啊！这么大的官儿都认识。"

刘强笑道："这些退休老干部不一定买房，但一定需要高端医疗，他干这一行，经手各种进口药品和器械，人脉自然不窄。再加上他老丈人以前在卫健委工作，正处级待遇退休的，这些年也替他广结良缘。"

詹妮不禁啧啧感叹："哎，人比人，气死人。你们都站在巨人的肩膀上，像我这种平头老百姓就算拼一辈子，也不可能达到你们的高度啊……"

刘强趁机搂了一下詹妮的腰，笑道："什么高度不高度的，再怎么高，不还得在师妹的石榴裙下五体投地。"

詹妮先是娇媚地笑，但随即又变了脸，将刘强的手拨开，说："师哥，你还是当心点吧，我听说嫂子的眼睛里揉不得沙子，要是被她知道了，我也得五体投地了。"

刘强头皮一紧，脑子里的超级计算机立即领取任务，飞速地运转起来——这段时间两人眉来眼去，詹妮并非不知道他在国外有老婆的事，只是两人心照不宣地避开这个话题。今天詹妮又冷不丁地提起来，到底是什么意思？是找借口中止这段暧昧关系，还是在玩欲擒故纵，又或者有转正上位的意图？

"我和她早就没感情了，我也提过离婚，她不同意，然后就带孩子出国念书了，我想再提也找不到人了。两年多了，要是按照婚姻法，分居这么久没准可以判离了。"

"那你们就这样耗着啊？"

"是啊，没办法。你听说过一个词吗？叫'开放式关系'，就是夫妻俩已经没了感情，但因为家庭或者事业之类的顾虑，暂时不能结束婚姻，所以两个人互不干涉，各过各的。"

詹妮不屑地哼了一声："你们男人都是这个德行，只要精虫上脑了，什么瞎话都编得出来。万一哪天东窗事发了，黑锅小三背，反派小三当。反正你们爽也爽过了，还捞一个'浪子回头'的美名，心肠坏一点的，连平时送的鸡毛掸子、玻璃珠子都要拿回去。"

听她这样说，刘强反倒松了一口气，原来她的所求不过如此，于是信誓旦旦地辩解道："怎么可能？你把师哥想成什么人了？我虽然算不上什么正人君子，但也绝不是那种出尔反尔的小人，经我嘴的话一言九鼎，经我手的东西不带回头的。"

詹妮什么也不说，只是停下脚步，主动递去自己的手机，屏幕上面赫然是她与乔宇的微信对话框。刘强不禁老脸一红，以为上次自己偷窥她手机被发现了，但见詹妮不像兴师问罪的架势，于是镇定自若地接过来。

乔宇："我们晚上能不能见一面？我有话跟你说。"

詹妮："你现在说吧，我晚上有事。"

乔宇打来视频电话，被詹妮挂断。

詹妮："你打字说。"

乔宇："你晚上要去找他？"

詹妮："好像不关你的事吧。"

乔宇："你要开店那会儿，是谁出钱出力，替你跑手续、盯装修？逢年过节，是谁给你送礼物？现在你遇着有钱的，才认识几天就投怀送抱，是不是太势利了？"

詹妮发起一个5万元的转账。

詹妮："一个包、一部手机、一条项链，还有以前装修垫的钱，8万差不多吧？我先打5万给你，剩下的过几天给你。"

乔宇："我俩之间只是钱的事吗？"

詹妮："要不然呢？这几个月你睡了我，我也睡了你，算是各取所需，就别再扯那些有的没的了。你床上功夫也就那样，总不能说我占你便宜了吧？"

乔宇没有再吭声，大概是怕人财两空。过了不久，他又默不作声地收下了转账。

刘强收回目光，嗤之以鼻地说："送出去的东西哪有再要回来的，我最瞧不起这种出尔反尔的男人了。"

"所以我现在的想法是，靠男人是靠不住的，只有做独立女性才有前途。"

刘强十分认真地点头赞同，心里却很不以为然。他在这座小城市见过很多这样的女人，口口声声要做独立女性，但能付诸实践的很少，她们大多数只是以此作为与男人博弈的舆论攻势或者收割其他女人财富的幌子，譬如微商、保险、传销，以及品牌加盟。不过刘强对此并不排斥，甚至非常欢迎，因为一个人有欲望

148

才有弱点，倘若詹妮真的清高、孤傲，他反倒毫无可乘之机。

两人到了停车的地方，刘强又关切地问道："身上还有钱用吗？师哥给你几万先周转着？"

"不用，过几天有一笔理财到期，可以周转的。"詹妮婉拒对方的好意，又想起一件事，"师哥，你等一下，我这里有一盒挺不错的茶叶，你带回去尝尝呗。"

"少来吧，咱俩需要这样吗？"

"客气什么，是别人送的，我又不懂茶，搁我这里也是浪费。"詹妮一边说着，一边打开后排车门，将上身探进去翻找。

她的身材原本就好，再摆出这样的姿势，更显得妩媚妖娆。双腿修长，臀部浑圆，腰肢纤细，背部曲线完美得如同隐藏着某个数学公式。即便隔着一层衣裳，刘强也能依稀遐想到她因俯身而悬在胸口的饱满双乳。刘强的心脏再次荡漾起来，泵出的血液兵分两路，一路直冲天灵盖，让他的脑子出现片刻的眩晕；另一路直奔两腿之间，让他的灵魂本体蠢蠢欲动。

詹妮将那盒茶叶递给刘强。刘强仔细看了看，赞叹道："黄山毛峰，这茶可以啊，比我平时喝的贵多了。"

"那我这是送对人了，以前朋友用 8000 块一斤的茶叶给我泡茶，我喝着还不如饭店里的大麦茶，我朋友都骂我暴殄天物。"

"你做这一行，要想接触上层社会，就得懂这些东西，否则生意做不大。还好咱们这里是小城市，如果是大城市，说不定还得打高尔夫什么的。陈总还有你老大哥在这方面挺有造诣，回头我约上他们，一起搞个品茶会，给你补补课。"

詹妮当然求之不得，上次认老大哥是在 KTV 包厢里，难免带点逢场作戏的成分，对方也没把她当回事，说不定以为她是哪个陪酒小妹。现在再换一个场景相见，可以正式做一次亮相，也可以坐实上次的义结金兰之举，她要把握这次机会，普通人的一生遇不上几次贵人相助。

现在帮忙照看何琳的是乔宇的小姑，与之前请的保姆相比，她才算是让乔宇真正放心的自己人。小姑以前和侄媳妇相处得还算融洽，她并不认同乔宇的所作所为，更不愿意做一个为虎作伥的人。然而乔宇亲口许诺，只要她帮忙看住何琳，顺利拿完那笔和解赔偿，明年就借钱支持她小儿子买婚房。她不得不妥协，接受乔宇的邀请，毕竟她的身份摆在这里，她首先是自己儿子的母亲，其次是乔宇的小姑，然后才是她与何琳的交情。为了让自己心安，她接受另一套广为大众理解的说法——既然事情已经发生了，对方也给予高于共识的赔偿了，他们要是再纠缠不休，就有点无理取闹，只能用脑子受太大刺激来解释了。她作为夫妻俩的长辈，作为孩子的姑奶奶，临危受命维持这个破碎小家庭的稳定，总比外面那些居心叵测的保姆强。

小姑在亲戚里的人缘较好，出嫁之前还带大了好几个兄姐的孩子，她一到这里，乔立平便搁置对堂兄的不满，兴冲冲地赶来问候小姑。有了这个破冰的开端，前些日子往来稀疏的亲戚也陆续登门了，乔宇不得不有所收敛，继续在众人面前扮演好丈夫的角色。

何琳的状态也有所好转。她以前配合度很差，无论吃饭、吃药还是洗澡，她都非常抗拒，总觉得所有人都要谋害她。小姑来了以后，她紧绷的神经逐渐松弛下来，一切都很顺从。天气好的时候，小姑还会带她在社区里散步，说一些安慰、开导的体己话，她交谈与常人无异，邻居们看在眼里，闲话自然也就少了。

第三天傍晚，何琳跟着小姑散步回来，情绪有些沮丧，回到家里也不吃晚饭，直接回房间躺着了。

乔宇问小姑："她又怎么了？"

小姑说："西边俩邻居带着孩子在门口聊天，一看见我们过来，就把孩子往回搂，生怕被我们吃了似的。"

乔立平问道："会不会是怕嫂子看到孩子，心里会难过？"

小姑摇了摇头，道："这个我还是看得出来的。"

乔宇倒是不以为然道："这也不能怪人家，我们在路上看到打喷嚏的，还知道绕开走呢。爱丽丝刚出事那会儿她神神道道的，跟疯了似的，人家看着心里怕也不奇怪。"

这话让乔立平不禁皱起了眉，愤懑之言到了嘴边，又咬了咬嘴唇，硬咽了回去。小姑作为长辈，直言不讳地埋怨道："哪有胳膊肘往外拐的？她又不是情愿自己那样，再说我感觉她现在基本正常了。今天她还说年后要去云南或者新疆散心，等身体好了想再生个孩子。"

"我们觉得她正常没用啊，重要的是别人怎么想。"

乔立平提议道："应该带嫂子去医院复查一下，如果医生说她没问题，以后再有人故意这样，咱们就别惯着他。"

乔宇摇了摇头，道："没用的，劝过的，不肯去。"

他们都记得，爱丽丝刚出事那会儿，居委会有人带心理医生登门做心理干预，却被何琳不留情面地骂走，从此便再也没人敢提去医院的事了。何琳现在使用的药物处方都是托人盲开的，主要是安神助眠的作用，并没有针对性的治疗效果。

三人正说着话，何琳突然走出来了，倚在门口看着他们。小姑立即站起来，关切地问道："怎么了？饿了吗？"

何琳说："吃药。"

"好，你坐着等一会儿。"

小姑回房间拿药倒水的工夫，何琳没有坐下，依然倚在门口，目光平静地看着对面的墙角。乔宇也顺着她的目光望过去。那里有去年夏天爱丽丝留下的一处蜡笔涂鸦，把新贴的墙纸弄脏了，当时爱丽丝遭到何琳的一顿训斥，反倒是乔宇将哭泣的小女儿搂在怀里袒护。他平时只是甩手掌柜，家里的屋顶漏雨了，洗衣机坏了，墙纸发霉了，都让何琳去处理，甚至孩子磕了、碰了、发烧了，大多数时候也是何琳用电动车载着去医院，忙得焦头烂额。而乔宇回来以后只需带一个廉价的小玩具，说几句便宜的好话，便轻松捞着一个慈父的名头，甚至盖过每日忙里忙外的何琳。

两人都还记得因墙纸涂鸦而争吵的那个夏夜，电视里播着动画片，女人唠叨，孩子号哭，男人和稀泥，这种鸡飞狗跳的生活曾经让人感到窒息，如今再回头看，却是恍如隔世的幸福。

乔立平看到这对夫妻形同陌路，毫无眼神和语言的交流，他夹在中间有些尴尬，只能不安地摁着电视遥控器。小姑迟迟不出来，乔立平便打破沉默，问道："嫂子，你饿不饿？今晚小姑做了绿豆粥，我去给你盛一碗？"

何琳像一台运行速度很慢的电脑，缓缓地挤出一个程式化的微笑，说："不用了，谢谢。"

乔宇在旁边随口说道："别管她，她以前也很少吃晚饭的。"

乔立平原本就对堂兄颇有微词，这种情绪只是因小姑的到来而暂时压制，但这几天多见了几面，他的情绪已经转变为难以抑制的厌恶。他也不再拘谨了，又问道："明天咱们去医院复查一下吧？让小姑陪你，我开车送你们。"

何琳听到这个提议，没有任何反应。小姑恰好从房间里出来，见此情景，埋怨地瞪了乔立平一眼，但还是小心地补充道："去一趟也好，要是情况好的话，说不定就不用吃药了。要是明天不想去，改天也行。"

小姑原本只是打个圆场，以免触动何琳敏感的神经，不料她只是略加思索，平静地应道："就明天吧。"

何琳从小姑手里接过药丸和水杯，一口吞下，转身回了卧室。在场三人都没想到她答应得如此爽快，一时面面相觑。乔宇清了清嗓子，说："明天我店里忙，就麻烦你们了，不过你们千万要把她看紧了，一步也不能让她离开视野。"

"知道。"小姑回答得迅速，这个事情让她颇感羞耻，不愿做过多讨论。

不料乔宇还是不放心，他起身从电视柜底下的抽屉里翻出一条两头都有腕带的塑料弹簧绳，递给小姑说："保险一点，戴上这个。"

那是以前爱丽丝用的儿童防丢牵引绳，是今年春天他们一家三口自驾去常州恐龙园之前，何琳在网上买的，她还戏称像牵了一只小狗，没想到不过半年工夫，它竟用在自己身上。乔立平再也按捺不住，不满地起身责问道："怎么回事啊，脑子有病的是你吧？"

乔家兄弟俩在一起玩了二十几年，以前从未红过脸，这是乔立平人生中第一次对乔宇出言不逊。乔宇有些始料未及，他愣了片刻，而后恼羞成怒地扬起绳子，骂道："你跟谁说话呢？找抽是不是？"

但乔立平梗着脖子瞪着他，丝毫不退让。此时，小姑回过神来，赶紧拦在两人中间，将乔宇手里的牵引绳夺了过去，说："兄弟俩有什么话不能好好说啊？"

乔立平并不畏惧，但他毕竟大学毕业没多久，身上还有不少书生气，情绪激动之下，他的眼泪不自觉地滚落下来。他据理力争道："我就是看不过去！我俩都姓乔，你是我哥，按理说，我应该向着你，可那是对付外人。嫂子嫁给你这些年，带孩子、做家务，没有什么可挑剔的，算不上外人了吧？她现在暂时生病了，我们不能仗着她娘家没人就欺负她，做人不能这样！"

乔宇却不屑地笑道："我是少她吃还是少她穿了？没有我赚钱养家，她只能喝西北风！你还看不过去！世上让人看不过去的事多着呢，但你只敢在我这里秀才掉书袋。"

乔立平被戳中痛点，一时无话可说。他毕业之后无论相亲还是找工作，都被人评价"斯文""秀气"，他一开始以为是夸奖，但几次之后就明白了，那些评价的潜台词其实是"不识时务""菜鸟"。越是亲近的人，越知道如何伤害彼此，乔立平不愿再争吵，红着脸对小姑说："我先回去了，明天上午八点来门口接你们，就不进来了。"

小姑也不知道如何是好，两个都是自己的亲侄子，挽留吧，这不是自己家；不挽留吧，又不像长辈的作为。她继续安抚乔立平："我买了小野菜，明天早上煮馄饨，你早点过来吃。"

乔立平却丢下一句："不用了，我自己家里有早饭。"

小姑把他送到门口，一直好言相劝，但直到他驱车离开，都只是白费口舌。她返回屋内，又开始安抚乔宇。但这兄弟俩的性情差不多，小姑只得幽怨地慨叹："唉，现在我们这一代年纪大了，说不上话了，你们兄弟之间自己处吧。"

乔宇也没说什么客气话，径自上楼睡觉了。小姑收拾了餐厅，也晾晒了衣服，又去侄媳妇的房间看了一眼，确认一切妥当才回房间休息。她越想越委屈，躺在床上打电话给自己的丈夫，诉说今晚的遭遇。

丈夫劝慰道："算了吧，你是去当保姆的，就不要掺和他家的事了。他让你做什么，你就做什么，一个月 6500 块，到外面可找不到这么轻松的活儿。"

小姑忍不住嘀咕了一句："听说他给上一个保姆开了 8000 块呢。"

"这有什么好攀比的？他那是向那个相好的小婊子摆阔呢。"

小姑当然明白，只是心里难免有些嫉妒，她又长长地叹了一口气，说："我受点气倒无所谓，就是我这侄媳妇太可怜了，没招谁没惹谁，孩子死了，男人的心又野掉了，连一个帮着出头的娘家人都没有。也就立平这孩子看不下去，说两句公道话。"

丈夫也陪着叹气："你要是不忍心，那就待她好一点，尽量别让你侄子把事情做绝。万一哪天实在拦不住，你也算仁至义尽了。说句不好听的，你侄子终归是你侄子，但你侄媳妇不一定永远是你侄媳妇。"

夫妻俩都是老实本分的人，他们心照不宣地不提明年借钱的事，生怕捅破这层窗户纸，他们便无法面对自己做这件事的初衷。打过这通电话，小姑稍微心安地躺下了，半睡半醒之间，她依稀听到隔壁主卧传来何琳的哭声。

次日上午八点，乔立平如约开车出现在门口。小姑喊他进来吃早餐，他也像昨天说的那样，推托说自己在家吃过，一直没有下车。但他注意到，何琳上车的时候手腕上还是拴着那根讨厌的牵引绳，牵引绳另一端则握在小姑手里。他欲言又止，闷不吭声地开车。小姑觉察到他的情绪，特意对何琳说道："你不要怪小姑，小姑也不是做得了主的人。我给你解开这东西，但你不能乱跑，千万不要让小姑难做，好吗？"

何琳顺从地点头。

小姑将牵引绳解开，揣进随身的布袋里。乔立平从后视镜看到这一幕，态度好转一些，主动搭话问道："医保卡带了吗？"

"带了带了。"小姑赶紧应道。

"做完检查也快中午了，咱们在外面吃饭吧？我请客，吃什么都行。"

小姑为难地说："我早上五点就买了菜，打算中午回去做饭呢。我们在外面吃的话，你哥的午饭就没着落了，要不喊他过来一起？"

乔立平冷冷地哼了一声："还用担心他？他现在有钱，下馆子阔绰着呢，哪里看得上一般的东西。"

一提到钱，小姑便有些心虚，不好意思再往下搭话。

车子驶入城区，周围的街道也逐渐热闹起来，何琳很长时间没有出门了，一直望着外面。忽然，她开口问道："新华路的那家米粉店还开着吗？"

乔立平忙不迭地答道:"开着呢。你想吃那家吗?"

"嗯。"

乔立平和小姑都颇为欣喜,这些日子何琳如同失去七魂六魄,麻木空洞地苟活着,今天是她第一次提出自己的诉求,虽然只是吃一碗米粉而已,却有可能是她回到正常生活的信号。

精神科在小城市的综合医院几乎没存在感,但几乎每个县城都有自己的精神病院,与其说它们是独立的专科医院,不如说它们是一个个错题集,里面既有做错的题,也有出错的题,人们统一将那些人称为神经病。乔立平没有带何琳去那种地方,而是托关系挂了市人民医院精神科的专家门诊号,这位专家姓吴,以前是省里一家大医院精神科的主任,退休以后回到家乡养老,又被返聘到这里发挥余热。

乔立平年纪还小的时候曾经来过这里。当时他即将面临高考,却突然变得紧张、畏惧,拿到试卷的时候甚至会手抖。无奈之下,他鼓足勇气走进人民医院的精神科,却发现偌大的医院只象征性地安排一个小房间作为门诊室。一位中年女医生接待了他,进行了一番寡淡的交谈,无非是"卸下包袱,轻松上阵"之类的说辞,不到十分钟便将他打发走了。

如今吴主任坐镇这个科室,硬件、软件都有所提升。他在照例一番问诊之后,开出一长票检查项目:血常规、心电图、头颅核磁共振、脑电图……一套流程跑了几个小时。检查完毕,吴主任从电脑系统里调出检查报告,仔细翻阅片刻,说:"从检查结果看,大脑左前皮质的血液流量减低,白质的信号表现也有异常,已经符合中度抑郁症的特征,需要专业的干预治疗。"

小姑脸色顿变:"是不是很严重?"

"那也不必太紧张,这些器质性的病变还是比较早期的,主要病因还是心理因素,尤其是孩子出事导致的心理创伤。"

小姑喜出望外地说:"那还好,应该不用吃药了吧?"

吴主任对小姑的贸然插话有些不满,从眼镜上方瞟了她一眼,说:"该吃药还是要吃药的,药物治疗和心理干预要同时进行。"

"不是心理因素吗?家里人多开导,自己看开点不就行了,何必吃药呢?"

吴主任显然对这种情况见怪不怪了,他解释道:"比如一个人发烧了,体温哪怕只是升高两摄氏度,也有可能产生厌世的消极心理,对任何事情都提不起兴趣。这时候你对他说任何正能量的大道理都没用,只有想办法给他退烧才行。"

小姑讪讪地说:"我们哪里懂这些……"

吴主任对着电脑一顿操作,开出处方单递过来:"我和她再聊一会儿,你俩先去药房把药取过来。"

"立平辛苦跑一趟吧，我在这里陪着。"小姑又望向吴主任，"我侄子特意交代过了，不能让她一个人待着。"

吴主任说："还是你俩一起去吧，我和患者沟通需要一些空间。"

何琳却有些紧张，下意识抓住乔立平："让我弟留在这里吧，我现在记性不太好，你说的事情我不一定记得住。"

吴主任点头应允："可以。"

小姑只得拿着处方单退出门诊室，乔立平也识趣地坐到墙角，尽量不干扰医患双方的交流。吴主任又望向何琳，温和地说："你们家的事，我以前听说过一些，虽然不能完全感同身受，但多少也能理解。其实有些病人是不愿意接受现实的，主动让自己沉溺在痛苦里，因为觉得自己只要开始新的生活了，就是对亲人的背叛，所以近乎自虐地对待自己，只有这样才能减轻负罪感……"

吴主任的话戳中了何琳的痛处，她目光依然平静，但无法掩饰眼眶的通红。吴主任继续说道："我理解这样的心态，但我觉得还有值得商榷的空间。你是这个世界上最爱她的人，所以你无法承受她的离世，但你不肯善待自己，不好好生活下去，那这个世界上就再也没有人记得她了，那才是她生命真正的终结。"

何琳的眼泪无声地滚落下来，她开口道："我的孩子无辜被害了，我还没有痛苦的权利吗？如果连我都不为她伤心，那她真的太可怜了。"

吴主任沉默片刻，从手机里翻出一张照片，上面是自己与一个女人的亲密合影，说："你看，这是我爱人，我们俩念大学时认识的，结婚四十多年，感情一直很好。但她前年查出肝癌，没多久就离世了。虽然我是做这一行的，但度人者难自度，我也不知道该如何面对没有她的生活。她临走之前问我说：'老吴啊，我走了以后你会伤心吗？'我说：'当然伤心'。她说：'你当然应该伤心，你要是不伤心，我在那边也会恨你的……'"

坐在角落里的乔立平不禁皱起了眉。

"但她又说：'你伤心一段时间就够了，之后就往前看吧。我要你记着我，念着我，但不希望你一直伤心，否则我走得也不安心。我们终归要在那边重逢，到时候你可以告诉我这些年你的经历，而不是除了伤心，什么都没顾上。'"

何琳擦了擦眼泪，又问道："医生，您觉得人死以后会有灵魂吗？"

吴主任愣了一下，谨慎地答道："从理性出发，我是唯物主义者，不该相信灵魂的存在。但从感性出发，世上并非所有的存在都是物质的，比如诗歌，传诵千年依然脍炙人口，作者也因此名垂千古。所以，如果人死以后存在灵魂，那载体一定是在生者的心里。"

何琳若有所思，但也没再说什么。

吴主任又望向乔立平，说道："你们家属也要统一认识，得抑郁症不是什么脆弱，更不是什么矫情，而是和感冒发烧一样的疾病。没人会强迫高烧四十摄氏度的人起来搬重物，也不会要求他整天笑着去待人接物，那么身为家属就不要对抑郁症患者的主观状态做任何苛责，而是要给予足够的理解。"

乔立平起身点头，但又有些无奈："我明白这个道理，但家里其他人不太理解。"

"所以我们才要去宣传和普及。"吴主任微笑着说，他又看了一下手机，"时间差不多了，今天挂号的人有些多，就先到这里吧。回去调整心态，按医嘱服药，争取早点回到生活正轨，两周以后再来复查。如果有什么紧急情况，随时可以打我电话，我二十四小时开机的。"

两人谢过吴主任，退出门诊室，候诊区已经坐满了人，男女老少都有。他们看上去与平常人无异，只是用口罩将面部裹得严严实实，见到有人出来，他们下意识地低头，似乎担心眼睛暴露自己的身份。

小姑拿药还没回来，乔立平打电话给她，她也一直没有接听，他们只能坐在候诊室外面的长椅上等她回来。何琳忽然问道："你包里带水了吗？"

"没有。"

何琳失望地轻叹一声："算了。"

堂嫂难得开口提要求，乔立平当然不肯就这样算了。他站起来环顾四周，看见洗手间对面有一台自助贩卖机，于是提议道："嫂子，你坐这里等小姑，我去那边买水。"

乔立平一路小跑，穿过人群来到贩卖机前，扫码挑了三瓶矿泉水，但手机信号太弱，总是支付失败。他只得从包里翻出一张皱巴巴的纸钞，抚平以后费劲巴拉地塞进机器。贩卖机识别多次才成功，三瓶水依次滚落出来。他正等着找零的时候，忽然被人点了一下后背，他扭头望去，看见拎着一袋药的小姑。

小姑问道："你在这里干什么？"

他亮出袋子里的矿泉水："我嫂子说想喝水。"

"她人呢？"

乔立平又指向候诊区的方向，但不等小姑开口，他便立即反应过来，顾不上找零，与小姑一起跑向候诊区。但出乎两人的意料，何琳依然坐在那里，手里捧着一张健康知识宣传单，看上去平静得如同咖啡厅里的客人。姑侄二人都放慢脚步，也平缓了呼吸，这才装作若无其事地靠上前去，乔立平也将矿泉水分给二人。

"我们去吃米粉吧。"小姑的语气有一种劫后余生的轻松。

第十七章
占便宜

上次的视频事件闹得满城风雨，詹妮原本感觉颜面尽失，以后的日子会不好过，但让她没想到的是，伴随网络上恶言恶语而来的，还有接踵而至的订单。这是一座小城市，很少产出自己的话题，几十万人只能像阴天的向日葵一样，各看各的方向。如今詹妮成了话题人物，人们一边调侃她的美貌与风韵，一边好奇地窥探她的一切，若是与她发生某种现实的交集，更是荣幸得回味无穷。

多出来的这些订单大多金额不大，几十块的镀铬项链，百十块的银戒指，几百块的玉石，客户们只是以此为名来店里一睹她的真容。有个男人下单了2000块的手串，又要求詹妮亲自盘二十四小时再交付，美其名曰"美人开光"。詹妮当场拒绝，正打算骂回去，对方却主动追加一倍的价格，她将嘴边的脏话咽了回来，接下这单生意。

当天夜里十一点多，客人在微信上突击检查，询问她有没有盘串，她当即发去自己身着睡衣腕缠珠串的照片。拍完照片，她便将手串卸下来丢到一边，轻轻松松地多赚2000块。

她将这件事当作笑话讲给刘强，忍不住感慨道："早知道这样，那个视频不删也无所谓了，说不定我也能当个网红什么的。"

刘强却不太高兴："不就2000块钱嘛，你干吗接这种活儿？"

"师哥，人和人不能比的，2000块钱在你眼里不是钱，一顿小酒就花掉了，但这个城市很多人累死累活半个月都赚不到这么多。"

刘强依然醋意十足："我就是不想你被那种人占便宜。"

"哪里占便宜了？我和他一没有任何身体接触，二没有什么暧昧举动。"

"可你不知道他背后怎么意淫你，你要是缺钱的话，跟我说嘛。"

詹妮撇了撇嘴说："我可不敢拿师哥的钱。"

"为什么？"

詹妮媚眼如丝地瞟了刘强一眼，又扭向另一边，娇声嘀咕道："那就真的要被师哥占便宜了。"

刘强始料未及，刚才还义愤填膺呢，现在又被一句话撩得骚动不已。他看店里暂时没客人，便在展示柜台的掩护下伸手蹭了一下詹妮的腰臀，说："师妹干吗这样通透，一点面子都不留给师哥……"

詹妮娇嗔地狠掐他的手背，直到他求饶才罢手，说："今天中午，罚你请客。"

刘强忙不迭地点头，这哪里是惩罚，这就是机会啊。

詹妮不跟他客气，点名要去吃一家消费颇高的龙虾馆。刘强当然不在乎这点开销，爽快地带她过去。但詹妮觉得他应允得过于爽快，失去了惩罚的意义，又临时加了码，说："那家龙虾馆的口味很多的，麻辣的、蒜香的，还有花雕酒炝的，要不你把陈总他们也约过来，我可以把每种口味都尝一下。"

刘强有些为难："算了吧，老陈这两天不在，我有朋友认识那家店的老板，可以做小份的，照样可以把每种口味都尝一遍。"

詹妮随口问道："他去哪里了？"

刘强正要开口，但又刹住话头，改口敷衍道："出远门了。"

詹妮意识到自己问了不该问的，又不屑地嗤笑道："喊，神神道道的，还保密呢，谁高兴听似的。"

刘强也往回找补："他们的破事，咱们不要再掺和了，我就想和师妹过二人世界。"

"去你的。"詹妮咬牙往刘强的胳膊上捶了一拳，捶得刘强心花怒放。

那家店离这里不太远，且停车不方便，两人决定步行过去。但詹妮还是有一些心理包袱，担心在路上被人认出来，招来不必要的麻烦，于是她戴上了口罩和棒球帽。即便如此，她的身材依然十分抢眼，甚至还多添了几分时尚和活力。与如此尤物并肩同行，看着路人的目光，刘强感到脸上有光，身体也比平日挺直一些，仿佛已过而立之年的自己也跻身出街达人了。

两人本来走得好好的，走到美食街入口时，詹妮忽然低声惊呼一下，条件反射地闪到一座铜制货郎雕塑的后面，刘强不明所以地问道："怎么了？"

詹妮赶紧把他拉过来："乔宇的老婆，别被她看见。"

刘强顺着她的目光望去。马路对面有一辆车子正在进入泊车位，司机是一个青年，两个女人站在路边等候，年轻的那个应该就是乔宇的老婆。刘强原本跟着紧张的心放松下来，笑道："我和她又不认识，再说了，你不是戴着口罩嘛。"

"她跟我太熟了，别说口罩了，戴头盔也认得。"

"那你也用不着怕她吧？"

"我犯得着怕她吗……"詹妮一边否认，一边言不由衷地往外窥探，"你又不是不知道，她现在脑子有问题，我要是被她一家子摁在大街上薅头发，师哥，你帮还是不帮？"

刘强顿时被问住了，他可以为詹妮一掷千金，也可以为她组局搭桥，但在这种情况下当众为她出头就不方便了。正室当街暴打小三是全国网民喜闻乐见的戏码，他要是掺和进去，再被人拍视频发到网上，以后的局面可就复杂了。

"有我在，他们敢动你一根头发！"他嘴上这样说着硬气的话，身体却往铜像后面躲了半步，又透过铜像的胳肢窝往对面看，"你们都说他老婆脑子有问题，但这样看着还算正常的啊……"

"怕就怕这种平时看不出来毛病的。"詹妮一边说着，一边拉着刘强往外走，"我们换个地方吃饭，不要和他们撞着了。"

"换什么呀，包厢都订好了。"刘强不肯走了，还掏出手机偷拍了一张照片，"他们应该不可能刚好也去龙虾馆，我们躲着点就是了，不可能撞着的。"

詹妮有些不悦："嘀，你不会又看上她了吧？"

刘强皱眉啧了一声："我是那种人吗？我是想着老陈不在，咱们帮着盯一眼，赚他一个顺水人情，下次可以让他请客嘛。"

此时，乔立平已经停好了车，三人一行走进美食街。刘强和詹妮在商铺门廊柱子的掩护下隔着街道尾随，直到看着他们走进一家江西米粉店。"乔总不太行啊，拿了这么多钱，就让家里人吃这玩意儿。"刘强不忘趁机讥讽道。

"你可真是管得够宽的，人家喜欢吃这东西你也有意见。"

刘强当然不喜欢听到詹妮为旧情人说话，脸色正要沉下来，又听她继续说道："那我以后想吃螺蛳粉了，你会不会也觉得我给你丢人？"

刘强心头的火苗还没生起来就被扑灭了，这话表面上是在戗他，但再仔细一听，詹妮已经下意识地将她和自己的关系与人家夫妻关系对等了。他立即换上笑脸，恭维道："别说螺蛳粉了，就算是臭豆腐馅儿的馄饨，我也陪师妹一起吃。"

詹妮的注意力却一直落在街道对面，透过米粉店的落地窗，可以清楚地看见何琳的一举一动。何琳明显清瘦许多，气色却有所好转，面对过来写单的服务员，她露出温和的微笑，似乎又回到以前那个岁月静好的状态。

"走吧，吃饭去。"詹妮停止窥探，转身离开。刘强亦步亦趋地跟上。

两人走过拐角处，脱离那家米粉店的视野，詹妮忽然停下来，认真地说："你暂时不要跟陈总提今天的事，他就是顾忌这个女人才一直笼络乔宇，要是知道她现在行动正常了，后面说不定要出什么乱子。"

"你怕姓乔的拿不到钱啊?"刘强再次泛起醋意。

"你又来!"詹妮不耐烦地瞪他一眼,"毕竟人家死了一个孩子,陈总欠人家的,这笔钱对他来说又不算什么,早了结早干净嘛。"

"老陈也有难处,不是故意刁难,社会上喂不饱的贪心鬼太多了。我在地产行业遇到的钉子户,老陈在医药行业见到的医闹,数都数不过来。万一他拿到了钱,又坐地起价,那怎么办?"

詹妮沉默片刻,还是不太接受刘强的说法,她说:"乔宇其实不是做生意的料,人不够狠,也容易满足,他拿到陈总答应的那笔钱,应该不会再有动作了。"

"他还不够狠啊?"刘强忍不住笑出声来,"为了拿到和解款,他把他老婆孩子卖了;为了结算货款,他又把你卖了。这种人,看着温暾老实,其实没有底线,就是小人一个,可以利用,但不能不防。"

听到刘强提到自己,詹妮不免有些激动:"行,我是二手车、二手房,可以让你们卖来卖去。"

"我不是这个意思,我说的是出卖的卖。"

詹妮依然不依不饶:"有区别吗?"

刘强的脸涨得通红,但情急之下,他自高中毕业就开始蛰眠的语文基础终于苏醒了:"我说的'卖'是指背叛,不是买卖的'卖'。"

詹妮板着脸撑了一会儿,最终还是忍不住扑哧一声笑出来:"行吧,放过你了。但你得答应我,先不要跟陈钊华提今天的事,让他们两家赶紧把这事解决了,不要让我夹在中间难做人。"

刘强敏锐地抓住时机问道:"那等他们两家把事情解决了,咱俩是不是可以往前多迈一步?"

"Maybe(或许)。"詹妮"傲娇"地丢下这么一句。

第十八章
唱双簧

陈钊华这次一走就是四天。

他终于把儿子陈梓睿送进了上海一所私立国际学校，每年学费18万元，这里是留学英国、美国、澳大利亚、加拿大的跳板，连学生制服都洋溢着一股贵族的气质。这一切都是有价格的，他给中间人塞了20万元的车马费。事成之后，中间人又送回来6万元，说是打点关系多出来的。陈钊华怎么可能收，又给退了回去，客气地说："以后这个不省心的大侄子还得你多照应。"

除此之外，他还充分利用自己的职权，从库房提了五台国外进口的自动除颤仪，再转手捐给学校医务室。校方对此十分欣赏，很快把这些设备写入官方网站的硬件设施里，并打算颁发荣誉证书给陈钊华，但陈钊华婉拒了这份殊荣，要求对外隐匿身份。

吴晓云对此不太理解，她埋怨道："学费这么高，红包也送了，何苦捐这么贵的东西，钞票又不是大风刮来的。"

陈钊华说："现在可不是上个贵族学校就能进入贵族阶层的。你看那些明星，没有出席过慈善酒会就不算大牌，那些富豪也是，都得给国外大学捐座图书馆才是精英。做慈善、捐东西是上流社会的门票。"

"上海人又不缺钱哦，这种贵族学校更不缺钱，你还不如往贫困山区捐，万把块钱都够给你立块功德碑了，总比你十几万打水漂好。"

陈钊华不以为然地摇头："你懂什么？往那些穷鬼身上捐钱，顶多博个虚名，没什么实际好处，但往这所学校捐除颤仪，性价比可就高了。且不说他们对待梓睿要客气一些，万一哪天这些除颤仪真的派上用场，救了哪个大人物家孩子的命，咱们家可以少奋斗一两代。"

吴晓云嘴上说不相信丈夫的这番鬼话，脸颊上浮现的一丝笑意却难掩自己的心动。回溯他们过往的人生阅历，这种由下往上的铺垫成本并非都有回报，但只要产生回报就是巨大的。陈钊华给云海市的老干部疗养院提供设备，给领导在外留学的子女提供经费，闲来无事便请人吃喝玩乐，这些举措助力他们实现阶级跃迁，逐步成为那座城市有头有脸的人。但与大上海相比，他们不过是小池塘里强壮一点的乌鱼罢了，如果能在这里攀上通天的藤蔓，以后他们便能脱离目前的阶级，身穿睡衣，手捧咖啡，俯瞰黄浦江夜景；或者住在核心地区占地数百平方米的独栋豪宅里，每日高墙伫立，大门紧闭，路过的行人只敢斜眼窥探，虽然不知道里面住着什么人，但一定是他们此生都无法企及的神话。

办完这些事，陈钊华便要回去了。临走之前，他再次吩咐吴晓云："你在这里尽量低调一些，做好保密工作，不要跟别人提你们在上海，尤其不要提到儿子的新名字。"

"事情过去都快半年了，我看最近也没什么动静……"吴晓云忍不住抱怨，她渴望尽早回到正常的生活。她平生没什么兴趣爱好，无非是和亲戚朋友打麻将、聊八卦，顺带炫耀一下老公的成就、自己的消费和孩子的优秀，但这半年里，她几乎与属于自己的世界断了来往。

"再忍一忍，只要姓乔的那边不出岔子，把剩下的钱拿了，这件事就翻不了案了，咱们就可以轻松一些了。"

和前几次往返上海一样，陈钊华依然选择在凌晨两点多出发。他没有驾驶自己那辆帕拉梅拉，而是借用表弟的一辆路虎，尽力从各方面掩盖自己的行踪。当他下了高速，回到自己的城市，夜色已经散去，东方逐渐露白。

他没有直接回家，而是前往一家常去的高档早餐店。他本来打算约住在附近的刘强出来吃早餐，但稍加琢磨又放弃了，生怕对方东问西问，自己言多必失。小城市的节奏慢，这个时间出门的人很少，店里的客人自然也没几个，他点了一碗葱油拌面、一碗豆浆和一只姜丝蟹黄包，不到五分钟就上齐了。

他正要大快朵颐的时候，外面进来一个客人，环顾四周一圈，与陈钊华目光相对。陈钊华立即认了出来，抬手打招呼道："周所！你也来这里吃早餐啊？"

"工资再低，偶尔来几次还是负担得起的。"周彬笑着回应，又向老板娘招手："给我来个鱼汤面。"

陈钊华殷勤地擦了擦桌子对面，也对老板娘补充道："再给周所加个蟹黄包，都记在我账上。"

"不用，我自己结。我吃不惯那玩意儿，太腻了。"

"弄点姜丝解腻嘛。"

"巧了，更不喜欢吃姜丝。"周彬一边说着，一边无视陈钊华擦桌子的动作，坐到过道另一侧的餐桌上。

陈钊华这才明白过来，对方有意避嫌，不想和他走得过近。但周彬并没有因为分席而终止对话，主动问道："门口那辆车是你开来的？"

陈钊华迟疑地点头承认。

"家里这么多好车啊？"

"借我表弟的。"

"你的车呢？"

"送去保养了。"

"我昨天在万达门口看见你的车了，挂1688车牌的帕拉梅拉，不会是哪个学徒偷偷开出来的吧？"

陈钊华愣了一下，但又很快镇定下来，说："应该不至于，4S店老板是我朋友。可能是我表弟把车取出来了，没来得及告诉我，这次是小保养，用不了多少时间。"

老板娘将周彬的鱼汤面端了过来。两人便不再交谈，隔着一米多宽的过道，各自埋头吃面。做了多年的军人和警察，周彬早已养成迅速吃饭的习惯，隔壁的陈钊华还没吃完半只蟹黄包，他的碗里连面带汤都空了。

周彬拿纸擦了擦嘴边和额头的汗，起身扫码结账。快走到门口时，他又折返到陈钊华的桌前，问道："陈总，我咨询一下哦，你知不知道家用吸氧机有哪些比较好？"

陈钊华放下筷子，认真地回应："什么使用场景啊？"

"就是家里老人用的。医生建议家里备一台，但我在网上买过一次，用了几次就出故障了，想申请售后嘛，人家已经把店关了。"

"医用设备就不要考虑杂牌了。"陈钊华想了想，说，"要不这样，最近有一个大品牌的推广活动，他们的吸氧机还是很不错的。不过我可以帮你申请拿一台回去体验。他们还搭配一台健康监测仪，也测血压、血糖、血氧、心率、体温，都是医用级别的。"

"不合适，该多少就多少，我自己买就行了。"

"何必呢？这又不是白送的，他们要电话回访的，收集用户体验反馈，帮他们改进设计，算是互惠互利。"陈钊华又从包里翻出一张名片递过来，"周所要是觉得不方便，可以和他们品牌方的大区域经理直接对接，就说申请体验名额。我全程回避，可以吧？"

周彬看着那张名片，一时有些犹豫。

"先让老人体验一下，看看适不适合、好不好用。也许体验期结束，人家还要收回的，到时候你再决定折价购买，还是另做选择。"

"行，那我试试。"

周彬拿着名片走了。陈钊华哼笑一声，继续吃早餐。像周彬这样的人，他已经接触过不知道多少个了，他们表面上清高、自负、爱惜羽毛，但无法克服小市民或者小农的弱点。只要给他们一个趁脚的台阶，他们便情有可原地享受一点权力带来的便利，而后胃口越来越大，便利变成好处，好处变成分红，分红变成勒索，直至可以鲸吞天地。

陈钊华吃完早餐，腹稿也打好了。他打着饱嗝回到车里，看时间也不早了，便给那位区域经理打去电话，说："老兄，有件事需要麻烦你一下，最近可能会有一个叫周彬的人打电话给你，申请家用吸氧机的体验名额。"

"我们这次活动没有吸氧机啊……"对方一头雾水。

"我知道，所以才找你帮忙的啊。这人是我们这里一个派出所的副所长，平时也搭不上线，这次好不容易提了点需求，又不好直接给，所以找你借个道。"

对方也是社会人，一点就通："懂了，我给他批一台。"

"那个健康监测仪也加上，回头我一起结。"

"嗐，结什么结！咱哥儿俩有来有往的，我连这点东西都做不了主吗？不过，我怎么跟他说啊，要不要提到你？"

"那就要劳烦老兄花点心思了，不要直接提到我，但又要让他感受到特殊照顾。"

"懂了，懂了。"

挂了电话，他看着方向盘的车标，忍不住开始踌躇，不确定周彬进门以后的问话只是普通的寒暄还是意有所指的试探。但他转念又安慰自己，借车出行是再常见不过的事了，不必为此杞人忧天。更何况，周彬并未排斥与他建立更为紧密的联系，即使有一点延伸联想也无所谓，反正大家早晚都是好朋友。

陈钊华回家补了一个短觉。表弟过来换了车，他十点去公司开会。那件事的影响几乎消退了，他的职位也完全恢复，地位与以前相比甚至有所提升。前几个月里，公司内外涌动着暗流，人们徘徊观望着，既怕站队过早招来麻烦，又怕毫无作为错过机遇。这种状况给公司的人员管理和业务管理都带来一些麻烦，如今事情看上去尘埃落定，董事会便试图用性价比高的一些举动来稳定人心。下个月省里有一队领导来本市视察，这家企业便是其中一站，陈钊华受命全程陪同，担任接待和讲解的任务，这是对他的一种公开支持。

下午，他发微信给刘强，约他去捏个脚什么的，但刘强反倒约他去他父亲住处吃晚饭。陈钊华有些诧异："去你老头儿那里干什么？怪麻烦的。"

刘强却很坚持："你晚上过来嘛。"

刘强一般对按摩、捏脚之类的活动不会拒绝，也从不带人去家里的老房子，这反常的举动说明他的确有什么特别的事，于是陈钊华应了下来。

当晚，陈钊华买了两盒高档保健品，驱车前往刘强父亲的住处。桌上已经摆了一大桌菜，一位保姆还在厨房里煲汤。刘强向陈钊华介绍："这是詹妮的大姨，现在帮我照顾我爸的起居，烧菜也特别好。"

"詹妮今晚也来吗？"陈钊华问。

刘强说："她不来了，有事忙着呢。"

施小芳陪着笑说："我们家詹妮还得拜托两位大老板照应啊！"

陈钊华回应道："她可不是一般人，总有一天我们需要她照应。"

施小芳本来打算自己在厨房里凑合一下，但刘强坚持请她上桌一起吃饭，刘父和陈钊华也跟着附和，施小芳便受宠若惊地坐了过来。她感慨道："还是你们这些大人物平易近人，不像有些人，手里有点钱就不把我们当人了。"

刘强故作惊诧地问："谁啊？"

"还能是谁啊——"施小芳刚起了个头又突然刹住，改口道，"算了，已经过去了，我外甥女仁厚，叫我不要计较。"

"是你上一家吧？"刘强故意接上话茬。

施小芳不置可否地讪笑着，给刘父夹菜，这态度摆明了就是默认。刘强敬了陈钊华一杯酒，说："她之前是在乔总家里帮忙，好像不是很愉快，刚好我爸这边缺人照应，就把她请来了。"

"乔总？"陈钊华也跟着装糊涂，"我们都认识的那个乔总？"

"是啊，不就这一个姓乔的。"

"他人好像还可以啊。"

"我觉得不怎么样，"刘强摇了摇头，"他看上去斯文、老实，但相处多一点，就会发现这人蛮自私的。"

"还好吧，应该不至于……"

戏做到这份儿上，施小芳终于忍不住了，插话道："刘老板说得对，知人知面不知心，那个人的确人品不怎么好，我在他家干了两个月，体会非常深。"

"真的吗？"陈钊华一副将信将疑的样子。

施小芳再也顾不上詹妮的叮嘱，滔滔不绝地讲述起自己在乔家的所见所闻。当初被赖掉工资的委屈，以及这些天知而不言的烦闷，都像发动机燃烧室里的汽油，一瞬间轰地爆开了。当然，她还是保持了基本的理智，尽量将有损詹妮声誉的那部分内容规避，实在无法规避的，则现场做一些修饰和改编。

刘强和陈钊华听得很认真。尽管他们以前对乔宇的一些负面消息有所耳闻，但从外围窥探的东西毕竟有限，詹妮也不愿过多非议旧人，市面上流传的也是捕风捉影。相比而言，施小芳这边的是亲身经历，亲眼所见，亲耳所闻，亲口所言。其中一些细节让两人觉得不可思议，他们原本以为是自己的运筹帷幄迫使乔宇暴露了市井小民的本性，但现在听下来，对方的自私和无情远远超出他们的预想。

"我是看在外甥女的面子上才去帮忙的，每天起早贪黑，当自家人服侍，结果落不着他一句好话，临走还昧了我 2000 块钱。"施小芳愤愤地诉苦道。

"他这就不厚道了，现在我们做房地产可以欠银行钱，可以欠高利贷，但工人工资是不能拖欠的，否则劳动仲裁机构得来找麻烦了。"陈钊华火上浇油道。

"我本来也想着去告他，但我外甥女不让，说自己替他补这 2000 块，我就没有再追究。"

"我就说嘛，詹妮的格局还是很大的。"刘强笑着赞许，语气里带着一丝得意，仿佛詹妮已然是他的女人。

但施小芳意味深长地叹息一声："嗐，都是一家人，怎么好意思真的让她补呢……"

刘强愣了一下，说："她没给啊？"

"应该是太忙了，忘记了，无所谓的。"

喝了酒的刘强顿时豪气冲天，打开随身的手包，数出 2000 块钱递过去："喏，这钱我替她补，我们不玩虚的，现场给。"

施小芳赶紧往回推："这我可不能收，怎么着也不该你给啊！"

"这话我可就不爱听了，詹妮是我师妹，我是她师哥，那她的长辈就是我的长辈，您说是不是这个道理？您说我没资格给，就是不把我当一家人嘛。"

"我不是这个意思，我是说不该你给……"施小芳被说得进退两难。

陈钊华在旁边帮腔："拿着嘛，刘总的心意，以后咱老爹还得您多费心。"

施小芳有些心动了，但还是没好意思伸手："我外甥女要是知道了，肯定要批评我，我们现在年纪大了，做事都得考虑孩子的态度。"

刘父在旁边点头，身陷轮椅的他对此深有体会。

刘强笑道："您不跟她提就是了，这钱也算是我这个月给您的奖金。"

施小芳这才半推半就地收下。她借着盛汤的名义起身离桌，在厨房里数了数钱，确认无误后才心满意足地揣入兜里。

陈钊华端起酒杯抿了一口，感叹道："幸好这姓乔的没混出什么名堂，这家伙要是哪天有钱有势，以他这绝情的劲儿，还不得整死身边的人。"

刘强却不以为然："你看过三国吗？曹操对袁绍的评价是这样的，'干大事而惜身，见小利而忘命'。这姓乔的既没有格局，也没有魄力，只能跟自己的老婆窝里横，他这辈子只能盯着你这笔和解款了，成不了什么气候。"

"也对。他也就一开始跟我耍了一回横，等和解金额和方案谈妥了，他在我面前就规规矩矩的。反正凭他那个破店面的生意，这辈子发不了什么财。"

刘强招手示意陈钊华凑近一些，低声道："我昨天和詹妮在步行街看到乔宇的老婆了，看上去状态挺正常的。我也找人打听了一下，据说他老婆最近不疯了，人正常了许多。"

陈钊华有些诧异："真的假的？他前几天还跟我说，他看住他老婆很费力。"

"他就是吃准了你怕他老婆闹事，所以拿这个要挟你。詹妮还求我暂时不告诉你这件事，生怕你知道以后有什么想法。"

陈钊华更加诧异了："那你还告诉我？不应该啊！你这种人难道不是时时刻刻都把女人放在第一位吗？"

刘强从烟盒里抽出两支烟，丢了一支给陈钊华，又望了一眼厨房的方向。见施小芳还在里面忙活，他这才坏笑着说："女人嘛，为什么要说'哄女人'？如果是什么就说什么，说什么就是什么，那还叫哄吗？我就算再想睡她，也不至于分不清主次，无论什么情况，咱们才是一个阵营的兄弟。"

陈钊华深为感动，拿起打火机给彼此点上，又问道："他一直指着我牵线搭桥，多认识几个大老板，尤其想从你的项目里签个大单，你怎么想？"

刘强不屑地哼一声，抽了一口烟，反问道："你看过《三体》吗？"

"听说过，科幻小说嘛，外星人什么的，但没看过。"

"这年头谁看书啊！我也没看过，是听詹妮讲的——说里面的外星人决定攻打地球，但是舰队要400多年以后才能抵达，为了防止地球在这段时间里出现科技大爆炸，所以提前丢了一个叫什么子的小玩意儿过来，监视并锁死地球的科技，让地球的军事力量永远无法进步，更别提超过他们了。"

"啥玩意儿这么厉害？"

"重点不是这个，重点是我从这个故事里得到启发——你和姓乔的之间结的不是梁子，是仇。往小了说是杀女之仇，往大了说是阶级矛盾，而阶级矛盾不可调和。他现在对咱们低头，无非是他混得差，想要借力往上爬，万一他真的爬上去了，他还会和我们和平共存吗？以前我和他周旋，是看你和詹妮的面子，现在你的事快解决了，詹妮也投奔我这边了，我干吗还要再忍他？只要我刘强还在这个圈子混，就一定要把住这个门，不让他往里走半步，一定要把他锁死在社会底层！"

陈钊华听懂了，其实他心里隐隐约约也有类似的意识，只是各种杂事让他应接不暇，一直没有形成具体的想法。"看来看书还是有好处的。"他调侃道。

"不过目前还得稳住这家伙，该哄的还得哄，等事情全都解决了，再让他哪儿凉快哪儿待着去。"

陈钊华心领神会，敬了刘强和老爷子一杯酒，两人就此达成共识。

乔宇的办公桌上增加了一本台历，他几乎每天数着日子过，再过一个月，就是剩余那笔和解款到账的日子了。100万，整整100万，没有进货成本，没有销售回扣，没有任何税费，百分百地入账。但陈钊华和刘强低估了他的野心，他的目标绝不只是这100万，他打算以这100万为杠杆，去撬动更多的利润。

他提前弄到一笔民间借贷，加上自己账上的现金，向多家供应商交付订金，预订了一大批建材，总货款金额近800万。同行们都说他失心疯了，以他目前的实力吞下如此巨量的货单，迟早要被噎死。

但乔宇有他的打算，之前他从刘强那边得到口头承诺，会从新开的大项目里分给他一个大单。如今他孤注一掷地订货，准备等和解款到账，先把高利贷填上，接下来从刘强那边结算的货款用于分批支付供应商的尾款，多出来的便是他的毛利润。

连店里的员工都坐不住了，现在就业形势不太好，乔宇名声再臭，至少每个月按时发工资。员工担忧地问道："这样干会不会太冒险了？"

"冒险？我做了这么多年的生意，钱没赚到几个，只赚到一个道理，那就是富贵险中求。现在我搭上了人脉，也撞着了机遇，如果这都不搏一把，那就真的没有发财的命了。"

"可为什么不等那个刘总的单子签下来再进货呢？"

乔宇将笔记本电脑转向员工，屏幕上显示的是近一年的国内钢铝价格曲线："现在是金属建材价格的最低点，每年数九都是这个规律，这时候不提前订货，等开春价格涨多少，我们的利润空间就丢多少。"

既然老板这样说了，员工也只能硬着头皮跟进，毕竟自己只是一个打工的。他按照乔宇的吩咐，去郊区租了一个倒闭的小工厂，里面两间闲置的钢结构厂房可以用作货物中转的仓库。

这个城市很小，每个行业的圈子也相应更小，外面所说的"六人定律"在这里也许只需要二至三人。乔宇冒进囤货的消息很快传到刘强耳中。刘强将信将疑，他粗略地打听一圈，发现似乎确有其事，于是又跑去问詹妮。

詹妮也很惊讶："他想发财想疯了吧？"

"我以为你知道一点情况呢。"

"他没跟我说过，"詹妮顿了顿，又疑惑地问道，"你是不是给过他什么承诺啊？"

刘强矢口否认："没有啊。"

"你再想想，他不可能平白无故搞这么大动静。"

刘强这才依稀想起来，有些犹豫地说："上次喝了点酒，好像提了一嘴，说我就快上马的一个项目在这方面有不小的采购需求，有机会的话划一部分单子给他。那时候我正在给他和老陈两家做和事佬嘛，多少要许一些愿景，他不会当真了吧？"

"他这架势肯定当真了啊。这种话你哪能随便说？"

刘强却笑着辩驳道："这也能怪我啊，我在生意场上每天都给人许大大小小的愿景，不光是口头上，有的还做成了PPT，但像他这样见风就撑伞的可不多。"

"你不要嬉皮笑脸的。他这人本来就很重财，你的项目不带他干没关系，但如果你让他赔光老本，连死了孩子的和解款都赔光了，他不可能罢休的！"

刘强觉得詹妮在替乔宇说话，不免有些恼火，语气也冲了起来："和我有什么关系？生意场上就算到了签合同前一刻，还有可能反悔罢签呢，我只是口头提了一个合作意向，他就讹上我了啊？要是赚钱这么容易，我早他妈上福布斯富豪榜了。"

"你说错了，他讹的不只是你，我和陈总也在内。他做生意的本事再差，也不会不知道合同是什么，不会不知道其中的风险。他就是有意这样干，把生米煮成熟饭，倒逼你们给他这个单子。"

"我一没公证，二没签字，不给他又能怎么样？盯着这个项目的人多了去了，有亲戚朋友，有老客户，有关系户。现在连地基都没打，工商局一把手的外甥就把物业公司的活儿包揽了，哪里还有他的份儿？"

"他敢这样做，就是觉得我们都欠他的。陈钊华的儿子弄死了他女儿，你抢了他的女人，而我是一个背叛了他的贱女人。"詹妮说到这里，眼泪夺眶而出，"如果他破产了，失去一切，一定会搞事，到时候你和陈钊华有后台、有背景，我怎么办？就算他弄死了我，也不过是一个烂裤裆的桃色八卦而已。"

这些自轻自贱的话让詹妮显得无比脆弱，同时也唤起刘强的保护欲，他将詹妮揽入怀里，揉搓着她的肩膀，安慰道："你放心，我就是你的后台，我就是你的背景。他这种人顶多关起门来欺负自己老婆，绝对没有胆量动你。我在黑道白道都有门路，他哪怕对你说一句恐吓的话，我也有本事让他把牢底坐穿。"

詹妮的情绪这才稍微平静下来，她泪眼婆娑地看着刘强，说道："师哥，要不你早点跟他说清楚吧，让他不要折腾了，拿到和解款，好好过日子。"

刘强有些为难："现在去说可能来不及了吧，我听说他借高利贷交了订金，连仓库都租好了。"

"那除了你这里，他这些货在别的地方卖得出去吗？"

"他要是有销路，早就发大财了，还要等到现在？又不是什么紧俏货。冬天钢材价格走低，这时候适合囤货，等开春以后价格上行了再卖出去，这个思路没有问题。但他不考虑别的吗？废铁价格下跌，房地产开发速度放缓，明年全城的新工地加起来也就那几个，谁会买那么多建材啊？"

詹妮迟疑片刻，又试探着恳求："你手里管着好几个亿的大项目，不能想办法分一点业务给他吗？"

刘强倒吸一口气，皱眉盯着她，半晌才幽幽地问道："你不会是和他唱双簧搞钱的吧？"

詹妮顿时急了，一把推开刘强的胳膊："你脑子里想什么东西呢？我要是想搞钱，自己直接问你要项目就是了，难道不比这个轻松？"

刘强仔细琢磨，觉得也有道理，但心里依然很不自在。他曾经提出让詹妮注册一家皮包公司，将估算总价1000万元的精装修工程以500万元的投标价拿下，再以六七百万元的价格转包出去，刨去一些必要的公关费用，可以躺着挣六位数。面对如此天赐良机，詹妮并没有接住，说是不敢一下子白挣这么多钱，不如卖手串玉石来得安心。

但刘强心里也清楚，以她的性格不可能缺乏这点胆量，她拒绝的并非突发横财的机会，而是和他关系再进一步的代价。世上没有免费的午餐，所有的恩惠都有各自的价格，尤其在如今的自媒体时代，在街头拿别人一瓶水，都要被拍成视频发到网上，更何况这动辄百万的利润。大家都是成年人，无论是对社会运行的潜规则，还是对男女之间的那点破事，早已形成了共识——我让你快活，你也要让我快活，不都是这样吗？

"你不要介意，师哥就是怕你心软，对他余情未了。"刘强把话往回收。

詹妮盯着刘强的眼睛，一字一顿地说："我对他没有感情。"她目光灼灼，没有半点犹疑。

刘强行走江湖多年，他相信自己的判断，詹妮的眼神里的确没有半点说谎的痕迹。

"我之前离婚，被前夫纠缠了一整年，我真的怕了，不想再发生那样的事。我只想早点和他划清界限，不要再有任何瓜葛。"

"我知道了。"

第十九章
外来者

再过一个礼拜,省里的检查组就要下来了,整个城市都紧张而有序地忙碌起来。视察路线、受访人群、会议日程,都已经形成详细方案,分发到各个相关单位。陈钊华也拿到了秘书撰写的稿子,但他离开学校多年,记背的能力已经退化得没多少了,只能让秘书一再精简、提炼,再在园区沿着参访路线实地演练,心里才有了一点脉络。

刘强这边就相对轻松多了。以前上头的领导也常去诚创参观,但今年由于本地城投的烂账不太好看,这次检查组也就不去触霉头了。他打电话约陈钊华去打牌,但陈钊华说自己要背稿子,刘强不屑道:"那么认真干吗?走过场而已,随便记个大概,到时候临场发挥就是了。"

"拉倒吧,也就是领导今年不去你们那里,你才说这种大话,否则你还敢打牌?"

"我可不是犯了赌瘾才组这个牌局的,我是为了你。你和姓乔的约定的和解款不是快交付了嘛,我想着约上你们一起,谈一谈这个事。"

"这有什么好谈的?他拿了尾款,和解书签个字,这事就算两清了,以后大路朝天各走半边。"

"现在事情有点麻烦,之前不是给他画大饼,说新项目带他一起玩嘛,这狗×的当真了,已经下订了很多货。"

"你跟他签合同了吗?"

"没有啊。"

"那你管他这破事?"

"我也不想管啊,可是詹妮说不想逼得他狗急跳墙,也怕他在你这边犯混耍横。"

陈钊华提出与刘强一样的疑问:"这个詹妮没问题吧?"

"她没问题的。"

"你可得斟酌一下,要是被女人骗钱,那也算是你到处风流的个人隐私。但要是被人家男女搭配着骗钱，传到江湖上可就不好听了。"

但刘强自信地说："别的我不敢吹嘘，但我看女人还是很准的。"

陈钊华对此没有异议，刘强的确阅人无数，眼光毒辣，他在这方面经常得手也并非因为有什么高超的手段，而是胜在总能挑到合适的对手。

"那你不会真的把他架上去吧？"

"那不可能的。他要是求着我给机会，我兴许能带他发点小财，但他想先斩后奏逼我出手，那就打错小算盘了。"

陈钊华当然不愿意看到乔宇飞黄腾达，但他费尽周折才将儿子改名换姓送进上海的贵族学校，也消除了那件事对他事业的消极影响。此时此刻，他也不希望乔宇彻底崩盘，再次成为一颗不稳定的炸弹。他毫不避讳地提出自己的顾虑，又问刘强："你打算怎么办？"

刘强说："我是这样想的。我目前金属建材的采购单子主要是给赵小建嘛，我打算分一点小单子给姓乔的，让他回个本，但也仅限于此。他剩下的库存，要么原价转给赵小建，要么自己找销路，我是不会再管的。"

"万一他真的自己卖出去了呢？"

刘强满不在乎地笑："放心吧，我听到一些内幕消息，说建材价格大概率要横盘，不会涨多少了，本地的几个工地也可能烂尾，他那些货只能烂在仓库里。就凭他这又聋又瞎的消息渠道，上网瞎琢磨几天，就指望抄底？做梦去吧！"

"他们这个阶层不就是这样，指望抄市场的底，但市场要抄他们的家，要不然怎么叫韭菜呢？"陈钊华也跟着附和，但又提出一个疑问，"赵小建是法院吴院长的侄子，这人牙口结实得很，他咬住的肉还肯给你吐出来？"

刘强说："我把'小腰精'介绍给赵小建了。"

"哪个'小腰精'？"

"就是在电视台工作、腰特别细的那个。"

"噢……那个'小腰精'啊！"陈钊华恍然大悟。那个女记者是刘强前两年交往密切的一个姘头，但后来被他远隔重洋的老婆发现苗头，两人火速做了切割。赵小建与刘强是同道中人，也是好色之徒，他在宴席上见过一次"小腰精"，便有意无意地赞叹其姿色。刘强将姘头介绍过去，对他而言，既避免了后院起火的危机，又巩固了利益联盟；而对姘头而言，则是多了一个新的依靠。在这个圈子里，很多东西都是流通的，包括熟稔圈内规则的漂亮女人，刘强转手不少，也接手不少。

陈钊华点开电脑上的日历看了看，说："那约在明天晚上吧，你定个地方，我下了班直接过去。"

挂了电话，陈钊华又从上锁的抽屉里翻出那份和解协议。原本尾款在一个月前就该交付了，但由于对方的违约行为，交付日期往后延期了两个月，也就是下个月。如果一切正常进行，这件事就算尘埃落定了，哪知道这个姓乔的一副没见过钱的样子，为了抄市场的底，又急不可耐地搞出这些幺蛾子。

对于这种底层的小市民，陈钊华的心态是有些矛盾的，既反感他们的不思进取，与他所在的精英阶层相比，几乎是碌碌无为的累赘，但又更厌恶他们拼命往上爬的嘴脸，像水猴子扒拉着船舷，爬不上来也就罢了，还要弄得甲板摇摆不定。

周彬没有想到，自己按照陈钊华的指导打去电话，又在公众号上填写了联系地址，不出三天，事情就办成了。他在家收到一件快递，里面是一台吸氧机和一部健康监测仪，说明书都是外语的，显然是进口货。他上网查了一下，才知道什么叫一分钱一分货，价格是他以前网购的那些廉价货的五六倍。

经销商的客服特意打来电话，热情地向他介绍安装和使用的注意事项，并请他们填写随箱附送的反馈表。周彬问道："我们能试用多久啊？"

"是这样的，先生，根据您填写的个人资料和信用积分，我们判定您是我们的优质客户，只要您认真填写使用反馈并寄给我们，就可以享有终身使用权。"

周彬打趣道："既然我是优质客户，你们却让我终身使用，那你们赚什么啊？"

客服也跟着笑，答道："我们的产品种类很多的，如果您对我们的产品满意，就是认可了我们的品牌，身边的亲朋好友也有可能成为我们的新客户。"

她说得很有道理，但周彬不是三岁小孩子，再天真也不会相信这种鬼话，一张反馈单换一台进口设备的终身使用权，没有哪个资本家愿意做这种买卖。唯一的解释就是，这是陈钊华卖给他的一个人情。

周彬的父母为他积累了不菲的财富，派出所副所长的薪资也足够支撑他的生活开销，他根本不屑贪这几千块钱。但这种进口吸氧机在市面上有钱难买，为了年迈双亲的身体，他还是选择了接受。他刚才在电话里与客服周旋，是为了录下这段对话，手握这段录音，他便可以撇清收受贿赂的嫌疑。当然了，如今这个社会，没人会把万儿八千的事上纲上线，周彬更多是图一个自洽，为了以后即使在陈钊华面前也依然站得挺直。

为了迎接即将到来的检查组，全市各单位都在自查各自的工作，毓秀派出所的秦所长注意到半年前那起尚未完全了结的案子，便将当时负责此案的副所长周彬喊过来，问道："这件事现在什么进度？我听出纳说，有100万款子至今押在咱们公账上。"

周彬说："快了，他们约定下个月正式和解，到时候这笔钱就划出去了。"

"这件事我没有参与，不是很清楚，劳烦你多盯一盯，尽快解决。万一哪天在程序上追究起来，多少有点不清不楚的。"

周彬明白，秦所长不希望沾上麻烦，他是从机关下来镀金的，最终还是要回到机关，如果是被这种事拖下水，政治生涯怕是要烂在基层了。这件案子是上一任老所长主持工作的时候发生的，经办人是周彬，那么收尾工作继续交给周彬，秦所长就可以置身事外了。这个做法虽然有些鸡贼，但换谁坐这个位置都会是差不多的做法，且与周彬自己的诉求并不冲突。他也希望秦所长早日班师回朝，将位置腾出来，引发人事系统的腾挪辗转，兴许他有机会原地补缺或者调去别处升迁。他自认为不图财、不图权，只是想在这个年龄赶上升职的末班车，为一辈子仰人鼻息的父母，也为自己挣个体面的头衔罢了。

尽管在这个案子里，乔家是苦主，但周彬无法抑制自己对乔宇这个人的反感。他犹豫再三，决定用办公室的座机先拨打陈钊华的电话，他直截了当地说："陈钊华吗？我是毓秀所的周彬，你们家那个事情打算什么时候解决啊？"

陈钊华原本以为是推销电话，态度有些懒散，听到周彬自报家门，立即变得恭敬起来，并一五一十地汇报目前的状况。周彬听完也有些蒙，他既怕自己参与进去踩一脚烂泥，又怕自己摊上不作为的罪责，于是模棱两可地表达了自己的态度："你们先自己沟通，看看有没有妥善的解决办法，实在有困难，我们再介入协调。"

"是的，我也是这样想的。你们工作太辛苦了，我们尽量不占用公共资源。"陈钊华用上了自己最近刚学的词。

"有一点切记，你们有事说事，绝对不允许发生任何肢体冲突，否则双方都要拘留。"

"那是肯定的，'共建和谐社会，争做文明公民'，我们单位办公大楼的横幅就有这句话。"

"有这个思想觉悟就好。你们之间谈妥了，要是没有什么异议，就来派出所签字和解，把那笔钱领走，一直放在我们这里也不合适。"

"周所，请放心，明后天应该就能给您回复。"

打完这通电话，周彬的职责就算是尽到了，而后他按下手里录音笔的结束按钮，万一日后出现什么差池，可以用作自证。他也不得不佩服，像陈钊华这种人能够拥有当下的财富和地位，必定有他的道理——若是换作一般人，帮了别人一点小忙就要拐弯抹角地提醒，生怕自己的恩惠得不到回报。而陈钊华在刚才的通话里对进口吸氧机一事只字未提，仿佛从头到尾都没有参与半分，这种对细节的处理让人相处起来如沐春风，周彬对他的好感自然多了一些。

周彬从案宗里翻出乔宇留下的联系电话，但在座机前面踌躇片刻之后还是决定暂时不拨打。一方面，他对这家人既同情又厌恶，不敢保证自己能够与乔宇进行良好的沟通；另一方面，他已知悉这件事的大致全貌，而乔宇尚不知情，他透露或不透露都有未知的风险。

周彬忙到晚上九点多才下班。

周父躺在沙发上睡着了，周母还在电视前耐心地等着。见儿子回来，周母用微波炉将饭菜加热了，端来给他吃，自己坐在旁边陪着。

周母问道："最近工作很忙啊？"

周彬说："是啊，过段时间有领导下来检查，各个系统都忙呢。"

"怪不得呢，我们市场上也在搞卫生，连个扫把放在门口都要罚款。"

超市拆迁以后，周彬的父母二人拿到一笔补偿款，却不肯闲下来，最近又在菜市场附近盘了一个二十几平方米的小店面，专做南京鸭血粉丝汤。鸭血、鸭杂和粉丝都是直接从菜市场采购的，做出来的东西自然既新鲜又美味，加上价格便宜，很适合那边的人群。周彬曾经悄悄路过那里一次，但没有进去，目测生意还不错，只是父母年迈，忙碌起来的身影不再像壮年时那般从容。

"有人欺负你们吗？"周彬问。

"没有的。就是昨天有几个城管过来，说我们招牌不合规，要求整改什么的，还好里面有一个人认出我们了，说我们以前在东门开超市，儿子是派出所的副所长，其他人就没再说什么。"

"那招牌的事怎么说？"

"我们已经找人重新弄了。"

在旁边酣睡的周父忽然幽幽地开口道："头衔带个'副'，说话不算数，如果咱儿子是所长，他们会把招牌做好了送上门来。"

周彬反驳道："话不是这样说的，我和他们不是一个系统，他们有他们领导指派的任务，互相不搭咯的。就算他们把招牌做好了送来，你们不也要把费用给人家，和自己找人弄有什么区别呢？"

"当然有区别，这就是面子。"

"面子……"周彬哼一声。

"小城小镇的人活的不就是一个面子？"

周母看出这爷儿俩又掐起来了，赶紧示意丈夫回房间睡觉，自己则继续坐着陪儿子。等儿子情绪平稳下来，她才试探地问道："你二叔认识一个朋友，是市里的什么干部，他女儿三十二岁，在外企上班，学历高，个子也不矮，你要不要去试试？"

周彬忍不住笑道："拉倒吧，人家条件好，能看得上我一个小民警？"

"什么小民警啊，咱们好歹也是个干部！"周母又继续怂恿道，"她爸过几年就要退下来了，就想趁手里还有权，找个公务员女婿，把这条线接上。你俩要是成了，有丈人帮衬着，以后的路肯定好走很多。"

"这是我自己的事，你们就别操心了。"

周母无奈地叹气："俗话说得好，'朝中无人莫做官'，你看你停在现在的位置多少年了，一直没有挪窝，说到底不还是我和你爸做小生意帮不上忙？"

周彬将筷子放下，不耐烦地说："妈，这和你们没关系，就算我抱大腿升上去了，别人也会在背后说闲话的。"

"你们年轻人思想怎么比我们老的还保守？攀龙附凤也要有本事的，那些人背后嚼舌根，就是妒忌罢了，换他们自己或者自己孩子有这个机会，上赶着去抢呢。"

周彬嘴上对抗着，心里其实不得不认同母亲的说法。他在体制内多年，这类事情屡见不鲜，秦所长就是一个现成的例子。人类既在生物属性上追求血脉基因的延续，又在社会属性上追求财富和权力的继承，于是姻亲、师门、宗族、地域都成了血缘之外的人造脐带。共和国的缔造者们推翻了延续数千年的世袭制，但不少人又捡起冕旒的碎片，做成发卡，做成帽徽，隐秘地戴在头上，在各行各业成了新的门阀。这些大大小小的新式门阀编织成一张庞大的网，拢住各自的既得利益，也排斥着不属于他们的外来者，周彬便是徘徊在这张网之外的一员。

周彬很快吃完晚饭，擦擦嘴就去洗澡了。周母也开始拾掇餐桌，她刚把碗筷放入厨房里的水池，周彬又折返回来，问道："妈，你看过那个女孩吗？"

"看过啊，你二叔手机里有照片。"

"长得怎么样？"

周母迟疑地答道："反正看照片还行。"

周彬心里清楚，以平日的生活经验看，母亲对外界给予评价还是比较宽容的，所以真实情况总要比她的评价差一些。但周彬还是点了点头，说："你问二叔要来，我看一下嘛。"

"行，明天我跟他说。"

  周母颇为欣慰,她这些年给周彬张罗过无数次相亲,但周彬的态度都很消极,尤其是遇到以优渥家境为优势的,他甚至会直接拒绝。也许是因为自小不缺吃喝用度,他总有一些飘在云端的愿景,既要女孩子合他眼缘,又要双方志趣相投,于是越是往后拖,越是缥缈。他今天能有这样的表现,已经很不错了,说明他心里有了危机感,学会了妥协,也算是成熟了一点。

  周彬离开之后,周母继续收拾厨房。欣慰劲儿过了之后,她又莫名其妙地心生一丝失落。儿子年近四十还打着光棍,的确是她的一大心病,她一度希望儿子懂得变通,圆滑一些,以后的人生可以轻松许多。但今天他突然开了窍,她又觉得儿子原先那样也没什么不好,老两口子辛辛苦苦攒下这点家底,不就是为了让他过得自由吗?

第二十章
扛把子

乔宇前两天就接到刘强的邀约，去郊区的海上明月会馆聚餐。他听说过"海上明月"，却从未去过，那里位置隐蔽，消费高，出入的也是本市有头有脸的达官贵人，像他这种个体小老板一般是不敢踏入的。市场上曾有人托亲戚的福去海上明月吃过一顿饭，回来以后吹嘘了大半年，连从餐桌上顺回来的一盒火柴都一直珍藏着，孩子过生日那天，那人的老婆拿来划了几根点蜡烛，被他好一顿数落。

乔宇欣然接受邀请，他特意为此置办了一套像样的行头，西服、衬衫、领带、皮鞋，加起来一万出头。回家穿在身上往镜子前面一站，一副干练的商务男士形象，果然是"人靠衣裳，马靠鞍"。他穿着这身行头去了建材市场，周围的商户们都不愿意搭理他，但还是有邻居忍不住问道："今天穿这么漂亮，干啥去啊？"

他答道："晚上有人请去海上明月吃饭。"

"喜宴哪？"对方故意调侃，引得其他人窃笑。

乔宇也不计较，反而淡定地说："不是喜宴，但的确喜事将近。"

对方愣了一下，终于反应过来："要签大单子啦？"

乔宇意味深长地拍了拍他的肩膀，不置可否地转身离开。

邻居又追上来问："哪个楼盘啊？他们要不要水管啊？"

"有机会的话，我帮你问问。"

邻居连声致谢，他抬眼看了看乔宇头上明显的白发，关切地说："乔总要不要去做个头发？我外甥女在'名剪'做发型师，让她给你染一下。报我的名字，不收钱的。"

乔宇婉拒道："下次吧。染头发的药膏味儿太冲了，上了桌会熏着别的客人。"

乔宇转身回到店里，刚才还一脸谄媚的邻居又很快露出嫌弃的表情，往地上吐了一小口唾沫，轻声暗骂道："呸，断子绝孙的玩意儿！"他向其他商户挥手嬉笑，仿佛完成一项伟大的壮举，这一表现很快又重新博得其他人的赞赏，人们只当他刚才的讨好是有意为之的戏谑。

乔宇中午去看了一下新租的仓库，仓库离门市部有四五公里远，加起来面积有两千多平方米。叉车和龙门吊都是现成的，也做好了防潮、防锈、防火、防盗的改造，后面再雇几个管理人员，完善一下出入库制度，就可以迎接货物的交付了。看着自己入行以来的最大手笔，乔宇踌躇满志，忍不住对着空荡荡的仓库高声呐喊，仓库里面的回音是如此悦耳，仿佛听见不久的将来赚得盆满钵满的自己向现在的他隔空致意。

下午五点，太阳还没有落下，乔宇便如约前往海上明月会馆。一进停车场，他便被满眼的富贵晃着眼睛，不仅有各种大名鼎鼎的豪车品牌，光是6666、8888、9999和000开头的稀缺车牌就让人肃然起敬了。

乔宇开着他的破车在停车场里转了一圈，尽管空车位不少，他却不知道该往哪里停，生怕不慎与这些豪车发生剐蹭，得罪不该得罪的人。幸好这里也并非全是豪车，他最终找到一个合适的车位，左侧是垃圾桶，右侧是一辆不到20万元的普通家用车，这使他安心。

他惴惴不安地走进会馆。会馆的大门极其气派，蹲在门口的石狮也威风凛凛。迎宾小姐身材高挑，穿着一身桃红色的旗袍，柔软纤细的腰肢扭动着，让跟在后面的乔宇心猿意马，想看又不敢看。往里走，他见着更多年轻漂亮的服务员，她们的身材、容貌都如此姣好，显然经过精挑细选，而她们鞠躬问候的声调、动作也如此一致，都是训练有素的。

"先生晚上好，欢迎您光临。"

乔宇感觉如沐春风，甜蜜的问候让他的脚步都变得轻飘飘的，他这时候才明白，原来人到了一定高度就可以享受这个级别的服务。

刘强正在包厢外面的院子里抽烟，见乔宇过来，他立即热情地迎了上去，说道："感谢乔总百忙之中拨冗出席！"

乔宇等迎宾小姐退下，这才啧啧称叹："这里真够气派，服务员个个跟模特似的。"

"当然，这里的客人很尊贵，服务当然要按最高规格的标准来培训。"

"最高规格是什么？"

刘强反问道："你感觉呢？"

"五星级酒店？"

"那不算什么。"

乔宇想了想："飞机的头等舱？"

"我觉得还不够。"

乔宇想不出来了："再往上就超出我的认知范围了。"

刘强递了一支烟给乔宇，说："我觉得吧，最极致的服务肯定不是对大多数人开放的，大家追求的就是人无我有的稀缺属性。要是大多数人都能享受，那它就失去意义了，就得继续加码，直到让人觉得自己是唯一的……"

"帝王般的享受！"乔宇恍然大悟。

刘强也笑了出来："是嘛，等喝完酒，我请你在这里洗个帝王浴！"

乔宇对帝王浴不感兴趣，他目前有更重要的关注点，于是问道："陈总今天什么时候到？"

刘强说："他今天公司有个会，得晚一会儿。不过你放心，等他到了，我至少罚他三杯酒。"

"我是想和陈总商量，押在派出所的那笔钱好像快到时间了，能不能请他协调解决一下。"

"你放心，我可以替他保证，这件事该怎么办就怎么办，不会少你的。"

乔宇欣慰地舒了一口气，说："时间没到，我也不好意思催他。主要是我最近进货把能用的资金都用上去了，就等着陈总这笔钱把贷款填上，万一他这边突然有什么变故，我可就陷入水深火热了。"

刘强故作不知情地问："乔总最近忙什么呢？"

"咱们不是有约在先吗，新开项目的金属建材交给我做，眼下的行情正好是每年的价格低谷，我提前做些准备，把成本压下来，对我们都好。"说到这里，乔宇的脸色逐渐变了，他试探地问道，"刘总不会把这事忘了吧？"

"怎么可能呢？这件事我一直是记在心里的，而且已经有了规划的轮廓，只不过我没想到乔总如此雷厉风行，这么快就着手去办了。但商场如战场，有时要疾如风，有时要徐如林。"

乔宇皱眉思索片刻，问道："啥意思？"

未等刘强回应，迎宾小姐带着另一个人走了过来。刘强远远地上前打招呼。那人看上去四十多岁，衣着讲究，梳着大背头，脖子上戴着一条手指粗的金项链，与刘强握手的时候不但神态自若，甚至扭头与迎宾小姐说笑。

乔宇很快认出来，这是一个名叫赵小建的老痞子，民间几乎没人不知道他的"赫赫威名"，甚至封他一个"扛把子"的称号。他从职高辍学以后一直在社会上瞎混，后来他在法院工作的叔叔升了一把手，他便洗手上岸，开始做生意。说是做生意，其实是职业转包人，大大小小的各种项目他都要掺和一脚，通过关系围标得手之后，再转包或者分包出去，轻松赚取高额的差价。甲方对此并不在意，反正这部分成本是躲不掉的，让赵小建这样的人过一下手，以后与法院打交道就有了底气。

刘强向乔宇招手，介绍道："乔总，过来认识一下，这是金鼎集团的赵总，我的好大哥。"

乔宇没想到刘强不但真的给他介绍新朋友，而且一出手就是如此一个名号如雷贯耳的实力派。他一路点头鞠躬着靠上前去，恭敬地说："赵总，我以前读书的时候就听说过您，那时候周围的少年可崇拜您了，没想到今天有幸见到您！"

赵小建和善地笑，主动与他握手，这让乔宇更加受宠若惊，伸手之前还特意在新西服上擦了擦手心的汗。赵小建说："我年轻的时候什么都不懂，以为江湖是武侠小说里的打打杀杀，在社会上闹出不少荒唐事，可不该是效仿的对象。"

"您太谦虚了，我们就算想效仿也效仿不来啊。"乔宇恭维道。

赵小建问："我这是来早了吗？你们怎么站在外面呢？"

刘强答道："他们在里面打一下午牌了，我出来透口气。"

"'炸金花'？"

"'炸金花'还是'斗牛'？"

"本来玩了一会儿'斗牛'，后来人多了，就改'炸金花'了。"

"走，我也参与一下。"

赵小建迈步往里走，刘强也招呼着初来乍到的乔宇一起进门。迎面是一面题字为"万里山河"的苏绣屏风，绕过屏风，一个上百平方米的大横厅出现在眼前，中间有一张能够容纳至少二十人的豪华大圆桌，里面则是休闲娱乐区。大约十个人围在一起打牌，桌上除了扑克、香烟、打火机，便是一堆堆的筹码。一个看上去像是服务员领班的年轻女郎正在给他们发牌，每人拿到三张盖着的牌，新的一轮厮杀便开始了。

"'闷'一个。"

"'跟闷'一个。"

"我看两个。"

"我抬一手，'闷'两个。"

"看四个。"

"我也添一把火，'闷'五个。"

后面的人有些犹豫了，有的"跟闷"五个，有的看牌之后丢掉，还有人看牌以后反而摩拳擦掌："你们'闷'的都不怕，我怕什么？看十个！"

拼了几圈之后，桌子中央便聚了一大堆五颜六色的筹码，根据颜色不同，有

100 元、200 元、500 元和 1000 元，最大金额是金色的 10000 元。还在持牌的只有两个人了，一个"闷牌"的，一个看牌的。

"'闷'1000。你开不开？"

"跟 2000。我牌这么好，我干吗怕你'闷牌'的？"

"闷 2000。有胆你就跟。"

"跟 4000！我今天就要'捉鬼'！"

"谁是'鬼'还不一定呢！再'闷'2000！"

"跟 4000！"

旁边的人大声地怂恿着，这两位也互不相让地僵持着，不停往桌子中央丢筹码，一个自信手里的牌够大，一个以少搏多有恃无恐。又两圈之后，"闷牌"的终于撑不住了，将牌抓起来看，失望地叹了一口气，打算把它们埋入牌堆。旁边的人问道："都拼到这份儿了，不开一下他的牌吗？"

他将手里的三张牌甩在桌面，一对 Q 带 3 映入众人眼帘，无奈地说："这破牌值 4000 块吗？"

"承让，承让。"从头到尾一直"闷投"的那位客人嬉笑着，先将自己手里的三张牌插入牌堆，顺手混乱搅和两下，不给别人翻查的机会，而后才将桌子中央的筹码都揽到自己面前。

乔宇看得心惊肉跳，这一轮不过三四分钟的时间，输赢就是几万块，够他在市场里忙活一个月了。

"杨总，刚才你什么牌啊？"旁边的人问。

那位杨总一边摆着筹码，一边摆手："不大，一个小'同花顺'而已。"

赵小建在旁边打趣道："吹吧你，是'同花顺'的话你早就亮出来了。以你杨总平时的作风，只要给你一张 A 挑头，你就敢炸得满场飞。"

赵小建的话显然是有分量的，这位杨总特意拦住正要洗牌的临时荷官，从牌堆里抽出那三张牌，说："一般不是被开的牌，我是不会给人看的，不过赵总亲自发话了，我得破个例。"

他将那三张牌摊开，果不其然，只是 A、Q、7 而已。众人一片哗然，尤其刚才手持一对 Q 却放弃开牌权的那位，更是懊恼不已地抱住脑袋，转而腾出一个位置，说："赵大哥不要光看着，快来玩两把，否则没人治得住杨总了。"

赵小建让荷官给他换了 5 万元的筹码，欣然加入赌局，又一轮的厮杀开始了。

"乔总不玩一玩吗？"刘强问。

乔宇婉拒道："不了，他们玩得太大了，我可扛不住。"

"这个哪里大了？只是饭前娱乐而已。真正大的肯定不会在这种场合了，回头有机会，我带乔总去看看。"

"这个对我来说已经很刺激了，那个杨总的牌要是在我手里，我可能在第一圈就扔了。"

"嘁，这玩意儿说破了其实就是拼两样东西——胆量和实力。你有足够的筹码，或者有足够的胆量，就可以一直'闷'下去，哪怕烂牌都能把好牌唬下去。反正换我翻出一对 Q，我无论如何都要开一下对面的牌。"

乔宇苦笑道："那我也不敢开，4000 块够我给一个工人开工资了。"

牌局还在火热继续，客人也陆续抵达。大约一小时后，天色差不多黑了，陈钊华终于姗姗来迟。尽管乔宇与陈钊华关系特殊，但好歹遇到认识的人了，今天也有求于人，于是他主动上前打招呼。两人寒暄两句，乔宇正打算问尾款的事，刚好被刘强打断了，他只得暂且咽了回去。

刘强吩咐服务员准备上菜，众人这才打完最后一轮，意犹未尽地离开牌桌。他们在牌局里丝毫没有尊卑之分，但到了餐桌前面，又开始客套地礼让，论资排辈就座。

刘强作为今天的东道主，自然是要坐主位的，他的左手侧坐的是赵小建，陈钊华坐在他的右手侧第三位，显然前两位的社会地位更高。乔宇远远地站在后面，想等他们斡旋结束再去拣上菜口的位置，不料那位杨总客气了一圈，忽然招呼乔宇道："这位兄弟，快来入座。"

乔宇摆手推辞道："杨总是前辈，你先坐。"

杨总看了一眼乔宇的头发，说："你应该比我年长吧？"

乔宇说："我三十二岁，长相老，容易长白头发，读书那会儿就这样。"

"那得吃点黑芝麻什么的。"杨总一边说着，一边大喇喇地坐下。

等客人们都坐定，乔宇环顾一圈，心中默默地数了数，男的十五个，女的三个，连他在内一共有十八个人。众人还沉浸在刚才的牌局气氛里，热烈地讨论其中的细节，最后估算下来，坐在刘强右手侧的那个客人赢得最多。刘强介绍过，这是开发区办公室的一位秘书，乔宇便领会了，他不过是奉旨赢钱罢了。

乔宇融入不了他们的话题，只能埋头吃菜，这种档次的菜是他这辈子从未接触过的，澳洲龙虾、海参什么的只是平常物，连豆腐都被雕出了美妙绝伦的造型，最吸引人注意的却是一盘小刀鱼。十八条小刀鱼整整齐齐地排在一个椭圆且狭长的盘子里，除了淋了酱汁，只有几颗青豆做点缀，看上去平平无奇。乔宇看不出来门道，其他人却像生日宴上迎接蛋糕似的兴奋，一位女客人好奇地问："这是'江刀'还是'海刀'啊？"

刘强笑道:"这是野生'江刀',从渔网到餐桌,没有二道贩子经手,绝对正宗。毫不夸张地讲,今天的主题就是'江刀宴',其他所有的菜加起来都没有这几条鱼值钱。"

乔宇心中一惊,这才明白众人为什么反应如此之大。刀鱼通常以生存区域为界,被分为三种:湖刀鱼、海刀鱼和江刀鱼。前两种比较常见,价格也很低廉,"江刀"的品质则要好一些,但也因此遭到过度捕捞,数量锐减到几乎灭绝的境地,价格也攀升到数千元一斤。从去年开始,政府停发长江刀鱼的捕捞资格,今年年初更是开启长达十年的长江禁渔期,"江刀"这种东西暂时成了传说。

乔宇之所以知道这个,是因为他一个朋友的父亲是江边的渔民,去年中秋节前捞到两条刀鱼,他一时起贪念,打算带回去卖了,返程的路上恰好被水警的巡逻艇查获了。判决结果是一年有期徒刑,罚款5000元,没收捕捞许可证。而现在整整十八条江刀鱼摆在这里,每一条的个头都不算小,足够每个人吃大半年牢饭了。

乔宇还在震惊之中,在座的客人们已经开始分那些刀鱼了,等盘子转到他面前,他一时有些迟疑,刘强催促道:"乔总,夹一条尝尝。"

乔宇夹了一条刀鱼到自己的餐盘里,近距离观察这条"牢底坐穿"鱼,再抬头看别的客人,他们早已大快朵颐了。刘强问赵小建:"赵总,怎么样,有没有尝出差别?"

赵小建咂了咂嘴,说:"好像是比一般的刀鱼嫩了点,但差别也没有很大。"

刘强笑道:"长江和东海是连着的,这个'江刀'跟'海刀'其实就是一个品种,只是捕捞上来的地方不一样而已。"

陈钊华却另有看法:"'海刀'每年逆流而上,在长江里散子,没洄游成功的或者不洄游的,就是不值钱的'海刀'了,洄游成功的,就是'江刀'。能够干成这个大工程,说明'江刀'的身体素质比'海刀'好,洄游意识更强,基因也更优越,身价暴涨几百倍也是应该的。"

那位杨总出来打圆场道:"这个很好理解的嘛,人和人不也是这样。我跟我一个小学同学,小时候俩人互相掏屌玩的,有什么不一样嘛。但现在人家在省里当官,他每次坐飞机都是头等舱,机长亲自出来打招呼,落地以后至少两辆车开到飞机底下接,这就是身份和排面。"

话题一下子从刀鱼转移到这位大人物身上,刘强右手侧的那位秘书问道:"咱们这里有这号人物?"

"怎么没有?以前城北的,姓秦,他家老房子还在,只不过十几岁就迁去省会了，偶尔回来省亲一次，市里的领导都要上门报到的。"

赵小建问道："是不是建设北路那里，白墙青瓦、院墙特别高的一个大院子？周围早就拆了，只有他家留着，还特意给这一家修了条两百多米长的柏油路？"

"对，就是他家。"

这个切入点终于勾起众人的集体记忆。他们以前也听说过这个大人物，只是没想到杨总与他竟是小学同学。他们平时开车无数次路过那里，都会远远地望一眼，但从未见过有任何人员或车辆出入，那栋建筑一直如同堡垒般矗立在那里。乔宇清楚地记得，父亲还在世的时候开着摩托车送他去火车站，经过建设北路一个弯道的时候，忽然大声地问道："你知道这条路为什么要拐这个大弯吗？"

乔宇想了想，答道："因为这样好看吧？"

"你觉得好看吗？"

乔宇坐直身体，在风中往前看，只见这段弯道的弧度很大，因而曲线颇为赏心悦目，配合两侧高大挺拔的白桦树，如同 MV 里的风景。

他说："好看！"

父亲望向远处一栋房子，说："人有了大的本事，才能创造这种好看的东西。"

赵小建问道："你跟这个同学还有联系吗？"

"不是一个阶层的人哦，早就联系不上了。"

众人纷纷发出惋惜的嗟叹，赵小建说："杨总要是能把这条线接上，以后可就舒坦了，上升的速度别说坐飞机了，坐火箭都嫌慢。"

杨总抽了一口烟，摆了摆手："多少年前的事，人家早就不记得了，要是认识的什么人都能上门递名帖，那他这辈子忙不过来了。"

"书中自有黄金屋啊，我们这辈子也就这样了，比上不足，比下有余，但只要把孩子培养上去，还是有机会逆天改命的。"一位女客人感叹道。

"算了吧，我们家孩子学习不行，现在又不让补课，只能干着急。"

"你家孩子读几年级了？"

"六年级，后面要上初中了。"

"念哪个学区？"

"联中。"

"不错啊，打算报篮球班吗？"

"篮球班？我们家孩子不喜欢打篮球。"

在座有几个人会心地笑起来，有人解释道："对外当然说是篮球班，其实是加强班，学校把各个科目最好的老师集中在一个班里，除了一部分尖子生，就只收教师子女和关系户。你要想把孩子弄进去，就得提前找人了，否则就只能去普通班了，教学资源都得低一个档次。"

女客人有些诧异："联中不已经是最好的初中了吗，怎么还分档次啊？"

"这算什么呀，即使进了篮球班，你还得跟班主任打交道。你要想让孩子座次往中间、往前面调一调，或者跟尖子生同桌，请客吃饭是免不了的。"

另一个人宽慰道："我听说明年招生要加开一个足球班。"

"不是说现在学校招生少了吗，怎么还加开？"

那人笑道："学生总量是在减员，但关系户是增长的呀。一个年级十几个班，有两个加强班也不奇怪。"

乔宇没有参与讨论，只是认真地品尝着那条江刀鱼。也许是心理期望过高，他并没有尝出什么特别的美味，反倒是细软且繁多的鱼刺很是影响口感。尽管如此，他还是一丝不苟地吃完所有的鱼肉，毕竟这是他迄今为止吃过的最昂贵的食物了。刘强见此情景，特意问道："乔总，你觉得这刀鱼怎么样？"

乔宇点头道："挺不错的。"

刘强招手示意服务员过来："把我那条刀鱼分给乔总。"

"不用了，我够了。"

尽管乔宇推辞，服务员还是听从刘强的吩咐，用公筷将最后一条刀鱼夹到乔宇的餐盘里。众人的注意力聚集到乔宇身上，纷纷向他敬酒，他受宠若惊地起身回应，只是一会儿工夫，三两的酒杯便见了底，又被服务员斟满。

乔宇的酒量并不算好，几两白酒足够让他松开脑子里的那根弦，他不再像之前那样拘谨，与人推杯换盏起来。他抬头看见陈钊华，忽然发难道："今天陈总迟到这么久，刘总说要罚你三杯酒的，怎么没有执行啊？"

陈钊华说："公司开会嘛，没有办法的事，乔总体谅啦。"

乔宇隔着大圆桌质问刘强："刘总，罚酒三杯是不是你说的？"

刘强答道："他七点之前到了，也不算晚，没错过上菜，罚酒就免了。"

乔宇反驳道："你是看陈总到了才让上菜的，他当然不会错过。"

杨总看出刘强的态度，站出来打圆场道："算了，今天刘总特意带了珍藏多年的白酒，可是限量的，不能只准着陈总一个人供应啊。"

微醺之下的乔宇依然听不出好歹，不服气地说："还是刘总偏袒陈总，要是我让这么多领导和老板等这么久，三杯罚酒肯定躲不掉的。"

刘强有些不悦，脸上却还是挂着笑容，说："乔总放心，不会的，别说你迟到了，就算不来都没关系的。"

陈钊华生怕砸了刘强的场子，也不想和乔宇发生这种没意义的冲突，于是拿来分酒器和一只15毫升的小酒盅，连续干了三杯，说："这样可以了吧？"

"杯子也太小了。"乔宇还在不依不饶。

赵小建看不下去了，他有点不耐烦地说："差不多得了，我看刘总对你才是真爱，把自己的那份刀鱼都给你吃了，这可是独一份的关怀。"

其他人也如此附和，乔宇点头，不再纠结这个话题。

众人这才看出来，这位生面孔并非什么值得高看的角色，稍微喝点酒就口无遮拦，东道主对他的态度也可见一斑。他们窃窃私语，打听乔宇的身份，从消息灵通的人那里得知，他正是半年前闹得沸沸扬扬的那起丧女事件的当事方。

"已经和解了吗？"有人低声问。

"这不都坐在一张桌上喝酒了吗？"

陈钊华对刘强使了个眼色，刘强心领神会。今天他俩邀请乔宇出席酒宴，除了原计划要解决的事，就是想在大庭广众之下坐实双方和解之事。刘强用酒盅磕了磕桌子，向乔宇招呼道："乔总，来，咱哥儿俩走一个。"

刘强并没有起身，只打算隔着桌子意思一下，但乔宇特意举着酒杯，隆重地起身离座，绕过半张桌子走到他面前。刘强不得不站了起来，想着早点喝完，早点让他回自己的座位。不料乔宇举杯却不饮，而是向着众人吆喝起来："各位！各位！"

原本各自交头接耳的客人们将目光投了过来，乔宇确认自己吸引了所有人的注意力，这才继续往下说道："今天我非常荣幸，受到刘总的邀请，在这里和大家欢聚一堂。我自我介绍一下，鄙人姓乔，这次参与刘总的新项目，经验和资历尚且不足，希望各位领导和各位老板多多支持、多多提携。来，我敬大家一杯。"

众人面面相觑，不知道这家伙冷不丁越俎代庖起什么范儿，而知道一点内情的则将目光投向赵小建。赵小建吐出一口烟，淡淡地笑道："乔总，你这可不太符合规矩，一杯酒敬一桌人，赚大发了吧？"

"我先一起敬，等会儿再一个个敬。"乔宇解释道。

"刘总今天做东都没有讲话，你着什么急啊？先回去坐着。"

赵小建说话的时候不紧不慢，但正常人都听得出来，这几乎等同于指着鼻子骂乔宇没大没小了。乔宇显然有些忌惮赵小建，刚才的醉意一下子消退几分，讪讪地笑道："赵总说得有道理，我回去吃几口菜，晚一点再敬各位。"

陈钊华递给乔宇一支烟作为安抚，他乐呵呵地接来，嘴上叼着烟，手里拎着酒杯，又绕着圆桌跑了半圈，原路返回自己的座位。他这一出糗，倒是活跃了宴席上的气氛,客人们像玩丢手绢游戏似的,挨个儿离席,去别人面前敬酒,颇有高档商务酒会的意思。邻座的客人敬了一圈,也来与乔宇碰杯,说:"乔总在哪里发财啊?"

乔宇答道:"小本买卖,我做金属建材的。"

对方愣了一下,又问:"厂家?"

"不是,就是经销。"

"你刚才说和刘总新项目的合作,就是做这个?"

"是啊。"

"这一块不是赵总承包了吗?你和赵总是合伙的吗?"

"哪个赵总?"

对方疑惑地皱起了眉,望了一眼对面的赵小建:"没什么,可能是我搞错了。"他抿了一小口酒,便与另一侧的客人说话了。

这下轮到乔宇陷入困惑了,但酒精的作用让他无法集中精力思考,所有的思路只开了一个头,就被耳朵边和脑子里嘈杂的声音搅乱了。他迷茫地坐在那里,盘子里第二条刀鱼还剩一半,白色的鱼眼毫无生机地瞪着他,仿佛凝视着自己的同类。再有人与他说话,他只能听见沉闷的嗡嗡声,根本无法转化为他能理解的词句。高利贷、订货单、仓库租金、违约金,这些东西具化为一座座山,势大力沉地向他头上压过来。

此时,刘强起身离席,走向包厢内设的洗手间。乔宇的脑子稍微清醒了一点,他也跟着站了起来,在洗手间门口堵住刘强。乔宇问道:"刘总,咱们约定的采购合作还算数吧?"

刘强不假思索地点头:"算数啊,怎么了?"

乔宇舒了一口气,拍着胸口说:"吓我一跳,刚才我听人说你把金属建材的单子都给赵总了。"

刘强愣了一下,将乔宇揽到一边,说道:"这事也不假,赵总还是比较有实力的,承担风险的能力也高,所以主要交给他来做。但我也给你留了一部分份额,算是初次合作的磨合,如果一切顺利,下次再加大力度,怎么样?"

"一部分份额是多少?"

刘强张开手掌比画了一下。

"50%?"乔宇语气软了下来。

"500吨。"

乔宇顿时瞪大了双眼,声音也抬高了:"刘总,你不要跟我开玩笑!我光是头一批入库的就有1000多吨,后面还订了3000吨,你只给我500吨的份额,这不是要我死吗？"

"小点声！"刘强严厉地呵斥，等乔宇闭嘴了，他继续说道，"你也知道的，赵总不是一般人，我总归要给他面子的，否则我这项目做不做得成都是问题。难不成你对他有意见？"

乔宇当然不敢对赵小建有意见，那是一个绝对不好惹的角色，以前承包拆迁项目的时候，冬天夜里赵小建趁钉子户全家睡着了，用高压水枪往人家窗户里冲水。派出所来了，他就说是见义勇为来救火的，大摇大摆地撤了。

"我对谁都没有意见，但我为了接这个项目，把我所有的东西都砸进去了，现在你给我来这一出，叫我怎么办？"

"兄弟，我们当时只是口头协议，事情还没有一撇，你这么冒进做什么啊？"刘强也摆出一副着急的样子，装模作样地思索片刻，招手将陈钊华喊了出来，说："乔总刚才跟我反映了一件事，有点棘手，我现在肚子不太舒服，你帮忙想想办法。"

刘强转身进了洗手间，乔宇则跟陈钊华去外面抽烟，将刚才的事讲述了一遍。陈钊华也挠起了头皮，苦笑道："老兄，哪有你这样做生意的？虽然刘总是咱朋友，但我还是得说，当甲方的都贱得很，他们都是到处放消息，到处给人打包票，让供应商互相杀价，等水搅浑了，他们才能拿到最好的报价。"

乔宇这时候脑子清晰了，他没有顺着对方的思路自揽责任，而是尽可能地将对方拖下水。他笃定地说："当时你在电话里说的啊，刘总答应把新项目的金属建材订单都交给我，我才答应和詹妮分开，看住我老婆。现在我都办到了，他不能翻脸不认账啊！"

"嘘！"陈钊华立即示意乔宇小声，"你不要这样说，刘总这人吃软不吃硬，他要是听到你说这么难听的话，事情就不好办了。"

"那我能怎么办？我借了月息5分的贷款，租了两个厂房做仓库，要是这批货烂在我手里，我要倾家荡产的啊！"

"月息5分？老兄，月息5分，年息就是6毛，你这都是高利贷了。"

"我想着用不了多久就能还上。"

陈钊华踌躇片刻，说："要不这样，你少安毋躁，咱俩这两天去派出所把和解协议签了，我把那笔钱提前打给你，你先把债坑填了。赵总以前欠我一个人情，回头我跟他商量一下，让他收了你的库存。"

"他怎么收？"

"尽量原价收吧。"

乔宇瞪大双眼："那我岂不是白忙一场？"

"老兄,我在帮你挽回损失哎,你还想从赵小建手里赚差价?他愿意原价接手已经很不错了,换作别人,不趁机压价才怪。"

乔宇无话可说,眼下他的处境极其糟糕,的确没有任何话语权。如果他不接受这样的协调,高利息的贷款、告罄的现金流、销路堪忧的囤货,每一个都足以致他于死地。乔宇问道:"赵总确定能接手吗?"

陈钊华说:"这个我去说,他应该会卖我这个面子。"

"那仓库那边怎么办?我是退了还是转给他?"

"这些具体细节回头再说,你这两天做个总账,最好有合同和发票,我尽量请他帮你弄平了。"

事到如今,也只能如此。前些日子,乔宇沉浸在即将一夜暴富的亢奋之中,却在今晚一瞬间被打入深渊,这种心理落差让他一时难以接受。但他好歹没有落到谷底,若是斡旋成功,他至少还能拿回本钱,保住衣食富足的生活。

陈钊华往里看了一眼,猛吸一口烟,推心置腹地说道:"兄弟,不瞒你说,今天就算我公司不开会,我也会晚到。为什么呢?要是来早了,肯定是要被拉上牌桌的,这帮人玩得大,玩得野,上了桌就下不来了。连我都这样,你更得好好思量,不是每次都有人愿意给你兜底的。"

乔宇"吧吧"地抽着烟,直到烟屁股都发烫了才扔掉,沮丧地说道:"懂了。我回去整理一下,这事也拜托你了。"

"太客气了,应该的。"陈钊华拍了拍他的肩膀,"你看什么时候方便,通知我一下,咱们去派出所走一下程序。"

此时,刘强从洗手间里面走出来,一边甩着手上的水,一边问道:"怎么样,有没有什么办法?"

陈钊华说:"我想着能不能让赵小建按原价把他的货接手。"

刘强不禁皱起眉头:"难办啊,你又不是不了解赵小建,他这人属狗的,平时玩得再好,到了护食的时候还是护食。"

"咱俩的面子加在一起,至少有机会坐下来商量一下。"

"行吧,那就试试。"刘强又望向乔宇:"乔总,你看,情况就是这么个情况,今天也不早了,你早点回去休息,该做的准备也做一下,后面有什么进展,咱们再联系,怎么样?"

"好,我进去给赵总敬一下酒就走了。"

乔宇抬腿要往里走,刘强却将他拦住,说:"不必讲究这些繁文缛节,直接回去吧。等会儿宴席散了,我们跟他沟通,你要是还留在现场,他肯定直接对你施压,你不一定扛得住,这件事就不一定谈得成了。"

乔宇觉得有道理，他也没有做好与赵小建直接沟通的心理准备，于是摸了摸口袋——手机还在，车钥匙也在，的确没有返回包厢的必要了。"要不我去结一下账吧？"他又主动请缨道。

"不用这么客气，我在这里消费有协议价。"刘强婉拒道，"等事情都落定了，再请乔总做东。"

乔宇再三感谢，独自离开了。院子里依然有旗袍小姐热情地引路，每个包厢里都传出欢声笑语，但他此刻的心情就像综艺节目里首轮就被淘汰的选手，所见所闻的一切都与他无关了，化作一缕黄粱梦。

他走到大门口的时候，旗袍小姐恭敬地鞠躬送别："欢迎您再次光临。"乔宇却忽然停下脚步，扭头望了一眼气派的牌匾，问道："你们有火柴吗？"

乔宇一身酒气回到家中的时候刚好九点，大门锁着，客厅里的灯和电视都开着，他叫了几声却没人回应。乔宇站在门外给小姑打电话，问她们去哪里了。小姑说何琳想出来散一会儿步，马上就回来。乔宇粗暴地挂断电话，站在门口一边抽烟，一边等着，十几分钟后终于等到她俩的身影。

"你们走到哪里去了，这么久才回来？"乔宇高声问道。

小姑赔着小心说："去社区活动广场了，那边有健身器材。"

"非得大晚上去吗？"

"晚上外面不是人少嘛。"

乔宇深呼一口气，强压住火气，说道："小姑，你要是在家里待不住，想出去凑热闹，你自己一个人去就好了。我现在手里一堆烂摊子，要是再出什么状况，以后的日子就真没办法过了。"

何琳主动站出来："是我想出去散步的。"

乔宇心里的无名之火蹿起来了，声音也跟着抬高："家里的院子不够大吗？实在不够，家附近走几圈得了，非要走那么远？"

小姑即使脾气再好也有点生气了，她反驳道："她是人，还是你媳妇儿，不是别的什么。"

"她现在脑子不正常，能和正常人比吗？"

"你不要说这种话，人家医生说了，她是正常的，只是暂时遇着坎儿，迈过去就好了。一直待在家里，大门不出，二门不迈，只会把人憋出病来。"

周围的邻居本来都已经睡下了，听到外面的吵闹声，纷纷开灯推窗，往这里观望，甚至有人披着衣服出了门，打算来做和事佬。

何琳忍不住开口道："小姑，先开门进去吧，不要在这里吵，打扰别人休息。"

小姑掏出钥匙，一边开门一边嘀咕道："依我看，你媳妇儿比你正常多了。"

当着这些邻居的面，乔宇也不方便再多说什么，他低着头进了大门，一进客厅就躺倒在沙发上，不到两分钟就打起了鼾。小姑虽然心里有怨气，但作为长辈和保姆，她不能跟一个醉酒的晚辈和雇主计较，还是给乔宇泡了一杯热茶。何琳也不像往日那样冷漠，而是从橱柜里拿出一条厚毛毯，让小姑盖在乔宇身上。小姑赞许地夸道："还是你懂事些。夫妻嘛，没有什么解不开的结，就是要看谁愿意先主动。"

何琳沉默片刻，摸着自己的心口说："有的心结，在我这里解不开。"

这些天，小姑与何琳交谈得较多，何琳提及更多的是丈夫勾搭上自己最好的朋友，她无法接受这种人为的主观的双重背叛。倒是与爱丽丝有关的话题说得很少，似乎是在刻意回避，即使在外面看见五六岁的孩子，她也尽量扭过头去，生怕自己过多的关注吓着人家孩子。小姑觉得这样子也行，毕竟男人偷鸡摸狗是常有的事，朋友疏远也不少见，用这种事情去覆盖爱女夭折的痛苦，未必不是一种以毒攻毒。

小姑劝慰道："听说他跟那个女的已经不走动了。夫妻嘛，翻旧账是翻不完的，翻到最后反而会翻脸。他性子犟，爱面子，那你就担待一点，以后还能好好过。"

何琳还是不太听得进去，她恨恨地说："他跟外面别的女人相好，我都可以接受，就是詹妮不行。"

小姑活了五十几年，无论在城里还是农村，男女之间污七八糟的事从来不稀奇，她认为像何琳这样上纲上线，归根到底还是太年轻了。"该糊涂的时候还是要糊涂，钻牛角尖只会为难自己。"她说。

"我没有钻牛角尖，"何琳摇头否认道，"我担心他们俩断得不干净，以后早晚又要勾搭在一起。"

小姑不知道该如何规劝，不过她也没那么担心了，至少何琳现在开始计较眼前的世俗得失，而不是深陷于她无法理解的精神深渊。用她与丈夫通电话时的措辞概括——与一开始相比，侄媳妇恢复了一些人味儿。她心安理得地将这种转变归功于自己的到来，尤其在上一个保姆的对比下，领取这份功劳并不需要谦虚。

"他有没有说明年能借多少钱？"丈夫问道。

"上次不是说 30 万嘛。"

"多借点嘛,你帮了他家这么大的忙,借个 50 万应该没问题吧。"

小姑为难地说:"30 万可以了,咱们再凑 20 万,首付不就够了?"

"不还得留点钱装修吗?"

"我听人说,银行可以批装修贷款的。"

"银行贷款要利息的,而且只能贷三年。"

小姑明白,这又是一笔旷日持久的债务,没有利息,没有抵押,也没有期限,全凭她作为小姑的这张老脸来维系。为此,她必须尽量让侄子满意,同时也不能得罪侄媳妇,万一人家小夫妻俩床头吵架床尾和,枕边风稍微一吹,她借钱给儿子买婚房的事只能泡汤。

凌晨四点,小姑起夜去上厕所。她听见主卧传来有人说话的声响,敲了两下门,见没人回应,便直接推门进去了。何琳斜靠在床头睡着了,电视还开着,正播着《冰雪皇后》,那是爱丽丝最喜欢的电影。

小姑本来想扶何琳躺下,但又怕把她弄醒了,惊扰了她的梦,于是什么都没做,小心翼翼地掩上房门,退了出去。她又去客厅看乔宇,但沙发已经空了,再去楼上的书房,乔宇已经坐在电脑前忙碌,看上去酒也醒了。小姑问道:"你不睡觉的吗?"

乔宇说:"我有一大堆事急着处理。"

"那我给你泡杯茶?"

"泡咖啡吧,我喝茶不提神。"乔宇想了想,又问,"家里有东西吃吗?我饿了。"

小姑下楼去泡了茶,热了一碗小葱蛋炒饭,一起端了上来。乔宇见到小葱蛋炒饭,有些惊讶地问道:"你怎么知道我想吃这个?"

"昨晚你媳妇儿说过,你每次出去应酬都吃不饱,回来就想吃这个。我就先做了一碗,等你回来直接热一下就好了。"

乔宇若有所思地点头,一边吃饭一边看电脑屏幕。小姑则在旁边"敲边鼓"道:"你媳妇儿对你还是很上心的,她之前受到那么大的打击,行为有些过激也可以理解。现在时间过去这么久,她也接受现实了,你俩以后就好好过日子。"

乔宇停住筷子片刻,说:"她让我好过,我也让她好过。"

小姑不确定他这句话所谓何意,像是推诿责任,又像是回应善意。

"小姑,晚上我喝多了,说话不过脑子,你不要生我的气。"他又说道。

"我有什么好生气的,你这孩子……"

但乔宇话锋一转,又说:"但血缘摆在这里,我和你才是真正的一家人,无论什么情况，你得帮着我，胳膊肘不能往外拐。你懂我的意思吧？"

小姑听懂了，她点了点头，只是底气不足地说了一句："你们尽量好好的。"

乔宇花了一天一夜整理账目文件，算出自己在这个项目里的投入，又找兼职会计看了一下，核对无误以后再发给刘强。刘强看了账目文件大为咋舌，觉得这家伙想发财想疯了，芝麻绿豆大的一点本钱，就敢到处贷款、融资，疯狂地加杠杆，企图撬动西瓜大的生意。

刘强也拿给赵小建看。赵小建觉得条件总体还行，但他还是不死心地问道："还能再压一下价吗？你看这家伙连高速过路费都加进来了，合着拿我当冤大头呢。"

"你就当他是个免费采购，省下的公关费用不是比这个多嘛。"

赵小建却不以为然地摇头，说："老兄，我有渠道要养着的，公关费用没法省的。"

刘强笑道："我看，你是热爱公关吧？"

"你不热爱？"

两个男人会心一笑。

"咱们都别玩'聊斋'了，开诚布公地讲。上次也说了，这次是我和陈钊华的私人委托，你就不要压价了。反正你肯定不会吃亏的，只是赚多赚少的问题，你要是实在觉得不到位，咱们以后来日方长嘛。"

赵小建还在犹豫不决。他倒不是在乎这点钱，只是觉得给那种无名之辈让步，不太符合自己的社会地位。

刘强叹道："总不至于让我去求'小腰精'给你吹枕边风吧？"

说到'小腰精'，赵小建忍不住笑了起来。这个绰号'小腰精'的女人做他的情人还不到一个月，就像刚切的哈密瓜一样，新鲜又甜美，给了他很多愉悦的体验。"我上次问她，'怎么感觉你的腰没有以前细了，是不是刘总的伙食太好了'。她立马去游泳馆办了卡。过了几天再看，嘿，腰围又跟以前一样，只有三拃了。"

"那你得感谢我把她调教得这么好。"

"是，这方面我还是很服气刘总的手段，'潘驴邓小闲'，算是一个不落了。" 赵小建又想了想，说道，"这么着吧，我按原价收购他的货，仓库也可以接手，但贷款利息之类的东西就得划出去了。做生意嘛，不可能只赚不赔吧，我没有理由替他摊这些亏损。"

刘强又约乔宇在茶馆见面，乔宇看完赵小建删改过的文件，一时有些接受不了，抱怨道："赵小建划掉的这些费用，加起来都快 40 万了，这刀是往脖子上砍啊！"

刘强说："乔总，你得换个角度看，如果没有赵小建接手，你的损失本来是几百万级，现在这点不算什么吧？"

"对你们当然是毛毛雨，但我这门市部一年也难挣 40 万。"

刘强的脸上浮现一丝不悦，他靠在椅背上，双臂抱起，说："为了让赵小建接盘你这些摊子，我该说的好话都说了，该给的让步也给了，你要是还不满意，那我就无能为力了。要不然你自己试试找销路吧，说不定能够找到出价更高的买家。"

乔宇无言以对，谁都知道现在的行情是怎样的，整个建材市场几乎每一家商户都积压着大量滞销货物，但凡有一个潜在的买家路过，同行们就会拼命地吆喝招揽。要想在这种行情下出手数千吨的囤货，倒也不是不行，只不过时间之漫长要以年计算，光是仓储费用和厂家催款就足以让乔宇的现金流迅速崩盘。

"我再想想。"他说。

"那你尽快，万一赵小建脑子转过弯来要反悔，我也没辙了。"刘强把赵小建的那句话转述了一遍，"人家有渠道要养，有人脉要维系，更愿意直接与厂家签单，价格比你的高一点也无所谓的。"

乔宇沮丧地坐着，半响之后又问道："你们已经和赵小建签合同了吗？"

刘强却反问道："赵小建也需要合同吗？"

乔宇无奈地苦笑。是啊，赵小建黑白两道通吃，城中没有哪家的项目愿意与他过不去，否则拆迁拆不动，运输跑不通，今天被投诉噪声扰民，明天有违规施工举报，万一哪天因为什么纠纷闹上法庭，法院即便不在判决结果上使绊子，一个'拖字诀'也够他们受了。诚创集团这种大公司尚且如此，乔宇作为一介小商贩，更不敢与赵小建叫板了。

刘强又说："你这两天抽个空，和陈钊华去派出所把事情解决了，这高利贷的利息也挺高的，早一天还掉，省一天利息。"

乔宇说："这个不急，贷款合同说至少两个月才能还款。"

"你先把钱拿着嘛，下个月他就忙起来了，不一定顾得上你。"

"他忙什么？"

"人家是纳税大户，龙头企业的高管，忙是常态。"

刘强不愿意说，乔宇也懒得多问，起身离开茶馆。

乔宇这两天尝试与建材市场里的同行们走动，希望他们以后能够帮着分销一部分囤货，价格可以优惠，却都遭到婉拒。一方面，同行们自顾不暇，没有余力替他分销；另一方面，他这半年在市场里四面树敌，口碑崩坏，再对比他前天盛装去海上明月赴宴，一副小人得志的架势，同行们更是巴不得看他垮台。

乔宇坐在门市部门口愁苦地抽烟，指望天上掉下一个脱困的办法。一队穿各种制服的人走了过来，他心里顿时一激灵，想起上次被停业整顿也是这个阵仗。他想过去关门回避，却已经来不及了，对方一行人已经浩浩荡荡地走了过来。一个身穿城管制服的人环顾一圈，还是挑出了毛病，说："你这门口地上怎么有一摊油渍啊？这很影响市容市貌啊。"

乔宇辩解道："别人车子停在我门口，漏了机油，关我什么事？"

"你不能冲刷一下吗？"

"这条路是归市场管的，在这里停车要缴费，堆东西要罚款，都是市场管理处收走的，现在地上漏了一点机油，却轮到我来收拾？"

"反正现在都是划分为'创文'责任区的，你店门口的卫生就归你，你不履行责任，那我们只能罚款了。"

城管正要掏东西开罚单，却被一只手按住了，抬头一看，对方是毓秀派出所的副所长周彬。周彬打圆场道："算了，不至于，人家做生意有时忙不过来。天气预报说了，今天夜里有大雨，到时候雨水冲一冲就干净了。"

周副所长发话了，城管自然要给面子，他只是对乔宇翻了一个白眼，继续往前巡查。周彬没有随队前行。乔宇给他发烟，他却推辞了，从口袋里拿出自己的烟来抽。周彬说道："开门做生意，讲究和气生财，你何必跟他们较劲呢？尤其是这种多部门联合执法的场面，他们也要面子的。"

"那也不能不讲理吧？"

"他们叫你收拾，你先答应下来，他们又不会守在这里。"

乔宇指了指身后的墙壁，那里还留有上次贴着停业整顿通知的纸张残迹，说道："上次刚罚过呢，跟故意找碴儿似的，低声下气求情也没用。"

周彬心里清楚那是怎么回事，他只能低头抽烟来掩饰尴尬。直到一支烟快抽完，他才说道："你和陈钊华不是还有一笔钱在我们所的账上嘛，现在所里的财务在对账，领导催促早点转出来。陈钊华那边说同意支付，你这边什么时候去办一下手续？"

乔宇说："我现在腾不出时间，有事在忙。"

"签个字，转个账，顶多一个小时。"

乔宇沉默片刻，问道："现在不去会怎么样？"

周彬没有正面回答,只是隐忍似的呼吸一口气,拍了拍乔宇的肩膀:"乔老板,支持一下我的工作,这次很重要,拜托了。"

这句话在乔宇听来,与其说是拜托,不如说是一种威胁。但周彬并不在意乔宇的态度,他将烟头踩灭在地上,快步去追赶联合检查的队伍。

"还罚别人呢,自己乱扔烟头。"乔宇将烟头捡起来,准备丢进门口的垃圾桶。他随便看了一眼烟头,惊讶地认出这种烟的售价每包将近 100 元。

第二十一章
投名状

平心而论，詹妮认为自己已经做到仁至义尽了，无论面对乔宇还是刘强，她都敢这样理直气壮地说。当刘强告诉她，乔宇一直徘徊不定，既没有同意赵小建的接盘方案，也不肯去派出所签字领取和解款，她忍不住仰天长叹道："他到底想干什么啊，就不能安安分分拿了钱走人吗？"

刘强说："我倒是能理解他的心态——他一直不死心，想要进入这个圈子，他担心自己签了字拿了钱，以后就彻底没人带他玩了。"

詹妮问道："那你们为啥不能带他玩？"

刘强就像听到一个冷笑话，夸张且干巴地笑了几声，说："咱们这里城区加农村，常住人口160万人，属于上流圈子的，满打满算不会超过1万人。160个人里只出1个，这是金字塔的塔尖，能够进这个圈子的，要么投胎投得好，要么有特别的手段。人家80万禁军教头林冲要上梁山，土匪头子还要他下山杀个人纳投名状呢，他姓乔的凭什么能够进这个圈子？就凭他死了一个孩子？"

詹妮噘着嘴巴，思索片刻，又问道："那我呢？我要是想进这个圈子，也要下山纳投名状吗？"

刘强满怀爱意地看着詹妮的脸，伸出食指戳了戳她的腮帮子，说："师妹当然和别人不一样了，师哥的就是你的，只要师哥在这个圈子里，你就在。"

詹妮将他的手指拨开，娇媚地回应道："这甜言蜜语不知道跟多少女人说过呢，我可排不上号。"

此时，有客人来店里取货，詹妮忙着接待的时候，刘强也放下大老板的身段，帮着端茶倒水。等客人离开，詹妮目光缱绻地打量着刘强，看得刘强一头雾水，他问道："怎么了？"

詹妮说："以前老乔来我店里，只要有客人进来，他就马上走开，生怕被人说闲话。"

"我跟你说过，他就是一个伪君子罢了。以前他对你殷勤一点，也是看你当时内心脆弱，稍微给一点小恩小惠，就把你哄得感激涕零的。你自己回头再想一想，他对你付出了什么？"

詹妮咬着嘴唇冥思苦想一会儿，片刻之后释然道："好像的确没什么。"

"就是嘛，你就是太感性了。"

"感性不好吗？"

"也没有不好，女人都是感性的，只不过所谓坏男人的手段就是擅长理性地利用女人的感性。"

詹妮又问道："那坏女人的手段是什么？感性吗？"

刘强笑道："坏女人的手段是性感，性感可以击破男人的理性。"

两人正打情骂俏着，詹妮的手机突然振动起来，她只看了一眼便直接挂断了。这种情况刚才已经发生一次了，她说是推销电话，刘强也没有放在心上，但反复两次，他就提高警惕了。不出一分钟，詹妮的手机又传出微信提示音，詹妮打开看了一眼，原本嬉笑的脸停滞了一下。刘强抓住时机，问道："是谁啊？"

詹妮刚要开口，刘强立即补上一句："别说又是推销的啊。"

詹妮只得将手机递过去："你看。"

微信果然是乔宇发来的，措辞颇为激烈："为什么不接电话？他们说话不算数，答应好的事又反悔了，我几百万的投资都打了水漂，你现在也躲着我，你们是不是早就商量好这样耍我？"

"我上次就说过，他在你们那里吃了瘪，肯定会找我的麻烦。"

"你把他拉黑不就行了？"

詹妮解释道："他现在至少还能打电话和发微信宣泄情绪，我要是把他完全拉黑，他肯定会跑到我店里来闹事。"

"他敢！"刘强扬起下巴，不屑地指着手机屏幕，仿佛乔宇本人正在里面，"他顶多在背后发牢骚，到了我面前还不是得缩脑袋夹屁股！"

"你们都厉害，只有我好欺负！"詹妮气呼呼地背过身去。

正在这时候，乔宇再次来电，詹妮伸手去拿手机，却被刘强抢先按下接听键。詹妮慌张得不知道如何是好，甚至要躲进后面的小储藏室，刘强一把将她拉住，单臂揽入怀里，电话那头也响起乔宇极不友善的声音："喂！你终于肯接电话了啊？我给你打了多少次电话，你躲什么躲——"

刘强不紧不慢地打断道："乔总，怎么回事啊，火气这么大？"

电话那头顿时哑炮了，愣了许久才回应道："我要找詹妮问一点事的，我打错号码了吗？"

刘强看了一眼臂弯里惴惴不安的詹妮，捏了捏她的肩膀，说："我今天来给外甥女挑个玉镯子，詹妮出去拿快递了，忘记带手机，我就顺手帮她接一下。你找她有事？"

"没事，我就打听一个朋友的号码。"

"那等会儿我让她回给你？"

"不用，我找其他人问一下。"

"那行吧。"刘强一边说着，一边戏谑地向詹妮眨眼，他太享受这种绝对碾压对方的胜利时刻了，于是又乘胜追击道，"赵小建在追问那件事怎么办，他准备做预算了，你这边不行的话，他就要自己联系厂家了。"

"我尽快给他答复，请他再等一等。"

"这件事我不再盯了哦。"

电话挂断之后，刘强扬扬得意地将手机还给詹妮。詹妮随手翻了两下，突然长长地叹了一口气。

"又怎么了？"刘强问道。

詹妮再次展示屏幕，只见乔宇那条兴师问罪的微信消息竟然被撤回了，看时间应该发生在刚才两人通话的时候。"我以前怎么没发现这人这么搞笑啊！"詹妮对此哭笑不得。

"现在你知道了吧，他不只是个小人，还是个小丑，他只是仗着你纵容、忍让，根本不敢真的对你怎么样。"

詹妮看着屏幕笑，只是笑得有些落寞。她擦了擦眼角，感慨道："你说女人为什么要追求美貌啊？白长一副好皮囊，招惹的尽是烂桃花，根本看不清谁真谁假，那这副皮囊不就是取悦别人、迷惑自己吗？"

"师妹，你不能这样想，美貌肯定不是错，只是需要额外长一个心眼，去甄别周围的人。所以说美貌需要智慧伴生，否则没有智慧的美貌就像怀璧于市，不招强盗也招贼。"

詹妮看着刘强，问道："那师哥是强盗还是贼？"

刘强抚了抚她的腰线，说："我可以是护花使者。"

詹妮这次没有避让，只是提醒道："师哥，我知道你对我好，但我们心里都清楚，你和嫂子不可能离婚的。"

"你不是也不想再婚吗？"

"说是这样说的，想也是这样想的，但哪个女人愿意自己没名没分的……"

刘强再次将詹妮搂住，说："师妹，我对你是真心的，绝对不会亏待你。如果你愿意，咱俩可以生个孩子，拥有属于我们俩的爱情结晶，我保证给你们最好的物质、最好的陪伴、最好的保护。"

詹妮似乎有些心动，但还是下不了决心："师哥，事实婚姻也属于重婚，我们俩都要坐牢的。"

刘强却忍不住笑出声来："傻师妹，你居然担心这个……你看我圈子里那些大老板和大领导，有几个是规规矩矩一夫一妻的？'礼不下庶人，刑不上大夫'，只要是社会阶层达到一定高度的人，基因和感情很少在一段婚姻里打转，更不可能被这种小罪名约束。别说重婚这种小事了，就算犯了再大一点的事，也很难被上纲上线。"

"你们有特权，我又没有……"

"你还要师哥说多少遍？我有的，你就有，我的就是你的。"

"那我也不能给你生孩子啊！一个单身女人突然挺起了大肚子，还不得被周围人用唾沫星子淹死？"

"这个不是问题，你只要怀上了，我就送你去美国，孩子一出生就是美国国籍。"刘强见她仍无反应，又诉起了衷肠，"师妹，我承认，这些年我的确经历过不少女人，但真正让我动心的、让我产生这个想法的，只有你一个。"

詹妮定定地看着刘强的眼睛，似乎在确认他这话是玩笑还是当真，但片刻之后，她却嗤笑一声，将刘强推开，说道："算了吧，师哥，我虽然阅历不多，但得到的教训不少，最重要的一条就是男人的承诺不能作数。我要是真的信了你的话，跑去国外给你生个孩子，万一哪天你跟我说你要回归家庭，或者看中更年轻更漂亮的女孩子，那我这辈子就完蛋了。"

刘强无言以对，沉默片刻之后，不禁发出一声幽怨的长叹："师妹啊，我的好师妹，师哥要怎么样才能让你明白我的心意呢？难道要我把心肝肺掏出来给你看吗？"

刚才刘强的甜言蜜语没有打动詹妮，这声长叹倒是让她有些动容，她搂住刘强的胳膊，难得温柔地安抚道："我明白的，只是我还需要一点时间考虑。"

"你也体谅一下师哥，不要怨我心急。"刘强尝到示弱卖惨的甜头，便往这个方向深挖，"我是一个正常的男人，也有七情六欲的。你嫂子带着孩子出国好几年了，我只能一个人过，平时在社会上行走，看上去有头有脸，但回到家里，冷锅、冷灶、冷被窝，连一个说知心话的人都没有，活得真是没意思……"

这话也戳到了詹妮的心窝，她的生活又何尝不是如此，虽然在社交平台上时不时地晒点牛排、烤肉、寿喜烧，似乎过得光鲜亮丽，但大部分时候还是独自拆着难吃的外卖。"师哥，以后日子还长，咱们顺其自然，好吗？"她诚恳地说道。

在如此坦诚相见的气氛下，刘强也只能暂且收敛自己原始的冲动，点头答应。

但詹妮忽然皱起了眉:"不对啊,师哥,人家陈总不也把老婆孩子送出去了吗,也没像你一样找女朋友呀。"

刘强还在感性的状态之中,脑子没有转过弯来,陡然被这样一问,不免有些面红耳赤。但他很快辩解道:"他老婆孩子才出去半年,手头又有一堆烂事,暂时没有心思而已,等再过两个月你再看,他肯定耐不住寂寞。而且他老婆孩子也不是出国,开车四个多小时就能见到了。"

"我怎么听人说送去英国了?"

"假的,故意放出去的消息,其实是躲在国内。他们两口子的关系其实不太好,他老婆怕他另外找人,想把财产握在手里,他也怕他老婆卷钱跑路,哪天出事了不肯散财救他。夫妻俩都提防着对方,所以不敢跑太远,先做一段时间异地夫妻。"

"躲在哪里哦?"

刘强欲言又止,解释道:"不好意思哦,师妹,目前除了陈钊华本人,应该就只有我知道了,我也得替他保密。"

"喊!我只是随口一问,又不是什么了不得的秘密。"詹妮不屑地说,她话题一转,又问道,"陈钊华混得那么好,能出什么事哦?"

"做他这一行,有几个屁股干净的?以前有个朋友开玩笑,说他闲着没事找了一本《中华人民共和国刑法》来看,遇到和自己沾边的地方就折一下,等他翻完,书的厚度多了一半,吓得他立马找人打听移民的事。把老婆孩子送出去,算是铺了一条后路,即使哪天出事也能掰扯掰扯,总比被人连锅带肉一起端掉好。"

"那你和嫂子之间怎么没有这个顾虑?"

刘强自信一笑:"我跟你说过,我和她的婚姻是开放式的,已经是一种完全理性的利益联盟,比传统的婚姻关系更长久,更稳固。所以,即使我非常喜欢你,我也不会像别的男人那样许诺离婚娶你,因为我和她不可能离婚。反过来讲也成立,无论我出了什么状况,她都不会主动破坏这段婚姻关系。"

"怪不得你不怕重婚罪……"

"对啊,只要我老婆不回国起诉我,谁闲着没事来管这个?既然我不是重婚,那你更不用担心了,是不是这个道理?"

詹妮似乎被说服了,不再提任何问题。刘强去抚摸她腰臀的曼妙曲线,她也没有抵触,甚至随手拎起一只礼品袋,配合着遮挡门外路人的视线。她的默许让刘强的色心大起,色胆也随之膨胀,他的手顺着詹妮的腹部上移,直奔她的胸口而去。詹妮被吓得花容失色,拼命挣脱他的手,骂道:"你疯了吧你?随时有客人进来的！"

　　刘强欲火正盛，哪里听得进去："先把店门关了，我惦记得太苦了！"

　　"你当我什么啊，随便找个地方趴下来就能做那种事了？"

　　刘强被呵斥得颜面尽失，他脸上青一阵白一阵，片刻之后起身往外走去。詹妮也意识到自己失言了，赶紧将他拽住，愧疚地安抚道："师哥，我这两天身体不方便，你懂的……过几天你来我家，我给你做晚饭，可以吗？"

　　刘强不以为然地嘀咕道："只是吃晚饭吗？"

　　詹妮娇嗔地白他一眼，小声道："再让你蹭一顿早饭，就怕有的人早上起不来。"

　　刘强顿时心花怒放，捧着詹妮的脸用力嘬了一口，说："行，咱们走着瞧，看看早上谁起不来！"

　　刘强离开的时候可谓志得意满。今天的确值得如此，他以一己之力使男人畏服，使女人依附，事业与情场两丰收，枭雄之风堪比曹孟德。即使电梯停在这一层，他还是选择走楼梯，抓紧一切机会锻炼腿脚，以待几天后大展身手。

第二十二章
通缉令

随着检查组莅临的日子越来越近，陈钊华的工作压力也加大了，为了迎接检查，公司里里外外从卫生到财务都筛了一遍，消除可能存在的隐患。他的台词也练得越来越娴熟，基本可以做到全程脱稿，他几乎看得到自己未来的人生——省检查组与市领导班子一行人戴着白色安全帽视察生产车间，他作为主讲人站在最显眼的位置；众人在会议室亲切交谈，大领导们都会记住他面前的台签上的姓名；而这些画面都会被人用文字、照片和视频记录下来，播报在主流媒体上。经此一役，他完全可以再往上攀登一个阶层，以后他就是省领导口中的"小陈"甚至"钊华"，只要拿出这些公开播报的物料，便可以给自己在全国的任何活动背书。

周彬打电话过来督促签字转账的事，陈钊华回应道："我没问题的啊，但我一个人签字也没用啊。上次我跟乔老板沟通过这事，他答应约个时间一起去办，但后面就没下文了，我最近忙着迎接检查组的事，就没再盯了。"

经过上次吸氧机的事，周彬对陈钊华的态度有了改观，他也开诚布公地交了底："我们领导也是因为检查组要来了，才催着把事情赶紧解决。公账莫名其妙多出100万元，万一被追问起来，合不合规另说，你们两家的事肯定要被重提。虽然那件事已经正常解决了，但总归不是一件光彩的事，检查组听了以后要扣印象分的。"

"我绝对百分百支持周所的工作，实在不行，我先去派出所把我的名字签了，你再看怎么做乔老板的工作。"

"我有个疑问，这个乔老板为什么不配合啊？他之前不是上赶着要拿钱吗？"

陈钊华无奈地笑道："可能是现在我们过于主动了，他觉得我们有求于他，所以拿起了架子。"

周彬心中早有预案，他说："这样吧，我给你们双方都发个通知，如果因为任何一方的不配合，月底之前不能解决，那我们就默认调解失败，这笔钱原路返还你的账户。到了那时候，你们是公了还是私了，你们双方再看。"

"那我已经付给他的钱怎么办？"

"如果是走司法程序，那等有了判决结果，肯定是多退少补。不过你们两家的事晾了半年，现在再走司法程序没多大意义，他大概率还是会来签字的，只是需要一点压力。"

"行，那就这样，辛苦周所长了。"陈钊华客气地感谢，他合计片刻，又开口道，"对了，你家里老人最近身体怎么样？"

周彬叹道："我爸还行，我妈一直有慢性支气管炎，好多年了。"

"我刚好有个朋友是一家大医院的副院长，他们的呼吸科在全国是数一数二的，要不我去打一声招呼，给咱老太太挂个特级专家号？"

周彬不免有些心动，他作为一个小小的副所长，在本地兴许还有一点面子，但出了这座城，他便与普通工薪阶层无异，什么都不是了。前年母亲犯病严重的时候，父亲带她去上海的大医院求医，在宾馆住了五天才排到一张走廊里的床位，输了两天液，稍有好转，又被强行出院了。从那之后，母亲便不愿再去大城市就医了，犯了病也只去县城的人民医院，抓点药应付了事。

但周彬想了想，还是不敢在这个关键时刻招惹麻烦，于是婉拒道："不用了，最近气候挺好，她有一段时间没有犯病了。"

"那行，你需要的时候只管开口。"

周彬办事的效率还是很高的，陈钊华下午就收到了一条短信，里面正是周彬在电话里所说的通牒。显而易见，这条短信一式二份，同样的一份也发给了乔宇。这一举措的效果立竿见影，当天晚上八点多，陈钊华便接到派出所的电话，通知他第二天下午三点去派出所签字。

次日下午两点五十分，陈钊华驱车抵达毓秀派出所，随行的还有他的律师刘凯洋。派出所为这件事花了不少心思，不但腾出一间会议室，而且特意装扮了一番，摆上袋装点心和矿泉水，挂了会标，甚至专门安排人摄影留档。

秦所长也赏脸露了面，出任这场和解的见证人。周彬则后撤一步，识趣地将功劳让给领导。但一直等到三点半，乔宇才姗姗来迟，众人也不好说什么，依然热情地迎他入座，照相机也开始咔嚓起来。

秦所长致开场白道："这起不幸的事件虽然发生在我到任之前，但我翻阅过所有的案宗，了解全部的过程，后续也一直保持高度的关注。这起意外让人痛心，让人惋惜，让人遗憾。所幸的是，我们都保持理智和成熟的心态，最终在法律框架内，拿出一个和谐兼顾的方案，在今天圆满地解决这个问题……"

众人都听得索然无味，陈钊华想早点签字，乔宇想早点拿到钱，周彬想早点摆脱这起让他感到晦气的案子。等秦所长讲完官话，终于进入正题，陈钊华与乔宇隔桌而坐，中间是当事双方的和解声明，以及毓秀所出具的一份"溺水事故赔偿结案报告"。

只要签了字，所有人都各得其所。陈钊华率先执笔签字，签过字的文件被推到乔宇面前。乔宇认真地浏览文件的内容。内容如下：

感谢你们的出席和配合，让这个案件得以解决。在经过仔细的调查和协商之后，我们制定了最终的赔偿方案，并希望你们能够接受。

在签署这份结案手续之前，我想重申，这个过程是公开的、透明的，我们已经尽力做到公平合理的处理。

请注意，签署这份手续意味着你们已经同意了当前的赔偿方案，并同意结束本案。如果你们还有任何疑惑或者想进一步了解相关细节，请随时提出。

最后，我再次表示深切的遗憾和慰问，希望这个结果能够得到你们的认可和理解。

乔宇一字一句地看完，问道："这个'我'是指谁？"

众人都愣住了，一头雾水地看着他。

"是你吗，周所长？"

周彬下意识地往后靠了靠，并瞟向主席位的秦所长。

于是乔宇又问秦所长："是秦所长吗？"

秦所长思忖片刻，答道："你不应该理解为某一个具体的人。"

"那该怎么理解呢？"

此时，陈钊华不悦地敲了敲桌子，说："乔总，差不多得了，突然咬文嚼字干什么？你觉得没问题就签，觉得有问题就算了，我们可以请权威机构重新斟酌这个赔偿方案。"

乔宇的故作姿态一下子被击破，他嘀咕道："我就是不懂，才随便问问……"

他拿起黑色水笔，认认真真地签下自己的名字。放在桌上的手机突然响了起来，是小姑打来的。乔宇旁若无人地接听，但小姑开口的第一句话，就惊得他一下子站了起来。

"她跑了！你媳妇儿找不着了！"小姑焦急地说。

"怎么回事？"

"她说想吃草莓，我就去超市给她买，回来就找不着她了。"

"你没有锁门吗？"

"锁了的！邻居说看见她是翻围墙出去的！"

"那些人没有拦着她吗？"

"人家凭什么拦啊！"

乔宇恨恨地骂道："这帮王八蛋就是巴不得看笑话！"

在场的众人都听出发生了什么状况，个个面色凝重，如临大敌。省里的检查组近日随时可能突访这座小城，若是在这个节骨眼出了什么乱子，别说是一个小小的派出所所长，或者一个地方企业的干部，就是市长和书记的仕途都会受到影响。

"那先别签了！"刘凯洋第一个阻拦道，"今天这个签字暂时不算啊！"

乔宇这时候却不答应了："我已经签好了。"

"那也不能算！"刘凯洋一边说着，一边起身扑过去，隔着会议桌就将双方都签过字的那份文件夺了过去。

周彬好不容易将事情推进到这个地步，当然不愿意眼看着功败垂成，他试图从中斡旋。但刘凯洋与陈钊华交换了一下眼神，抢在周彬开口之前就将文件撕成两半。乔宇察觉到钱财落空的危险，极力辩解道："她脑子不好，可能只是出去透透气，晚上就自己回来了。"

刘凯洋还是不依不饶："这谁知道呢，也许是你故意让她出去的呢。据我所知，她现在不疯了。"

"我觉得你们就是借题发挥，想要找借口赖账。"

陈钊华终于站出来说话了："这也许只是一个突发状况，我陈钊华不至于赖你这点钱。等把事情搞清楚了，我们可以坐下来重新签，钱也随时支付。"

秦所长也适时地补充道："省里的领导马上就要来了，大家都在齐心协力迎接检查，你最好不要让你爱人做出什么过激举动，否则就是站在全市 100 多万人民的对立面了。"

乔宇不得不认清当前的形势，他转向秦所长求助道："我现在回去找她。你们有人手有监控，能不能帮忙找一下？实在不行的话，发个通缉令什么的。"

秦所长难以置信地看着他："你开什么玩笑？你爱人又没有杀人放火，只是暂时走丢了，还能随便通缉她？"

周彬建议道："她应该不会走太远，兴许真的只是出去溜达，要不我们先派人在辖区里找一找？"

秦所长点头同意，他暂时也不愿将这件事小题大做，万一大张旗鼓地惊动市里的领导，他的工作能力就要被质疑了。于是秦所长一声令下，毓秀派出所的民警、辅警和联防队员都被派了出去，逐条街道地寻找何琳的踪迹。与此同时，街头的电子眼在密切地搜索何琳的面容。

乔宇赶回家里,向邻居们打听何琳的行进方向。然而摸查到社区外不远的一个十字路口后,何琳就像人间蒸发了似的,消失得干干净净,没有留下半点痕迹。小姑急得直抹眼泪,揣度道:"是不是离家出走了啊?"

乔宇说:"她两条腿能走多远。"

这让小姑更加着急了:"我就怕她一时想不通。去年我家那边一个女的,和男人吵了几句就离家出走,一夜没回去,没想到第二天人从河底漂上来了。"

不料乔宇不为所动,反而平静又冷峻地嘀咕道:"要是那样倒好了。"

乔宇的态度让小姑大为震惊,她以前以为侄子的性情剧变是为形势所迫,不得不做出的妥协,但今天看来,似乎并非如此。何琳纵有过失,且不说是他的发妻,即便是家里养的一条狗,也不至于被如此冷血地对待。

乔宇将车子停在路边,给何琳认识的人打电话,小姑不想这样干等,于是独自下了车,沿着街道继续往前走。小公园、社区广场、菜市场……她俩平日常去的地方,她都去过了,却一无所获。她不知道还能去哪里找,只能沿着河边漫无目的地走着。直到丈夫打来电话,她的情绪才一下子崩溃,坐在一块石头上大声哭了出来。她自责道:"万一真的出了什么事,我是要被天打雷劈的啊,老天不给我折寿,我自己都没脸活下去……"

"乔宇有没有怪你?"丈夫问道。

小姑边哭边否认:"没有。"

"那你担心什么?他老婆也是三十来岁的人了,真想出事怎么都拦不住的,你大晚上别在外面转悠,说不定她已经自己回去了。"

小姑只得平复情绪,快步往回赶。沿途她看见不少辅警开着电动车找人,警灯闪烁出的红蓝光亮让她心神不宁。何琳离家出走的消息不胫而走,不安的情绪在街头蔓延。小公园外面有人认出小姑,向她打听情况,她也不好多说什么,只能拜托她们帮忙留意一下。

小姑回到家中,还没进院子就看见外面停了一辆警车。乔宇正在向周彬介绍情况,他指着院墙角落里的一堆木料说:"这些木头是用来架高金属建材的,防止建材直接放在地上沾水生锈,她是把它们垫在墙边翻出去的。"

"她带什么东西出去了吗?"周彬问道。

乔宇说:"手机和银行卡都在家里锁着,身上应该也没带钱。"

小姑犹豫片刻,插话道:"她拿了钱的,八十几块钱。"

乔宇愣了一下,问道:"她哪儿来的钱?我不是叫你不要给她钱吗?"

"那是我买菜剩下来的零钱,放在围裙兜里,被她掏走了。"

这让乔宇十分恼火,虽然只是八十几块钱,但有钱和没钱完全是两码事,八十几块钱足以让何琳的活动半径从几公里扩大到几百公里，而省城就在这个范围之内。他转而向周彬求助道："周所长，你得给我做证，这事和我没什么关系。我不可能把我老婆一辈子拴在裤腰带上，他陈钊华也不该拿这件事来赖账。"

周彬也忍不住厌嫌地皱起了眉："不管怎么样，我们先把人找到，其他的事另外再说。"

"你们不是担心她去闹事吗？"

周彬也被问住了，他自己其实也很迷茫，现在眼前可能出现两种恶劣结果：一是何琳上访闹事；二是她发生意外。前者事小，影响大；后者事大，影响小。虽说人命关天，但让众人风声鹤唳的似乎更倾向前者。

"你不要乱讲啊，信访有合法的制度，但我们要先确保她的安全。"

乔宇摸了摸口袋，对小姑说道："小姑，帮我进屋拿一下烟吧，好像放在客厅茶几上。"

小姑此时并没有心思干这些杂活儿，但无奈她拿了侄子的工资，只能照办。她先去客厅，没有找着香烟，又去卫生间看了一眼，只有被自来水浸湿的半包烟。她只得去楼上的书房。里面的台灯开着，她蹲下来打开写字台底下的柜子，拿出一包新的烟，站起身的时候却被桌上一样东西吸引了。

小姑以前被朋友拉去做过半年农村保险推销员，她一眼就认了出来，这是两份人身意外保险合同。她直接翻到合同填写页，粗略一浏览，便掌握了两份合同的重要信息。两份保险都是首次购买于三年前，一份是乔宇的，另一份是何琳的，保额都是200万元，且受益人都是爱丽丝。这是很多小家庭常有的操作，担心夫妻二人出了意外，孩子孤苦伶仃，无法生存，或者某一方发生意外，孩子在重组家庭里吃亏，于是夫妻双方一般将子女作为保险受益人。但现在爱丽丝已经夭折，倘若何琳再发生什么不测，保险赔偿金只能作为爱丽丝的遗产，由乔宇一人继承。

小姑只觉得头皮发麻，整颗心一直往下坠落，她一屁股栽在椅子上。"人不应该坏到这个地步。"她近乎絮叨地默念道。不知道过了多久，她才逐渐缓过神来，尝试安慰自己，也许只是碰巧随手拿出来了。

等小姑拿着一盒新烟下楼，周彬已经告辞了，乔宇并没有注意到她异样的神情，反而责怪她手脚太慢。小姑没有解释，也没有多问，只说自己还想再出去找一找，却被乔宇阻拦："周围都找遍了，你还能去哪里找？人家派出所那么多人开车在找呢，你大晚上的就别去凑热闹了。"

小姑说："他们找他们的，我找我的。家里人走丢了，我们却坐在家里干等，外面的人看见了是要骂我们的。"

乔宇原本还不太情愿，但他扭头时不经意地瞥见周围的邻居从各家的窗口往这里张望，他只得暂且将怨言咽了回去，拿上车钥匙与小姑一起再次出门。

这一夜，城中很多人没有入眠。

何琳就像从人间蒸发了似的。

直到第二天下午，依然没人发现何琳的踪迹，此时距离事发已经过去二十四小时了。她原籍娘家的派出所也有了反馈，亲戚们都说他们早就与何琳断了走动，最近半年更是一个电话都没有。

事情也已经被上报给市里派出所。很快，市民们发现，市区的街头比平日多了不少巡逻警力，大大小小的宾馆和酒店都被要求严格执行入住登记制度，车站和各个交通要道也有人设卡检查，甚至有一条蓝白涂装的快艇在护城河的水面来回游弋。

不知内情的人们猜测，这是因为省里的检查组不日将至。

乔宇已经找不动了，但他也不想回去被小姑唠叨，于是干脆坐在派出所里蹲守，连晚饭都和值班民警一起吃工作餐。这种情况下，周彬也没办法下班回家，只能留下来一起耗着。乔宇对此非但不以为然，反而责怪派出所没有加大寻找力度，还有几个人一直在办公室里坐着。一名女辅警忍不住反驳道："派出所也不是为你一家开的，我们也得为其他人民群众办事啊！"

乔宇说："事情总得分轻重缓急吧？这些补办身份证之类的小事和我家的事怎么比？"

"你这不是耍赖吗？"

"你骂谁耍赖呢？这就是你对待人民群众的态度？"

周彬也觉得乔宇过于无理取闹，他出面调停道："乔老板，人家女同志为你家这事，已经连续工作二十个小时了，家里的孩子都是请邻居带的，麻烦互相体谅一下。"

然后他将女辅警拉到旁边，教育道："人家毕竟家里出了事，心里有点情绪宣泄一下也是难免的，为什么要跟他对顶呢？"

女辅警撇了撇嘴，说："我已经忍他一天了。我就住他家隔壁小区，他这人什么德行，我心里清楚得很。平日待他老婆刻薄得很，还在外面勾三搭四，现在人离家出走了，他跑这里来装什么情真意切。"

这个女辅警一向爱憎分明，又加了一夜的班，周彬也不好过多指责，只能让她早点回家休息。周彬拆了今天的第二包烟，以此对抗身心的疲惫。他现在十分忐忑，又盼着早点有消息，又怕盼来坏消息。今天中午，市公安局已经开过小会了，领导也定了基调，尽一切力量防止负面舆情的产生，保卫全市人民共创文明城市的成果。

他私下也问过秦所长："万一人出事了怎么办？"

秦所长不假思索地说："还能怎么办？我们已经尽力了。现在每年都有因为抑郁症轻生的，我们要做好舆情管理，防止谣言传播，以后有机会，我们可以专门探讨一下家庭和谐和心理健康的主题。"

周彬听明白了，如果乔宇的老婆真的自杀，原因已经提前敲定了——是清官难断的家务事，是家人也有心无力的心病。总而言之，尽量与半年前那起事件撇清关系，这是最好的解决办法。

秦所长看出他的忧虑，给他发了一支烟，说："你肯定也知道，这个家属不太好说话，你跟他对接的时候尽量保留一点，不要让自己吃亏。"

周彬苦笑着点头。半年前他推心置腹地多了一嘴，葬送了自己升职的机会，也让他成了系统内的笑柄。如今他总结了经验，吸取了教训，话说出口之前基本都在肚子里来回"炒"两遍，确保不留下什么招惹麻烦的破绽。

乔宇终于熬不住，在派出所待到天黑就回家了。周彬也趁机回家躺一会儿，夜里还得再来接同事的班。此时是交通高峰期，路上有些堵，幸好他骑的是电动车，可以在堵塞的路面见缝插针地穿行。一辆被堵在非机动车道上的红色奔驰吸引了他的注意，他再看一眼车牌，于是停到驾驶室旁边，敲了敲贴了防窥膜的车窗。随着车窗缓缓落下，詹妮那张精致的脸蛋出现在他面前。

"周大所长，你怎么还干交警的活儿啊？"詹妮诧异地问。

"嗐，我下班回去，碰巧遇着，就来打个招呼。"

"吓我一跳，我以为要给我开罚单呢！"

"交警现在也不管这个，有摄像头自动抓拍呢，扣一分，罚 200 块。"

"无所谓的，我驾照还有九分呢，下个月就刷新了。"她又调转话题，问道，"我听说，老乔的老婆离家出走了，现在怎么样了啊？"

周彬愣了一下，反问道："你听乔宇说的？"

"他是打电话问过我，不过在这之前，我就听刘强说过了。"

"哦，这样啊。"周彬怅然若失地点头。他早就听说过刘强和詹妮的花边八卦，只是从她嘴里得到验证，还是觉得不是滋味。他已经看清了，眼前这个女人现实、市侩、慕强，必定要用自己的美貌争取优越的生活，并没有什么让人称赞的内在。周彬作为一介凡夫俗子难得她的青睐，只是对她出众的外在念念不忘。不过幸好有詹妮的存在，让一直挑三拣四没有着落的周彬理清了自己的婚恋需求——他并没有什么了不得的高调想法,只是想要另一个版本的詹妮——一个看得上自己的漂亮女人。

"你们有没有去她老家找过?"詹妮问道。

"找过了,没结果。"

"她还有两个关系比较好的高中同学……"

"一个姓秦,一个姓张,是吧?她手机里有号码,我们问过了,也没有联系过。"

"那她还能去哪里呢?真怕她出什么事。"詹妮忧心忡忡地叹了一口气。

"你们俩不是闹掰了吗?"

"我和她是闹了一些不愉快,但再怎么着,我们也曾经是很好的朋友,不至于巴不得盼着对方死吧……"兴许是被人说中难堪之处,詹妮情绪有些激动,从扶手箱抽出一张纸擦了擦眼角。

周彬能够理解詹妮的立场。以前她顶多被人在背后说一些闲话,无非是水性杨花之类的,这种事情东家没有西家有,今年没有明年有,在任何一个世俗社会都不算什么。但如果何琳遭遇什么不测,这些闲话必定蹿升几个层级,直接与逼死人命挂钩,而她会沾染这辈子都洗刷不掉的恶名。

"我没别的意思,只是随便问问,你要是有她的任何线索,麻烦第一时间联系我。"

"知道了。"詹妮一边应着,一边升上车窗,粗暴地结束了这场不愉快的对话。

周彬回到家中,父亲已经提前做好丰盛的三菜一汤,母亲也准备了洗澡水和换洗衣裳。他埋头吃饭的时候,二老就守在旁边,仿佛他还是一个高中住校偶尔回家的学生。母亲问道:"你们最近这么忙,在忙什么事情啊?迎接大领导吗?"

"是,也不是。"

父亲对这种敷衍的态度有些不满,责备道:"是就是,不是就不是,什么叫'是,也不是'啊?"

"本来迎接领导不用这么忙的,稍微加点班就够了,上次死了孩子的那个女的昨天忽然又不见了,全所都得帮着找。"

父亲猜测道:"不会是跑去北京上访了吧?"

周彬摇头否认:"应该不会,现在买票都要实名认证的,她连身份证和手机都没带,身上也只有百十块钱。"

"会不会是她男人故意把她藏起来了?"

周彬想了想，似乎不排除这种可能，但他再一琢磨又觉得对不上，乔宇几乎全程都在警方的视野范围之内，而且这事对他没什么好处。

母亲插嘴问道："这次对你有影响吗？"

周彬叹了一口气："谁知道呢，可大可小，反正只要有人为这件事背黑锅，我肯定排在第一个。"

听闻此言，母亲忍不住恨恨地埋怨道："这女的真是害人精，自己有病就在家里待着好了，莫名其妙跑得没影了，万一出了什么事，又要连累别人。"

周彬愣了一下，平日里母亲总是与人为善，见着捡废品的老年人都会心生怜悯，白送一些硬纸板，甚至请人家进店吃一碗东西，今天说话却如此刻薄。但他想了想又没说什么，毕竟在母亲的眼里，她的儿子才是全世界最重要的，其他任何人都要靠边站。

"妈，你到了外面千万不能说这些话，最好不要讨论和我工作有关的事，现在网络太发达了，要是被人发到网上，要惹大麻烦的。"

"我知道，我这不是关起门来说的嘛，外人问起来，我都说我什么都不知道。"

周彬点了点头，他眼皮耷拉得厉害，于是他迅速扒拉完晚饭，澡也懒得洗了，直接回房间睡觉。当后脑勺一沾到枕头，他便感到一阵天旋地转，仿佛天灵盖底下的所有东西都倾覆了。他不禁感慨自己果真上了年纪，以前年轻的时候奉命去蹲点抓人，几天几夜都能轻松熬下来，但现在熬一天一夜就能要了他的半条命。

周彬是晚上八点睡的，闹铃定在凌晨四点，但三点一刻的时候，他便被一阵急促的电话铃声惊醒了。他的七魂六魄还在混沌之中，身体的一切动作都是条件反射，手还没抓到手机，嘴巴已经在说"喂"了。电话那头是毓秀派出所的值班同事，只是大概描述了一下情况，周彬的困意便像被枪声惊到的林中鸟一般，瞬间呼啦啦地飞走了。

周彬赶紧起身，原计划睡醒再洗的澡也不洗了，急忙开车出门。他沿着国道开了大约四十分钟，抵达城市边缘的一座河面桥。这座桥横跨运河两岸，坡度较大，它的双向车道是隔开的，周彬隔着栏杆可以看见路对面已经聚集了几辆车子和一群人。他一时看不出有什么异常，于是一脚油门踩到底，加速开到对岸可以掉头的地方。当他掉转车头到对向车道，立即被映入眼帘的画面震惊到了——桥另一侧的倾斜坡面如同演奏家的乐谱架一样展示得一览无余，但上面只展示了一个歪歪扭扭的惨白大字——"冤"。

这里不是毓秀派出所的辖区，是本地派出所接到过路司机的报警，赶到现场以后再通知毓秀派出所的。但他们并没有抓到现行，肇事者早已不见踪影，他们调取附近的监控，发现夜里一点半左右，一个提着油漆桶的女人翻越省道护栏，走在桥面上。一个小时后，她又原路返回，消失在护栏外面。

"是她吗？"兄弟单位的人问。

视频图像有些模糊，女人又裹得严严实实，同事们认不出来。但周彬与何琳打过交道，从女人走路的姿态，他一眼就认出她是何琳。他也明白她做这件事的动机，这条国道是省城通向本市的必经之处，而这座桥的坡面又是完美的状纸，省检查组只要从这里经过，必定会看到这份触目惊心的诉状。

万幸的是，她搞错了一件事，检查组原计划今天上午抵达，但临时计划有变，日程往后推迟了一天。

周彬连夜打电话向秦所长汇报，秦所长又向局里汇报。很快上面就有指示下来了，立即封锁这座桥前后三公里的国道，指挥过往车辆绕行，尽快清除桥面油漆，并加大力度找人。

封路和指挥绕行的活儿归当地派出所和交警队管，清除桥面油漆的活儿归路政部门管，找人的活儿理所当然地落在周彬头上。他带了一位当地派出所的同事，从何琳离开国道的位置往下摸索，但国道周围大多是远郊乡下的石子煤渣路，没有一处安装监控，且大路小路错综复杂，根本寻不见她的踪迹。

"她费尽周折就为了写这玩意儿吗？"随车的同事有些费解，"从你们辖区到这里，算下来有四五十公里呢，徒步走过来可不容易。"

周彬也给不出答案。这一路有上百个路面监控，自何琳失踪以后就有人盯着，她肯定是从乡下小路绕过来的，弯弯折折又多出不少路程。这个女人隐忍蛰伏几个月，在事情即将被盖棺论定的最后一天，试图用这种"拦轿递诉状"的古典方式为夭折的女儿伸冤，却想不到油漆未干就被清洗干净了。

但他又受到启发，立即打电话给毓秀派出所，让值班同事去乔家看一眼。不到一刻钟，所里的同事就回了电话，说乔宇一直在家里睡觉，对这件事毫不知情。同事还特意摸了一下他门口汽车的引擎盖——是冰冷的，完全没有挪过窝的痕迹。

在距离国道大概三公里的一个路口，有一家农村的小商店，门口装着防盗监控，周彬的随行同事打电话喊来老板，在电脑上浏览最近几个小时的监控记录。商店的监控比较落后，没有动态抓拍之类的功能，更多是发挥一个威慑小偷的作用。周彬只能手动拖拽进度条，但看了几分钟，画面里陆续有不少车子经过。

"这里走夜路的人还不少啊！"周彬诧异地说。

商店老板解释道："这里离隔壁县的工业园区比较近，过了桥就是，村里有些年轻人在那边的厂里上夜班，换班时间不固定。"

周彬又用八倍速继续飞快地浏览。凌晨五点之前，路过的有自行车、电动车、摩托车、汽车，就是没有一个步行的。他不能在这里耗时间，只能从行车记录仪里卸下 SD 存储卡充当 U 盘，拷贝了监控视频文件，先行告辞。

周彬把兄弟单位的同事送回桥面。路政部门的工人刚抵达现场，负责人向他介绍具体的情况。白色油漆特别难清理，他们先用喷枪喷洒专用清洁剂以溶解油漆，再用打磨机清除残留痕迹，最后在整块区域加喷一层沥青色速干油漆。

"这些要花多长时间？"周彬问道。

负责人看了看表："四个小时吧。"

"四个小时以后才能通车吗？"

对方摇了摇头："那不至于，我让人摆一下'雪糕筒'，半个小时就可以通车了。"

周彬扭头看着晨光之下的清理痕迹，不禁皱起了眉，现在天已经大亮，如果尚未清洗完毕就通车，他担心这件事会被带向不可控的舆论沼泽，不复其保密要求。但负责人一下子看出他的担忧，又补充道："你放心吧，这座桥单向不是有三条车道嘛，我们先关闭两条，开放一条，施工区域加上隔板，对外就说在修路，没人看得出状况。"

周彬就在现场盯着，看他们隔离车道，加好隔板。半小时后，这条路就恢复通车了，积压在几公里外的车流接踵而至，速度又被桥面的单车道限制住，人们根本无暇观察施工区域的情况。

又过了一会儿，毓秀派出所的同事带着乔宇赶到现场，领着他看了国道监控拍到的何琳的那段视频，又让他参观妻子留下的杰作。乔宇恼恨地怒骂："我就知道，这臭娘们儿故意要毁我！"

周彬问道："你觉得她现在可能去哪里了？"

乔宇蹲下来摸了摸尚未干透的沥青色油漆，说："你们手脚太快了，她刚弄完，就被你们处理了。她这人看着温暾，其实脾气很犟，一件事达不到她要的效果，她绝对不会轻易罢休。"

周彬立即追问："她想达到什么效果？"

乔宇不假思索地瞪眼："还能有什么？她就是想报复，想破坏，她不想让我好过，也不想让你们好过！"

周彬耐着性子询问："你最好再想一想，她接下来可能去哪里？"

乔宇一副还在气头上的样子，破罐子破摔地说："随她去吧，没死就行。反正这个家已经这样了，大不了一起烂掉算了。"

周彬提醒道："难道那笔和解款也要放弃吗？100万，这可不是小数目。"

乔宇犹豫片刻，但还是摇头道："无所谓了，杯水车薪，你明白吗？我现在的烂摊子，不是这点钱能够收拾的。"

周彬对乔宇冒进囤货的事略有耳闻，但这种生意场的事他无权过问，他踌躇片刻，又继续劝说道："这也不只是你一家的事。你应该也知道，现在全市都在创建文明城市，要是你爱人一时冲动做了过激的事，影响可就恶劣了。"

乔宇反倒不屑地笑道："这城市文明不文明，跟我有什么关系？会给我发奖金还是减免我的税？"

周彬毕竟从警多年，每天处理各种乱七八糟的纠纷，遇到的奇葩数不胜数，这种人原本不至于让他动怒。但这次，他让兄弟单位的同事看了笑话，展示了自己辖区的群众思想觉悟之低，顿觉颜面扫地。

他深吸一口气，将心中随时要蹿出的怒火压了回去，继续循循善诱道："你可以无所谓，但还有别人在乎。起早贪黑扫大街的环卫工人在乎吧？顶风冒雨维持秩序的交警在乎吧？一分钱工资不领的志愿者在乎吧？为了修路忍受噪声、尘土的市民在乎吧？全城100多万人都是参与者，大家为了'创文'活动努力了很久，如果别的都过关了，只是因为你家这事而遗憾落选，不仅会让咱们城市失去一张名片，而且会寒了很多人的心，到时候你就不怕成为众矢之的吗？"

兴许是害怕成为公众之敌，乔宇似乎有些触动，他问道："有这么严重吗？"

兄弟单位的同事呛声道："你以为呢？"

乔宇点了点头："知道了。"

乔宇向周彬索要国道监控拍下的妻子翻越护栏的那两段视频，但周彬有些警惕，担心视频泄露引发什么未知的后果，拒绝了他的要求，只让他现场多看了两遍。乔宇指着监控视频里的妻子，忽然重重地戳了戳屏幕，说道："衣服不对！她从家里走的时候穿的是一件黑色外套，不是深蓝色的！"

周彬解释道："这应该是红外监控的色彩畸变，很正常的，有时黑色的衣服夜里在监控里甚至呈现为灰白色。"

乔宇摇头道："不只是颜色，她这件衣服带风帽，明显是一件冲锋衣，但她从来没有买过这种款式的衣服。"

周彬也凑近屏幕仔细地看了一会儿。果不其然，她身上的确穿着一件冲锋衣。兄弟单位的同事问道："你爱人身高多少啊？"

"一米六三。"

"你呢？"

"一米七四。"

同事意味深长地"哦"了一声，没有继续往下说。但周彬听出他的言外之意，这件冲锋衣看着极不合身，下摆快到她的膝盖了，显然是一件男款，而且是一米八以上的人才会买的超大号。

乔宇一开始还没觉察，但看着两人隐晦的样子，他才后知后觉地变了脸色。周彬见过许多这样的男人，他们夹着尾巴在社会上行走，尊严不可避免地被践踏和损耗，唯一能够找补回来的地方就是以自己为中心的小家庭，他们在更弱小的妻儿面前宛如君主般的存在。倘若有一天，他们突然发现妻子在外有了特别的状况，不再是他们随意支配的对象，唯一的尊严支柱必定瞬间崩塌。

"我就知道，她一个人肯定办不了这事，果然有人在帮她。"他喃喃自语道。

"是谁？"

乔宇没有正面回答，他点了一支烟，大口大口地吸着，看上去十分焦躁不安。周彬也不好步步紧逼，只得尽量把话圆回来："不要太早下结论，现在这个季节昼夜温差大，也许她随便买了一件。"

"不对，我好像在哪里见过这件衣服，但一时半会儿有点想不起来了。"乔宇嘴里念念有词，像动物园铁笼中出现刻板行为的动物一样来回踱步。片刻之后，他停住脚步，徒手将半截烟掐灭，似乎下了某种决心："给我一点时间，我也许可以找到她。"

乔宇转身走向自己的车子。带他过来的民警也跟了上去，却被他拦住："这事让我自己处理，你们不要插手。"

他的态度看上去比较坚决，民警拿不定主意，扭头望向副所长周彬。周彬点了点头，民警便默契地退了回来。但周彬还是提醒道："乔老板，现在时间不多了，你自己把握一下，不要做什么冲动的事。早点把这件事解决了，你们家的生活回到正轨，对我们大家都好。"

乔宇只是不耐烦地甩下一句："解决，当然解决，他妈的一次性解决。"

市区各街道到处洋溢着迎接重大考察的气氛，墙上贴着标语横幅，商铺门口挂着五星红旗，象征精神文明建设的广场舞和太极拳随处可见，连城市近郊一些从未通电的摆设路灯也全部亮了起来。市民素质也肉眼可见地拔高了，不随地丢垃圾，不横穿马路，不闯红灯，也没人出来摆摊了。

然而，整个毓秀派出所都笼罩在压抑的气氛之中。今天下午市公安局领导特意来了一趟，态度颇为不善，显然他们也承担着来自上级的压力。昨夜有过路的司机拍照片发到网上，在远光灯的照射下，一个巨大惨白的"冤"字在夜色中触目惊心。尽管本地网信部门第一时间删帖，但据小道消息称，已经有人故意将此事透露给省检查组的成员。

周彬毕竟处于此类信息的下游，他打电话给赵洪贤，询问这件事的真实性。赵洪贤说："市领导打电话给检查组那边的联络人，打听他们的具体行程。联络人就回了一句：'听说你们那边大降温啊。'领导被问蒙了，说：'近期天气挺好的啊。'联络人说：'你再查一查。'就把电话挂了。"

周彬也翻了翻天气预报，困惑地说："最近的确没有大降温啊。"

赵洪贤叹了一口气，说："人家没有把话说明白而已。所谓'大降温'，意思是领导已经听说你们这里六月飞雪，有人喊冤了。他们不是专案组，更不是八府巡按，要是这时候来了，管又管不了，不管又被人说，所以让我们自查自纠，把烂摊子收拾干净了再说。"

周彬无言以对。这一瞬间他忽然有些沮丧。他如此渴望仕途再进一步，却感觉自己缺乏一些天分，不懂得察言观色，不擅长揣度上意，听不懂也说不出这些七拐八绕的暗语，只能在听完别人的解读之后才恍然大悟。他问道："这都什么人啊，唯恐天下不乱，向检查组告密对他有什么好处？"

赵洪贤说："说不准，没有什么东西是铁板一块，也许是隔壁为了争抢'创文'名额下的绊子，也许是咱们内部的人为了排挤晋升对手才去泄露的。总而言之，这件事是巧合的可能性是最小的。"

事已至此，周彬也没有别的退路，只能按照赵洪贤的指导，白天在办公室里联络各个兄弟单位，傍晚一下班就抓紧时间补觉，午夜零点调动所有人员车辆去城郊巡逻。不管能不能找得到何琳，他至少不能给领导留下消极怠工的印象，否则无论上面的组织人事如何变动，他都将沦为一枚永久的弃子。

幸好他白天的工作发挥了作用，各乡镇的派出所都不愿昨夜之事再次发生在自己的辖区，于是给夜班增加了人手，每隔一个小时便巡查一遍辖区境内的省道和国道，甚至派人在所有大型拱形桥上驻点蹲守。

这毕竟只是一座小城市，午夜之后，连主城区街头都人车稀疏，城郊更是万籁俱寂，家家户户都睡得很沉。周彬开车在路上低速巡逻，累了就找个地方休息，在微信里与其他参与夜巡的同事聊天。直到他们熬到东方露出鱼肚白，都没有什么事发生。周彬心中喜忧参半，喜的是又平安地过了一天，忧的是头顶的利刃依然杀气腾腾地悬着。

周彬正准备收工，回家躺个把小时再去上班，秦所长突然打微信电话过来。周彬不禁心头猛然一紧，困意也被完全吓退——没有人愿意在加班结束以后接到领导的电话，尤其是夜班。他忐忑不安地接通，秦所长的声音震耳欲聋："你在哪里呢？"

周彬说："我在外面巡逻，靠近收费站这里。"

"没收获，是吧？"

"是啊，一夜太平。"

"人早就跑隔壁县的辖区里了，当然太平！"

周彬只觉得眼前一黑，他怀着一丝侥幸心理，问道："她做什么了？人抓到了吗？"

"你赶紧去恒泰大桥，现场了解一下情况。"

恒泰大桥位于隔壁县的境内，同样是坡度较大的拱形桥面设计，离两座城市的分界处只有四五公里。周彬将油门踩到底，超速向前，风驰电掣地驶向恒泰大桥，二十分钟就赶到了目的地。这座大桥的双向车道中间没有隔断，周彬看见对面的应急车道上停着一辆警车和一辆电动环卫三轮车。他顾不上交通规则，直接越过双黄线靠了过去。

大桥的立柱上赫然有一个血红色的大字，虽然只写了一半，但周彬一看就明白，这是"冤"字的上半部分。与前天夜里不同的是，这次用的不是桶装的乳胶漆，而是罐装的手喷漆，更隐蔽，更便捷。

双方简单地沟通之后，那位五十来岁的环卫女工绘声绘色地向周彬讲述事情的经过："早上车子少嘛，我每天都是四点出来检查路面，就看见一个女的在这桥上转悠。我也没在意，住附近的农村人睡得早也醒得早，喜欢来桥上散步、吹河风。可我转了一圈再回来，看见她还在这里晃，我就提防了。一开始我担心她要跳河自杀，但也不好直接问，就离得远一点盯着。没想到她从包里拿出一个漆罐，往柱子上喷字。我赶紧把她拦住了，问她为什么要这样做。她说她孩子被人害死了，没地方讨公道，就来这里等省里的大官。我这人心软，也很同情她，可我的责任区出了这种事，我也要丢饭碗的，我还得靠这份工资供儿子读研究生呢。但她不听劝，非要继续写，我只能打110报警，她也害怕了，没写完就跑掉了。"

本地派出所的民警问："她往哪边跑了？"

环卫女工指了指周彬驶来的方向。

"周所，人应该是从你们那里过来的吧？"民警又问道。

周彬点头承认。

"你们自己当心点嘛，不要为难我们。人是你们的人，事是你们的事，却跑到我们这边来闹，万一真的搞出什么负面影响，被上面听进耳朵里，我们该怎么办？如实解释嘛，是背后揭人短；不如实解释嘛，又是袒护、包庇。"

周彬只能尴尬地接受批评。虽然两座城市是上千年的邻居，当前的关系却并不和谐，除了政府在招商引资、优惠政策和项目扶持方面存在巨大的矛盾，民间也时常因争夺传统文化的归属而产生情绪上的对立。但俗话说，"天下警察是一家"，虽然他们在行政上归属不同城市，但组织上隶属同一系统，都很清楚身为基层执法者的艰辛，原则范围内能拉一把就拉一把。

"你这出警记录怎么写？"周彬问道。

"当然如实写了。"对方扭头望了一眼旁边的辅警，辅警赶紧奋笔疾书，"环卫工人报警，有人在恒泰大桥使用自喷漆涂鸦非法小广告，赶到现场时，肇事者已经自行离开，身份无法确定，已经通知路政部门到场处理。"

他又问环卫女工："大姐，我刚才说的没问题吧？"

环卫女工迷茫地眨巴着双眼，没有立即回答。

"要是哪里有问题，你跟我去派出所重新录一份口供。"

环卫女工这才反应过来，摆手道："没什么问题，差不多就是这样。"

"行，那你签个字，这事就算结束了。"民警将夹着出警记录的垫纸板递过去。

她却警惕地往后缩了一下，问道："我签这个不会有什么影响吧？我儿子以后还得考公务员呢，可不能耽误了他。"

"放心吧，你是举报人，又配合调查了，能有什么影响？不过，你尽量不要跟别人说什么，从你嘴里说出去的是涂鸦广告，经过几张嘴以讹传讹，说不定就变成有人跳河了，到时候摸查谣言源头，又得麻烦你配合调查了。"

"不说，我跟谁都不说。"环卫女工摘下劳保手套，紧张又谨慎地签下自己的姓名。

环卫女工刚离开几分钟，一辆荧光黄的工程车驶了过来，一名年轻的路政工人打着哈欠跳下车。周彬看了一眼手表，说："挺快的啊，你们这么早就上班啦？"

年轻工人说："最近和你们一样，也是二十四小时轮岗待命。"

他看了一下现场，得知只有桥头立柱上这块红漆污渍需要处理，于是戴上透明防护面罩，拿出一只漆罐，对着污渍位置喷过去。白色漆雾一层一层地覆盖上去，红漆的颜色越来越淡，直到完全消失，立柱上只是多出一块明显新喷的白漆。

"行了，收工。"他轻松地说道，摘下防护面罩。

周彬看后面没有车子经过，特意退到行车道看了看，隐隐约约感觉白漆底下还能透出一点红字的痕迹。他有点担忧地问："感觉不太盖得住，能不能干脆铲掉啊？"

"警官，已经盖得很严实了，"工人解释道，"只不过因为你已经看过了红漆，既有视觉残影，也有心理作用。换其他不知情的人，是看不出来的。"

恰好一个中年男人骑着电动车经过，路政工人随手将他拦下来，说："大哥，劳驾，你帮忙看一眼，白漆那块看得出有别的颜色吗？"

过路人眯着眼睛看了片刻，摇头道："没有啊，不就一块白漆嘛。"

"好，你走吧，谢谢了。"

于是，这件事就算收尾了。周彬临走之前，那位民警再次提醒道："你们最好还是在自己辖区内把事情搞明白，别让她再过来了。我们毕竟也要对上级领导负责，不可能一直帮你们打掩护的。"

回去的路上，周彬一直留意观察路边，但现在已经是早晨七点半，正是附近工业园区的上下班高峰期，行人和车辆络绎不绝，哪里还有任何线索可循。检查组计划莅临的时间已经按小时数来倒计时了，何琳却还是像夏夜卧室的蚊子一样，一开灯就销声匿迹，一关灯就四处出击。

周彬忐忑不安地回到毓秀派出所，去秦所长的办公室汇报工作。

秦所长心不在焉地听完，将自己手机的来电记录翻给他看，说："一大清早，我接了五六个电话，都在问我到底是怎么回事。以前在家门口丢人也就算了，现在转着圈儿去外面丢人，连局长本人都接到兄弟单位兴师问罪的电话，叫我们不要耽误他们创建文明城市。"

周彬自知此时任何辩解都没有用，这一夜的辛苦也是白费，他把心一横，干脆表态道："这个案子一直是我负责盯的，闹到现在这个地步，我难辞其咎，要是产生什么后果，我一个人来承担。"

"现在还不是划分责任的时候，说句难听的，我们一个派出所要是有资格揽下所有的责任，我反而不介意了，市里的领导更不会像现在这样着急了。"

周彬沮丧地在会客沙发上坐下来，闭着眼睛，揉着自己的太阳穴。此时，秦所长又问道："这女的老公，乔宇，他那边怎么样了？"

"还没有动静。"

秦所长沉吟片刻，说道："他真的在认真找吗，会不会动力不足啊？"

周彬思索片刻，下定了决心，于是起身道："我去找那家伙谈一下。反正我后半辈子就钉死在这里了，除非他户口迁去别的地方，否则我们低头不见抬头见，他最好永远不用求人办事。"

"等一下！"秦所长赶紧喊住周彬。但等周彬在门口站定，他又说不出什么劝阻的话，只能委婉地提醒道："找个合适的场合，谨言慎行，不要留档。"

周彬明白他的意思，私下沟通，不要有第三人在场，也不要让对方录音录像。

周彬回到自己的办公室，翻出那份和解协议。他先打电话给陈钊华，两人稍微通了一下气，以便共同对乔宇施压。按照之前的协议，毓秀派出所随时可以将那件事视作调解失败，将那笔和解款原路退返，但陈钊华并未因为这100万元"完璧归赵"而感到欣喜，他自己也遇上了一个尴尬又棘手的事——市里负责"创文"工作的领导小组临时传达通知，检查组来他们公司视察工作的计划可能会取消，即便公司另择宣讲员也无济于事。

他俩现在是一对难兄难弟，如同五指山下压着的两只猴子，背负工作单位和整个城市的荣辱。周彬一直自认为清廉、正直，平时处理事情也一手托两家，尽量做到公平，不与任何一方勾搭不清，但现在他自己的前途、命运也吉凶未卜，便顾不上什么原则了。

他又拨通乔宇的电话，说："你爱人跑去隔壁县闹了，你知道吗？"

乔宇似乎刚睡醒，嘴里含糊不清地回应："真的吗？我不知道啊。"

他故意装出一副惊讶且迷茫的语气，但周彬依然能够听出他隔岸观火的意味，仿佛坐在村口大树下听人讲与己无关的猎奇八卦，不疼不痒地捧一句"是吗"。

周彬顿时火大了，也不拐弯抹角了，直接进入主题道："既然事情到了这一步，看来这个结是解不开了，那我也跟领导汇报一下。我这个副所长也不是非当不可，大不了回家卖鸭血粉丝汤，这个文明城市也不是非创不可，以前不也没评上嘛。今天下午我把那笔和解款原路退回，以后这件事你们自己解决，哪天上法庭需要我们派出所出面再说，行吧？"

"哦，那就退了吧，"乔宇依然波澜不惊，"反正我该说的都说了，还是说不动她。"

周彬却敏锐地抓住重要信息，立即问道："什么意思？你找到她了？"

"我昨天终于想起来那件冲锋衣在哪里见过了。我开车过去看了一眼，果然在那个鬼地方，怪不得连你们都找不着。我没有惊动她，她也不知道我去过了，应该还藏在那里。"

周彬激动得站了起来："你找到她了却不通知我们？"

"通知你们又能怎么样？就为了那点和解款？拉倒吧，现在我这边窟窿大得很，那点钱填进去都听不见响的，不如等着破产好了——"

周彬不耐烦地打断他："你直说吧，想要什么条件？"

乔宇沉默片刻，又笑道："既然周所这么敞亮，那我就不绕弯子了啊！我可以协助解决这件事，也的确有一些条件。但有言在先啊，我不是不尊重周所长，只不过你个人可能做不了这个主。"

"我无所谓做不做这个主，你认为谁能做主，我可以代为传达。"

"行，我列一个名单，你把这些人都喊过来，我们当面沟通。"

"你说吧。"周彬随手拿起纸笔记录。

"第一个，陈钊华，这是肯定的；第二个，你们领导，最好是比秦所长职位高的；第三个，市里负责创建文明城市工作的领导，说话管用的；第四个，刘强，诚创的副总；第五个，我们都认识的，詹妮。"

周彬疑惑地问："需要这么多人吗？"

"对，必须有这些人到场，否则我放弃提条件。"

周彬立即将这件事汇报给秦所长。不得不说，秦所长的人脉资源比周彬丰富得多，他只扫了一眼便点了点头，说："可以，第二和第三个我可以来联络，我倒想看看这家伙要耍什么花样。"

于是秦所长打电话给市里与他有些私交的领导，名义是汇报工作，实则是搬请救兵。而周彬打电话给另外三个人，陈钊华和刘强倒是答应得爽快，只是詹妮的态度有些抵触。她问道："这事和我有什么关系？我没有义务和他见面吧？"

周彬说："你就当是帮你朋友吧，你不也担心她在外面出事吗？"

詹妮这才同意出面。

秦所长那边也有了结果，他请到市公安局的一位姓陈的副局长，对方恰好也是"创文"工作领导小组的成员，一个人同时满足两个条件。周彬担心再生变数，特意提前告知乔宇。乔宇也没有挑刺，接受这样的安排。

会谈时间约定在上午十点，地点还是在毓秀派出所。周彬联系的那三位陆续抵达，而后乔宇到场，秦所长和周彬一起出面接待，试图提前摸清门路，然而这四位都很沉默，谁也不肯打破僵局。直到陈副局长出现，他们才活跃起来，微笑着打招呼。乔宇的态度尤其恭敬，上前握手的时候几乎弯腰鞠躬九十度。周彬和秦所长电光石火地交换一下眼神，两人都稍微松了一口气，副局长的身份能够镇得住乔宇，说明他们还能掌握这次会谈的主动权。

陈副局长友善地说："我上午本来还有一个重要的会议要主持，但小秦跟我说了情况，群众之事无小事嘛，我就先过来了，希望今天能给你们一个满意的结果。"

"感谢！感谢！太麻烦您了！"乔宇忙不迭地致谢。

秦所长说道："陈局的时间很宝贵，百忙之中抽空过来，我们就直接进入正题，好吧？大家应该都知道情况是怎么个情况了，我也就不赘述了。我们平时办案，通常不留讨价还价的余地，但那是打击罪犯，属于敌我矛盾。我认为我们现在这个事情不属于这个范畴，依然是人民内部矛盾，可以酌情地因势利导，尽量用和谐的方式解决。"

秦所长说完，以征询的目光看了一眼陈副局长。见陈副局长点头，他才放心地对乔宇说："乔先生，你具体有什么诉求，现在可以提出来。"

乔宇清了清嗓子，说："秦所长，我们接触不多，您对我可能不算太了解。我这人呢，虽然只是一个做小生意的，但做事还是很讲原则的。我不贪图小便宜，也不会坐地起价。不该是我的，我不贪；该是我的，我也不让步——"

詹妮颇为不耐烦地打断道："你别说这些废话了，好吧？我中午还有约呢。"

乔宇被说得红了脸，他一边点头一边尴尬笑着，反唇相讥道："刘总不就坐在这里嘛，无论你俩约了什么，等会儿一起走不就行了？这儿附近饭店也有，宾馆也有。"

"你说什么东西呢？"詹妮不禁恼羞成怒，抓起手边的矿泉水瓶，作势要泼过去，幸好邻座的刘强及时拦住。

刘强试图以中肯的语气说道："乔总，今天大家都是抱着解决事情的态度来的，本来这事和我毫无关系，但你要我出席，我就立刻来了。你也务实一点，不要说这些有的没的，直接说出你的想法就行了。"

"行，那我就直说了。不过，我得纠正你一点，我既然让你出席，说明这事肯定与你有关系。"他停顿片刻，目光环顾一圈，确保每个人都在认真听，这才继续说道，"之前你和陈总口头答应新项目跟我合作，由我承包金属建材的采购业务，你们向我做出这样的承诺，我才答应配合一些事，包括签了和解补充协议，也包括……"

说到这里，乔宇又瞟了一眼詹妮，但迎面撞见她厌恶中带着警告意味的眼神，于是改口道："也包括把我爱人看在家里。大家有目共睹，这几个月里我一丝不苟地履行协议，我爱人一直在家里待着，这就是我展示出来的诚意。同时，我也在紧锣密鼓地囤货，几乎把所有身家都投了进去。但刘总突然跟我说他不能跟我合作了，采购业务交给了别人，这算怎么回事？故意给我挖坑，让我倾家荡产呢？"

陈钊华说："我们不是给你想办法了吗？让赵总按原价收购你的货，给你挽回损失，这样已经仁至义尽了吧？我们本来没有义务做这些。"

"给我挽回损失？"乔宇笑了起来，"你为什么不问问，这个损失是谁给我造成的？我忙前忙后、累死累活，到头来还损失了几十万。"

秦所长问道："这个采购的业务，你们双方签合同了吗？"

刘强摇头："当时我只是说有这个合作意向，并没有敲定。"

乔宇将矿泉水瓶往桌上一推，抱起了双臂："那行，既然这样说，那你们现在要我做任何事情，都先拿国法或者合同出来。"

陈副局长在旁边打圆场道："我们搞市场经济，要讲究信誉，这个信誉既包括合同信誉，也包括道德信誉。虽然法律只能评合同信誉，但我们每个人心里还是应该有一把尺子嘛，说话算话，一言九鼎，才能让市场经济繁荣起来。"

既然领导定了基调，刘强也不好再做辩驳，他伸手将倒下的矿泉水瓶扶正，说："说来说去，不还是钱的事？大不了我再去找赵总谈一下，把你亏损的那几十万补给你，这样可以了吧？"

乔宇忍不住笑道："你上次不是说谈不了吗？"

"现在不只是我们生意场上的事，而且今天陈局也在这里，我相信他会给这个面子。"

乔宇却摇了摇头："不不不，我要的不是这点损失。"

"那你要什么？"

"我要你们兑现当时的承诺，把金属建材的采购单交给我做。"

听到这样的话，刘强和陈钊华互看一眼，两人都面露难色。刘强说："这样不太合适吧？我好不容易说服赵总出面给你止损，你却反过来截人家的业务？"

"不不不，我理解的是，他截了我的业务，我只是拿回属于我的东西。我找人粗略算过了，我目前的库存加上订单，顶多只占你们这方面采购预算的60%，剩下的40%还是留给他嘛。"

刘强默不作声地坐在那里，一时拿不定主意。其他人不好掺和他们生意的事，只能鸦雀无声地陪坐着。乔宇倒是不紧不慢地喝着水。半晌之后，刘强抬头看着乔宇，意味深长地问道："你确定要从赵小建的手里截单？"

他这句话的重音放在赵小建的姓名上，试图以此震慑对方。但这个伎俩似乎并不奏效，乔宇直言不讳道："确定啊！为什么不确定？赵小建的确不好惹，但和他比起来，我更加害怕的是贫穷。市场经济，法治社会，该争取的合法权利就要争取……"

他又望向现场穿制服的那三位，加了一句："对吧？"

三位警官也不知道应该如何作答，只得尴尬地撇开视线。

此时，陈钊华忽然意识到什么，他开口道："我怎么感觉哪里有点不对劲呢？我说个假设啊，假设你和你老婆是串通好了的，但凡想搞钱了，夫妻俩就合伙唱一出双簧，一个装疯卖傻，撒泼耍赖，另一个找准时机，出面谈条件，那我们岂不是被你们当取款机刷了？"

这个假设一说出来，会议室现场就陷入沉默。众人显然开始认真思考这个问题，连周彬也忍不住思忖，原来不只是自己产生这样的怀疑。

乔宇似乎也被这种假设打了个措手不及，他拍了一下桌子，辩解道："她巴不得我死，怎么和我唱双簧啊？你要是有这种怀疑，那干脆别谈了，我富也富过，穷也穷过，怎么都能过。"

周彬插话道："你别太激动，陈总只是提出一种假设，这个假设也有一定的道理。你们这件事到底要怎么样才算真正了结？总不能一直这样没完没了吧？"

"你们放心，今天就是一次性解决，以后保证不会再劳烦诸位。"

但陈钊华对此仍有疑虑："你拿什么保证？"

乔宇从包里翻出几页文件，说："这是我爱人以前在精神科做的鉴定报告，她患有比较严重的抑郁症，还有偏执型精神分裂症。"

詹妮拿来看了一眼，说："这是半年前的报告啊。"

"是，我当时也一直以为只是暂时的，休养一段时间就能恢复正常，所以只是把她关在家里看护。但目前看来，情况比想象中的糟糕，我作为家属，认为她应该被收进精神病院，接受专业的治疗。"

听到这样的话，众人顿时面面相觑，连陈钊华都觉得难以置信。詹妮更是破口大骂道："你疯了吧？我看应该进精神病院的是你吧，做人怎么可以这么歹毒呢！"

乔宇却不急不躁："我是她丈夫，每天和她朝夕相处，她现在病情如何，我应该是最有发言权的吧？你们看她现在的行为，还不够疯，还不够偏执吗？这也是为她好，要是再这样发展下去，她的病情只会进一步恶化。"

"精神病院也不是什么人都收，我觉得她现在还不至于被送进那种地方。"詹妮还是念着旧情。

陈钊华说："我也算是医疗系统的，了解一些情况。她现在有明显的暴力倾向吗？"

乔宇快速地眨巴眼睛，一时有些迟疑。

陈钊华立即补充道："如果你能做证她有明显的暴力倾向，对社会存在严重的危害，那她就应该接受强制治疗。"

"当然，她就是有暴力倾向，她在家情绪稍微激动一点就拿菜刀比画，所以我们家所有的刀剪都是锁起来的。我们家的保姆可以做证。"乔宇几乎毫不犹豫地顺着往下说，还反过来问陈钊华，"陈总认不认识哪家专业一点的精神病院？费用什么的好说，贵一些也无所谓，只要能把她这病情控制住。"

陈副局长发话道："如果的的确确存在这个需求，那我们就应该积极配合，不过每一步程序都必须合规合法。家属的书面申请、权威医疗机构的鉴定意见，以及我们相关部门的签字，缺一不可，而且都要留档。"

秦所长点头附和："我们会严格把关的。"

"那我想说的基本都说完了，就看陈总和刘总的态度了。如果你们同意，我们现在就可以签最终和解协议，我也配合你们把她送去治疗。书面申请我来写，医院和鉴定的事拜托陈总帮忙，以后我们家永久放弃上诉和上访，这件事彻底了结。"

刘强踌躇片刻，起身道："这事我也不能一个人在这里拍板，我先出去打个电话，你们稍等一会儿。"

陈副局长说："你顺便替我给赵小建带个话，钱是赚不完的，要有大局观，为我们创建文明城市的事业出一把力。他要是有什么异议，不愿意配合，我可以请赵院长亲自做他的思想工作。"

刘强拍了拍陈钊华的肩膀，陈钊华心领神会，两人一起离开会议室。随后，秦所长也和陈副局长去了他的办公室抽烟，现场只留下乔宇、詹妮和周彬。乔宇看了一眼詹妮新买的手包，阴阳怪气地调侃道："嚯，香奈儿！可以可以，刘总真是阔气，千金一掷为红颜。"

詹妮瞪他一眼："你脑子有病吧，我就不能自己买？"

她拎着包起身离开。乔宇说："事情还没谈好哦，你现在要是走了的话，我就不谈了哦。"

"我撒尿不行啊？"詹妮没好气地说着，径自走出去。

乔宇也不生气，自顾自地喝完一瓶矿泉水。周彬给他补了一瓶新的，也找机会离开了会议室。他在洗手间门口撞见詹妮，两人都有些无所适从。此时此刻，她是乔宇的旧情人，是刘强的新情人，周彬与她那层关系只能退为相识的程度。但完全不搭话又好像不太正常，于是他开口问道："你觉得他老婆真的需要被送进精神病院吗？"

"我哪里知道，我都很久没接触过了。你自己觉得呢？"

"我听说他老婆后来病情是有好转的……"

"听说有什么用？人家是夫妻关系，最有发言权了。别说送进精神病院了，就算躺在ICU抢救，只要他签字同意，氧气管都能拔了。"詹妮长叹一口气，"所以我算是看清了，以后绝对不会结婚，没必要把自己的命交到别人手里。"

周彬欲言又止，最后也只能跟着叹息。

詹妮听出一些端倪，问道："你不赞成这件事？"

"不是赞不赞成，今天这个场合，有我说话的份儿吗？我只是觉得这事有点草率，又不知道从何说起，你和他们夫妻俩关系比较熟，就想听一听你的意见。"

詹妮想了想，说：“我觉得吧，久病床前无孝子，更别提夫妻了。她现在到处惹祸，劝也劝不动，看又看不住，还不如送去医院，兴许能够治好。"

"精神病院的日子可不好过啊。"

詹妮哼了一声："你以为她在家里的日子会好过吗？在医院里至少一天管三顿饭，头疼脑热有人喂药，谈不上态度有多好，至少不会虐待她。但她留在家里可就难说了，乔宇把大门一关，外人也不好干涉，能活多久都不一定。"

周彬暗暗地舒了一口气，如果从这个角度看，送何琳去精神病院似乎并不是一个糟糕的选择，他心中的道德门槛也顺势降下一些。但他心里无法真正地做到自欺欺人，在场的所有人都心知肚明，他们之所以支持这个方案，都是因为精神病院是一座变相的合法监狱，可以将他们共同的"大麻烦"无限期地关押。

这场多方会谈的中场休息持续了很久，刘强和陈钊华在楼下的车里打电话，陈副局长也在所长办公室里打电话。直到十一点半，众人才陆续回到会议室。刘强说："赵总刚才同意让出一部分合同份额，我们公司在你成本价的基础上，每吨加价15%的利润，'吃'进你目前所有的囤货，怎么样？"

乔宇从包里翻出自己的账本和笔，念念有词地仔细算着，一会儿"螺纹钢"，一会儿"铝合金"，其他人只得耐着性子等着。

刘强提示道："不用算得太复杂，你只要整理一下你所有的订单，算出一个总价，乘以15%，不就能算出利润了？"

乔宇按照他的思路重新计算，不禁喜出望外，庆幸自己这次冒险加了高杠杆。他倾尽家底掏出300多万元的订金，撬下总价3000多万元的订单，若是加价15%，便是接近500万元的利润。但他没有喜形于色，而是伸出两根手指说："我要20%。"

"20%也太高了，这个我给不了。"

"我也在这一行干不少年了，虽然混得不怎么样，但也不是新手，你们给赵小建留的利润空间应该在25%以上，我只要20%不算过分吧？"

刘强想了想，讨价还价道："一口价，18%。"

乔宇又快速地算了一遍，虽然比例只提升了3%，利润额却足足提升了近百万。他的嘴角忍不住浮现一丝不易察觉的笑意，很快又隐去，问道："我那俩仓库怎么办？你们能不能也收了？"

陈钊华忍不住讥讽道："乔总，你真打算空手套白狼，一点成本都不出啊？"

乔宇辩解道："我这是资源优化配置，你'吃'进这么多货，不也得用仓库嘛，我这俩仓库都是现成的，还省了他不少事呢。"

刘强说："你差不多得了，不要把什么锅碗瓢盆都塞给我，这俩仓库你自己想办法转租吧。"

乔宇也不再坚持，满意地收起纸笔："行，那就这么定了，谢谢刘总了。"

刘强说："你还是谢谢陈局吧——"

陈副局长却立即打断他的话："你们生意人的事我不懂，我只是做了一点顺水推舟的工作，有我没我，影响不大。"

刘强意识到陈副局长有意回避，只能尴尬地点头称是。陈钊华适时地站出来转移话题道："既然方案已经确定了，那咱们先把和解协议签了吧？"

"那我和刘总的合同什么时候签？"

刘强说："我已经让秘书去草拟合同了，晚一点她把合同送过来。你放心吧，今天有这些领导在场见证，不会出错的。"

"不用这么麻烦，"乔宇从包里掏出几份合同，分发到众人面前，"我这里有现成的合同，该留空的地方都留着，大家请过目，没问题的话就用这个吧。"

刘强拿过合同翻了翻，与他公司里专业法律顾问起草的合同范本相比，这份合同的内容相对简陋，措辞甚至有些白话，但该有的条款一样不缺。他看到违约责任的部分，不禁愣住了，甲、乙双方的违约罚金竟然高达1000万元，且拖延付款的日罚金是货款的2‰，平日他签的采购合同几乎没有甲方违约责任之说。

"这违约金也太离谱了吧？"刘强说。

乔宇不以为然："还好吧，随便写的，我要是违约也是罚这么多，反正咱们双方都不会违约的，对吧？"

其他人没有看出什么问题，都将合同推了回来，刘强也不好再推托，最后浏览一遍就签了字，并盖上诚创集团的公章。签完订购合同，乔宇便爽快地与陈钊华签了和解协议，陈副局长和秦所长也在"见证人"一栏签了字。周彬喊来财务，在笔记本电脑上向乔宇的账户转账。等待几分钟后，随着"叮"的一声短信提示音，这笔钱成功到账。乔宇对短信通知仍不放心，打开自己的手机银行查看账户余额，确认账户里多出100万元人民币，又反复看了几遍，才满足地收起手机。

"恭喜乔总。"詹妮故意挖苦道。

"恭喜什么啊，这点钱还不够还贷款。"乔宇将合同收进包里，颇有小人得志的架势,他看了一眼手机屏幕,说:"嗬,都十二点多了,要不我请大家一起吃饭吧?"

刘强没好气地说:"乔总还是自己庆祝吧。"

乔宇环顾一圈,看着一张张并不愉悦的面孔,也忍不住皱起了眉头,说道:"我个人认为啊,这是一次实现多赢的合作。我以略微盈利的价格清仓处理了库存,刘总也以相对低的价位采购到项目必需的建材,而赵总与原计划相比,只是让了一部分的利而已,大头还是被他赚去了。有人吃亏了吗?完全没有啊!更何况,我只是拿回属于我的东西而已,为什么你们看上去很不高兴呢?难道财富只允许在你们上流社会流动,一旦流进我这种底层小人物的兜里,就会让你们感到很不舒服,甚至比自己亏钱还难受吗?没有道理啊!"

拿到最终和解协议的陈钊华也硬气起来,他反唇相讥道:"乔总,你闷声发大财就好了,没必要得了便宜又卖乖,懂吧?我们不在乎谁赚这个钱,只是不太瞧得起拿自己老婆孩子赚钱的人。"

这句话让乔宇忍不住笑出声来:"没想到陈总这么在乎我的老婆孩子啊!"

秦所长嗅到了浓烈的火药味,立即打断他们的对话,提议大家去派出所食堂吃工作餐。陈副局长起身道:"我就不在这里吃饭了,还得赶回局里开会。接下来的事你们所加快进度,需要跨辖区、跨部门协作的,就联系'创文'工作小组办公室,让他们帮着协调。等有了结果,再通知我一声。"

大家恭敬地送走陈副局长。大领导一离场,现场的气氛顿时松弛一些。乔宇大喇喇地说:"领导不吃,我们吃!你们派出所食堂的伙食还不错。"

秦所长却又变了卦,他说:"咱们还是先办正事吧。现在时间紧任务重,万一你爱人换了地方,可就麻烦了。"

"你放心吧,她中午应该不会出门的。"

陈钊华说:"那也不能耽搁,我得在现场盯着结果,万一再被你放鸽子,这字就白签了。"

刘强也跟着附和:"说实话,我也不太放心,要不我们先把合同放在秦所长手里,等办完事再拿走。"

乔宇下意识地按住自己装着合同的包,断然拒绝道:"那是不可能的。"

下午一点,围捕何琳的人员集结完毕,乔宇和周彬坐着一辆警车在前面引路,后面跟着一辆精神病院的专用救护车。陈钊华则开着自己的车子,载着刘强和詹妮,一路尾随其后。刚开出派出所不远,经过一家水果店,乔宇叫停警车,下去买了一袋橘子才继续出发。

车队离开毓秀区，在城郊的路上七拐八绕，开了四十多分钟，接近县域边缘。沿途的居民区逐渐稀疏，树木却密集得几乎遮天蔽日。周彬认出这是三地交界处的一片集体苗圃，实际处于"三不管"状态。

乔宇絮絮叨叨地说："我一个小叔公在这里看林子。他是我亲爷爷的弟弟，打了一辈子光棍，无儿无女。不过说来也奇怪，我女儿几个月大的时候就和这个老头儿投缘，不嫌他傻，也不嫌他脏，一看见他就笑，喜欢让他抱。再长大一点，她就更乐意来这里玩了。她喜欢花，老头儿就种了半份地的花；她想吃葡萄，老头儿就嫁接了葡萄；她喜欢小动物，老头儿就养了一院子的猫狗兔羊——"

周彬不耐烦地打断他，径自问道："你怎么知道你爱人藏在这里？"

"年初，老头儿的外套被树枝刮破了，还一直将就着穿。我老婆说在网上买一件防风的送给他，我同意了，让她自己看着办，自己没有经手这件事。我昨天查她手机里的网购记录，嘿，果然款式一模一样。"

"你家这个老长辈个头有一米八？"

"那肯定没有的。只不过老头儿上了年纪，穿衣服喜欢一层裹一层，外套买大两码的，里面才能随便搭配，防风效果也更好一些。买了合身尺码的，他反而不喜欢穿，老头儿智力不行，性格执拗，就随他的心意了。"

正说着话，乔宇突然高呼"这里左拐"。周彬这才注意到左手边有一个路口，因为枝叶茂密而不易察觉。他赶紧一脚踩住刹车，往后倒了两米才拐进去。小路的尽头是一座平房小院，应该就是看林人的住处。

一个七十岁上下的老人正蹲在路边薅草，看见车队驶入，困惑地起身迎接。乔宇开门下车，打招呼道："小叔公，你吃饭了吗？"

"吃了。"老人憨笑着回应，目光却警惕地盯着这三辆车子。

"何琳也吃了吗？"

老人迟疑片刻，摇了摇头。这个动作让车里的周彬松了一口气，连续多日的提心吊胆终于到了头。周彬挥了挥手，随车的同事便下了车，精神病院的工作人员也从救护车里下来了。老人有些慌张，下意识地往院子里望，但乔宇揽住他的肩膀，将那袋橘子递给他，说："何琳最近身体不好，心情也差，我接她去医院看病。"

老人接过橘子，又看了看后面的几个白大褂，也放松了警惕，说："她在睡觉。"

他打开院门，将众人领了进去。一只大黄狗警惕地低吼起来，几只看上去还没断奶的幼犬从未见过这么多陌生人，也嗷嗷地尖叫着，连滚带爬地钻入木柴堆。老人喝退大黄狗，带众人来到一间朝东的屋子外面。这是乔宇一家三口以前在这里过夜时住的地方。门口的晾衣绳上挂着一件宽大的旧外套，袖口和下摆处还有几片白色油漆的痕迹，门口的竹篮里也有两只手喷漆罐。

"琳儿啊，你睡醒了吗？"老人隔着木门问道。

里面没有回应。老人又敲了敲门，里面这才传出鞋子摩擦地面的声音。片刻之后，房门被打开一道缝隙，一个年轻女人露出困倦的脸。她扭头看见老头背后的众人，顿时大惊失色，再想关门已经来不及了。乔宇立即箭步上前，用手卡住房门。何琳毫不客气地用身体顶着房门，乔宇的手被硬生生地夹住，痛得龇牙咧嘴，等他拼命抽回来，手背已经被门锁的铁片蹭掉一块皮，鲜血一直流到手腕上。

"你们上啊，还等什么！"他一边怒吼着，一边用后背顶住房门。

精神病院派来的工作人员这才回过神来，两男一女一拥而上，轻而易举地将房门撞开。何琳负隅顽抗，她抓起桌上一把剪刀，凶狠地刺戳。工作人员不敢上前，但另一名工作人员从车里取来防爆钢叉，形势顿时发生逆转。他们先用钢叉将何琳逼到墙边，一名彪形大汉上前抓住她的手腕，使劲一扭，她握剪刀的手便卸了力，剪刀掉落在地。那位女工作人员瞅准时机，上前将她牢牢搂住，在同事的协助下用塑料扎带将她的双手反捆在背后。但何琳依然没有放弃挣扎，她一边嘶吼咒骂着，一边奋力蹬着双腿。彪形大汉被她蹬着裆部，恼羞成怒之下，以同事的身体为掩护，抬肘猛击在她的下颌。在这股巨大力量的冲击下，何琳顿时眼前一黑，喊不出任何声音，她的意识像被驱散的蝴蝶一样四处飞散，躯体则颓然瘫倒。

"带走！"

老人直到现在都没明白眼前到底是什么情况，他冲上前试图保护何琳，却被彪形大汉一把推开，一个趔趄摔在墙角。等他挣扎着爬起来追到院子里，何琳已经被拖出院子。他只得去问乔宇："他们是什么人啊，要带琳儿去哪里啊？"

乔宇并不关注何琳，他正在院子里的水龙头边清洗手背的伤口，说："你没看出来吗，她现在已经疯掉了！"

"她才不疯，她正常得很！"老人反驳道。

"你看谁都正常，当然看不出来。"

相比乔宇的冷漠，周彬则对何琳多了一些关切。尽管这个女人屡次给自己制造麻烦，但现在毕竟一切都结束了，他作为胜利者理应展示一些宽容。他跟到救护车边，问道："她没事吧？"

"没事，情绪太激动，岔气晕过去了，很正常的。"女工作人员一边说着，一边用棉布条将何琳的双脚捆住。

周彬是军队转业的，又从警多年，刚才彪形大汉的小动作，他看得分明，但他没有阻止也没有拆穿，睁一只眼闭一只眼地让专业人员做专业的事。"尽量不要伤着她啊，她也是一个可怜人。"周彬特意交代道。

对方却淡定地笑了一声："来我们这里的哪个不可怜呢？不可怜的人，心都硬着呢，想疯都疯不了。"

周彬反驳不了对方，只得改口道："我们派出所和市里的领导都很关注她。"

这个说辞果然奏效，对方迟疑一下，手里的动作也没那么粗暴了。周彬望了一眼后面刘强的那辆车，深色的防窥玻璃反射着阳光，周彬看不见坐在里面的三人。他走上前去，刘强降下车窗，给周彬递了一支烟。周彬没有拒绝，点着烟以后问副驾驶座的陈钊华："鉴定机构这一块联系好了吗？"

陈钊华对着前面的救护车挑了挑下巴："也是这一家的。"

"是专业的吗？"

"院长亲自出面，肯定是专业的，他做的鉴定报告不可能出差错。"

周彬皱着眉头，欲言又止，只能站在车边吧嗒吧嗒地猛吸着烟。片刻之后，他又望向坐在后排的詹妮，问道："你要不要下车看一下你朋友？"

詹妮此时脱了鞋子，抱着膝盖蜷在后排玩手机，头也不抬地拒绝道："不看了，又帮不上什么忙。"

周彬没再说什么，恰好救护车那边的人等着签字，他便移步过去了。刘强从后视镜里观察着詹妮，故意问道："怎么了，不忍心看啊？"

"都是女人，兔死狐悲罢了。"詹妮平静地说。

刘强和陈钊华交换一下眼色，不敢再接话。刘强与詹妮暧昧几个月了，眼看着即将达成"本垒打"，这是男女之间最微妙的阶段，他必须像当年对待即将临盆的老婆一样小心伺候着。丰富的人生阅历告诉他们，如果一个女人将另一个女人的悲苦推人及己，那她随后很可能会将另一个男人的罪名扩大化，再精准打击自己眼前的个体。

救护车那边已经办完了事，在院子门口的空地掉头，准备踏上返程。老头儿追了出来，抓住车子的后视镜，螳臂当车地试图阻拦。周彬生怕发生意外，赶紧让同事将他拉开，救护车司机趁机猛踩一脚油门溜走。周彬跟老头儿解释了几句，发现老头儿果然智力不太行，便不再解释了，转身上了车。

他系安全带的时候不经意地一扭头，看见不远处的树林底下稀稀拉拉地站着七八个人影，有男有女，五十到七十岁不等，手里拿着小铲锹和篮子，应该是苗圃里从附近雇来薅草的农民。他们就那样看着，面无表情，不言不语，仿佛是来自另一个世界的围观者。这一瞬间，周彬感到如芒刺在背，浑身不自在，他将脸撇向旁边，避开那些人的目光。

乔宇很快也上了车，向民警们展示自己手背的伤，问道："这个精神病院能不能拍片子啊？我感觉里面骨折了。"

随行民警说："不至于吧，我看一下。"

乔宇将信将疑地伸手过去。民警试探着捏了两下，趁乔宇放松警惕，又使劲握了一把，疼得乔宇差点背过气去。

"是有点严重，还是去拍一下吧，万一以后拿不起筷子就惨了。"民警故作关切地说道，语气里却没有半点愧疚。

人是下午两点多抓的，相关的一切手续是在下午五点之前赶出来的。乔宇递交申请书，派出所协助送医，医院出具精神疾病鉴定报告，同意强制治疗的文件上盖满从居民社区到公安局再到检察院的大红章，一路绿灯，畅通无阻。

与此同时，市里的领导再次给检查组的联络人打去电话，告知前两天的事有了结果，只是一个精神病人犯了病而已，其丈夫主动申请送医，且没有在社会上引起什么不良影响。

周彬在派出所写完报告才下班。他没有直接回家，而是换了衣服去了母亲开的鸭血粉丝汤店。附近的菜市场早已打了烊，通常此时轮到旁边的夜市生机蓬勃，但今天摊贩们一个都没有出摊，沿街的店面也没多少客人，店主们闲得在门口嗑瓜子、聊天。

为了避嫌，周彬平时几乎不来店里，即使亲自巡查到了这条街，也是过店门而不入。母亲很理解儿子的工作，很少跟别人提及他的职位，今天看他主动过来，一时有些错愕。她问道："今天怎么来了？"

周彬说："想在这里吃晚饭。"

母亲对着后厨喊："老周，给你儿子做一碗鸭血粉丝汤，再切点卤牛肉。"

父亲从传菜窗口往外瞟了一眼，没有回话，但炉灶已经启动了。

等周彬找地方坐下，母亲才低声问道："你没事吧？工作遇着麻烦了吗？"

"没有啊，挺好的。"

"那个女的事情怎么样了？"

"已经抓到了。"

"是你抓的？"

"嗯，我带队的。"

母亲露出欣喜的笑容。此时，父亲将鸭血粉丝汤和卤牛肉端了上来，母亲将这个好消息告诉他。父亲问道："这次应该算你立功了吧？"

周彬说："又不是什么重要的通缉犯，立什么功啊……"

父亲却不以为然："事情重不重要、功劳大不大，都是领导说了算的。同一时间，老百姓家丢了孩子，领导家丢了狗，你劳神费力把孩子找了回来，顶多得一面锦旗，但别人去把狗找回来，下次晋升的机会就轮到他了。"

母亲不悦地呵斥父亲："你说的什么东西，哪有这样教孩子的？"

"我就是打个比方。"父亲也意识到自己失言了，尴尬地解释。

母亲又问道："那她后面怎么处理？"

周彬夹了一块牛肉正吃着，听到这个问题，咀嚼的动作逐渐停住，说："被她老公送进精神病院了。"

父亲和母亲都愣住了，两人互看一眼，心中隐约明白周彬今天情绪低落的原因。他们很了解自己的儿子，他小时候性格懦弱，长大以后参军又从警，总算发生了大转变，但骨子里还是心软脸皮薄，既不懂得曲意逢迎，也没有强硬的手腕。

"其实也可以理解，她老公应该也是没办法，一直没完没了地折腾，谁受得了啊。"母亲这样说道，她表面上是给疯女人的丈夫开脱，其实是在安抚于心不安的儿子。

此时，店里来了客人，父母二人起身去招呼，让周彬自己慢慢吃。进来的客人是一家三口，一对年轻的父母带着三四岁的小男孩。小男孩一直好奇地盯着周彬的车钥匙，那上面有一个黑猫警长的挂件。年轻的父母生怕冒犯了陌生人，一直用手挡住儿子的视线，试图用其他东西分散他的注意力，但儿子的脖子就像长了弹簧一样，不一会儿又眼巴巴地望过来。

"不好意思啊。"年轻男人向周彬道歉。

周彬只是冷漠地点了一下头，埋头继续吃着，不消几分钟就吃完了。起身离开的时候，他将挂件从钥匙扣上卸下，放在小男孩面前，快步离去。

次日下午，检查组如约而至，市里举行了隆重的文艺演出晚宴，既是接风洗尘，又能展示本市的精神文化面貌。这种大型活动需要大量安保人手，各辖区都抽调警力过去支援，周彬便是其中一员。他们的任务是综合的，保障人员安全，维持现场秩序，处置突发事件，其中有一项就是防止有人恶意上访。

作为一座城乡总人口逾百万的城市，存在一些矛盾纠纷是在所难免的，何琳的事尘埃落定了，总有其他人的事没有了结。征地拆迁纠纷、烂尾楼纠纷、集资暴雷纠纷，这些在全国各地发生的纠纷，都在这座城市不能免俗地演绎着。

不过，维稳的外围工作已经做得相当到位，可能存在的不安定人员被各村组各社区的基层干部控制在各自家中，好吃好喝伺候着，好言好语安抚着。这样一来，周彬他们的工作就轻松许多，相熟的同事可以在换班休息时找个地方抽烟聊天。

周彬这几天睡眠不足，打算偷空小憩，走向警车的时候却被人拍了一下肩膀，周彬心里一个激灵，往前迈了一步才飞快转身，身体摆出防御的站姿，却撞见赵洪贤惊愕的脸。"警惕心挺强啊，周所长。"他打趣道。

"执行任务嘛，不就是这样？"

赵洪贤给周彬递了一支烟，两人去角落里抽烟。赵洪贤往四周看了看，确定附近没人，才低声说道："内部消息，北郊开发区派出所的所长可能要被'拿'下来了。"

"为什么？"

"上周二夜里他所里出警，抓了一个闹事的醉鬼，铐回去醒酒，也没人怎么着他，谁想到这人在拘留室里犯病，猝死了。"

"我好像听人说过，可这事也不赖他啊。"

"家属不依啊，狮子大开口索赔80万。局里派人去沟通，承诺处理相关人员，出于人道主义给20万的殡葬费，再多就免谈了。家属同意了。"

"既然是意外，也不至于把一个所长'拿'下来吧？"

"你应该明白，现在的第一要务是维稳保障'创文'。说是'拿'下来，其实还是冷处理，调去离北郊远一点的乡镇当个指导员什么的，再熬几年混个退休就行了。"

周彬惋惜地咂嘴："他也太冤枉了，醉鬼猝死，这种事换谁来也防不住啊。"

"以前提拔他的领导靠边站了，他在局里没人，遇着这种倒霉事就只能认命了。"赵洪贤拍了拍周彬的肩膀，"但这不全是坏事，有人下来就有人上去，你可得把握住机会。"

"我？"周彬顿时来了精神。

"是啊，陈局夸奖你们毓秀所这次办事果断，处理得当，为创文工作做出了贡献，这里面不也包括你？你最近表现得积极一点，争取多露一露脸，给领导加深一下印象，你理解我的意思吧？"

周彬点头，这突如其来的好消息让他既惊喜又彷徨，他猛抽两口烟才将情绪压下去。以前他天真地相信"天道酬勤"，只要勤恳地做好本职工作就会有回报，现在他终于认清了现实，番位升不升，功夫也许在戏外。

文艺汇演晚宴在九点半结束，周彬独自开车回家。路上他突然想起来，自己昨晚情绪低落，写的报告也刻意弱化了自己的存在。幸好今天他被借调出了外勤，还没来得及提交报告，今晚重写一份还为时不晚。于是他果断掉转车头，直奔毓秀派出所。

这座籍籍无名的城市今夜灯火辉煌，几乎每一盏灯都卖力地亮着，不仅照亮每一条街道，也将夜空中的云层底部映得如同棉絮般洁白。周彬以前只在去上海旅游的时候见过这样的夜空，没想到自己的家乡也有如此良辰美景，盘踞在他心中一天的阴霾也逐渐消散。

乔宇去医院拍了片子。正如他预料的那样，诊断结果是手骨裂缝骨折。医生为他用石膏固定，大约要两个月才能康复。但这种伤势并不会影响乔宇的意气风发，他拿到了和解款，又想办法凑了一些钱，结清了所有的贷款。

建材市场流传着一些小道消息，版本有很多种，关键信息倒没有什么偏差。商户们得知乔宇已经和赵小建合作，一起做诚创集团的建材业务。诚创集团在本市是什么地位，行内无人不知，而赵小建是何许人也，大家也心知肚明。同时他们也听说了如此巨大的机遇背后是怎样的代价，他们既惊诧，又羡慕，但更多的还是鄙夷。

当乔宇托着打了石膏的右手走在市场里，商户们不愿意给他好脸色，又不敢得罪这个野路子的同行，只能视而不见地背过脸去。乔宇对此完全无所谓，他心里有一个想法，等自己的库存和订单都变现了，就把门市部和仓库都转租出去，以后不再干这一行了。

在这座小城市，有房有车，身无负债，手持1000多万的现金流，不必勉强支撑一家公司的运行，每年还有固定的租金收益，足以让他当一个逍遥快活的员外郎了。

诚创集团的总账会计去找刘强签字。刘强看了一眼，是即将支付给乔宇的订金，足足200多万元。这笔钱对于刘强来说当然不算什么，何况是单位公账必然产生的采购开销，但他心里还是非常拧巴——他可以接受任何人在他这里发财，唯独这个乔宇不行。然而合同签得很死，又有陈副局长作保，他也不好虚与委蛇，只得不情不愿地签了字。

赵小建已经来过一趟。他当然不是来蹭茶蹭烟的，而是借着发牢骚的名义，想从别的地方将损失的利润补回来。但刘强此时也给不出什么承诺，他只能尝试将祸水旁引，挑唆道："我当然巴不得和你赵总达成全方位的合作，但那个姓乔的从中作梗，我也没有办法。你怎么不去找那个姓乔的聊一聊？"

赵小建懊恼地说："你懂我脾气的，以前遇到这种不长眼的家伙，我绝对不会让他过得安生，但这次赵院长特意交代，不要去找他的麻烦。"

"因为陈副局长的关系？"

"那倒是另一回事。"

"那是怎么了？"

赵小建反问道："都说穷的怕横的，横的怕愣的，愣的怕不要命的，你知道不要命的怕什么吗？"

刘强思索片刻，摇了摇头："不要命不是已经顶天了吗？"

"我以前混社会的时候，打架几乎从来没有输过，曾经一个人提着刀追着五个人砍，所以才有了后来的名声……"

刘强附和道："我知道，在成人电大外面那条街。"

"那会儿的确够狠够拼，天不怕地不怕的。但其实有一次我败得很惨，三个人被对方一个人撵着跑。"

刘强十分诧异："真的假的？不可能啊，没听说过。"

"你当然没听说过，因为在场的人都没对外提过。"赵小建喝了一口茶，继续说道，"当时我带了两个小弟追要一笔赌债，把那小子堵在一个公共旱厕里面。那小子被逼急了，从蹲坑边缘抓了一把屎，直接冲我们过来了。一个小弟被他追上来拍了一脑门儿，差点把肠子都吐出来。另一个小弟跑得比我还快，这件事以后也不好意思跟我混。而我做了人生中最明智的一次妥协，把他那2000块钱的赌债免了。后来，那小子抢劫，把人腰子捅穿了，恰好遇上严打，吃了枪子儿，我也决定不再混江湖，开始做生意了。"

听着这段讲述，刘强忍不住皱起了眉头，仿佛自己也置身于那个臭气熏天的公共旱厕。赵小建也看出他的不适，笑着总结道："现在你明白了吧？不要命的怕不要脸的。这个姓乔的拿孩子的命换钱，把老婆送进精神病院，不但心狠手辣，而且不顾脸面。和这种人纠缠不清，我就像穿着一套定制的阿玛尼去对付旱厕里那小子，赢了输了都是一身屎。"

刘强也跟着笑，笑罢又发出一声叹息："难不成我们要被这种人拿捏？"

"之前他应该只是想抓住机遇搏一搏，发一笔横财就满足了，还没意识到不要脸就是自己最有用的武器。如果是这样，那你最好永远不要让他意识到这一点，反而应该把他稳住，帮他把脸面找回来。"

刘强愣了片刻，不服气地问："我们让他发财，还要哄着他？"

"都是朋友，哄一哄怎么了嘛，"赵小建将身体探过来一点，低声道，"哄高兴了就带他去我那里玩。"

刘强这才恍然大悟，赵小建指的是他与别人合伙搞的那个地下赌场，绝不只是怡情的那种。若是圈子里的朋友去了，便是各凭本事，庄家抽一点台桌费用；若是不相熟的暴发户来了，那就是羊入虎口。在赌桌上，人的性格各不相同，但人性是互通的。赢钱了想赢更多，输钱了想回本，若是输红了眼，那他非但不会及时止损，反而会自发地与赌桌融为一体，直到债台高筑才被扫地出门，此后余生只做两个梦：还清赌债和重返赌桌。

赵小建还是得到了自己想要的东西。他想要诚创新项目的绿化工程，绿化的总利润虽然不高，但他只是拿来转手，并不会亲自去做，这笔差价几乎是躺着挣来的。作为报答，他会说服赵院长压下起诉诚创的一个案子，保障诚创接下来半年的现金流安全。当然，即便是亲叔侄，替人游说也需要一些伴手礼，这也是他在这次交易里最大的成本。

"说来说去，始作俑者还是陈钊华，要不是替他平事，咱们都不必遭这些折腾。"赵小建说道，他将矛头指向不在场的陈钊华，以此稀释刚才讨价还价的气氛。

刘强也附和道："他最近忙着接待领导呢，等检查组走了，约他出来好好宰一顿。"

"那肯定要宰的，我刚好找他办点事。"

"办啥事？"

"人民医院不是搬去郊区了嘛，我上周过去办事，发现新院区的停车场还没建好，里面停车都是免费的，大部分人都停在马路边。我想请陈钊华牵线搭桥，承包那块地做收费停车场项目，利润应该不小。"

"他肯定说得上话，人民医院的一把手跟陈钊华认识很多年了，是拜把子的兄弟。"

"那再好不过了，他要是愿意促成这件事，每年的红包不会少了他的。"

"这个停车场，你打算做纯平面的，还是机械立体式的？"

"那边以后的人流量肯定很大，纯平面的不够用，立体车库应该好一些，不过我对这东西不太懂。"

"那你找对人了，我有这方面的资源。"说到这里，刘强又提出自己的担忧，"但立体车库成本挺高的，而且操作麻烦，万一到时候人家不开进来，都停在马路边，你怎么办？郊区的马路宽敞得很，可比停车场方便多了。"

赵小建哑然失笑："如果停车场建起来了，那我可以保证，附近几条马路很快会装满摄像头，没有一处死角。贴条罚款可比停车费贵多了。"

如此算来，这里面的利润还真是旱涝保收。刘强不禁感慨，赵小建能够混得风生水起，也不光是凭一身狠劲儿，精明的头脑更加不可或缺。刘强当场给陈钊华发了微信消息，相约等检查组撤了就去海上明月开个小包厢。

赵小建这一趟收获颇丰，心满意足地告辞了，但刘强心里的不自在仍未消退。他回望自己最近半年的经历，似乎一直在替别人做嫁衣。一股躁动的情绪在他身体里激荡，让他在办公室里坐立不安。他知道这是怎么回事，于是不再对抗，准备好好招待一下这个如影随形的老朋友。

以前的情妇大多不再联系了，藕断丝连的那几个也让刘强觉得索然无味，他突然想起几天前詹妮的许诺，不禁心头一动。于是他给詹妮打电话，问道："师妹，我什么时候可以吃到你做的饭啊？"

詹妮说："明天吧，我等会儿要出去一趟。"

"去哪里？"

"我想去五院看一下何琳。"

"你看她做什么？"

"不管怎么样，我和她曾经是朋友，她老公现在任由她自生自灭，我有点不忍心。我准备去送点吃的用的，跟医生打个招呼，至少让她在里面好过一点。"

"要我陪你一起去吗？"

"你认识那边的人吗？"

"陈钊华认识不就等于我认识？"

"那行，你不忙的话就来吧。"

于是刘强对秘书交代了工作，自己提前离开公司，驱车前往步行街与詹妮会合。

作为精神病院，五院的选址相对偏僻，这些年周边区域也没有开发，还保持建院时的状态。不同于其他医院的门庭若市，这里从外到里都十分冷清，院墙足有五米高，上面还拉着带刺的钢丝圈，森严程度不亚于看守所。此时，门口执勤的是两个身材壮实的保安，他们手持电击棍，岗亭角落里还摆着防爆盾牌和钢叉。幸好刘强提前打过招呼，王院长亲自出来迎接。

医院里面的硬件设施倒还不错，绿化带郁郁葱葱的，健身器材也很齐全，不少病人在院子里自由活动。有的木讷、痴呆，目光放空地坐在那里；有的亢奋、激动，自顾自地大声说话和唱歌；也有一些与普通人毫无差异，悠闲地看书或者锻炼。但这种场景让詹妮更加心慌，她揪了揪刘强的衣袖，低声说："还好师哥你来了，否则我一个人都不敢进。"

刘强却满不在乎地说："看着都还算正常啊。"

詹妮却撇了撇嘴："所有人都混在一起，看不出来谁是傻子、谁是疯子、谁是正常人，这才瘆人呢……"

"这边的都是病情不太严重的，有的是主动入院治疗的，还有一些是派出所送来的流浪病人。"王院长殷勤地介绍，他又指着远处一栋小白楼，"那里是情况严重的，需要特殊照应。"

"怎么特殊？"詹妮好奇地问。

"特殊的医疗条件，特殊的看护标准，特殊的出入门槛。尤其是陈总特意嘱托过的病人，我们更要用心了。"

那栋小白楼的确很特殊，大门是电磁开关控制的，需要刷卡出入，里面还有安检转门，有一男一女两名保安把守。楼里面的暖气开得挺足，一进门就有热气扑面而来，但随之而来的还有小楼深处各个角落传来的声音，有哭泣、哀号，有嘶吼、怒骂，有敲击金属栏杆或者床脚与地面摩擦的噪声，除此之外便是护士不耐烦的呵斥。

且不说詹妮，连自诩胆大的刘强都不禁变了脸色，他的身体因被暖气包裹而焐出一身汗，心却像坠入一口深不见底的冰窖。王院长带他们搭电梯上楼，穿过一条长长的走廊，在一个单间病房的门口停下，说道："何琳就住在这里。"

刘强和詹妮透过门上的观察窗往里看，只见一个女人躺在病床上，双手都被约束带绑在病床两侧的围栏上。她睁着眼睛，一动不动地盯着天花板，若不是胸口略有起伏，与尸体几乎无异。看着昔日的好友这副模样，詹妮不禁倒吸一口气："这样绑着肯定很不舒服吧？"

刘强说："那肯定啊，正常人这样躺久了也受不了。"

"不能放开吗？她又跑不出去。"

王院长解释道："我们这里人手不足，她刚入院没几天，情绪还不稳定，万一发生自残或者自杀，那就麻烦了，暂时绑着更保险一点。"

詹妮又问道："我们可以进去看她吗？"

王院长有些迟疑，旁边的护士见状立即帮忙答道："病人今天用过镇定药物，尽量不要进去刺激她吧。"

"哦，那还是算了。"詹妮也没有坚持。

她趴在窗口往里看了一会儿，突发奇想地抬手敲了一下玻璃。何琳突然像接收不灵的声控玩具一样，缓缓地扭头望了过来。詹妮始料未及，触电般躲到一边，问道："吃过药不是会傻吗，怎么还能听见？"

护士说："可能是药效过了。"

但何琳已经看到她，隔着门板喊道："是你吗？詹妮！"

詹妮眼看躲不过去，只得换上笑脸回到观察窗口，尴尬地对她挥手。何琳试图抬手回应她，只抬了半尺高就被约束带拽了回来，只得颓然地放了下来。

詹妮踌躇片刻，又扭头看院长："我们来都来了，还是进去看一下吧。"

王院长又瞟了一眼刘强，见刘强点头，便让护士打开房门。詹妮快步走到病床边，关切地询问："姐妹！你怎么样了啊？"她的声调也跟着变了，如同匆忙登台一瞬间就进入角色的优秀演员。

"詹妮，我好难受……"何琳一边痛苦地呻吟着，一边再次抬手。

詹妮也壮着胆子伸手。隔着约束手套，何琳无法做出正常抓握的动作，但她还是隔着网兜布和塑料薄板，努力地扣住詹妮的手腕。

"哪里难受？肚子痒吗？"詹妮腾出另一只手，挠了挠何琳的小腹，又扭头对护士说道："她以前生孩子是剖腹产，手术创口恢复得不好，有疤痕增生，天气不好的时候会很不舒服，麻烦你们帮她一下。"

"以后可以把约束带放长一点，让她自己够得着。"院长温和地提议。

何琳像即将渴死的鱼一样，痛苦又无力地扭动躯体，梦呓似的恳求道："你快救我出去吧，我太难受了。"

詹妮抚慰道："你现在生病了，需要在这里治疗，你忍一段时间，等病治好就可以出去了。"

"我没有病！我要出去！我不想待在这里了！"何琳突然暴怒起来，她使劲地挣扎，金属床架在剧烈的摇晃中与墙壁碰撞，发出刺耳的声音。

詹妮也被吓了一跳。但何琳被约束带绑得很牢固，根本构不成任何威胁，她也就不太慌乱了，反而弯腰凑近她的脸，说道："你老公现在是你唯一的监护人，是他申请强制让你入院治疗的，也只有他有资格签字放你出去。你如果想离开这里，我可以帮你带话给他。"

何琳这才平静下来，她盯着詹妮的眼睛，像抓住救命稻草般恳求道："你去告诉他，我的病已经好了，叫他接我出去。"

詹妮又问道："你保证以后不再给爱丽丝翻案了吗？"

何琳脸上的表情僵住，就在她迟疑的空当，詹妮开始倒数"3、2、1"。直到倒数结束，何琳才匆忙答道："可以！我发誓！"

但为时已晚，詹妮已经站直身体，居高临下地俯瞰着病床上的何琳，说道："姐妹，咱俩认识这么多年，我对你太了解了，你迟疑三秒以上给出的答案，一定是违心的。你这半年里搅得大家不得安宁，现在你进来了，所有人都轻松了，也许这里对你来说更合适。至于你有没有病，我们都清楚，但最清楚的还是你们家老乔。"

何琳眼睛里的期待逐渐黯下去，她像一只认清现实并坦然接受命运的待宰羔羊，不再做任何挣扎。"我知道了。"她语气平静地说，"以后你别来了，就算我在这里腐烂生蛆，也请你不要再来了。"

说罢，她闭上眼睛，不再看他们。詹妮也不再逗留，她将带来的探病礼品丢在墙角，便转身离开病房。

王院长带他们去自己的办公室喝茶。他的小女儿是学建筑设计的，在外面没有找到合适的工作，打算回家乡发展，他想向刘强请教一些职业规划方面的问题。这当然是一种委婉的说法，意思就是希望在刘强那边谋求一个好的职位。刘强也不绕弯子，直接说道："我这边是城投公司的一部分，编制上属于国企，招聘是要公开考试的，你家千金可以报名啊。"

王院长叹道："她就是考运不太好，这两年考公和考研都没结果，现在一拿到课本就头疼。"

"现在编制卡得严，和公务员考试一样'逢进必考'，她要是不想考试，我只能介绍她去朋友的单位了。"

"有编制吗？"

"私企哪有什么编制。"

王院长又犯起了难："私企不稳妥啊，我还是希望她有编制。"

刘强想了想，说："也不是没办法。你让她发一份简历过来，越详细越好。我们可以针对她的个人条件发布岗位，再让她请几个朋友报名'陪跑'，我这边就有操作空间了。"

王院长仔细消化片刻，觉得这个办法很好。他起身给刘强斟茶，感激道："刘总真是帮了我一个大忙。你是不知道，我最近为了孩子工作的事大伤脑筋，都快把自己关进小白楼了。回头喊上陈总，我请你们喝酒。"

"朋友互相帮忙是应该的，保不齐哪天我犯个失眠、抑郁的，还要请你伸出援手。"

院长摆手道："那我希望我永远还不上刘总这个人情。"

詹妮突然发问："王院长，刘总的人情我可以借用一下吗？"

王院长愣了一下，望向刘强。刘强则笑道："一家人不说两家话，这有什么借用不借用的。"

王院长也立即附和："对啊，都是朋友，尽管开口。"

詹妮轻叹一声："陈总应该已经拜托过你了，要把我这个朋友看好，但我还想多拜托一次。我这个朋友的情况比较复杂，我作为外人也不好干涉，但我已经是这世上唯一还在乎她死活的人了，不能对她完全不管。所以希望院长多照应一点，不要让她被人欺负，更不要让她出什么意外。"

"嗐，就这事啊！昨天市卫健委的领导还特意打电话过问这事，说她的治疗费用可以全额报销，所以我于情于理，于公于私，都会尽职尽责。"

詹妮愣了一下，自嘲道："原来领导已经安排了，我真是多操了一份闲心。"

"那倒不是，领导交代的毕竟只是任务，不是他的个人委托，我们只要按一般标准完成就够了。但今天你作为朋友当面嘱托了，我肯定要格外重视。回头我跟手底下的人说一下，把她在伙食和护理方面的待遇提升到退休干部的标准。"

"倒也不必太高，差不多就行了。她这脑子要是一直转不过弯来，你们该关的还得关，该绑的还得绑，不要影响领导布置的任务。"

"你放心，我心里有数。"他又望向刘强，笑道，"不过咱们有言在先啊，这属于我的分内事，和我欠刘总的人情没有关系……"

人也看了，茶也喝了，事也谈了，刘强和詹妮起身告辞。王院长很客气地将两人送出大门。等车子驶离医院才百十米，詹妮便翻开遮光板开始补妆。刘强反复地用余光瞅她，终于忍不住问道："你很重视和她的感情吗？"

"谁？何琳？"

"对啊。"

"你是男人，不能理解也很正常，但你也许可以理解老乔。"

刘强的脸色顿时变得很难看，他受辱似的反问："他有什么值得我理解的？"

詹妮停下补妆的动作，说："以前他钱没到手，还愿意养着何琳，拿她当作谈判筹码。现在他把何琳送进精神病院，既能从你们手里拿到钱，又能避免何琳通过离婚分割财产，自己还摆脱一个烦人的累赘，一举三得，所有人都被他利用了。但这还不是最优解，以他的性格，他还会追求这个最优解。你知道是什么吗？"

刘强思忖片刻，很快便有了答案："他希望何琳死？"

詹妮笑了起来："你看，还不承认你能理解他——"

"我是顺着你的话往下推理的！"刘强辩解道。

"行，你推理得没问题。精神病院的费用也是可以走医保的，但老乔还是不肯支付自费的那部分，所以卫健委的领导才出面协调，提出全额报销。他巴不得何琳早点死在里面，这样他不光可以独占财产，彻底自由，说不定还能再向医院讹一笔钱。"

刘强皱着眉头，开始整理其中的头绪，车子速度也跟着下降，但他的关注重点并非是其中的逻辑关系："你又是怎么知道这些的？"

詹妮犹豫片刻，还是坦白道："那天晚上，就是把何琳送进去的那天晚上，老乔给我打过电话。他非常得意，说自己以后手头有1000多万，算是财富自由了，问我愿不愿意继续跟他好。我故意逗他，问他，如果我答应跟他好，他愿不愿意分我一半。他立即生气了，说我贪得无厌，把钱看得太重。我就建议他，去找一个刚进社会的小姑娘，拿自助券请人家吃几顿海鲜，再买一个高仿的名牌包，说不定花不了几个钱就能拿下了。他气得够呛，骂了几句就把电话挂了。"

刘强原本还为他们两人私下通话而不爽，但听到后面詹妮恶损乔宇的过程，又转怒为笑，问道："所以，你要让何琳一直活着，这样他就永远离不了婚，也不能再婚，是吧？"

"不只是活着，而且要好好地活着，也许有一天她看清楚、想明白了，就可以走出这个地方，到时候老乔的舒坦日子就到头了。"

詹妮与乔宇关系交恶，这当然是刘强喜闻乐见的，他抑制内心的窃喜，说道："师妹放心吧，恶人自有恶人磨，很快就有人收拾他的。"

"谁？"

"你相信我的话，等着瞧就是了。有一句古话，'乍富不知新受用'，他这种暴发户留不住财的。"

詹妮沉默片刻，她不再多问，只是叹息一声，扭头望向车窗右侧的夕阳。刘强觉察到她的不悦，立刻补救道："我不是不想告诉你，只是手段不太体面，也怕你心软，会不同意。"

詹妮却嗤之以鼻，笑道："师哥直说不信任我就是了，我毕竟只是一个女人，掺和不进你们的圈子。你们对待女人都是这个德行，当面捧得高高的，这个是嫂子，那个是妹妹，背后统一的头衔就是马子而已，只会讨论活儿好不好，水多不多。"

刘强哭笑不得，又百口莫辩，倒不是因为詹妮说错了，而是因为他坚信自己目前在詹妮面前绝对没有暴露。无奈之下，他只得如实相告，以表真诚："姓乔的从赵小建的碗里抢食，可这赵小建是他惹得起的吗？赵小建有一个赌场，打算找机会引他入局，到时候他就会跟那种捕鱼的鸬鹚一样，现在吃下去的所有东西都得吐出来。"

"可是老乔他不好这一口啊，我认识他这么多年，没见他上过赌桌。"

"兴趣爱好是可以培养的嘛。穷鬼突然变成暴发户，如果不挥霍不炫耀，人会被憋疯的。没有比赌博更合适的项目了，日常容易接触，进入门槛低，看上去公平，全凭本事和运气，下注的时候刺激，赢钱的时候又有成就感。栽到赵小建手里的暴发户多得很，他们以前大多也不赌博，但入局只是几天之内的事，姓乔的并没有比这些人更高明。"

听了这些话，詹妮叹为观止，她半感慨半调侃道："你们这些家伙真够坏的。我还一直以为你们都是做大生意的，高端、大气、上档次，没想到私下里捞这些偏门钱，人家好不容易趁着东风发点财，又被你们割得干干净净。"

刘强不以为然地笑道："这些人没有什么靠谱的投资渠道，靠谱的大概率也轮不着他们，财富只是从他们面前经过，最后还是要回到更高维度的阶层手里。我们不割，其他人也会来割，P2P（点对点网络借款）、股票基金、品牌加盟、虚拟币、传销、庞氏骗局，刀是不同的刀，但都是一样的锋利。"

詹妮当然明白。她的前夫当初便是迷失在虚拟货币的暴富梦里，最终合约爆仓，赔得倾家荡产。刘强见她不说话，扭头看她一眼，问道："心软了？你要是不忍心就算了，我去跟赵小建打个招呼。"

"别啊，跟他有什么好心软的。"詹妮立即阻止道，"刚才我在想，老乔对你们肯定是有戒备的，没那么容易入局。也许我出面会好办一些。我比你们更了解他，什么时候该捧、什么时候该激，我心里清楚。"

刘强既惊讶又欣慰，但他还是将信将疑地问："你确定自己狠得下心？你俩毕竟有过一段感情……"

詹妮不屑地笑："你们男人有一个很贱的共同点，就是明明前女友对你们恨之入骨，巴不得你们原地火化，你们却总是对前女友心怀幻想，认为对方空虚寂寞时的第一选择还会是你们。拜托，两个人只是精神和肉体发生过一段时间的交流而已，又不是签了灵魂契约，真把自己那玩意儿当传国玉玺了，往哪里戳一下，哪里就是你们的领地了。"

这话说得刘强脸上红一阵白一阵，不免联想到自己，他也一直存在这样的行为，只是对方一直周旋、回避，让他误以为只是火候不够。但他还是厚着脸皮推脱道："你要骂就骂他，不要带上我啊。我就不明白了，我哪里比不上他了，他什么都没付出就吃着肉了，我对你死心塌地，到现在连味儿都没闻着。"

"师哥要怪就怪他吧，就是因为我给他给得太草率，现在才变得小心、谨慎，害怕再遇人不淑，"詹妮停顿片刻，又继续说道，"但他也不是一无是处，至少他和我在一起的时候，对我知无不言，言无不尽，虽然他肚子里那点心思没什么价值，但这种敞亮的态度对于我们女人而言就是一种安全感。而师哥虽然对我非常好，但总是保持着一种距离感和神秘感，说话也是藏着掖着，让我感觉自己在你心中的身份就只是一个马子，根本走不进你的心里。"

纵然是刘强这样的登徒浪子，听到这种话也不禁心头一热，他一脚踩住刹车，在乡道中间停了下来，问道："师妹想要走进我的心里？"

詹妮也迎着他的目光，直言不讳地反问："师哥是不是想上我？"

刘强被问得措手不及，但他想起詹妮刚才的话，便如实答道："当然，做梦都想。"

"我不是什么贞洁烈女,但也不至于人尽可夫,我愿意满足师哥,只是希望师哥心里是爱我的,至少当时是爱我的。这个要求不算过分吧?"

"不过分!师哥当然爱你!"刘强捧住詹妮的手,热切地说道,"其实我和师妹一样,也希望得到对方的真心。只是我坐在这个位置,那些女人都是奔着我的钱和权力来的,我没有办法甄别,慢慢地也就不奢望了。但我可以对天发誓,以后我对你绝对坦诚相见,没有一丝的秘密。"

詹妮看着他的眼睛,扑哧一声笑了出来。

"你笑什么?我很认真的!"

詹妮却解开安全带,探头过来亲了他一口,又在他耳边说:"直接去你家吧,我今晚也对师哥坦诚相见,没有一丝的秘密。"

第二十三章
陈昊轩

陈钊华这些天的努力没有白费，他圆满地完成了接待检查组的重要任务，台本的内容完全没有背错，甚至检查组领导临时问出的问题也被他机智地接住了。当检查组的车队驶出集团的大门，他的心里放起了烟花，因为这意味着他已经得到市领导乃至省领导的认可，倘若有人再去翻他家的旧事，便不是与他一个人为敌，而是挑战整个权力系统。

除此之外，他还被公司推荐为"全市十大卓越贡献青年企业家代表人物"的候选人，尽管这个榜单的主办方只是一个半官方机构，但名头的确相当唬人。以前他对这种骗赞助的活动不屑一顾，现在却觉得非常受用，上流阶层的城堡就是依靠这么一层又一层地贴金才变得威严不可侵犯。

他在社会上摸爬滚打多年，自然而然地总结出一套通用的生存法则，而这些年的阅历，尤其是这半年的变故，无时无刻不在验证它的正确性，又反过来强化他继续遵循这套法则的决心——进化论在现代社会仍然生效，只有成为人上人，才能避免遭到弱肉强食的碾轧。

检查组在本市展开为期五天的工作。在这段时间里，一切事务都必须为"创文"事业让路，不光露天商贩禁止出摊，海上明月这种高档会所也挂了暂时停业的牌子。当检查组结束工作，离开本市的当天晚上，夜市重新出摊了，娱乐场所也开张了，这座城市像一个在美人面前憋气收腹很久的胖子一样，陡然松懈下来，白花花的肥肉从腰间溢出。

陈钊华也履行承诺，在海上明月订了一个包厢，宴请最近对自己有帮助的朋友。这次没有乔宇的份儿，刘强便带着詹妮一同出席了。他们不再像以前那样刻意隔开一段时间露面，而是直接出双入对。明眼人都看得出来这是怎么回事。趁詹妮去洗手间的时候，陈钊华毫不避讳地在牌桌上问道："把她搞到手了？"

刘强不置可否，只是叼着烟笑骂道："你这素质有待提高，什么叫'搞到手'，一点都不尊重女性。"

"我前两天还在想呢，最近城里各个会所和浴室都歇业了，我们刘总该何去何从，没想到你默不作声地开了小灶。感觉如何？"

刘强回头望一眼洗手间的方向，得意地说："人间水蜜桃，极品。"

当詹妮从洗手间出来，在场的男人们便心不在焉了，目光有意无意地瞟向她的方向。詹妮今天穿着一件旗袍，身材被衬托得凹凸有致。修长白皙的天鹅颈，盈盈一握的胳膊，挺拔丰满的胸部，圆润饱满的翘臀，再结合刘强的评价，无一不让人浮想联翩。刘强看在眼里，他用指节叩着牌桌，故作不悦地催促道："喂，快点出牌！"

人们尴尬地收回目光，毕竟没人愿意得罪刘强。

此时，服务员走了进来，问道："陈总，您的客人大概几点到齐呀？我们的总厨可以提前做备菜计划，保障您这里的上菜节奏。"

陈钊华说："七点左右吧。"

"行，那我给大家提供一些餐前水果。请问你们想来点什么？"

刘强插嘴问道："有水蜜桃吗？"

众人顿时哄堂大笑。服务员一头雾水地说道："抱歉哦，刘总，水蜜桃不应季哦。不过我们这里有新疆运来的哈密瓜，您要尝尝吗？"

"可以。"

服务员下去了，众人仍沉浸在刚才的愉悦气氛里，时不时地发笑。坐在旁边的詹妮不明所以，也单纯地笑着问："你们笑什么呀？"

"没什么，我们刚才讲笑话呢。"陈钊华打圆场道，"前几天全城都严肃得要命，个个都快憋坏了，现在检查组走了，随便听个什么都觉得好笑。"

詹妮却不依不饶地追问："什么笑话？也讲给我听听。"

众人面面相觑，一时不知道如何应答。此时，精神病院的王院长接话道："是这样的，我的一个患者最近闹出了笑话。这个患者三十岁了，自闭症，一直打光棍，靠他爹妈养着，一家人住在中大街那边。他有一个爱好，喜欢站在自家二楼临街的窗口，举着俩胳膊对着天，每天几个小时，一举就是两年。他说这样很舒服。他爹妈来问我，这该怎么办。我说，如果没啥危害，他爱举就举着吧。住在附近的人也都习惯了，毕竟人家没影响任何人，还是在自己家里，谁也管不着。但上周市里的人下来巡视迎检工作，经过这条街的时候，一抬头看见一个人在窗口举着俩胳膊，就问社区干部，这是咋回事。社区干部说，这是一个傻子，举着玩呢。这事本来就这样过去了，但到了半夜，社区干部接到上级的电话，说这人对着大街、对着天举着俩胳膊，虽然研究不出什么含义，但总觉得这样不太和谐，生怕引起省检查组的误会，所以希望这个人不要在窗口举胳膊了。可人家自闭症不答应，什么哄骗吓的招数在他这里完全没用。最后有人想出一个办法，由社区出钱安排这一家人去三亚旅游一个礼拜。人家自闭症可不傻，立刻就答应了，现在他应该还在三亚的酒店里对着大海举胳膊呢。"

众人正叹为观止，刘强问陈钊华："陈总啊，如果让你站在窗口举一天胳膊，社区就安排去三亚公费旅游，你举不举？"

陈钊华摇头："我不举。"

其他人还没反应过来的时候，詹妮已经在旁边笑出声来，刘强也一脸坏笑，众人这才察觉到刘强的恶趣味陷阱。陈钊华也恍然大悟，他苦笑着对詹妮说："詹妮，当心近墨者黑哦，怎么没几天就被你师兄带坏了呢？"

詹妮回应道："我们这叫师出同门的默契。"

男人们开始起哄，刘强也越发得意。俗话说"娶妻娶贤，纳妾纳色"，对于刘强这种成功的中年男人而言，一个年轻貌美又很解风情的情人除了能满足自己的欲望，也是比豪车、名表更能衬托自己身份和地位的配置，这意味着他比一般的同龄男性拥有更多的财力、更强的魅力，以及更旺盛的精力。

宴席开始之后，刘强与詹妮被安排在紧挨着的位置，刘强一边与众人把酒言欢，一边在桌子底下抚摸詹妮的腰肢和大腿。其他客人过来敬酒的时候，都自然而然地将他俩视作一体，客气地说："我敬你们二位，祝你们恩爱、幸福。"

詹妮也得体地起身致谢，仿佛真的与刘强是一对热恋中的情侣。

散席的时候，客人们三两成群地在庭院里闲聊。王院长特意过来找詹妮说话，向她汇报何琳的现状。前几天，何琳的情绪逐渐稳定下来，工作人员便下调她的看护等级，解除了她的约束带，允许她在小白楼里自由活动。她能够平心静气地与其他人交流，只是她的思维有些错乱，时常向别人提起自己的女儿，言语间似乎忘记孩子已经夭折。

詹妮说："这样挺好啊，难得糊涂，也省了你们不少事。"

"也不是一直省事，有时她在夜里会突然清醒，在病房里发疯，我们只能给她打一针镇定剂，重新绑上约束带。但好在她醒了以后又不闹了。"

詹妮愣了一下，忍不住笑道："这倒挺有意思的，错乱的时候平心静气，清醒了反而发疯，都搞不懂该不该清醒了。"

"就像你说的'难得糊涂'，让一个人清醒着面对她无法接受的现实，其实是很痛苦的。精神失常也是一种保护机制，她心里的那根弦儿相当于房子里的保险丝，一旦短路或者超负荷了，保险丝就会烧断，只要房子没事，再把保险丝接上就是了。但如果保险丝太粗了，怎么也烧不断，这个房子可就保不住了。"

"王院长是专业人士，该怎么处理就怎么处理，我毕竟不是她的家属，做不了什么主。上次你也听到了，她说自己哪怕烂在那里都不想再见到我了。"

"家属……拉倒吧。"王院长叹了一口气，"我们的人给她家男人打过好几次电话，说不了两句就挂掉了，说是政府已经给足钱了，没什么大事别烦他。"

詹妮也只能无奈地表示："你们该打电话的还是要打，他管不管是他的事，这种人没什么良心，没事的时候躲得远远的，一旦出了什么事，他就讹上你们了。你也知道的，不光老刘和陈总着了他的道，他连他老婆的住院费都要赖给政府。"

王院长连连点头："听你这么一说还真是，她家男人的确无赖。我明天喊底下的人开个会，以后伺候这个姑奶奶要格外当心。"

"总之，我这朋友给你添麻烦了。"

"净说客气话，这都是我分内的事。回头我家姑娘到了刘总的麾下做事，才是真的要拜托你们多费心。"

这一顿宴席，桌子上面摆着酒肉汤菜，桌子底下则进行着大大小小的交易。詹妮今天加了不少新朋友的微信，也介绍了自己的业务。若是有人对刘强有所诉求，又不知道如何接触，詹妮便是一个非常合适的引荐人。她在自己的网店里挂了各种价格档次的珠宝玉石——几千的、几万的、十几万的，满足不同需求的客人。

今天刘强喝了几杯酒，只能由詹妮开车。最近他俩同车出行有几趟了，詹妮逐渐熟悉了这辆车的操作。她一脚油门踩下去，听着悦耳的声浪，感受着推背感，不禁感慨道："怪不得一个个拼命搞钱，200万的豪车开起来就是不一样。"

刘强说："师妹喜欢吗？"

"废话，好东西谁不喜欢啊！"

"这车是前年买的，喜欢的话就折价转给你。"

"算了吧，它就算是二手的，市场价也得小100万，不是我这种穷人开得起的。"

"谁说按市场价卖了？我按30万给你就是了。"

詹妮愣了一下，但她还是将信将疑地说："师哥在逗我呢，要是按这个价格算，你不得亏死？"

刘强却不以为然地笑道："这种豪车有几个人当真是自掏腰包买的，大多是以公司名义购入，可以用来抵税，加油和保养也都是走公账，过几年再找机会转到个人名下。"

詹妮还是有些难以置信，问道："万一被税务查了咋办？这差价也太大了吧。"

"差价哪里大了？这车的发动机大修过，还是泡水车。"

"啊？"詹妮露出诧异又嫌弃的表情，"那还是算了……"

刘强又笑了起来："师妹真够实诚的。那是解释差价的，只要有一个体面的说法，没人会深究。再说了，你以为税务局局长他儿子开的宝马七系是怎么来的？"

她恍然大悟，又叹道："我就是一个普通老百姓，哪里知道你们这些玩法。"

刘强带着几分醉意，看着这个天生尤物，忍不住伸手抚摸她的大腿，问道："告诉师哥，你想不想要？你想要的话，这30万师哥也替你出了。"

詹妮没有立即回答，只是抚摸着方向盘中央的精美车标，嘴角的笑意被仪表盘的光亮映照得一览无余。刘强看出她的态度，扭头望了一眼窗外，又说道："你把车停到辅道上，好好看一看外观，喜欢的话明天就给你过户。"

詹妮欣然照办，将车子开入绿化带后面的辅道上。两人一同下车，围着这辆迈巴赫车打量。"可这车一看就是你们老爷们儿开的……"詹妮略有遗憾地说。

"这好办，你过户之后贴一套粉红色的车衣，全城独一无二。以后开上街了，别人远远一看就知道全城第一花魁来了。"

"什么花魁啊，听着就不是啥好词，好像是指古代的妓女……"

刘强丢了烟头，从后面搂住詹妮的细腰，将她按在车子的引擎盖上，身体也贴住她的后背。他一边抚摸詹妮的身体，一边解开自己裤子的拉链，嘴里污言秽语道："你不就是我的小婊子嘛。"

詹妮被吓得花容失色，挣扎道："师哥，你干什么呢？会被人看到的！"

"不用怕，这是新修的马路，还没装摄像头，这个时间也没人走。"

"我们回去再做吧，不要在这里。"

"师哥现在有感觉。"

说话间，詹妮的旗袍已经被掀了上来，刘强完全不顾她的感受，粗鲁地强暴她。詹妮痛得全身颤抖，随后的身体碰撞又让她站立不稳，她只能双手扶住引擎盖，咬牙承受。车子没有熄火，前灯明晃晃地照着，他们的影子被拉得很长，在辅道上铺了几十米远，跟着两人的节奏不停地前后颠簸着。

刘强喘着粗气问："师妹，感觉怎么样？"

詹妮却只从齿间吐出几个字："你快点。"

刘强听着她并不投入的声音，不禁有些扫兴。他无意间碰了一下引擎盖，才发现引擎盖相当烫手，再加上发动机的振动，难怪詹妮趴在上面不舒服。他并未因此滋生半点怜悯，詹妮表现出来的不适令他亢奋，有一种当街强奸的刺激，使他更加肆虐地在这具几乎完美的肉体上发泄欲望。但他这次是临时兴起，没有提前吃药，本来就一般的性能力又被酒精消减几分，不到三分钟时间，他便偃旗息鼓了。

詹妮见他不动了，故意用臀部拱了拱他，问道："师哥爽了吗？"

刘强喘着粗气点头。

"哼！你自己倒是舒坦了，我快被引擎盖烫死了！"詹妮推开刘强，一边整理衣服，一边娇嗔地埋怨。

刘强伸手摸了一下引擎盖，故作诧异地说："哎呀，你怎么不告诉我呢？"

"说了有用吗？师哥这时候什么话都听不进去，我还不如忍一会儿，等师哥舒坦了就好了。"

詹妮这句话让刚才还因早泄而感到沮丧的刘强心情转晴了，一个简单的"忍"字仿佛为他挽回了一点失去的尊严。他亲了亲詹妮的脸，抚慰道："刚才你太诱惑了，师哥实在没能忍住，以后一定好好疼你。"

两人回到车里，刘强还沉浸在刚才的激情和欢愉的余味之中，喘息也逐渐平息。詹妮一边拿湿巾敷着大腿被烫红的肌肤，一边说道："师哥，我感觉人家陈钊华比你正派多了。他和你一样，老婆也不在身边，他怎么没像你一样找个女朋友？"

刘强哼笑道："他只是没找固定的，露水情缘可不少。他身处这个行业，坐在这个位置，遇到的漂亮女人比我更多。以前有他老婆一直管着，他不敢乱来，但这半年他老婆带孩子躲出去了，他不就玩开了？"

"怎么个开法？"詹妮颇有兴趣地追问。

"上次他出席一个行业峰会，晚上回到酒店房间，浴室里面有一个女医药代表正在洗澡呢，走廊里就有另一个女孩在敲门了。他回来以后跟我说，要是回到三十岁之前，他就把外面那个也拉进来一起玩了。"

詹妮不禁皱起了眉头："噫，真的假的？完全看不出来……"

"你以为呢？"

"那现在老乔和他家的事情解决了，他老婆应该可以带孩子回来了，他就只能收敛了吧？"

刘强摇了摇头："他老婆孩子暂时不会回来了。"

"为什么？"

"他把孩子送去国际学校念书，不如在外面多待几年，把孩子送去国外留学。这几年要是实现财富自由，全家搞个投资移民，这孩子不就跟哪吒似的彻底脱胎换骨了？"

詹妮叹为观止道:"还能这样玩?"

"当然,这办法还是我教他的呢,你嫂子现在不就是新西兰公民?"

"那你呢?"

"我暂时还不是,但要是哪天不想干了,也可以随时过去。"

"咱们这里不也有双语学校嘛,回来念几年再出国不也是一样?"

"人家国际学校是和外国联合办学的,里面很多都是外籍的小孩儿,教学资源和语言环境比我们这里的双语学校强太多了,对以后申请国外的学校也有帮助。"

"这么厉害?哪里的国际学校哦?"

刘强正要开口,又陡然收住。詹妮见他半晌不答,扭头恰好撞见他狐疑的目光,便不悦地问道:"干什么?我是想着万一哪天我有了孩子,也让他去读国际学校,以后也能出国留学。"

刘强的眼睛顿时亮了:"我们的孩子吗?"

"当然不是。"

"为什么?"

"我们的关系好不容易走到这一步,让我产生一种错觉,觉得我和你是一体的。但现在我才发现自己太自以为是了。说得好听点,我是你的师妹,是你的女朋友;说得难听点,我只是你的露水情人,甚至只是宠物罢了。你随时可能玩腻了,买一张机票飞去别的国家,和你的老婆孩子会合,而我除了这个小县城,哪里都去不了。"

"我以前不是跟你说过嘛,如果你怀了咱俩的孩子,我也送你去国外,北美或者欧洲任你选,孩子一出生就拿着外国护照。你要是不想出国也行,不光是这辆车,我城南的一套独栋别墅和在苏州的一套大平层都给你们。"

詹妮依然不为所动,她冷哼一声:"之前你承诺对我知无不言,但现在呢?说话还不是不算数?你们讲个笑话,所有人都笑,只有我像傻子一样问你们在笑什么。和你聊天,随口问个问题,你也是遮遮掩掩的。也许你有你的圈子,圈子里有你们的共同语言,我永远融不进去。"

刘强看着她噘着嘴唇委屈嘟嚷的样子,再对比她刚才趴在引擎盖上被烫着也不反抗的样子,心中不禁涌起一阵怜爱,伸手刮了一下她的鼻尖儿,笑道:"嗨,就为这种小事生气啊?你知道的,我之前要替陈钊华保密,嘴上习惯性地加了一道门。现在事情解决了,说出来也没事。他老婆目前停薪留职,陪儿子在上海的一个国际学校念书,他每月跑一趟上海,而且都是开他表弟的车在夜间往返……"

詹妮捂住耳朵:"你别说了,我不想听,可不能泄露你们哥儿俩的天机。"

刘强却来了劲,掰开詹妮的手,继续说道:"他儿子以前不是叫陈昊轩嘛,出事以后就改了名字,现在叫什么,除了他们夫妻俩,谁都不知道,包括我。"

"我才不信,连他们家里的老人也不知道?"

"真的不知道,保密工作做得特别到位,他岳父岳母甚至都不知道自己女儿现在人在哪里。"

"说不定都不跟陈钊华的姓,跟他妈姓吴了。"

"不可能,这可是个儿子,陈钊华很重视的,他攒了上亿的家产,不可能最后莫名其妙变成上门女婿。"

听到这里,詹妮幽怨地叹息一声,问道:"万一我们以后有了孩子,该跟谁的姓呢?"

刘强愣了一下,反过来问道:"你是怎么想的?"

"我本来也想有一个自己的孩子,又不想掉进婚姻的牢笼。你也说过你不可能离婚,这不赶巧了嘛,如果真的有了孩子,我就当个单亲妈妈,让孩子跟我的姓,我一个人抚养他。"

对于刘强而言,这当然是最完美的方案。他今年四十三岁,正值壮年,事业有成,看上去特别成功,但他最大的心病就是他只有一个女儿,偌大的家产都是替别人挣的。所以,即便陈家那小子惹下如此大的麻烦,他依然羡慕陈钊华的福气。他曾经尝试说服妻子再生一胎,但妻子不愿再受那份罪。他也想过找情人生,但那些情人要么也不愿意生,要么惦记着子凭母贵,索要名分。如今,詹妮的出现简直是上天赐予刘强的绝佳机会,她年轻、漂亮、健康、活泛,学历也高,而且不在乎所谓的名分,既能在基因上有所保障,又不会破坏他的家庭完整。

刘强极力抑制心中的狂喜,隔着扶手箱搂住她,信誓旦旦地说:"师妹放心,我向你发誓,不管是男孩还是女孩,我一定不会亏待你们。"

"拉倒吧,我又不是二十岁的小姑娘,才不相信你们男人的鬼话。"詹妮将刘强推开,"我不可能一直年轻,也不指望一直留得住你,只希望你自己心里认这个孩子,该给他的不要亏欠他。"

通常做完这种事,女人会变得服帖、娇弱,需要验证对方在情感和物质上的承诺,而进入贤者模式的男人则不耐烦地抽着事后烟,早已将事前的甜言蜜语忘得干干净净。但现在,詹妮这种悲观冷清的态度反而激发刘强的征服欲和保护欲,他拉住詹妮白皙精致的右手,揉搓着分明的骨节,恭维道:"师妹,你知道我最爱你哪一点吗？你从来不拐弯抹角，甚至有些刻薄，但你的魅力又能支撑起这份刻薄。我也不对你玩虚的，一切心意看行动。明天咱们去 4S 店买一辆新车。"

詹妮爱不释手地抚摸着方向盘，说道："新车还是算了吧，我觉得你说的粉红色迈巴赫更有意思。"

"都听你的！你要是怀上了，我就带你去挑房子，最好是今天这一趟就中了。"

詹妮却白了他一眼："喊！说得好像我是冲着房子给你代孕似的，到底要不要跟你生，我还没想好呢。"

第二十四章
赚差价

最近城里换车的人并非只有詹妮，乔宇也换了一辆新车。他原本想入手一辆卡宴，但这种车得半年以后才能提车，这对于乍富几日便急于炫耀的乔宇而言简直是煎熬，于是他去隔壁的宝马 4S 店，挑了一辆提车更快的 X6。接待他的销售是一个二十七岁的单身女孩，长相甜美，做事干练，一张小嘴能说会道。一番交谈和试驾之后，无论是她推荐的配置还是贷款，乔宇都爽快地接受了，当场就交了定金，约定一周之后提车。

在这几天里，乔宇与女销售的聊天记录已经翻了几十页，两人之间也多了几分暧昧。他以答谢的名义请对方吃日料。酒足饭饱之后，他又邀请对方去家里坐一坐，女销售却婉拒道："这不太方便吧？咱们才见第二面。"

"喝茶聊天而已，有什么不方便的？"他一边说着，一边伸手揽她的腰。

她却一个侧身，灵巧地闪开，笑道："大家都是成年人，谁不知道彼此的那点心思呀。"

"咱们这几天不是聊得挺好嘛，我以为你也想呢。"

"不至于，哥。"女销售不再像之前那样讨好，声音也不再夹着了，"我只是卖一辆车给你而已，车子加上保险和贷款，拿到的提成撑死只有两三千块，犯不着为了这点钱把自己卖了。您说，是吧？"

乔宇被说得尴尬又羞愧，他也不再坚持，眼睁睁地让她打车离开。

然而，第二天一大早，他便去了 4S 店，要求退车，并拒绝与那位女销售沟通。经理了解大概情况后，亲自出面接待，邀请他去办公室详谈。两个男人叼上了烟，说话也不藏着掖着了。乔宇说："80 万而已，我完全没必要办贷款，她甜言蜜语，软磨硬泡，我才答应帮她完成这个业绩。结果事情办好了，人也变脸了。这种用人朝前、不用人朝后的态度让我很不舒服，你懂吧？"

经理点头："是，我理解乔总的感受，要是换作我，多少也会有想法，但还是希望您理解我们打工人的难处。她还年轻，入行时间也不长，吃一个投诉对职业生涯影响太大，要不我们赠送您一些礼物，换一个销售和您对接？"

乔宇看了一遍墙上的员工照片，除了之前那个女销售稍微年轻漂亮一些，其他的要么年纪偏大，要么长得不怎样，所以他随手指了一个男销售。于是这单生意得以继续进行，4S店安排那位男销售与他签了单，还赠送给他一套真皮脚垫，但商业险和贷款保留以前的方案。男销售白捡一个大单，他吸取了同事的教训，当晚就请乔宇去一家洗浴中心休闲放松。但由于省里的检查团刚走没多久，有些暂时回避的大项目尚未复工，他们只能各挑一个身材不错的按摩技师。

这件事很快不胫而走，并在街头巷尾火热地传播，人们颇有兴趣地讨论着这起八卦，其中的细节也逐渐发生偏差，连汽车品牌都无法统一。直到有人在街头拍到乔宇坐上他那辆新车的照片并放在网上，这个话题才有了标准答案。

城里各大4S店以及二手车商们以此为梗，在网上做起了蹭热度的营销，最常见的一条文案模版如下："如果你想买车，就来找我吧，我愿意竭尽全力为你提供最优质的服务，但不包括陪睡。"不消两天时间，这股风便刮遍全城各个销售行业，卖房子的、卖家具的、做装潢的都趋之若鹜地效仿，乔宇的这桩丑事也成了人人皆知的笑话。

乔立平也听说了这件事，他完全无法相信自己的堂兄能够堕落到这一步，还以为是外界的讹传。直到在乔宇家门口看见那辆崭新的车，他才确认所言非虚。他并非特意为了验证此事而来，而是因为昨晚小姑打电话给他，想让他送自己回去。

小姑正在院子里晾晒衣服，见小侄子来了，便将最后两件衣裳晾好，起身回屋拿行李。乔宇从客厅里走出来，站在廊厅对堂弟说道："立平，你看我新换的车怎么样，要不要试开一下？"

乔立平冷漠地说："不用了，摸坏了赔不起。"

"你还别说，这车是进口的，零部件也得进口，修起来的确不是一般人承受得起的。以前我开那辆破车，总觉得车子只是交通工具，只要跑起来不掉链子，能够遮风挡雨，就没什么差别，但现在开了好车，就知道完全不是一回事了。"

"是啊，乔总现在不是一般人了，我单位离这里几十公里，都听说你发了大财。同事问我认不认识，我都不敢攀亲呢。"

乔宇这才听出堂弟的阴阳怪气，他不觉得意外，只是淡淡地笑了笑，说："日子不是替别人过的，过得好不好，都是自己承担。以前我也是老好人一个，可我们家落难的时候，有人站出来替我们说话吗？没有的。既然这样，我干吗还要听他们的废话？"

乔立平一时语塞，半晌之后才反驳道："但做人至少要有底线吧，如果是靠出卖底线换来的富贵，享用起来真的安心吗？我们现在走出去都不好意思说自己姓乔！"

"底线？"乔宇叹息一声，以一副语重心长的架势说教道，"老弟，你还年轻，总有一天你会发现，底线这东西吧，就是上流社会给普通人戴的一副枷锁，他们骗你说，人只有戴上这个东西，才能脚踏实地，一步一个脚印，但他们自己不肯戴。我好不容易才参透这个道理。去他妈的底线！去他妈的枷锁！你看我现在，一下子翻了身！你知道这说明什么吗？"

乔立平没有接话，只是用失望又鄙夷的目光看着堂兄。乔宇笃定地说："说明这个道理是对的。"

此时，小姑提着行李箱走出来，经过乔宇身边的时候特意交代道："天黑之前记得收一下衣服，现在这个季节夜里要下雾的。哪天小琳回来了，还需要我过来帮忙的话，就给我打个电话。"

"你回去干吗呢？我跟你说了，在这里继续待着，帮忙做点家务，我开的工资不比外面差，活儿还比外面轻松。"

小姑摆手道："我是看小琳身体不好才来帮忙的，现在她不在家里，我总不能在这里一直赖着吧？你姑父身体不好，赚不到几个钱，你弟还没有成家，什么事都等着我去办。"

"行吧，那我就不留你了。"乔宇只能作惋惜状，又从怀里掏出一个提前准备好的信封，"你干了刚好两个月，工资已经打到你的卡里了，这是我一点额外的心意。"

小姑没有立即去接，只是怔怔地看着大侄子，问道："那你弟结婚买房的事呢？"

"那不是明年的事嘛，到时候再看吧。"乔宇一边说着，一边将信封塞入小姑的衣兜，"拿着吧，这5000块钱是不用还的。"

小姑大概听懂了，她没有再说什么，默不作声地走下台阶。乔立平等她走出院子才迎上来，将她的行李箱放入自己的车里。"先去我家吧，我妈做了饭，下午我再送你回去。"他又回头望了一眼乔宇："今天就不带你了，不耽误乔总发财。"

乔立平开车扬长而去。乔宇则丝毫不恼，随手弹飞指间的烟头，也拿上钥匙出门了。

今天有一批货物抵达，需要乔宇到场签字验收。他原本希望这些货物直接交给诚创，可以省去以后二次挪仓的运输费用，但刘强没有答应。他说这不是合同内容，并且诚创的采购都是分批次的，没有为此预留大型仓库。但詹妮还是念了旧情，对刘强做了一些工作，刘强便去找赵小建斡旋，让这些货物直接进入赵小建的仓库，以便开工的时候统一调用。

对于乔宇而言，这是一个更好的方案，除了那两个闲置仓库可以转租出去赚取差价，他与赵小建之间的过节也兴许能趁此机会化解。当他抵达卸货地点，刘强和赵小建已经等在那里了。送货的厂家代表都蒙了，不明白为什么一次常规的出货会惊动本市毫不相干的两个大老板。

几方的负责人都在场，三人与厂家代表一同验收货物，但卸货的时候出现了一个分歧。厂家代表提出，他们已经将货物送到买家指定的仓库区域，厂家在合同上的运输义务已经履行完毕，接下来的卸货入库应该是买家的事情。但乔宇认为，只有货物入库才算运输完成，仓库园区可以提供日结的装卸工和机械，但费用应该由厂家承担。

双方僵持不下，刘强和赵小建完全不发表意见，像看戏一样旁观这场无聊的谈判。乔宇的态度非常坚决，他一锤定音道："我该说的都说过了，你们要是有意见，就把东西拖回去，等我跟你们厂里谈出一个合适的方案，你们再拖过来。"

厂家代表不可能带着这批货物白跑一个来回，卡车司机也开始不耐烦，他们在这里耽误的每一个小时都是损失。无奈之下，厂家代表只得打电话向厂里汇报，很快得到指示：同意让步，但要求卡车司机也参与卸货，以此节约成本。

谈判又传递到厂家代表与卡车司机之间。司机们只是赚一个运输费用，还要自付油钱，并没有卸车的义务。六七个汉子试图据理力争，但只抗争了几分钟就不得不妥协，毕竟钱在别人手里，时间也被卡着，有这对峙的工夫不如吃一点亏，早点干完早点去赶明天的单子。

尽管出现这段不和谐的插曲，但总体而言，交付过程还算顺利。乔宇在厂家代表的文件上签字，刘强在乔宇的文件上签字，赵小建又在刘强的文件上签字。这批货物的量不算大，此事却是一个良好的开端，以后的所有批次只要照这套流程走就行了。站在乔宇的角度算，卸一批货能够节省几千块，十批货便是几万块，这笔钱哪怕拿来买一套音响玩也是好的。

在工人卸货入库的时间里，三人在远处看着，乔宇主动抢着发烟。如今他左边口袋揣的是40块的硬包中华，右边口袋揣的是九五至尊，给刘强和赵小建发的当然是后者。刘、赵二人没有推辞，三人一同吞云吐雾，这一时刻让乔宇不免有些飘飘然，感觉自己终于不再是一个唯唯诺诺的局外人，而是与他们平起平坐地共享这个世界。

"你这新车不错啊！"刘强望向乔宇的车子，夸赞道。

赵小建摸了摸鼻子，掩饰窃笑，此前他也在网上看到一些东西。

"之前那辆车太老了，修过几遍都修不好，就换了这个，跟您二位没法比。"乔宇谦逊地说着，扭头望了一眼身后，却发现赵小建的车旁边停着一辆普通的轿车，他惊讶地问，"刘总今天没开迈巴赫？"

"我反正无所谓开什么车的，这辆买菜车也挺好开，要不是今天要带一些文件，我就骑电动车出来了。"

赵小建调侃道："骑电动车好啊，经济又环保，上次你骑电动车来我家喝酒，小区保安后来遇着我，夸你平易近人，没有大老板的架子。你最好弄个破点儿的脚踏车蹬一蹬，过不了几天，你就是刘大善人了。"

刘强侧着脑袋思索片刻，笑道："好像是有这么一回事，烟盒里刚好还剩一根，懒得再揣身上，就顺手给他了。"

乔宇却叹息一声："只有你们大人物才有这个待遇，我可不行。以前我对这些人也很客气的，见了面又是递烟又叫'大哥'，结果人家看我姿态这么低，觉得我有求于他们，就拿鼻孔看我。现在我见着他们完全不给好脸色，他们觉得我不好惹，反而变得客气了。"

"小人畏威不畏德，和他们相处，强硬一点的态度还是需要的。"赵小建拍了拍乔宇的肩膀，"说实话，虽然你撬了我的业务，换作其他人这样，我哪怕生意做不成都要干他，但你身上这股劲儿让我很欣赏。"

"赵总谬赞了，要不是您二位有意成全，我再拼也没用的。"

赵小建却捏了捏乔宇的肩膀，打断他的话："乔老弟不必谦虚，你目标明确，雷厉风行，不受外界的闲言碎语干扰，这是干大事的人必须具备的素质。我和刘总以前都经历过这个阶段，只不过现在我们的摊子铺大了，身份有了变化，不得不爱惜羽毛了，也就比以前少了一些进取的锐气。非常希望我们以后多一些沟通交流的机会，也许可以取长补短，合作共赢。"

乔宇受宠若惊，激动得语无伦次，只得再次给两位大佬发烟，他说："我没啥一技之长，本钱也不多，不知道自己能干点啥……"

刘强也帮腔道："我们要一技之长的话，直接去学校招人不就是了，4000块一个，干什么的都有。我们要的就是你这直来直去，不管不顾的做事风格。你乔总在买车的时候能直接要人家姑娘陪睡，以后做生意就能直接和人家要返点谈分成，今天卸货这事也是一样，换作我和赵总，可能就不好意思跟人家拉扯了。"

忽然被提起买车这件事，乔宇不免有些无地自容："惭愧，让你们见笑了。那个销售主动得很，一个劲儿往上扑，我以为事情水到渠成呢，哪知道这娘们儿只是骗我办贷款，转脸就不认人了。"

刘强问道："你没有给她另外表示点什么吗？"

"没有啊，还要表示什么？"

"你买一条小金链子，亲手给她戴上，这时候你得解开她衬衫俩纽扣吧？如果她不抵触，不必你多说什么，她坐你身上能把自己的腰摇断喽。"

乔宇非常捧场地鼓掌称妙，但又说："办法是好办法，但这娘们儿可不值。"

此时，一辆粉红色的迈巴赫驶入园区，在离施工区域还有十几米的地方停住，詹妮从车里钻了出来。以前她开着一辆红色小轿车，气质是偏亲和型的，如今她开这辆全城独一无二的粉红色迈巴赫，服饰也有了变化，摇身一变，成了一个优雅高贵的名媛。

乔宇不禁看得双眼发直，他终于知道刘强今天为什么不开豪车，也明白詹妮不再是他有资格惦记的女人了。他对女人不舍得下血本，连几千块钱的小金链子都要抠抠搜搜，而刘强一出手，就是连他本人都要被征服的阔绰。此时，刘强望着这个朝自己走来的漂亮女人，脸上写满得意，仿佛这是自己一个绝佳的作品。

"师哥！我不想要这个车了！"她甩着小包嘟囔道。

"怎么了，不好开吗？"

"我问了一个做保险的闺密，人家说这种车每年的保险费要交好几万，太贵了！"

刘强笑道："她说的是车损险吧？你开车比较稳，买个'交强险'和'三者险'就够用了，那种商业险可买可不买，你自己看着办。"

"光我自己开车稳也没用啊，万一被别人撞了咋办？"

"你放心好了，你这车子一上路，一般人都得躲着走，前面的不敢随便变道，后面的不敢跟车太近。要是有哪个不长眼的撞了你，那就按责任划分索赔呗，他最好是赔得起的。"

詹妮思忖片刻，撇了撇嘴说："万一别人赔不起，我不好意思逼人家——"

乔宇插话道："这有什么不好意思的，该怎么处理就怎么处理，没钱赔就卖房子呗。现在是法治社会，不要纵容那种'我弱我有理'的无赖思维。你要是不好意思要，交给我办就是了，反正我以后门市部不开了，最不缺的就是时间。"

詹妮定定地看着乔宇，片刻之后戏谑地哼笑一声，说道："乔总的身份和以前是不一样了哈，尊贵多了。"

"啥意思？"乔宇一头雾水地问。

"没啥意思。"詹妮又望向刘强和赵小建，问道，"我今天约人打通宵麻将，三缺一，都是美女，你们谁有兴趣来？"

"我和老赵晚上有一个应酬，没有空哦，要不然你带乔总去玩？"刘强一边说着，一边望向乔宇："乔总会打麻将的吧？"

乔宇愣住了。他与詹妮有过一段特殊的关系，刘强却不计前嫌地将他们二人推到一起凑麻将搭子，心胸何其开阔。但他自己不能不懂事，于是推托道："我就算了吧，我麻将打得太烂了，一个人能气死三个。"

"算你有自知之明，你水平的确不怎么样。"詹妮转身要走，但走出几步又停下来，狐疑地盯着刘强："不对啊，师哥，你之前没说今天有应酬，不会是和赵总偷偷去喝花酒吧？"

"怎么可能呢？真的有应酬！"刘强辩解道。

詹妮却丝毫不信，她对刘、赵二人说："你们不许互相通气，我倒数五个数，你们同时说出今晚的饭局地点。5，4，3，2，1！"

倒计时结束，刘、赵二人都没有给出答案，刘强眼看瞒不下去，便讪笑着承认道："要不怎么说咱们师出同门呢，见招拆招都有默契了。不过我也没说假话，这次的确是应酬，只不过应酬不是吃饭。有一个银行的领导喜欢玩斗牛，以前都是去澳门玩，现在出境不太方便，听说赵总那边的场子办得好，就让我陪他一起去玩玩。"

"怪不得，原来是看不上我们麻将局玩得太小，要去玩大的。"

乔宇在旁边有些尴尬，他以为自己已经进了刘、赵二人的圈子，不料光是一个小小的牌局就让他现了原形，在刘、赵二人的眼里，他目前的段位只适合和女人们坐在一起搓麻将。

"那我跟她们说一声，今晚的麻将局取消，我和你们去见见世面。"詹妮一边说着，一边掏出手机打字，又抬头问乔宇："老乔，一起去吗？"

乔宇不置可否，扭头望向刘强和赵小建。赵小建挑了挑下巴说"一起去嘛"，乔宇这才欣喜地点头答应。他跑去和厂家代表打了一声招呼，其他三人则并肩站在一起，看着这个浑然不知自己即将踏入陷阱的猎物。刘强好奇地问道："你刚才说他的身份和以前不一样了，是什么意思啊？"

詹妮说："去年除夕我在他家吃饭，聊天的时候碰巧也说到同样的话题。他当时说，豪车侵犯了普通人出现失误的权利，是一种财富霸凌，可义愤填膺了。没想到他自己买了一辆豪车，一下子就变脸了。"

"人嘛，总是屁股决定脑袋的，坐到什么位置就说什么话，很正常。"刘强看着乔宇的背影，又点了点头，"也挺好的，不怕他飘起来，就怕他不飘。"

赵小建心领神会道："慢慢来，这几天先放放水，让他赢个三五万。"

第二十五章
做鉴定

　　小白楼的病房里，何琳独自坐在窗口望着外面发呆，床头的餐盘里摆着她的晚饭。一碗汤面条、一勺红烧豆腐、几根油麦菜、一份青菜炒肥肉，还有一颗肉丸子，看上去都不太新鲜，让人毫无食欲。此时，夕阳即将落下，西侧天空还是亮着的，云层底部被照得金光四射，如同无数神佛高坐云端，而东侧天空已经半蓝半黑，深邃得直连宇宙，几颗星星隐约可见。

　　何琳曾经很喜欢这样的光景。以前这个时候，她会带着爱丽丝在自家的院子里玩耍，母女俩一同荡着秋千，嬉笑着看眼前的世界来回颠倒。但如今，天地之间仍是亘古不变的模样，她的世界却完全变了样，那个小小的人儿像宇宙的核心，一旦她化作尘埃，这个世界的一切也都失去了颜色。在这种物是人非的时刻，作为母亲的思念和悲伤只会不断地堆积，她恨不得用自己的性命将年幼的女儿换回来，让她再感受一次这个世界，奈何人间满是这样的祈祷，却无一回应。

　　一个胖护士推门走进来，看了一眼床头的餐盘，发现一口未动，便没好气地说道："怎么又不吃饭？你的餐标比其他病人高多了，别身在福中不知福啊！"

　　何琳勉强挤出一个礼貌的微笑，说："我还不饿，晚一点吃。"

　　"我还得喂药呢，你这一拖，我就得多跑一趟！"

　　"那你把药放在这里，我等会儿吃完饭就吃药。"

　　"那可不行，我得看着你们吃。"

　　何琳又说："那我先吃药再吃饭。"

　　胖护士想了想，点头同意，倒出一粒药丸，又递来一杯水，近距离监督着何琳吞下。

　　"万一护士长来问，你一定得说，你是先吃饭再吃药的。"

　　"嗯。"

　　"那我九点查房的时候，再来拿餐盘，还没吃的话，我只能叫人来插胃管了。"

　　等胖护士关上房门离开，何琳又呆坐片刻，然后将餐盘端过来，坐在窗口进食。食物已经凉了，连一丝余温都没了，劣质的地沟油开始凝固，让人更加难以下咽。但何琳毫不在意，这些食物固然做得很糟糕，但吃下它们与插胃管的滋味相比，并不算什么。她一口一口地、平静地吃着，不光吃掉所有的菜，连面汤都喝得干干净净。

但她吞咽得过快，加上食物又冷又油腻，多年的老胃病不出意外地又发作了。刚放下餐盘没多久，她便感到一阵恶心，跑去厕所对着马桶一阵狂吐，刚吃下去的晚饭吐掉了大半。她怕被护士责骂，赶紧按下冲水按钮，将这些呕吐物全部冲走。

那粒药丸的主要作用是安神，她感觉困意袭来，匆匆漱了一下口，脸刚贴到枕头便几乎失去意识。她的灵魂瞬间堕入一个虚空，自我意识完全消失，但不知道过了多久，她的意识又在迷迷糊糊之中死灰复燃了。她知道自己的身体正躺在某个地方，但她没有完全苏醒，身体无法动弹。

她想起来自己有过这样的经历。就在分娩爱丽丝的那个夜晚，手术室里播放着柔和的钢琴曲，她吃尽几个小时的苦头却无法顺产，只得改用剖腹产。一针麻醉剂打下去，她的下半身失去知觉，脸上蒙着一块绿色无菌巾，意识不清，只感觉腹部不停地被割拉着，却没有丝毫痛感。半响之后，她听到婴儿的啼哭，有人欣喜地喊"拿出来了"，还有医生惊叫"小家伙别抓我钳子"，众人传出一阵哄笑，何琳也忍不住跟着笑。

又过了一会儿，医生凑到她耳边说："睁眼看一下，这是你的女儿。"何琳努力睁开眼睛，看见医生的双手托着一个小猫似的婴儿。尽管何琳在 B 超扫描图像里看过很多次这个小生命的影子，但她第一次如此清晰地看到女儿脸上湿漉漉的胎毛，粉嫩得几乎半透明的肌肤，以及紧紧握着的小拳头，于是沉醉在巨大的幸福之中。

"我们带宝宝去做检查，你先安心睡一会儿，我们做一下缝合。醒了以后你还要给孩子起名字呢。"医生说。

此时，手术室的音乐恰好播放到一首著名的钢琴曲——《致爱丽丝》，这是两百多年前贝多芬的作品，医生们一边闲聊着，一边缝合何琳的肚皮。而她闭着眼睛聆听着，心中冒出一个念头："就叫爱丽丝吧……"

然而，在她即将入睡的时候，她感觉医生的手离开了她的腹部，逐渐往上移动，爬上她的胸口："这么快就要哺乳了吗？"她这样思忖着，但也是在这一瞬间，她忽然意识到不对劲，周围似乎寂静得可怕，完全不像刚才热闹的手术室。

她小腿猛抽了一下，然后便挣扎着醒了过来，像在水里憋气太久的人一样，大口大口地呼吸着。她睁开了眼，周围的确一片漆黑，她的病号服被解开了纽扣，肚皮赤裸裸地露着，里面的背心也被掀了上去。昏暗的光线里，一个模糊的人影闪入角落。她一个激灵坐了起来，惊恐地问道："什么人？"

对方试图冲出病房，但何琳已经抬手打开床头的开关，明亮的灯光照出那人的脸——是医院里的一名男护工。他愣在原地，但错愕很快就被嬉皮笑脸代替，他反过来责怪说："你干吗一惊一乍的，把我吓了一大跳。"

"你在这里做什么？"

"我来收餐盘的，怕把你吵醒，就没有开灯。"

何琳当然不信，她用被单护住身体，整理好背心，顾不上系纽扣，抓起床头柜上的餐盘就扔了过去。男护工狼狈地闪开，塑料的餐盘和空碗砸在门上，发出巨大的声响。走廊里传来急促的脚步声，胖护士推门进来了，手机里的视频仍在播放。

胖护士望着一地狼藉，不耐烦地问道："又发疯了？"

男护工点头，他眼神躲闪，但奇怪的是，何琳并没有揭穿他。

"直接上带子。"胖护士说道，她又看着何琳，恫吓道："大晚上的消停一点，再闹的话，我就来打一针。"

胖护士在门口督阵，看着男护工给何琳的手脚绑上约束带，又吩咐一句"你把地上拖一拖"便离开了。男护工拿来拖把，装模作样地拖了两下。等护士的脚步走远，他又磨蹭到病床旁边，居高临下地看着何琳，伸手隔着被单揉捏她的大腿，猥琐地笑道："这就对了嘛，你让我快活，我也让你好过，非要绑在床上打一针，也不是不能玩。"

何琳冷冷地看着他，问道："你就不怕我老公知道？"

男护工却不以为然："他有什么好怕的？你老公是个什么玩意儿，全城谁不知道？他早就不管你的死活了。"

何琳冷静地点头："你说得没错。你们打我骂我，他的确不会管，甚至我死了，他都求之不得。但你要是敢碰我，就是在羞辱他本人，没有一个男人能够容忍这种事，尤其是他。他在别的地方失去的面子，都会在你这里找补回来，他对我有多绝情，对你的狠毒只会翻倍，说不定用不了多久，这里也有一间你的病房呢。"

男护工一时被唬住了，手从何琳的身上抬起，却迟疑着没有挪开，恰好对讲机里传来胖护士的声音："你还没弄好吗？47床这边来搭把手。"

"马上。"他回应道。

男护工草草地拖净地面，又收拾了餐盘和碗，"没关系，你走不出这个地方，我也会一直在这里干，咱们来日方长。"说完，他关了灯，关上房门，飘然而去。

何琳孤零零地躺在幽暗之中。这次她四肢的约束带绑得很紧，连稍微活动的空间都没有预留，使她如同古代刑场上即将被执行五马分尸的罪犯。当她的情绪平复下来，意识又开始恍惚，忽然想起惊醒之前的梦，盖脸巾的触感、无影灯的光亮、医生与助产士的对话、女儿诞生时的容貌，每一个细节都是如此真实。在这一瞬间，她忽然有一种令人振奋的猜想——有没有可能自己的肉身其实仍然躺在手术台上，当前感受的一切才是一场虚幻的噩梦？

但这个猜想很快又被戳破，因为何琳的脑中又涌入爱丽丝从小到大的无数个片段，那些是真实性无可辩驳的海量记忆，她不得不重复地接受一个现实：爱丽丝真的死了。她感觉时间像一柄旋转的雨伞，自己则是瞬间被甩飞的一个雨滴，落入六年之外的一条臭水沟里，这是无数个平行时空里最糟糕的一种命运。

腹部的手术刀疤又隐隐作痒了，仿佛医生缝合伤口只是不久之前的事情，但她没有挣扎，也没有哭泣，只是平静地躺着，感受爱丽丝来过这个世界的痕迹，以及母女之间最后一点关联。

而在距离病房不到五十米的服务站，几名护士和护工正一边吃夜宵，一边聊天。这里与外面的公立综合医院不太一样，虽然看上去管理森严，但员工内部相对宽松，毕竟每天面对各种精神病患者，每个人的心理压力都很大。这里的八卦也更加丰富，除去遗传和病变的因素，精神病患者背后往往有一段糟糕的经历，有考公考研考崩溃的，有被单位领导极限压榨的，有在家庭关系里长期抑郁的，还有遭到性侵或者霸凌之类的。

但关注度最高的还是32床的何琳。护士们都是女人，怜悯其遭遇，但她们只是打工的，也无能为力，顶多对她的态度尽量温和一点。胖护士却恨其不争，她说："反正我瞧不起这种软弱的女人，哭哭啼啼，逆来顺受。我要是她，就跟她那个老公拼命，大不了同归于尽，也好过那男的在外面逍遥快活，自己在这里坐监狱。"

另一个扎马尾辫的护士反驳道："他们一家三口都没了，把她姑娘弄死的那家人怕是要高兴得连夜放鞭炮了。"

胖护士撇了撇嘴："那也比她老公亲自帮人家放鞭炮好。"

另一个年长的护士长咳嗽了两声，提醒道："那家人跟院长的关系很好，所以才把她送到这里来，你们说话注意点，别稀里糊涂丢了饭碗。"

众人赶紧噤声。"马尾辫"将剩下的肉串分给来得晚的男护工。男护工问道："她老公现在怎么样了？"

护士长说："我觉得那男的才应该来这里住一住，全城应该很难找到比他名声更臭、脑子更有病的人了。把老婆送进精神病院，自己和仇人勾肩搭背；买车要女销售陪睡，人家不同意，他就去投诉了；后来又和赵小建混在一起，打牌每天都是上万的输赢；现在他又倒手'法拍房'，市场价100万的房子，他六七十万就搞到手了，再加个10万到20万，轻轻松松就卖出去了。"

男护工插话道："法拍房可不是一般人能碰的。我邻居就贪图便宜，在网上弄了一套法拍房，结果那个房子不但破破烂烂，而且签了二十年的租约，原来的房主也不肯迁户口，几十万相当于打了水漂。"

胖护士白了他一眼："你邻居有赵小建做靠山吗？人家以前是本地的扛把子，又是法院院长的亲侄子，通过这层关系拿到的法拍房肯定是品质好一些的。"

"是啊，而且不管住在里面的是什么人，哪怕是公家也不好意思驱逐老弱病残孕，只要她老公一去，没几天就得腾房搬走。"

男护工还是不太服气地问道："他能打人还是怎么着？"

"要不然怎么说她老公才是神经病呢！这个人真的疯了，完全不顾什么脸面，人家电饭煲里有刚蒸熟的米饭，他就当众往里撒了一泡尿，整个屋子都是骚味儿。连赵小建自己都跟人说，他做了半辈子的流氓，从来没做过这么下流的事情！"

马尾辫护士骂道："这人做事这么损阴德，怪不得女儿夭折，以后他自己肯定也要遭报应的。"

护士长却无奈地苦笑一声："因果报应这种东西还真不好说，人家现在路越走越宽，钱也越赚越多，你到哪里去讲理去？院长上次开会还特意交代呢，要看紧32床，不能让她跑了，更不能让她出事，否则这家医院一整年的创收不够她那个无赖男人讹的。"

众人都感慨不已，谁也没有注意到，站在后面的男护工脸色有点难看。

"对了，下周32床要做司法鉴定复核，公检法都有人来，她老公也会到场。她被送过来那天，她老公也一起来了，你们应该有人见过的，到时候你们可得客气一点。"

"马尾辫"问道："是不是白头发挺多的那个男的？"

"嗯，看上去比他老婆老一些。"

"我怎么没看到？"

"他签了字就走了，都没进这栋楼。"

"马尾辫"叹道："要是这次复核结果不变的话，她真的要在这里安家了，不知道猴年马月才能出去。"

护士长沉默片刻，说："复核结果已经定了，不会变的，这次只是走一个过场。"

众人也都不说话了，默默地吃着东西。

"我再重申一遍啊，同情归同情，工作归工作，要是出了岔子，你们为此丢了工作，可没人同情你们的。"护士长严肃地叮嘱道，将在场每个人都指了一遍。

"知道了。"所有人先后应道。

上次"创文"初检已经有了结果，全省48个县市参与评测，有17个脱颖而出，其中一个便是云海市。接下来是17晋4的复评，这四座城市将参加"全国文明城市"称号的角逐，倘若真的评上了，对于全市100多万人民而言，将是莫大的荣誉。

市"创文"工作小组的领导登门拜访省检查组那边的联络人，除了表示感谢，顺便打听一点资讯，譬如接下来的工作重心、其他竞争者的状况，以及复评日程安排。联络人适当地透露了一些。但在谈话即将结束的时候，他又忽然问道："上次那个违规信访的人现在怎么样了？"

"已经被送进医院接受治疗了。"

联络人提醒道："一定要按章办事啊，万一哪个程序不周全，被人拿来借题发挥，你们就得自觉放弃参选资格，不要让省里难堪。"

这句话当天就被带回市里，"创文"工作领导小组紧急开会，复盘之前关于何琳的一些行动，发现其中的确存在一些纰漏。他们决定补齐所有缺失的手续，并将负责这件事的人做了一些岗位调整，以免留下什么隐患。

周彬的调令果真下来了，他下个月就要去北郊开发区派出所任所长，职级也相应地调整为正科级。北郊开发区离市中心远了一些，辖区主要以农村和工厂区为主，待遇相对略低，但工作压力也小得多，据说北郊所半个月的警情加起来都抵不过毓秀所一天的量。

对于周彬而言，这是一个很好的结果，他在毓秀区任副所长的这些年，麻烦多、责任重、压力大，他很愿意去清闲一点的辖区。尤其是他对自己职业生涯的期待并不高，正科级所长职称足够抚平他的焦虑，日后倘若再有进取，便是人生额外的收获了。

当他将这个消息带回家，父母都高兴得欢呼雀跃，家里祖坟埋了几代平头老百姓，如今终于冒出了青烟。这次的调令已经板上钉钉，但他们没有声张，只是关起门来弄了一桌菜，一家三口开了一瓶好酒。

但在调任之前，周彬还有一件事要办，他要参与何琳的司法精神鉴定的二次复核。秦所长那天说自己要去分局述职。周彬知道，秦所长有意避开这件事，但他也清楚，述职时间是由分局安排的，说明上面的领导也有这个意图。

周彬约赵洪贤出来吃烧烤。两杯啤酒下肚，赵洪贤劝慰他："小秦还要在毓秀再干一段时间，所以求稳怕事，反正你很快就调走了，不必有什么心理包袱，跑这一趟无所谓的。"

"我倒不是怕担责任，只是不想再接触那家人了——一个疯，一个坏，一家子都没法沟通。听说那男的和赵小建那帮人混在一起，在城里混得有头有脸的，让人看得很不舒服。"

赵洪贤笑道："大人物需要白手套，等白手套自己也开始讲究了，就得再戴一副灰手套。总有一天这副灰手套脏得发黑，就扔掉换一副新的，到时候大人物的手一尘不染，白手套也还是干干净净的。这不是什么新鲜事，你要是看不惯，等黑手套被扔掉的时候再做点什么，兴许还能顺便立个功。"

"拉倒吧，我没那么多想法，只想以后工作轻松一点。"

"那你这次去对地方了，北郊所再适合不过了。回头我送你一套好的钓具，那边的河沟有很多鱼，很适合野钓。"

二次复核那天，周彬带了一个女同事过去。他们前脚刚到，后脚乔宇就到了。他开着那辆出了名的新车，穿得西装革履，手上戴着一块价格不菲的表。但最吸引周彬注意的并非这些东西，而是他的头发。两个月以前，他明显生了一些白发，看上去有点苍老，但现在他的头发不但乌黑锃亮，而且是社会气十足的大背头，俨然一副新兴富豪的架势。

"乔老板不愧是最近城里的新贵，从上到下都容光焕发啊！"周彬讥讽道。

乔宇笑着回应："周所长这是在笑话我呢。像我这种做小生意的，不装点一下门面就唬不住人，不像你们有能耐的人，随便披一件干部夹克就够了，根本用不着这些虚头巴脑的玩意儿。"

一个含沙射影，一个夹枪带棒，但如今两人之间不存在实际矛盾，没有必要展示敌意。他们去院长办公室坐了一会儿，聊的都是不相干的话题，比如最近的房价变化、市领导班子的变动，以及俄乌冲突目前的局势。一支烟还没抽完，法院和检察院的人陆续到了，办公室一下子变得拥挤了。

虽然来自不同系统，但大家基本互相认识，即使是初次谋面的，稍微拉一个彼此熟识的中间人过渡一下话题，便不再陌生了。他们都从各自的上级那里得到指示，提前奠定了这次任务的基调——"立足大局，统一思想，程序严谨，积极配合"。据说，这是兼任"创文"工作小组组长的某位副市长亲口传达的。

公安、检察院、法院、医院和家属，五方都到齐了，他们在办公室里过了一遍流程。王院长又把负责32床的医生和护士长喊了过来，当着几台执法记录仪的面提问——何琳最近的检查结果如何、病情是否好转、是否存在暴力行为。事先安排的问题必然有事先安排的答案，医生和护士长对答如流，最后得出事先安排好的结果。

经过多方共同二次复检，何琳确诊双相情感障碍，存在暴力行为和自杀倾向，对社会存在一定的危害，经过一段时间的治疗后，病情尚未得到缓解，需要继续接受强制治疗。其法定监护人对此没有异议，赞成本次司法精神病学鉴定结果和行政决议。

于是，签字的签字，盖章的盖章，不到一刻钟时间，所有事情都办妥了。乔宇一直坐在旁边的沙发上，一边抽烟一边玩手机，只有问到他的时候，他才抬头敷衍一句，仿佛眼前的事与他毫无关系。当他签完所有文件，才露出极其沮丧的表情，握着王院长的手，言辞恳切地说道："王院长，我爱人的事就拜托您了。我实在没有别的办法了，也帮不上什么忙，只能劳烦您多费点心，如果哪里需要我配合，请您尽管开口……"

说到激动处，乔宇甚至带了哭腔，脸上却没有一滴眼泪。在场的人面面相觑，心里都明白他是在假哭，但谁也不好意思拆穿，只能在旁边冷眼看着。但王院长每天与疯子和傻子打交道，这种装疯卖傻的在他面前并不算什么，他十分配合地拍着乔宇的肩膀，用同样推心置腹的语气安抚道："请你放心，我们医院就是做这个的，你也不要太着急，精神疾病患者最需要的就是亲人的耐心和理解，我们一起努力就行了……"

周彬实在看不了这种虚伪的场景，他率先起身道："我们去看一眼被鉴定人吧。"

护士长说："她听说今天要做鉴定，情绪有些不安，我们就给她用了一点药，现在已经睡着了。"

王院长也说道："是啊，你们的制服也会对楼里病人的情绪产生刺激。"

周彬本来只是随口一提，既然院方这样说，他便没有再坚持。众人互相握了手，一同离开院长办公室，来到院子里。此时，小白楼的窗口探出很多个脑袋，有病人也有护士。司法鉴定在这里不算什么新鲜事，往常不会引起什么骚动，但病人和医护之间也有八卦江湖，大家都想看一下这个卖妻求荣的男人是什么样子。

乔宇在楼下与院长寒暄几句，准备开车离开，不料一个穿着病号服的中年男人突然从花园里冲出来，对着乔宇一通叫嚷。他大概是来自本市与邻县交界的村子，口音有些不同，语速很快却杂乱无章，但乔宇还是能够猜出他是在咒骂。医院的人都认得。这个人在一场车祸里失去妻儿，他自己不但肠子被截掉一段，而且患上间歇性精神失常。

"找抽吧你？"乔宇骂道。

不料，那人的情绪更加激动了，骂到词穷处，他忽然撩起病号服，从腰间摘下一只塑胶袋子，将里面装着的东西甩向乔宇。幸好乔宇有所防备，快速地闪到车后，才躲过一劫。但他的车遭了殃，从引擎盖到挡风玻璃，都沾上黄褐色的固液态混合物，散发着恶臭。

其他人不敢上前劝架，都远远地避开。不管穿着什么制服、代表哪个部门、拥有何等权力，他们此时都只是不想沾着一身屎尿的普通人。只有院长躲在一片灌木丛后面，大声招呼保安和护工过来抓人。但保安和护工也不愿上去尝一口"新鲜"，互相观望，裹足不前。直到乔宇与病人围着车子追逐了两圈，病人的便袋也泼洒一空了，他们才凑了上来，将病人按住。

乔宇见他被控制住，环顾四周一圈，从花坛里拣来半块砖头，快步走到病人面前。幸好保安眼疾手快，挡在两人中间，但乔宇此时已经红了眼，恶狠狠地威胁道："你闪开，你要是再拦着，我就当你是拉偏架的，以后连你全家一起整！"

保安明显愣了一下，他完全不惧怕这所医院里的任何一个病人，大多数病人本质上都是在生活的洪流里发生崩溃的弱者，而医院之外的疯子远比他们更复杂、更强大。趁保安恍惚的工夫，乔宇一把将他推开，正要举起手里的砖头，手腕却被一只有力的大手抓住。来人正是周彬。

"乔总，我们公检法三部门都在这里，你这样做不合适吧？"周彬说。

乔宇反驳道："他先攻击我的，我不能正当防卫吗？"

"他已经被制服了，攻击行为已经终止，你这时候再追打他，不但不是正当防卫，连防卫过当都不是。"周彬又指了指法院的工作人员，"你问问他们，是不是这回事。"

法院的工作人员点头附和："只能适用于故意伤人。"

乔宇回头看一眼满是污秽的车子，不服气地反问："那我新买的车子被弄成这样，难道就这样算了？"

检察院的人也跟着说道："他现在犯病了，别说弄脏你车子，就算把你打伤了，我们也拿他没办法。但你是正常的，拥有完全刑事责任能力，你要是把他打伤了，轻则赔偿，重则坐牢。所以，你最好还是冷静一下。"

"听到了吧？车子脏了就洗呗，你乔总生意做这么大，犯不着跟他动手。"

听到周彬这样说，乔宇只得顺坡下驴地收起怒气，将手里那块残砖扔回花坛。王院长见缝插针地凑上来，说："从这边往南上马路，路口往东一百米有个汽修铺，那边可以洗车。老板是我朋友，我跟他打一声招呼，你洗车的钱我去结。"

事已至此，乔宇也没有别的办法，只得上车发动引擎。挡风玻璃上的污秽物遮挡了视线，他右手习惯性地拨了一下，几乎同一瞬间，他怒骂一句脏话，但一切已经来不及了。那些粪便被玻璃水冲稀，又被雨刮器均匀地抹成两片黄褐色的扇形。车外围观的人们忍不住发笑。乔宇并未就此罢手，他反而破罐子破摔，一边频繁地喷玻璃水，一边将雨刮器的速度调到最快，粪便与玻璃水的混合污秽物甩得飞溅。

众人这才惊慌地躲避，包括院长和周彬在内的几个人被溅到一些污水，法院的一个小姑娘被恶心得蹲在花坛后面干呕。在小白楼窗口看戏的人看得起劲，有的还大声起哄，倒是给这个常年死气沉沉的医院增加了一点正常人世间的气息。

这场闹剧持续将近一分钟才停止，乔宇车的前挡风玻璃终于干净了一块，他将车窗摇下一道缝，说道："各位领导，我就不跟你们客气了，我先去洗一下车，以后有什么吩咐，咱们再电话联系。"

不等众人说话，他便一脚油门踩下去，车子消失在拐角处，只留下一地的狼藉和满空气的骚臭味。王院长送走公检法的办事人员，让护工将那个闹事的病人关起来，又吩咐保洁拖来一根浇灌花木的水管，将附近的地面、墙壁以及植物都冲洗一遍。

没等他回到办公室，汽修店的朋友便打电话过来问："有个人开了一辆臭烘烘的宝马来洗车，说是你那边的病人弄的，挂在你账上，有这回事吧？"

"是，你给他洗吧，我等会儿转你40块。"

"他还拿了一套雨刮器和一个车载香薰，都是最贵的，加上洗车钱，一共320块，就算300块吧。"

听完这句话，王院长忍不住爆了粗口。

"他还没走呢，你不同意的话，我就只给他洗车，把东西留下。"

王院长想了想，改口道："算了，他要什么就给他吧。"

即使王院长平日再抠门，也还是算得清楚这笔账，与32床给医院提供的稳定创收相比，这300块钱不算什么。32床的伙食费、医药费、护理费、床位费，平均每天四五百元，但对于医院而言，不过是食堂里少一份剩菜，病房里多一份护理，几乎没有额外的成本。

第二十六章
生活费

陈钊华如今是单位里的大红人，正如当初展望的那样，他陪同领导参观的照片和视频被挂在集团分公司官网的首页。上次他的接待工作做得很到位，无论是省检查组还是市政府的领导都相当满意，给予他们公司"精英荟萃，人才云集"的高度评价。盘旋在陈钊华头顶半年之久的乌云终于彻底散去，虽然付出了一些经济上的代价，但家庭没有分崩离析，儿子未来的隐患拔除，他自己的事业不退反进，这点代价简直不足为道。

现在，他打算将主要精力放在"全市十大卓越贡献青年企业家代表人物"的评选上，踏上实现阶级跃迁征程的第一步，过往的成功与未来的计划都使他踌躇满志。

他又趁夜跑了一趟上海，与老婆孩子团聚。儿子陈梓睿平时在国际学校寄宿，周五下午才回来。本来就不上班的吴晓云更加闲得慌了，于是她在附近的健身房办了年卡，还请了一位游泳课私教，开始重塑自己的身材。

陈钊华听说这事有点不悦，追问游泳课的私教是男的还是女的。吴晓云嘴上骂他大男子主义，眼睛却是带着笑的。她晒出自己与女私教的合影，陈钊华才放下心来，解释说自己只是怕她在这种花花世界迷了眼，遇着居心叵测的人。

他去卫生间冲澡，吴晓云穿了一件吊带闯进来，主动要求给他搓背。陈钊华没有拒绝，吴晓云给他打了沐浴露，用搓澡巾搓了几下，却没有搓出什么泥垢，于是问道："你最近在外面洗澡的？"

"前天赵小建请客，去蒸了一次桑拿。"

"只是蒸桑拿啊？"

陈钊华听出她的言外之意，直言不讳地答道："找人搓澡呗，要不然能有这么干净吗？"

但吴晓云依然狐疑地追问："没干别的啊？"

"我陈钊华能走到今天，是那种拎不清的人吗？家里要收拾烂摊子，外面还要接待检查团，两边的老小都得我照应，我去澡堂子请人搓个背也要被侦查吗？"

吴晓云见丈夫生气了，赶紧像哄孩子一样搂住他，安抚道："你刚才听我说请了私教，就着急忙慌地问是男的女的，我也跟你开个玩笑就不行啊？真是越活越小气了。"

她故意贴着陈钊华的身体，真丝睡衣被热水淋湿，顿时变得像包裹糖葫芦的糯米纸似的透明且服帖，乳房轮廓和浅褐色的乳晕清晰可见。与年轻情侣相比，中年夫妻的激情早已消退，但见此情景，陈钊华也不免心中一动，他反手抚摸妻子的身体，发现她不但腰变细了，腹部有了马甲线的痕迹，屁股也明显提了上去。

"你健身效果这么好？"他惊讶地问。

吴晓云说："你以为简单呀！我每天在健身房待四个小时，跑步、举铁、瑜伽、游泳，就想着在你来之前出效果。"

这大半年里，吴晓云脱离了护士长的岗位，不再像以前那样强势，甚至有了一点当年谈恋爱时的柔情。她热情地抚摸陈钊华，试图唤醒丈夫对自己的欲望，但他的身体反应还是有些迟钝。人到中年，陈钊华也有些气馁，便说些别的事情转移话题，他问道："你在健身房会被男人搭讪骚扰吗？"

"没有哦，都各忙各的，哪有这些心思……再说我这年纪一看就是结了婚的。"吴晓云说到这里，稍微顿了顿，继续说道，"附近倒是有个男的，都五十多岁了，知道我一个人带孩子，上周故意凑过来搭话。"

"说什么了？"

"夸我身材好、气质好，还说他老婆去世好几年了，一直想找个离异的女人搭伙生活，问我现在是不是单身。"

"你怎么回的？"

"我说我不是单身，我老公在国外工作。他有些失望，但过了一会儿又问咱俩聚少离多，我平时会不会觉得孤独，需不需要一个朋友走动。我说我不需要，就走了。"

陈钊华皱起了眉："就这样？"

"后面还遇到几次，他又跟我搭话，说想请我吃饭。我没答应。我感觉遇到他的次数有点不正常，像是他故意在路口等我。"

陈钊华的脸顿时耷拉下来，说："什么玩意儿啊，这他妈不就是耍流氓吗？他住在哪一栋楼，明天我找他谈谈去。"

"他小区里的房子租出去了，前面还有一栋洋房，他住在那里。"

陈钊华顿时愣住了，小区前面的洋房是标准的富人区住宅，在中介那边挂牌的出租价格高达每月 20 多万元，售价更是以亿作为单位。他将信将疑地问道："他跟你吹牛的吧？"

"不是他自己说的，是小区里的人告诉我的，说他祖上就是资本家，认识很多大人物，他从上世纪八九十年代就开始倒外汇，很早就发了财，后来又开始做投资，每年光是分红就够花了。"

陈钊华明白，这就是所谓的 old money（传统贵族），也是他最向往的财富自由者。上世纪八九十年代，陈钊华还是十来岁的小毛孩，他叔叔因为卖了几台彩电而被判投机倒把罪，坐了好几年牢。而这个人在那个年代就涉足外汇交易，他的资源绝非陈钊华可以想象的。

陈钊华更加困惑了，这种层级的富人几乎可以呼风唤雨，根本不可能缺女人，怎么会对既不年轻、姿色也不出众的吴晓云产生兴趣呢？但他转念一琢磨，又自己找到了答案——上流社会的审美有时很难说，那些欧洲的老牌王室贵族也经常看上一些平民女性，甚至为了对方放弃爵位。

吴晓云以为丈夫心里猜忌，又近乎讨好地亲吻他，表忠心道："你不要多想了，管他是什么人呢，跟我们又没关系，我不可能搭理他的。"

陈钊华重新审视自己怀里这个女人，虽然还是看不出她有什么过人之处，但至少他心里明白，这只是他自己的主观想法，自己的妻子客观上依然散发着成熟女性的魅力，富豪对她的求而不得就像一幅被认定平庸的画作被盖上顶级大收藏家的私人印章。

不知不觉地，陈钊华身体里沉睡的欲望逐渐苏醒了，这个曾经相看两生厌的女人在他的眼里又重新焕发了光彩，仿佛回到十几年前两人初次发生肌肤之亲的青年时代，夫妻俩在淋浴花洒的水幕中久违地做爱。

交合的节奏舒缓且平淡，不似年轻时那般激烈，但这足以让吴晓云感动得几乎落泪，她感觉自己像是一只被架起来的大提琴，在雨中与爱人一起共奏浪漫又深情的曲调，而这大半年遭受的委屈都烟消云散了。

激情之后，两人拾掇干净，在卧室的大床上相拥而眠。吴晓云还沉浸在刚才的快乐之中，温柔得像春天的猫，她问道："老公，我们以后好好过，好不好？"

"嗯。"陈钊华迷迷糊糊地回应，不等吴晓云再说话，便打起了鼾。

隔天是星期五，下午学校有一场期中家长会，第二天就是周末。由于疫情的缘故，学校要求所有参会家长佩戴口罩，对于陈钊华夫妇而言，这是一件好事，可以完美地隐藏他们的身份。于是夫妻俩一同出席了。

他们原本做好了心理准备，毕竟儿子生性调皮，无心学习，如今功课荒废几个月，还换了生活环境，若是被老师批评也在情理之中。然而，在家长会上，陈梓睿非但没有被批评，反而被着重地点名表扬，获得"季度表现最优秀学生"的称号。

"陈梓睿同学虽然进班比较晚，却与所有同学相处融洽，平时性格沉稳，乐于助人，获得老师和同学的一致喜爱。在学习方面，他一开始有点跟不上，但经过自己的勤奋努力，他在很短的时间内就赶了上来，在期中考试中获得优异的成绩。我建议，大家以热烈的掌声祝贺陈梓睿同学！"

教室里响起噼里啪啦的掌声，陈钊华夫妇一头雾水地跟着鼓掌，两人不太确定，这个"陈梓睿"是不是同名同姓或者"梓瑞""子锐"之类的同音。儿子以前在老家不是打架就是逃课，从来没有获得这样的荣誉，老师们一提起"陈昊轩"三个字就头疼，"他是非常聪明的，就是心定不下来"之类委婉的话听得陈钊华夫妇耳朵都生茧了。

等家长会结束，两人找机会去看了一眼花名册。班级里并没有撞名或者同音的，班主任表扬的的确是他们的儿子陈梓睿。这让他们万分欣喜，"家财纵万贯，不抵败家儿"是他们这个阶层最头疼的事，不料两人以前做梦都不敢想的事突然实现了。

吴晓云将儿子搂在怀里，又亲又揉，释放无尽的母爱。而陈钊华故作淡定，只是说要带他去买最新款的手机。然而，陈梓睿摇了摇自己那台从吴晓云手里淘汰下来的旧手机，说："不用了，我用不着那么贵的手机，现在这个已经够用了。"

夫妻俩互相看了一眼，默契地露出欣喜的笑。以前那个陈昊轩可不是这样，曾经的他要最新款的手机，要最新款的游戏机，要最新款的名牌球鞋，甚至会只是因为吴晓云开了一辆十几万的买菜车去学校接他，一气之下徒步回家。

他们在离家不远的新荣记餐厅吃了一顿晚餐，出来的时候天气正好，上海的闹市区难得风清月朗，于是一家三口散步回去。儿子在前面跑着欢快的小跳步，夫妻俩手牵手在后面走着。吴晓云问道："你说梓睿为什么突然变化这么大？"

"长大就懂事了呗。"

"我觉得说不定是因为改了名字，命格也跟着变了。"

陈钊华哼了一声："也许吧，反正他再怎么改也得姓陈。"

吴晓云将头侧着靠在他的肩膀上，突然感慨道："老公，咱们这算不算因祸得福？"

"怎么说？"

"如果不发生那件事，梓睿就不会改名，我和他不会来上海，咱俩的感情也不会变好，梓睿也不会变得像现在这样争气，这些变化是花多少钱、费多少心都不一定办得到的，可不就是因祸得福吗？我觉得那件事可能就是咱家命中的一个劫，只要渡过去了，一切都变得顺风顺水。"

陈钊华并不相信"命"，如果一切都是命中注定，那么人就没有必要奋斗拼搏，只要等着命来安排就行了。但他对"运"心存敬畏，运即运势，运来天地皆同力，运去英雄不自由，牌运、官运、财运，莫不如是。人的所有行为都是在等运或者造运，他能够在这半年里解决如此大的麻烦，是他多年以来在那座城市不断深耕的福报，给人送的礼、请人喝的酒、替人办的事、陪人玩的欢场，在关键时刻都化作让他化险为夷并逆流而上的运势。

"顺风顺水……"不知道为什么，他隐隐之中感到一丝不安，却说不出个所以然，仿佛这迷人的夜色里隐藏着一双虎视眈眈的眼睛。

于是他让妻儿都戴好口罩，并吩咐妻子接下来要做的事——周末带儿子去理发店换一个低调朴实的发型，以后还要在饮食和运动上加强监督，让他趁着青春期实现外形上的改变。

吴晓云疑惑地问："这么做有用吗？"

陈钊华当即从微信朋友圈里找到一张少女的照片："你看这个是谁？"

这女孩子十八九岁，出落得亭亭玉立，妆容服饰也很时尚，皮肤虽然有点偏黑，却黑得很好看。吴晓云仔细地看了又看，依稀觉得有点印象，却又想不出来是谁。陈钊华这才提醒道："这是刘强家的姑娘，刘佳怡。"

吴晓云有些意外："那个又白又胖的小丫头？"

"是啊，出国的时候才十四岁，现在十八岁了，南太平洋的沙滩多养人啊！等梓睿念高中了，我们就把他送出去，以后别人也认不出来了。"

吴晓云看着前面儿子的背影，赞同丈夫的计划："行，我知道了。"

陈梓睿的记性很好，他清楚地记得自己去年的生日蛋糕上插着14根蜡烛，黑巧克力片上也清清楚楚地写着"陈昊轩小朋友十四周岁啦"。和以前每一年的生日一样，爸爸妈妈请了亲戚朋友做客，也拍了很多照片和视频，但后来那些照片和视频都消失得干干净净。如今，他的面前再次摆着一只蛋糕，上面插着14根蜡烛，黑巧克力片上写着"陈梓睿小朋友十四周岁生日快乐"。他的脑子有些错乱，开始怀疑去年的那次生日是否真实存在，会不会是记忆发生错乱，或者只是一个梦。于是他跟妈妈提起自己的困惑，妈妈当即否认了他的记忆，笑着说："傻儿子，你去年过的是十三周岁生日，今年才是十四周岁，你记岔了，不信的话你问你爸爸。"

陈钊华也附和妻子的话："你妈说得对，的确是你自己记错了。"

"我还是记得我去年是十四岁，今年是十五岁，而且我同学都是十五岁。"

吴晓云说："老家管理没那么严，你上学比较早，所以比上海这些孩子小一岁。你一定要记住了，你现在是十四周岁。"

陈钊华更是从原理上为他答疑解惑："有一种现象叫海马效应，也叫既视感，就是你在第一次经历某件事的时候，会突然感觉似曾相识，我以前也经历过同样的瞬间，但这是一种错觉。你也许是不希望自己和其他同学有哪里不同，包括年龄，潜意识里希望自己和他们一样也是十五岁，所以脑子里才会不自觉地产生一个错误记忆，觉得去年过的是十四周岁的生日。"

陈梓睿顿时有了共鸣，他不久之前恰好有过这样的体验。当时他和几个同学在路上走着，地上散落着很多枯黄的梧桐叶，有个同学一脚踩在水泥地砖上，溅得一裤腿的泥点，大家幸灾乐祸地哄堂大笑。他也跟着笑，但笑着笑着就觉得眼前的一幕如此熟悉，同样的场景、同样的事件、同样的气氛似乎在过去某个时刻发生过，但他又能百分百确定自己是第一次来这里，因为老家的街头没有梧桐。于是，他将所有的疑虑抛诸脑后，采纳爸妈给予的标准答案——自己今年十四周岁。

等儿子回了房间，吴晓云对陈钊华说："我以前一直担心咱儿子会有心理阴影，现在看来是多虑了。这孩子心思多单纯啊，那件事他肯定是无心的，否则他不会是现在这样的状态。"

陈钊华并不完全赞同她这种护短的想法，他说："也许梓睿是心里愧疚，所以暂时对以前的事选择性失忆。他现在懂事归懂事，但你对他还是要严格一点，别忘了慈母多败儿。"

吴晓云说不过丈夫，两人的关系好不容易才有所好转，尤其这些日子丈夫为了这个家功勋卓著，于是她顺从地点头道："知道啦。"

吴晓云嘴上护短，但丈夫的话还是让她产生一些忧虑。她私下对儿子多了一些观察，甚至偶尔进行一点小小的试探。比如她带儿子外出就餐的时候，经过某个海鲜自助餐厅，会随口问他想不想吃海鲜自助；在经过派出所门口或者在地铁里遇到设卡临检的警察，会故意滞后半步，暗中观察儿子的反应。

然而，陈梓睿完全没有一点异样，不想吃就不吃，想吃就进去，自己接自助冰激凌的时候还会帮着不认识的小朋友接；从警察面前经过也非常镇定，甚至还会蹲下来看执勤的警犬，跟警察说自己以后也想当特警。

期中那次家长会之后，陈梓睿也没有骄傲自满，反而比以前更加懂事，无论是学校还是课外辅导的老师都对他称赞有加。周末回家他也是先做完功课才去玩，有时吴晓云让他去帮忙拿个快递之类的，他顶多打完手头的一局游戏就爽快地出门。

她给儿子制定了一系列的减肥措施——运动健身、科学食谱，但儿子平时都在学校寄宿，她没有办法监督和约束。她只能再三叮嘱儿子，主食只能吃半份，尽量不吃甜食，多吃一些低脂肉和蔬菜，平时不要只顾学习，多做一些跑步和打球之类的户外运动。

她没有太多的期待，这个年龄的孩子哪能管得住自己的嘴巴，她只能寄希望于后面的寒假，那时候再给儿子请一个擅长塑身的私教。然而出乎她的意料，陈梓睿严格遵守她的叮嘱，在学校里控制饮食，积极锻炼，身高拔上去了，体重却未有提升。

每个周五的下午，她去学校门口接儿子，都感觉他高了瘦了，不免心疼地说："你也不用太听话，减肥的事没那么着急，这个时候营养、健康更重要。"

但陈梓睿抬起胳膊，让妈妈捏自己的肱二头肌，笑道："你觉得我只是瘦了吗？我现在已经是校篮球队的替补队员了。"

"篮球队？会耽误功课吗？"

陈梓睿故意长叹一声，从兜里抽出一张细长的个人成绩单。大部分功课都是优，连一向拉垮的语文也是良+。那一瞬间，吴晓云的眼泪差点流下来，自己何其幸运，竟能拥有如此优秀的孩子。这让吴晓云更加坚信自己原先的判断，儿子以前只是调皮捣蛋，本质是天真无邪的，他在那件事上也是无辜的，警方出于息事宁人的目的，才纵容姓乔的那家人将责任推在他的头上。于是，她对儿子倍加疼爱，要用自己的母爱弥补他承受的委屈。

然而，有一天吴晓云给儿子打扫房间时，在衣柜里面隐秘的角落里发现一包拆过的香烟——薄荷味的爆珠款。吴晓云平时偶尔也抽烟，但抽的是女士细烟，而陈钊华只抽烤烟，她不禁心头一紧，不敢确定儿子为何偷藏了一包烟。

吴晓云还是尽量往好的地方想，或许是他在什么地方捡来的，或许是同学放在他这里的，再或许是他图一时新鲜买来玩的。于是她数了一下香烟剩余数量，将烟盒放回原位。等儿子周五回来后，她也不动声色，周日晚上趁他洗澡的时候再进去看，发现原本的16支香烟只剩12支了。这次她没有将香烟放回原位，而是丢在他的书桌上，自己则在客厅里的沙发上坐着。陈梓睿洗完澡出来，与她说话，她没有搭话。陈梓睿一头雾水地返回卧室，一看见书桌上的烟盒便明白过来了。他手足无措地呆坐一会儿，而后鼓足勇气回到客厅，将烟盒放在吴晓云面前的茶几上，却一句话不说。

吴晓云佯装不知情地说："给我买的烟啊？"

不料陈梓睿扑通一声跪下来。这让吴晓云吓得够呛，赶紧起身将儿子扶起来，关切地问道："多大点事啊！你先起来，好好跟妈说，怎么回事呀？"

陈梓睿带着哭腔说："我现在压力好大，每次周末回来都怕回学校。我听同学说抽烟可以缓解压力，就买了一盒试试。"

吴晓云皱起眉头："你能有什么压力？吃穿住用，我们都没有亏待你，也没有给你提过高的要求，至于压力大到要用抽烟来缓解吗？"

"我周围的同学要么是上海人，要么是外国人，平时都说上海话或者英语，还会拉小提琴、弹钢琴、跳街舞、排话剧，可我什么都不会，和他们没有共同语言。这里楼多、人多、车多，可我感觉我好孤独，好想回老家上学，我的朋友都在那里……"他说着说着，眼泪扑簌而下。

"你心里有这些想法，为什么不跟妈说呢？"

"我不想说。"

"为什么？"

"这里的学费很贵，我不能浪费爸爸的钱。而且，我虽然很孤单，但至少每天还有同学一起玩，妈妈撇下工作来陪读，平时连说话的人都没有，肯定比我更加孤单。"

听到这样的话，吴晓云既欣慰又心酸。她帮儿子擦掉眼泪，安抚道："没事的，只要是为了你好，爸爸妈妈做什么都是心甘情愿的，你不要有任何心理负担。"

陈梓睿又担忧地问："爸爸是不是很生气？"

"这件事我不告诉他，但你要向妈妈保证，以后有什么心事就跟妈妈说，不要自己一个人憋着，更不可以抽烟。"

陈梓睿乖巧又坚定地点头。他抓起那半包烟，使劲攒成一团，扔进垃圾篓里。吴晓云被他这孩子气的举动逗笑了，她怜爱地拍了拍儿子的肩，吩咐道："去洗一下脸，回房间好好睡觉，明天一早我送你回学校。"

陈梓睿用温水洗了脸，又对吴晓云道了晚安，回房间睡觉去了。吴晓云看着那团烟盒，心里的一块石头落了地。她回想起自己的少女时代，也曾有过不足与外人道的烦恼，于是偷偷化妆和抽烟，故作成熟、深沉和忧郁。当时在大人看来，那是塌了天的叛逆，但其实只是孩子对他们的模仿罢了。她庆幸自己选择了较为冷静的处理态度，加上儿子懂事，母子俩这才敞开心扉，用平和甚至温馨的方式，解决了一个在别人家也许会闹得鸡飞狗跳的危机。

此时此刻，在仅仅一墙之隔的次卧，陈梓睿将浴巾晾在露天小阳台上，他似乎还沉浸在刚才的羞愧情绪之中，对着夜空深呼两口气才平复下来。他又将手伸到空调外机底下摸索，片刻之后惬意地给自己点了一支烟，白色的烟雾一团接一团地升腾起来，又飞速消散在夜风之中。他的嘴角露出一丝得意的笑，烟头明暗不定，照出他唇边一层稀疏细软的浅棕色绒毛，那是少年即将成为男人的特有标志。

他又从烟盒里面倒出一个小物件，举在眼前仔细把玩。那东西晶莹剔透，将月光映成漂亮的蓝色。那是他最伟大的战利品，一只可爱的水晶小海豚。

那次深夜在路边"野战"之后，刘强就没有再能上詹妮的身子。詹妮感觉身体有些不适，去医院妇科做了检查，说是查出一些炎症，便责怪刘强非要在那种地方办事，还不做任何安全措施。刘强自知理亏，给她买了一只名牌包作为赔罪。詹妮又提出要出去旅游，但刘强的新项目已经开工了，一段时间脱不开身，便让詹妮一个人去了。

刘强还是多长了一个心眼，注意看乔宇的动向，防止被他趁虚而入。但乔宇最近沉迷于赌博，每周至少有三天泡在赵小建的赌场里。他刚入场的时候气势如虹，一周赢了6万，但后来手气就开始滑坡了，不但将赢的钱吐了出来，还倒输了10万多。他原本想及时止损，但旁边的人不断拱火，他的胜负心也被激发起来，双脚便在赌桌旁生了根。

刘强乐于见到这个状况，乔宇从他这里挣的钱，又通过赌桌回流出来。虽然目前金额不大，但他相信赵小建的手段，下个阶段让乔宇反赢一些钱回来，就有机会怂恿他参与赌注更大的牌局，届时他的千万家财被掏空只是时间问题。

詹妮去云南玩了。她的一个大学室友在洱海旁边开民宿，她打算在那边短住一段时间，顺便看一看当地的翡翠玉石。她对刘强不太放心，到洱海的第一天晚上就打微信视频突袭检查，生怕他跟狐朋狗友出去喝花酒。刘强有点哭笑不得，他以前只有一个东十二区南半球的老婆查岗，现在又多了一个东八区北半球的情人查岗。但他更多的是感到甜蜜，仿佛回到激情澎湃的青年时代，詹妮每天给他发自己在云南的旅行照片，两人如同初恋般交换着彼此的心情。

他在电话里倾诉衷肠道："师妹，你玩好了就早点回来，我想你想得不行。"

"不行了啊？不行的男人不要了。"

刘强被挑逗得来了劲，说："可不是那种不行，等你回来就知道我行不行了。"

但詹妮又泼了一盆冷水："你还是别想了，就算我回去了，你也得憋着，还要戒烟戒酒，锻炼身体。"

"为什么啊？"

"你本来年纪就不小，又抽烟又喝酒，还有脂肪肝，状态肯定不好。我这次来云南，也是想休养身心。你明白我的意思吧？"

刘强当然一点就通，詹妮打算给他生孩子了。他欣喜万分，当即开始翻阅与大龄男性备孕相关的资料。他从网上得知，第三代试管婴儿技术可以筛选性别，于是约陈钊华出来喝茶，问道："你了解第三代试管婴儿技术吗？"

陈钊华说："知道一点啊，主要用来筛查遗传疾病的嘛。"

"我听说可以挑选男孩女孩，有这回事吗？"

"是可以，因为遗传疾病这东西和父母的染色体有关系，有的是男孩一定得，有的是女孩一定得，所以要通过这个技术排除隐患。你问这个干什么？"

刘强也不跟陈钊华藏着掖着了，直言不讳道："詹妮终于松口了，愿意给我生一个，我就这一个抽奖机会了，想问你有没有这方面的渠道。"

陈钊华不禁犯了难："不太好办啊，国内公立医院做这个技术的门槛很高，只针对有家族遗传缺陷的夫妻，非医学需要的性别选择是违法的。尤其你俩不是夫妻关系，你女儿的存在又证明你在这方面没有毛病，很难通过审查。"

刘强叹息道："老陈啊，别人说这话我也许相信，从你嘴里说出来就是扯淡了。性别鉴定不也是违法的嘛，你这些年替人打过多少次招呼了？这种事顶多就是违规，想办的话肯定是可以办的。"

陈钊华沉默片刻，问道："你这事是敲定下来了吗？可别等我跟人家提了，你又没了下文。"

"放心吧，你就当这事已经敲定了，不要有什么顾虑。即使后面事情有什么变化，我该给的照样给，不会让人家白忙活，我刘强办事，可以办不成，但绝对不会不体面。"

陈钊华这才给出准话："我去找一下人，看有没有什么办法。不过我丑话说在前面，咱俩之间不谈那些东西，但别人办事要冒风险的，费用可能稍微高点。"

刘强满不在乎地说："这个我有心理准备，请他不要客气。"

"詹妮也同意这事？"

"她只答应怀孕生孩子，我还没跟她提这事。"

"那我得提醒一下，你老爷儿们取精轻轻松松，女方取卵的过程可是很痛苦的，你确定詹妮愿意受这个罪？"

刘强不以为然道："我送她车、送她房，为我受点罪应该不委屈吧？"

"委屈当然不至于，我只是感觉她比你以前那些女人清高，你对她也更迁就"

一些，我怕你说不动她。"

"我喜欢她清高，我允许她清高，她才有资格清高，否则她什么都不是。"说到这里，刘强压低声音，坏笑着说，"你在海上明月请客那天，回去的半路上我说我把那辆车过户给她，我俩停在辅道上看车，然后我就把她按在车头上了……"

"办了？"

"当然办了，她趴在车立标前面，大腿被引擎盖烫红了，吭都没有吭一声，服服帖帖的。"

陈钊华被这香艳刺激的描述吸引住了，啧啧称赞道："嘀，不愧是刘总，可以啊！我看你这些日子对她言听计从的，跟咱哥们儿也疏远了，我还以为你这次着了她的道呢。"

"她的确挺让人上头，但再怎么上头，也不能跟咱们兄弟相提并论。"刘强用指关节轻轻叩了叩桌面，像中学老师敲黑板似的，一本正经地说道，"我坚信一句话，人最终都是忠于自己所处的阶级的，其他的都不重要。咱们这帮兄弟，抱成团，拧成绳，互相帮衬，这一片天就是咱们的，没有什么事办不成。"

陈钊华当然最有体会，若不是这帮朋友出力，儿子陈梓睿难逃刑事责任，更不可能全身而退，刘强在其中的功劳最大。他点头表态道："我明白，这事我放在心上，一个星期内给你答复。"

刘强喜笑颜开："嘿，这才是兄弟。"

但陈钊华想了想，又有一个疑问："既然你有这个预算，为什么不去美国找私立机构代孕呢？不但性别、种族可以挑选，而且没有法律风险，比在国内划算多了。"

刘强沉默片刻，说："孩子总得有人替我养，不可能完全交给保姆吧？这孩子是我的，也是詹妮的，她就会负起责任，尽心尽力把孩子带大。"

此时，茶室的电视里正播着国际新闻。俄乌两国的军事冲突愈演愈烈，北约国家陆续宣布要收缴俄罗斯人的存款，连一些中立国的态度也发生动摇。两人停住谈话，都扭头看了一会儿，陈钊华叹道："现在国内的金融管控越来越紧，很多人忙着往外跑了，但河东的老虎吃人，河西的老虎也吃人，谁知道以后会不会被一锅端呢。"

刘强笑道："我早就明白这个道理了。我的资产不可能全部转得出去，留在国内的这部分就由詹妮和孩子替我守着，算是把鸡蛋分在两个篮子里了。"

陈钊华这才了解刘强大费周折要搞一个私生子的初衷。诚创集团这些年看上去做得风生水起，实则债台高筑，这艘船早晚要沉没。刘强和高管们已经捞得盆满钵满，如果不尽快转移资产，迟早要被清算。为了转移资产，富豪们想出很多办法，譬如子女移民、托管基金、离岸账户、虚假赔偿、外汇对敲，但在国内专门搞一个私生子来守秘密小金库，倒是别出心裁。

"你大侄子过两年出国念书，我也打算在那边置办一些资产，你这方面的经验和资源比较多，到时候帮忙指点一下。"

"行，没问题。其实你现在就可以操作起来了，我那个律师朋友——刘凯洋，你打算弄了可以找他办。"

两人从茶馆出来，斜对面就是一家洗浴会所，陈钊华半开玩笑地问："还没被詹妮榨干吧？要不要我请你去放松一下？"

刘强摆手道："算了，你把我拜托的事情办好就行了，今天约着喝茶，就是要养精蓄锐，以后这种局都不用喊我了。"

"行，刘总退隐江湖，我也回家躺着了。"

刘强不放心地确认道："那个家族遗传疾病的证明，办得下来吗？"

"不好办，但可以办。你也说了，这一片天都是咱们的，没有什么事办不成。"陈钊华顿了顿，又说，"它再怎么难，也不可能比精神病鉴定更难。"

周彬到了北郊开发区派出所履任一段时间，终于明白赵洪贤的话，只恨自己以前太眷恋市区的繁华，没有早点过来。与毓秀所相比，北郊所简直是提前养老的地方，这里主要是工厂和农村，商业很不发达。而工厂都有自己的保卫科，农村的警情也很少，顶多就是婆媳吵架、宅基地纠纷，派出所就算去人也只是站个场子，防止矛盾激化，最后还是靠村干部负责调停。

周彬新官上任总得做点什么，他习惯了毓秀所的快节奏和高效率，看这里的人自然觉得自由、散漫，于是将前任所长的事情拎了出来。他专门开了一个研讨会，要求全所人员加强出警执法的流程规范，避免再次发生那种无妄之灾。毓秀所作为市区的大所，又是系统里常年的先进模范单位，自然有一些优秀的经验值得学习和借鉴。

这让北郊所的老人们不太适应，难免有些抵触。周彬倒也理解，当初秦所长空降过来的时候他也有情绪。但他毕竟是一所之长，不能一味地退让，挑了两个阳奉阴违的刺儿头立威之后，不和谐的声音便消失了。

一天早晨，周彬刚到单位就有点拉肚子，直接跑去卫生间解决了。他正要起身的时候，恰好有俩人进来了，其中一个抱怨道："以前出警多轻松啊，现在弄这套流程，屁大点事都搞得这么麻烦，写书面报告，视频存档，还得当天完成，这不是折腾人嘛。"

另一个劝慰道:"领导嘛,不都是求稳,他应该也是怕遇着上一任老所长的倒霉事,咱们学一学也无所谓的,习惯了就好。"

第一个却嗤之以鼻道:"他把毓秀所的流程管理夸上天了,之前那个孩子落水的案子不还是违规处理的?连孩子妈都被送进五院了,咱们老所长顶多是倒霉,他们可是昧着良心。"

"违规归违规,架不住人家的流程管理做得就是专业啊,家属申请,公检法鉴定盖章,医院接收,政府报销,还有二次复核,做得滴水不漏。咱们当时要是也有这个意识,老所长就不至于吃哑巴亏,他不调走,咱们的日子也好过一点。"

第一个说话的人坏笑道:"要不你今天去向周所虚心请教,就说你也想学一学把人送进精神病院的宝贵经验?"

"去你妈的,想我死就直说。"

两人笑着不说话了,外面只有撒尿的声音,周彬也忍着腿麻,一声不吭地等着。干这一行的经常憋尿,"下水道"大多不太通畅,淅淅沥沥半晌才响起冲水的声音。两人又一边整理裤子,一边说起闲话。第一个问道:"那女的出不来了吧?"

"除非重新鉴定说她康复了,否则不可能出来了。人家五院的安保还是挺专业的,不比拘留所差。"

"你去住过?"

"你才住过,你在五院出生的……"

两人嘻嘻哈哈地互相揶揄着,走出洗手间。等他们的脚步声完全消失,周彬扶着隔板吃力地站起来,轻轻地揉搓着早已蹲麻的双腿。他又等了一会儿,确认暂时没人进来,才走出厕所的隔间。

他一边洗着手,一边回想他们刚才的话,心里涌动着说不出的憋屈。他的晋升之路因那个案子而受阻,他也为此对何琳产生怨恨,但是将她送进精神病院并非自己的本意,无论谁身处那个位置都只能顺势而为。可是他心里也清楚,他这次能够晋升,的确是因为自己在这件事上与那帮他一直看不上的官僚和奸商沆瀣一气,而他这些年倚仗父母积累下来的资产保持的傲气不复存在。

他经过办事大厅时,几个同事一边吃早饭一边聊天,他们一见他进来,立即将手里的包子和豆浆收起来,恭敬地向他打招呼。周彬从警这么多年,耳朵灵得很,只是听了几声"周所早",便锁定了刚才在洗手间说闲话的部下是谁。但他没有声张,只是笑意盈盈地扫视一圈,说道:"你们吃你们的,早饭吃饱了,一天才有精神,这里要是不方便,可以去会议室吃。"

"谢谢周所。"

他走向自己的办公室,没几步又退了回来,点了两人里发牢骚的那个,说:"小刘,今天我去八村走访,你跟我搭个伴吧?"

小刘愣了一下,慌忙起身:"现在吗?"

"不急,我处理几份公文,你安心吃早餐,等会儿我来喊你。"

"好。"

这是周彬从秦所长那里学来的驭人之术,将涣散军心的不稳定分子择出团队,带在身边相处。一来,阻断其继续传播负面言论;二来,尝试感化和拉拢,分化瓦解这种不利于管理的小团体。当初秦所长初来乍到,看上去文质彬彬,周彬不免心怀一点负面情绪,秦所长却以德报怨,主动与他一同巡查走访。周彬一开始还有些羞赧,过几天再回头看,以自己为首的小团体已作鸟兽散了。

小刘对八村比较熟悉,他是这里的女婿,一路上他一边开车一边向新任所长介绍本地的情况:哪一家的老人威望高,哪一家出了烈士,哪一家富甲一方,以及哪两家之前存在多年的积怨,是他们重点出警的大户。周彬坐在副驾驶座,不时地拍照和写笔记,他突然问道:"这里有那种地头蛇吗?"

小刘摇头道:"没有,北郊这一片经过几轮拆迁,搬走很多人,留下来的人大多上了年纪,民风比较淳朴,顶多为了几寸宅基地闹一闹,这一点应该比毓秀区好。"

周彬感觉自己被点了一下,惊诧地望向小刘。小刘也意识到自己失言了,赶紧解释道:"我的意思是,这里的社会环境没有市区那么复杂,管理起来相对轻松一些。"

周彬笑了笑,说:"是啊,市区的确累人,很多时候身不由己,工作强度和精神压力很大,来这里不到半个月,感觉失眠都治好了。"

"是嘛,咱们这里很养人的。"说到这里,小刘降低车速。前面有不少车辆歪七扭八地停在路边。周彬正要发问,小刘将右侧车窗摇下来,只见不远处有一条河,很多人在岸边钓鱼,他们或站、或坐、或躺,一个个悠闲自得。

周彬惊叹道:"这么多人啊……"

"鱼多,人就多。"

"走,下去看一会儿。"

小刘有点不可置信:"可以吗?"

"看看无所谓的,我们又不钓鱼。"

两人下了车,一同来到河岸边。钓鱼佬看到两个穿制服的过来,略带紧张地观望着,却没有什么动作。周彬示意他们安心钓鱼,自己只是随便看看,还丢了两支烟给他们,这才消除紧张的气氛。

周彬不是特别热衷钓鱼,但赵洪贤很喜欢,若是这里的确不错,以后可以喊他过来钓鱼。他沿着河岸走了几步,发现这里都是土坝,除了一些植被,没有其他加固措施。周彬担忧地问道:"这条河深不深?万一掉下去怎么办?"

"还是蛮深的,2015年淹死过一个夜钓的。"

"那还能继续钓?"

小刘却反问道:"市区的河沟都是禁钓的吧?"

"是啊。"

"以前这里也是禁钓的,但总有人趁夜里来偷钓,然后天黑脚滑,栽进河里爬不上来,又没人看见,就淹死了。后来,老所长找村干部谈话,改了规定,早上九点到下午五点,每小时30块钱随便钓,刚好给村里搞点创收。其他时间被逮着了,一律没收鱼竿,当面掰断。"

周彬有些惊讶:"这么粗暴不怕人家投诉吗?"

"又不是我们干的,是村里的人干的,怎么投诉哦?"

"万一钓鱼的人和村干部发生冲突呢?"

小刘笑道:"不会的。八村有个傻子,是从外地流浪过来的,到这里就不走了,平时住在荒废的幼儿园里,靠捡废品和村里人接济过日子。每次村里的治安联防队巡逻,他也喜欢跟着,像掰鱼竿这种事他最喜欢干了。说得难听点,掰一根钓鱼竿算轻的,就算把钓鱼的一脚踹进河里,也没人能拿这傻子怎么样。"

周彬叹为观止。他以前只听说乡下有些派出所办事风格很不一样,有时要在人情世故里做细活儿,有时又要粗暴一点才有效果,不承想还有这种诡诈赖皮的手段。他也不得不重新思考,以后长期在北郊派出所当一把手,也许真的不应该全盘照搬毓秀所的模式,还得吸收一些因地制宜的经验。

他们又往前走了一段,看见一个五六岁的小姑娘不停地摘岸边的小野花往河水里丢,一个男人则坐在远处专心致志地钓鱼。周彬的心忽然莫名地一紧,将小姑娘拉住,问道:"这是你家孩子吗?"

钓鱼佬没有说话,只是点头,生怕惊扰了自己打的窝。

"你只顾钓鱼,让孩子一个人玩,万一掉进河里怎么办?"

"不可能的。"钓鱼佬不以为然地吐出一句话。

"你别说不可能,每一件祸事发生之前,都没人觉得它可能发生。"周彬的语气颇为严肃,周围的人也都闻声望过来,他又警告道,"你身为人父就要担起责任,钓鱼的瘾再大,也不可能大得过孩子。"

"行行行，知道了。"钓鱼佬不耐烦地答应着，将女儿喊到身边，让她坐在小马扎上。

经过这一轮交流，这里的气氛变得有些不安，仿佛班主任发过火的课堂。周彬冷静下来，也有点尴尬，便带着小刘离开河畔，登车离开。

驶出十几米，道路跟着河流拐了一个小弯，周彬打开车窗望向那对父女，发现小女孩又在玩水，而那个年轻的父亲依然置若罔闻。周彬没有再去干涉，只是升上车窗，淡淡地说："有些人不配生孩子。"

小刘用余光瞥了周彬一眼，欲言又止。

"你是不是觉得我反应过度了？"周彬问道。

"没有……"小刘欲盖弥彰地笑道，"乡下这边养孩子不像城里那样精细，小孩子爬树下河，捕蝉捉虾，是常有的事。"

"那你知道去年咱们国家五岁以下的儿童死亡率是多少吗？"

小刘摇头说不知道。

"五岁以下的儿童，城市的死亡率是 4.1‰，农村的死亡率是 9.4‰，是城市的两倍多，其中溺亡就占很大的比重。看上去比例很小，但摊上庞大的基数，就是很吓人的数字了。乡下养孩子的确粗放一点，但失去孩子的痛苦都是一样的吧，每一个案例背后就是一个破碎的家庭。我们平时做的一些宣传，看上去是白费力，算不上多大功劳，但也许冥冥之中就避免了一些悲剧。"

小刘不得不对周彬心生敬佩，他啧啧称赞道："周所真厉害，这些数据都能记得清清楚楚。"

"那倒没有，只是以前处理过一个儿童溺亡的案子，所以特意关注了一下。"

小刘愣了一下，小心翼翼地试探道："是毓秀区的那件事吗？"

"对。"

于是周彬自然而然地讲到那件事的经过。作案者未满十四周岁，其监护人主动赔偿，领导催促尽快结案，受害者的父亲接受和解，母亲却一直越级上访，不惜以全城人的"创文"事业为要挟，最后被她的丈夫送进精神病院。小刘听得瞠目结舌，不时地提出一些疑问。周彬也才发现，这件事的真相在传播之中出现歪曲，即便是本市本系统的同行都存在极大的误解，更别提普通老百姓了。

小刘说："局里应该出一个蓝底白字的公告，否则连我们自己都只能从网上听一些小道消息。"

"领导希望低调处理，底下的人就没办法解释，就像你们老所长也没有犯错，只是遇上小概率的倒霉事，不也只能背一口黑锅嘛。"

小刘无奈地叹息，赞同周彬的话。也许是为了讨好新领导，他又嘀咕了一句："这女的是有点胡搅蛮缠，上赶着要住进精神病院似的。"

周彬愣了一下，追问道："为什么这么说？"

"您不觉得吗？她一直在消耗她老公的耐心，触犯政府的底线，逼着所有人联合起来把她送进去，好像除了去那里，没有别的选择了。"

从事发到现在，已经过去一年多了，周彬一直被各方力量推搡着，被动地执行任务。今天他第一次从头到尾梳理一遍事情的经过，再经小刘不经意的提示，他陡然发现这件事虽然看上去复杂多变，但似乎每一步都在为何琳的五院之行做铺垫。

"怎么会有人要去精神病院呢？"周彬自言自语道。

"是啊，没人愿意去那种地方，以前村里送傻子去那里收容，没过两天他自己就跑回来了。"小刘以为自己的说法被领导批驳了，便主动否定自己的说法，但他想了想，又给出一个猜想，"不过也许那个地方更适合她呢，有些人在亲人意外离世之后会产生自虐倾向，日子过得越平静，他们就越有愧疚感，反而给予他们痛苦的地方才让他们心安。"

周彬一时没转过弯来，将信将疑道："有这个说法？"

小刘嘿嘿一笑："调来北郊派出所之前，我是在看守所工作的，这种事见得多了。当时有一个同事，平时喜欢写文章，他有一句话让我挺有感触的。"

"说什么了？"

"他说，死又死不了、活又活不下去的人，会在人间寻找最接近地狱的地方。"

詹妮在云南玩了一个月，刘强也清心寡欲了一个月，他每天忙得团团转，终于让新楼盘开工了。营销部门给新楼盘起了一堆备用名，但刘强都不满意，自己新起了一个"念云轩"。其他人不知其意，其实这是他向詹妮示爱，意思是自己思念的人此时正在云南。

理论上讲，这种楼盘的工程建设需要达到总投入的25%以上，才可以对外预售，但规定只是规定，毕竟事在人为。经过刘强的一番操作，新楼盘只要打好地基，尽快建好地下室和第一层，就可以拿到预售许可证。如今诚创的资金吃紧，只有提前开启预售，才能尽快回笼资金，保障这个项目的正常运转。

刘强现在就像一个抛橘子的杂技演员，一开始只有三个橘子，后来加入的橘子越来越多，五个、六个、七个……观众们热烈喝彩，将更多的橘子塞入他的手里，直到橘子的数量多得连他自己都数不清，甚至偷偷往自己的兜里藏几个也没人在意。但他没有办法停下来，只能让橘子在空中飞舞，因为一旦停下来，这些橘子就会四处滚落，摔成烂泥，观众们就会识破他的技艺，认为他只是一个盗窃橘子的小偷罢了。

但那又如何呢？橘子总有散落一地的时候，刘强能做的就是带着满兜的橘子从后台逃走，而马戏团的主办方会藏起更多的橘子，对台下所有的观众说："对不起，我们只找到三个橘子，其他的都被小偷私吞了。"

越是焦虑、烦躁的时候，刘强越是渴望宣泄性欲，他给詹妮发去一条浪漫的话——"陌上花开，可缓缓归矣"。但詹妮许久没有回复。他便打电话过去，问道："师妹，你什么时候回来啊？"

詹妮问："这么盼我回去啊？"

"当然，日思夜想。"

"我以为你跟兄弟伙儿喝花酒，巴不得我晚点回去呢。"

"老赵带着女朋友去乌鲁木齐出差了，老陈昨天也去上海看老婆孩子了，我连喝茶都找不着人。"

"你瞧瞧人家老陈，模范丈夫，你说你多久没去新西兰看你老婆了？"

刘强笑道："咱们才弄了两次，你就想要你嫂子帮你分担任务啊？"

"去你的！为老不尊！"詹妮嗔怒着骂道，又说，"对了，你问一下老陈方不方便帮我从上海买个包呗，省得我特意跑一趟深圳了。"

"什么包？"

"我最近看电视剧，里面有一款爱马仕的包，我可喜欢了。我在昆明的专卖店问了，人家说目前只有上海和深圳有货，刚好我大学室友认识上海一家爱马仕专柜的销售，可以调到货。"

"你把图片发给我，我让他带回来。"

"但人家要求配货，18万的包要配5万的货，否则不肯卖的。"

"我知道，你让销售把东西准备好，老陈过去刷了卡就带走。"

"会不会不方便啊？那家店在淮海中路，他外地牌照进得去吗？"

"没问题的，他老婆的车是上海牌照。"

于是，刘强为了搏美人一笑，轻描淡写地花了23万。他并不在乎这点钱，只有把詹妮哄高兴了，詹妮才会心甘情愿忍受做试管婴儿和怀孕分娩的痛苦，为他生下继承国内资产的儿子。

三天后，陈钊华从上海带回来一只爱马仕的包。是在詹妮指定的门店买的，小票也带回来了。为了替刘强代购这玩意儿，陈钊华不得不接受吴晓云的反复审查，生怕他私下养了什么野女人。

詹妮隔天就从云南飞了回来。刘强特意开车去机场迎接，副驾驶座摆着那只价值23万的包，好让詹妮一打开车门就能看到。不得不承认，这种东西对女人的吸引力太强了，尤其是漂亮女人，外界对她们的赞美和追捧已经达到一定的阈值，实用商品也暗淡无光，只有溢价极高的奢侈品才能为她们继续制造多巴胺。

回去的路上，詹妮捧着新包爱不释手，刘强则趁机说起试管婴儿的事。詹妮当即拒绝了，她问道："你不是说男孩女孩都喜欢嘛，怎么忽然又想要儿子了？"

刘强说："我的确是那样想的，你生女儿，我也照样疼。只是我已经有一个女儿了，要是又来一个，我保不齐以后还想要一个儿子。不如一步到位，直接生儿子，你少遭罪，我也了却执念。"

"你别说了，我感觉你就是把我当生育工具了！"

刘强长长地吸了一口气，又缓缓地吐出，故作气愤地说："如果我只要一个生育工具，我就应该听老陈的，花钱去国外请人代孕一个中美混血儿。我就是喜欢你，爱你，才想和你有一个共同的孩子，你不明白吗？"

他的话似乎很有道理，找不到可以反驳的地方。但詹妮对试管婴儿略有了解，她还是没有决心点头，只能暂时保持沉默。

刘强又说："这件事对我很重要，只要能办成，我绝对不亏待你们娘儿俩，会给你们一笔生活费。"

"一笔生活费？"

刘强单手扶着方向盘，另一只手比画出两个手指："2000万，现金转账或者境外信托，都可以。"

詹妮原先的不屑表情渐渐消失了，但她还是保持着矜持，没有立即表态。

"我会让人通过另一家公司做成营销采购的账，包括你嫂子在内，谁也没有办法追溯，你尽管放心拿着。万一我哪天要移民，但你不想走的话，我留在国内的资产也都交给你和儿子。"

"有什么条件吗？"

刘强沉默片刻，反问道："你还会考虑再婚吗？"

詹妮摇头："不会。"

"那就行，我不希望你管别人叫老公、我的儿子管别人叫爸爸，别的没什么条件。"

"万一我想结婚了呢？"

刘强想了想，说："等咱儿子十八岁以后，你可以随意了。"

詹妮恍然大悟，自嘲地笑道："懂了，资产是留给你儿子的，我只是沾他的光而已。"

"这话说得多难听,他的不就是你的?我只是担心你被坏人骗了。"

"没人比你更坏!"

车子继续往前开,两人都沉默不语。半晌之后,詹妮才突然开口道:"我可以答应你,但儿子必须跟我姓。"

"没问题!我又不是老封建,孩子跟咱俩谁姓都可以,我还巴不得孩子跟你姓呢。"

"为什么?"

"第一,对咱儿子的成长有好处,省去不必要的麻烦;第二嘛,万一你以后想结婚了,恰好也找个姓刘的,岂不是让那家伙白捡一个富贵儿子?"

听完他的话,詹妮消化好一会儿才理解,哭笑不得地说:"师哥,真不知道该怎么说你,说你成熟嘛,你净是这些幼稚想法,说你幼稚嘛,你又比谁算得都精。"

刘强嘴上辩驳着,心里却放心了。他明白,女人没有明确表示肯定,就是否定的态度,过于肯定也有可能是一时负气,随时可能反悔,但半推半就的笑骂大概率表明达成心理预期。

"那等会儿去我家?"

"我箱子里的睡衣都没洗呢。"詹妮推托道。

"没事,穿你嫂子的,大是大了一点,但就咱俩一起,松垮一点更好。"

詹妮在刘强胳膊上捶了一下,没有反驳,这事算是定了。刘强心中狂喜,伸手揉了揉詹妮的大腿,脚尖往下一压,车子便猛然加速蹿了出去。

刘强在本市有多处房产,有独栋别墅也有大平层,但老婆和女儿出国之后,家里只剩他一个人,他便不喜欢住那些大房子了。在他父亲居住的那个老小区里,他还有一套房子,面积虽然只有九十平方米,装修也略显陈旧,却让他住得很舒适。更主要的是,老小区不像其他地方那般摄像头密布,熟人也相对少一些,家中几乎没有智能设备,是他与情人安全幽会的绝佳去处。

他们先去刘强的父亲那里,施小芳做了丰盛的晚饭。詹妮从云南带了不少礼物,施小芳的是一对玉镯,刘父的是一盒丽江人参。两位长辈都看得出小辈之间的不寻常关系,但也睁一只眼闭一只眼,甚至乐见其成。晚饭吃到一半,刘父说:"前天王韵芳打电话给我了。"

刘强愣了一下,王韵芳是他老婆的名字,以前刘父都叫她小芳,今天突然称呼全名,似乎颇有不满之意。"她说什么了?"他问道。

"她吃了几年外国饭，没大没小的，也不叫人，就问你最近忙什么。我说我不知道，我这身体连自己都顾不过来，哪里顾得上你。"

王韵芳经常打电话给刘强身边的人，明里暗里地查岗，这不是什么稀罕事，刘强早就不以为然。父亲的话也说明了他的态度，在他的眼中，王韵芳已经成为过去式，眼前的詹妮才是他认可的儿媳，也是可以让他有生之年看到孙辈添一男丁的最大希望。

施小芳在旁边说："刘总是做大事业的，工作忙，里外不能兼顾，这很正常的。"

刘父却更加不满："那她就更应该做好分内事，别自己占着茅坑不拉屎，跑去国外逍遥快活。"

刘强尴尬地反驳道："爸，你说话太难听了，照你这么说，你儿子不就是一个茅坑了？"

詹妮忍不住发笑，刘父也跟着笑，这融洽的气氛让刘强产生一种别样的幻觉，仿佛回到十几年前。当时他尚未发迹，父亲健康，母亲健在，作为新婚妻子的王韵芳温柔如水，而他虽然看不清前途，却摸得着眼前的幸福。

晚饭之后，刘强说要送詹妮回去。但两人并没有离开小区，只是在花园里转了半圈，趁没人注意便拐入刘强居住的单元楼。电梯还在上行，刘强就按捺不住心中的躁动，开始对詹妮又搂又摸。詹妮趁着微醺也没有抗拒。然而，电梯开门的一瞬间，两个人都愣住了。楼道里站着一大群人，男女老少都有，个个面容不善。刘强认了出来，站在最前排的是他一年未见的老婆王韵芳，后面则是她娘家的兄弟姐妹，她的大姐还举着手机拍摄着。

"韵芳？你怎么回来了？"刘强脑子嗡嗡作响，仿佛自己身处梦中。

王韵芳冷笑道："我不回来，哪能看到你这么快活？"

不等刘强反应过来，王韵芳便冲进电梯间，狠狠地抓住詹妮的长发，将詹妮硬生生地拖出电梯。刘强试图维护，却被他的大舅子小舅子们拦着，他只能隔着人群，眼睁睁地看着自己的情人被一群女人撕扯殴打。

辱骂声、殴打声、哭喊声、脚步声，在楼道里回荡。王韵芳喊道："把这个臭婊子的衣服扒光，拖到楼下游街！"

女人们立即动手，尽管詹妮极力抵抗，但她的上衣很快被撕烂，上身只剩一件胸罩。女人们乘胜追击，有的扒胸罩带子，有的扒牛仔裤，詹妮只得蜷缩在墙角，拼死护着胸口。她们找不到突破口，便再次揪头发、抽耳光，试图逼詹妮松手，好让其他人趁机扯掉她的胸罩。

"放开她！"刘强高声喊道。

但男人们牢牢地抓住他，目光却忍不住瞥向詹妮，他们巴不得她早点被扒光，自己也能过一把眼瘾，还有人拿手机拍视频。情急之下，刘强重重地捶敲电梯壁，发出巨大的声响，他怒吼道："王韵芳！今天她的衣服要是离了身，你们在场的，只要是欠了我钱的，今天立即还清，家里有人在我手下做事的，全部滚蛋！"

王韵芳毫不示弱地说："不用听他的！这个家不是他一个人的，也有我的一半。"

"你算个什么东西，明天去民政局，老子连你一起换掉！"

话音一落，王韵芳带来的男男女女顿时被震慑住了，他们几乎每个人的家庭都与刘强有着密切的经济关联，今天来助阵只是为了"清君侧"，并非真的要"改朝换代"。倘若刘强一怒之下掀了桌子，他们建立在这场姻亲之上的一切都将不复存在，这是他们最不愿意看到的局面。

男人们松开了刘强，女人们也松开了詹妮，只有王韵芳偏执地揪着詹妮的头发不肯撒手，她哭诉道："刘强，你这个丧良心的东西！当年你穷得叮当响的时候，我不顾家里反对跟你领了证，我爸为了帮你，几乎托着你的屁股往上举，现在你爬上去了，发达了，想起来要休发妻了！"

刘强反驳道："我什么时候说要休发妻了？我一直都在保护这个家庭，是你不声不响从国外跑回来，是你查我的岗，打我的埋伏，你才是在破坏这个家庭的稳定！"

"我破坏？"王韵芳脸上挂着眼泪，却忍不住笑了起来，"刘强，你以为我不知道你在外面玩女人吗？我这些年睁一只眼闭一只眼，对你够纵容了，没想到你得寸进尺，竟然公开跟这个狐狸精相好！"

"嫂子，你误会了，我跟师哥只是朋友……"詹妮一手护着胸，一边护着头发，小声地辩解道。

王韵芳却更加愤怒了，一巴掌重重地抽在詹妮的脸上，詹妮顿时痛得无法出声。王韵芳骂道："嫂子是你有资格叫的？俩人都这样了还抵赖，你当我们这么多人眼瞎吗？"

刘强听出詹妮的辩解方向是要撇清两人的关系，于是顺着她的话说道："你听谁乱嚼舌根了？我跟她没有那层关系，只是玩一玩，什么时候变成相好了？"

"你也太小看我了，如果不是证据确凿，我会大老远飞回国吗？我不但知道你俩相好，还知道你打算跟这个骚货生孩子！"

此言一出，刘强和詹妮都哑口无言。詹妮甚至松开了保护头发的手，像一只已经放完血的绵羊似的，颓然地任由王韵芳拖拽。王韵芳也越发嚣张，她指着刘强继续说道:"刘强,你以为我是软柿子吗?你敢当陈世美,我就敢大义灭亲。我家老头子虽然死了,但关系还在,我写信给国资委、纪委、检察院,检举、揭发你。你干过什么勾当,国内外有多少资产,都不用调查,我全给你抖搂出来。"

刘强不再那么强硬,语气变得平缓了一点,问道:"韵芳,你先别激动,你也不要把话说绝。咱俩风风雨雨这么多年了,孩子都十八了,不至于走到那一步。你了解我的,我和这些女人玩一玩,只是放松一下,从来没有别的想法。我现在新项目动工了,又在竞标新的地皮,树大招风,不少人看着眼红,巴不得我被整垮。偏偏在这个时候,有人跳出来搬弄是非,说我要和她生孩子,有证据吗?"

王韵芳稍有迟疑。她明显没有实际的证据,或者无法暴露消息的来源,但她低头看了一眼脚下,踢了踢那只写着英文名的包装袋:"嗬,只是放松一下?什么婊子这么金贵,要用爱马仕啊!你以前可没在哪个女人身上花这么多钱!"

刘强心里基本有了数,他与詹妮的私情大概率是因为这只包被捅出去的,而了解这件事的人除了刘强和詹妮,就只有陈钊华。陈钊华肯定没有动机告密,但保不齐他为了通过他老婆的审查,告诉了他老婆吴晓云,吴晓云和王韵芳同属一个太太圈,她嘴巴稍微松一松,消息便从上海传到新西兰了。

但刘强不动声色地继续狡辩道:"这是我托人从上海买回来的,打算给房管局的领导夫人送礼,要提前拿预售证不就得疏通走动嘛。有人不想让我办成这件事,所以背后使绊子,故意挑唆你,想在我后院放一把火。"

王韵芳找不着他这话的破绽,一时无言以对。而她带来的娘家亲戚趁机劝解道:"芳儿啊,强说得有道理,你想一想自己是不是被坏人利用了?"

王韵芳并不是傻子,作为一个女人,她能够默许如今刘强单方面的所谓"开放式婚姻",必然经过无数血泪交加的折腾,不得已做出妥协。她和刘强结婚将近二十年,太了解这个男人了,知道他这些话没有多少可信度,但她此行的目的并非要挖掘过去的真相,而是要维护和巩固自己的婚姻状态,即便它只是一具名存实亡的木乃伊。

王韵芳说:"有个人跟我说你和一个女的相好了,我没搭理。直到上周那人又说你打算和这个女的生孩子,我才重视了。你以前就说过想再要一个孩子,我没同意,这事就成了你的一个心结。不是了解内情的人怎么会告诉我这个?"

"是什么人?"刘强问。

"我不认识,上个月突然加我微信的。"

"男的女的？"

"我不知道，反正微信显示是女的，朋友圈里面都是空的，语音和视频也不接……"

众人一片哗然，声音明显有些造作，刻意强调对这种信息来源的荒谬性的惊讶，仿佛刘强提出的挑拨论已经坐实了。但王韵芳又控诉道："那人给我发了这个骚货的朋友圈截图，她今天晒了这个包，明显是他给她买的啊！"

詹妮解释说："我这辈子没摸过这么贵的包，只是拍照炫耀一下而已。我承认我虚荣，可是虚荣不至于有罪吧？"

"你还没看明白吗？这人和我有过节，故意要整我，你被他当枪使了！他弄一个小号，随口造几个谣，就把你从新西兰骗回来，搞出这个阵仗。"刘强又指向在场的其他人，继续骂道："还有你们！韵芳在国外搞不清楚状况，情有可原，你们心里也没数吗？胳膊肘得往里拐，帮着自家人，难道韵芳是自家人，我就不是自家人了？猪脑子吗？净干亲者痛仇者快的事，你们拆我的台，能落什么好处？"

刘强虽然骂得难听，话里话外却给这场闹剧定了性，夫妻名分不可动摇，王韵芳只是受人利用，娘家亲戚们也是好心办坏事，一场误会而已。亲戚们自然而然地接过梯子，纷纷附和，劝说王韵芳就此罢手。王韵芳顺坡下驴，松开詹妮的长发，自己则捂脸哭泣起来，仿佛她才是那个受害者。

詹妮独自坐在地上，整理凌乱不堪的衣裳和头发，默默地站起身来。王韵芳的娘家亲戚们也不阻拦，反而主动闪开一条路，想让这个引发闹剧的导火索尽快离开。王韵芳却突然喊住詹妮，吓得她腿一软差点摔倒，王韵芳问道："今天有人打你吗？"

詹妮迟疑片刻，摇头道："没有。"

"你的伤是自己摔的，对吧？"

詹妮点头。

于是王韵芳将脚边的购物袋踢了过去，说："这东西被踩烂了，送礼肯定拿不出手了，你带走吧。"

"我不要……"詹妮胆怯地说。

"让你拿，你就拿，就当是医药费，以后你别再来了。"

詹妮望向刘强，她的脸上有好几处伤痕，嘴角也破了皮，上眼睑更是肿得抬不起来，完全没了平日清冷美人的模样。但刘强只是将目光瞥向别处，没有再与她有任何交流。詹妮便捡起那个包，一瘸一拐地走进电梯。

王韵芳做主送出这只包，不仅展示了自己在这个家的话语权，也表示她接受刘强的辩解理由，认同这只是一次误会。窗户纸捅破了，又被刘强糊上了，她便没有再次捅破的道理，她指着刚才拿手机拍视频的几个人，说："今天这事到此为止，你们拍的东西，现在当着我的面全部删了。"

他们都当面删了视频，只有王韵芳的大姐没有删，因为她手里的手机是王韵芳的。有这段视频在手，以后刘强便有所顾忌，再也不敢胡来。刘强打开家门，众人进去坐了一会儿，女人们在房间里劝慰王韵芳，男人们则陪刘强在客厅里抽烟，确认两人不再争吵，才放心地起身告辞。

亲戚们离开之后，家里只剩夫妻俩，气氛略显尴尬。刘强的胳膊刚才在推搡中蹭破一点皮，渗了一点血丝。王韵芳拿来药盒，给他清创上药。她只字不提刚才的事，也不再验证他和詹妮的关系，只是问道："你打算什么时候搬去新西兰？"

"再等等，还没到时候。"

"赚钱是没有尽头的。"

"快到头了，明年或者后年就得撤了，撑不了太久。"刘强说，"趁现在还能赚钱，尽量多赚一点，总归不会错的。"

"还是不要太贪心吧，我怕你想撤的时候撤不掉，到时候我和女儿该怎么办？"

"我就算撤不掉，你们也别管我。我要是倒下来了，一大群人跟着倒霉，他们不敢拿我怎么样。反正你们已经出国了，我老爹也活够年头了，他们要是想搞我，你就把我给你的 U 盘里的材料公布出来。"刘强扭过头来，眼神凶狠地盯着王韵芳，"但在此之前，无论发生什么事，你都不可以再像今天这样提到这些材料，除非你真的想让我死！"

"知道了，以后不会说了。"

刘强又伸出一只手："把微信里那个人给我看一下。"

"干什么？"王韵芳警惕地问。

"他搞这件事，不可能是为了你着想吧，肯定是冲着我来的。我总得知道是什么人在背后算计我，以后才能有所防备。"

王韵芳掏出手机，翻出聊天记录，还没来得及给刘强看，自己却惊叫出声。刘强凑过去看，只见一个空白的头像旁边显示"对方已注销账号"。他用指节重重地敲了敲手机屏幕，愤慨地说道："你看，这就是有预谋的！"

王韵芳也很懊恼，但这对于她而言并不完全是一件坏事，线索就此斩断，这件事无处追溯，一个身份模糊的人可以承载所有的责任。她要的不是真相，而是秩序，与之相比，其他的都不重要。她给刘强收拾完伤口，将药盒放了回去，突然问道："强，我现在再怀个二胎，怎么样？"

刘强抬眼看了看她，兴许是在新西兰吃了太多高热量食物的缘故，她的身材也像很多白人妇女一样变得臃肿不堪，让平日见惯燕瘦环肥的他丝毫提不起热情。他又想起自己与她共同抚养女儿的那些光景，更是心生厌倦，这哪里比得上让詹妮那样的年轻美人怀孕生子，自己做一个甩手掌柜来得轻松。

"你再怀的话就是大龄产妇，不安全吧？"刘强委婉地拒绝道。

王韵芳不假思索地说："我们可以找人代孕。"

刘强差点被一口烟呛死，咳嗽几声才停下来。他一时有些迷茫，无法确定王韵芳这句话是无心之言，还是有意点他。王韵芳的态度不明朗，他更要保持镇定，于是回应道："行啊，等我到新西兰了，就把这事张罗起来。"

趁王韵芳在浴室洗澡的工夫，刘强偷偷给詹妮发微信。"你还好吧？"他关切地问。但他等了许久，都没有等到詹妮的回复，于是在浴室水声停止的时候，他删除了与詹妮的对话框并将她拉入黑名单，以免她在不恰当的时候回复消息。

王韵芳回国是一件大事，免不了很多宴请。

她娘家的兄弟姊妹们参与了那场闹剧，生怕得罪了刘强，便由她大舅子牵头，摆了一桌酒，既是接风也算和事。刘强没有再计较，在宴席上依然与诸位把酒言欢，绝口不提上次那件事。

而后是友情局，赵小建请客，拉上一帮朋友和太太团作陪。这次刘强和王韵芳都揣着小心一同出席，因为那个注销账号的人兴许就在这群人里。陈钊华是孤身赴宴的，他刚走到包厢门口就被刘强拦住，问他有没有泄密。陈钊华立即否认，反问道："我为什么要搞你？对我有什么好处？"

"会不会是你家晓云不小心说出去的呢？"

陈钊华愣了一下。他的确向吴晓云透露过这些事，刘强有所怀疑也是情理之中，但他很快又坚决地摇头："不可能的，吴晓云现在一门心思盯在孩子身上，连她父母那边都不联系，更不可能跟你老婆聊到这些了。"

刘强再次陷入困顿，他无法理清头绪，也不知道到底是什么人在他背后使绊子。陈钊华提醒道："这事你得问詹妮啊，那人有她朋友圈的截图，大概率是从她那边泄露的。"

他这个说法也不一定成立，詹妮做珠宝玉石的生意，面对的客户群体很广泛，所有的社交平台账号都是完全开放的，甚至不必加好友就能截取朋友圈的内容。

"会不会是姓乔的?"陈钊华又提出一个猜想,"他最有可能掌握这些情况,又有动机对你使绊子。"

"他还有一些货款在我这里没结,对我使绊子图什么啊?"刘强疑惑不解。

陈钊华笑道:"当初他供的货更便宜,准备也更早,你不还是把订单给了赵小建吗?只能说他和咱们不是一路人,天生就是互相不对付的。你想想咱们为什么无缘无故看他不顺眼,就能理解他为什么宁可损人不利己也要整你。"

恰好赵小建出来抽烟,看见俩人在说话,便凑了过来。陈钊华大概说了一下情况,问道:"最近姓乔的还在你那边玩吗?"

赵小建甩着脑袋,摆出一副鄙视的架势,说:"这个狗东西,喝醉了跑来打牌,输多了就发酒疯,说自己被庄家针对了,居然要打电话举报抓赌。还好派出所没搭理他。我手底下的人给他醒了酒,放他回去了,后来他再也没有露面。"

"什么时候的事?"

"半个多月前吧,当时我还在乌鲁木齐,回来以后才知道这事。"

"他目前有多少钱落在你场子里了?"

赵小建想了想,说:"50万吧。"

刘强和陈钊华互看一眼,刚才的猜想似乎得到了验证。陈钊华分析道:"应该没错了,他看出这里面设了局,但不敢和老赵发生冲突。当时是你和詹妮一起带他过去玩的,他就把仇算在你俩头上,搞出这件事报复你俩。"

"行,这样玩是吧?可以。"刘强咬牙切齿地说,他又拍了拍赵小建的胳膊,"老赵,从明天开始,你暂时不要收他的货了,就说仓库满了,我这边也停付货款了。"

"我当然没问题,刘总一句话,我全力支持。"赵小建还是有些担忧,"但你还是考虑一下,犯得着跟他较劲吗?这个姓乔的心眼儿小,报复心强,被他拖进粪坑里厮打,无论输赢都要沾一身大粪。你不如早点和他做切割,以后减少来往,反正那娘们儿你已经玩过了,丢给他拉倒。"

刘强不禁皱起了眉,颇不满地说:"这还是我认识的那个老赵吗,你不会是开始吃斋念佛了吧?"

陈钊华打趣道:"老赵现在转型做儒商了。"

"儒商也不必这样吧,曾国藩还是圣人呢,雷霆手段也没丢啊!"

赵小建解释道:"我叔说的一句话挺有道理,中产中庸,无产无畏。以前这个人做点小生意,咱们可以随意拿捏他,但他现在就是一个无赖,你们家大业大的非去招惹他,不是自讨没趣吗?"

"这事就这么算了？要不然这片江湖就让给姓乔的好了，下次咱们吃饭也喊上他，以后说不定还得仰仗他呢。"

赵小建被刘强撑得有点挂不住面子，他猛抽一口烟，说道："实在想干他，也不是不行，但要干就必须直接干死，不要给他喘息周旋的机会。"

刘强问道："怎么干？"

"他现在是一条噬主的狗，那咱们就应该继续惯着他，让他吠得更凶一些。等'打狗队'来了，咱们只要稍微运作一下，不用你亲自动手，自然有棍子抡在他头上。"

"'打狗队'？"陈钊华敏锐地察觉到一点风向变动。

"之前全省的扫黑活动，本市的成绩不理想。我听我叔说，上头打算抓几个典型，从快从重判决。回头我给姓乔的介绍几个有产权纠纷的法拍房，让他带人上门征收，到时候肯定会发生一些冲突，再让对方联合起来写举报信，事情不就成了？涉黑可是要坐三到七年牢的。"

刘强和陈钊华愣了好一会儿，都没想到赵小建刚才还说息事宁人，现在又一下子拿出这个歹毒的办法，不但对乔宇一击致命，而且怪不到他们头上。陈钊华问道："万一他胡乱攀咬呢？"

"他敢吗？三到七年，意思是三年也可以，七年也行，罚款多少也是浮动的。他要是乖乖认罪，出来还有日子过，否则什么都没了。而且他一旦进去，还没出厂的那些建材可就交付不了了，到时候就算你不追究他的违约责任，厂家也不会放过他。"

"之前你介绍他做法拍房的买卖，不会就是在提前挖坑吧？"

赵小建打了一个响指，冷笑道："他还是太嫩了，以为豁得出去就能登上咱们这艘船，但没想到自己没有船票又不听话，随时可以被丢到海里。"

陈钊华担心事情做绝了，自家好不容易了结的麻烦又可能沉渣泛起，他提醒道："万一这事不是他干的呢？"

刘强说："这个不重要，反正目前嫌疑最大的人就是他，我也忍他很久了，就当这次用的是排除法吧。"

赵小建也猜出陈钊华的担忧，他说："后面这些事老陈不用出面，我既然要办他，就会不留痕迹，而且能让他进去了还欠我人情。"

三人如此一商量，刘强憋在心里好几天的闷气终于纾解不少，这顿宴席也能敞开吃喝了。此时，王韵芳从包厢里走出来，笑意盈盈地看着他们，问道："哥仨商量什么呢？"

陈钊华率先抢答道："我向老刘咨询移民的事呢。"

"对，这事可以张罗起来。我跟吴晓云说过好几次，让她不要去别的地方，就带孩子来新西兰，咱们两家还能互相有个照应。"

刘强的脸色有点不好看，他一直没有过多地追问王韵芳的消息渠道，夫妻俩默契地将所有责任推给那个恶意挑唆的"已注销"，但从她刚才的话可以听出，吴晓云并非真的与外界隔绝来往，两位拥有强烈危机感的太太很可能已经达成攻守联盟，私下交换情报。事情的真相大概率是那个"已注销"挑唆在先，但王韵芳并未当真，直到提及私生子计划，她才去找吴晓云验证这些事，而后发生几天前的闹剧。

陈钊华当然也意识到了这一点，他也没想到吴晓云竟然私下与王韵芳暗通消息，且从未向他提及这件事。他又尴尬又气恼，还不能在这里表现出来，只能神情复杂地赔着笑，连回应场面话的能力都没了。

但刘强很快回过神来，他一把揽住陈钊华的肩膀，语气轻松地说："行了，该定的都定下来了，今天咱们都得喝好，谁也别找借口，反正门口的代驾多的是。"

听刘强这样一说，陈钊华心里稍微释然，不管怎么样，他们毕竟是归属同一个利益体的兄弟伙儿，即便犯下过错，也是杯酒可泯的无心之失。如果一杯不行，那就三杯。

赵小建在挑选劣等法拍房的时候花了一点心思，专门挑了几个难搞的，产权和债务问题错综复杂，赖在里面的人也都不是善茬。他又打电话给乔宇。乔宇正在一家老年棋牌室赌得起劲，一听说有了赚钱的机会，立即丢下牌局过来了。他在棋牌室从早坐到晚，输赢顶多一两千，根本无法达到他在赌场培养的兴奋阈值，而一套优质的法拍房可以给他带来10万到20万元的利润。

赵小建问道："棋牌室好玩吗？"

乔宇摇头晃脑地苦笑道："好玩个屁！一帮老头儿前列腺不好，还狂蹭免费的茶水，打几盘就得暂停去撒尿。"

"听说你前些日子在我朋友的场子里闹了点不愉快？"

乔宇赶紧解释道："赵哥，你那段时间出差，我怕打扰你，就没跟你提。那天和我一桌的俩人一直合伙针对我，搞得我处处不顺，输了好几万，加上我喝了不少酒，就没控制住情绪。酒醒以后很难为情，就没有再去。但我可以发誓啊，我真的不是有意掀桌子。"

赵小建笑着摆手："兄弟伙儿之间别说这种见外的话。喝酒打牌，来来回回不就那么回事，掀桌子才真正有节目效果，说明喝到位了，玩到位了。陈总、刘总，还有你平时见到的那几个，哪一个没掀过桌子？尤其刘强那个狗贼，以前在 KTV 为了争一个陪酒小姐，差点跟另一个兄弟单挑。"

乔宇这才放心地点头。

乔宇当天晚上就回到那家赌场。这次没有人压他的手气，他的牌运相当好，离场之前轻松赢了 5 万多。显然这是赵小建特意安排的——割一点肉做饵，重新赢得他的信任。赵小建已经做好了局，吩咐协助乔宇收房的人全程录音录像，同时刺激法拍房里的老赖顽抗，主动激化双方的矛盾。如果乔宇做出任何出格的举动，舆论倾轧、司法介入、录音录像、证人证词……这一套天衣无缝的陷阱足以让他插翅难飞，再也不会有任何人给予同情。

然而，乔宇似乎吃这饵吃上了瘾，整整一个礼拜都流连于牌桌，在庄家有意放水的情况下赚走了 27 万。赵小建有点按捺不住，让庄家不再放水，并安排上次与乔宇发生冲突的两个职业老千回来应对。乔宇硬着对阵了几个小时，输了小 10 万，只得灰头土脸地撤了。

但这也没能让乔宇回到正事上，他竟然又回到老年棋牌室，继续打他那全场最高一块钱一张牌的斗地主。眼看那几个房源即将开拍，乔宇都没有任何动静。赵小建让人去督促，乔宇却不耐烦地回应："急什么，手气正旺，谁走谁是王八蛋！"

正式拍卖那天，乔宇还是去参加了，但每个房子只抢喊一次底价就不再举牌，最后只有一套"老破小"因无人跟拍而以底价落入他手中。情况虽然不及赵小建预期的那般理想，但勉强也能凑合，毕竟住在那套房子的老赖是最不好对付的一个。

收房的时候，有三个人跟乔宇一同过去。他们都是道上混的，怀里揣着指虎和甩棍，随时准备武力解决。老赖更不是善茬，他年轻的时候当过几年兵，复员以后开过健身房和夜店，后来赌博倾家荡产，也是一个十足的社会人。

那套"老破小"的门开着，免去了他们敲门的麻烦。乔宇站在门口往里看了一眼，顿时嫌弃得皱起了眉。狭窄的房子里塞满了锅碗瓢盆之类的生活用品，一对中年夫妻和一对十几岁的儿女，还有一个老太太，围坐在一个用塑料油漆桶和木板搭成的简易餐桌前吃饭。中年男人一见有人闯入，立即抓起脚边一只大号扳手，而他的妻子则将两个孩子护到身后——显然他们早就习惯家里出现不速之客的场面。

"你们是干什么的？滚出去！"男人凶狠地命令道。

乔宇带来的那三人毫不在意地笑，身体不退反进，如同准备围攻猎物的狼群似的，呈扇形排开，挤压对方的周旋空间。乔宇说："吴总，这房子我已经通过法拍拿下来了，你现在住在我的房子里，所以要出去的也应该是你。"

男人说："我不管什么法拍不法拍，要卖也是我自己卖，别的我一概不认。"

"你高价卖不掉，低价不肯卖，只能让法院帮忙卖了。你也是体面人，不用跟我装疯卖傻，你可以出去打听一下，我收法拍房是专业的，没有一个不腾空的。你积极配合，我们好商量，多给你十天半个月的时间收拾，否则我三天之内让你走人。"

"今天给个准话，否则我们就在这里住下了。"一个帮手附和道，又瞟了瞟桌上的饭菜，嘲笑道，"不过，晚上得弄点好的，我们吃不惯这种猪食。"

男人却冷笑道："我认赌服输，但现在全家只剩这么一个遮风挡雨的地方，你们要是还不让我好过，我就拿命跟你们拼！"

他话音刚落，旁边的女人就将手按在煤气罐的阀门上，摆出随时要同归于尽的架势。老太太也放下筷子，招呼两个孩子一起出门。但两个孩子倔强地站在原地，用不安和仇恨的目光看着入侵者。老太太没有办法，只能对乔宇哭诉道："我们家几百万的家产都败给你们了，房子和车子都卖了，你们还想怎么样，非得把我们一家人逼死吗？你们要人命抵账的话，我今天就上吊把命给你们……"

乔宇丝毫不为所动，反而嗤笑道："一条老命能值几个钱？"

他闲庭信步地打量着房子，还去看了卧室和卫生间。男人也不好阻拦，只能警惕地盯着。这是他寻找突破口的前兆，于是负责偷偷摄录的帮手特意暗中检查镜头，确保能录下乔宇即兴发挥的画面。一旦乔宇带头挑衅，帮手们就立即动手打砸，尽可能地将事情搞大。

然而，乔宇转了一圈又回来了，什么也没做，只是不满地嘟囔道："妈的，真是离了大谱，我28万干点什么不好，就拍了这么一个破玩意儿。"

他又望向男人，说："要不你给我28万，我亏点手续费，房子给你。"

男人说："我他妈要是拿得出这笔钱，还会走到这一步吗？"

"你他妈跟谁他妈的呢？"帮手抓住话茬借题发挥，一脚踢翻垃圾篓，里面的垃圾散落一地。

男人的怒火也被点燃了，抡起扳手便要反抗，他的儿子也拎起小板凳，试图与父亲一起抵御外敌。剑拔弩张之际，乔宇却掏出一盒烟，抖了几下，给三个帮手各丢了一支，也丢给男人一支。双方都有点蒙，不知道这个领头的在唱哪一出，挑事的是他，压事的也是他。

"吴总护的不是这个破房子，而是一家老小，我可以这么理解吧？"他说。

男人点头，从老婆手里拿来打火机，主动给乔宇点上，回应道："这里是以前国营粮油厂分配的房子，我爸在这里干了一辈子，后来花钱认购下来了，我也是在这间房子出生和长大的。前年那会儿我还是吴总，真正的吴总，一栋别墅，两套平层。我爸在医院没的救了，但他哪里都不去，让救护车拉他来这里咽气。我老娘年纪也大了，身体又不好，她以后也一定要头朝南脚朝北，就死在这间房子里。"

乔宇却不屑地嘲笑道："那你他妈还能把家产输得精光？总不能你当大孝子，让我来买单吧？"

男人又悔恨又懊恼，只能叹息一声，默默地抽烟。

"这房子出租的话是什么行情？"乔宇问道。

"1000块左右吧。"

"不可能，好歹是在市区，不止这个价。"乔宇又环顾一圈，"我倒霉，碰着这个破房子了。但你幸运，遇着我这么一个大善人。我可以让你继续住下去，但你得付我房租，每个月2000块，等你妈哪天也死了，我再过来收房，够仁义吧？"

女人插话道："小区里同样的户型，装修和家电都齐全，也才1200，你问我们要2000，这也太黑了吧？"

乔宇吐出一口烟圈，说："行，我不勉强，你去租1200的。你捞着便宜，我收着房，皆大欢喜。"

女人还想讨价还价，男人却示意她闭嘴，自己从包里数出2000块现金递给乔宇，说："兄弟，你爽快，我也不算细账，这是这个月的租金，以后每个月我哪怕吃不上饭，都不会欠你的房租。"

"行，你只要按时交租，也省得我费腿脚。"

"我哪天要是翻了身，还能把房子买回来吧？"男人又问。

乔宇想了想，说："买卖嘛，只要价钱合适，都可以谈。但我拍下这套房子承担了不少风险，可都得算进去。"

于是这次收房以这种方式结束，乔宇揣着2000块钱离开，转手就给了那三个帮手，让他们自己去找点乐子。帮手拿了钱，态度也更殷勤了，好奇地问道："乔总，你干吗对他手软哦？这房子虽然破，但入手价低，稍微拾掇一下再转手，赚个小10万轻轻松松。"

乔宇一边胸有成竹地打响指，一边解释道："这破房子出租的市场价不过每月1000块，我收他双倍，年收益达到8.57%。你们知道这是什么概念吗？

现在的市场行情有这种稳定收益的投资可不多，你买一个商铺，招租客比他妈招女婿还麻烦，年收益撑死5%，还得缴乱七八糟的税。再看我这买卖多划算，租客稳定，收益又高，还没啥费用，要是他哪天想买回去，我还能多敲他一笔。"

帮手们虽然是卖力气吃饭的，但平时接触过不少与高利贷相关的东西，也能听明白一个大概。乔宇利用老赖对这套房子的特殊情感，实现了利润的最大化。他们心中佩服，嘴上恭维，却无法真正与他站在同一战壕，毕竟猎犬不可能与猎物共情，否则自己就成了猎物。

这次事情没有办成，赵小建没有责怪手下的兄弟，反而给了每人3000块作为辛苦费，以免他们因一点小恩小惠而倒向乔宇。乔宇果然没有察觉自己的处境，几天后拿了5万块现金来找赵小建，作为那套法拍房的利润分红。赵小建却不肯收下，他说："五六块大肥肉，你偏偏挑了一根瘦肋骨，再怎么榨也榨不出这么多油，你还是自己留着吧。"

乔宇说："榨不出来是我自己的问题，可不能破了规矩，再说你在赵院长那边也得有个说法。"

赵小建只拿了三摞钞票："我免掉我自己那份儿总可以吧？这也是我的规矩。回头有了新的房源，我再挑几个好的给你。"

乔宇爽快地答应了，带走剩下那两摞钞票，直接去了赌场。他没有去玩他常玩的"炸金花"和"斗牛"，而是玩了他平日里几乎不碰的"二八杠"和"百家乐"，不消一小时就将那两万块全部输给了庄家，而后空着手走了。

从那天起，乔宇再也没有在赌场出现。人们众说纷纭，但那天一同收房的帮手给出了看似合理的解释——乔宇被那个赌到破产的老赖吓着了，所以选择了戒赌。但赵小建和刘强都不相信这个解释，他们在社会上阅人无数，赌鬼主动戒赌的概率小之又小，即便存在也不可能是乔宇。赵小建打算拉拢乔宇回来，再让人放水释放一点甜头。但他一直泡在老年棋牌室，后来棋牌室也不去了，连法拍房之类的资源都不再接手。

刘强也觉得奇怪，在最后两批货入库之后，他故意压着货款延迟支付，以此展示自己的主动权。然而，乔宇还是没有动静，似乎对这笔钱漠不关心。刘强按捺不住，主动打电话过去打招呼，解释这是为了安抚其他供应商的情绪，但乔宇只是客气地回应道："没关系，我服从安排，做生意嘛，总是要压款的。"

刘强觉察有点不对劲，问道："老乔最近忙什么呢？"

乔宇嘿嘿一笑，说："没忙什么，瞎晃呢。"

就是因为他这一笑，刘强忽然有一种不祥的预感，他想到自己的一个很大的纰漏——由于妻子王韵芳的搅局，他不得不与詹妮暂时断了来往，却没有给予安抚，詹妮极有可能心灰意冷，重新倒向乔宇一边，并将当初共同设局的事情泄露出去。于是，乔宇为什么急刹车般地戒赌，为什么不再接法拍房的脏活儿，为什么不再执着于融入这个圈层，这些问题都有了合理的答案。此时，妻子王韵芳就坐在他身边刷手机，刘强不能表现出任何反常，只能微笑着挂了电话。

王韵芳随口问道："谁啊？"

"一个供应商。"刘强答道，又故意补了一句，"做建材的。"

他特意观察王韵芳的反应，但王韵芳反应平常，很快又对着手机屏幕傻笑起来。他叼上一支烟，踱到落地窗边，望着夜色里詹妮家的方向，胸膛里早已妒火中烧。赵小建说得不对，他并不会因为自己占有过詹妮的身体而有所释然，与之相反，正是因为体验过如此尤物，才让他更加不甘心放手。

他与赵小建可以谈论女人，但涉及感情这种层次较深的东西，他只能与陈钊华交流。陈钊华倒是挺会开解，他问道："你是不是觉得你爱上詹妮了？"

"应该算是吧。"

陈钊华笑道："那我问你，如果她现在跟市里哪个大领导好了，你会难受吗？"

刘强代入具体情境想了想，结果出乎他的意料，倘若真的发生这种情况，他非但不会心生妒忌，甚至会有一种与有荣焉的感觉。且不说什么大领导，就像之前那个"小腰精"跟他分手以后又与赵小建走到一起，他也没有任何不适，三人经常在同一个宴席上把酒言欢。但这种情况出现在乔宇身上，他就无法接受，仿佛两者之间不只是跨越了阶层，而且跨越了物种。

原来如此，刘强略微释然。

他的不爽只持续了一阵子，注意力就被其他事情吸引了。新楼盘地基与基础部分验收通过后的第三天，他就拿到了预售许可证。这个新项目已经预热一段时间了，也炒了不少吸引眼球的高概念，譬如政府新址南迁、直通上海的高铁，以及一些企业即将在附近入驻。城市越小，资源越集中，人们像鸡窝里的鸡一样，追逐着农户手里撒下的稻谷雨，忽而东忽而西地狂奔着。

一期工程的房子相当紧俏，有望在预售期卖光。当然了，一些特殊客户拥有优先挑选和价格最优惠的待遇。刘强自己也锁住了几套房子的销售，其中一套是打算留给詹妮的。他私下亲自去了一趟詹妮的工作室，却发现那里已经成了一家美甲店。女老板告诉他，转让店面给她的那位美女去云南定居了。

刘强以为乔宇也一起去了云南，让表弟去打探了一下，却发现乔宇并未同行。他转让了建材市场的门市部，也转租了那两间仓库，所有的资产都套了现，每天大门不出二门不迈，一套棉睡衣几乎没有换下来过。这个局面让刘强心里舒坦许多，两人争来争去，詹妮却像一只漂亮的气球飞向蓝天，谁也没有得到，倒也成了他飘在遥远天际的一个浪漫挂念。

第二十七章
释服礼

陈梓睿一转眼十六岁了，已经升入本校的高中部，在母亲吴晓云的督促下，他一直注意控制体重。如今他身高一米八二，体重还是七十五公斤，看上去匀称许多，与同学站在一起如同鹤立鸡群。大概是进入青春期的缘故，他的一些心思放在兴趣爱好上，比如手工和射箭，学业成绩自然下滑了一些。但吴晓云对此不以为意，经历这些年的周折，她早就想通了，只要孩子平安、健康、快乐，学业能够凑合就行，反正以后不用参加国内的高考。

最近陈梓睿多了一个烦恼，他的脸上生出一些青春痘，用过不少昂贵的洗面奶都没有好转，使这个在乎容貌的少年感到困扰。吴晓云劝慰他，现在正是长青春痘的年龄，熬两年就好了，但陈梓睿等不了那么久，有事没事就用手抠，于是形成一些更难看的痤疮。

他气得不想去学校，在家里大发脾气。吴晓云只得带他去医院皮肤科挂号。医生问了一下基本情况，又开了几个检查单。等娘儿俩回到诊室，医生看完检查结果，又看了看陈梓睿的手掌，将他支了出去，问道："你儿子性格怎么样？"

"挺好的啊，这几年可听话了。"她顿了顿，又补充道，"今年是稍微有点暴躁，但青春期的男孩子不都是这样嘛。"

"小时候呢？"

吴晓云沉默了，儿子小时候的表现简直不堪回首。三岁的时候他套圈套到一只小黄鸭，不消半天就被他拧断了脖子，长大一点也教不好，稍不顺心就对人拳打脚踢，甚至辱骂长辈。直到那年他在老家惹了祸，被带来上海，才突然转了性子，变得贴心又自律。但她不能承认这些，只能模棱两可地说："小时候的确不太乖，毕竟是家里独苗，被爷爷奶奶过分溺爱了，后来脱离老人的视线就一下子好了。"

医生用圆珠笔在桌面上敲着，说："做一个染色体核型分析吧。"

吴晓云一听说这个，心猛然沉下去，问道："您直说，是什么情况？"

医生却不直接回答，只是说："暂时不好确定，等结果出来才有数。"

吴晓云出了诊室，却没有带儿子去做这项检查，而是去外面的药房买了治青春痘的药膏，直接回家了。她毕竟在医院工作多年，听得出一些言外之意，如果需要做染色体核型分析，便不是打针吃药那么简单了。但她不敢揭开这个谜底，因为这个谜底太沉重，即便不得不揭开，她也要提前做好准备。

她选择暂不声张：一来，怕增加儿子的心理负担；二来，受王韵芳的影响，她也担心丈夫产生异心。她在网上翻阅资料，尽管各种观点众说纷纭，但她只选择相信那些自己愿意看到的观点和案例，这一掩耳盗铃的举动虽不能改变现状，但能让她心安。

吴晓云不知道的是，陈梓睿之所以如此在意自己的容貌，是因为他到了情窦初开的年纪。他喜欢上了一个女孩子，两人在一次周末出游中通过朋友介绍而认识。女孩名叫顾晴，长相甜美，活泼开朗，身材也很出众，让陈梓睿一见钟情。顾晴在一所普通的公立高中读书，比他高一届，也是从外地转来的新上海人。

陈梓睿平时在自己学校里有一点自卑，但在顾晴面前莫名地多出一些自信，这种滋味很舒服，至少他搬来上海以后很少体验。他主动找顾晴搭讪，询问她学校的情况，尝试展示自己的优越条件。然而，顾晴对他的情况并不关注，即便他说出自己所在的贵族学校，对方也只是平淡又礼貌地回了一句："哦，挺好的。"

顾晴与另一个打篮球的小子走得很近，她在陈梓睿面前显得高冷，在"篮球小子"面前就总是说说笑笑，两人还会结伴去公园喂养流浪猫。这让他心生不满。陈梓睿不擅长打篮球，但为了博取顾晴的关注，他还是主动上了场，只是在"篮球小子"跳起来抢篮板的时候，他故意贴过去，将自己的脚垫在对方的着陆点。当对方落在他的脚背上，因重心不稳而摔倒，他也在同一时间痛苦地摔倒，假装自己被踩伤了，也成了这场意外的受害者。

结果，"篮球小子"踝关节韧带损伤，至少两个月没办法出来晃荡了，陈梓睿与顾晴单独相处的机会自然增多了。顾晴去公园喂猫的时候，他也跟着去了，买了最贵的猫粮和冻干。有两只小猫崽子一见他就奓毛、哈气，他伸手过去还被挠了一道印子。他只能将猫食交给顾晴，自己远远地看着，计划中温馨甜蜜的场面大打折扣。

但过了几天，他俩再去公园，那两只不识好歹的小猫崽子已经不见踪迹。顾晴在公园角落里寻找很久都无果，懊恼地坐在长椅上。陈梓睿安慰她道："你不要着急，也许是有人收养它们了呢。"

"真的吗？"

"当然，它们长得好看，被收养的可能更大。"

顾晴的情绪这才有所好转。两人一同喂完猫，又去吃了比萨，在电玩城玩了俩小时。陈梓睿承担了所有开销，这点钱对他而言不算什么，但对于顾晴而言就不一样了，她半个月的生活费才这么多。顾晴提议两人均摊，不出意外地被他拒绝了，她也没有再坚持，从老家来上海之后，她也接受了一些崭新的观念。

她不知道的是，在前一天晚上，有人趁着夜色来到公园里，将那两只小猫装进一只布袋，再往袋中塞入一块砖头，丢入景观湖的深水区。扑通一声之后，湖水荡起一圈圈的涟漪，很快吞没了两只小猫凄厉的叫声，而始作俑者在岸上亢奋地来回踱步，享受肾上腺激素飙升带来的刺激与快感。等他的情绪平复下来，他又掏出一只半透明的小物件，对着湖面念念有词，似乎在做着某种高深莫测的仪式。

与顾晴分开之后，陈梓睿高兴地回到家中。吴晓云正学着用烤箱制作蛋挞，她在厨房里到处翻找，看见儿子回来，便问道："宝贝，你看到我的防烫手套了吗？"

陈梓睿说："没看到。"

"你帮妈妈找一下。"

陈梓睿假装在餐厅位置寻找，趁吴晓云转身不注意，从自己的背包里抽出一副厚手套丢在椅子上，说："不是在这里嘛。"

吴晓云走过来拿起手套，拍着额头自责道："年纪真是大了，以前拿东西都知道放回原位，现在变得丢三落四的。"

陈梓睿没有搭话，转身回了房间。他给顾晴发信息，问她到家了没有。顾晴说到家了。他又问："明天有空吗？我请你看电影。"

顾晴说："改天吧，明天有事。"

陈梓睿知道，有几个人约着明天去医院探望那个"篮球小子"，顾晴肯定也是去那里，却将他排除在外。他回复了一个可爱的"OK"表情包，脸上却阴霾密布。他在床边坐了片刻，然后起身对着拳击沙袋发疯似的猛击。

此时，吴晓云在外面敲门，隔着门板说："宝贝，出来吃蛋挞啦。"

里面没有回应。她又敲了两声，陈梓睿终于开门了，他脸上平静如水，丝毫没有愤怒、暴戾的痕迹。他跟随母亲在餐桌前坐下，从盘子里拿起蛋挞咬了一口，认真品尝之后夸赞道："哇！比西点房做得还好吃！妈妈，你也太厉害了！"

吴晓云既骄傲又欣慰，她想不到这样的孩子还有哪里值得挑剔，无论身高、相貌、性格、人品，都是绝佳的。医院里的经历成了一个小插曲，就像在寺庙门口遇到某个拉生意的相面师，早就被她当作狂人谬论，抛诸脑后。

"宝贝，你有没有想好以后去哪里留学？"吴晓云问。

陈梓睿一边吃着蛋挞，一边摇头。

"可以想一想了。我已经咨询过你王阿姨，你明年就得准备语言考试，申请国外的预科班。英国、美国、澳大利亚，或者新西兰，都可以，看你自己的意愿。"

陈梓睿想了想，说："一定要出国吗？"

"傻孩子，别人做梦都得不到的机会，你怎么还犹豫呢？不光你要出国，我和你爸也得出国，咱们一家以后就是外国人了。你现在吃一点苦，以后你的孩子就轻松了，想读国外的大学也行，想回中国念也行，清华、北大随便挑，都不用参加高考的。"

陈梓睿忍不住笑起来。他今年不过十六岁，连恋爱都没有谈过一次，哪里看得到那么遥远的人生。他想到平时在网络和生活里的一些见闻，许多同龄人在抱怨学业繁重，而他仿佛捧着一杯热茶站在落地窗后面，欣赏别人在狂风暴雨里跋涉的场景，享受这种鲜明对比带来的巨大优越感。

于是，他再想到那个撩动他心弦的女孩子，心中的自信又多了几分。

第二天上午，陈梓睿提早去医院探望"篮球小子"，还带了许多礼品，都是从进口食品超市买来的高档货。他还贴心地将自己淘汰下来的游戏机带过去，里面有一张篮球主题的游戏卡，好让"篮球小子"在养伤阶段不至于无聊。"篮球小子"哪里见过这些东西，顿时感动得稀里哗啦，也认定了他当时垫脚致自己受伤只是一次无心之失。

恰好那群人结伴来了，看到陈梓睿在这里，都有些诧异，但看到"篮球小子"和他亲密无间的样子，也不好说什么。"篮球小子"拿陈梓睿带来的东西招待大家，而男孩子们的注意力也很快被篮球游戏吸引，都聚在他周围观战。顾晴自然被晾在一边。陈梓睿给她拿了一块酒心巧克力，说："真巧啊。"

"是啊，想到一块儿了。"

这是一个四人间的病房，男孩子们的说笑声有点大，引来其他人的侧目，但他们浑然不觉。顾晴脸皮薄，又不好意思泼冷水，便说自己有事，提前起身告辞。他们敷衍地跟她告别，继续沉浸在游戏世界里。陈梓睿在病房里滞留片刻，趁他们不注意也溜了出来，在医院门口赶上她了。

"你去哪里？"他问道。

顾晴说："没想好，只是病房里空气有点闷，想早点出来。"

陈梓睿打开书包，亮出里面的一台相机，说："今天天气好，我打算下午去拍一些照片，你要一起吗？"

顾晴的眼睛顿时亮了："你还会摄影呀？"

"自学的，不专业。"

"那你会拍人物吗？"

"琢磨过，但还没怎么实践。"陈梓睿不经意地流露出一丝落寞，"我在上海不认识什么朋友，平时只能拍一拍风景之类的。"

他打开相机屏幕，向顾晴展示自己的摄影作品。两个少年男女在上海的夏日街头亲密地凑在一起，本身就是一幅青春洋溢的画面。陈梓睿的拍摄对象通常是一些动植物，或者街景，顾晴看不出好坏，只能礼貌性地夸赞。当他们翻到最后几张照片，是吴晓云昨天捧着一盘蛋挞的抓拍画面，无论构图还是光影都很讲究，色调温馨，人物生动，作为焦点的蛋挞也显得美味诱人。顾晴不禁发出"哇"的一声，问道："这些也是你拍的？"

"当然。"

"真的假的？有点像广告图片。"

"这是我妈！"

陈梓睿从手机里翻出他与吴晓云的合照，证明了照片中的人物与自己是母子关系。顾晴这才相信他的话，毛遂自荐道："今天我做你的模特吧。"

两人先去了图书馆，那里的环境和光影都是极好的，而顾晴也是非常优秀的模特。她在书架前踮起脚取书，露出一小截白皙的细腰；她在阅览室翻动书页，阳光穿过窗户落在桌面，又映亮她的脸，灰尘如同微小的精灵在空气里飞舞。陈梓睿一直按着快门，抓拍所有可能出片的瞬间。这里是图书馆，不能大声说话，于是两人交流的时候不得不靠得很近。他可以嗅到少女身上淡淡的洗发水香味，即便混杂着一点夏日的汗味，也似乎有某种神奇的魔力，时而平缓、时而强烈地刺激着他的脑子，使得他说话的时候时不时地卡顿。

"拍得真好。"她夸赞道。

"还没修图呢，修一下更好看。"

"你会修吗？"

"当然。"

另一条街上有一家咖啡馆，装修风格相当文艺，客人里有光鲜的白领、小资，还有各种肤色的老外。陈梓睿点了咖啡和造型精美的蛋糕作为道具，又给顾晴拍了一组照片。顾晴在图书馆的表现还算落落大方，但在这种高消费的场合，她不免有些拘谨，拗造型的时候总是不太自然。

"算了，不拍了吧，我在这里不好意思。"顾晴沮丧地说。

陈梓睿却依然按着快门，抓拍她说话的瞬间，他鼓励道："我觉得，你害羞的样子也很美，我喜欢你这个状态。"

顾晴被夸得更加不自在了，但她深呼一口气，坐直身体，摆脱了刚才的拘谨，勇敢地看着镜头，似乎有意不让陈梓睿看到他喜欢的状态。陈梓睿趁机又拍了几张。他看着相机屏幕里俏皮的少女，一时有些晃神，视线再抬上来看着她，目光里满是柔情。

"怎么了？"顾晴一头雾水地问。

"你现在有男朋友吗？"

顾晴愣了一下，答道："没有啊。"

陈梓睿露出欣喜的笑容："太好了。"

"什么哦？"顾晴听出他的潜台词，她没有装傻充楞，很直接地挑明，"你不会是想追我吧？"

陈梓睿的脸红了，但他还是稳住情绪，反问道："我不可以吗？"

顾晴抱起双臂，颦眉打量着他，并用大人的口吻教训道："喂，你这个弟弟，脑子里在想什么呢？"

陈梓睿忽地站起身来，不服气地反驳："我才不是弟弟，我有一米八二哦，比躺在医院的那小子还高呢。"

其他客人的注意力被他这一举动吸引，纷纷好奇地望了过来。顾晴只得低头避开这些目光，拉他坐下来："我比你大一岁，我一直把你当弟弟和朋友相处的，不可能谈恋爱的……"

陈梓睿闷闷不乐地坐了片刻，终于下定决心，对她说："其实我和你一样大，我也是 2005 年的。"

"喂喂喂，弟弟，说谎可不是好孩子哦！我上次看过你的学生证，是 2006 年的，比我小一岁。"

陈梓睿认真地解释道："我真的是 2005 年的，只是我爸妈把我年龄改小了一岁，后来我就按 2006 年算了。"

顾晴思索片刻，还是摇了摇头："我不太信，我听说过有人把年龄改大一岁，可以提前上学，哪有把年龄改小的？"

面对她的质疑，陈梓睿丝毫不慌，继续从容地解释："是这样的，我从老家转学来上海，有一学期的功课落下了，我爸妈怕我跟不上，就把我年龄改小一岁，可以留级多学一年。"

顾晴是在小学四年级从老家转来上海的，第一年的确很难适应，她倒是能够理解陈梓睿所说的情况。陈梓睿见她态度有变，又趁热打铁，从手机相册里翻出一张照片。这是他在襁褓中的照片，照片角落里有数码相机的时间戳，正是2005年5月8日，几年前父母曾经连夜销毁这些可能暴露他出生时间的老照片，但百密终有一疏，他私下还是留了几张。

但顾晴还是固执己见地拒绝了："那也不行，你现在已经改成2006年，那就是2006年的了。而且你比我小一届，虽然不是同一个学校，但我也算学姐吧。"

"小一届怎么了？我明后年要准备出国留学了，如果你愿意，我们可以一起去，到时候我们就是同一届了呀。"

听着他这幼稚的想法，顾晴有点尴尬地笑道："出国留学这种事又不是逛公园，怎么可能想去就去？我以后就算在国内上大学，还得勤工俭学呢——"

陈梓睿却打断她的话，说道："我可以让我爸妈包揽你的费用！"

顾晴愣了好一会儿，她脸上的表情很复杂，既困惑又好笑，嘴巴张开好几下都没说出什么话来。她学校里也有一小部分同学打算出国，他们已经提前从繁重的学业中解脱出来，把精力放在语言考试和申请签证上。顾晴当然羡慕他们，却也没有那么羡慕。她的学习成绩在班级里算是中等偏上，复旦大学、交通大学这种顶尖名校大概率摸不到了，但凭着本地考生的优势，去个稍微逊色的"双一流"院校还是没问题的。所以她无法理解，对面这个认识不到一个月的男生到底是怎么回事，虽然看着谦逊、温柔，却总有一种欲盖弥彰的优越感。

"不必了吧，"顾晴笑着婉拒道，"我们只是朋友而已，没理由花你家的钱，而且我觉得在上海读大学也挺好的。"

虽然现在已经是陈梓睿来上海的第三年，但他的活动范围无非是家和学校，完全生活在信息茧房里。当初他还在老家的时候，可以居高临下地俯瞰那座城市里的绝大多数人，即使是成年人也不例外，更别提顾晴这种家住城中村的小家碧玉了。他争辩道："可是留学更有档次啊！"

顾晴满不在乎地嗤笑一声："弟弟，我就算要出国留学，也会在读完本科的时候，自己去申请学校，争取奖学金，用不着别人资助。"

陈梓睿被呛得面红耳赤，半晌没有说话。两人默默地对坐着，桌上精美的蛋糕和咖啡都显得尴尬。顾晴看着这个少年，心里有点过意不去，安慰道："好啦，我觉得你可能是因为在上海缺少朋友，才会把我们的友谊当作爱情。但我们俩的确不合适，还是做普通朋友好了。你要是想谈恋爱，可以找一个同年级的、互相喜欢的女孩子嘛。"

"只是普通朋友?"

"那就做好朋友?"

陈梓睿的脸上闪过一丝阴沉的情绪,但也只是一闪而过,仿佛外面的影子从他脸上掠过,取而代之的是孩子般单纯的喜悦笑容,他点头回应道:"好呀!"

在云海市的风俗里,人的一生有几件必须大操大办的事,其余事宜都得为之让步——满月、结婚、去世,以及三周年祭。三周年祭尤为隆重,也被称为"释服礼",是亡者在这个世界上最后一次做主角。过了这一天,家属便可除去丧服,正式结束哀悼,嫁娶之类的事务不再有任何约束。

爱丽丝的三周年祭也快到了,尽管她是幼年夭折,祭奠不必隆重,但她的父亲乔宇还是认真地张罗了。他提前搭了大棚,还循旧俗请道士做法事,亲戚和邻里也都收到了邀请。人们在背后议论纷纷,有的说他的千万家财都是通过女儿赚来的,良心不安;也有的说他想趁此机会收回份子钱,五六万元不算多,但不收总是可惜的。

乔国生当然也要出席,他提前一天住到乔立平的家里,还用电动三轮车把自己养的大黄狗载了过来。虽然他七十多岁,是他那一辈里年龄最小的,但同辈的兄姐都去世了,他便成了最大的,乔家的晚辈们理应前来问候。乔家大伯也早有准备,中午安排了一桌简单的家宴,谁来了就坐下喝一杯。乔国生喝得有点多了,在众人聊到明天的仪式时,他突然发了脾气。

"做娘的都不在场,小鬼儿怎么送得走?"他口齿不清地说。

乔家大伯说:"何琳在医院里治病呢。"

"什么病?肝癌还是肺癌?"

众人面面相觑。乔国生虽然智力不太行,也没什么财富和地位,但在这种婚丧嫁娶的重大事情上,家族长者的态度非常重要,但凡得不到他们的认可,十里八乡的人都得戳晚辈们的脊梁骨。更何况,他提出来的意见并非无理取闹。

作为下一辈分的长兄,乔家大伯问道:"您觉得应该怎么办?"

"把何琳喊回来!她必须在场,否则娃儿的魂儿不肯走的,以后家里的小娃儿要是不舒服,就是娃儿的魂儿在闹呢。"

在座的人更加不安,几乎每家都有某个年龄段的孩子,若是在平常,他们不会在意这种封建迷信的话,可是这话从族中老人的嘴里说出来,不光像警告,更像诅咒。

乔家大伯也有点紧张,去年他的儿子乔立平结了婚,今年他抱了个大孙子,现在小孩已经四个月大了,但总是时不时发烧,都快成医院儿科的常客了。上周他老婆去找一个"神婆"算了，那"神婆"的说法很玄乎，说是孩子出生的时间不长，七魂六魄还没到齐，可能是被什么勾住了。今天他联想到爱丽丝的事就对应上了。

乔家大伯打了一个电话。十分钟后，乔宇便骑着电动车过来了，大伯此时突然喊他，想必是有什么与礼节有关的吩咐。大伯让他入席，将酒倒上。等乔宇喝过一口酒，吃过一口菜，他才将乔国生刚才的诉求重述一遍。但乔宇为难地说："大伯，你是了解的，她那是强制治疗，各级领导下了文，盖了章的。"

"你能想办法把她弄进去，就一定能想办法弄出来。"

"真的没办法，我这两年都不怎么出去，找关系都不知道去哪里找。"

乔家大伯将筷子拍在桌子上，态度强硬地说："这不光是你家的事，也是我们整个乔家的事，这件事办不成，明天我们都不会去。"

乔宇不表态，只是闷不作声地抽烟。大婶子抱来襁褓中的孙子，劝说道："你就当是替你侄子跑这一趟，他隔三岔五地发烧，查又查不出个头绪。"

乔宇只得答应。午饭之后，他带上没有喝酒的乔立平，一同驱车直奔五院。乔立平和乔宇割席断交很久了，但今天为了四个月大的儿子，他终于暂时搁置芥蒂。路上，乔立平沉默地开车，乔宇躺在副驾驶座上刷着手机，两人几乎没有交流。经过一条铁道口时，即将有一列火车经过，他们在红灯前停车等候，顺便下车抽烟。

乔立平忽然说道："我这段时间看着我儿子，越看越喜欢，我愿意为这个小家伙付出一切。如果有人伤害他，我哪怕豁出自己这条命，也要给他讨一个公道。每当我想到这个，就感觉自己突然变了一个人，脑子里冒出很多残暴的想法，认为一命偿一命都算轻的，灭门绝户都不够解恨。所以我以前就无法理解，你怎么会愿意为了钱接受和解，现在我有了孩子，更加无法理解了。"

乔宇抽着烟，用脚尖踢着路边的野草，平静地问："你喜欢看复仇题材的电影吗？"

乔立平愣了一下，点头道："还行。"

"电影是用来造梦的。你渴望得到财富，就给你拍一个人中了大奖，一夜暴富；你想拥有爱情，就给你拍王子爱上灰姑娘，穷小子抱得美人归；你觉得社会不公，那就给你拍退隐杀手痛失至亲，单枪匹马血洗仇家。这些东西之所以有市场，就是因为在现实世界里太稀少，你只能在电影里得到满足。"

乔立平不以为然道："豁不出去而已，被别人威逼利诱就妥协了。"

乔宇摇了摇头："你没经历过，不会懂的。如果真的发生那种事，你就会发现，自己突然变成了一个可能危害系统的病毒，而这个社会早就更新了一层又层的补丁来防范你。而且,就算你做成功了,又能怎么样呢?孩子的冤屈并没有昭雪,自己却成了杀人犯,整个家族跟着蒙羞,舆论也会将你污名化,以防出现下一个效仿者。"

乔立平说不过乔宇,毕竟乔宇在这几年里面对各种非议岿然不动,心里早就形成了一套非常完善的自洽理论,乔立平仅凭一腔义愤根本无法撼动。刚好绿皮火车拉着汽笛开过来了,两人不再说话,目送火车经过。等火车完全通过,竿子再次抬起来,便登车出发。

如今五院的一把手还是王院长,他中午就接到电话,一直在办公室等待。他提前在微信群里给工作人员发了通知,不但禁止围观和讨论,还要暂停全院病人下午的自由活动,以免再出现什么乱子。

自从前年搞了一出闹剧,乔宇便再也没有露面,王院长想到这个无赖就有点头疼,并不希望他踏足这里。但对于王院长和他的五院而言,乔宇又是一个大恩人,若不是他将老婆送进来,王院长就不可能间接地赚到刘强的人情,给女儿拿到本市城投公司的一张门票,五院更不可能获得主管领导的青睐,每年都有一笔不菲的财政拨款。

乔家兄弟抵达王院长的办公室。乔宇开门见山地提出自己的来访目的,他要带他老婆何琳回去出席女儿的三周年祭。王院长露出为难的表情,说:"这个强制治疗啊,入院和出院都需要法院的批文,我也做不了主啊。"

乔宇说:"不是出院,只是暂时出去一趟。"

王院长还是不肯松口:"不太好办啊,我们院的管理很严格的。"

"你们这是医院还是监狱啊?"看上去斯文的乔立平突然变了脸色,"我有个兄弟捅死一个人,被判十五年,他妈去世的时候监狱还特批他回来送一下呢。你们还能比监狱更不讲人情啊?"

乔宇赶紧按住乔立平,安抚道:"你别着急,慢慢说,王院长只是说不太好办,又没说完全不能办。"

乔立平却不管不顾地威胁道:"我不管好不好办,反正我嫂子没办法回去的话,她闺女三周年的事就来这里办,我让人连夜在这里搭棚。"

王院长也皱起了眉:"你这年轻人说话怎么这么冲?"

乔宇解释道:"这是我堂弟,我大伯家的,他孩子最近一直生病,怎么也看不好,我们请的'神婆'说是家里有小鬼缠着,算来算去,也就只有我家的了……我大伯性子直,脾气冲,这小子随了他爹的脾气。"

王院长不禁在心底长叹一口气。他以前只以为这乔宇是个无赖,没想到他在这个家族里已经算是讲理的了。平心而论，于情于理，他也愿意让 32 床回去一趟，但这个责任不能由他一个人来背。于是他起身说："你们稍等，我打电话请示一下。"

他去隔壁的会议室打电话。先打给法院的办公室，一直是忙音，再打给卫健委的领导，前年负责此事的领导已经升迁了，新任的领导不熟悉情况，听王院长大概阐述之后，说道："三周年祭是大事，孩子妈妈出席属于正当诉求，他要带回去就让他带嘛，办完事情再送回来就行了。要是扩大成群体事件，别说你的院长了，我这个位置都得下来。"

"我知道了，领导。"

王院长得到批示，心里松了一口气。但他还是觉得不稳妥，又拨通陈钊华的电话，讲了一下情况。陈钊华有些犹豫，他当然不希望何琳出来，但也想不到什么阻拦的理由，他想了想，问道："何琳以前出来过吗？"

"没有。"

"过年过节都没出来？"

"没有，自从进来就没出去过，她老公也没有来过。"王院长听出他的担忧，又补充道，"去年有市里的领导来这里视察工作，还带了电视台的记者，她也没有任何反应。"

"既然领导同意了，那就照办呗，不过你最好派两个人全程跟着，防止出什么纰漏。"说到这里，陈钊华也补充了一个细节，"要派一男一女，我给他俩发红包。"

"嗐，咱俩客气什么。"

话虽这样说，等王院长挂了电话，还没走出会议室，微信就收到陈钊华发来的 2000 元转账。王院长本来想退回去，但稍加思索还是收下了，回了一句"放心"。陈钊华即便给了这 2000 元，还是欠他一个人情，但他要是不收下，陈钊华心里必定不踏实。

王院长又打电话给今天值夜班的一男一女两个护工，让他们立即来会议室。确定他俩白天都已经休息过了，他便给他们当面各发了一个 500 元的红包，吩咐道："今晚你们出一趟差，陪 32 床回去一趟。"

两位护工都欣然接受任务。他们的月薪才 4000 元出头，一天赚 500 元是一笔再划算不过的买卖了。但王院长又着重吩咐道："你俩绝对不能开小差，32 床哪怕睡觉、洗澡、上厕所，都得有人守着。明天白天你俩犯困，也要轮流休息，务必把她完完整整地带回来。"

办完这些事情，王院长回到办公室，装作一副如释重负的样子，说："太不容易了啊，领导本来不给批的，说要走正规流程，我再三恳求，拿个人名誉做担保，领导才答应了。"

乔家兄弟再三感谢，约了王院长改日一起喝酒。

阔别一年半之后，乔宇与何琳夫妻俩再次相见，状态却是天壤之别。乔宇还是三十岁出头的样子，衣着光鲜，仪表堂堂，头发乌黑且没有一丝凌乱。而何琳看上去老了许多，由于很少见着阳光，她面容苍白、憔悴，头发稀疏、凌乱，眼睛里也没有了神采。她见着乔宇，情绪也没有任何波动。乔立平喊她"嫂子"，她也无动于衷，只有护工下达指令的时候，她才像运行迟缓的机器一样照做。

来的时候两个人，回去的时候五个人，两位护工与何琳坐在后排，将她夹在中间。到家的时候天已经黑了，院子里搭起了大棚，亲戚们都聚在门口等候。年纪大的女性长辈眼窝浅，一看见何琳就悲伤得落泪。何琳不但没有反应，反而有点手足无措，仿佛眼前的一切和她并无关系。倒是乔立平的儿子吸引了她的注意，她走近一点，看着褓褓里的婴儿，脸上才露出些许温柔的微笑。

"几个月了？"她问。

乔立平的妻子回答："四个月了。"

"吃奶凶吗？"

"嗯，特别能吃。"

乔立平说："嫂子，这是我儿子、你的侄子，你抱一下。"

何琳伸出了双手，但犹豫片刻，又缩了回来，摇头作罢。

"健康平安哦。"她祝福道，转身回了屋。

乔立平的母亲松了一口气，按理说她不该把婴儿带到办这种事的场合，但那"神婆"说过，要有一个对小鬼有绝对约束力的人开口，小鬼才肯听话，所以得到何琳的祝福是一件重要的事。但她也不想让孙子再沾到什么晦气，立刻让儿媳妇先抱孩子回去了，也是告诉小叔公一声，何琳已经回来了。

两位护工如同特勤人员，女护工陪何琳回卧室，男护工则将这栋房子检查一遍，确定院子正门是唯一的出入口。他们的分工很清晰，女护工负责贴身监视何琳，男护工则负责守住大门，倘若何琳出现任何试图脱离监视的举动，两人可以合力将她控制住，并带回五院。

围观的人们原本以为何琳会哭天抢地，悲愤交加，却看到何琳的态度如此冷漠，莫名有些失望。一个邻居大妈叹道："这样也挺好的，想开了，看开了。"

乔宇这次没有小气，他在孩子的三周年祭上花了不少钱：道士做了最高规格的法事，他们穿上庄严的冠服跳起穿花舞；包厨也拿出最高规格的菜，鲍鱼、海参，应有尽有；份子钱一概不收。这些操作给他挽回了一点声誉，因为人们的评判标准便是如此：亲不亲，钞票分。

何琳则表现得不怎么样，她只在法事仪式需要她的环节才出去，草草地敷衍一下，便又躲回卧室。"好困。"她一直重复这两个字。

"困了就睡会儿。"女护工温和地说。但她没说的是，何琳喝的水里掺了含安眠成分的药物，所以才一直昏昏沉沉。这样一来，她的工作就轻松了，也能偷空打个盹儿，或者刷短视频、聊微信。

男护工一直给她发视频和照片，一会儿是道士做法事的场面，一会儿是吃席时桌上的山珍海味。从昨天中午到现在，女护工没吃到什么东西，也一直守在床边，但一墙之隔的院子里就有热闹和大餐，她实在焦躁不安。一个小时以后，男护工才剔着牙敲门进来，说："翻台了，下一批你去坐吧。"

女护工闻到他一身的酒气，责怪道："你喝了多少？"

"不到三杯。我本来不想喝的，但桌上的老先生一直敬酒，不好推辞。"男护工满足地笑着，"真是富贵人家，招待的酒200多块一瓶，真够舍得的。"

"那你也得看好了，500块一天不是白拿的。"女护工交代完就迫不及待地走了，男护工则检查了一下卧室内部——窗户是有防盗格栅的，无法翻越——于是守在卧室门口。

卧室对面是一个小房间，以前原计划是做儿童房的，但爱丽丝一直不肯和妈妈分开睡，房间便一直空着。然后这个房间成了保姆房，詹妮的大姨和乔宇的小姑都住过。再后来保姆也不雇了，乔宇便撤掉了床和柜子，摆上一套桌椅，将这个房间做成了家庭棋牌室。此时此刻，一群男人正在里面打牌，时而欢笑，时而争论，玩得热火朝天。男护工只能在门外远观，里面的人笑，他也跟着傻笑，却不知道具体为何发笑，这让他心痒难耐。

他再三徘徊，还是没能抵御住诱惑，走进了棋牌室，近距离观看牌桌上的厮杀。与此同时，他还是留了一个心眼——他所站的位置可以让他盯着对面卧室的房门。十几分钟里，他二者兼顾，既执行了任务，又看到了热闹，只是有一轮牌局让他看得入迷，足足三分钟忘记抬头，醒悟过来的时候不禁头皮发麻，赶紧打开卧室房门往里看一眼，看见何琳依然安静地躺着，才长舒一口气。

但男护工中午陡然的暴饮暴食让他的肠胃承受了很大的压力，腹部突然翻江倒海起来，疼得他额头出汗了。他想去上厕所，便给同事发微信，问道："你吃得怎么样了？"

女护工说："热菜刚上呢。"

"我想上厕所，你来替我一会儿吧。"

女护工却不乐意："你吃饭的时候，我使唤过你吗？"

"想上厕所有什么办法。"

女护工说："她吃过药已经睡着了，你上你的，我这里可以盯着门口。"

于是男护工照她说的做了，急匆匆去卫生间蹲马桶。幸好他决策及时，裤子解开刚坐下就一泻千里，整个人舒坦多了。他还不忘发微信调侃同事："你可得悠着点吃，否则等会儿就要继承我的宝座了。"

女护工也讥讽他："你现在才是正餐吧。"

他的腹泻持续了好一会儿，从一泻千里到稀稀拉拉，直到腹痛的感觉消失，肠道完全轻松，他才舒坦地离开马桶。他尽职尽责地打开卧室房门查看何琳的情况，然后再次头皮发麻——床上空空如也。他没有立即声张，而是走进卧室看了看，没有任何发现，又跑去院子里寻找。此时，道士们都已经入席了，根本没有需要用得着何琳的地方。

他在宴席大棚里找到同事，问道："你看见32床了吗？"

女护工诧异地反问："她不在卧室里吗？"

"不在啊。"

两人又去找乔宇。乔宇更是一头雾水："我哪里知道？我一直在这里敬酒啊！"

男护工望向女护工，女护工点头，验证乔宇的话。他这段时间的确一直没有离开大棚，乔家的亲戚们也基本在这里。

"家里都找过了吗？"乔立平问。

男护工摇头："我只找了卧室、客厅和院子里。"

"楼上楼下再找一找，我们都没看见她出来。"

于是几个人放下碗筷和酒杯，和两个护工一同展开搜索，将楼上楼下的所有房间都找了一遍，发现楼上的一个小房间是锁着的。护工敲了几声门，里面没有回应，但目前看来，何琳大概率躲在这里了。

男护工问："这个房间是干什么的？"

乔宇说："储物间，里面还有一些孩子以前的东西。"

验证猜想的可能性更大了，男护工又问："有钥匙吗？"

"有，但得找一下，这两年我很少开这个门，不记得钥匙放在哪里了。"

乔宇去找钥匙，其他人在门口等着。男护工将耳朵贴在门板上静听，听不到里面有任何声响，便怀疑人不在里面。乔立平也听了听，给出不同的意见："就在里面，我好像听见声音了。"

女护工隔着门板劝说道："32床，你开一下门，你想找什么东西，我们帮你一起找。"

但里面还是没有回应。

僵持了七八分钟,乔宇终于拿来钥匙,打开门锁进去一看,里面只有满满当当的杂物和飞扬的灰尘,根本没有何琳的影子。

"人呢?"男护工气冲冲地盯着乔立平,"你不是说听到声音了吗?"

乔立平也不甘示弱:"你他妈瞪谁呢?"

女护工赶紧拦住男护工,防止他和乔立平发生冲突。两人一起给王院长打电话,汇报这一突发事件。

王院长此时正在外面做按摩,一听说这事赶紧爬起来,劈头盖脸地痛骂他们一顿。但发泄情绪解决不了问题,他只能让他俩去外面找,自己则亲自打电话给毓秀区的派出所,请民警协助找人。

接警的人听了半天也没搞明白:"五院不是我们辖区的啊,为什么打我们的电话?精神病人伤人了吗?没有伤人为什么要抓她?她什么时候不见的?还不到半小时你们报什么警?哪个秦所长、哪个周副所长?"秦所长去年调回市里升任分局的指导员了,周副所长前年调去北郊派出所任一把手了。

王院长没有秦所长的联系方式,只有周彬的微信号,于是赶紧给周彬打去语音通话,说道:"周所长,我是五院的老王。前年您送来的那个何琳,今天回去办事,突然找不到人了。"

周彬愣了片刻,反问道:"那你找我做什么?我不在毓秀所了啊。"

"我知道……"王院长赶紧解释道,"我是想拜托您一下,帮我给毓秀所的领导打个招呼,让他们协助找人。您知道的,她要是跑掉了,搞出什么乱子,我这边要担责任的。"

周彬叹了一口气:"老王啊,都关两年了,差不多得了,不必逮着这一个人往死里榨吧……"

"周所长,好人难当啊,您换一个辖区就解脱了,可我守着五院没处躲啊。"

周彬好不容易脱身出来,并不愿意再蹚这摊浑水。但王院长说担心何琳在孩子三周年祭这一天寻短见,周彬只能冒着让兄弟单位背黑锅的风险,联络了毓秀所的负责人。毓秀所的新所长倒也敞亮,立即派人去乔宇家了解情况,并回看附近几条道路的监控。但结果让人意外,何琳和前年一样凭空消失了。

王院长也将这件事同步告知了陈钊华,原本以为对方会有比较大的反应,不料陈钊华沉默片刻之后平静地说:"你们尽量找吧,实在找不着也没关系,反正人是在她自己家里失踪的,是死是活都没有你的责任。"

"我担责任倒好说,我担心她对你家不利。"

"谢谢老王关心,太够朋友了。"陈钊华感激道,"事情都过去这么久了,早就尘埃落定了,她现在就算跑去联合国上访也没用。"

"那以后还要看着她吗?"

陈钊华说:"老王啊,你要搞清楚一件事,把她送去你那里强制治疗,是她老公主动申请、各部门领导批准的。所以,放不放人不是你我说了算,只要她老公不主动提出结束治疗,领导又暂时想不起来这事,那就维持现状呗。她有免费吃住的地方,姓乔的甩掉一个负担,领导少一个烦恼,你也有钱赚,多方共赢嘛。"

听他这样说,王院长不再有心理负担,又继续趴回按摩床,还多加了一个钟头。女技师在他身上揉捏搓敲的时候,他一边享受着身心的舒爽,一边暗自琢磨,如果失去了32床这个病人,他该如何维系自己与那些大人物的关联,五院又如何保住每年的财政拨款。他一时想不到行之有效的办法,只能在心底感慨,要是能够多收几个何琳这样的客户就好了。

尽管顾晴主动约定以后与陈梓睿做好朋友,但在陈梓睿表白失败之后,顾晴回复消息的频率明显降低许多,从以前的一来一回变成现在的五来一回。但在"篮球小子"的朋友圈底下,两人互动密切,甚至有点打情骂俏的意思,每个字眼都让陈梓睿火冒三丈。

他想到自己为顾晴花过的钱、浪费的时间,心理更加失衡,那个原本美好的下午也变成不堪回首的耻辱。他忍不住联想,他眼里的女神在"篮球小子"面前是如何卑微和谄媚,也许会拿他的求爱作为取笑的谈资,两人的关系也因此更进一步,而他则沦为一个小丑。

他心里怨恨得咬牙切齿,发誓要将这颗心埋葬,从此做一个断情绝爱的冷酷少年。可是每当顾晴发来消息,他又无法控制自己,立即殷勤热切地回应。而后进入下一轮循环,等待、焦虑、猜忌、愤恨、发誓、回应、跪舔、继续等待……

这种循环几乎将他逼疯,为了纾解内心膨胀的情绪,他从上次丢猫入湖的快感之中得到启发,决定复制这种杀戮游戏。他设计了多种玩法,除了将猫装进袋子丢入湖里,还可以用弹弓射击,或者用活结绳索套紧脖子,任由它们在逃窜中窒息而死。这些过程当然给了他很多快乐,但真正让他着迷的是人们在白天看到猫的尸体之后的反应,他们的愤怒、他们的咒骂,以及他们的无能为力,都让他感到无比陶醉。

他从网络小说里学习并吸收了一些概念,用来包装自己的行为。他想象自己是一位黑暗之神,将这些平庸凡人的喜怒把玩于股掌之间,而他每杀死一个渺小的生命，黑暗力量就增强一分，那只水晶海豚便是他的秘密魂器。

但几天之后，顾晴忽然发消息问他："上次拍的照片你修完了吗？"

"还没有呢，那天拍得太多了。"等了许久之后，顾晴没有答复，他又继续发消息，"你要不要来挑出自己比较喜欢的照片，我再针对性地修，这样出片会快一些。"

"去哪里？"

"我家啊。"

"不太好吧，遇见你爸妈会有些尴尬……"

"不会遇见的。我跟我妈说想提前锻炼独立生活的能力，就在学校附近租了一套房子，所有的设备都在那里。"

顾晴的好奇心被勾起来了，于是她接受邀请，两人约定次日在一家海鲜自助餐厅见面，饭后再一同去陈梓睿的秘密基地参观。如果时间充裕，场景合适，他们还可以拍一些新的照片。

第二天，顾晴如约出现在陈梓睿的面前，她穿着一套自己攒了很久的零用钱才买下的JK制服（日本女高中生校服），背包里也装着自己为数不多的化妆品和一些可爱的小饰物。在进入自助餐厅之前，她在门口看了一下价目表，说道："这里太贵了，我们换一家随便吃点吧。"

"不用担心，我有这个！"陈梓睿从兜里抽出两张券，又说，"这里环境好，灯光也好，很适合拍照。"

顾晴这才跟他进去，找了角落里一张餐桌，在椅子上坐下。正如陈梓睿所言，这家店的环境很好，每张餐桌都有独立隔断，空间宽敞，光线明亮，尤其是桌上摆满螃蟹、生蚝、果汁、冰激凌，中间烤盘上的雪花牛肉滋滋作响，口蘑渗出浅黄色的汁液。少女在这样的场景里摆出各种俏皮的表情，拍出来的照片自然活泼生动。

这顿饭吃完，相机里又多出数十张照片，两人一同去陈梓睿租住的地方。他的出租屋位于一栋公寓楼里，面积只有六十平方米，但对于一个高中生而言已经足够大了。吴晓云只在签合同那天来过一次，后面再也没来过。

陈梓睿回来的时候，门口贴着一张打印的物业通知，说这两天正在进行居住人口统计，希望登门拜访时不在家的住客们主动申报。他看了一下对门，也贴着一模一样的通知，便没有在意，随手扯下攒成一团。

顾晴对这里赞不绝口。她太喜欢这里了，因为她家的面积比这里大不了多少，却有三代五口人同住。她今年十七岁了，仍然和奶奶同床而眠，功课也是在餐桌上完成，她倒不是不喜欢奶奶，只是很希望有一个自己的房间。每当她有所怨言的时候，妈妈都会安慰她说："你知足吧，幸好活着的是你奶奶，而不是你爷爷，否则你只能打地铺了。"

爸爸也只能"画大饼"道："等这里拆迁了，分到房子了，给你安排一个带小阳台的房间。"

顾晴饶有兴趣地参观房间里的陈设，如电子设备、健身器材，还有琳琅满目的玩具手办。陈梓睿跟在她后面，一边介绍物品信息，一边抓拍照片。兴许有相机在中间过渡，盯着顾晴的是相机镜头，而陈梓睿只是低头看着相机显示屏，所以顾晴感受不到太多的凝视。她一开始还有些拘谨，慢慢地也变得大胆起来，摆出在公共场合羞于拗出的姿势，尽情展示一个少女的烂漫性情，时不时又展示她日臻成熟的女性体征。

陈梓睿一直努力保持镇定，眼看着显示屏里活跃着被白色长袜包裹的小腿、短裙布片覆盖的大腿，饱满的衬衣胸口点缀着蝴蝶结，偶尔可以从纽扣之间的缝隙里窥见少女浅黄色的文胸。他感觉口干舌燥，呼吸也变得短促。

"先休息一下吧，"他说，"我去给你做一杯奶茶。"

陈梓睿去烧水泡茶的时候，顾晴坐在他的电脑前挑选照片，遇到喜欢的就打一个标记，好让他着重修图。不一会儿，她从数百张照片里挑出三十多张，陈梓睿端着两杯奶茶过来，介绍道："手工的巧克力奶茶，你尝一尝。"

顾晴抿了一口，满意地点头："嗯！挺好喝的，稍微有一点苦。"

"可能巧克力粉放多了，我给你加点甜牛奶？"

"不用，这样挺好的，还提神呢。"她又喝了一大口。

她坐到旁边的椅子上，旁观陈梓睿现场修图，时而提出一点个人想法，时而询问一些修图技巧。她一开始还觉得有趣，但很长时间过去了，陈梓睿才修了两张图，她开始有些困乏，眼皮往下耷拉，头脑也不清晰，耳朵里鼠标的清脆声响也变得钝重。她原本还想打起精神再撑一会儿，但她的意志不足以对抗这突如其来的瞌睡，她握着的手机竟然从手里滑落。

"你怎么了？"陈梓睿问道。

顾晴听得见他的话，但他的声音很遥远，她仿佛是在游泳池里溺水的人，听着来自岸上的声音。"好困啊……"她喃喃地说着，这才发现自己的声音也很遥远。

"那你睡一会儿吧。"陈梓睿起身扶她去床上。她的脑子也转不动了，一沾着床就倒下睡着了，整个人的意识瞬间从这个世界消失了。

陈梓睿摇了摇她的胳膊，紧张地唤道："顾晴？"

顾晴没有回应，即便将她的胳膊抬起来，也是软塌塌地垂着。陈梓睿又壮着胆子扒开她的眼皮，同样毫无反应。他这才褪去关切的伪装，露出计划成功的喜悦，他拿来相机，拍摄她昏睡的样子。看一看成果，他觉得不甚满意，又将她的裙角掀上去，衬衣的纽扣也解开两颗，重新补拍了几张。

他将相机固定在三脚架上，仔细地调整角度，而后自己出现在相机视野里，正要做下一步举动，门铃突然响了。他停住动作，但没有回应，只等着对方自行离开。这里毕竟是公寓，每层楼三梯二十七户，人员混杂，经常有人走错楼层、摸错门、胡乱按门铃。但对方丝毫没有离开的意思，一直按个不停，搅得他心烦意乱。他只能停下手里的事，用毯子盖住顾晴的身体，走到门边，从猫眼往外窥探，只见外面是一个戴着鸭舌帽的中年女人。

"谁啊？"他没好气地问。

对方说："物业的，统计居住人数。"

"我就一个人。"

"好的，再耽误您一点时间，开门签个字。"

陈梓睿想早点打发她离开。他确认那是物业的制服，又回头看了一眼，从门口完全看不到床的位置，于是挂上安全链，小心翼翼地开了门。对方非常礼貌地说："抱歉，打扰您了，麻烦配合一下工作。"

她从门缝里塞进来一个夹着文件的蓝色塑料板和一支笔，文件上是整个公寓楼的居住人数登记，大部分房间已经登记好了。陈梓睿找到自己这间公寓的房号，人数写"1"，而后在末尾签上自己的名字。他写完"陈"之后，竟下意识地接了一个"昊"字的上部，短暂的迟疑之后，又硬是将日字头涂写成木字旁。他正要继续写的时候，不料一只断线钳突然伸入门缝，准确地咬住安全链，咔嗒一声便剪断了。

陈梓睿反应很快，立即用身体抵住房门，试图将房门重新关上，但那只断线钳仍然卡着门缝，他根本无法关上。"你想干什么？"他厉声问道。

"我来收一笔账。"对方说。

"我不欠什么账，你搞错了！"

门外的人非但没有停下来，推门的力量反而加大了，那不是冲击，而是像液压机一样，平静而强大的力量。陈梓睿根本无法抵抗，一不留神，门就被势大力沉地推开了，他也终于看清入侵者的全貌。对方有两个人，一个是刚才喊门的中年女人，看上去差不多四十岁，面容似曾相识，但一时想不起来在哪里见过；另一个是年迈的老头儿，身体干瘦且佝偻，但他的胳膊青筋暴起，显然经常干一些粗重的力气活儿。他进来的时候，右手提着一把断线钳，左手却拖着一只折叠轮椅。

陈梓睿怕被人发现床上昏睡的顾晴，不敢大声呼救，他尽量不暴露自己的惊恐，镇定地与对方交涉："你们是不是看错门牌号了？这里是 407 室，我还是学生，不可能欠谁的钱。"

中年女人示意老头儿关上房门，问道："陈昊轩？"

陈梓睿心中一惊，他已经很久没有听过这个名字了，陌生得像是另一个与自己无关的人。他悄悄地咽了一下口水，否认道："我叫陈梓睿。"

"陈昊轩也是你，对吧？"

他不承认，也不否认，声带仿佛被人扯住了，发不出丝毫声音。但他从中得到一丝启发，对方一定是从老家来的，她说的那笔账想必就是几年前的那件事——那件他此生永远铭记但早已被这个世界遗忘的往事。这个女人的脸也逐渐清晰起来。对，没错，是海鲜自助餐厅的那个女人。只是与当时相比，面前这个女人明显衰老和憔悴，仿佛时光在她身上反复践踏了几遍。

他重新审视当下的形势，对方不过是一个弱不禁风的女人和一个半截入土的老头儿，而他是一米八二的大小伙子，凭什么怕他们？

此时，女人所站的位置已经能够看到屋内的全貌——床上衣衫不整昏睡着的少女，三脚架上对准她的专业相机，不必多想就知道是怎么回事。陈梓睿趁她分神之际，一把将她推开，直奔房门跑去，但老头儿闪过来拦住了他的去路。他的脑子里还在盘算如何一拳击倒老头儿，对方却忽然蹲下身子，完全不计后果对着他的小腿抡动了断线钳，就像他在老家苗圃里割除野树杂枝般毫无怜悯。

一声闷响之后，陈梓睿栽倒在地，他清晰地看见自己的小腿骨像筷子插入水里一样发生了弯曲，剧痛感随即汹涌而至。在他发出痛苦的哀号之前，老头儿已经将一团布塞入他的口中，并裹上一层胶带。他的下颌被撑得无法闭合，舌头也被这团布挤压着，无法发出任何声音。

女人从口袋里拿出一支注射器，里面已经提前吸入半管药水，她拿掉针头护套，向上推了两滴药水出来，排掉里面的空气，而后将针头扎入陈梓睿的胳膊。女人这一套动作如此娴熟，几乎可以与他身为护士长的母亲媲美。陈梓睿惊恐又无助地躺在地上，意识逐渐模糊，最后看见的画面便是那老头儿展开了折叠轮椅。

顾晴醒来的时候已经是傍晚，她感觉有点头疼，她看着周围陌生的环境，愣神片刻才想起来自己正在陈梓睿的住处。公寓的灯没亮，但电脑还开着，屏幕的光照着房间里，她打开床头灯，呼唤道："陈梓睿？"

没人回应。

她从床上下来，去卫生间和小厨房看了看，里面也是空无一人。此时，她才发现，陈梓睿的相机固定在一只三角架上，镜头正对着她刚才躺着的位置，她才想起自己是喝过一杯奶茶之后陷入昏睡的。

她顿时警惕起来，像电视剧里那样检查自己的身体，衣裳仍然穿得整齐，所有的纽扣都扣得严实。这让她更加恐慌，因为她在拍照的时候为了好看，自己解开了领口两颗扣子，于是她将手伸进衣服里面，检查文胸和内裤，似乎没有被动过的痕迹，她吓得几乎要飞掉的魂儿才暂且回到她的身体。

但她还是不太放心，回看相机里的视频，于是看到让她瞠目结舌的画面。她看到自己昏睡在床上，陈梓睿摆弄着相机角度；看到陈梓睿解开她的纽扣，掀起她的裙子，对着镜头摆出猥琐的手势。

顾晴手脚冰凉，头皮也一阵发紧，她感觉自己的人生就此终结，甚至不敢再看后面长达十分钟的内容。她正要关掉相机，事情却发生转机，尽管镜头没有拍到任何画面，但声音十分清晰，可以勾勒出大概的情节——两个陌生人突然闯入，极其凶暴地将陈梓睿制服。顾晴的惊恐被迷茫代替，她开始怀疑，难道这是一出恶作剧？就像日本电视台的整蛊综艺节目那样。

屋子里的打斗声和挣扎声停息之后，一个女人突然出现在床前，如同鬼魅般俯瞰床上的少女，又扭头望了一眼镜头，吓得屏幕前的顾晴差点扔掉相机。但女人只是伸手将少女的纽扣系好，又抚平她的裙角，给她盖上毯子，而后坐到镜头前面。

顾晴凝神屏息，看着镜头里的女人，只见她举着一只蓝色的水晶海豚，语句平缓地说道："我是32床，来找陈昊轩，拿回我女儿爱丽丝的东西。他说他不叫陈昊轩，好像忘记了自己的名字，我应该帮他想起来。等他想起来，就会回来了……"

说到这里，她将手伸向相机，视频到此戛然而止。

顾晴呆呆地坐了片刻，然后从相机里拔掉储存卡，又将电脑里与她有关的照片删除，打算抹去她曾在这里出现的痕迹。但她翻着翻着，竟在一个隐秘的文件夹里发现一张她从未见过且不堪入目的图片——更准确地讲，那张脸是她的，但身体是别人的——陈梓睿用修图软件将她的脸嫁接到一个正在交媾的成人影片女演员身上。

顾晴全身颤抖，眼泪也止不住地夺眶而出。她知道，她从来就不是陈梓睿的什么朋友，而只是他的猎物而已。倘若不是那个女人的闯入，自己现在大概率已经被陈梓睿侵犯，这张处理过的图片也将成为现实。

她情绪平稳以后，又改变主意，将那张储存卡插回相机，拨打报警电话。接通之后，她说："你好，我想报警。我被一个朋友下药迷晕了，现在不知道该怎么办……"

接警员问："他侵犯你了吗？"

"我不确定。"

"那你现在和他在一起吗？"

"我还在他家，但他不知道去哪里了。"

顾晴向接警员提供了具体地址。不到十分钟，派出所的人便登门了，还特意多派了一位女民警。做现场询问的时候，顾晴只提及自己疑似被下药的部分。女民警问了一些私密的问题，初步判断这是犯罪中止，安慰她可能没有发生性侵，不要有心理压力。男民警则认为要将奶茶杯拿回去化验一下，否则无法确定事情的性质，以往有过不少男女因情感纠纷或者性交易未谈妥而报假警。

但旁边的协警发现门后的安全锁被剪断了，横截面是崭新的，上面还残留着一些金属屑。他意识到有点不对劲，于是将这个情况告知两位民警。他们加大现场的搜证力度，不一会儿就翻到相机里的内容。众人顿时慌了神，赶紧向所里汇报，这个原本不起眼的案子上升为一起恶性的入室绑架案。

吴晓云很快接到派出所的电话，得知儿子出了事，吓得差点晕过去，在沙发上瘫坐好一会儿才缓过来。等她冷静下来，一边开车往派出所赶，一边给陈钊华打电话。但陈钊华今天在市里开会，电话一直打不通。

吴晓云到了派出所，民警告诉她目前警方掌握的情况：他们在小厨房的柜子里找到一瓶非法购买的迷药，也在奶茶杯的底部发现了没有溶解干净的迷药残渣，由此可见，陈梓睿预谋对女性朋友实施性侵犯，但中途有不明身份的人闯入，并将他绑架了。绑架者是一个中年女性和一个老年男性。

"不可能，我们家梓睿很乖的，绝对不可能干这种事！"吴晓云无法接受这种说辞，矢口否认，又指向旁边的顾晴，"说不定她和那两个人是同伙，他们串通好了的，想勒索我们家！"

女民警点出她这话里的破绽："人家小姑娘图什么啊？门不是她开的，警是她报的。"

"她踩点啊！她肯定是有目的地接近我们家梓睿！"

顾晴的父母已经到场了，听她这样说，顿时火冒三丈，普通话加上海话轮流切换着展开反击。民警们好不容易将双方劝开，这个案子的负责人说道："目前我们面对的是两个案子，一个是强奸未遂案，另一个是绑架案，两个都要处理，但轻重缓急得有数。如果有任何证据表明人家小姑娘是串通的同伙，我们可以并

330

案处理，但在此之前，她是你儿子被绑架的第一证人，也是强奸未遂案的受害者。你应该感谢她配合，而不是激化矛盾，说得不好听点，她现在就算转身回家睡觉，我们也不好拦她。"

吴晓云还想再反驳，但民警接下来的一句话就让她闭嘴了："你儿子原名叫陈昊轩，是吧？"

吴晓云愣了好一会儿才说："我儿子叫陈梓睿。"

民警却不予理会，继续问："但原名叫陈昊轩吧？"

吴晓云原本就心乱如麻，现在被问得大为光火，声音又抬高了："你到底什么意思啊？总归是有一些原因才改名的，你们一直纠缠原名干什么？我们那里的局长跟我们保证过，孩子以前的事情不会留档，你现在又翻出来是不是违规了？"

众人面面相觑，但他们获得了更多的真相。这个陈梓睿原名就是陈昊轩，大概因为以前的某件事而改了名字，只不过通过某些手段没有留档，所以在公安的户口系统里只能查到改名记录，但查不到更多，而这次绑架他的也是以前的仇家。

民警打开相机的显示屏，向吴晓云展示绑架者入侵公寓以后的视频内容，尽管所有声音都在画面之外，但对话声、打斗声、挣扎声都让吴晓云心惊肉跳，脸色煞白。而当何琳坐在镜头前面，指名道姓地说出那番话时，她的心理防线终于崩溃了。

"那个疯女人来了！"她如临大敌。

此时，陈钊华终于回电话了。他还没开口说话，吴晓云便劈头盖脸地问："五院的那个疯女人去哪里了？"

陈钊华说："你也听说了？她昨天从她自己家跑掉了，失踪了，目前还没找到。"

"她不是应该在五院吗？"

"昨天是她那孩子的三周年祭，她老公申请带她回去出席，这个没法不批。"

吴晓云此时才想起来，按农历算，三年前的昨天，就是发生那件事的日子。所有的线索都对应上了，她心里最后一点希望也破灭了，不禁在电话哭骂道："陈钊华，你他妈是猪脑子吗？你怎么可以放她出来？都怪你！她今天下午把我儿子绑走了！"

陈钊华也愣住了，喃喃自语道："不可能啊，我想着她关了两年多，人基本废掉了，顶多找个地方跳河，就没当回事！而且她昨天失踪，不可能今天就到上海啊……"

"她肯定早就策划好了，我儿子要是有什么闪失，我跟你没完！"

吴晓云此时情绪过于激动，警察无法与其进行有效的沟通，于是将她的手机拿了过来，直接与陈钊华沟通。眼下儿子生死未卜，陈钊华也没什么好顾忌的，只能将三年前那件事说了出来。只不过在他的讲述里，儿子依然是一个无辜蒙冤的少年，为了躲避无赖的讹诈，才改名换姓，背井离乡。

上海警方要办的是眼前的绑架案，至于三年前那件事的真相如何，他们并不关注，也没有权力评判。现在事情再清楚不过了，那位中年女性名叫何琳，因认定陈梓睿是害死她女儿的凶手，在今天下午对他实施了绑架。

负责调查公寓周边监控的同事也传来消息，绑架者将受害者伪装成瘫痪病人的模样，用轮椅运出公寓，推到几百米外的一辆面包车上。车子是套牌的，开车的是何琳，行驶路线也毫无遮掩，光明正大地走了高速，利用时间差顺利离开上海，目的地显然是老家城市。

"'32床'是什么意思？"民警问道。

陈钊华说："应该是她在五院的床位号，五院是我们这里的精神病院。"

"精神病院？所以她有精神病？"

"对，是她老公亲自申请送她进去强制治疗的，市里领导都签字批准了，她说的也都是疯话。"

民警沉默片刻，说："行，我们会联系你们那边的公安部门，请他们协助办案。"

事情落在本市地界，陈钊华的话语权就不一般了，他从赵小建那里要了几个人，连夜去找乔宇算账。

一天一夜过去了，乔家一直忙着寻找失踪的何琳，办事的大棚尚未撤去，乔宇坐在院子里抽烟，一些亲戚邻居和五院的两个护工都在。乔宇见他们来了，起身上前发烟。不料陈钊华迎面就是一脚，蹬得他一头栽入宴席留下的垃圾堆里。

乔宇也不爬起来了，干脆躺在垃圾堆里，说："陈总好大的威风，昨天我女儿刚过完三周年祭，老婆也失踪了，今天你就来砸场子。"

陈钊华开门见山地说："你老婆去了上海，绑架了我儿子，你别说你不知情。"

乔宇错愕地看着他："什么时候？我真不知道啊！"

"你不要装傻，这件事肯定是你俩策划好了的。"

乔宇指着五院的两个护工，辩解道："你可以不信我，但王院长的人你总得信吧？你问问他们，我老婆住院两年，我有没有和她见过面，她这次回来，我有没有和她单独接触过。"

两个护工知道陈钊华与王院长有交情，但他们没办法睁眼说瞎话，32床的老公有多薄情寡义，五院的所有人都是有目共睹的。当陈钊华望过来，他们只能摇头，认同乔宇的话。

"我不管你们是用什么方式串通的，她绑架我儿子，你就得负责，要是我儿子出了什么事，我要你们拿命来抵！"

乔宇却躺在地上鼓掌大笑起来："要不怎么说陈总是大人物，我是小角色呢，我姑娘死的时候，我要是有陈总一半的魄力，就不至于落到现在这个田地了。"

陈钊华一时语塞，他也意识到自己对乔宇发难不太明智，现在陈梓睿身处险境，他更应该拉拢乔宇。于是他蹲下身来，拍了拍乔宇的肩膀："老乔，不好意思，我只是想验证一下你和这件事有没有关系，希望你理解。既然你不知情，那我们就好说，只要你帮忙把我儿子救回来，需要什么尽管开口。"

听他这样说，乔宇又坐了起来，说："陈总，你可不能害我，这种情况我要是开口提条件，岂不是真成了勒索吗？"

"那你说怎么办？"

乔宇环顾四周，又抬头望了一眼院子里的摄像头，说："今天这么多人在场，也有监控拍着，我乔宇表一个态——但凡有需要我出力的地方，我必然义不容辞。只不过我是我，她是她，万一要追究什么责任，希望陈总区分一下。"

眼下只能走一步算一步，陈钊华点头同意："这两年我有没有区分你们俩，你心里应该是清楚的。"

此时，两辆警车停在院子门口，红蓝交错的警灯照得人心里发慌，几个穿着制服的警察走了进来。带队的是毓秀区的刘副所长，他看着眼前的情景，问道："你们这是怎么回事？"

乔宇赶紧爬起来，说："没事，摔了一跤。"

刘副所长认识乔宇，径自问道："上海那边的同事打电话过来，请我们协查一个案子，说你老婆跟人合伙绑架了一个高中生，现在已经回了本市，你了不了解情况？"

"我也是几分钟前才听他说的。"乔宇指了指陈钊华。

陈钊华说："被绑架的是我儿子。"

乔宇问道："她跟人合伙是什么意思？有帮手？"

另一个民警递来一台平板电脑，上面是摄像头拍下的一张照片——一男一女两个人推着一辆轮椅走出一栋建筑。乔宇伸手放大图片，仔细分辨片刻，顿时惊呼出声："这不是小叔公吗？"

亲戚们都聚拢过来，围观平板电脑上的照片，也都发出惊呼。果真是那个一辈子老实本分的乔国生。乔宇气得差点要摔掉平板电脑，吓得民警赶紧上前将它拿回来，乔宇咬牙切齿地骂道："这个疯婆娘，自己找死就算了，怎么还连累长辈呢！"

"你认识？"民警问。

"这是我小叔公，我爷爷那一辈最小的弟弟。"他扭头望向年长的亲戚，确认道："他今年七十四了吧？"

小姑纠正道："七十六了，刚好比你爷爷小十岁。"

乔宇说："昨天是我女儿三周年祭，他上午来过了，赶了中午第一批席，吃完就走了，说要回家喂羊。我也没放在心上，谁会想到他被那个疯婆娘带去干这种事呢！"

"我们调过监控了，他们从红星乡的高速出口提前下来，拐进了农村土路，目前找不着。我们已经请红星乡派出所帮忙排查了。你这边能不能提供什么信息，帮我们尽早找到他们？"

乔宇沉默片刻，说："我当然知无不言。但我想咨询一下，如果我想办法让他们把人交出来，他们算不算自首？能不能宽大处理？"

民警们互相看了一眼，刘副所长说："自首的结果比顽抗好，这个是肯定的，我们会在案情陈述的时候加入自首情节，至于具体怎么处理，那是法院的事情了。"

乔宇给小叔公打电话，却是关机状态。他只能请小姑帮忙看家，自己带警察去小叔公家。陈钊华提出自己想跟着一起去，警察原本不让，但陈钊华说："我是孩子的家长，万一他们提出什么要求，我可以现场回应。"

警察觉得有道理，于是点头答应，但指了指他身后那些跟班，说："你坐我们的车去就行了，这些人散了吧。"

于是乔宇上了一辆警车，在前面带路，陈钊华上了后面一辆。一路上的气氛有些紧张，辅警开车，刘副所长在副驾驶座检查装备——手铐、辣椒喷雾，甚至还配了手枪。乔宇吓得噤若寒蝉，像鹌鹑似的缩在后座。直到进入那片树林，即将抵达乔国生家，他才壮起胆子说："警官，要是见着他们，能不能先和平沟通一下，尽量不要用……用枪？"

刘副所长说："当然，我们巴不得和平解决，要是万不得已掏了枪，我写报告得一直写到下个月。"

开车的辅警却说:"我估计他们不在这里。"

乔宇问:"为什么?"

辅警淡淡地笑了笑:"你肯定不记得了,前年抓你老婆去五院的时候,我也在场,跟周彬副所长一起出警的。她当时藏在这里被我们找到,现在犯了这么大的事,怎么可能还往这里藏?"

他说得颇有道理,刘副所长和乔宇都沉默了,但他们来都来了,至少要看一眼。当车子抵达乔国生的院子外面,众人下车才发现灯是关着的,门是锁着的。他们果然扑了个空,心里一片冰凉。乔宇却从砖垛底下摸出一只串着红绳的钥匙,径自打开了院门——小叔公向来将钥匙藏在这里。

众人用手电筒和手机的光照着,小心翼翼地进入院子查看,里面打扫得干干净净,没有任何异常。乔宇却喃喃自语道:"不好了……"

刘副所长问:"怎么不好了?"

"前天老头儿把狗送给我堂弟养,今天他养了好几年的羊和鹅也不见了。"

众人立即明白他的意思,老头儿此行应该是破釜沉舟,不打算回来了。这让陈钊华惊慌失措,抓住乔宇追问道:"什么意思啊?他想干什么啊?"

他们正在拉扯的时候,乔宇的电话忽然响了。陈钊华默契地松开手,让他腾出手接电话。电话竟是乔国生打来的。刘副所长示意乔宇开免提接听,问清楚他们的位置。电话一接通,乔国生便问:"你今天见着立平了吗?"

乔宇被问蒙了,下意识地接话道:"没有。"

"你见着立平的时候跟他说一下,大黄喂米饭就好了,不要拌辣汤。"

乔宇回过神来,对着电话说道:"小叔公!都什么时候了你还有心思管狗!何琳她疯疯癫癫的,你怎么也跟着胡闹?你在哪里啊?快把人家孩子放了!"

"那孩子不记得自己的名字了,何琳说要帮他回忆起来,等他想起来就好了。"

陈钊华一把夺过电话,说:"陈昊轩,我儿子叫陈昊轩,你们不就是想听到这个?现在满意了吧?你们快把我儿子放了,否则我倾家荡产也要——"

他的话还没说完,乔宇便不耐烦地打断道:"行了,陈总,你觉得你说什么狠话能够吓得住一个疯女人和一个孤寡老头儿?"

陈钊华怒目看着乔宇,但他不得不承认,乔宇所言是对的,于是他话锋一转,继续说道:"只要你们把我儿子放了,有什么条件尽管提出来,只要是我能力范围内的,我一定尽力满足。"

电话那头的乔国生沉默片刻,嘟囔一句"你在说什么东西"便挂断了。陈钊华尝试回拨,却已经是关机状态。他又急又恼,高高地举起手机,又不敢往下摔，只能痛苦地蹲在地上。刘副所长示意乔宇拿回手机，说道："你们都有大能耐，这个要说，那个也要说，我们警察反而成了旁听的了。"

这一天只能以这种结果告终。绑架者没有暴露行踪，也没有提出诉求，仿佛一切行为仅仅是情绪催动的报复。派出所只能加大对车辆的搜查力度，试图以此为线索，找到绑架者的藏身之所。刘副所长派了一名民警和一名协警送乔宇回去，并吩咐他们一直在他家蹲点，等绑架者再次打电话过来。

也是在这一夜，网上开始流传一些骇人的视频。夜色之中，一个衣着光鲜的少年用各种手段虐杀公园里的流浪猫取乐——弹弓射杀、绳索勒杀、沉湖溺杀。人们一开始还在无序地争论，其中不乏对流浪动物的喜爱过于泛滥的人。到了次日中午，这件事的热度已经甚嚣尘上。但下午就有人放出这个少年的真实身份——陈昊轩，云海市人，三年前致一名五岁女童溺亡，却以未满十四岁的理由逃脱刑事责任，改名为陈梓睿，秘密在上海定居并在就读于某国际学校。

整个上海地区的舆论都炸窝了，不光是网民口诛笔伐，那所国际学校的家长理事会也联合起来，对校方发起质询：为什么会让一个变态进入学校？这些家长能够交得起每年十几万元的学费，都是上海社会的精英，而家长理事会的成员更是精英中的精英，个个都不是善茬。校方迫于压力，只能向他们透露，警方目前也在寻找陈梓睿同学，他于昨日遭人绑架了。

上海警方没什么需要藏掖的，为了防止以讹传讹，引起不必要的恐慌，他们也发布了蓝底白字的官方公告。他们承认，昨日确实有一位少年遭到绑架，并被从上海挟持至其原籍城市，嫌疑人身份已经确定，与三年前一起案件有关，他们已经立案侦查，竭尽全力解救被绑架人员，希望广大市民不要以讹传讹。

不到两天的时间，人们关注的焦点从虐杀流浪猫转移到三年前的女童溺亡案，最后又落到当下的绑架案。这一切发展得太快了，也太顺了，背后大概率有推手在运作，但警方追溯视频的原始出处，发现有人同时向许多营销号发送视频物料，随后的传播效应几乎都是出于新媒体时代的自发性。而发送物料的账号是用虚假身份信息注册的，在发送物料之后就快速销号，存在的时间不超过两小时，根本无从查找背后的推手。

陈钊华也不是吃素的，他找到公关行业的朋友，在网上大力辟谣，说当年的事情早就得到圆满和解，女童的家属除了获得高达200万元的直接赔偿，还有其他形式的补偿，现在已经拥有千万家产。

人们喜欢这种所谓的"反转"，原本声讨特权少年的一部分人立即掉转枪口，向着乔宇发起攻击。与此同时，乔宇的种种黑历史被挖掘出来，在女儿溺亡之后不久，他就与肇事者家属达成和解协议，与妻子的闺密勾搭成奸。

云海市的公安局也快忙疯了，上海那边已经派人过来了，他们不想在上海的同行面前丢人，决定动用一切资源寻找何琳。全市各辖区的派出所和联防队都分派了任务，划分网格，进行地毯式搜查，不放过任何房屋，提供有价值线索者奖励人民币3万元。

重赏之下必有勇夫，何况被通缉者并非什么亡命之徒，尤其是乔国生家所在辖区的一些人，甚至放下农活儿来挣这3万元的赏金。这一举措立竿见影，第三天晚上，乔国生主动打电话给乔宇。蹲点的民警终于搭上话了，一边试图与其周旋，一边通知技侦部门定位来电人所在位置。然而，民警还没有开始劝说，乔国生已经主动地提出自首，但也提出一个要求，他希望在本地接受上海警方的审讯。

上海派来的专案小组对此展开讨论。刑事诉讼法规定，刑事案件应该由犯罪地的法院管辖，但犯罪地既包括行为发生地，也包括结果地。尤其是本案涉及的双方都是本地人，在这里进行审讯，更有利于工作的开展。于是，专案小组同意接受乔国生的自首条件。

陈钊华却动了一些心思，他通过赵小建的关系往上递话，希望这个案子在云海市的法院审理。上级领导很为难，说这件事的案发和立案地点都在上海，他们只是协助侦破，没有理由参与下一步的审理。陈钊华还想再做努力，毕竟云海市的法院对此案也有一定的管辖权，赵小建却劝阻了他，说："还是算了吧，现在的当务之急是让你们家昊轩平安回来，别的事情就不要在意了。"

"可是，由咱们本地法院审理，咱们还能运作，可以掌控主动权，要是交给了上海，我就被动了。"

赵小建只能给他交底："市里的态度已经很明确了，你说不动的。上海这两年在搞中低端产业转移，周边的二三线城市都争着接手，卖地、征税、就业，都是实打实的好处。咱们这里也想分一杯羹，跟上海打交道的时候肯定格外慎重，一切要为招商让路，尽量不要引起什么摩擦。"

陈钊华还是不死心，又想去找刘强帮忙。然而，刘强最近的日子不太好过，实在帮不上什么忙。诚创集团的债务问题日益严重，一个在建的楼盘陷入烂尾状态，只能每天派几个小工过去敲打几下，对外维持仍在施工的假象。最近网上有人鼓动那帮烂尾楼业主上访闹事，还提供了一些对刘强非常不利的内幕消息，幸好市里力挺诚创，做了一些线上维稳工作，没有引起太大的波澜。

刘强对陈钊华说："你放心好了，入室绑架加上故意伤害，这种事在哪里都一定是重罪，无论是由谁审理都差别不大。你要是贸然干预，说不定会弄巧成拙，反而让人抓到把柄。"

陈钊华觉得有道理，只能暂时无奈作罢。

临挂电话的时候，陈钊华忽然问了一句："老刘，你说那个疯女人怎么会知道我老婆和儿子住在上海的？"

老刘迷茫地说："这个我问谁去？"

"噢，没事，我随便问问。"陈钊华挂了电话。

次日中午，乔国生果真打电话提供了他们藏身的位置。警方赶到现场，发现那里是一座废弃的电灌站。乔国生以前在这里当过几年的管理员，负责开闸关闸，后来这条支流河道逐渐堵塞，电灌站也丧失了灌溉功能。

为了表示重视，本地公安派出了一队全副武装的特警，微声冲锋枪、防爆盾牌、警犬甚至狙击手都带上了，电视台也派出了摄影记者全程跟拍。然而，整个过程平淡得出奇，他们没有遭到任何反抗，远远地就看见两人站在门口等着，手中没有任何武器，周围也没有遮蔽。

面对如此束手就擒的目标，原本严阵以待的特警队连战斗阵型都没必要展开了，不免有些失望。特警队员上前给他俩戴上手铐，队长在旁边问道："孩子呢？"

何琳木然，没有回应。乔国生抬起戴着手铐的双手指了指电灌站房："在里面。"

特警队长正要迈步进入房间，电视台的记者在旁边建议道："能不能让我们拍一组您率队破门而入的镜头？"

特警队长看着电灌站完全敞开的房门，为难地说："门都开着还怎么破门？"

记者快步跑上台阶将门关上："好了。"

这次出发之前，特警队长就接到配合宣传的通知，他也欣然领了命，毕竟在电视新闻里出镜是一件荣耀的事。然而，现场状况与他预想中的完全不同，展示英雄风采的机会全都没了，只剩下虚假的摆拍、浮夸的表演。他犹豫片刻，吩咐几名队员配合拍摄，自己则退到后面避开了镜头，连一对一的记者采访都推辞了。

废弃的电灌站一共两层，下层是闸口操作间，上层是办公区和生活区。陈梓睿被关在最里面的房间。面对鱼贯而入的特警队员，陈梓睿此时蓬头垢面，如同惊弓之鸟蜷缩在角落里，发出惊惶的尖叫。显而易见，这几天他的处境很糟糕，很可能遭到了残酷的虐待，尤其当特警向他确认身份，问"你是陈梓睿吗"时，他条件反射似的坐直了，背诵课文似的大声回答："我叫陈昊轩，出生于2005年。我叫陈昊轩，出生于2005年……"

特警队确认屋内安全，打算搀扶陈梓睿起身，却怎么也扶不起来。掀开他的裤管一看，才发现其脚踝处各缠着一根塑胶扎带，扎带早已勒进皮肉，渗出的血渍将袜子染得半红半黑。医护人员闻讯进来，初步检查一番，发现他脚踝以下的部分已经肿胀不堪，连鞋袜都只能用剪刀强行剖开才能脱下来。

医生试探着用剪刀戳了一下陈梓睿的脚掌，但没有看到任何反应，仿佛这双脚已经不属于他了。"得赶紧送医院了，他的脚被捆得太紧太久，断了血液循环，有坏死的可能。"

他们将陈梓睿抬上担架，盖上毯子抬了出去。陈钊华和吴晓云一见儿子，赶紧扑了上来。吴晓云从上到下摸了一遍，看见儿子还活着，胳膊和腿都在，手指也没有少一根，这才松了一口气。"梓睿，你不要怕，妈妈在这里……"她安慰道。

不料她的宝贝儿子又像被触动了身体里某个机关，立即高喊道："我叫陈昊轩，出生于 2005 年！我叫陈昊轩，出生于 2005 年！"

这几年里，吴晓云一直极力避免提及儿子的原名，此时突然在这种警察与记者环绕的场合听到儿子自报原名，不免感到不安。她下意识地捂住儿子的嘴，但无意中察觉儿子的脸上有些不对劲，拨开额发一看，只见陈梓睿的额头赫然出现三个字"陈昊轩"。

"这是怎么回事啊？"她试着用手指搓拭，字迹丝毫没有被破坏，儿子却痛得叫出声来。她才发现这三个字并非写上去的，而是刻上去的。

医护人员将她拉开，说："你先别管这些了，让我们先送他去医院治腿，否则他下半辈子只能坐轮椅了。"

吴晓云闻言，掀开毯子，这才见着儿子几乎坏死的脚掌，顿时惊得几乎晕厥过去。陈钊华心中同样震惊，但他还是更冷静一些，生怕耽误了救治，便将妻子拉开，医护人员趁机将担架抬走。

等吴晓云从惊愕中回过神来，儿子已经被救护车拉走，她又转身扑向何琳，疯狂地厮打，骂道："你这个疯子，有什么事情可以冲我来，为什么要动我儿子？"

何琳不避让、不还手，任由吴晓云厮打，等两人被拉开，她的脸上已有好几处抓伤。警察怕引起矛盾激化，等记者拍好了照，就将她和乔国生押上警车，同时也将陈梓睿送往医院进行体检。

云海市的官媒平台很快发出新的公告，经过两地公安的通力合作，两名犯罪嫌疑人迫于压力向警方自首，这起绑架案正式告破。公告也验证了前两天网上的传闻，两名嫌疑人的确是因为对三年前一起女童溺亡案的处理结果心怀不满，于是实施了这起报复性的绑架。

陈钊华雇佣的公关公司瞅准时机出手，公布陈昊轩被篡改过的出生证明，称他是2006年出生的，当年的确是不满十四周岁的未成年人，三年前那起案件的处理结果并无不妥，绑架犯的报复行为是对社会秩序的恶意破坏，也是对司法体系的严重挑衅。

虽然他们周围肯定有人依稀记得陈昊轩的满月酒是在2005年办的，但他们要么是亲戚，要么是好友，完全没有理由出来揭穿谎言，甚至有人主动帮着掩饰。

在数百公里之外，一个少女陷入进退两难之中。父母要求她三缄其口，不要对外提及那天的事，毕竟女孩子要注重名声。但顾晴既对自己被算计的事感到愤恨不平，又感激那天拯救她的人生于悬崖边缘的所谓"疯女人"。这几天她没有出门，一直在网上看与陈梓睿有关的新闻动态。终于她坐不住了，走到客厅说："我想做证。"

父亲没好气地问："人家警察在处理这件事，要你掺和什么？"

顾晴说："我有证据可以帮到那家人。"

她掏出手机，展示一张照片。正是半个月前陈梓睿向她证明年龄的那张满月照，角落里的时间戳写着"2005年5月8日"。那天她在陈梓睿租住的小公寓醒来，试图在他的电脑上翻找对她不利的照片，意外地发现一个隐藏的子文件夹，里面只存了这一张照片。她无法理解这张满月照为何值得如此重视，隐约感觉它不简单，于是用手机拍下来，以防不时之需。

"我觉得不公平，他们凭什么为所欲为？我们不但要在别人受欺负的时候缩着脑袋，还要在自己被欺负的时候忍气吞声，凭什么呀？"顾晴说着说着，眼泪大颗大颗地滚落下来，"我不喜欢这样，你们以前教我的道理也不是这样的……"

顾晴的父母无言以对，为了给顾晴最好的教育资源，他们在上海奋斗多年，终于拿到新上海人的身份证。但这座城市的繁华大多数与这个家庭无关，成年人背着沉重的房贷，在职场拼得你死我活，熬过一轮又一轮的裁员；孩子背着沉重的学业，努力在全市同届的五六万考生里争取前排的名次，否则就对不起父母如此巨大的付出。那些高档的场所、昂贵的商品、精彩的演出，都是他们无法享受的，唯一能让内心得到平静的就是他们向顾晴灌输的那些所谓"三观"。倘若连这些东西都无法坚守，外界的灯红酒绿都将形成巨大的冲击，他们苦修般的生活便没有了意义。

"你想过你这样做的后果吗？"顾母问道。

顾晴抹了抹眼泪，点头道："我想过，所有人都会知道我差点被强奸的事。"

顾母说："你还是太幼稚了，除了你说的这个，还会有人往你身上泼脏水，会用最恶意的想法揣测你，甚至你身边的人也会编排你的谣言。你一个人面对几百上千张嘴，根本解释不清真相，更没人相信你站出来的动机是高尚的，只会觉得你是有所图的。"

顾晴沉默半晌，再次捂脸哭了起来。

奶奶上前抱住孙女，安慰道："乖囡囡，算了，你爸妈供你读书不容易，别招麻烦了。"

一家人在客厅里面面相觑。顾晴明白家人们的态度，转身要回房间，顾父却又将她喊住，问道："你知道了这些可能的后果，还敢站出来吗？"

顾晴愣了片刻，而后点头："我敢。"

"那你就照你想的去做吧，有什么后果咱们一家人共同承担，反正我们家身正不怕影子歪。"顾父说完，又望了一眼身边的妻子。顾母也只能点头。

于是，顾晴用自己的社交账号发布了一段文字，讲述了自己与陈梓睿相识和来往的全过程，并附上那天的报案回执和陈梓睿电脑里的翻拍照片。营销号们正摩拳擦掌等着更新，一见到这条动态便蜂拥而至，或是转载，或是照搬，很快就让这个动态汇入绑架案的时间线之中。

也正如顾母所言，随之而来的还有潮水般汹涌的评论。很大一部分是在赞扬她的勇敢，但也有不少人在质疑她的动机和真实性，有人问她为什么会答应跟陈梓睿回去，是不是"仙人跳"，会不会借助这个热度索取经济赔偿。

顾晴用百度搜索词条，才明白"仙人跳"是什么意思。面对这些不怀好意的揣测，顾晴气得手抖，不知道如何解释。顾父让她放下手机，一起去楼下散步。他问女儿道："现在后悔吗？"

顾晴点头，又摇头，她自己也不能确定。

顾父说："你做了你觉得正确的事，其他的事情就不要去关注了。这个世上没有人能够得到百分之百的善意，哪怕恶意只有百分之一，也会是很庞大的数量。如果你选择性地忽视那些占绝大多数的善意，被那百分之一的人困扰，那你就输给他们了。"

"可是他们说得真的很难听……"顾晴委屈地说。

"你觉得自己做得对吗？"

顾晴点头。

"你在乎的人都支持你吗？"

顾晴又点头。

"那不就行了？做对的人永远不必向做错的人妥协，除非……你想放他们一马。"

听父亲这样说，顾晴忍不住破涕为笑，郁结在心中的阴霾也逐渐散去。顾父又说："这个事情肯定要审理的，到时候应该如何解决，我们都尊重你的意见。和解也行，不和解也行，咱们家虽然没什么钱，但不打算从这件事里获利。"

"嗯！"顾晴点头。

这张照片的公布于众让陈钊华始料未及，他无法对这张照片的时间戳做出合理的解释，只能选择缄默。于是人们逐渐拼凑出所有的真相——陈昊轩是2005年出生的，三年前致使一个名叫爱丽丝的五岁女童溺亡，犯案的时候已经年满十四周岁。为了让他逃脱刑事责任，他的父亲陈钊华利用强大的人脉资源，伪造了出生证明，将其出生年份改成2006年，以未满十四岁的身份逃避罪责，并改名为陈梓睿，与其母亲吴晓云潜逃至上海定居。陈家又花钱买通女童爱丽丝的父亲，私下达成和解。女童的母亲何琳多次上访无果，精神崩溃，被其丈夫送进精神病院，一关就是两年之久。一周前，何琳在护工的监视下临时出院，参加爱丽丝的三周年祭，在乔国生的帮助下摆脱监视，两人奔赴上海对陈昊轩实施了绑架。

有人欢呼，这是一个母亲的复仇。但也有人嗤之以鼻，认为这与恐怖分子无异。

上海的公检法机关对女童溺亡案没有管辖权，他们只能审理在上海发生的入室绑架案。当公安局提审犯罪嫌疑人，乔国生对他做的一切供认不讳。他这辈子无妻无子且离群索居，偏偏爱丽丝生来与他亲近，乔宇和何琳对他也够尊重，让他这个光棍汉晚年当上了太爷爷。他对爱丽丝的夭折耿耿于怀，一直伺机报复，所以将何琳带了出来，一同做了案。

"陈梓睿腿上的伤是谁弄的？"

"我弄的。"

"他额头上的字是谁刻的？"

"琳儿。"

"她怎么会有这个？"

"她以前学过帮别人文眉。"

乔国生没有刻意包揽责任，也没有推卸责任，态度算得上配合了。但负责审讯的一个警察浏览了一遍笔录，好奇地问道："你们是怎么知道陈梓睿的行踪的？"

乔国生说："听别人说的。"

"听谁说的？"

"不记得了。"

谁都知道他有所隐瞒，但也无可奈何，这是一个七十六岁高龄的老人，为了自己的侄曾孙女走上这条不归路，那些传统的百试不爽的记忆恢复术不能对他使用，也不该对他使用。

提审结束的当夜，老人在看守所里突然发起 39℃的高烧，说起了听不懂的胡话。整个分局都紧张了起来，调动所有的医疗资源进行救治。经过医生们的努力，老人的体温降到正常值，白天负责审讯的干警们都捏了一把汗，万一老人在审讯之后不明不白地死了，那他们的职业生涯大概率也要不明不白地走到尽头了。

何琳接受审讯的时候则不像乔国生那样配合，警察问她姓名，她只说自己是"32床"，再问别的问题，她便保持沉默。但她的神情平静又释然，并没有刻意对抗的痕迹，只有提及女儿爱丽丝的时候，她才愿意开口说几句话，只是语句混乱，词不达意，负责记录的书记员都蒙了。

侦查员说："何琳，我劝你不要装傻顽抗。你学历很高，应该知道我们的政策，坦白从宽，抗拒从严。即使你一句话不说，目前的证据也已经非常确凿，足以对你无口供定罪，你主动交代一些事情，对你是有利的。"

听到这样的话，何琳却微微地笑一下，再也不开口了。

次日上午，乔宇出现在公安分局的接待处，求见绑架案的上海专案组。他带来一些与案情有关的信息。一刻钟后，他如愿见到上海专案组一行人，问道："我爱人现在怎么样了？"

宋组长说："她的态度很不配合，我们正在做思想工作。"

"她不是不配合，她是配合不了。"乔宇说道，"我闺女死了以后，我爱人就疯掉了，我实在没办法，只能把她送进精神病院了。"

宋组长露出不可思议的表情，他盯着乔宇，说道："乔先生，你开什么玩笑？她开车从你们老家到上海，精准无误地把人绑了，又从上海开车回去，来回七百公里，躲了三天三夜没被发现，你觉得这是一个精神病人能够做到的吗？"

乔宇说："领导，她只是精神有问题，又不是傻子。"

"我看你是把我们当傻子！"宋组长重重地敲了敲桌子，"我们做了走访调查，对你，对何琳，都掌握了详细的情况。她这两年的确住在精神病院，但那是你怕她阻碍你和陈钊华达成和解，故意把她关进去的。"

"怎么可能呢？她的确患有严重的精神病。您也许不知道，她为了越级上访，大半夜把孩子的骨灰盒从墓地撬了出来，正常人能干得出这种事吗？"

"何琳也许的确存在一些精神方面的问题，但远不及强制治疗的程度，更不可能因此逃避刑事责任。"

"我只是一个平头老百姓，没有一手遮天的本事，精神病院更不是我家开的，不是我想送谁进去就能送谁进去。"乔宇一边说着，一边从包里取出一只厚厚的文件袋，递了过去，"所有的手续都在这里，各部门的领导都签字盖章了，请您过目。"

宋组长打开一看，里面是与对何琳强制治疗有关的文件材料复印件。除了乔宇作为患者家属的申请书，还有派出所出具的评估意见、检察院做的强制治疗申请、五院做的司法精神病学鉴定报告、法院批的决定书，以及每隔半年进行一次的精神鉴定复审，所有的环节都没有落下，甚至连这两年的住院收费单都妥善收集着。

"我承认，我和我爱人在女儿的事情上面的确存在很大的分歧，感情也濒临破裂，但我这个人更讲究实事求是，该是什么就是什么。她有病也行，没病也行，我作为家属都可以接受，但你们总不能希望她有病就判她有病，希望她没病就判她没病吧？"

宋组长问道："乔先生，你知不知道，如果你的爱人被判定不具备刑事责任能力，那你作为她的法定监护人，就要承担所有的民事赔偿？"

"这个我知道，就像陈总的儿子那样，"乔宇伸出两根手指，"如果陈总接受和解，我也可以赔他200万！"

宋组长不得不重新审视面前这个男人，他说："乔先生，在我们的走访调查里，你们当地市民对你的评价普遍不是特别高，其中提得最多的就是乔先生比较注重经济利益，你自己了解这个情况吗？"

乔宇耸了耸肩："我无所谓的，哪个人不是活在别人舌尖上？不过他们说得也不全对，我不是注重经济利益，我只是比较理性而已。像我爱人，就是典型的过于感性，非要去计较一个对错，一句道歉才值几个钱？能让孩子起死回生吗？50万和解，孩子的命就只值50万，100万和解，孩子的命就值100万，那我为什么不多争取一点？我争取的不只是钱，还有孩子的尊严，是这个道理吧？"

专案组的成员大多有孩子，听到这种唯利是图的暴论，纷纷露出鄙夷的神情，但他们无法反驳。现实社会的状况的确就是如此，富人的犯罪成本太低，也许一条人命的价值只够他们在酒吧一个夜晚的开销，而穷人不得不接受这笔钱来面对以后的人生。

宋组长没有与他围绕价值观展开辩论，而是顺着他的话继续说道："所以，我有些好奇，比较理性的乔先生，为什么忽然愿意花费如此大的代价，为你感情濒临破裂的爱人脱罪呢？"

乔宇答道："我毕竟也有感性的一面。像我这种小人物，理性的时候顾不上脸面，感性的时候也想把脸捡起来。"

"仅此而已？"

"今天早上一起床，我家门口被人扔了一个白花圈。"乔宇无奈地苦笑，"虽然我和她感情破裂，互相折磨，不给对方好日子过，但她要是出了事，我就完全没有日子过了。"

宋组长只是笑了笑，没有接乔宇的话，然后将文件袋留下，将他送了出去。专案组去会议室开会，讨论目前的新情况。医院那边传来消息，陈梓睿的一只脚已经完全坏死，不得不截肢，另一只脚掌虽然能够保住，但活动功能基本丧失，顶多只能作为支撑。除此之外，他受到很大的精神刺激，稍微听到一点动静就有强烈的反应，这是创伤后应激障碍，需要长时间的治疗，一时半会儿无法配合笔录了。

"他额头刻的字呢？"宋组长问道。

汇报的组员答道："据我们了解，这个何琳几年前接触过医美，懂一点文眉的手法，但这次她下针的伤口很深，颜料成分也比较复杂，基本不可能洗掉了。"

话还没说几句，又被人敲门打断。宋组长的同事进来通报，陈梓睿的父亲陈钊华来了，也说要提供与案情有关的重要信息。宋组长让同事领陈钊华去接待室，自己马上带人过去，两边兼听再做评判。

与乔宇相比，陈钊华的气色明显差了一点。他这两天简直身心交瘁，在接待室等人的工夫，就坐在椅子上睡着了。等专案组进入接待室的时候，他的四肢猛然抽搐一下，像做了噩梦似的惊醒。宋组长明知故问道："你儿子现在怎么样了？"

"感谢领导关心。"陈钊华恭敬地说，语气难掩颓态，"他情况很不好，以后连起身走路都是问题。"

众人互看一眼，只是礼貌性地回应，并无惋惜之意。

"听同事说，你要提供与案情有关的重要信息？"宋组长问道。

"嗯，是的。我听说有人要用精神病做借口，帮那个女人脱罪，就赶紧汇报情况，防止你们被别有用心的人误导。"

宋组长立即追问道:"你是怎么听说的?"

陈钊华愣了一下,但还是如实回答:"我猜的,她丈夫乔宇昨天去精神病院打印了住院单,我有朋友在那边上班,就告诉我了。"

"你朋友在那边是做什么的?"

陈钊华这次没敢如实相告,掩饰道:"也不算我的朋友,是我老婆的朋友,她们都是做护士的。"

"难怪你消息这么灵通。"宋组长意味深长地说。

陈钊华老脸一红,但很快强行将话题引回正题:"那个女的不是真的有严重的精神病,是他们夫妻俩发生分歧,她老公嫌弃她碍事,想要独吞所有的赔偿款,还要和她的一个闺密相好,就想办法把她送进精神病院。"

"是一个叫詹妮的吧?"一个女警员问道。

"是的,他和这个女的保持了一段时间不正当的男女关系,后来为了发财,又把这个相好的让给另一个老板。我不喜欢评判别人,但我不得不说,他这个人唯利是图,毫无廉耻,在我们那里的名声简直恶臭。"

宋组长望向女警员:"你怎么知道这么详细的信息?"

女警员难为情地笑了笑:"我这两天在网上看八卦看到的。"

陈钊华生怕话题再被引偏,又继续往下说道:"我请求你们不要采信她老公拿来的证据,你们不信的话,可以对这个何琳重新做一次司法精神鉴定。"

宋组长追问道:"我可不可以这样理解——陈先生的意思是说,前面两年那么多次司法精神鉴定都是有问题的?"

陈钊华一时语塞,嗫嚅片刻之后说道:"我也只是不专业的猜测,也许何琳当时的确是疯了,不知道什么时候治好了,或者她故意装疯卖傻,骗了所有人。但我可以用我的脑袋担保,她目前肯定是正常的,她要是真的有精神病,我把脑袋卸下来赔罪。"

"陈先生,你言重了,没有人需要你卸脑袋。你作为绑架案受害者的家属,希望对犯罪嫌疑人重新进行司法精神鉴定,这是一个合理的诉求,我们可以走这个程序。"

陈钊华这才放心下来,对专案组表示感谢之后,满意地离开。专案组没有再移步会议室,而是直接在接待室开会,谁知道会不会再来一个什么人反映情况呢。众人陷入许久的沉默。宋组长率先问道:"各位怎么看?"

"全员恶人。"那位女警员不假思索地叹道,她抬眼看见众人都用异样的目光看着她,赶紧解释道,"这不是我说的,是网上对这个案子的评论。"

另一个民警说:"我觉得女童溺亡案不归我们管辖,我们只能针对绑架案做工作，这两个案子没办法并案。所以，不用被以前的司法精神鉴定干扰，重新再做一次就是了。"

女警员提出异议，说："我不是反对你的意见，我只是提出一种担忧——如果新的鉴定结果判定她的确有精神疾病，那一切都还好说，万一判定没有精神疾病，那我们的处境就有点尴尬。广大网友普遍对何琳怀有同情，从他们的角度看，被关进精神病院两年的人到了要扛罪的时候就被判没疯，我们一定有所偏袒，有杀良冒功的嫌疑。"

她的发言获得一部分成员的认同，过往不乏这样的教训，公检法明明是合法合规且中立中肯地办案，却因为违逆社会公众的朴素情绪，而遭到极大的诟病。

宋组长此时也意识到，他们正陷入一个进退两难的境地，如果认定何琳患有严重的精神疾病，强制治疗是正确的，那何琳就不具备承担刑事责任的能力，犯下的绑架案自然无法定罪；如果认定何琳的精神状况是正常的，具备承担刑事责任能力，那他们就要承受民众的情绪，莫名其妙地背一口黑锅了。

经过一番激烈的讨论，最终专案组还是决定，申请从上海调一支司法精神鉴定专家小组，对绑架案的犯罪嫌疑人何琳进行司法精神鉴定。公众情绪固然需要考虑，但他们不能被公众情绪左右，只有程序合法才能维护执法的公平公正，也才能保障他们自身的职业安全。

陈钊华回到家中，看见桌上摆着做好的饭菜，吴晓云坐在沙发上抹眼泪，楼上陈梓睿的卧室传来摔东西的声音。陈钊华放下公文包，站在客厅里听了一会儿，又坐到吴晓云身边，安慰道："我已经去说过了，给那个疯娘们儿做司法精神鉴定，等她被判进去了，梓睿的情况也许会好一些。"

吴晓云问："能判几年？"

"一步一步来，先把司法精神鉴定弄好，我再想办法找人办她。刘凯洋说他大学时的一个教授是专门搞刑事诉讼的，在法律界很有名望，不少法律条文都是他撰写的，到时候我们多花点钱就是了。"

"还有那个姓乔的，也不能让他好过！"

"你放心，不把他整死，我陈钊华就别在这个城市混了。"

陈钊华是实打实的行动派，他很快在微信和电话上展开联络，希望各个领域的朋友助力自己。社会上的朋友当然积极响应，纷纷表态不会再与乔宇有任何商业合作，更不会在这个案子上提供对其有利的帮助。其中一个朋友承租了乔宇的那两个仓库，许诺下个月期满就不再续租，今后谁去接手，谁就是江湖的公敌。

陈钊华把平时玩得好的几个铁哥们儿留到后面。赵小建忽然主动打电话过来，他赶紧和当前的通话者道了别，接听赵小建的电话。"老赵，咱们哥儿俩心有灵犀啊，我正想找你呢，你就打过来了。"

赵小建的态度却很奇怪，他说："兄弟，他死了一个女儿，你伤了一个儿子，你也不算吃亏，不如和解了吧？别把事情搞得没法收拾，到时候就不好办了。"

陈钊华听着有些不爽，问道："老赵，你这是什么意思啊？他是我陈钊华的儿子，不是什么阿猫阿狗都可以比的，别说是受到现在这样的伤害，他哪怕只断了一根手指头，姓乔的就算死了全家也难赎其罪！"

"老陈，我是从古惑仔混过来的，以前和我一起混的人，有的被砍死在巷子里，有的在刑场吃了枪子儿，有的猝死在婊子的床上。我现在和你的观点不太一样，人嘛，毕竟肉体凡胎，没有谁更高贵，只有谁的运气更好，就算你当了首相或总统，也挨不过别人一枪。听兄弟一句劝，就这样算了吧，两败俱伤好过同归于尽。"

"不行！"陈钊华的态度非常强硬，"要是就这样算了，我陈钊华以后在这里还有立足之地吗？"

赵小建却幽幽地说："陈总，面子没有那么重要，你要是不听劝，以后这里可能真的没有你的立足之地了。"

陈钊华愣住了，在这一刻，他的脑子飞快地运转着，试探地问道："这是你的态度，还是赵院长的态度？"

赵小建没有正面回答，只是叹息一声："你再考虑一下。"

陈钊华听着手机里的忙音，沮丧地静坐了一会儿。但他不肯死心，又从通讯录里翻出公安分局秦副局长的电话。两年前将何琳送进五院之后，陈钊华与还是毓秀所一把手的秦所长搭上了关系，一起吃过几顿饭，还给他感染病毒的老父亲送过几盒紧俏的特效药，算是有了不错的交情。

电话一直没打通，陈钊华以为秦副局长在忙，等了十分钟又打过去，不料对方直接挂断了电话。片刻之后，秦副局长的秘书小李打来微信语音，说："领导在开会，不方便接电话。"

"对不起，对不起，我不知道。"陈钊华连声道歉，"等领导开完会，可不可以麻烦你跟他说一声，就说小陈有事找他。"

"他今天的工作安排得特别满，改天再说吧。不过他有一句话让我转告你——谨言慎行，大局为重。"

陈钊华听出来了，领导的八字箴言既是方针，也是批评，意思是认为他最近言行失当，没有大局观。不必多猜，秦副局长指的是他申请对何琳重做司法精神鉴定这件事，倘若推翻了以前的鉴定结果，深度参与其中的赵院长和秦副局长都难逃干系，所以出面阻止他。

陈钊华正在晃神的时候，五院的王院长又打电话过来，一反往日的恭逊，言辞激烈地说："陈总，你可得拉兄弟一把！"

"怎么了？"

"刚才市卫健委派人来找我，问我负责给何琳做司法精神鉴定的时候有没有做假、是否拿过好处。我说我没有。他们说要是查出之前的鉴定结果有问题，我必须负全责。"

"司法鉴定又不是你一个人做的，他们也都参与了啊，凭什么要你负全责？"

"陈总，陈老弟，你还没听明白吗？他们说的是'必须'，意思是我没的选择，这是他们对我的安排。我还有两年就退休，我女儿也是吃公家饭的，他们要是想搞我，我根本没有说话的资格。"说到这里，王院长停顿片刻，意味深长地补了一句，"你也一样。"

陈钊华顿时醒悟过来，王院长图穷匕见了，他这通电话并非求助，而是赤裸裸的警告。倘若陈钊华一意孤行，非要给何琳重做司法精神鉴定，他也将和王院长一样，遭到与这件事有关的上位者们的"安排"。

但陈钊华还是不愿相信，他是纳税明星企业的实权高管，是全市杰出青年代表人物，是在这座城市呼风唤雨的上流人物，岂是王院长这种市侩角色可比的。他不禁有些恼羞成怒，骂道："你算什么东西？我和你一样？"

王院长却不羞不恼，回应道："和陈总相比，我当然不算什么东西，但是和层次更高的大人物相比，我俩的差别并不是特别大。我觉得，你可能身在庐山中，不知道自己的处境，作为老朋友，作为好兄弟，我可以给你做个小小的提示吗？"

陈钊华压住怒气，说："我洗耳恭听。"

"当初贵公子的事能够压下来，的确是因为您神通广大，能够摆平一些关系。但后来乔总的老婆闹事，市里为了力保'创文'工作，不得不将错就错，上下统一口径，把贵公子的事继续坐实。把乔总的老婆鉴定为重度精神病关进五院，就是把全市各个部门的领导都拴在同一条绳子上。但现在你不认账了，非要重做司法精神鉴定，你觉得合适吗？不光是公检法卫这几个部门的领导，书记和市长都有可能被牵连，甚至城市'创文'的成果也要摘牌——兄弟，我个人被牵连不足为奇，但你，真的打算站在全城的对立面吗？"

陈钊华感觉全身燥热，如芒在背，他原本是那么左右逢源，这几天沉浸在为儿子讨说法的狂热之中，却忽视了自己的行为已经对这座城市的管理系统构成了威胁。当初扮演这个公众之敌的人是何琳，如今竟然成了自己，此时此刻，恰如彼时彼刻。

他没有被吓倒，反而坚定了对抗到底的决心，他相信自己与乔宇那种下等人不是同一路的，倘若他在这件事上妥协了，以后不只是在社会上抬不起头，在家里也无法面对老婆和儿子。

第二天，陈钊华去公司上班，公司老总忽然将他喊了过去，说："市里今天发了通知，这个季度要对我们公司进行税务审计，不光是公司的，也包括所有中高层管理的个人税务，你知道是什么情况吧？"

陈钊华心里有数，作为一家年利润十几亿的企业，高管们鼓捣出一些灰色手段为自己避税，这是一个公开的秘密。市里以往都是睁一只眼闭一只眼，只要公账做得凑合就行了，但现在忽然发难，大概率就是对他个人的警告——纵然你是纳税明星企业的高管也没有用，你要是听话，我可以保着你；你要是不听话，我连枝带枣一起打。

"是针对我的吧？"他问道。

公司老总主动给他递了一支烟，说："小陈啊，我一直很欣赏一种品质，就是把家人放在第一位。你为你儿子做得已经够多了，不要再钻牛角尖了，否则对谁都不好。"

"老板，我说句冒犯的话，这是我自己家里的事，这个牛角尖我不得不钻。"

"当然，这是你的权利，但你的家事已经影响到太多人了。大家都是要养家的，你要是非得钻这个牛角尖，那工作和家庭之间你只能选一个了。"

陈钊华愣了一下："您想开除我？"

"不至于，既然你现在把精力放在家里的事情上，那公司管理这一块就让别人顶一顶吧，安全监督部那边刚好少个主管，你去帮忙带一带，相对轻松一点。"

陈钊华明白这是在变相赶人的前奏，老总先找理由将他发配到清水部门，然后砍掉绩效奖金之类的待遇，逼迫他主动辞职，可以省去一大笔补偿金。他这些年虽然攒了不少钱，但尚未达到他的财富自由标准，尤其他目前持有的公司股票有很大一部分是具有限制性的，倘若在行权期结束之前离职，他连一股都无法出售和带走。

他沮丧又无助地站在老板的办公桌前，像一个被父母扬言要扔掉的孩子。老板看了看他，挥手道："我批你两天假，你回去想一想，也安心处理家里的事。

要是处理得快，就早点回来上班，别让人家顶你太久。"

陈钊华听懂了，如果两天之内撤销司法精神鉴定的要求，市里也会撤回对他们进行税务审计的计划，这个高管的位置还是他的；要是不肯撤回，公司高管们都要被牵连，他也只能卷铺盖走人。

他失魂落魄地离开公司，坐入车里却不知道该往哪里走。他忽然想起了刘强，这是当前唯一能和他交心的朋友了。但这几天刘强就像人间蒸发了一样，电话打不通，微信也不回。他正在琢磨的时候，赵小建再次打电话过来。

陈钊华原本要挂断，但转念还是接听了，赵小建问："老陈，昨天说的事情考虑得怎么样了？"

陈钊华不耐烦地回应："老赵，大家好歹朋友一场，不要把事情做得太绝了吧？"

"你不要搞错了，我是在帮你沟通，你可以理解为我在给你通风报信。要是我不管你这档事了，你连讨价还价的机会都没有。"

陈钊华背后一凉，不禁想起无数个莫名其妙自杀的案例。

"兄弟我再给你透个底，你要是不肯改变主意，他们就要动真格的了。你给何琳重做司法精神鉴定，他们就得重审三年前的案子，到时候何琳的确进去了，但你儿子至少要判过失杀人罪，你们夫妻俩也要判包庇罪，一家三口都得吃牢饭，这个结果是你想要的吗？"

陈钊华终于理解什么叫四面楚歌了，他甚至有些后悔自己提出重做司法精神鉴定的要求，如果没有因此牵扯出更多的问题，他至少还能保持原先阶层的体面。他的太阳穴一阵阵地跳痛，他想从这个话题里暂时跳脱出来，于是一边揉着太阳穴，一边问道："刘强这两天去哪里了？我找他一直找不着。"

"你还是别找他了。"

"他躲着我？"

"那倒也不是，他暂时不方便。"

陈钊华愣了一下，试探地问道："他跑路了？"

赵小建只得承认："嗯，诚创现在的烂账太多了，没人背得起，只能让他跑路。他这一跑，很多事情就烂在肚子里了，否则大家都没有日子过了。"

"这么快就爆雷了吗？你还有钱落在里面吗？"

"别人也许还行，但我的账要是没结清，你觉得他有可能跑得掉吗？"

赵小建所言非虚，所谓的经济体爆雷，很多时候其实是一种定向爆破，早已确定了倒塌的时间和方向。有人会听到风声提前撤离，有人会在巨响之后坠入地狱。刘强万万不敢让赵小建这类人成为后者，否则即便他通过特殊手段逃去国外，也有可能在某个风平浪静的夜晚出来跑步的时候，突然一头栽进异国他乡的海水里。

"老陈，到此为止吧，与人方便，与己方便。我说得直白一点，你现在的资产基本全在国内，合法收入应该不超过三成，万一哪天你也遇着老刘这种情况，兄弟伙儿至少能给你打个掩护，保你一路绿灯，畅通无阻。"

陈钊华无言以对。挂断电话之后，他开车在大街上漫无目的地瞎转。以往他穿行在这座城市，时常有一种高高在上的优越感，毕竟他的年收入抵得上普通上班族的数十倍，结交的是这座城市最有权势的一帮人，几乎任何问题都可以轻松解决，这怎么不让他志得意满！可是今天，他感到前所未有的挫败感，他引以为傲的财富、地位和人脉，突然被人釜底抽薪了，失去了往日的魔力，只是因为他做了一件身为父亲该做的事情。

他一夜之间变成了一个平庸的普通人。

不知道转了多少条街，等他回过神来，前面已经是公安局了。他的家并不在这个方向，他只能认为是自己的潜意识带了路，他的脑子里逐渐变得清晰了，只不过这种清晰是无奈的，因为答案有且只有一个选项。识时务者为俊杰，也许他应该说服自己接受这唯一的选项，拿回属于他的人生，还能换取将来的一张平稳落地的机票。

于是，他打了一个电话，下车走进公安局。李秘书迎了出来，让他在办公室坐了一会儿才带他去见上海专案小组的宋组长。双方一见面，宋组长就首先开口道："陈先生不用着急，这两天我们特别认真地挑选了司法精神鉴定小组的成员，每一个都是业务骨干，很快就能给你一个满意的答复。"

陈钊华说："对不起啊，领导，我今天来找您，是想撤回前天的司法精神鉴定申请。"

宋组长愣了一下，诧异地问道："为什么呀？司法精神鉴定小组今天下午出发，天黑之前就到，明天就能开展工作了。"

陈钊华说："请您原谅我作为一个父亲的心态，前两天我实在气昏了头，说了一些不理智的话，但现在冷静下来了。那个女人的确是一个疯子，我应该尊重专业人士的鉴定结果，没有必要兴师动众重做一次。"

宋组长沉吟片刻，说："陈先生，对犯罪嫌疑人进行司法精神鉴定，属于非常正常的流程，算不上兴师动众，你不必有任何心理负担。"

"我没有心理负担，我是真心这样认为。"

双方正在僵持的时候，宋组长的手机忽然响了。是他在上海的领导打过来的。他只能暂时中断谈话，走到专案组的临时办公室接听。领导问道："你那边情况怎么样了？"

宋组长说："刚才那孩子的父亲过来找我，说要撤回司法精神鉴定的申请，认同以前的鉴定结果。我跟他说鉴定小组下午就出发了，想让他再等一等。"

领导又问："你有没有想过他为什么要撤销申请？"

"应该是受到什么压力了吧，以前的鉴定结果一定有问题。"

"以前的司法鉴定是哪些部门做的，你看了吗？"

"是这里的第五人民医院做的，公检法卫都签字了。"

领导长叹一口气，说："所以，你这次是想当八府巡按，打算把人家一个地方政府的管理系统一锅端吗？"

宋组长一时语塞，许久才快快地说："可是，师父，我前天跟您申请派一支司法精神鉴定小组过来的时候，您当时也没有反对啊……"

"我是你的师父，又不是受害者家属的什么人，只有你脑子转不过弯的时候，我才可以说你两句。"

宋组长稍加思索，终于明白过来了，原来上海那头一直在等陈钊华自己撤回申请，而这一步自然有人来推动。这座城市固然存在很多的问题，这个案子也有着错综复杂的前情，却轮不着一个外地的专案小组来捅破。但他又陷入一个尴尬的处境，司法精神鉴定这件事已经箭在弦上了，媒体和社会也都传开了，现在突然说不做了，拿以前的鉴定结果来做评判依据，怕是要落人口实。

他提出自己的担忧，领导却没有明确给出指示，只是说："你自己拿主意吧，我这边就不派司法精神鉴定小组过去了。"

挂断电话，宋组长坐了下来，一边抽烟，一边回想师父的话，抽了一半忽然恍然大悟。他掐灭香烟，回到接待室，对陈钊华说："陈先生，这个司法精神鉴定是必须要重做的，否则我接下来的工作就无法开展了。"

听到这句话的一瞬间，陈钊华露出惊喜的笑，但他很快意识到这样不合适，又故作一副遗憾的样子。再扭头望向李秘书，却恰好与对方阴沉的目光相撞，他不禁感到一阵惶恐，生怕这个结果会引发不可调和的报复，想要解释又无从开口。这些表情在极短的时间内汇集、变换，使他的脸几近扭曲，宋组长坐在对面看得真切，只觉得可笑又可悲。

"不过，"宋组长又开口道，"上海这几天加强了疫情管控，专家小组要过几天才出发，所以我想和陈先生商量一下，能不能委托你们本地的司法鉴定部门代为鉴定？"

对面的二人始料未及，一时没来得及答话，宋组长立即补充道："要是陈先生觉得不合适，我们就耐心等几天——"

陈钊华赶紧打断道:"不用等,可以委托本地鉴定!"

"好,等会儿我让人出一份知情同意书,你签一下字。"

陈钊华如遭特赦,暗自长舒一口气。李秘书的脸色也放松许多,他当即起身表态道:"宋组长请放心,我们一定全力配合你们的工作,今天我请示一下领导,顺利的话明天就可以启动司法鉴定程序。"

陈钊华态度的转变就像一把钥匙,瞬间除去套在他身上的枷锁。税务局撤回了税务审计的计划,老板也撤回了他的调岗命令,他又重回原先的社会阶层,但他的心态已经回不去了。他曾经以为自己苦心经营多年,用一块块巨石和一道道机关打造了一座堡垒,但现在看来,不过是在海边用沙子堆起来的城堡罢了。别人只是一句话,就可以轻松褫夺他的一切,他脆弱得就像一个钻进焚化炉里的活人,而点火开关掌握在别人手里。

吴晓云得知这个情况,这个向来温婉顺从的女人反应极其激烈,根本不愿意细听详情,盛怒之下将家里砸得一片狼藉。她对丈夫吼道:"陈钊华!你他妈鬼迷日眼的,居然亲自替害你儿子的人脱罪!"

陈钊华说:"我是要保住我们这个家!"

"你是要保住你的地位!你现在和那个姓乔的没什么区别!"

纵然家里被砸成这样,陈钊华也没有急眼,但吴晓云的后半句话击中了陈钊华自尊的禁区。他忍不住一拳搥在吴晓云的肩上,反驳道:"外面的人作贱我,你他妈的也作贱我?我要是和姓乔的没区别,现在就应该把你送进五院!"

这一拳是收着力的,并没有打疼她,但结婚这么多年,夫妻俩纵然有过言语摩擦也有过长期冷战,却从未动过手。吴晓云错愕又心痛,她深知丈夫的心理弱点是什么,于是冷笑着,变本加厉地讥讽道:"我刚才说错了,你不是和姓乔的没区别,你可能还不如他呢,我现在知道什么叫无能狂怒了。"

陈钊华这几天遭遇的挫折太多了,家庭成了他尊严最后的据点,却被妻子无情地倒戈一击,他的心理防线彻底崩溃。他只觉得热血上涌,直冲天灵盖,理智也在这一瞬间下了线,于是抡圆胳膊在妻子的脸上甩了一记势大力沉的耳光。吴晓云被打得眼冒金星,一个趔趄栽倒在沙发上,左侧脸颊先是火辣辣地痛,而后变得僵麻,立竿见影地肿了起来。

她也豁出去了,随手操起一把竹掸抽过去,夫妻俩你来我往地互殴起来,每一击几乎都是下死手。吴晓云终究力气有限,很快被按在地上,被陈钊华一手掐着脖子,一手抓着头发,狠狠地往沙发扶手上撞。幸好沙发扶手是软的,她没有大碍,还能腾出手来,将陈钊华的脸挠出一道道的血印子。

陈钊华抬手擦了一下脸颊，手背上的一片殷红让他像斗牛似的发了狂，掐住妻子脖子的手也猛地施了力。吴晓云感觉自己的脖子像被一把无情的铁钳扼住，还没来得及挣扎几下，眼前便猛然一黑，全身的力气都泄光了，顿时晕厥过去。

陈钊华没收住手，又击打了两下，发现吴晓云全身瘫软，毫无反应，这才意识到自己下手太重了。片刻愣神之后，他努力稳住阵脚，给吴晓云做起了心肺复苏。几十次按压之后，吴晓云终于恢复了呼吸，并剧烈地咳嗽起来。

夫妻俩面面相觑地呆坐片刻，吴晓云起身回房间，地上的花瓶碎片被踢得哗啦啦作响，陈钊华独自坐在客厅里抽烟。当互殴激发的肾上腺激素褪去，他开始感觉脸上一道道的疼痛。他走到洗手间的镜子前查看状况，着实被吓了一跳——不是因为凌乱的头发，也不是因为一道道挠痕，而是他脸上升腾的暴戾之气，与往日那个从容儒雅的成功男人判若两人。

这一刻他明白，过去的生活一去不复返了，夫妻反目，爱子沉沦，他作为一家之主的权威已经丧失殆尽。

这次司法精神鉴定的技术支持不是交给五院做的，而是第一人民医院，但结果和上次一样，还是判定何琳患有严重的精神疾病。专案小组将这个鉴定报告递回上海，上级也很快给出批复——主犯何琳是完全无刑事责任能力人，不予批捕，但要求继续强制治疗；其从犯乔国生有轻度智力障碍，是部分刑事责任能力人，念其年岁已高，又患有多种基础疾病，暂时采取在原籍监视居住的措施。

官方有意识地降低这个案件的舆论影响，选择在工作日的晚上十点半发布公告，没有提到三年前的女童溺亡案。网络舆论对此反应平淡，甚至有些许意犹未尽的失望，因为这个平庸的结果实在平淡乏味，引发不了什么讨论。他们很快涌向今天的一个大热点——某一线男明星被爆出轨丑闻，宠妻爱子的完美人设瞬间崩塌。

承担强制治疗任务的还是五院，公安局派警车将何琳送到那里，乔宇已经等候多时。这次市政府不再承担费用，他只能自己缴费，再走医保报销。直到他办完手续，夫妻俩都没有说话，甚至没有眼神交流。王院长让人将何琳带进小白楼，乔宇才叫住何琳，说道："这地方你住挺久了，王院长待你也不薄，你就别再给人添麻烦了。积极配合治疗，等哪天治好出来了，咱俩该离的就离。"

屋子里满是警察和护工，夫妻俩隔着人群对视片刻，何琳没有说什么，只是冷漠地点了点头，转身跟着护士长走进那栋小白楼。

警察办完公事就离开了，乔宇却留了下来，与王院长一同在院子里抽烟。他问道："我老婆精神出问题，主要还是因为心里气不顺，现在她该撒的气也撒了，以后应该会康复得比较快吧？"

王院长不敢贸然给出答案，只得模棱两可地说："这个要看她后面具体的治疗状况，一般要过三到六个月的观察期，才可以做下一次司法精神鉴定，如果到时候没问题，才可以出院。"

"我觉得问题肯定不大。"乔宇一边说着，一边从包里取出一只小盒子，快速塞入王院长手里。

"什么呀？"王院长觉得手里沉甸甸的，打开瞟了一眼，里面是一根金灿灿的金条。他被吓了一跳，赶紧将这东西推回来，说："无功不受禄，老乔，你这是干什么？"

乔宇把他的手腕按住，说："老王，何琳的病情怎么样，你肯定是最清楚的。我没有别的意思，就是想给她插个队，让她尽量早点出来。"

王院长狐疑地看着他，说："你怎么突然又想她早点出来了？你以前可没这个想法。"

乔宇笑了笑："不怕你笑话，我已经在她身上白耗三年了，要是再拖下去，以后能不能再生一个孩子都悬。但她在里面待一天，我就一天离不了婚，所以我想让她早点出来，把离婚的事情办了。"

王院长心领神会："遇到新的姻缘了？"

乔宇摇了摇头，对着远处自己那辆豪车挑了挑下巴。透过驾驶座旁降下的车窗，一个时尚漂亮的女人正望向这里。王院长觉得有些眼熟，又眯起眼睛看了一会儿，终于想起来了："这不是之前跟那个……叫那个什么的美女吗？"

"是跟刘强一起的那个詹妮。"乔宇毫不避讳地补全没说的话。

"你俩又在一起了啊？挺好的，衣不如新，人不如故。"

"她这两年在云南做生意，做得挺好的，等我扯了离婚证，就和她去云南定居。"乔宇又用胳膊肘捅了捅王院长，低声说道，"所以要拜托你帮这个忙，要是拖得太久，这只金孔雀可就要东南飞了。"

"懂了，这件事我放在心上了，尽量成人之美。"王院长一边说着，一边将那根金条揣进兜里。

"老王，你爽快，我也不绕弯子，无论办不办得成，这条鱼都归你。六个月之内办成，我再钓一条送过来，要是三个月之内就办成了，两条奉上。"

王院长踩灭烟头，像是下了某种决心："这些小事以后再说，关键是为了乔兄弟的幸福，我老王应该全力以赴。"

事情都已谈妥，乔宇便告辞。他对着那辆豪车招了招手，詹妮便发动车子停靠过来，乔宇钻入副驾驶座，以一种浮夸的方式绝尘而去。

王院长快步回到办公室，反锁了房门，仔细地把玩那根金条。它全身散发着迷人的光芒，没有花里胡哨的款式，正面的上端刻着发售银行的名称，下端是"AU9999"和"100g"。王院长在手机上查了一下当前的金价，估算出来这根金条的价值在 5 万块上下，倘若他真的在三个月内将何琳送出去，就能额外再拿到两根这样的金条。

王院长非常重视家庭，他忠于自己的妻子，疼爱自己的儿女，所以在他的价值观里，乔宇这种烂人是值得鄙视的。但观念归观念，生意归生意，是否与对方来往甚至合作，还是要看对方给得够不够多。三条"小黄鱼"，显然是够多了。

网上关于那位出轨明星的八卦越炒越热，但这座城市的市民关注着另一条新闻——诚创集团濒临爆雷，老板刘强也不知所踪。数百户烂尾楼的业主涌到街上拉横幅，向市政府讨要说法。公安局表示这是民间经济纠纷，按照程序应该向法院递交起诉状。

事情很快有了转机。有人在一个业主维权骨干群里提供可靠信息，说刘强正在苏州处理一栋价值千万的别墅，等他转移完国内的资产，潜逃到国外，诚创才会正式宣布破产。他们没有声张，立即结伴开车前往苏州，在那栋别墅蹲守一天以后，竟然真的成功堵到刘强。

刘强一脸错愕，他从未告诉任何人他的具体行踪，车牌号和手机号也都不是自己的，他无法理解这帮乌合之众如是何找到他的。直到当地派出所接到报警，派人过来调停，他才在这些人七嘴八舌的言语里得知一个重要信息——那个透露他行踪的人提供了这栋别墅的地址。

他又在脑子里筛查，知道他名下有这栋别墅的人并不多，赵小建只知道他在苏州有一套别墅，陈钊华则知道具体的地址。没有确凿证据的情况下，他也不敢确认，只能打电话询问赵小建。赵小建思索片刻，说："那天老陈为他儿子的事想请你帮忙，我叫他暂时不要找你，他就猜到你要出国了。"

刘强心中模糊的猜想又确认了几分，但他还是不太明白，问道："为什么啊？他拖我下水有什么好处？我也不差他钱啊。"

赵小建反问道："你觉得你俩交情怎么样？"

"挺好啊。"

"最近这一年多呢？"

刘强迟疑片刻，说："最近一年我忙得焦头烂额，的确疏远了一点。"

"我这人不喜欢搬弄是非，但现在这情况，也不得不跟你透个底。这次他儿子出事，他曾经怀疑是你把他老婆和孩子躲在上海的事情泄露出去了。"

"他脑子有病吧，我干吗要泄露这种事？"

赵小建说："去年他有一次喝醉了，说自己对你很愧疚，你和那个詹妮的事情是他老婆不小心捅出去的。他感觉你因为这件事对他有意见，在那件事之后，你俩关系比以前疏远了。"

刘强无言以对，他的确曾经因为这件事对陈钊华心生嫌隙，如果不是王韵芳在吴晓云那里得到确认，他惦记多年的二胎计划应该不会破灭。但这种怨恨没有持续太久，毕竟这只是陈钊华的无心之过，日子还得往前看。

他又想起一件事，前段时间陈钊华在电话里突然问何琳是如何得知他老婆和孩子的藏身处的，当时他没有多想，现在看来陈钊华当时已经在兴师问罪了。

"他也不一定只是针对你。"赵小建又说，"因为他儿子的事，各方都对他极限施压了，搞得他情绪非常不满。现在他在单位基本被架空了，能不能熬到股票解禁都难说，社会上也没人搭理他，他也许想拿你的事来掀桌子，把市里一帮人都拖下水。"

"我算是栽在他手里了，你也提防他一点。"刘强告诫道。

那些围堵刘强的人已经将消息传回老家，消息又被放到网上，顿时成了一个新的热点。烂尾楼业主化身福尔摩斯，长途奔袭围堵潜逃开发商，这种事情在当前房企接连爆雷、烂尾楼业主维权无门的背景下无疑是爽文般的情节。

按理来说，诚创集团尚未宣布破产，昨天还在官网发布辟谣公告，苏州警方没有理由扣留刘强，但这件事传得沸沸扬扬，谁也不敢担上恶名。他们向省厅汇报这件事，省里介入斡旋，让他们将刘强遣返原籍，等待接受调查。

刘强被遣返原籍的时候，追踪到苏州的维权业主们一直尾随着警车，生怕他中途跳车逃跑。而聚在公安局门口等待的人除了烂尾楼业主，还有看热闹的市民们。在这座100多万人口的城市，几乎没人不知道刘强的名字，眼看他起高楼，眼看他宴宾客，眼看他楼塌了，同样的情节重复了上千年，依然让人喜闻乐见。

车里的刘强有些沮丧，但还不至于惊慌。他心里非常清楚，他这一趟回来，比他更惊慌的大有人在。远在新西兰的妻子王韵芳手里持有一个U盘，里面的东西便是他的免死金牌，只要他恪守大局观，尽量不拖诚创以外的人下水，那些受他庇护的大人物就不会给他一个太糟糕的结局。

市里派住建局的张局长过来，先是劝离围观的维权业主，做了一番承诺。等人都散了，张局长进来与刘强见面，一见面便恨其不争地叹道："你啊……"

刘强听懂了他的意思，张局长是责怪他贪小失大，抽身得不够果断，以至于现在将所有人都架在火上炙烤。早在半年前，诚创集团基本已经躺进ICU了，市里想过一些办法挽救，但该给的政策都给过了，银行无力继续输血，别的企业也不愿意接手这个烫手山芋，诚创集团的崩溃就像山体滑坡一样无法阻挡。

正如刘强所料，张局长是作为代表前来谈判的。简单试探之后，双方便进入正题，双方达成口头协议，彼此掩护，互相托底。刘强包揽所有责任，不该说的话一律不说，张局长也保证刑期不会太长。

"我进去了，诚创的事情就能了结吗？"刘强问道。

张局长无法给出准话，只能叹道："这谁能保证呢？今年出事的也不止你诚创一家，搞不好我这个局长也危险，都要看上面的意思。不和谐的声音太大，就得找人祭旗，要是不成气候，也许就法不责众了。"

刘强问道："我今年四十四了，我希望我在五十岁之前能够出去，怎么样？"

"六年？"张局长有些诧异，"刘总，你这条件有点离谱了，人家拦道抢个50块钱还得判十年呢，你可是抢了几个亿。"

刘强不以为然地笑道："房地产这口锅里，抢得最多的难道是我吗？"

张局长下意识地左右观望，告诫道："兄弟，这种话就别再说了，经济问题再大也是小问题，态度问题再小也是大问题。"

刘强意识到自己沮丧过头，口无遮拦了，赶紧闭上了嘴。

张局长继续说道："要是正常判下来，你得判二十五年。你是在诚创破产之前自己回来的，如果认罪态度好点，吐一些资产出来，在里面表现好点，减几次刑，以后我们找机会给你办个保外就医，应该不会超过十年。"

"吐多少？"

"你现在在国内的个人资产就舍了吧，尤其是苏州那栋别墅，这两天都快成网红打卡地了。"

与刘强已经转移出境的资产相比，国内这些资产只能算是一些锅碗瓢盆，但这依然让他感到十分懊恼。如果早知道这个结果，他两年前就应该急流勇退，带詹妮一起去美国或者加拿大，不但可以逃离牢狱之灾，还能把儿子生了。

"国家就应该禁了这网络，太他妈害人了。"张局长感叹道。

周彬在北郊开发区派出所干了两年，他已经逐渐适应了这里的悠闲生活，早上八九点从市区的家里出发，开二十几分钟到单位，有事忙事，没事就喝茶看书，或者带上几个同事去工厂和居民区巡逻。

他的车里一直备着便服和渔具，遇着鱼群好的河沟就去甩两杆子。周围的老百姓认识他,也不会说什么。他们觉得周彬人挺好的,没有架子,有求必应,办事效率高,而且对灰色收入几乎没什么兴趣,甚至时不时还拿点钱捐助辖区里无人抚养的孤老残幼。

他在去年终于结了婚,对方的父母在菜市场做调料生意,有人在中间牵线搭桥,他俩就认识了。妻子在一家牙医诊所工作,比他小五岁,善良温和,不算什么大美女,但周彬很喜欢。今年三月,两人有了一个女儿,让小两口惊喜的是,女儿几乎完美地继承了他俩的外貌优点——妈妈的双眼皮和酒窝,爸爸的高鼻梁和长睫毛——连月子中心的护士都夸这么漂亮的宝宝不多见。

女儿闹腾的时候是真的闹腾,但可爱的时候也是真的可爱。有一天,夫妻俩躺在床上逗宝宝玩,周彬将宝宝举起来的时候,恰好宝宝那天有点腹胀,在爸爸的脸上放了一个很臭的屁。周彬不怒反笑,还蹭了蹭女儿的嫩屁股,夸赞道:"我们的宝宝真厉害,放屁都比别的宝宝有特色!"

妻子在旁边笑成一团,说:"谁的孩子谁喜欢,要是别人的孩子,你估计都要吐了。"

她说得没错,周彬向来爱干净,有一点洁癖,平时看到别人的孩子吃饭吃得埋汰都忍不住皱眉头,现在却上赶着夸自己孩子的屁味儿。

周彬把女儿的小脚丫捧在手里,说:"她出生之前,我担心她,她出生之后,我还是担心她。见到她的第一面,我把她的手指和脚趾都数了一遍,生怕老天爷发货的时候少发一个。但我没想到她长得这么好看,简直完美无瑕。"

妻子说:"其实月子中心的护士见谁都这样夸,你别太上头了。"

"不可能!"周彬断然否定道,"我们的女儿就是世界上最可爱的宝宝!"

"这么喜欢呀?"妻子也有些骄傲。

周彬将女儿的小脚丫含在齿间轻轻咬了一下,回应道:"不只是喜欢,是所有的喜欢都给了她,她在我眼里,比我自己都重要。"

妻子顿时红了眼眶,点头道:"我也是,如果需要的话,我这条命都可以给她。"

周彬愣了一下,忽然想起三年前的那个案子,心情一下子变得低落。他从小就知道"可怜天下父母心",也认同这个说法,但认同并不等于感同身受。他当时看着近乎癫狂的何琳,一开始觉得可怜,后来她的癫狂影响到他的前程,他又觉得聒噪甚至厌恶。如今,他有了自己的女儿,不仅愿意为她摘星星摘月亮,还恨不得将自己的心掏给她,他这才明白当时何琳的癫狂是出于何等的痛苦。

周彬无法想象,如果哪天自己的女儿遇害夭折,自己会做出何等残暴的事情。不,他不可以去想象,他觉得光是这种假设就是一种冒犯和亵渎,会在冥冥之中对女儿的命数有所折损。

"你怎么了？"妻子问道。

周彬回过神来，如实相告道："以前我负责过一个案子，有个女人的孩子被人害死了，她自己也疯掉了，领导怕影响到市里的'创文'工作，就把事情压下来了。我当时帮不上什么忙，心情也很糟糕，直到调到北郊所，才缓了过来。"

妻子听完以后沉默片刻，她不但知道那个案子，而且对那位母亲心怀同情，却从不知道周彬曾经参与其中。但她很快又张开怀抱抱了抱丈夫，安慰道："你身不由己嘛，不要太自责了。"

周彬说："前段时间老赵说，明年轮岗我可能会调回市里，让我提前报考高级执法证，准备以后提一提。但我其实更喜欢北郊所这种地方，闲是闲了点，待遇也不高，但人情关系比市里简单很多。"

"你自己看着办嘛，反正咱家也不等你的工资买米下锅，无论你怎么选择，我都会支持你。"

"如果必须二选一，你更喜欢哪一个？"

妻子想了想，说："我觉得人还是应该往上走。我不是图你升官发财，只是觉得你既然有这个能力和三观，就有责任去争取更大的发挥空间。你要是一直在北郊所这种舒适圈里徘徊，自诩与世无争，其实是把更高的职位和更大的权力拱手让给那些恶人，万一下次北郊开发区也发生这种事情，你同样别无选择。到时候我不一定开得了口说你是身不由己的，因为你曾经有过选择的机会。"

妻子平时温柔、恬静，今天突然这般慷慨陈词，让周彬不得不刮目相看。他愣神片刻之后哑然失笑，说："老婆，听你这么一说，我忽然有了一个强烈的冲动。"

"什么？"

周彬对着天花板举起拳头，宣誓似的说道："我觉得我有义务出任本市公安局的局长。"

妻子在他的胳膊上捶了一下："去你的！你笑话我！"

卫生间的洗衣机传来"叮"的一声脆响，洗衣任务结束了。周彬让妻子陪孩子玩，自己跑去晾衣服。洗衣机里有一家三口的衣服，大大小小的挂了半个阳台，周彬仰头看着，心中激荡着幸福。

他掏出手机，给赵洪贤发了一条信息："我明天报名，开始备考。"

赵洪贤回复道："这就对了。"

周彬并不擅长与书本打交道，幸好北郊所的工作太清闲了，让他有足够的时间和精力备考。尽管如此，他还是考了三次才拿下高级执法证，被赵洪贤好一通嘲笑。

周彬夫妻俩给女儿摆周岁酒那天，五院的王院长居然也来了。周彬有些诧异，猜想可能是群发消息的时候不小心把他也捎上了，但还是笑脸相迎。王院长递来一个很厚的红包，周彬赶紧推了回来，说："您赏脸光临就好了，我们家办事不收礼金的。"

"给孩子的，又不是给你的。"

周彬态度很坚决："我不是跟您客气，您要是提两袋纸尿裤来，我也就收了，但红包是绝对一个都不收的。"

王院长环顾四周，的确没有设账房，他只得收起红包。

周彬问道："那个何琳，在你那里怎么样了？"

王院长说："她上个月就出院了。"

"这么快？"周彬十分诧异，粗略算一下，何琳这次入院的时间加起来才四个多月。

"心病还得心药医啊，她这次恢复得很快，除了有些自我封闭，没什么问题了。她老公急着再娶，想让她早点出院办离婚手续，所以一直催着我们搞重新鉴定。"

周彬更加惊讶了："乔宇再娶了？"

"是啊，以前跟刘强相好的那个詹妮，销声匿迹了两年，忽然又和他勾搭上了。"王院长笑了笑，"这就叫，'旧时王谢堂前燕，飞入寻常百姓家'。"

周彬也尴尬地跟着笑，将王院长迎入宴席。

不久之后，这座城市变了天。诚创集团正式宣告破产，城投公司出现大量债务逾期，省委巡查组入驻本市，照例收到大量匿名和实名的举报信。巡查组几乎将市里所有的机关单位翻了个底朝天，约谈了上百人。一开始只有几个边缘部门的副职领导被撂倒，人们只当这次与以前一样，雷声大雨点小，市里特意塞给他们几只"小鱼虾"交差就算完事了。

直到第二个月上旬，市委书记在被巡查组约谈之后，很快被省纪委双规，人们终于意识到，这次是动真格的了。乌云几乎一瞬间聚拢在头顶，机关单位人心惶惶，坊间街头议论纷纷。随后的一个多月里，陆续又有一批大小官员落马，人们这才看见这片乌云化作久违的雨水，将这座城市的污垢冲刷了一遍。

尽管如此，赵院长依然平安过关，甚至在巡查组离开之后，还升任地级市的政法委副书记。但也有人说，这是明升暗降，他离开了这座深耕十余年的城市，便是一根无根之木，日后清算起来再无庇护。

这一众官员的升迁罢贬，引发这座城市的人事大调整，赵洪贤和周彬也受到了影响。赵洪贤升任公安分局的政委，而周彬被调去市里的核心辖区继续担任所长，根据以往的经验，通常担任这个辖区所长的下一步就是分局的副局长。

与上次周彬升任北郊所的所长一样，他的父母又在家里搞了一桌菜，喊上亲家两口子，老少三代七口人关起门来庆祝一番。周彬也以为自己会兴奋得意，但事实上他没有，他冷静得连他自己都惊讶，仿佛当年偏执于升职晋级的那个自己已经远去。

赴任之前，他把攒着的十天年假全休了，带着老婆和女儿出去旅游。他们先去重庆，玩了两天又飞去昆明。妻子厌倦了人山人海，在手机上翻了一晚的攻略，提出要去附近的曲靖看看。一家三口第二天就出发了，抵达曲靖以后发现来对地方了，这里不像那些旅游热点城市那般拥挤，商业氛围也相对淡一些，但人文和自然风景依然很出色。

他们的时间很充足，第一天没有怎么逛，只在附近转了转就回酒店休息了。第二天他们才走远了一点，带宝宝一起去爬了山。傍晚下山以后，他们又去镇上物色餐馆。走在石板街上，周彬忽然嗅到一种熟悉又模糊的香气，那是小时候的农村老家才有的食物——柳芽摊饼。

每年的三四月份，农村老家的大人用荞麦面粉做成糊，摊在烧热的圆底锅上，均匀抹上菜籽油，再撒上新采的杨柳嫩芽，饼的外侧焦脆，内侧软香，起锅以后还能保持圆底锅的形状。然而，随着城市对乡村的蚕食，这种传统食物很少有人做了，周彬至少十年没见过，没想到在这里闻着味儿了。

他循着味儿找到香气的来源。那并不是一家餐馆，而是一栋普通的居民住宅。一个扎着头巾的男人在院子里用油桶和铁锅支出一台土灶，正小心翼翼地将一只柳芽摊饼起锅。他的手艺显然不怎么样，这只摊饼根本立不起来，一离开铁锅就软塌塌地成了瘫饼。

男人遗憾地对着屋里说："又失败了，可能是水加得太多了。"

屋里传来一个女人的声音："不可能，水再少就成烙饼了。"

周彬忍不住插话道："你这火候不够，得加一台鼓风机，火候大了才立得起来。"

男人转过身来，目光相接的一瞬间，周彬顿时愣住了，做摊饼的男人竟然是那个臭名昭著的乔宇。他这才想起女儿周岁宴上王院长告诉他的事，乔宇果然再婚，来云南定居了，只是没想到他们竟然在这里不期而遇。

"周所长……"乔宇尽量保持镇定，但难掩脸色的惶恐。

周彬的妻子诧异地问:"你们认识?"

她听说过当年的案子,却不知道乔宇的长相。周彬也不想在妻儿面前重提当年的旧事,便敷衍道:"认识,以前在毓秀所上班的时候见过,世界真小啊。"

乔宇听出他的回避之意,也讪讪地附和:"是啊,真巧啊。"

"我休年假,来这里旅游,没想到在这里遇着你们。"周彬对着屋内挑了挑下巴,问道,"里面是詹妮?"

乔宇扭头望了一眼,没有立即回答。

周彬不禁皱起了眉头。此时,里面传来开门的声音,一个女人掀开防蚊虫的帘子,从门槛处探出一只脚,乔宇却突然喊道:"你别出来!"

女人立即停住脚步,片刻之后慢慢地将脚缩了回去,帘子也放了下来。周彬的妻子听不懂他们在说什么,抱着孩子往后退了一步,又小声催促周彬一起离开。周彬没有挪步,望着逐渐静止的门帘,又看着乔宇的眼睛,问道:"不是詹妮?"

"是我爱人。"乔宇答道。

"哪一个爱人?"

"我只有一个爱人。"

周彬迟疑片刻,他忽然想起自己刚到北郊所上班时的一件事。陪他下去巡逻的小刘提出一个说法,何琳像是要把所有人逼上绝路,故意奔着精神病院而去,小刘理解这是一种赎罪式的自虐。当时周彬曾经产生过某一个疯狂的猜想,但很快就打消了这个念头,因为他无法想象有人会做出如此巨大的牺牲,以卧薪尝胆的决心,设计一场旷日持久的复仇。

但现在他初为人父,一下子理解了,于是他点头说:"我早该知道……"

"早该知道?"乔宇的语气有些紧张。

"早该知道。"周彬再次重复道,他转身向妻子招手,示意她走近一点,介绍道,"这是我老婆,这是我闺女。"

乔宇向周彬的妻子点头致意,又望向她怀里的宝宝,而后扭头冲着屋里喊:"老婆,你快出来,见一下朋友。"

门帘再次被掀开,那个女人终于露出庐山真面目——果真是何琳。她穿着一身云南地区民族风格的衣裳,往日的疯癫与凶狠在她身上荡然无存,她仿佛经历过一次驱魔,周彬在她身上看到了前所未有的从容、得体。

她看周彬的时候仍有一些警惕,但再看到周彬的妻子和怀里的小女儿,眼神里又斟满春风拂过湖面般的温柔。她一开始有些拘束,不太敢靠近,直到乔宇再次招手,她才小心翼翼地靠了过来,近距离看着宝宝的脸。

"你女儿？"她问道。

"嗯，刚满八个月。"

"太漂亮了……"

周彬的妻子顿时欢欣鼓舞道："真的吗？"

何琳点头："嗯，特别好看。"

周彬的妻子热情地邀请道："你要不要抱一下？"

何琳愣了一下，下意识地望向周彬。周彬点了点头："抱一下嘛，她奶香奶香的。"

于是何琳将宝宝抱过来。宝宝也没有拒绝，乖巧地趴在她的怀里，饶有兴趣地把玩她衣服上缝着的一个刺绣布饰，嘴里咿呀咿呀地说着婴儿的语言。何琳就像捧着一个价值连城的珍宝，双臂环搂，十指张开，尽量让自己的臂弯更加舒适一点，又轻轻嗅着宝宝身上的奶香味儿，喜爱之情溢于言表。

但她还是控制住了自己的情绪，抱了半分钟就将宝宝还了回去。但宝宝依然目光灼灼地盯着那个刺绣布饰，一场哭闹在所难免。不料何琳心里一急，将那个布饰硬生生地从衣服上扯了下来，塞到宝宝手里，宝宝的眼泪这才偃旗息鼓。

周彬不免内心一惊，他的妻子也被吓了一跳。但乔宇将何琳揽到身边，揉搓着她的肩膀，笑道："她力气大吧？家里拆快递很少用工具的，都是她撕开的。"

周彬的妻子被逗笑了，她摸了摸宝宝的裤裆，问道："刚好遇着家里人了，我可不可以借个卫生间用一下？给她换一下纸尿裤。"

"可以，我带你去。"

两个女人带着孩子进了屋，周彬则给乔宇发了烟，两人一同在院子里吞云吐雾。趁她俩不在，周彬又问道："詹妮没和你们一起吗？"

"她和朋友在洱海旁边开民宿，我们差不多一个月见一次。"

"所以，你和她之间，都是假的？"

"我和她永远不可能发生那种事。"

周彬皱起眉头，将信将疑地说："可是据你身边一些人的反馈，以及我本人的亲身见闻，你俩的关系早已非同一般，难道他们都在配合你们？"

乔宇无奈地苦笑一声："陈钊华和刘强能有这么高的社会地位，绝对都是聪明人，我们要想骗过他们，就得先骗过身边所有人。我们必须时刻沉浸在各自的人设里，让所有人都深信不疑，再千方百计地得罪他们，将他们推向我们的对立面……"

"所以你的堂弟、詹妮的大姨，还有你的街坊邻居，都是不知情的，你们故意利用他们对外宣传，坐实你们的关系？"

"是的，我们没有回头路，必须万无一失。"

"那她和刘强呢？"

乔宇不说话了，一边抽烟，一边用脚尖踩着地砖缝隙里冒出的草芽。

"你们真是不计代价，谁能想得到呢……"周彬心里大概有了数，轻声感慨道，但他很快察觉到一个状况，又问道，"所以这些事情都是詹妮谋划出来的？"

"不是！是我们求她帮忙的。"乔宇下意识地否认。

周彬却完全不相信，摇头道："她本来可以置身事外的，谁也不会说她什么，如果只是作为帮手，她不可能参与得这么深入，你们也不会允许她做出这样的牺牲。唯一的可能就是，她才是你们这个局的幕后策划者，所以愿意不惜一切代价，以身入局。"

乔宇眼看被识破，也没办法再狡辩，只能承认道："我们实在走投无路了，尤其是何琳，她面前除了死，没有别的选择了。何琳吞药自杀救回来那天，詹妮来了，她叫我们好好活下去，哪怕再痛苦也要活下去，她一定会为我们也为爱丽丝讨回公道。"

这些话让周彬感慨不已，他没想到这三个人为了讨一个公道，竟然隐忍蛰伏三年之久，以普通人的身份颠覆一座城市的所谓上流社会。同时他也感到惭愧，自己曾经扮演过很不光彩的角色，却没有受到任何惩罚，他像在对领导汇报工作似的透露道："刘强被判了二十年，没收个人财产，能保他的人也被双规了。据说，他原本态度很顽固，忽然有一天收到一封信，就改变了态度，主动联系他在新西兰的老婆，想让她老婆退一部分赃款，可以有机会轻判。他老婆一开始还答应的，但挂了电话之后就没了下文，再打就不接了。"

听到这样的事情，乔宇只是哼了一声，似乎对此并不感到意外。

"你已经知道这事了？"

乔宇立即矢口否认："当然不知道。只是觉得这种因利而聚的关系，早晚也会因利而散，互相背叛也在预料之中。"

周彬踌躇片刻，还是忍不住问道："你们有没有怨恨过我？"

"恨你做什么？我没办法恨每一个人，这么多人也恨不过来，更不可能强求每个人都为了我们的事抛家舍业。"乔宇踩灭烟头，愤愤地继续说道，"我只是无法理解，明明只是一个人做错了事，该怎么处理就怎么处理，有那么难吗？一个城市的管理系统，宁可牺牲公信力，宁可逼出匹夫之怒，也要给这一个人擦屁股，搞得所有人都沾了一手屎。"

虽然得到乔宇的口头谅解，但周彬还是听得面红耳赤，幸好妻子抱着女儿出来了，才给他解了围。

妻子说："哎呀，以前我只要给宝宝换纸尿裤，宝宝就哭个不停，刚才大姐替宝宝换，宝宝一点都不哭，我才知道原来给不同年龄段的宝宝换尿布的姿势和手法都有讲究。"

何琳说："你第一次带孩子，缺乏经验很正常。"

周彬的妻子环顾院子四周，院子里除了有一个秋千架，没有任何与孩子有关的东西，便问道："你们家宝宝今天没在家吗？"

周彬赶紧打断她，说："老婆，我们先走吧，不要打扰人家了。"

周彬的妻子不清楚状况，以为两个男人闹了什么不愉快，只得向何琳道别，与丈夫一同离开。但他们刚走到院门处，乔宇又喊住他们，将那只柳芽摊饼撕了一半装入塑料袋，递给周彬："这里的气候很好，特别宜居，柳芽也很嫩，很适合做摊饼，如果条件允许，我们就不回去了。"

周彬迟疑片刻才接了过来，点头道："当然不必回去，要不是被工作绑着，我们也巴不得在这里住着。你俩在这里好好过吧，家里如果有事需要帮忙，就给我打个电话，我一定尽心尽力去办。"

"这个摊饼不算行贿吧？"乔宇随口打趣。

"说不准，以后拿人手短喽。"周彬回应道，但他的语气又多了几分认真，低声说道，"放心吧，家里其实更希望所有的事情到此为止。"

"真的？"

周彬苦笑一声："一向不都这样嘛。"

等周彬一家走远，乔宇与何琳回到院子里。两人坐在小圆桌前，蘸着豆瓣酱吃那半张剩下的摊饼。何琳吃了两块，说："味道还不错，明天再去摘点柳芽，再试一次。"

"还得买鼓风机。"

两人又默默地吃了一会儿，乔宇问："詹妮最近在忙什么？"

"不知道，她有一段时间没来了。"

乔宇撕了一块柳芽密集的摊饼递给妻子，说："宝宝的名字还得请她帮忙想一想，她是搞文艺的，能想到好听的名字。"

"好。"

夫妻俩一边漫无边际地闲聊，一边吃着自己做的时令食物。乔宇坐得靠近炉子，他感觉有些热，便扯下了头巾。自从来到曲靖，他便很久没再去染发，如今新长出来的发根都是白发，只有发梢部分还残留着染过的黑色。但乔宇已经无所谓，白的变黑，黑的变白，他可以染一时，不可能染一世，不如顺其自然。

此时，夕阳斜照，西边的天空霞光万丈，东边的天空像一片平静的海，仿佛回到几年前的某个黄昏。当时詹妮劝他们来这里定居，远离那个伤心之城，夫妻俩还有些犹豫，直到詹妮给他们看了无数道美丽得近乎神圣的彩霞，他们才下了决心，带着爱丽丝的骨灰一同迁了过来。

乔宇牵着何琳的手走到秋千架前，让妻子坐了上去，自己则在后面推着。何琳双手抓紧绳索，仰脸往上看着，只见天空忽明忽暗，耳边的风声呼呼作响，仿佛两个世界在互相拉锯，彼此争夺。

何琳的内心已经平静，不再被戾气占据，她只有记住这些幸福的时光，才能留住心底的爱丽丝，不让那个美丽的生命白来这世上一场。此时此刻，有另一个小生命正在她的腹中萌芽，她不知道这个世界会以何种面貌来迎接它，但可以确定的是，她如今不只空有一腔母爱，还有利爪和獠牙，可以用任何手段来保护他。

周彬原计划在曲靖待三天，房费都提前付了，但他在偶然造访那个小院之后突然改变主意，打算次日一早就走。妻子还没有玩够，不太理解丈夫为什么要打破既定行程，不免嘟囔了几句。周彬一直没有解释，直到女儿在他们中间睡着了，他才向妻子透露了湖畔那对夫妻的真实身份，并将事情的来龙去脉讲述了一遍。

妻子也陷入长久的沉默，半晌之后才抱了抱他，安慰道："还能见一面挺好的，你可以放下心理包袱，他俩也不用一直担惊受怕，大家以后都过得轻松一点。"

不得不说，妻子真的特别善解人意，简单一句话便搬走了周彬心口的大石头，让他从成为"不速之客"的尴尬情绪中解脱出来。"回去以后不要跟人提这件事，就当没见过他俩。"他交代道。

"知道的，我又不傻。"妻子白了他一眼。

临走前，周彬给乔宇发微信告别。直到车子即将抵达昆明的时候，他才收到乔宇的消息："怎么不多玩两天？"

周彬回应道："假期有限，想带她俩多走几个地方。"

"行，一路顺风。以后来云南提前说一声，我来安排。"

周彬客气地道谢，但他心里清楚，如果没有特殊情况，他们这辈子再次相见的机会极其渺茫。时间是世界万物的解药，可以让愤怒匍匐，可以让伤口愈合，千里之外一个崭新的栖身之所也许能够加快这个进程。

正如周妻所言，周彬此行的确医好了乔宇夫妇的一个心病。在此之前，他们栖身于这奇山异水之间，就算再惬意也有偏安一隅的末日感，哪怕只是远远地听见街上传来警车鸣笛的声音，两人都会下意识地紧张起来。如今周彬来过这一趟，尽管并未传达任何正式的官方意见，但其个人的表态已经足以让两人内心摆脱亡命天涯的感觉。

周彬离开曲靖的第四天，詹妮终于露面了，她骑着摩托车，身穿冲锋衣，连人带车都满是泥浆。她去山里的小学送东西，不小心摔进沟里了，还好没有大碍，只是有一点韧带拉伤，在村里歇了几天就康复了。

乔宇在院子里用水枪冲洗摩托车，詹妮在卫生间洗澡，何琳则在二楼露台给她洗衣服。十分钟后，詹妮梳着半湿的头发出来了，何琳打算进屋给她找吹风机，詹妮却将她拉住，说："不用，太阳晒一晒就干了。"

何琳抬头看了一眼太阳，便没有再坚持。这里海拔高达两千米，天高云低，阳光充沛，风又柔又暖，晒太阳再惬意不过。何琳说："前几天，周彬来家里了。"

"哪个周彬？"

"以前毓秀派出所那个。"

詹妮停下梳头发的动作，警惕地问道："他来做什么？"

"你不要紧张，只是碰巧遇着了而已。"

"这么碰巧？"

"应该是吧。"何琳不敢把话说得太满，"他带老婆孩子一起来的，像是出来旅游的样子，聊了一会儿就走了，还让我们在这里好好过，说云海那边的人不会再盯了。"

"你们信任他吗？"詹妮问。

何琳答道："信不信任又能怎么样呢？我们总不可能躲一辈子。"

詹妮点了点头："也对，我们做的一切都在规则之内，该付出的代价都付了，该承担的惩罚也承担了，以后就应该光明正大地活下去。"

何琳洗好了衣服，打算喊乔宇上来帮忙。詹妮主动站出来帮忙，两人一起拧水和晾晒。忙完这些，两人坐在露台上喝茶聊天，眺望远方的天空和山林，享受微风在耳边时有时无地吹拂的感觉。何琳扭头看着詹妮，愧疚地说："我们唯一对不起的是你，你本来和这件事完全没关系的——"

"不要这样想。"詹妮立即打断她的话，"当初孩子没了，你说自己活不下去了，我就已经做好了一切心理准备。人生一世，草木一秋，总得有一两个人比自己更重要。当初我活不下去的时候,是你们一家把我从深渊里拽上来的,你们就是我在这世上最重要的人。"

何琳永远不会忘记三年前那个阴雨连绵的梅雨季节,她反锁了房门,吞下半瓶安眠药,却被乔宇踹开房门,送去医院洗胃。次日上午,詹妮闻讯赶来,看到几乎丢了半条命的何琳,责问她为什么如此想不开。她无奈地苦笑:"我这个当妈的没有能力给孩子伸冤,实在没脸再活下去了,每一天都生不如死,只想早点解脱。"

该说的道理已经说过无数遍了,詹妮也不知道如何规劝何琳,她点了一支烟,踌躇半晌之后才问道:"如果可以为爱丽丝讨回公道,你们愿意付出怎样的代价?"

何琳像抓住了救命稻草,尽管洗胃以后身体虚弱,还是强撑着坐起来,问道:"你有办法吗?"

詹妮点头:"我有一个计划,但付出的代价很大。"

"只要能给孩子讨回公道,要我死都可以——"

"谁都不能死!"詹妮却打断她的话:"想死多轻松啊,割腕、跳楼、上吊、吃药,世上的事和你没有半点关系了,但那些巴不得你死的人会弹冠相庆,因为再也不用担心有人追问这件事了。"

乔宇也起身发问:"那我们该怎么办?"

詹妮踱步到窗口,往外望了望。此时,风雨没有停歇,远处不时传来几声闷雷。她确认没人上门,才倚在窗边开口道:"要想击败恶鬼,只有一条路,那就是比他们更凶恶,更狡猾,更不择手段。你们要去一趟地狱,并且在那里待很久,没有人再同情你们的丧女之痛,只会把你们当成谈资甚至笑话——你们承受得了吗?"

乔宇看了一眼妻子,说:"我们可以承受任何代价。"

于是詹妮说出自己的计划:"何琳,你继续上访,越疯越好,闹得所有人都觉得你在无理取闹。乔宇,你不但要拿和解款,还要借着何琳的事向那些人靠拢,成为他们的走狗。等何琳疯癫到让他们无法忍受,你就主动提出把何琳送进精神病院,务必拿到所有部门的签字、盖章,尤其要把陈钊华本人拉进来。"

何琳皱起眉头,困惑地问:"为什么?"

"以其人之道,还治其人之身。他有官方认证的未成年人身份,你是权威鉴定的精神病患者,同样没有承担刑事责任能力,到时候你想怎么讨公道都可以,就看那些老爷如何抉择了。"

乔宇思索片刻，提出自己的质疑："即使我向他们靠拢，他们也不一定接纳啊，他们根本不会把我放在眼里。"

"是的，他们高高在上久了，看底下的弱者就像看饲养场的家禽家畜，认为我们的感情都比他们的低级。但只要何琳施加的压力够大，你又有和解的意愿，他们就需要你控制住何琳，至少在一段时间内都无法忽视你。而他们对你的蔑视，更能让他们相信你会受到利益驱使，放弃为女儿申诉。总而言之，何琳是一根绕在他们脖子上的麻绳，他们如果忽视你，你就勒紧一点。"

乔宇点了点头，说："我大概懂了。"

"只是从今以后，你会名誉扫地，众叛亲离，成为被人唾弃的小人，你不可以解释，不可以倾诉，所有的委屈都要咽下去。"

"我可以。"乔宇点头，但他还是有些犹疑地问，"但我们只是普通人，有能力摆这么大的局吗？万一被他们识破，那就前功尽弃了。"

詹妮沉默片刻。在她思考的期间，烟头上积攒的烟灰落在衣角，她随手掸掉，像是下了某种决心，答道："看他们拥有现在的身份和地位，必定个个都是人精，我们的计划一定不会顺利，所以这趟地狱之行，我和你们同去。云海市就这么大点的地方，我做这一行，七拐八绕总有机会和他们搭上关系。到时候即便有什么变数，也可以随机应变，调整计划。"

乔宇夫妇俩都听明白了，但仍然举棋不定，他们倒不是害怕承担代价，只是觉得没有理由将詹妮牵扯进来。但詹妮看出他们的担忧，说道："你们不必有心理负担，这是我自己的选择。咱们是相处多年的朋友，我几乎每年的除夕都是在你家过的，爱丽丝还管我叫干妈。我离婚前后那段糟糕的日子，是你们一家陪我熬过来的，于情于理，我至少算是半个家人吧。"

这番话让何琳想起那场灾难之前的快乐时光，不免悲从中来，她忍不住捂脸哭泣。乔宇上前抚背安慰。詹妮等她的情绪稍微平息下来，这才继续问道："决定了吗？一旦踏上这条路，从今以后我们都要戴上面具，变成另一个人。疯癫、贪婪、势利、放荡，无论外人如何评说，无论处境有多艰难，我们都没有退路。"

夫妇俩互看一眼，而后郑重其事地点头。此时，外面依然传来阵阵闷雷，如同来自苍天的呓语，一个飞蛾扑火的计划便在这个平常的清晨诞生。

第二十八章
小精灵

詹妮这几日大概太疲惫了,她躺在藤椅上闭目养神,迷迷糊糊就睡着了。何琳从晾衣绳上扯下一条干净的毛巾毯,盖在她身上,尽管动作非常轻柔,詹妮还是立即惊醒并做出防御的姿态,直到看清何琳的脸,她才如释重负地松了一口气。

詹妮如今时常出现应激反应,不喜欢与别人有任何身体接触,尽管她从来不提自己遭遇了什么,但何琳心里清楚,一定是刘强对她做了非常糟糕的事。

"去房间里睡吧,等做好饭了我再喊你。"何琳轻声说道。

詹妮抬腕看了看手表,一下子坐了起来,差点与何琳撞着额头,她说:"不了,歇得差不多了,我得走了。"

"干吗走呀?我还准备留你在这里过夜呢,乔宁已经去买菜了。"

"我晚上要回山里一趟,明天还得去昆明办事,过几天再来你们家蹭饭。"

何琳很了解詹妮的脾性,一旦计划好,便很难再改了。她也不再浪费口舌,下楼去帮着收拾东西。她给詹妮准备了不少东西,有换季的衣服、日常药物,还有一些巧克力之类的高热量零食,山里气候多变,多准备一点总是好的。她往詹妮的背包里塞东西的时候,一个信封掉了出来。她捡起来看了一眼,惊诧地发现那是一封尚未寄出的信,收信地址是云海市的监狱,而收信人竟是刘强。

何琳心里咯噔了一下,却也没有声张。她若无其事地将信塞了回去,和詹妮一起将包裹绑到摩托车的后架上。但詹妮即将动身之前,何琳还是将她拉到一边,问道:"刘强被判了二十年,你知道吗?"

詹妮点了点头。

"你现在对他是什么想法?"

詹妮却反问道:"你觉得呢?"

何琳踌躇片刻之后才说道:"你为我们做得已经够多了,现在你想怎么生活,我们都没有资格干预。只是刘强被判了二十年,出来的时候至少奔六十岁了,你把以后的人生搭在他身上,是不是不太值当?"

詹妮愣了一下，不禁哑然失笑："我和他？你想什么呢？"

何琳也不绕弯子了，坦言道："我刚才给你包里装东西，看到你给他写的信了。"

"拆开看了？"

"没有。"何琳立即否认道，"我不至于那样做。"

詹妮从背包里取出那封信，打开给何琳看。里面除了一张照片，什么都没有，而那张照片是詹妮与一个两三岁小男孩的合影。

"这是我在山里认识的一个孩子，"詹妮指着照片里那孩子的脸，"你看他是不是有点像刘强？"

何琳仔细看了看。其实如果没人提，她根本无法将两人联想到一块儿去，但詹妮如此明确地指出来后，何琳也觉得这个孩子与刘强在眉眼之间有一点相似，尤其是幼童头发尚未长齐的大额头，与刘强发际线大幅后移留下来的一片光秃有所呼应。

"我几个月前就给他寄过照片了，说这是他的儿子，劝他退赃立功，争取早点出狱和我们团聚。我这次再给他看看，让他在里面有个盼头。"

何琳记得周彬说过刘强主动退赃的事，但她还是一头雾水："为什么呢？"

"不只是他收到了照片，他老婆在新西兰也收到了。他老婆不可能接受他在外面有私生子这件事，她宁可让刘强烂死在监狱里，也不愿意花一分钱来救他。"詹妮露出狡黠的微笑，"我要看他失去一切，包括自由、财富和亲人。等他的妻女彻底和他决裂，我再告诉他真相，这次我要看他失去希望……"

何琳对刘强的厌恶是毋庸置疑的，她巴不得那伙人全部被打入十八层地狱，但此时，她高兴不起来。大概是怀有身孕的缘故，如今的她不再像前几年那样刻薄和决绝，反而多了几分优柔寡断，她用双臂捧着詹妮的头盔，像一个送父母出门打工的留守儿童。

"不用担心，就快结束了。"詹妮看出何琳的担忧，上前抱了她一下，而后接过她怀里的头盔，跨上摩托车。

"走了！"她挥了挥手，潇洒地扬尘而去。

何琳在门口傻站着，直到詹妮的身影在远处的街角消失很久，她才逐渐回过神来。此时，光线陡然暗淡下来，体感温度也随之下降一点，她抬头望了望天，看见一片云遮住了太阳。那朵云原本是洁白无瑕的，但它实在太厚了，从地面仰望过去，倒像一片乌云。

乔宇刚好从外面回来，诧异地看了一眼便明白是怎么回事，问道："人又走了？"

何琳点了点头。

"放心吧，今天应该不会下雨的。"

何琳没有作答，她被天光照得头晕，便后退一步，坐在门外一侧的门枕石上。乔宇也挨着她坐了下来，顺手从菜篮里挑了一颗草莓，塞到她口中。何琳尝着这应季的鲜果，正想说爱丽丝最喜欢吃草莓，可惜没有吃过这么好的高原草莓，但她扭头看见丈夫头上的白发，又将嘴边的话咽了回去。

爱丽丝，多可爱的乳名，为了捍卫她的尊严，何琳不惜赌上自己的一切，发誓永远不忘却这件事，而现在她竟然自觉地避开了。但她又不得不如此，这些年他们像流放的囚徒一般，背着沉重的石碑，跋涉在漫无边际的阴暗沼泽里，终于等到拨云见日的一天。他们回到了正常的人间，和所有普通人一样过着普通的生活，但只有他们自己才知道，他们背负着的石碑一直没有放下。

能够拯救他们的，唯有时间。

"宝宝名字的事，你跟詹妮商量过吗？"乔宇问道。

"没有。"

"不是说要请她给宝宝起名吗？"

何琳思索片刻，又摇了摇头，没有说话。她心里十分清楚，如果没有詹妮，他俩根本没有办法摆脱阴霾，也不可能孕育现在的新生命，能请詹妮起名无疑是一种荣幸。可是，这对于詹妮而言，又是一份沉重的负担，她希望詹妮过得轻松一些，去经营属于自己的人生。

此时，一只白色的蝴蝶从远处飞了过来，沿途不乏漂亮的绿化带，但它并没有做任何徘徊和停留，跌跌撞撞地落在他俩面前。院墙遮蔽了一部分的风，它也飞得更从容一些，在何琳身边绕来绕去，如同一个调皮又懵懂的小精灵。

夫妻俩都真切地看着这一幕，默契地没有出声，生怕惊扰了这美好的瞬间。蝴蝶轻巧地从何琳的耳边掠过，何琳甚至隐约感受到它的翅膀扇起的微风，她又惊又喜，却没有做出任何动作，希望哪怕多留它一秒钟。但蝴蝶只绕了两圈，便扑着翅膀飞向高空，小小的身影融入耀白的天空。

何琳轻轻地摆手，默默地在心底告别："再见，爱丽丝。"

出版番外
黑天使

詹妮花了将近两年时间才结束那段痛苦的婚姻，但更痛苦的是，恢复自由的她比以前更不快乐了，这让她开始对自己的选择产生怀疑。她感觉自己体内好像被割去了某个器官，无法再分泌任何与快乐有关的情绪，整颗心都蒙在一片灰暗和绝望之中。

明明犯错的人是对方呀，为什么最后遭受折磨的却是自己呢？她无法理解。

她与前夫杨骏的缘分是从大学开始的。两人在学校的迎新晚会相识，几个月后确定了情侣关系。十八九岁的女孩子，好不容易摆脱繁重的学业和严密的监管，初涉爱河，不免有点报复性地沉溺其中。杨骏长得并不出色，甚至很普通，与她以前读少女漫画时遐想的白马王子的模样相差甚远，他们在许多人的眼里不太相配。但詹妮并不在意这些，她眼里的男友处处是优点：温柔、勤奋、忠厚、稳重，偶尔还有一些可爱。

随着相处时间的推移，情人眼里的光泽非但没有消退，反倒熠熠生辉，詹妮几乎一头扎进这段甜蜜的初恋里。"恋爱脑"，詹妮第一次听说这个词，就是来自好友何琳对她的评价。对于这样的评价，她非但不生气，反而有些沾沾自喜——多可爱的一个词啊，冒着粉红色的泡泡，简直就是为自己创造的。

何琳这样评价詹妮不无道理，在她看来，詹妮在这段感情里的投入不太理性。面对其他条件更优秀的男孩子的追求，詹妮从来没有心动过。但这是无可厚非的，詹妮在读大二的时候，曾有一次去英国当交换生的机会，很想参加。杨骏在嘴上表示支持，却在行动上表现出抵触。她察觉到这一点，只能无奈地选择放弃。再后来，两人一起准备考研，詹妮一举考上本校的研究生，而杨骏没有考上，便去找了一份工作。但他的猜疑心开始作祟，担心詹妮"上岸第一剑"先斩他这个意中人，于是在一番甜言蜜语之后，哄着詹妮在读书期间和他领了结婚证。

那是最朴素的婚礼，没有彩礼，没有仪式，婚戒也只是从小商品市场买来的赝品。晚上，他们请朋友们吃了一顿饭，展示了一下结婚证，两人就算结成了夫妻。

杨骏的学历一般，只能在小公司苦熬日子，项目随时有被砍掉的可能，前途并不光明。詹妮拿到硕士文凭之后，也参加了工作，在省里的一家剧场当了儿童舞台剧的编导。这对年轻的夫妻在南京打拼，按揭购买了一套八十平方米的小房子。实在不凑巧的时候，詹妮也会向何琳开口借一点钱。只要能及时把房贷还上，日常生活过得紧巴一点也无所谓。

何琳私下问过詹妮："你错过那些更好的选择，会不会觉得可惜？"

詹妮笑道："可惜什么？有情饮水饱哦！"

两年下来，杨骏所在的公司陆续走了几拨人，他慢慢熬成了部门的小组长，又遇上一件好事。他所在的冷门行业忽然成了风口，公司被一家互联网巨头收购，他也顺理成章地成为大公司旗下的一员，薪资待遇水涨船高，毕业两年就有如此成就，也算得上青年翘楚了。詹妮当然高兴得很，觉得自己慧眼识珠，认准了杨骏这支潜力股，以往徘徊在他们耳边的质疑和非议也烟消云散了。

他们重新装修了房子，补拍了婚纱照。刚好何琳生下了爱丽丝。詹妮深受触动，也开始积极备孕。但在医院体检之后，医生告诉他们一个糟糕的消息，詹妮的输卵管发育异常，自然受孕的概率很小，需要一些医疗技术的介入才能怀孕，这种方式不光耗费时间和财力，而且对她的身体有一定的损害。

经过两周的考量，詹妮还是决定尝试医疗技术介入，生一个属于他们两人的孩子。为此，她放手一搏，辞去剧团首席编导的职务，每天锻炼身体，服用大量的药物，努力调整身体状态。然而杨骏对此的态度并不积极，他说自己心疼詹妮，表示他们做丁克或者领养一个孩子都可以。如此的表态当然让詹妮感动不已，她非但没有放弃，反倒更加坚定。

然而几个月后，詹妮无意中发现杨骏的手机里收到一条水费催缴的信息，发信息的供水公司与他们家关联的并不是同一个。她原本想找杨骏问个清楚，但回想起近些日子里丈夫的反常行为，话到嘴边又收了回去。几天之后，她亲眼看见了真相——杨骏在离家不到三公里的地方租了一间公寓，包养了一个刚毕业不久的年轻女孩。

对于詹妮而言，这无异于天塌了下来——支撑她生活的基石垮掉了。她甚至没有勇气当面揭穿杨骏，而是仓皇地躲开，失魂落魄地在街头徘徊。她在一个小公园里坐了半晌才回过神来，然后给何琳打了电话。

爱丽丝当时刚满周岁，何琳撇不下孩子，又担心詹妮出事，便让丈夫乔宇驱车两百多公里，一家三口赶往南京。见到詹妮拉来好友助阵，杨骏也不再伪装了，他直言不讳地说出自己的想法："感情归感情，婚姻归婚姻，孩子归孩子，都不是同一回事。到了现在这个阶段，我想要一个自己的孩子总不为过吧？"

何琳反问他："医生不是说有办法吗？"

杨骏冷笑一声："毛病不是出在我身上，凭什么让我花几十万去赌这个概率？我的钱又不是大风刮来的！"

詹妮终于听懂了——孩子重要，钱也重要，只有她不重要。她知道这场婚姻已经不值得挽回，也羞于面对自己无法生育的状况，打算主动净身出户。幸好何琳及时打消了她这种自我感动式的想法，向她发出一连串的拷问："你为什么要净身出户？犯错的是你吗？在这几年的婚姻里，你的贡献为零吗？你打算两手空空的面对以后的人生吗？"

詹妮一时语塞。

何琳再次劝说道："或者你觉得你净身出户，会让他感到愧疚？你想多了，他不会的，他只会搂着他的新欢嘲笑你愚蠢。"

于是詹妮清醒过来，开始打漫长的离婚官司。杨骏如此惜财，在财产分割方面当然不肯让步，他甚至故意在外面散播虚假消息，说詹妮是因为以前私生活糜烂，有过多次流产史才导致如今无法怀孕。詹妮最终赢得官司，拿到属于自己的那份财产，但也因为身心俱疲，陷入无尽的沮丧。

何琳劝解道："既然离婚了，那就宽心一些，没必要再为他伤心劳神，好男人多的是。"

詹妮却苦笑一声："但我怎么也想不通，我都这样对一个人了，为什么还落得这个下场，我以后要怎样对待别人才算合格？"

何琳也一时语塞。是啊，人究竟要如何掏心掏肺，才能赢得对等的真心呢？

"我觉得我的人生已经提前到头了。"詹妮说。

何琳心疼地拥抱了她："你还年轻呢，怎么可能到头了？糟糕的日子总会过去的，以前不也是这样熬过来的吗？"

詹妮明白这些道理，但她实在对未来的人生提不起希望，负面情绪弥漫在她躯体的每一个角落，充斥在她清醒着的每个时刻。她试图让自己振作起来，但这种努力就像一个发着高烧气若游丝的人想要爬起来跑一趟马拉松一样，完全无法凭空获取一点力量。她感到生命变得空洞，甚至连自己的存在都成了一种沉重的负担。在何琳的陪同下，她去了一趟医院，在做过全面检查之后，确诊为重度抑郁。

那段时间，流感横行，爱丽丝没能幸免，隔三岔五就要去一趟医院。等爱丽丝康复后，何琳自己却倒下了。乔宇刚好在外面出差，一时半会儿赶不回来，何琳只能向詹妮求助。詹妮原本并不愿意出门——她自己就是一个过江的泥菩萨，如何帮得了别人？但听着电话里爱丽丝的啼哭，她还是心软了。

何琳担心交叉感染，吃过药就去楼上的小房间里休息了，留下詹妮和爱丽丝在楼下客厅里独处。爱丽丝才三岁出头，自顾自地玩着积木。詹妮昨夜失眠，此时有些犯困，便半躺在沙发上守着她。

只是一个恍惚的工夫，詹妮便睡着了，迷迷糊糊之中，她感觉身上窸窸窣窣的，一下子惊醒。只见爱丽丝不知从哪里拽来一条毛毯，费力地往她身上盖着。詹妮惊讶地看着这个小家伙，问道："你在给我盖毯子呀？"

"姨姨睡觉盖被被。"爱丽丝稚气地说道。

詹妮将爱丽丝搂到沙发上，拥在怀里："爱丽丝陪姨姨睡觉觉，好不好？"

爱丽丝点头答应，立即闭上双眼，假装睡着了。她长长的睫毛像帘子一样盖着眼睑，肌肤像果冻一样光滑柔嫩，身上还有奶粉的气味。詹妮端详着这张可爱的脸，心头一阵温软，忍不住亲了一口她的面颊。爱丽丝禁不起逗弄，嬉笑着睁开双眼，乌黑的瞳孔几乎能够映出詹妮的面容，她说："姨姨闻起来和妈妈一样。"

詹妮愣了一下，而后恍然大悟。她和何琳是多年的好友，虽然各自结婚后走动没有以往那么勤了，却时常互相分享许多东西，比如香水、护肤品、洗衣液，所以身上的气味相近也很正常。她捏了捏爱丽丝的鼻尖，调侃道："那你也给姨姨当宝宝，好不好？"

爱丽丝侧着脑袋认真地想了想，说："我要问一下妈妈。"

詹妮只当这是一个玩笑，没有放在心上。但几天之后，何琳忽然郑重其事地说："爱丽丝这两天问了我好几次，能不能也当你的宝宝，还挺认真的样子。所以我想问，你愿不愿意当她的干妈？"

詹妮始料未及，诧异地回应："我不会啊，我什么都不懂……"

"不需要懂什么，又不复杂。"何琳说道，"我和乔宇都是第一次当父母，家里又没有老人，很多时候都考虑不周全，对爱丽丝有时会有疏忽，有时会太溺爱，但我们自己看不清的。所以想请你当她的法外监护人，照应她，教导她。说一句不吉利的话，意外和明天不知道哪个会先来，万一哪天我们夫妻俩出了什么事，这个世界上能够让我放心托付的人也只有你了。"

詹妮望着不远处正在认真翻阅画册的爱丽丝，思索片刻之后，点头同意道："行，那就试试吧。"

何琳喜出望外，招手将爱丽丝唤到面前，说："宝宝，以后詹妮姨姨就是你的干妈了。"

"不是姨姨了吗？"爱丽丝一头雾水。

何琳一时也解释不清，詹妮便将爱丽丝揽到怀里，说："不用叫干妈，还叫姨姨，但你以后也是姨姨的宝宝了。"

"说不定哪天能在你的舞台剧里演个小猫、小狗什么的呢。"

"这是咱自己家的孩子，又漂亮又聪明，可得好好培养，以后演主角。"詹妮一边说着，一边爱不释手地抚摸着爱丽丝的长发，心里却泛起一阵忧虑。她处于眼下这个颓势，不知道还能不能再回到以前的状态。她曾经打算就此"摆烂"算了，但如今生活里突然增加这样一个主题，多少让她有了一点动力。

自从让女儿认了这门干亲，何琳的日子就舒坦多了，她终于有闲暇去考驾照。只要是去练车或者考试时，她就会将爱丽丝送到詹妮身边。无论詹妮平时一个人如何得过且过，此时都不得不振作起来，想着如何照顾好这个小女儿。她每次都会认真地筹划和爱丽丝会面的活动——去公园放风筝，去逛商场超市，或者去儿童乐园，每一次都很开心，但对于当时的詹妮而言，这些事情也很疲惫。

为了在爱丽丝面前维持良好的形象，詹妮积极配合治疗，听从医嘱，按时服药，不再与糟糕的往事在泥潭里打滚。半年下来，她的精神状态的确有所好转，虽然很多时候还是会不受控制地陷入迷茫，但爱丽丝的陪伴总能将她拉回来，让她感觉自己还能再熬一熬，人生也许还有希望。

有一段时间，乔宇在体检之后查出颅内有一个增生物，医生建议他去上海治疗，因为那边有做微创手术的条件。乔宇住院至少需要半个月，何琳得去陪护，又不方便带上孩子，只能又把爱丽丝送到詹妮家里。

这次，詹妮没有做任何准备，和爱丽丝两个人大眼瞪小眼。她们没有出门，就在家里待着。詹妮下厨煮了基围虾和青菜，两人吃过午饭，躺在落地窗后的摇椅上，看天空中的白云。有的云像兔子，有的云像狗，有的云像大象，她们天马行空地想象，不知不觉地就睡着了。这两年来，詹妮从未睡过如此安稳的一觉，她怀里拥着如此可爱的存在，梦里便不再有愤恨与不甘。

傍晚时分，太阳即将落下，从窗口吹进来的冷风唤醒了詹妮。爱丽丝也揉着惺忪的睡眼醒了过来，一时间有些恍惚。等她意识到这不是自己家，抱着自己的也不是何琳，带着哭腔嘟囔道："妈妈……"

"妈妈和爸爸去上海了，宝宝在这里玩几天，好不好？"詹妮努力安抚道。

这种如实相告的回答不但没有达到安抚的效果，反而让爱丽丝更加难过，泪水在眼眶中蓄势待发。情急之下，詹妮又补充道："妈妈本来要带宝宝一起去的，但姨姨身体不舒服，而且太想宝宝了，所以妈妈让宝宝留下来陪姨姨。"

爱丽丝顿时止住哭意，盯着詹妮看了片刻，关切地问道："姨姨生病了吗？"

"是啊。"

爱丽丝擦了擦眼泪，转身搂住詹妮的脖子，有模有样地拍着她的后背："姨姨不怕，宝宝陪你，吃药药就好了。"

"好，姨姨听你的。"

爱丽丝望着窗外渐渐暗下来的天空，又说："我今天做了个梦，梦见我飞到天上去了，摘了好多漂亮的云，想送给姨姨的，然后就醒了……"

詹妮心中一阵温软，亲了亲她的脸，给她讲自己小时候帮家里摘棉花的事。地里的棉花又白又软，可以摘下来放在口袋里，就像在摘白云一样，所以她一开始干得很卖力。实际上，在詹妮的记忆里，摘棉花是一件噩梦般的苦差，不仅要头顶毒辣的烈日，而且棉花的枝条又硬又密，剐到身上就是一道印子。但爱丽丝从未见过棉花地，她一脸憧憬地听着，想象那是一个浪漫的游戏。讲着讲着，詹妮忽然有些释然——原来时间真的可以冲淡很多东西，多年之后再有契机提及过去的经历，通常都是这般云淡风轻。

暂住詹妮家的这些日子里，爱丽丝表现得很乖巧，虽然头两天稍微有些拘谨，但后面就逐渐放开了。詹妮早晨醒来，身边见不着爱丽丝，去客厅看见小丫头正披头散发歪七扭八地躺在沙发上，一边看动画片，一边嘬着一瓶酸奶。她看见詹妮出来，还抠着脚丫咯咯地笑道："姨姨睡好久哦，像小猪。"

詹妮故作没好气地反驳："不知道哪头小猪昨晚捧着饭碗就睡着了呢。"

乔宇的手术很顺利，术后观察也一切正常，只住了十天左右就提前出院了。何琳回家一安顿好，就过来接爱丽丝。这是爱丽丝出生以来与何琳分开最久的一次，一看见妈妈，她立马赤着脚飞奔过去，一头扑进妈妈怀里号啕大哭。

詹妮抱着双臂倚在门口，远远地看着，心里既因为自己圆满完成看护爱丽丝的任务而感到高兴，又因为爱丽丝只有在亲妈面前才会如此真挚且放肆地释放情绪而感到些许嫉妒。何琳也有些尴尬，说："孩子就是这样，你别介意。"

"我有什么好介意的呀。"詹妮满不在乎地说。

"这些天，真是太麻烦你了。"

"见鬼了你，跟我说这客套话。"

何琳也忍不住发笑："最近在医院，人生地不熟的，见谁都说客气话，都快说习惯了。"

"要说谢谢，也应该是我说，宝宝住在这里的这些天，我的状态好多了，比吃药还管用。"

何琳惊喜地揉了揉爱丽丝的脸，夸赞道："宝宝听到没有？你快变成小医生了呢。"

詹妮没有夸大其词，这些天她的状态的确明显改善了。也许因为时间都被快乐充实了，那些糟糕情绪不请自来的次数少了很多。她去医院体检，大多数指标都在恢复正常，医生也很惊讶她病情改善之快，便安排她逐步减药。

"家里人出了不少力吧？"医生问道。

詹妮愣了一下，而后笑着点头。

乔宇做完手术归来，詹妮按习俗带着一篮水果去他家里探望，也给爱丽丝带了一枚精致的玉牌，作为结下干亲的礼物。那天前来探望的不止詹妮一个，还有乔宇的一些亲戚朋友。太多人在场，爱丽丝便不似平时那般乖巧，开始有点蛮闹。其中一个年长的亲戚故意逗她说："其实你是你詹妮姨生的宝宝，送给你现在的爸爸妈妈养的，要不她怎么这么疼你哦。"

爱丽丝毕竟才四岁，对方又说得言之凿凿，她一时有点分辨不清真假，迷茫地望着自己的妈妈。但何琳不好意思当面顶撞夫家的长辈，便只是不置可否地笑。詹妮不喜欢跟孩子开这种关于来历的玩笑，便认真地澄清道："他逗你玩呢，不是真的。"

爱丽丝转过脸，盯那个为老不尊的长辈说："坏人！"

他们原本以为这个玩笑到此为止，但有一次爱丽丝淘气得过头了，被何琳好一顿教训。第二天陪乔宇去医院复查时，她便又把爱丽丝送去詹妮身边。刚好詹妮买了一只烤箱，便带着爱丽丝在家里尝试烘焙蛋挞。爱丽丝想要帮忙，却不慎打翻了一盒鸡蛋，詹妮没有责怪她，而是耐心地擦干净地板，又给爱丽丝换了一双干净的袜子。

爱丽丝将脚丫架在詹妮的膝盖上，忽然问道："姨姨，我真的是你的宝宝吗？"

詹妮愣了一下，反问道："为什么这么问哦？"

"妈妈有时候对我好凶，可是姨姨从来不凶我……"

詹妮解释道："傻宝宝，正因为她是你的妈妈，所以对你的要求更加严格呀。你做错了事情，她要纠正你，教你正确的做法。而且就算你妈妈凶了你，你最喜欢的人还是她。姨姨可就不一样了，姨姨要是凶了你，你就不会再来陪姨姨一起玩了，对不对？"

爱丽丝听得似懂非懂，嘴巴噘了起来，失望之情溢于言表。詹妮看得哭笑不得，将爱丽丝搂在怀里又亲又蹭，感觉自己原本干瘪的人生忽然变得饱满起来——她可以给予爱，也可以得到爱。爱丽丝就像一位小小的天使，在她人生坠入深渊的至暗时刻，扑扇着小小的翅膀，将她拽回人间。

因为那次给爱丽丝买玉牌的经历，詹妮接触了玉石零售这一行，她暂时不打算再回南京那个伤心地了，便一边鼓捣自媒体，一边做玉石零售的营生。何琳见她如此，也有了创业的心思，筹划着在市里开一家花店，开始忙碌起来，于是詹妮便经常替她去托儿所接孩子。

爱丽丝一开始并不习惯集体生活，在托儿所里度日如年。一到下午四点放学的时间，她看见詹妮在门口等着，便迈着两条腿快步扑过去，将小小的身体陷入詹妮的怀里，可怜巴巴地诉说这一天的委屈。詹妮只觉得又心疼又幸福，仿佛爱丽丝就是从自己身上掉下来的一块肉。

"你们家姑娘真好看。"一个家长夸赞道。

"啊？谢谢！"詹妮没有否认，不但笑着点头致谢，还意犹未尽地追问了一句，"我们娘儿俩长得像吗？"

那位女士也特别捧场地说："当然像，一个模子刻出来的，特别是这梨涡。"

尽管知道这种话通常是客套话，但詹妮还是特别高兴，几乎一路都是哼着歌回去的。她对爱丽丝的喜爱越发强烈，将手机屏保设置成了和她的合影，家里常备着给她的玩具和零食，而且每次去外地出差或者游玩时，都会给她买很多礼物。

何琳觉得不好意思，让詹妮不要再给爱丽丝花钱了，但詹妮依然我行我素，说她乐在其中。何琳眼看着詹妮的精神状态越来越好，对抗抑郁药物的依赖也在逐渐减弱，便不再坚持，想着大不了以后再找机会把这份人情还回去。

乔宇因为做生意接触了形形色色的人，有一次应酬时结识了一位同行。对方的妹妹和詹妮差不多，因为输卵管畸形导致不孕不育，但后来去北京一家医院通过手术治好了，花费也不多。何琳特意要到了那位主治医生的联系方式，想介绍詹妮去治疗。但詹妮拖了几天，还是婉拒了他的好意。

"算了吧，我这辈子都对结婚没兴趣了，何必花钱挨这一刀呢？"她说道。

"你对爱丽丝那么好，不想要一个孩子吗？"

詹妮摇头道："我早就想通了。我对爱丽丝好，只是因为我和她之间的缘分，并不是对生孩子有什么执念。以后遇到的人要是计较这一点，那就不处了。"

何琳还是有些担忧："你现在年轻，当然洒脱，以后上了年纪咋办？"

詹妮笑道："那我更得对我干女儿好一点，以后老了就搬到养老院去，哪天两腿一蹬，还要麻烦她帮忙办个后事，找一片风景好的海把骨灰扬了。"

何琳被她这种玩笑话气得无话可说，便不再坚持，只是私下把医生的联系方式保存着，想着万一哪天詹妮打算再婚了，还有补救的机会。

之后的日子里，詹妮的生活回到正轨，她也开始尝试接触一些新的男人。对方大多是离异的中年人，偶尔也有周彬那种大龄未婚的。较之婚变之前，她的性格发生了一百八十度的转变，她如同游戏人间一般，周旋于各种社交场合，却没有与谁真正地发展下去。

何琳曾经有所担忧，觉得詹妮处于创伤初愈之后的某种应激状态，但时间再长一些，见她乐在其中，便不再过问。到了立秋，何琳和往常一样邀请詹妮来家里过节，但詹妮已经有了自己的安排，她要去深圳的水贝珠宝交易中心转一转，顺便去香港转一圈。何琳乐于见到詹妮这样，想着她去外面走一走，换一换环境，也许就能够遇到良人了，要不是因为自己走不开，她们也许还可以来一场闺密游。

詹妮在香港玩了几天，去了很多地方，却特意跳开了迪士尼。因为她想保留自己的初体验，以后带爱丽丝一同去迪士尼游玩。她还在一家高档亲子品牌店相中了一套羊绒大衣，价格不菲但很漂亮，于是她给自己和爱丽丝各买了一件。再过几天就是爱丽丝认她做干妈的两周年了，她想把这套羊绒大衣作为两人共同的礼物，一起穿着去上海迪士尼拍照。

然而，她怎么也想不到，如此可爱又温柔的幼小生命，竟然以一种悲惨的方式，殒灭在一池污水里。起初，她也被这突如其来的变故震惊了，脑子都是麻木的，仿佛清醒地穿梭在一个非常真实的噩梦里。接下来，她帮着何琳和乔宇料理爱丽丝的后事、联络公安，但没有足够的理由和立场表现得比何琳更悲伤——毕竟何琳才是爱丽丝真正的母亲，而她只是一个毫无血缘关系的干亲罢了。

直到第三天，她从何琳那边回来，感到屋子里的寂静让她焦躁不安，于是随手打开电视，想要制造一点声响。但电视打开后，自动播放的便是爱丽丝上次没有看完的动画片，她心里猛地一揪，仿佛看到什么刺眼的东西，下意识地关掉了电视。

她在客厅里徘徊片刻，颓然地躺在沙发上，后背却被一个坚硬的东西硌了一下，拿出来才发现是一只拇指大小的塑料猫咪。严格地讲，这根本不算一个玩具，只是棒棒糖上用来吸引小孩子的装饰而已。她记得那天自己带爱丽丝去附近的超市购物，她想让爱丽丝挑贵一点的零食和玩具，但爱丽丝挑了半天，只拿了这根标价 2.5 元的棒棒糖。

"再拿点别的。"她说。

爱丽丝摇头："不要了。"

"跟姨姨出来，就只要一根棒棒糖呀？"

"我喜欢这个。"爱丽丝说着，又神秘兮兮地对詹妮招手，等詹妮俯下身，才对她耳语道，"妈妈平时不给我吃糖，跟姨姨一起才吃得到。"

"那我不告诉你妈妈，你以后多来姨姨家。"

爱丽丝用力地点头。

"吃完要刷牙哦。"

想到当初的甜蜜时光，詹妮不知不觉地泪流满面，她使劲握着那只塑料猫咪，哪怕手心被硌得生疼，也没有松手。她感觉四周的空气像墙壁一样势大力沉地压了过来，身体里原本被注入的活力一下子被抽空，那些几乎被尽数放逐的抑郁情绪如同遭到天下大赦，肆虐地汹涌而至。

原来她并非内心麻木，也从未置身事外，只是暂时屏蔽了悲伤，在夜深人静的时候，她依然要直面自己永失挚爱的现实。她无法理解，为什么这个社会要保护那种犯奸作科的小恶魔，给他们所谓重新做人的机会，却无视这样一个小天使无辜罹难呢？倘若这样是正确的，那人们教导孩子善良又有什么意义？

何琳比詹妮更加无法想通，她疯了似的到处上访，试图讨回公道。她需要对方付出对应的代价，才能平息内心的愤怒和痛苦，才能证明自己女儿的生命并非无足轻重的草芥。然而，何琳的奔走呼号得不到任何回应，所有单位都选择视而不见，甚至有人认为她的行为是一种不识大体的纠缠。

詹妮也没有闲着，她特意去了一趟南京，试图寻找媒体行业的同学，但得到的回复都是无能为力。一个做律师的朋友劝她说："算了吧，不要折腾了，不满十四岁的未成年人和精神病人就是有免死金牌的，主流的法律和价值观都是如此，你们没办法和整个世界对抗。"

也是在此时，她接到乔宇的电话，得知何琳服下大量安眠药，刚从鬼门关走了一遍。她连夜开车往回赶，一路上停了好几次，不是因为疲惫，而是要平复胸膛里的情绪，否则泪水会不停地模糊她回去的路。她感到前所未有的恐惧——爱情、亲情、友情，似乎都抛弃了她，她在人世间再也没有可以笃信的东西了。

何琳还活着，只是与行尸走肉无异，眼睛里不仅没有了活下去的欲望，甚至连愤怒的情绪都消散了。詹妮原本有一肚子埋怨的话，却在见到她的一瞬间，一个字也说不出来，只是上前拥抱住她。何琳的手是冰凉的，手背的皮肤变得松弛，眼窝也明显地陷了进去，整个人苍老、憔悴了许多。

"再熬一熬，可以吗？一切都会过去的。"詹妮劝慰道。

何琳却惨淡地苦笑一声："我这个当妈的没有能力给孩子伸冤，实在没脸再活下去了，每一天都生不如死，只想早点解脱。"

詹妮明白，如果何琳无法为爱丽丝的死讨回公道，那今天的事情不会是最后一次，早晚还会再次发生。哪有人不希望活下去呢？可是一旦心中有无法释怀的情绪，或者陷入无法解决的困境，便只能通过杀死自己的方式来杀死折磨自己的东西。

詹妮忽然想起那个律师朋友的话，一个疯狂的念头跃入脑中——既然凡人无法审判恶魔，那就唤醒自己心里的黑天使吧。她从未想过自己作为一个脑子里向来只有美好童话的儿童舞台剧编导，竟会有朝一日酝酿如此"恶毒"的计划，但为了活着的何琳，为了死去的爱丽丝，她义无反顾。

"如果可以为爱丽丝讨回公道，你们愿意付出怎样的代价？"她问道。

图书在版编目（CIP）数据

反目 / 李海波著. -- 北京：北京联合出版公司，
2025. 8. -- ISBN 978-7-5596-8544-5

Ⅰ. I247.5

中国国家版本馆CIP数据核字第2025FM0566号

反目

| 作　　者：李海波 |
| 出 品 人：赵红仕 |
| 出版监制：辛海峰　陈　江 |
| 特约监制：殷　希　穆　晨 |
| 产品经理：澍　澍 |
| 责任编辑：李　伟 |
| 特约编辑：许晨露　丛龙艳 |
| 营销支持：肖　瑶　祁　悦　陈淑霞 |
| 特约印制：赵　聪 |
| 封面设计：@Jomo 介末 |
| 版式设计：任尚洁 |
| 封面插图：@巳沈匪果子 |
| 内文排版：芳华思源 |

北京联合出版公司出版
（北京市西城区德外大街83号楼9层 100088）
联合读创（北京）文化传媒有限公司发行
天津盛辉印刷有限公司印刷　新华书店经销
字数453千字　710毫米×1000毫米　1/16　24.5 印张
2025年8月第1版　2025年8月第1次印刷
ISBN 978-7-5596-8544-5
定价：52.80元

版权所有，侵权必究
未经书面许可，不得以任何方式转载、复制、翻印本书部分或全部内容。
如发现图书质量问题，可联系调换。质量投诉电话：010-88843286